**HEYNE<**

EMILY WALTON

# MISS HOLLYWOOD

Mary Pickford und das Jahr der Liebe

Roman

WILHELM HEYNE VERLAG
MÜNCHEN

Sollte diese Publikation Links auf Webseiten Dritter enthalten,
so übernehmen wir für deren Inhalte keine Haftung,
da wir uns diese nicht zu eigen machen, sondern lediglich auf
deren Stand zum Zeitpunkt der Erstveröffentlichung verweisen.

Trotz intensiver Recherche konnte der Verlag nicht alle Rechtegeber ermitteln. Bitte wenden Sie sich gegebenenfalls an den Wilhelm Heyne Verlag in der Penguin Random House Verlagsgruppe GmbH.

Penguin Random House Verlagsgruppe FSC® N001967

Originalausgabe 06/2021
Copyright © 2021 by Wilhelm Heyne Verlag, München,
in der Penguin Random House Verlagsgruppe GmbH,
Neumarkter Str. 28, 81673 München
Redaktion: Katja Bendels
Printed in Germany
Umschlaggestaltung: Nele Schütz Design,
unter Verwendung von
Trevillion/ ILINA SIMEONOVA und Shutterstock
(Maxx-Studio, Everett Historical, lumyai l sweet)
Satz: Uhl + Massopust, Aalen
Druck und Bindung: CPI books GmbH, Leck
ISBN: 978-3-453-42385-5

www.heyne.de

*Für Oscar*

*Mary Pickford used to eat roses*
*Thought that they'd make her beautiful and they did,*
*One supposes.*

Katie Melua, »*Mary Pickford*«

# 1
# MARY

Mary Pickford bemühte sich zu lächeln, als sie ihr Appartementgebäude an der Upper West Side erreichte. Ihre Wangen schmerzten von den vielen Grimassen vor der Kamera, ihre Augen brannten vom langen Drehtag, und die Füße hatten Schwielen. Doch der Portier Timothy, ein junger Ire mit rötlichem Haar und schmaler Nase, hatte es nicht verdient, dass sie unhöflich und wortlos an ihm vorbeihuschte. Noch war sie nicht allein in ihren vier Wänden. Also grüßte sie freundlich, während Timothy hastig die schwere Glasschwingtür öffnete, deren Messinggriffe er ausschließlich mit weißen Handschuhen berührte und zudem regelmäßig mit einem Tuch polierte. Jeden Tag die gleichen Bewegungen, wieder und wieder. Dieser junge Mann würde sich mit seiner Gewissenhaftigkeit und Ausdauer gut am Set machen, dachte Mary, während sie ihm dankend zunickte und die freundlich beleuchtete Eingangshalle durchschritt. Ihre Pfennigabsätze lärmten auf dem hellen Marmorboden. Klack, klack, klack, wie eine tickende Uhr, die ihr versprach, dass sie bald das Ziel, die Abgeschiedenheit ihrer Wohnung, erreicht haben würde.

Sie liebte ihr Acht-Zimmer-Appartement an der Ecke West 91st Street, am oberen Ende des Broadways und nur ein paar Blocks vom Central Park entfernt. Die Gegend war angenehm, weniger prätentiös als die Upper East Side, weniger grell und laut als das Theaterviertel weiter unten am Broadway, weniger gefährlich als Downtown. In den frühen Abendstunden herrschte hier nicht mehr viel Verkehr: Ein paar einsame schwarze Automobile mit knatternden Speichen, die Kutschen mit müden Pferden auszuweichen versuchten. Marys Chauffeur hätte sie in ihrer Limousine vom Set binnen Minuten nach Hause bringen können. Sie aber hatte den Fußweg vorgezogen – durch die Seitenstraßen und dann durch den Park. Dabei hatte sie ihren Hut ins Gesicht und den Schal bis zu den Lippen hochgezogen, damit man sie nicht erkannte.

Der holzverkleidete Aufzug mit seinen Messingtableaus und bunten Glasfenstern lag in einem Käfig aus geschwungenen Eisenstreben, die sich ratternd hinter Mary schlossen. Der Page wählte ihr Stockwerk – das oberste. Wie jeden Tag war sie dankbar für sein schlichtes Nicken, begleitet von einem unaufdringlichem »Miss Pickford«. Obwohl sie eine verheiratete Frau war, nannte alle Welt sie bei ihrem Künstlernamen. Der zurückhaltende Liftjunge war eine Wohltat nach den aufgeregt kichernden Mädchen, die täglich vor dem Famous Players Studio in der 26th Street auf sie warteten, mit Fotografien und Stiften wedelten und versuchten, Mary am Rücken und an den Armen zu berühren. So sehr sie diesen jungen Frauen für ihre Bewunderung und Begeisterung dankbar war, so froh war sie auch, dass es derzeit in Mode war, das Haar hochzustecken. Denn ihre vielen Verehrerinnen würden ihr sonst all ihre begehrten Locken, die sie im Film immer wallend und offen trug, in Büscheln ausreißen. Ein einziges Mal, vor ein paar Monaten, als der Dreh erst kurz vor Mitternacht geendet hatte, hatte Mary mit offenen Haaren das Studio verlassen. Sie war abgelenkt gewesen von einem Zeitungsjungen, der frierend um ein paar Nickel gebettelt hatte, als sie plötzlich ein Ziehen am Hinterkopf spürte und das Gleiten einer Schere hörte. Als sie sich umdrehte, sah sie nur noch den Rocksaum einer jungen Frau, die eilig davonlief.

Mary setzte sich auf die mit grünem Samt überzogene Bank unter dem Liftspiegel und ließ ihre Knöchel kreisen. Der Dezember war ungewöhnlich warm, und ihre Füße schwitzten in den Kalbslederschnürstiefeletten.

Mama hatte ihr gemeinsames Zuhause – Appartement 8A mit dem goldenen Löwenkopf als Türklopfer – eingerichtet, als sie vor zwei Jahren endlich gewagt hatten, Geld in eine Immobilie zu investieren. Die schweren Vorhänge, die funkelnden Lüster und die breiten Lehnsessel, in denen man geradezu versank, gaben Mary jedes Mal wieder das Gefühl, in einem französischen Adelssitz zu sein. Auf einem kleinen goldbeschlagenen Tischchen in ihrem Salon standen Gin, Eiswürfel und Zitronenscheiben bereit, sowie ein Glas frisch gepressten Orangensafts, das sie gegen die Müdigkeit leerte. Mama war nicht zu hören. Mary vermutete, dass sie mit ihrem Henry-James-Roman in der Hand auf der Chaiselongue in ihrem Schlafzimmer eingeschlafen war. Sonst wäre sie längst erschienen, um sie nach den Fortschritten beim

Dreh auszufragen, wie sie es jeden Tag tat. Charlotte Pickford nahm ihre Rolle als Managerin ihrer Tochter sehr ernst.

Die Kollegen vom Set waren noch in eine Bar am Broadway gegangen, Mary selbst aber hatte es nach einem fast zwölfstündigen Drehtag vorgezogen, sich aus dem engen Damenrock zu befreien, ihre dunkelblonden Locken auszukämmen und den hartnäckigen Kohlestift abzuschminken, mit dem die Visagistin täglich ihre Augen umrahmte, und sich dann für die harte Arbeit mit Stille zu belohnen. Sie mochte ihre Mitstreiter vom Set, doch für Ausgelassenheit und Tratsch fühlte sie sich nach der Arbeit schlichtweg zu müde. Zudem wurde sie das Gefühl nie los, dass sie ihre spärliche, kostbare Freizeit verschwendete, wenn sie sich in irgendwelchen Bars tummelte, um dort dem Geschnatter über Affären und Geldsorgen anderer Leute zu lauschen, statt die Zeit zu nutzen und die Szenen für den nächsten Tag noch einmal vor dem Spiegel zu üben.

Von der Marmorplatte ihres dreiflügeligen Schminktischchens aus starrte Owen sie aus einem silbernen Bilderrahmen heraus mit diesen finsteren Augen an, die Mary einst ihre Vernunft hatten über Bord werfen lassen. Seine geraden Zähne leuchteten förmlich aus dem Foto heraus, und die Schultern steckten stramm in einem Hemd, das wirkte, als sei es auf den Millimeter genau maßgeschneidert worden. All diese Eigenschaften hatten Mary verzaubert. Damals. Heute, sieben Jahre später, war sie froh, dass Owen auf der anderen Seite des Kontinents weilte, in Kalifornien, um eine Nebenrolle in einem Film zu spielen.

»Margaret? Könntest du kurz kommen, bitte?«, rief Mary durch die offene Tür in den Flur.

Ein zierliches, blasses Mädchen mit aschblondem Dutt trippelte herbei und richtete sich hastig die weiße Schütze, die in der Eile verrutscht war.

Mary wünschte sich, das Mädchen würde weniger Ehrfurcht zeigen. Es hatte lange gedauert, bis sie sich überhaupt daran gewöhnt hatte, Personal zu haben. Natürlich wusste sie, dass man von einer Frau mit ihrer gesellschaftlichen Stellung geradezu erwartete, dass sie sich die Hausarbeit abnehmen ließ. Und Mary war in der Tat darauf angewiesen, verbrachte sie doch so viele Stunden am Filmset. Und dennoch wäre sie für ein lockereres Verhältnis zu ihrer Angestellten dankbar. Die Rolle der Grand Dame, die der unterwürfigen Bediensteten Befehle gab, löste in ihr immer wieder Unbehagen aus. Hin und wieder erledigte sie manche Handgriffe selbst, einfach nur, um der beklemmenden Situation auszuweichen.

»Sie haben gerufen, Miss Pickford?«, sagte das Mädchen.

»Mary, Liebes! Du kannst mich ruhig Mary nennen, Margaret.«

Das Mädchen kaute verlegen auf ihren Lippen und presste dann ein schüchternes »Mary, Sie haben gerufen?« hervor. Mary lächelte ihr ermutigend zu.

»Danke, dass du dich heute um den Schminktisch gekümmert hast. Du hast ja sogar die Lippenstiftflecken entfernt!« Sie strich über die Tischplatte und klopfte dann kurz darauf. Das Mädchen war so engagiert. Es verdiente Lob.

»Ich tu' mein Bestes, Miss… Mary.«

»Das sehe ich.«

Einen Augenblick lang überlegte Mary, ob sie ihre Angestellte tatsächlich zurechtweisen sollte. War es wirklich so wichtig? Aber sie ärgerte sich täglich über den immer gleichen Fehler. Sie musste die Wahrheit sagen. Schließlich war Ehrlichkeit eine Tugend, die sie besonders schätzte.

»Margaret, eine Bitte habe ich allerdings. Du weißt, ich habe dich gebeten, die Dinge immer dorthin zurückzustellen, wo ich sie platziert hatte.«

»Es tut mir schrecklich leid, Miss Pickford, ich...« Margaret beugte sich sofort über das Tischchen und begann hastig, Flakons und Quasten zurechtzurücken.

»Schon gut, Margaret, schon gut! Bitte merke dir einfach: Schminksachen kommen links hin und das Notizbüchlein in die Mitte. Ach, und dieses Bild hier bitte immer hinten rechts hinstellen.«

Sie versuchte, den letzten Satz beiläufig klingen zu lassen.

»Ich dachte bloß, da es das Bild Ihres Ehemanns ist, sollte es gut sichtbar sein.« Margaret kicherte unsicher. »Wenn ich einen so gut aussehenden Mann hätte, ich würde ihn mir über das Bett hängen.«

»Eines Tages wirst du sehen, Margaret, dass du eine solche Platzwahl sehr schnell bereuen würdest.«

Mary seufzte leise, bevor sie ein Fläschchen Franzbranntwein öffnete, um damit ihre Füße zu massieren. Sie blickte auf die Uhr. Es war kurz vor Ladenschluss. »So, und nun Margaret, sei ein Engel und lauf bitte noch zum Delikatessenladen an der Ecke. Ich habe schrecklichen Heißhunger auf diese eingelegten Zwiebelchen.«

Wieder allein, überlegte sie kurz, Owens Bild in die schmale Schublade unter dem Spiegel zu legen, schob es dann aber doch nur in die hintere Ecke ihres Schminktisches. Schließlich war das Bild eine Erinnerung daran, dass sie die Hoffnung noch nicht aufgegeben hatte. Ihre Hoffnung darauf, dass Owen vielleicht verändert sein würde, wenn er in ein paar Wochen aus Hollywood zurückkehrte. Ausgeglichener. Gemäßigter. Nüchterner. Zudem war das Foto auch eine Mahnung an ihre katholische Erziehung – und daran, dass ein Eheversprechen für die Ewigkeit galt.

Hastig bürstete sie mit genau vierzig Strichen ihr Haar und band es sich zu einem losen Dutt am Oberkopf zusammen, wobei sich ein, zwei widerspenstige Kringel lösten. Heute hatte sie keine Geduld für ihre Frisur. Ein hartnäckiger Kopfschmerz zog sich vom Nacken über das Kiefergelenk hinauf bis zu ihren Schläfen. Sie brauchte vor dem Abendessen dringend eine Ruhepause.

Mary holte sich den Gin von dem Tischchen im Salon und platzierte ihn auf einen Elfenbeinuntersetzer auf dem Nachtkästchen neben ihrem Buch, einer Kopie von H. G. Wells' neustem Werk. Als sie den gold-beige-farbenen Überwurf – den sie abscheulich fand, aber ihrer Mutter nicht hatte ausreden können – zurückzog, segelte ein Zettel lautlos zu Boden. Mary ließ ihn liegen. Margaret hatte die Angewohnheit, sämtliche Nachrichten und Rechnungen von der Reinigung für sie zu sammeln. Völlig überflüssig, wie Mary befand. Sie bemerkte ohnehin, wenn ihre Kleidungsstücke wieder an der Stange in ihrem Ankleideraum hingen. Ihre Garderobe war trotz ihres Aufstiegs zu »America's Sweetheart«, der beliebtesten

Schauspielerin des Landes, überschaubar geblieben. Jahrelang, ihre gesamte Kindheit hindurch, war sie mit nur zwei Kleidern, einem Freizeit- und einem Sonntagskleid, ausgekommen. Sie hätte nicht im Leben zu träumen gewagt, dass sie eines Tages die bestverdienende Frau Amerikas sein würde. Noch heute wachte sie manches Mal schlaftrunken auf und konnte es selbst nicht glauben, dass sie hier, bedeckt mit teuerster Seide, in diesem bequemen, riesigen Bett lag, konnte es nicht glauben, dass dieses weitläufige Appartement, gefüllt mit wunderschönen Möbeln und Gemälden, ihr Eigentum war. Natürlich wusste sie, dass sie sich dieses Leben mit verdammt harter Arbeit erkämpft hatte, dennoch kam es ihr gelegentlich vor wie ein Märchen, dass sie in ihrem zarten Alter von vierundzwanzig Jahren bereits zehntausend Dollar pro Woche verdiente. Manchmal schämte sie sich dafür, in diesem Pomp zu leben, während sich ein paar Blöcke weiter große Familien in kleinste Wohnungen drängten, Kinder in geflickten, verwaschenen Klamotten spielten und sich über einen gedämpften Maiskolben mit Salz freuten. Sie hatte sich geschworen, niemals die schwierigen Jahre ihrer eigenen Kindheit zu vergessen, in der sie vom Zusammenhalt ihrer kleinen Familie und der Großzügigkeit ihrer Freunde und Nachbarn gelebt hatte. Nie wollte sie abgehoben und blasiert werden, sich nie von der Realität entfernen. Und dennoch musste sie zugeben, dass sie sich manchmal dabei ertappte, wie sie sich an ihr neues Leben gewöhnte und es nicht mehr missen wollte, ja manches Mal sogar Angst davor hatte, es zu verlieren.

Blickte Mary aber in ihren Kleiderschrank, hatte sie stets ein Gefühl von Kontrolle, Maß und Sicherheit: ein paar Abendkleider aus Seide, Taft und Tüll, Baumwoll- und Georgettekleidchen für die wärmeren Tage und ein halbes Dutzend zweiteilige Kostüme aus Woll-Popeline in gedeckten Farben – für die kühleren Tage sowie für die Gespräche mit den Studio-Bossen, die Frauen ohnehin nicht sonderlich ernst nahmen, vor allem dann nicht, wenn sie in Pastellfarben und Blümchen daherkamen. Ja, diese zwei Dutzend Kostüme würde sie sich auch in dem Fall, dass das Publikum sie eines Tages nicht mehr haben wollte, noch leisten können.

Sie legte sich auf das Bett und schob die Kissen zur Seite. Flach konnte sie ihren Nacken am besten entspannen. Mit geschlossenen Augen ließ sie den Tag am Set noch einmal Revue passieren. Sie hatten eine wichtige Szene – einen Streit am Küchentisch – abgedreht. Mary war zufrieden mit ihrer Leistung; es waren ihr sogar echte Tränen gekommen. Aber warum hatte Nathaniel Sack, der Nebendarsteller, an dem sie schon beim Casting gezweifelt hatte, unbedingt vor laufender Kamera niesen müssen? Und dann war eine junge Komparsin auch noch über einen Eimer gestolpert! Mary erinnerte sich noch gut an ihre eigenen ersten Drehtage und wie unsicher sie damals gewesen war. Sie hatte Mitleid mit dem armen Mädchen empfunden, doch gleichzeitig war sie verärgert gewesen, denn damit war die gesamte Aufnahme zerstört. Ein wahres Ärgernis, denn jeder am Set wusste, dass gerade die ersten Aufnahmen die besten und authentischsten waren.

Aber Mary vermutete, dass Adolph Zukor, ihr Boss und Gründer der Famous Players Film Company, dennoch zufrieden sein würde. Er stellte keine allzu hohen

Ansprüche an ihre schauspielerischen Leistungen. Ihm ging es lediglich darum, dass so viele Filme wie möglich mit ihr in der Hauptrolle abgedreht wurden, damit das Publikum »Little Mary« weiterhin vergötterte. Aber Mary hatte andere Erwartungen: Sie konnte und wollte nicht mit einer Darbietung zufrieden sein, die nicht perfekt war.

Ihr Blick fiel auf den Zettel, der am Boden lag, und diesmal blieb er daran hängen. Die krakelige Mischung aus Schreibschrift und Blockbuchstaben entsprach nicht den üblichen Benachrichtigungen der Reinigung. Sie stand auf, nahm den Zettel hoch und faltete ihn vollständig auseinander, um in den Buchstaben, deren Abstände mal zu eng, mal zu weit waren, sodass es auch ein Kind geschrieben haben könnte, Douglas Fairbanks' Handschrift zu erkennen.

*Liebe Mary,*
*danke für deine so aufrichtige Anteilnahme.*
*Ich würde mich freuen, dich zu treffen. Noch heute? 20 Uhr im Central Park? Telefoniere nach mir.*
*Dein Freund und Kollege, Douglas.*

## 2
## DOUGLAS

Er wusste, dass sie drinnen auf ihn warteten. Sie saßen in den tiefen Fauteuils, kritzelten in ihre Notizbücher, blätterten in den Zeitungen und rauchten Zigarette um Zigarette – taten kurzum so, als wären sie einfach Gäste des Algonquin Hotels, oder Durstige, die auf einen Tumbler Whiskey vorbeigekommen waren.

Er wusste, dass sie aufspringen würden, sobald der Portier ihm die schwere Eingangstür aufhielt und er sich seinen Weg zum Aufzug bahnte. Am Morgen noch hatte er sie vertrösten können, mit Ausreden, dass man ihn am Set erwarte und er wichtige Sitzungen habe, mit Gesprächspartnern, die man nicht warten lassen könne. Nun aber neigte sich der Tag dem Ende zu. Die Journalisten warteten hungrig auf eine Story.

Er könnte versuchen, sich durch den Barbiersalon im Untergeschoss – vorbei an den Reihen von Männern im Rasierkittel – zu schleichen. Aber die Treppen von dort würden ihn nur wieder in die Lobby des Hotels führen. Oder er könnte es wagen, vom Speisesaal aus in Richtung Aufzug zu schleichen, aber auch hier würden sie ihn binnen kürzester Zeit hinter den Blumenarrangements und japanischen Vasen erspähen. Die Feuertreppe war eine weitere Option. Doch selbst wenn er drei Stufen auf einmal nahm, würden die Wachsamsten unter ihnen ihn entdecken, bevor er seine Suite im zwölften Stock erreicht hätte.

Was nützte es, mit dem Hoteldirektor befreundet zu sein, wenn man in dieser Situation auf sich allein gestellt war? Frank Case saß vermutlich in diesem Moment über die Gästebuchungen gebeugt in seinem Büro – und das lag auf der anderen Seite der Lobby. Auf der anderen Seite der Journalisten.

Douglas betrat den beigefarbenen Teppich, der unter dem markisenähnlichen Vordach ausgerollt war, und nickte dem Portier zu. Er bemühte sich, ruhig zu atmen und unauffällig auszusehen, ganz entgegen seiner Gewohnheit, in Gegenwart von Journalisten breit zu grinsen und einen lustigen Kommentar über das Wetter oder das Schuhwerk seiner Begleitung zu machen.

Dann bahnte er sich seinen Weg vorbei an Tischchen mit klauenförmigen Goldfüßen und Palmenwedeln in hüfthohen Vasen, während die Journalisten ihn mit ihren Fragen belagerten: Wie geht es Ihnen, Mr. Fairbanks? Wie sehr trifft Sie der plötzliche Verlust Ihrer Mutter? Stimmt es, dass Sie beim Begräbnis keine Träne vergossen haben? Hatten Sie ein schwieriges Verhältnis zu ihr? Wie haben Sie es übers Herz gebracht, noch am Tag der Beisetzung auszugehen? Ausgerechnet in eine Komödie am Broadway! Denken Sie, das wäre im Sinne Ihrer Mutter gewesen?

Douglas hörte diese Fragen nicht zum ersten Mal. Irgendwelche entfernten Bekannte riefen im Stundentakt an und horchten seine Frau Beth aus; Kollegen tuschelten unten in der Hotelbar. Ja, er stellte sich selbst täglich diese Fragen – und fand keine Antworten.

Warum fühlte er sich dieser Tage geradezu versteinert? Vielleicht waren es die Schuldgefühle. In den vergangenen neun Jahren, seit seiner Heirat mit Beth, hatte er sich zunehmend von seiner Mutter entfremdet. Am Anfang hatte er sich noch bemüht, beiden Frauen einen Platz in seinem Leben zu geben und ihre gegenseitige Eifersucht auszubremsen. Er hatte sie gemeinsam ins Theater ausgeführt, Wochenendtrips unternommen und beiden Telegramme geschickt, wenn er auf Reisen war. Es hatte nicht funktioniert. Also hatte er sich innerlich für die Zukunft, für Beth, entschieden. Nur um dann zu merken, dass er ohne die Vergangenheit nicht leben konnte. Im letzten Jahr hatte er sich seiner Mutter wieder zugewandt, hatte sie besucht und sogar versucht – wenn auch etwas halbherzig –, sie zu einem Umzug nach Los Angeles zu überreden. Hätte er sich ein wenig mehr angestrengt, wäre er vielleicht in ihren letzten Minuten bei ihr, bei seiner »Tutu«, gewesen, hätte ihre Hand halten und Danke sagen können. Danke, dass sie ihn aus ihren vier Söhnen zum Liebling auserkoren hatte. Danke, dass sie ihn als Teenager zu jeder Amateuraufführung in ihrer Heimatstadt Denver begleitet hatte. Danke, dass sie ihren Schmuck verkauft hatte, um ihm den Umzug nach New York, in die Theatermetropole, zu ermöglichen.

Stattdessen hatte ihn die Nachricht vom Tod seiner Mutter auf halber Strecke zwischen Hollywood und New York erreicht. Er hatte sich nicht mehr von ihr verabschieden können. Zwei Tage und zwei Nächte lang hatte er sich im Salon seines Erste-Klasse-Waggons eingesperrt. Ohne Tränen.

»Abend, Sam. Bitte retten Sie mich vor dieser Meute«, sagte er zu dem Liftjungen und steckte ihm ein paar Münzen zu, während der Aufzug mit ruckelnden Bewegungen nach oben fuhr.

Auf dem Gang vor seiner Suite flackerte eine Glühbirne. Es dauerte eine Weile, bis er den Schlüssel ins Schloss stecken konnte. Im Salon saß Beth am Mahagonisekretär neben dem lang gezogenen Kastenfenster, das hinaus auf den neuen Times Tower blickte, und erledigte Korrespondenzen.

»Bin gleich bei dir, Dougie«, sagt sie, ohne aufzublicken. Douglas konnte sich nicht erinnern, wann er zuletzt einen Begrüßungskuss bekommen hatte. Und er hasste es, wenn sie ihn Dougie nannte. Aus dem Nebenzimmer vernahm er ein leises »Brumm, brumm«. Sein Sohn, Douglas junior, spielte wohl mit der Eisenbahn, aber im Moment hatte er keine Geduld für ihn. Er musste sich zuerst einen Eistee aus der Zimmerbar holen, das Hemd wechseln und ein paar Hanteln heben, bevor er den Siebenjährigen begrüßen konnte.

Eine halbe Stunde später fuhr sein Sohn ihm mit einer Holzeisenbahn das Hosenbein hinauf, während Beth ihm ein paar Schecks zur Unterschrift auf das Beistelltischchen legte: für eine Wohltätigkeitsveranstaltung im Waldorf-Astoria, für einen maßgeschneiderten Dreiteiler eines europäischen Herrenausstatters, für ein Diamantencollier, das Beth sich selbst gekauft hatte.

»Und die Zeitungen?«, fragte er seine Frau, während er mit seiner Füllfeder signierte. Sie hatten es sich in den neun Jahren ihrer Ehe zur Routine gemacht, zuerst das Geschäftliche zu erledigen. Mittlerweile jedoch war nur noch wenig anderes geblieben. »Etwas dabei?«

Sie reichte ihm ein Bündel Zeitungsausschnitte, die sie mit einer goldenen Krawattenklammer zusammengeheftet hatte.

»Diese Kritik hier hat mir besonders gefallen«, sagte sie und hielt eine Illustrierte hoch. »Hör dir das an: ›Douglas Fairbanks, ein ausgezeichneter Schauspieler des Broadway-Theaters, jetzt zum Film versetzt, ist geradezu eine Wohltat für das Auge.‹«

»Wer sagt das?«

»Die *Motion Picture News*. Und der Reporter der *Moving Picture World* ist ebenfalls angetan. Er sagt, du bist ›wie eine Sonne, die am frühen Morgen alle Sterne zum Verblassen bringt‹.«

Er riss ihr den Artikel aus den Händen und zerknüllte ihn.

»Zu dumm nur, dass ich mir von den Worten dieser Honigschmierer allein nichts kaufen kann, was?«

Er hatte den Wechsel vom Broadway zum Film vor anderthalb Jahren freiwillig vorgenommen. Ein mutiger Schritt, den viele seiner Freunde nicht nachvollziehen konnten. Die meisten Darsteller gingen zum Film, weil sie keine Rollen auf der Bühne bekamen oder schnelles Geld brauchten. Er aber glaubte schlichtweg an das neue, spannende Medium, über das sich so viele den Mund zerrissen.

Die Aitken-Brüder von der Produktionsfirma Triangle hatten ihm die Entscheidung erleichtert und einen anständigen Deal angeboten: Mit seinen derzeit 3250 Dollar, die pro Woche auf dem Konto eingingen, konnte seine Familie ein überaus privilegiertes Leben führen. Douglas konnte seiner Frau und seinem Sohn ein prächtiges Dach über dem Kopf bieten. Die vergangenen Monate über hatte er einen geräumigen Bungalow in Hollywood gemietet, und nun nannten sie diese äußerst bequeme Suite direkt im Stadtzentrum New Yorks ihr Zuhause. Er war nicht einmal auf den Spezialpreis seines Freundes Frank Case angewiesen.

Das alles war weit mehr, als sein Schwiegervater seiner Tochter bieten konnte. Zur Hochzeit hatte er ihnen unter knallenden Champagnerkorken eine Wohnung geschenkt – nur um alles wieder rückgängig zu machen, als seine Baumwollaktien dramatisch an Wert verloren.

Douglas wusste, dass er keinen Grund hatte, sich zu beklagen. Andere Leute wie Lehrer, Verkäufer oder Büroangestellte verdienten ein Viertel seines Wochenlohns im ganzen Jahr. Aber er war gerade dabei, sich in die alleroberste Liga zu spielen – das hatten inzwischen sogar die kritischsten Journalisten erkannt. Nach nur achtzehn Monaten beim Film war er fast genauso beliebt wie sein guter Freund Charlie Chaplin. Und der verdiente 10.000 Dollar pro Woche und dazu noch einen stattlichen Bonus von 150.000 Dollar. Ganz zu schweigen von der beliebtesten und reichsten Frau der Branche, seiner Freundin Mary Pickford.

Als Douglas Mary Pickford vor einem Jahr zum ersten Mal begegnet war, hatte er sie nur von der Stirn bis zur Nasenspitze gesehen, denn sie hatte durch die Heckscheibe ihrer schwarzen Limousine geblickt, die am

Rande einer Schotterstraße nahe Tarrytown, einem abgelegenen Ort am Hudson River gestanden hatte. Die Landschaft dort wirkte, als hätte man ihr einen Spiegel vorgehalten: Auf der einen Seite Felder, die sich in graugrünen Herbstschattierungen erstreckten, eingegrenzt von hohen Zypressen mit licht gewordenem Blätterkleid, deren Wipfel sanft im Wind wehten. Dahinter fiel das Land ab, eine Andeutung auf einen Fluss, der sich durch die Landschaft schlängelte, in der Ferne Wälder, so weit das Auge reichte. Linker Hand bot sich ein geradezu identisches Bild, nur dass hier mehr Kühe grasten. Wahrlich verwirrend für Ortsunkundige.

Douglas und Beth kannten den Weg zum Anwesen der Broadway-Schauspielerin Elsie Janis gut. Es war die perfekte Strecke, um den neuen gelben, französischen Sportflitzer auszufahren. Plötzlich stand ein Mann mit ausgestreckten Armen mitten auf der Straße. Er sah aus wie eine seltsame Mischung aus Vogelscheuche und Verkehrslotse.

Ein Verwirrter? Ein Lebensmüder?

Douglas stieg in die Eisen. Ohne die Fahrertür zu öffnen, sprang er aus seinem Leon Bollée.

»Alles in Ordnung?«, fragte er und schob die Fahrerbrille über seine Lederkappe. Der gut aussehende, hochgewachsene und etwas schmierig wirkende Kerl kam ihm bekannt vor.

»Sie sind doch Douglas Fairbanks! Der Douglas Fairbanks! Mitten in dieser Einöde? Ich glaub, mich trifft der Schlag«, sagte der Mann mit erkennbar irischem Akzent.

»Na, ich hoffe nicht. Ich bin Schauspieler und kein Mediziner«, sagte Douglas.

»Owen Moore mein Name«, stammelte der Ire aufgeregt. »Hab bei Ihnen am Triangel Set drüben in Hollywood schon die eine oder andere Zigarette geschnorrt.«

»Owen Moore, klar! Tut mir leid, dass ich dich nicht erkannt habe, Sportsfreund.«

Douglas zog ein silbernes Zigarettenetui aus seiner Brusttasche und bot dem Mann eine Chesterfield an, um davon abzulenken, dass er nichts mit dem Namen anfangen konnte.

»Auch unterwegs zum Philipsburg Manor?«, fragte er, um die peinliche Stille zu überbrücken.

»Jap«, antwortete Owen Moore und setzte mit stolz geschwellter Brust nach: »Alles, was Rang und Namen hat, ist heute auf dem Weg zu Elsie Janis' Fête!«

»Und der Wagen?«, fragte Douglas und wies mit dem Kinn auf die schwarze Lincoln Limousine, die am Straßenrand stand. »Ist er liegen geblieben?«

»Nein, nein, schnurrt wie ein Kätzchen.« Owen schlug auf die Karosserie, offenbar ein wenig zu fest, denn er schüttelte sein Handgelenk vor Schmerz. »Wir machen bloß eine kleine Pause, um die Landschaft zu genießen«, erklärte er.

»Und dein Herumwedeln vorhin?«, fragte Douglas.

»Streckübungen. Gerade jemand wie Douglas Fairbanks muss doch wissen, wie wichtig es ist, dass die Muskeln geschmeidig bleiben.« Owen zuckte lässig mit den Schultern. Es wollte ihm aber nicht gelingen, seine Verlegenheit zu verbergen. Bestimmt wusste der Kerl nicht, in welche Richtung er weiterfahren sollte, dachte Douglas.

»Nun gut, man sieht sich im Manor House! Einfach geradeaus, dann links, und am Weidegitter noch einmal links«, sagte er, um Owen Moore eine unangenehme Situation zu ersparen.

Erst als er den Zigarettenstummel mit der Schuhspitze in den Kies mahlte und sich verabschiedete, erblickte er die großen Frauenaugen hinter dem Rückfenster des schwarzen Wagens. Er nickte und hob die Hand. Seine Finger waren trotz der Lederhandschuhe eisig. Er wollte weiter, schließlich hatte er Beth schon ziemlich lange im offenen Wagen sitzen gelassen. Sie fröstelte schon, selbst unter ihrem Leopardenfell, das Douglas extra für diesen Ausflug beim neuen Kaufhaus John Wanamaker am Broadway erstanden hatte. Also wünschte er Owen Moore und seiner Begleitung eine gute Fahrt, sprang wieder über die Tür ins Auto und brauste davon.

Die Party war bereits in vollem Gange, als Douglas und Beth in Philipsburg Manor ankamen. Im Foyer sammelte sich ein Grüppchen rund um eine Frau mittleren Alters, die mit so viel Schmuck behangen war, dass man sie als Weihnachtsbaum hätte aufstellen können. Mrs. Beerbower, Elsies Mutter, hatte immer schon einen Hang zur Extravaganz gehabt, dachte Douglas, als er sie sah.

»1750 ließen die Philips das Manor House bauen«, erläuterte Mrs. Beerbower ihren Zuhörern gerade. »Sie hatten genug Geld, schließlich waren sie eine wohlhabende Kaufmannsfamilie.« Sie zeigte auf ein Familienporträt und ging dann die Marmortreppe hinauf zur Galerie, die von weiteren Kunstwerken geschmückt war.

Während Beth sogleich in der Menge verschwand, bestellte sich Douglas beim champagnertragenden Kellner ein Glas Wasser und begab sich in den Salon. Es wimmelte vor Menschen in funkelnden Kleidern und teuren Anzügen. Douglas selbst umgab sich lieber mit hemdsärmeligen Typen, doch durch seine Beziehung zu Beth und ihr unermüdliches Engagement in gesellschaftlichen Kreisen hatte er mittlerweile gelernt, sich auch auf Veranstaltungen dieser Art zurechtzufinden. Ja, er hatte sogar gelernt, diese Partys für sich zu nutzen. »Wer beliebt sein will, muss sich mit anderen beliebten Personen umgeben!«, hatte ihm einst ein Mentor von ihm erklärt. Also bewältigte Douglas Situationen wie diese wie einen schwierigen Stunt im Film: Tief ein- und ausatmen, aufrichten, Muskeln anspannen und hinein ins Getümmel.

Und nicht vergessen zu lächeln!

Der weitläufige Saal, geziert mit Kristalllüstern und Deckenstuck, bildete für einen solchen Abend die perfekte Bühne. Und Douglas' Erzählungen über Harvard und Europa waren ein guter Stoff, um Realität und Fiktion verschwimmen zu lassen. Niemand musste wissen, dass er bloß als Gasthörer an der renommierten Universität in Massachusetts gewesen war, und das auch nur knappe vier Monate lang, sodass sein Name nicht einmal in den Jahrbüchern auftauchte. Und ebenso wenig mussten die Leute wissen, dass er von Europa nur London wirklich gut kannte und den alten Kontinent nicht als *lonesome cowboy* bereist hatte, sondern zusammen mit seiner Mutter und seiner Tante, was eine äußerst langweilige Erfahrung gewesen war.

»Europa. Tragisch, was dort gerade passiert«, versuchte er, sich am Gespräch einer ernst blickenden Runde zu beteiligen. Man nickte und führte die aktuelle Diskussion über den Konflikt auf der anderen Seite des Atlantiks fort. Es war nicht gerade das Gesprächsthema, das Douglas zusagte. Er sah sich als Abenteurer, Lebemann, Athlet, Cowboy und Hundenarr. Der Politik – und vor allem der internationalen – konnte er nur wenig abgewinnen. So schlimm die Situation in Europa auch war, so sehr langweilte er sich doch in dieser ernsten Herrenrunde, die kein anderes Thema zu kennen schien.

Douglas nickte den Herren zu und ging, an seinem Wasserglas nippend, weiter. Manch einer würde sich auf einer solchen Veranstaltung mit Alkohol in Partylaune versetzen, er aber hatte bereits vor Jahren einen Pakt mit sich selbst geschlossen: Kein Tropfen Alkohol durfte durch seinen Körper fließen. Diese Entscheidung hatte er mit zwölf Jahren getroffen, kurz nachdem sein Vater die Familie verlassen hatte. Der hatte ihn eines Tages nach der Schule abgepasst, in eine Bar mitgenommen und mit Bourbon abgefüllt, um ihn auf seine Seite zu ziehen. Am nächsten Morgen hatte Douglas sich entsetzlich gefühlt. Nicht nur sein Kater, sondern auch die Schuldgefühle seiner Mutter gegenüber waren so groß gewesen, dass er gleich mit ihr zur Women's Christian Temperance Union gegangen war, um dort ein Abstinenzgelöbnis zu unterzeichnen. Eine Unterschrift, die fürs Leben sein sollte.

Douglas brauchte keinen Alkohol. Er brauchte andere Stimuli: Bewegung. Übermut. Waghalsigkeit. Und so schlug er einen Spaziergang in der Abenddämmerung vor. Gastgeberin Elsie machte daraus eine Bärensuche – im Wald war angeblich ein Braunbär gesichtet worden –, weil es aufregender klang und ihrer Party Qualität verleihen würde. Doch die Begeisterung ob einer gefährlichen Bestie in den Wäldern hielt sich in Grenzen.

Zunächst versammelte sich nur ein Trio im Hof vor dem Herrenhaus: Elsie, die sich für das Unterfangen in ein Outfit aus wadenlangem Faltenrock, hochgeschlossener Bluse und Wollpullunder geworfen hatte, Douglas und Owen. Letzterer hielt einen Flachmann in der Hand, aus dem er immer wieder einen Schluck nahm. Er erklärte den anderen beiden nuschelnd, dass seine Frau noch zu ihnen stoßen würde. Elsie nützte die Wartezeit, um ihren Spazierstock zu polieren, während Douglas auf einen moosbedeckten Mühlenstein vor dem Haus sprang. Er ließ den Blick über den frisch angelegten englischen Garten und die dahinter liegenden neuen Tennisplätze schweifen und versuchte, auf dem rutschigen Grün auf einem Bein zu stehen. Das lenkte ihn ein wenig von seiner Nervosität ab. Mary Pickford würde sich gleich zu ihnen gesellen. Mary Pickford! Star der Nation. Die beste – und schönste – Filmschauspielerin, die er je gesehen hatte.

Hätte er schon am Nachmittag, auf dem Hinweg nach Philipsburg Manor gewusst, dass Moore mit Mary Pickford verheiratet war – er wäre niemals so hastig davongefahren, sondern sofort in die Limousine geklettert, um sich vorzustellen. Das hatte er auf der Party zwar nachgeholt, aber Miss Pickford hatte sich reserviert gezeigt und war gleich in die Bibliothek des Hauses verschwunden.

Seine eigene Ehefrau hatte Douglas nicht mehr gesehen, seit er ihre Mäntel an der Garderobe abgegeben hatte. Es lief meistens so auf Partys: Beth schüttelte Hände, tanzte mit Gouverneuren und Bürgermeistern und knüpfte Kontakte, während er sich davonstahl, auf der Suche nach Abenteuern. Er kletterte lieber auf Dächer herum oder sprang nackt in eiskalte Brunnen. Am Ende des Abends fanden sie aber immer wieder zusammen, und sie massierte ihm mütterlich den verstauchten Knöchel, nachdem sie die aufgebrachten Gastgeber besänftigt hatte.

Heute war eine Ausnahme: Beth gesellte sich zu den Wanderern, gefolgt von Mary Pickford.

»Das ewige Kind«, hörte er seine Frau entschuldigend sagen, als er seine Hände wie Hörner an den Kopf legte und auf den zweiten Mühlenstein sprang. »Ich bin Beth Fairbanks, Ehefrau und Aufpasserin dieses kleinen Jungen da oben. Freut mich.«

»Mary Pickford. Auch in Jungenbegleitung.« Mary deutete zu ihrem Mann, der offenbar gerade einen Partytrick übte – das Whiskyglas zwischen den Zähnen zu halten und zu leeren.

Douglas betrachtete die beiden mufftragenden Frauen. Sie erinnerten ihn an zwei Gouvernanten am Rande eines Spielplatzes. Beth war einen guten Kopf größer als Miss Pickford, apfelbäckig und samthäutig, mit einem breitkrempigen Hut und einer Perlenkette, die ihr Gesicht rahmten. Sie war noch immer die wunderschöne Frau, die er vor Jahren kennengelernt hatte, dachte er. Die Dame, die ihn mit ihren Manieren, ihren Reise- und Privatschulerfahrungen in eine Welt gelockt hatte, die ihm bislang fremd gewesen war. Manchmal dachte er, dass Beth aussah, als sei sie gerade einem Gemälde im Metropolitan Museum entsprungen. Sie passte in eine hübsche Umgebung wie diese – allerdings nur bei Sonnenschein, nicht in diesem Novemberwetter.

Mary Pickford konnte er sich in Matsch und Schlamm besser vorstellen. Er hatte ihre Filme gesehen. Alle. Manche sogar mehrmals, um zu studieren, wie sie Gefühle inszenierte – wie sie aus Angst auf ihre Lippen biss, oder vor Freude in Pfützen sprang. Er kannte Mary als Landstreicherin in Lumpen, als wildes, verwahrlostes Mädchen im Wald und als armes, vernachlässigtes Waisenmädchen.

Aber so wie diese junge Frau heute in Pelzcape, Seidenbluse und Stöckelstiefeln vor ihm stand, hatte sie wenig mit dem furchtlosen Mädchen von der Leinwand gemeinsam.

»Hmpf«, stöhnte er. »Ihr Frauen seid für unsere Wanderung ja in etwa so brauchbar wie eine Pfeife ohne Tabak.«

»Mr. Fairbanks! Unterschätzen Sie uns nicht, bloß weil wir keine Hosen tragen. Zwei Stoffbeine allein machen noch keinen Abenteurer«, sagte Mary und richtete sich auf, so hoch, wie sie es mit ihren etwa eins fünfzig konnte.

»Mit einem flachen Paar Budapester kommt man aber mit Sicherheit weiter als mit Ihren Puppenschuhen«, sagte Douglas. »Wir werden ja sehen, wer weint, wenn er im Schlamm stecken bleibt.«

»Douglas! Wie kannst du nur so unhöflich zu einer Dame wie Miss Pickford sein!«, rief Beth erzürnt.

»Schon in Ordnung, Mrs. Fairbanks«, sagte Mary Pickford. »Ich arbeite seit zehn Jahren in der Schauspielbranche. Ich kenne diese Sorte Mann.« Sie winkte gelangweilt ab. »Und zu Ihnen, Mr. Fairbanks: Sie werden überrascht sein, zu welch athletischen Leistungen diese zarten Fesseln imstande sind.«

Sie strich ihre weißen Seidenstrümpfe entlang und zog dabei den Rocksaum etwas nach oben, was Owen eifersüchtig aufblicken ließ.

»Na dann los, meine Lieben, auf zur Bärensuche!«, kommandierte Elsie.

Die kleine Gruppe setzte sich in Bewegung, über Gartenmauern – Elsie und Douglas bestanden darauf –, durch Laubberge, vertrocknete Brombeersträucher und anderes Gestrüpp. Owen schwitzte und fluchte; Beth versuchte, in Schlangenlinien den Kuhfladen auszuweichen, während sich Mary ganz offensichtlich bemühte so zu tun, als mache ihr der Dreck nichts aus und als bewege sie sich ganz natürlich.

Plötzlich ließ ein dumpfes Geräusch die Gruppe abrupt anhalten. Owen Moore lag bäuchlings auf dem Boden.

»Verfluchte Wurzel«, stöhnte er.

Während Mary und Beth erfolglos versuchten, Owens weißen Mantel zu retten, klopfte Douglas ihm kumpelhaft auf die Schulter.

»Ich werde mich für dich bei diesem Mistkerl rächen«, erklärte er und begann mit dem Baumstamm zu rangeln, aber nicht einmal Elsie nahm wirklich Notiz von ihm.

Als die ersten Regentropfen vom Himmel fielen, beschlossen Beth und Owen zurückzukehren. Owen wollte an die Bar, um sich zu trösten, und Beth zurück zu Menschen, die lieber über polierte Marmorböden glitten, anstatt im Schlamm zu waten.

»Und ihr beide?«, fragte Douglas und sah von Elsie zu Mary Pickford. »Sind eure hübschen kleinen Zehen schon abgefroren?« Seine Stichelei hatte Erfolg. Umzukehren kam für die beiden Damen gar nicht in Frage.

Also zogen die drei weiter und führten dabei die Gespräche, die man eben führt, wenn zwei Personen nur aufeinandertreffen, weil sie mit der dritten Person befreundet sind.

»Woher kennen Sie Elsie?«

»Werden Sie ihr nächstes Stück am Broadway besuchen?«

»Woran arbeiten Sie denn gerade?«

Dabei wollte Douglas zu gern wissen, was Mary Pickford von seinem ersten Film hielt, der seit wenigen Tagen im Kino war. Ob sie ihn schon gesehen hatte? *The Lamb* lief in allen großen Häusern am Broadway – im Knickerbocker, im Rialto und im Strand. Douglas konnte es manchmal selbst kaum fassen. Ihre Meinung wäre ihm wichtig, viel wichtiger als das Lob der aufgeblasenen Kritiker, deren Urteil nicht selten von ihrer Tagesverfassung abhing. Ein paar lobende Worte von Miss Pickford würden die Unsicherheit, die er in seinem neuen Metier empfand – aber niemals zugeben würde –, sicherlich mildern. Aber er konnte nicht fragen. Es würde verzweifelt wirken, und das wollte er auf keinen Fall.

Während sie weitergingen, wanderte Douglas' Blick unweigerlich zu ihren schlanken Fesseln in den weißen Strümpfen. Ihr Körper wog sich hin und her, und er konnte nicht anders, als an die perfekt geformten Hüften unter ihrem Cape zu denken.

Ein tosender Bach zwang sie schließlich stehen zu bleiben. Das bräunliche Wasser schwappte aus dem Bachbett, und die Planke, die bislang als Brücke gedient hatte, war vom Wasser weggetragen worden und ragte nun aus der Mitte des Stroms hervor. Hier war endlich Douglas'

Chance, seine Männlich- und Furchtlosigkeit zu beweisen. Bevor die Frauen noch überlegen konnten, wie sie Halt finden würden, war er schon auf der anderen Seite des Ufers.

Elsie tänzelte mit großen Schritten von Stein zu Stein. Mary allerdings klammerte sich hilfesuchend an einen kleinen Baum, weniger aus Angst, wie er vermutete, als vielmehr aus Sorge um ihr Schuhwerk. Die Kitzlederstiefel waren inzwischen dunkelbraun.

»Brauchen Sie Hilfe, Miss Pickford?« Bis er den Satz ausgesprochen hatte, stand Douglas schon wadentief im Wasser, streckte die Arme aus und hob sie hoch. Eine der berühmtesten Frauen des Landes über einen Bach zu tragen war schließlich eine perfekte Gelegenheit, um eine ritterliche Figur zu machen.

»Mr. Fairbanks, genug der Heldentaten!«, kreischte Mary und zappelte in seinen Armen. »Die jungen Mädchen vom Set können Sie vielleicht damit beeindrucken. Aber ich wäre Ihnen sehr verbunden, wenn sie mich den Rest des Weges mit meinen eigenen zwei Füßen bestreiten ließen.«

Sie strampelte so heftig, dass er Mühe hatte, sie festzuhalten, doch er ließ sich nicht anmerken, dass er einen Augenblick lang befürchtete, sie könnten beide im Wasser landen.

Douglas dachte oft an diesen grauen Novembersonntag 1915 zurück, an dem sie als Mr. Fairbanks und Miss Pickford zu ihrem Spaziergang aufgebrochen waren und als Douglas und Mary wiederkehrten. Zwei Kollegen, die dabei waren, eine Freundschaft zu knüpfen. Während Elsie sich nach ihrer Rückkehr wieder ihren Gästen widmete, unterhielten Douglas und Mary sich über das Schauspielhandwerk und Kameraeinstellungen – Gespräche, die sie auch nach der Party in Philipsburg Manor fortführten. Bei jedem seiner Aufenthalte in New York suchte Douglas Mary auf: Er lud sie zum Tee und ins Theater ein, und sogar zu dem einen oder anderen Spaziergang, der allerdings nie wieder mit so falschem Schuhwerk angetreten wurde. Nur einmal, bei einem sommerlichen Bootsausflug mit Beth und Elsie nahe New Rochelle, als erst der Picknickkorb über Bord ging und dann gleich das ganze Boot kenterte, ging es fast so abenteuerlich zu wie bei ihrer ersten Begegnung.

Douglas wusste, dass er in Mary eine Gleichgesinnte gefunden hatte. Eine Frau mit Ambitionen, Arbeitseifer, Biss und Stolz. Eine Frau, die über Abenteuerlust und Humor verfügte, zwei Eigenschaften, die bloß hatten wachgekitzelt werden müssen. Zudem schätzte er es, dass sie eine selten enge Beziehung zu ihrer Mutter pflegte. Keine andere Frau konnte ihn in seiner Trauer so gut verstehen wie sie. Er musste sie treffen – wollte mit ihr ein paar Runden durch den Central Park drehen und versuchen, seinem Schmerz eine Stimme zu geben.

Douglas zog sich in sein Schlafgemach zurück. In seinem Nachttischchen bewahrte er ein paar Blätter Papier mit seinem persönlichen, goldenen Briefkopf auf, für die wenigen Briefe, die seine Frau nicht schreiben konnte.

»*Liebe Mary, danke für deine so aufrichtige Anteilnahme...*«, begann er.

# 3
# MARY

Mary liebte das Autofahren. Wenig stimmte sie glücklicher, als mit der flachen Fußsohle das Gaspedal durchzudrücken und mit ihren weichen Raulederhandschuhen das Lenkrad zu umklammern. Sie konnte sich kein schöneres Auto vorstellen als ihre Tilly, ihren Dodge Touring. Jedes Mal, wenn sie über die glänzende Karosserie strich, erinnerte sie sich daran, wie sie an einem Regentag mit ihrer Cousine, die aus Toronto zu Besuch gekommen war, an der Fifth Avenue gestanden hatte und von einem vorbeirauschenden Cadillac nass gespritzt worden war. »Eines Tages«, hatte sie zu ihrer Verwandten gesagt, »eines Tages werde auch ich mir den Traum eines Automobils erfüllen können.«

Inzwischen, acht Jahre später, besaß Mary zwei Fahrzeuge: eine Lincoln Limousine, die von ihrem Chauffeur gelenkt wurde, und Tilly, die sie für ihre Spazierfahrten nutzte. Wie sehr das Autofahren sie entspannte! Das Schalten von einem Gang in den nächsten empfand sie als mühelos, obwohl viele um sie herum der Meinung waren, dass das Bewegen eines Schaltknüppels eine zu anstrengende Tätigkeit für zierliche Frauenhände sei.

An den Sonntagen, ihren einzigen freien Tagen in der Woche, zog es sie stets hinaus aus der Stadt – die Küste hinauf nach New Haven oder rüber nach Long Island. Mal eine Spazierfahrt im Nieselregen, mal ein in Orange getauchtes Gleiten in den Sonnenuntergang. Jedes Mal eine Genugtuung.

Für kurze Strecken im Stadtverkehr zog sie gewöhnlich ihren Chauffeur vor. Heute Abend aber saß sie unentschlossen vor der Silberglocke, die direkt unten bei ihrem Fahrer klingeln würde. Sie wollte Douglas im Privaten sehen, ohne einen Dritten im Auto, der zwar versuchte, nicht in den Rückspiegel zu blicken, sich aber nicht unsichtbar machen konnte. Zugleich aber wollte sie auch nicht selbst am Steuer sitzen, damit sie nicht auf entgegenkommende Kutschen und vorüberhuschende Eichhörnchen achten musste, sondern sich einzig ihrem bekümmerten Freund widmen konnte.

Nach kurzem Zögern klingelte sie.

Zwei Monate – ein Herbstende und einen Winteranfang – hatte sie ihren Freund nicht mehr gesehen. Die Vertrautheit aber war sofort zurück, als Douglas am Columbus Circus, dem südlichen Eingang des Central Park, schwungvoll die Wagentür öffnete und in die Lincoln Limousine stieg, bevor der Chauffeur überhaupt hinter dem Lenkrad hervorklettern und seine Aufgabe erledigen konnte.

Sie hatte ihn vermisst. Seine Stimme, die eine Spur zu hoch war für seine muskulöse Erscheinung. Die Geheimratsecken, die jedes Mal ein wenig größer zu werden schienen. Die fast schwarzen Augen. Es waren diese

Augen, die ihr im vergangenen Jahr so oft das Gefühl gegeben hatten, dass sie alles erreichen konnte. Viel mehr, als sie sich selbst zutraute.

»Wenn *du* vor der Kamera stehst, Mary, wirkt es weniger gekünstelt als bei allen anderen Schauspielern. Du drückst die Emotionen aus, wie man sie wirklich empfindet«, hatte Douglas bei einem ihrer ersten Treffen gesagt. Und Mary hatte seine Worte im Laufe des vergangenen Jahres nicht vergessen. Ebenso wenig wie dieses Gefühl, durch und durch von einem Menschen verstanden zu werden. Zu lange war es her, dass ihr jemand gesagt hatte, dass sie ihre Arbeit gut machte. Die Journalisten versteiften sich auf ihr Aussehen, und wenn sie über den Inhalt ihrer Filme berichteten, dann höchstens über eine besonders amüsante oder herzzerreißende Szene. *Unsere süße kleine Mary*. Dass sie versuchte, auf der Bühne eine gewisse Natürlichkeit zu transportieren und eine neue Art des Schauspielens probierte – darauf achtete kaum jemand. Sie wollte sich nicht theatralisch an die Brust greifen, wenn sie ergriffen war; wollte nicht mit dem Fuß aufstampfen, wenn sie wütend war; wollte nicht den Zeigefinger an die Schläfen legen, wenn sie nachdachte. Echte Menschen liebten, dachten und ärgerten sich schließlich auch anders.

Selbst Adolph »Papa« Zukor waren diese Bemühungen egal. Ihr Chef hatte zwar mit Leidenschaft und Knochenarbeit ein Filmunternehmen aufgebaut, aber er war Geschäftsmann und kein Künstler – ein zielstrebiger, ehrgeiziger Immigrant aus Österreich-Ungarn, der sich in Amerika ein goldenes Leben aufzubauen versuchte. Er war hauptsächlich daran interessiert, dass die

M-A-R-Y-Leuchtbuchstaben auf den Theatermarkisen möglichst hell strahlten und sich die Karten am Box Office schnell verkauften.

Mama allerdings kannte Marys Ansprüche an die Kunst. Sie lobte ihre Arbeit, aber auf Lob folgten immer Kritik und Forderungen. Charlotte Pickford gab ihrer Tochter nie das Gefühl, mit ihr zufrieden zu sein – als hätte sie stets eine bessere Version von ihr vor Augen, die es zu verwirklichen galt.

Und auf Owen brauchte Mary schon gar nicht zu zählen. Mehr als einmal hatte er durchklingen lassen, dass er der Meinung war, ihre Filme seien nur deshalb ein Erfolg, weil das Publikum auf dunkelblonde Löckchen stand. Manchmal glaubte sie selbst, dass er recht hatte, und das machte sie einsam und unsicher. Was nützten ihr Talent und Bemühungen, wenn sie letzten Endes auf die Gunst des Publikums angewiesen war? Konnten die Zuschauer ihre inneren Werte sehen? Wussten sie, welche Ansprüche Mary an sich selbst und an die Kunst des Films stellte? Erkannte überhaupt jemand ihr wahres Wesen? Und was, wenn die Kinobesucher sich eines Tages in ein neues Mädchen auf der Leinwand verliebten? Konnte ihre Beliebtheit überhaupt von Dauer sein?

Bei all diesen Zweifeln waren Douglas' Worte, sein Verständnis und seine Ernsthaftigkeit, mit der er über Marys Arbeit sprach, Balsam für ihre Ohren und ihre Seele und vertrieben die Einsamkeit für eine Weile.

Im Halbdunkel des Automobils erkannte sie, wie braungebrannt Douglas von der kalifornischen Wintersonne war. Seine kleine Narbe auf der Stirn stach hell hervor –

ein Relikt seiner frühen Kindertage. Er hatte ihr erzählt, welche Bedeutung die Narbe für ihn hatte. Sie stellte einen Wendepunkt in seinem Leben dar: Ein bislang freudloses, stilles Kind fällt vom Scheunendach. Plötzlich im Mittelpunkt aller, steht es mit einem schallenden Lachen auf und klopft sich den Schmutz von der Hose. Der Sturz war Douglas' erste Begegnung mit dem Rampenlicht.

Die Narbe hob sich leicht, als Douglas sie anlächelte. Doch sein Lächeln schien verändert. Es war nicht der warme, lebensbejahende Gesichtszug, der sie immer wieder in seinen Bann zog. Douglas' Lächeln war so einzigartig, dass sie ihm vor einigen Monaten sogar eine ihrer »Daily Talks«-Kolumnen gewidmet hatte. Wie sehr dieses Lächeln motivieren konnte! Wie sehr es die Laune besserte! Kein Wunder, dass die Leute seine Filme liebten.

Heute jedoch wirkte sein Lächeln gequält.

Mary sprach ihm ihr Beileid aus, vermied es aber, ihn zu fragen, ob sie etwas für ihn tun könne. Sie selbst hatte ihren Vater im Alter von fünf Jahren verloren, und auch wenn sie sich kaum noch an seinen Tod erinnerte, hatte sie noch heute den durchdringenden Schrei in den Ohren, den Mama von sich gegeben hatte, als sie die Nachricht gehört hatte. Danach waren Nachbarn, Bekannte und Verwandte gekommen, alle mit derselben Frage: Können wir etwas tun? Sie brachten Essen, Kleidung, sogar ein wenig Geld. Aber niemand konnte wirklich etwas tun, denn niemand konnte ihren Vater zurückbringen.

Das Gespräch blieb zunächst oberflächlich. Wie lief die Arbeit? Wie war die Zugfahrt von Hollywood nach New York? Und wie ging es Beth und dem Jungen?

Dann schwiegen sie.

Das Automobil rumpelte die baumgesäumte Mall entlang. Ein letzter Schneematsch glitzerte im Licht der flackernden Parklaternen. Einsam breitete der Wasserengel des Bethesda-Brunnen seine Flügel aus. Ein paar Meter weiter erkannte Mary die dunklen Fenster des Boathouse. Penibel geordnet lagen die Ruderboote am Ufer.

Irgendwann begann Douglas zu sprechen und riss Mary damit aus ihren Gedanken. »Tutu, also meine Mutter, hatte ein erfülltes Leben. Natürlich gab es schwere Verluste. Aber sie war doch immer wieder sehr glücklich, glaube ich«, sagte er in die Dunkelheit. Er blickte starr nach vorne, geradezu so, als versuche er sich selbst diese Tatsache zu bestätigen. »Weißt du, sie war noch sehr jung und bildhübsch, als sie sich in einen der wohlhabendsten Plantagenbesitzer von New Orleans verliebte, in den guten, alten Mr. Fairbanks.«

Mary kannte die Lebensgeschichte seiner Mutter, jedenfalls in groben Zügen, aber sie spürte, dass es Douglas ein Bedürfnis war, ihr von Ella zu erzählen.

»Er war ihre große Liebe. Stell dir vor, er hat sie eines Morgens auf dem Markt an einem Blumenstand gesehen und gewusst, dass er diese Frau heiraten wollte. Über Wochen hat er sie mit Rosen und Pralinen umworben. Jeden Tag hat der Postbote einzelne Röschen mit kleinen Liebesbekundungen von John in den Postkasten gesteckt. Die meisten davon hat sie aufgehoben.«

»Ich glaube, sie hat mir einmal eines dieser Briefchen gezeigt«, erinnerte sich Mary. »Wie romantisch! Sie muss sich wie eine Prinzessin gefühlt haben.«

»Ja, er hat sie auf Händen getragen, jeden einzelnen Tag, den sie zusammen hatten.«

»Sie hat ihn ihr Leben lang vermisst, nicht wahr?«, fragte Mary.

Douglas nickte.

»Tuberkulose, diese bestialische Krankheit. Ich habe mich oft gefragt, warum ausgerechnet er so früh sterben musste. Und wie ihr Leben sonst verlaufen wäre.« Douglas seufzte tief.

»Es muss furchtbar für sie gewesen sein…«, sagte Mary und zögerte. Sie wünschte, sie könnte Douglas mehr Trost spenden, konnte aber nicht die richtigen Worte finden. »…den Mann, den man liebt, nach nur wenigen Jahren wieder zu verlieren.«

»Tutu hat es nie ganz verkraftet. Aber wenigstens hatte sie noch John, meinen ältesten Bruder. Ohne ihn hätte sie sich bestimmt einfach ihrer Trauer hingegeben. Er war damals noch keine fünf Jahre alt, aber er hat ihr viel Kraft gegeben. Und die hat sie auch dringend gebraucht. Schließlich hatte sie die Liebe ihres Lebens verloren, und dann saß sie plötzlich alleine da mit einem kleinen Kind und einem Berg Schulden.«

»Warum hat sie damals eigentlich nicht die Plantagen geerbt?«, fragte Mary vorsichtig.

Douglas schüttelte den Kopf, und Mary sah, wie sich Falten auf seine Stirn legten. »John Fairbanks' Geschäftspartner hat ihn damals über den Tisch gezogen. Er hat ihn zwielichtige Verträge unterschreiben lassen, die ihn um seine Ansprüche gebracht haben. Und am Ende stand John Fairbanks mit leeren Händen da. Dieser Gauner hat es nämlich auch noch geschafft, das Haus von Ella und John zu verpfänden.«

Einen kurzen Augenblick lang musste Mary an ihre

eigenen Verträge und das viele Kleingedruckte denken. Man musste stets auf der Hut sein, mahnte sie sich, verdrängte den Gedanken jedoch sofort wieder. Es ging hier nicht um sie, auch nicht um Geschäftliches. Es ging ausschließlich um ihren Freund, der Hilfe brauchte.

»Und dann hat Ella deinen Vater kennengelernt, oder?«, ermutigte sie Douglas weiterzusprechen. Ella Fairbanks hatte ihr ganz am Anfang ihres Kennenlernens von ihren Ehemännern erzählt, aber es war zu lange her, als dass sie sich an alles erinnern konnte – zumal sie das eine oder andere Glas Sherry dabei getrunken hatten.

»Nein. Dazwischen gab es noch diesen Mr. Wilcox. Er war richtiggehend in sie verschossen und hat ihr geholfen, die Schulden abzutragen. Ich glaube, er meinte es anfangs tatsächlich gut mit ihr. Aber er hatte ein massives Alkoholproblem. Sie hat ihn gerade noch rechtzeitig verlassen, bevor er sie grün und blau prügeln konnte. Den Sohn aus dieser Ehe, unseren Halbbruder Norris, hat sie damals von Verwandten adoptieren lassen. Es wurde ihr einfach alles zu viel.«

»Die Ärmste! Ein Leben in ständiger Angst und Sorge muss furchtbar sein. Und dann auch noch der Druck, ein Kind zurückzulassen, um sich selbst zu schützen!« Mary erschauderte. Sie spürte einen durchdringenden Stich in der Magengegend. Mehr als einmal hatte sie vor Owen Angst gehabt, wenn er zu viel getrunken hatte. »Ich bewundere deine Mutter, wie stark sie war. Nicht jede Frau hätte den Mut, aus einer solchen Beziehung auszubrechen«, sagte sie nach kurzem Schweigen und hoffte, damit die richtigen Worte gefunden zu haben. Aber halfen Douglas ihre Worte überhaupt? Oder machten sie den

Schmerz nur noch schlimmer, wenn sie Ella derart lobte? Kurz überlegte sie, ihm die Schulter zu streicheln, doch sie hatte Angst, eine Grenze zu überschreiten.

»Und dann kam mein Vater. Oder eher: mein Erzeuger, Mr. Ulman«, fuhr Douglas fort. »Dieser Kerl hat es nicht verdient, Vater genannt zu werden. Er hat ihr das Blaue vom Himmel runter gelogen«, zischte er. Sein Atem war weiß in der Abendkälte.

»Er hat sie nicht geliebt?«

»Auf seine Art und Weise wahrscheinlich schon. Am Anfang zumindest. Sonst hätte er nicht seine erste Frau verlassen, um meine Mutter zu heiraten und mit ihr eine Familie zu gründen. Nur leider hat er Tutu nicht gesagt, dass er nicht einmal geschieden war. Hätte sie das gewusst, hätte sie ihm nie ihr Ja-Wort gegeben.«

»*Deswegen* wollte er mit ihr nach Colorado?«

»Ich denke schon. In Denver kannte ihn schließlich niemand, und so konnte auch niemand wissen, dass er in New York noch eine andere Familie hatte.«

Douglas schwieg einen Moment.

»Dort wurden dann mein Bruder und ich geboren, innerhalb von nur vierzehn Monaten.«

Mary nickte lächelnd. Sie kannte die Bilder der zwei pausbäckigen Buben in weißen Hemden und Bundfaltenhosen. Die beiden sahen fast aus wie Zwillinge. Robert, der Ältere, und Douglas, der Jüngste der insgesamt vier Jungs.

»Nur leider hatte er kein Interesse daran, Vater zu sein«, fuhr Douglas fort. »Sobald es ihm zu anstrengend wurde, hat er einfach seine Sachen gepackt und ist verschwunden.«

»Wie alt warst du damals?«, fragte Mary.

»Fünf. Ein Alter, in dem man solche Dinge sehr wohl wahrnimmt und sich auch daran erinnert.«

Und wie man sich an dieses Alter erinnern konnte, dachte Mary. Sie spürte einen Stich in der Brust, als sie an den Todestag ihres Vaters dachte, kurz nach ihrem fünften Geburtstag.

»Das tut mir leid, Douglas.«

»Lange her«, sagte er und tupfte sich kurz die Stirn ab. »Ich bin froh, dass Tutu unsere Namen geändert hat. Heute trage ich wenigstens den Nachnamen ihrer großen Liebe. Und nicht den eines Betrügers.«

»Ach, Douglas!« Sie wollte ihn zu gerne in den Arm nehmen und an sich drücken, aber er hatte sich vornübergekauert, als suchte er in seinem eigenen Körper Schutz. »Vielleicht kannst du dich damit trösten, dass deine Mutter wenigstens für kurze Zeit echte Liebe erfahren hat«, flüsterte sie.

Er nickte, und Mary bemerkte, dass er zu ihr herübersah. Einen Augenblick lang hob er seine Hand, als wollte er zu ihr hinüberlangen, ließ sie dann aber fallen und sprach wieder zu seinen Knien. »Danach hat sie sich dann ganz uns, ihren Kindern, gewidmet.«

»Deshalb eure enge Beziehung?«

Er nickte.

»Sie hat alles für uns getan, hat uns zum Ministrieren und auf die Militärschule geschickt. Sie wollte, dass aus uns gute Männer mit seriösen Berufen wurden. Doch ich bin ausgebrochen und beim Theater gelandet.«

»Sie war so ungemein stolz auf dich. Du hast sie sehr glücklich gemacht, das hat sie immer wieder gesagt.«

Mary dachte an die vielen gerahmten Bilder von Douglas, die in Ellas Appartement gehangen hatten.

»Weißt du, sie wollte anfangs partout nicht, dass ich auf die Bühne gehe. Sie dachte, es sei morallos und frivol«, fuhr Douglas fort. »Aber dann hat Pfarrer O'Ryan sie doch überzeugt.«

»Ein Pfarrer?«

»Ja. Pfarrer O'Ryan war so etwas wie mein erster Mentor.« Douglas' Stimme klang jetzt ein wenig unbeschwerter, und Mary glaubte, im Halbdunkel des Wagens ein Schmunzeln auf seinem Gesicht zu sehen. »Er wusste genau, wie man fürsorgliche Mütter umstimmen konnte.«

»Erzähl!«

»Er hat meiner Mutter einen Besuch abgestattet und versucht, sie davon zu überzeugen, dass die Missionsarbeit in Afrika das Beste für mich sei.«

Mary runzelte die Stirn.

»Die Missionsarbeit?«

Douglas nickte lächelnd. »Und dabei hat er nicht an Details gespart. Er hat ihr all die Gefahren geschildert, von Gefangenschaft gesprochen, Folter und so weiter.«

»Und Ella war so besorgt um dich, dass sie dich sofort zum Theater gehen ließ?«

»Genau! Ich höre noch ihre zitternde Stimme in meinen Ohren. ›Das Bühnendasein, das wäre doch noch einmal eine Überlegung wert, findest du nicht, Douglas?‹«

Bei diesem letzten Satz mussten sie beide lachen. Ella Fairbanks war wirklich eine besondere Frau gewesen. Mary erinnerte sich noch genau an ihre erste Begegnung. Sie hatte Douglas damals erst wenige Wochen gekannt, als er eine Einladung zum Tee bei seiner Mutter ausgesprochen hatte. Zu diesem Anlass hatte er ein Büfett vom stadtbekannten Catering-Service Sherry's bestellt. Wohin man im Appartement auch blickte, überall hatten Silbertabletts gestanden, auf denen sich Häppchen türmten: gefüllte Eier, Truthahnsandwiches, Vol-au-vents mit Hirschragout und Erdbeertörtchen. Es war genug für eine kleine Hochzeitsgesellschaft.

Erst sehr viel später hatte Douglas ihr gestanden, dass ihr Besuch bei seiner Mutter eine Art Versöhnungsgeschenk gewesen war: Mary war die erklärte Lieblingsschauspielerin von Ella Fairbanks, und Douglas hatte gehofft, auf diese Weise ein wenig wiedergutmachen zu können, dass er Beth über Jahre hinweg über seine Mutter gestellt hatte. Danach hatte Mary bei ihren Besuchen jedes Mal eine gewisse Verlegenheit empfunden. Doch das Unbehagen war bald wieder gewichen. Mrs. Fairbanks Senior war eine herzliche Frau – es war eindeutig, von wem Douglas sein Charisma hatte. Und so hatte Mary bei ihren zahlreichen weiteren Besuchen über Stunden hinweg mit Ella Sammelalben bestaunt, in denen die Mutter jeden Schnipsel über ihren Sohn eingeklebt hatte, und manches Mal waren ganze Nachmittage mit Bridge-Partien verstrichen, bei denen Mary und Douglas beide schummelten, damit Ella Fairbanks gewinnen konnte. Mary spürte einen schmerzhaften Stich in der Brust, als sie an diese liebgewonnene Bekanntschaft dachte – und daran, dass sie Ella Fairbanks nie wieder in ihrem Appartement besuchen würde.

Sie unterdrückte die Tränen. Stille senkte sich über das Innere der Limousine, während draußen die Räder auf dem Schotter knirschten. Splitt prallte an den Speichen ab. Mary bohrte ihre Fingernägel in die Handinnenflächen, um nicht zu weinen. Sie musste sich zusammenreißen. Sie musste ihrem Freund eine starke Schulter sein. Es war nicht zu übersehen, dass auch er mit den Tränen kämpfte. Er presste die Lippen aufeinander, um das Zittern seines Kinns zu unterdrücken, und sein Gesicht glich einer Fassade, die Stück für Stück zusammenfiel. Douglas krümmte sich, und seine Schultern bebten, als ihm ein unterdrückter Schluchzer entfuhr. Mary fühlte sich hilflos, dabei zuzusehen, wie ihr Freund von seiner Trauer überwältigt wurde. Sie zog ihren Lederhandschuh aus und legte, ohne lange zu überlegen, sanft ihre Hand auf seinen Rücken. Wieder und wieder strich sie über seinen Wollmantel und machte rhythmische Sch-Laute. Die halfen auch ihr, sich ein wenig zu beruhigen.

Eine Weile saßen sie so, bis Douglas wieder gleichmäßig und tief atmete. »Sie hat es gewusst«, sagte er schließlich und richtete sich auf. Sein Blick war starr geradeaus gerichtet. Die sonst streng nach hinten gekämmten Haare hingen ihm in die Stirn. »Sie hat mir gesagt, ich solle meinen Gefühlen folgen.«

»Was hat sie gewusst, Douglas?«, fragte Mary sanft.

Douglas knetete seine Hände. Dann hörten seine Finger auf, sich zu bewegen, und er wandte sich zu ihr. Obwohl es fast dunkel war, entging es Mary nicht, dass er ihr tief in die Augen blickte. Er streckte seinen Arm aus und strich ihr eine Locke hinter das Ohr.

»Tutu wusste, was ich für dich empfinde, Mary«, flüsterte er.

Einen Augenblick lang glaubte sie, dass er ihre Freundschaft ansprach. In den letzten Monaten hatten sie ein ganz besonderes, enges Verhältnis zueinander entwickelt. Selten hatte Mary mit einem Menschen so gelacht, selten waren ihr die Gespräche so leichtgefallen.

Da legte Douglas seine Hand an ihren Nacken und zog sie vorsichtig zu sich.

»Ich kann nicht aufhören, an dich zu denken«, murmelte er und vergrub seinen Kopf in ihrer Halsbeuge. Sie spürte, wie seine Lippen ihre Haut berührten. Für den Bruchteil einer Sekunde wollte sie zurückweichen. Ihr Kopf befahl es, aber ihr Herz wollte das Gegenteil. Sie hatte den Gedanken zwar stets verdrängt, aber sie hatte sich im vergangenen Jahr mehr als einmal vorgestellt, wie es sein könnte, Douglas zu küssen.

Er bedeckte ihren Hals mit kleinen sanften Küssen. Dann hob er den Kopf und blickte ihr noch einmal in die Augen, als würde er darin nach Erlaubnis suchen. Mit einem leichten Nicken erteilte sie ihm diese, und ihr Herz raste, als seine Lippen ihre berührten.

Eine Weile später saßen sie schweigend nebeneinander, ihr Kopf an seine Schulter gelehnt. Sie schwiegen. Doch anders als zuvor, war es ein von Glück erfülltes Schweigen. Mary verkniff es sich zu fragen, was dieser Kuss, diese plötzliche Zuneigung zwischen ihnen, zu bedeuten hatte. Es würde den Moment nur zerstören. Lieber wollte sie einfach hier sitzen und Douglas' Herzschlag durch seinen Wollmantel spüren.

Es wurde dunkler und nebelig. Keine anderen Autos waren mehr auf der Straße, keine Eichhörnchen hüpften herum. Es musste spät sein. Mary blickte auf die Uhr: 21:17 Uhr. Das konnte nicht stimmen. Die Uhr musste stehen geblieben sein. Sie wusste, dass sie noch funktioniert hatte, als sie ins Auto gestiegen war. Auch als sie am Columbus Circle auf Douglas gewartet hatte, hatte sich der Minutenzeiger noch bewegt. Und vorhin, als sie beim Bootshaus vorbeigefahren waren, ebenso.

Douglas folgte ihrem Blick.

»Es ist sicher schon nach zweiundzwanzig Uhr. Sie muss stehen geblieben sein.«

Er streichelte ihren Handrücken mit sanften, kreisenden Bewegungen.

»Sie ist schon ein paar Jahre alt. Ich werde sie zur Reparatur schicken«, sagte Mary nüchtern und versuchte, sich nicht anmerken zu lassen, was ihr durch den Kopf ging: Die Uhr musste etwa zeitgleich mit dem Kuss stehen geblieben sein. Als wäre es ein Zeichen! Douglas würde sie bestimmt für gefühlsduselig halten, wenn sie ihm diesen Gedanken erzählte. Zu ihrer Überraschung aber vergrub Douglas seine Nase in ihren Locken und flüsterte ihr ins Ohr: »Es ist geradezu so, als hätte Tutu uns ihr Einverständnis gegeben.«

Er küsste sie noch einmal, diesmal länger und inniger. Es fühlte sich so natürlich an, dachte Mary. So gut. Ganz anders als mit Owen, dessen Küsse entweder zu stürmisch oder allzu mechanisch waren, sodass sie mittlerweile versuchte, seinen Zärtlichkeiten auszuweichen.

Mary schwieg, während sie weiter durch den stockdunklen Central Park fuhren. In ihr war alles in Aufruhr. Glück, Verwirrung, Schuld, Sorge, Zuneigung – all diese Gefühle durchströmten sie gleichzeitig. Owen kam ihr in den Sinn, auch Mama, und natürlich Beth und Douglas' Sohn, Douglas junior. Doch sie versuchte, diese Gedanken zu verdrängen. Schließlich hatten sie an diesem Abend ohnehin schon ein Wechselbad an Emotionen erlebt. Sie wollte jetzt nicht nach Erklärungen suchen, wollte nicht den Moment zerstören.

Douglas drückte ihre Hand, die auf seinem Schoß lag, und Mary wünschte, sie könnten einfach so die Nacht hindurch fahren. Aber das Auto rumpelte bereits über den verlassenen Broadway. Sie hatte dem Chauffeur bei der Abfahrt gesagt, dass sie spätestens um dreiundzwanzig Uhr wieder zu Hause sein wolle, denn sie konnte sich keine Augenringe am Set leisten. Kurz ärgerte Mary sich über ihre eigene eiserne Disziplin und überlegte, in dieser Nacht ausnahmsweise einmal alle Vorsätze zu brechen. Nein!, befahl sie sich. Sie durfte nicht völlig die Kontrolle verlieren.

Bald schon war die 42. Straße erreicht. Ein paar Meter vor dem Algonquin bat Mary den Chauffeur, der sich die ganze Fahrt hindurch sehr diskret verhalten hatte, anzuhalten. Kurz sah sie Douglas an und suchte in seinem Gesicht nach Antworten auf wenigstens einige der vielen Fragen, die ihr im Kopf herumschwirrten. Was hatten diese Küsse zu bedeuten? Wann würden sie einander wiedersehen? Wie würde es jetzt weitergehen?

Das Straßenlicht in Midtown war zwar schwach, doch wirkte es nach der Dunkelheit des Parks plötzlich grell. Ein paar Fußgänger waren noch unterwegs.

Sie konnten sich hier unmöglich noch einmal küssen.

»Wir reden bald wieder, Douglas«, sagte sie und legte ihre Hand zum Abschied auf seine Schulter. Es war eine ungelenke Geste, und Mary ärgerte sich über ihre Unbeholfenheit.

Zu ihrer Überraschung zog Douglas sie noch einmal an sich. Er stellte seinen Mantelkragen auf und setzte ihr seinen Hut auf. »Zur Tarnung«, flüsterte er, bevor er sie noch einmal küsste. Vielleicht war es der Nervenkitzel, die Tatsache, dass man sie hier auf der Rückbank des Wagens sehen könnte, vielleicht war es aber auch das Bedauern des Abschieds, das Douglas stürmisch werden ließ: Der Kuss war gefühlvoller als alle Küsse zuvor. Marys Hände und Knie zitterten.

Nur widerwillig ließ sie ihn schließlich gehen.

Seinen Hut, den er ihr gelassen hatte, fest an die Brust gedrückt, sah sie ihm nach, als er durch die Glastür des Algonquins schritt.

»Wie war es mit Douglas, Mary? Wie geht es ihm?«

Mary erschrak, als die Stimme aus der Dunkelheit drang, sobald sie die Wohnungstür geöffnet hatte. Für gewöhnlich schliefen die drei Frauen im Pickford-Appartement spätestens um 23 Uhr. Mary, um frisch für den nächsten Drehtag zu sein, Margaret, um schon früh wieder für all ihre Arbeiten im Haus bereitzustehen, und Mrs. Pickford, um beiden Mädchen ab Tagesanbruch Anweisungen geben zu können.

Heute aber saß Mama im Lehnstuhl unter dem silbrig schimmernden Fenster, das Strickzeug unangetastet auf ihren Knien.

»Den Umständen entsprechend. Er lässt dich grüßen, Mama«, sagte Mary und versuchte, das Zittern in ihrer Stimme zu unterdrücken.

Sie war dankbar, dass der Mond, der durch das Zimmerfenster schien, die einzige Lichtquelle war, sodass

Mama nicht sehen konnte, wie ihr die Röte ins Gesicht stieg. Wie gerne hätte sie es in die Welt hinausgeschrien: Douglas Fairbanks hat mich geküsst! Douglas Fairbanks hat Gefühle für mich! Doch sie wusste, wie ihre Mutter darauf reagieren würde. Sie wäre schockiert gewesen und hätte ihr einen Vortrag über ihre Erziehung und ihre ehelichen Verpflichtungen gehalten. Mama würde sie eine Betrügerin nennen. Sie hatte ihren Mann betrogen, sich selbst, ihre Mutter und Gott.

»Entschuldige mich bitte, Mama. Ich bin müde. Und morgen früh muss ich nach New Jersey raus. Außenaufnahmen.«

Mary zog sich in ihr Zimmer zurück, wo sie sich selbst entkleidete, da Margaret bereits schlief. Sie schlüpfte in das perlenbestickte Seidenhemd und kroch unter die kalten Seidenlaken. Dort lag sie im Dunkeln und lauschte auf ihre rasenden Gedanken und ihr pochendes Herz. Wenn sie die Augen schloss, sah sie Douglas vor sich – sein Lächeln, und dieses Zwinkern, mit dem er sie so oft aus ihren Grübeleien gerissen hatte. Langsam strich sie über ihre Handrücken und Unterarme, um sich an seine Berührungen zu erinnern, und ließ die Hand zu ihrem Hals gleiten, über die Stellen, die er geküsst hatte. Sie bekam eine Gänsehaut. Woher kamen plötzlich diese Gefühle? Douglas war ein gut aussehender Mann, das war nicht abzustreiten. Sonst wäre er auf der Leinwand nicht so erfolgreich. Die breiten Schultern, die männliche Brustbehaarung, das schelmische Grinsen, die nachdenkliche Stirn: Männer wollten so sein wie er, und Frauen begehrten ihn. Mary selbst hatte sich in der Vergangenheit das eine oder andere Mal bei der Vorstellung ertappt, wie es wäre, mit Douglas auszugehen oder ihn gar zu küssen. Aber sie hatte diesen Vorstellungen keine Bedeutung beigemessen. In der Filmbranche begegnete man ständig gut aussehenden, adretten Männern. Mary nahm sie wahr, ja, manchmal träumte sie sogar von ihnen, aber letzten Endes erinnerte sie sich stets daran, dass sie eine verheiratete Frau war. Sie hatte sich für Owen entschieden. Und auch wenn sie diese Entscheidung manchmal bereute, wusste sie, dass sie dazu stehen musste. Das war sie Gott als Katholikin schuldig. Sie hatte Verpflichtungen, sich selbst, ihrer Familie und ihren Auftraggebern gegenüber. Schließlich war sie hier in New York, um einen Job zu machen und damit den Unterhalt für sich und ihre Familie zu sichern, nicht um irgendwelchen mädchenhaften Schwärmereien nachzugehen. Das war es doch, was sie empfand: ein Schwärmen. Oder?

Mary wälzte sich in der Dunkelheit hin und her. Sie fühlte sich, als hätte sie drei Tassen starken englischen Tee getrunken, und meinte, das Blut in ihren Adern pulsieren zu fühlen. Warum hatte Douglas diesen Schritt gewagt? Und was meinte er damit, dass er Gefühle für sie hatte? Er war ein verheirateter Mann, ein Familienvater! Er konnte das Gesagte nicht ernst meinen. Er durfte es nicht ernst meinen! Noch einmal strich sie sich über den Hals. Ihr ganzer Körper hatte zu kribbeln begonnen, als sie seinen Atem an ihrem Ohr gespürt hatte. *Ich kann nicht aufhören, an dich zu denken*, hatte er gesagt. »Ich kann nicht aufhören, an dich zu denken«, flüsterte sie in die Dunkelheit und presste das Kopfkissen an ihre Brust. Sehnsucht überkam sie, gepaart mit Trauer und Wut. Die

Küsse, so schön sie waren, sie mussten eine einmalige Sache bleiben!

Es dauerte eine Ewigkeit, bis sie endlich in den Schlaf fand. Am nächsten Morgen wartete sie ab, bis Mama im Bad war, und schlich sich ohne Frühstück aus der Wohnung, so wie auch an den folgenden Tagen. Abends schob sie Bauchschmerzen vor und entschuldigte sich vom Abendessen oder blieb so lange wie möglich am Set. Bis in die Abendstunden hinein studierte sie ihre Texte, auch wenn niemand sie im Stummfilm hören würde. Sie begann sogar Kleider zu flicken, obwohl das Aufgabe der Schneiderinnen war. Zweimal musste Papa Zukor sie um Mitternacht persönlich nach Hause schicken.

Es war ihr noch nie leichtgefallen, Geheimnisse vor Mama zu bewahren. Nicht, dass sie viele gehabt hätte. Nur einmal. Vor sieben Jahren. Mit Owen.

Damals, im Spätfrühling 1909, hatte Mama nach einer Auftragsflaute in der Theaterszene beschlossen, Mary zum Film zu schicken.

»Bitte nicht, Mama. Schick mich in jedes Theater der Stadt, mit jeder Wanderbühne durch das Land! Nur nicht zum Film«, hatte sie ihre Mutter damals angefleht.

Die Filme, die Mary bislang gesehen hatte, waren roh und ungehobelt gewesen – sie handelten von Zugüberfällen, Bränden und verwaisten Kindern.

»Es ist doch nur für ein paar Wochen, mein Schatz. Nur bis wir ein paar neue Aufträge bekommen. Wir müssen uns irgendwie über Wasser halten«, sagte Mama.

Mary wusste das nur allzu gut: Sie und ihre Geschwister brauchten Socken, Unterhosen, Oberhemden, von den kostspieligen Kleidungsstücken wie Jacken und Stiefeln ganz zu schweigen.

»Tu es für uns, Liebling. Damit wir als Familie zusammenbleiben können«, bat Mama.

Mary spürte einen Stich in der Magengegend. Sie versuchte, die schmerzlichen Erinnerungen an die vielen Male zu verdrängen, an denen sie ihren Geschwistern aus dem Zugabteil zugewunken hatte. Das Leben als Wanderschauspielerin war eine große Belastung für die ganze Familie gewesen, ganz besonders dann, wenn sie aufgeteilt worden waren: Selten konnte eine Kompagnie alle drei Kinder und eine Mutter beschäftigen – die meisten wollten ohnehin nur Mary, das süße Goldlöckchen. Die allerdings hasste diese Engagements, die sie jedes Mal von ihrer Familie trennten. Wie froh war sie gewesen, als Mama ihr vor wenigen Wochen eröffnet hatte, dass sie die nächsten Monate – den ganzen Sommer – hier in New York verbringen würden. Doch nun, nach dem Entschluss ihrer Mutter, sie zum Film zu schicken, verwandelte sich ihre Freude in Enttäuschung.

»Aber Mama. Es sind die *Flickers*! Die Filmbranche!«, stöhnte sie.

»Es ist nur vorübergehend, Liebling. Nur für ein paar Wochen.« Mama hielt einen Augenblick inne. »Wenn du möchtest, darfst du dir ein paar Seidenstrümpfe von mir leihen.«

Nach dem Versprechen, ihr mit dem ersten Gehalt das erste Paar hochhackige Schuhe zu kaufen, hatte ihre Mutter sie schließlich so weit. Mary willigte ein, am nächsten Tag zum Studio zu gehen. In der Nacht noch schmückte Mama einen drei-Dollar-Strohhut, den besten, den die Familie besaß, mit einer dunkelblauen Schleife und hängte Marys feinstes Sonntagskleid zum Auslüften in die Stube.

Sie sah fraulich und erwachsen aus, als sie am nächsten Morgen auf den Stufen des Mehrparteienhauses in der West 17th Street stand und den Abschied hinauszögerte, weil sie immer noch darauf wartete, dass ihre Mutter sagen würde, sie dürfe doch zu Hause bleiben und sie würden auch so irgendwie über die Runden kommen. Charlotte, Lottie, Jack und Mary – wenn sie sich alle anstrengten, würden sie das Geld schon zusammenkratzen. Aber Mary wusste, dass dies keine echte Option war. Lottie und Jack bekamen höchstens schlecht bezahlte Nebenrollen, und Mama musste sich oftmals mit der Rolle einer Komparsin zufriedengeben. Die Verdienste der anderen Familienmitglieder würden niemals reichen, um sie über Wasser zu halten. Ganz abgesehen davon, dass im Sommer Flaute in der Theaterbranche herrschte. Gab es andere Alternativen? Wohl kaum. Sie hatten keinen reichen Onkel, der ihnen Geld senden konnte, und keinen Notgroschen unter der Matratze. Mary hatte nicht einmal eine eigene Matratze, nur zwei zusammengeschobene Lehnstühle.

»Es ist die Biograph Company, Liebling. Sie sind die besten Filmemacher in der Stadt, die besten in der Branche. Dieser Mr. Griffith hat schon über hundert Filme gedreht«, sagte Mama zum Abschied. »Er soll etwas von seinem Fach verstehen. Gib ihm eine Chance.«

Das Biograph-Studio war in einem beeindruckenden Backsteinhaus an der 14th Street untergebracht, das eher den Sitz einer Bank oder eines florierenden Handelsunternehmens vermuten ließ. Voller Ehrfurcht stieg Mary über die Treppen, in Gedanken bereits Mama verzeihend, dass sie den Vorschlag, zum Film zu gehen, gemacht hatte. Doch hinter dem schweren Portal kam die Enttäuschung: Abgewetzte Tapete, ein rissiger Handlauf im Treppenhaus und speckig getretener Teppich bezeugten, dass das Haus seine besten Zeiten schon eine Weile hinter sich hatte.

Am Eingang zum Set passte sie D. W. Griffith ab, der sie sofort von Kopf bis Fuß prüfend musterte.

»Hübsch bist du ja«, sagte er und trat einen Schritt zurück. Er hielt die Finger zu einem Quadrat vor das Gesicht, als versuchte er, sich eine Leinwand vorzustellen. »Aber ein bisschen zu klein, würde ich sagen. Und eine Spur zu...« Er zog seine Arme in die Breite. »Eine Spur zu dick. Aber es könnte funktionieren. Wir werden eine Probeaufnahme machen.«

»Mr. Griffith!« Mary war empört. Wie konnte dieser fremde Mann es wagen, sie als dick zu bezeichnen? Wo sie sich doch ohnehin nur von Orangen, Tee, Hühnchen und der gelegentlichen Scheibe Toast ernährte. »So spricht man nicht mit einem Mädchen, ganz egal, wie sie aussieht.«

»So, so. Wenn du kein Interesse hast, kannst du gerne wieder...« Er nickte zur Tür.

Mary ahnte, dass jetzt nicht der Zeitpunkt war, um einen Streit anzufangen, auch wenn es ihr schwerfiel, den Mund zu halten.

Griffith ließ sie in einem kalten Vorraum auf einem wackeligen Stuhl warten, bis sie schließlich in die langgezogene Garderobe gebeten wurde, die durch einen Tisch mit Spiegeln in der Mitte unterteilt wurde.

»Die rechte Seite ist nur den Hauptdarstellern vorbehalten«, erklärte Griffith und wies ihr einen Platz linker Hand zu. Über dem Spiegel prangten zwei nackte Glühbirnen, davor lagen zahlreiche Schminkutensilien.

Mary erwartete, dass er sie auffordern würde, sich selbst zu schminken. Eine Aufgabe, die sie während der vielen Engagements in den diversen Theatern des Landes perfektioniert hatte. Doch stattdessen zog Griffith einen Hocker für sich selbst heran und begann, ihr Gesicht kreideweiß zu färben. Er umrahmte ihre Augen und zog die Brauen nach, wobei er den Kohlestift so fest andrückte, als wollte er damit ihre Haut aufschlitzen.

»Die Akzentuierung ist wichtig vor der Kamera. Sonst wirkt dein Gesicht wie ein Pfannkuchen«, erklärte er.

Das Set – eine von Quecksilberlampen umstellte Bühne – lag in einem heruntergekommenen Ballsaal, dessen Deckenstuck bereits bröckelte. Die Scheinwerfer surrten, das Licht war furchtbar künstlich. Es war eine einschüchternde Atmosphäre, in der es Mary schwerfiel, Griffith' Anweisung, in die Kamera zu lächeln, Folge zu leisten.

Die Kamera. Ein 1,50 Meter großes Monstrum, beinahe so groß wie sie selbst. Die Linse hatte eine Art hervorspringendes Auge. Ein Zyklop, dachte Mary. Ein Zyklop, der übelkeiterregende Geräusche machte, als säße eine spuckende Katze auf einem Mähdrescher.

Während sie sich mühsam an das Umfeld zu gewöhnen versuchte, sammelte sich eine Handvoll Schauspieler auf der Bühne.

»Mary, du bist im Film eine Musikerin.

Das hier sind deine Zuseher. Ich möchte, dass du beschwingt an ihnen vorbeigehst und dabei noch so tust, als würdest du ein kleines Liedchen singen«, befahl Griffith.

Einen Augenblick lang war es, als hätte sie sämtliche Schauspielerfahrung verloren. Ungelenk hielt sie die Gitarre und wusste nicht, ob sie tatsächlich singen oder bloß die Lippen bewegen sollte. Würde man beim Stummfilm einen Unterschied bemerken? Dann entschied sie sich für die authentischste Version: Sie erinnerte sich an einen Straßenmusiker, der in ihrer Kindheit in Toronto im Park gespielt hatte. Tatsächlich konnte sie sich sogar noch an den Text des Volksliedes erinnern, das er in Dauerschleife gesungen hatte – und so begann sie inbrünstig zu singen, schließlich ging es um den Unterhalt für Mama und die Familie.

»Hey, D.W.!«, brüllte plötzlich eine raue Männerstimme durch den Saal. »Wer ist denn das neue Weibsbild?«

Mary, irritiert von der Unterbrechung, hörte auf zu singen und versuchte, den Besitzer der Stimme in der Dunkelheit ausfindig zu machen, doch die Scheinwerfer blendeten zu sehr. Sie hörte wohl nicht richtig – Weibsbild? Wie konnte ein Fremder sie so beleidigen? Empört ließ sie die Gitarre sinken.

»Weibsbild? Sie nennen mich Weibsbild?«, rief sie in die Richtung, aus der die Stimme gekommen war. »Sind Sie noch bei Sinnen? Wie können Sie eine junge, Ihnen unbekannte Frau derart beleidigen? Wir sind doch hier nicht in einer Spelunke!«

Im selben Moment sprang Griffith mit tosendem Gebrüll auf: »Zum Teufel! Bist du verrückt, Mädchen? Mitten in der Szene zu unterbrechen? Jetzt müssen wir noch einmal ganz von vorne anfangen! Kannst du dir vorstellen, was das kostet? Wage das nie wieder, hörst du? Und jetzt bringen wir diese verdammte Aufnahme zu Ende.«

Doch Mary ließ sich nicht so schnell einschüchtern. »Mr. Griffith«, erwiderte sie nun mit ruhiger Stimme. »Es tut mir leid, wenn ich Ihnen Ihre Szene verpatzt habe. Aber ich bin ein anständiges Mädchen, das sich nicht von irgendeinem Taugenichts beleidigen lässt.«

»Und ich bin der Filmdirektor, Miss Pickson.«

»Pickford.«

»Pickford, Pickfield, Pickson. Wenn du eine Karriere im Film willst, dann ist das deine letzte Chance!«

Sie starrten einander an. Augenkontakt zu halten zählte zu Marys häufigsten Übungen vor dem Spiegel. Sie würde nicht weichen.

Und tatsächlich war es Griffith, der schließlich nachgab. »Ok. Action, Leute!«

Mary nahm die Gitarre wieder in die Arme. Sie sang lauthals und lächelte keck. Dieser Tölpel, der dort irgendwo hinter der Kamera lungerte, würde ihr nicht die berufliche Laufbahn vermasseln. Sie war so in ihre Rolle vertieft, dass sie Griffiths »Cut« beinahe überhörte. Die Schauspieler lösten sich in Grüppchen auf. Nach einem Moment der Orientierungslosigkeit steuerte Mary langsam ihren Platz am Schminktisch an. Doch Griffith stellte sich ihr in den Weg.

»Nicht so schnell, Miss Pickford«, sagte er.

»Mr. Griffith, ich denke, es ist alles zu dem Vorfall

vorhin gesagt. Es tut mir leid, dass ich die Aufnahmen unterbrochen habe, aber ich hatte meine Gründe. Ich freue mich, dass die Szene nun im Kasten ist.« Sie zögerte kurz. »So nennen Sie das doch hier beim Film?«

Griffiths Gesicht nahm plötzlich weichere Züge an. Er schmunzelte.

»Ich sehe, du lernst schnell«, sagte er.

»Ich mache keine halbherzigen Sachen, Mr. Griffith.«

»Das gefällt mir.« Er rieb die Hände aneinander. »Du kannst wiederkommen. Morgen. Punkt neun Uhr.«

Bevor Mary die Garderobe verließ, überreichte er ihr einen Tagesscheck, den sie beim Kassier einlösen sollte, und zitierte den vorlauten Schauspieler herbei, der nach dem Weibsbild gerufen hatte. »Owen Moore, entschuldige dich bei unserer neuen Kollegin.«

Mary war bereits ein paar Wochen beim Film, als Mr. Griffith ihr ein weiteres Angebot machte. »Was hältst du von einer Hauptrolle, Mary? Ich denke, du bist so weit.«

»D. W.! Das wäre ein Traum!«, rief sie.

»Du weißt bestimmt, wie man einen Mann liebt, nicht wahr?«

Mary zögerte. War das eine von Griffiths Avancen? Sie hatte am Set viele Gerüchte über ihn gehört, auch dass er gerne Mädchen verführte.

»Ein Kuss, Mary. Du weißt doch, wie das geht?«

»Ein Kuss?«

»Ja. Ein Kuss. Du weißt schon, ein Mann und eine Frau, die eng umschlungen ihre Lippen aneinanderpressen?«

»Natürlich, D. W.«

Sie log. Ihren bislang intimsten Kontakt mit einem Mann hatte sie gehabt, als sie einmal im Zug an der Schulter ihres fremden Sitznachbarn eingeschlafen war. Natürlich hatte sie schon für den einen oder anderen Jungen geschwärmt. Jeromy etwa, mit den hellblonden Haaren, in die sie ihr Gesicht vergraben wollte. Er hatte mit ihr in Baltimore gespielt. Und Isaac, der ihr im Theater drüben in Brooklyn immer unaufgefordert Tee gebracht hatte. Doch über unschuldiges Träumen war sie nicht hinausgekommen geschweige denn mit einem Jungen allein gewesen. Dafür hatte Mama stets gesorgt.

»Kannst du nun eine Liebesszene spielen, oder nicht, Pickford?«, wiederholte Griffith ungeduldig.

»Selbstverständlich.« Sie versuchte, dem Wort Nachdruck zu geben, um ihre innere Unsicherheit zu überspielen.

Griffith rief einen Bühnenbildner zu sich, der gerade eine Pappmaché-Säule für die Rekonstruktion einer Ladenzeile vorbeitrug.

»Bob, leih uns mal deine Säule«, sagte er und stellte den übergroßen Zylinder zwischen sich und Mary auf.

»Probieren wir es aus. Stell dir vor, die Säule ist der Mann deiner Träume.«

Mary fasste das Monstrum aus gekleistertem Papier auf Hüfthöhe an, neigte es von links nach rechts und zog es langsam zu sich heran.

Sie wusste selbst, dass es lächerlich aussah.

»Ich kann doch nicht diese leblose Säule lieben, D. W.!«

Griffith blickte sich im verlassenen Ballsaal um und entdeckte Owen Moore, der auf einer Stehleiter saß und zu dösen schien. Er pfiff ihn wach.

»Owen, beweg dich hier rüber! Miss Pickford bringt sich nicht dazu, eine Säule zu küssen. Mal sehen, ob sie sich mit dir besser anstellt.«

Owen Moore. Ausgerechnet der Tunichtgut von ihrem ersten Tag, dachte Mary. Doch sie durfte sich jetzt nicht ablenken lassen. Das hier war ihre Chance auf eine Hauptrolle! Sie griff nach seinen Händen, neigte den Kopf, blickte lächelnd zu ihm hinauf und versuchte sich vorzustellen, er sei einfach eine gesichtslose Säule. Dann zog sie seine Hände zu sich heran und legte seine Arme um ihren Körper, ein wenig so, als wollte sie eine Puppe dazu bringen, sie zu umarmen.

»Verdammt, Mary. Liebst du ihn oder vergewaltigst du ihn?«, rief Griffith. »Leg die Arme um seinen Hals. Und Owen, mach' was mit deinen verfluchten Händen! Kitzle ihren Nacken, streichle ihre Wange, was weiß ich! Strengt euch an, Kinder.«

Einen kurzen Augenblick lang fühlte Mary sich wie ein Kleinkind, das sich an den Hals seines Onkels klammerte. Diese Haltung würde sie garantiert nicht ins Rampenlicht bringen. Langsam wagte sie es, das Gewicht zu verlagern. Sie richtete sich auf und schmiegte sich an ihren Partner. Dann neigte sie ihr Gesicht zur Seite, spitzte leicht den Mund und spürte, wie Owen Moores Lippen sich auf ihre legten. Sie fühlte seine Hand zu ihrem Gesäß hinunterwandern und war überrascht, wie angenehm diese Berührung war.

»Voila! Aus Kind wird Frau!«, rief Griffith, bevor er die Szene beendete. Der grüngelb beleuchtete Raum wurde hell, doch Owen und Mary verharrten noch einen Augenblick länger in ihrer Position.

Zehn Tage waren inzwischen seit dem Kuss mit Douglas vergangen. Jeden Morgen vertrödelte Mary die freien Stunden draußen im Park, bis es um halb zehn endlich Zeit war, zur Arbeit zu gehen. Noch immer ging sie ihrer Mutter aus dem Weg, denn sie war sich sicher, dass Mama sofort merken würde, dass bei dem Treffen mit Douglas etwas passiert sein musste. Sie würde Mary nur einmal lange in die Augen sehen, und Mary würde ihr alles erzählen.

Stattdessen ging sie also hinaus. Sie beobachtete die Kinder, die ihre Spielzeugschiffchen im Central Park um die Wette fahren ließen, zählte die pelzigen Schafe auf der Sheep Meadow und kaufte sich Erdnusskrokant in dem kleinen Laden an der oberen Madison Avenue.

Und jeden Morgen durchlebte sie die gleiche Gedankenspirale: Douglas hatte sie geküsst! Ihr Kopf an seiner Schulter, seine Lippen an ihrem Ohr, ihrer beiden Hände ineinander: Es hatte sich so natürlich und richtig angefühlt … Was hatte der Kuss zu bedeuten? Hatte Douglas sich bloß in einem Moment der Schwäche dazu hinreißen lassen? Hatte er sie nur geküsst, weil er in seiner Trauer nach Nähe und Trost gesucht hatte? Aber er hatte mit seiner Mutter über sie gesprochen. Also musste er schon eine Weile Gefühle für sie haben. Aber wenn seine Gefühle echt waren, wie konnte es sein, dass sie nie etwas davon geahnt hatte? Vielleicht hatte der Verlust seiner Mutter, die Erkenntnis, dass Leben und Tod nur einen Augenblick voneinander entfernt lagen, ihn dazu bewogen, sich seine Gefühle einzugestehen?

Marys Gedanken rasten.

Sie waren beide verheiratet, waren lebenslange Verpflichtungen mit anderen Menschen eingegangen. Wie würde Beth es aufnehmen, wenn sie jemals erfuhr, dass Douglas und Mary sie hintergangen hatten? Welche Folgen hätten ihre Handlungen für den kleinen Douglas junior? Und Owen – er war eifersüchtig und besitzergreifend. Einen Seitensprung würde er ihr niemals verzeihen. Und was, wenn diese neuen Gefühle zwischen ihr und Douglas ihre Freundschaft zerstörten, eine Freundschaft, die so stimulierend und fruchtbar war? Douglas war ihr Kollege. Ihr Vertrauter. Konnten sie denn nach dem Abend im Central Park einander je wieder so gegenübertreten wie früher? Würde nicht immer eine gewisse Spannung zwischen ihnen herrschen? Wenn er sie von nun an berührte, würde sie sich stets fragen, ob er Absichten hegte. Wenn sie ihn anlächelte, würde er sich vielleicht fragen, ob sie an seine Küsse dachte. Und wahrscheinlich würde sie fortan in seiner Gegenwart tatsächlich an seine Zärtlichkeiten denken müssen. Schließlich tat sie genau das schon seit Tagen, auch wenn sie immer wieder versuchte, ihre Gefühle für ihn zu verdrängen. Doch es wollte ihr einfach nicht gelingen.

Und was bedeuteten diese neuen Gefühle für ihre Karriere? Mary wusste, dass sie gut aufpassen musste. Wenn sie und Douglas auch nur einen falschen Schritt machten, wenn irgendjemand sie gesehen hatte, könnte es das Aus für sie bedeuten. Ehebruch war eine Sünde, über die die wenigsten Fans hinwegsehen würden. Unvorstellbar die Empörungswelle, wenn die Öffentlichkeit erfuhr, dass ihr engelhaftes Vorbild so freizügig war und fremde Männer küsste. Mary sah sie bereits vor sich, die leeren Säle und die wütenden Frauen vor den Kinos, die ihre Filmplakate zerrissen. Sie hörte die Stimme des Pompeian-Beauty-Geschäftsführers, der am Telefon ihren Werbevertrag für nichtig erklärte und kistenweise Tuben und Tiegel, alle mit ihrem Konterfei, aus dem Handel nahm und vernichten ließ. Adolph Zukor würde sie sofort aufs Abstellgleis schieben. Er hatte genug andere Mädchen unter Vertrag, die, ins rechte Licht gerückt und das Haar gut gelockt, Marys jungfräuliche Erscheinung nachahmen konnten. Wie oft hatte Mama sie gemahnt, dass die Konkurrenz ihr auf den Fersen war und dass sie sich stets untadelig präsentieren musste? Keinen Füllhalter, ja nicht mal einen Lippenstift ließen Mutter und Zukor Mary in der Öffentlichkeit halten, aus Sorge, man könnte glauben, Mary Pickford hielte eine Zigarette. Einen Glimmstängel! Doch all das war ja harmlos im Vergleich zum Ruf einer Ehebrecherin! Der Schaden, den eine Beziehung mit Douglas anrichten würde, wäre unermesslich. Ausgerechnet mit Douglas Fairbanks – einem Mann, der nicht minder im Rampenlicht stand. Ihn würde es natürlich nicht so hart treffen. Einem gut aussehenden Draufgänger verzieh man so etwas leicht – besonders die Frauen, die sich wünschten, sie selbst könnten die nächste Auserwählte sein.

Auch an diesem Morgen kam Mary zum immer gleichen Entschluss: Sie musste die Katastrophe aufhalten – auch wenn es sie jeden Funken Selbstbeherrschung kostete, den sie besaß. Wenn Douglas es ihr bloß nicht so schwer machen würde: Täglich schickte er ihr Telegramme. Mary hatte sie angenommen, es aber nicht über sich gebracht, sie zu lesen. Zu groß war ihre Angst, dass seine Worte, sollten sie genauso liebevoll sein wie die,

die er ihr im Auto gesagt hatte, ihre Standhaftigkeit ins Wanken bringen würden. Sie musste jetzt stark sein und einen kühlen Kopf bewahren – für sie beide.

In der Hauptallee des Central Park rauschten die Pferdekutschen an ihr vorbei. Das Klappern der Hufe trommelte wie ihre Gedanken. Mary ging unbeirrt weiter, den Blick starr geradeaus gerichtet, als könnte sie, wenn sie sich nur genug konzentrierte, das Stimmengewirr in ihrem Kopf verdrängen.

Vor dem Südausgang des Central Park setzte sie sich auf eine Bank und legte die kleine Handtasche mit dem Elfenbeingriff auf ihren Schoß. Sie prüfte, dass der Goldverschluss tatsächlich fest geschlossen war, und strich mit den Fingern über das Leder, um sicherzugehen, dass der Inhalt nicht irgendwo herauslugte. Douglas' Telegramme sollten – mussten – ungelesen bleiben. Von ihr, wie auch von allen anderen. Undenkbar, was geschehen würde, wenn ihre Mutter sie fände! Mary wusste, dass man Dinge vor Mama in Sicherheit bringen musste. Damals, nach der heimlichen Hochzeit mit Owen im Standesamt von New Jersey, hatte sie wochenlang ihren Ehering an einer Kette um den Hals und unter ihrer Bluse getragen, bis Mama ihn schließlich eines Tages entdeckt hatte. Dieses Mal würde sie vorsichtiger sein.

Schlimmer noch wäre es nur, wenn Owen die Briefe fand, dachte Mary und stand wieder auf. Sie umklammerte den schmalen, kühlen Henkel noch fester und ging entschlossenen Schrittes weiter. In zwanzig Minuten würde Owen mit dem Zug ankommen, und Mary durfte sich nicht verspäten, denn sie wollte ihn auf keinen Fall misstrauisch machen. Was würde er denken, wenn sie zu spät kam, um ihn von seinem Zug abzuholen? Und warum hatte er sich ausgerechnet jetzt angekündigt? Eigentlich hätte er noch für mindestens drei Wochen in Kalifornien sein sollen.

Ahnte er etwas? Würde Owen an ihr eine Veränderung bemerken? Anders als er, war sie noch nie eine gute Lügnerin gewesen. Wie oft hatte er sie in ihrer Ehe belogen, hatte ihr erzählt, dass er Aussichten auf eine große Rolle hätte, obwohl er seinen Job verloren hatte; hatte ihr gesagt, dass er nachts proben müsse, obwohl er mit seinen Kumpels um die Häuser gezogen war. Nicht selten war er mit einem Lippenstiftabdruck auf dem Kragen nach Hause gekommen.

Ja, es war vielleicht dumm, die Briefe hier bei sich zu tragen, auf dem Weg zu Owen. Doch kein anderes Versteck war für Douglas' Post sicher genug. An der Bordsteinkante gegenüber der Grand Central Station blieb Mary stehen und überlegte tatsächlich einen Moment lang, die Briefe zu zerreißen und in einen Müllkarren zu werfen. In Gedanken sah sie sich, wie sie die vielen Papierfetzen zu einem Ball zusammenknüllte und in den Behälter stopfte, wobei sie mit der Hand tief in den Korb hineingriff, um die Schnipsel zu verstecken. Einen Augenblick lang war sie versucht, einen von Douglas' Briefen herauszunehmen und doch zu lesen – nur einen einzigen! Doch sofort ermahnte sie sich, presste die Handtasche eng an ihren Körper und ging weiter. Kälte legte sich um ihre Waden. Mary sah an sich hinunter. Die vorbeifahrenden Autos spritzten den letzten Schneematsch vom Straßenrand hinauf. Sie spürte, wie ihre Nägel sich in die Handinnenfläche bohrten. Die Nägel waren frisch maniküert und vorne ein wenig zu spitz geraten. Es war ihr während der Schönheitsbehandlung schwergefallen, ruhig zu sitzen. Auch hier waren ihre Gedanken wie wild herumgeschwirrt. Sie hatte sich geärgert, dass sie überhaupt ihre Nägel für Owen machen ließ, hatte sie diese doch gerade zwei Tage zuvor für die Dreharbeiten gepflegt. Aber sie hatte sich von ihrem Pflichtbewusstsein und ein wenig auch vom schlechten Gewissen leiten lassen: Es gehörte sich eben so, wenn eine Ehefrau ihren Ehemann vom Bahnhof abholte. *Ehemann.* Ein Schauer lief ihr über den Rücken, als sie das Wort dachte. Es war nicht so, als hätte Owen je ihrem gepflegten Aussehen Aufmerksamkeit geschenkt. Am Anfang vielleicht noch, da hatte er zärtlich mit ihren Fingern gespielt, sie mit seiner Zunge liebkost. Doch das war lange her. Während die Kosmetikerin ihr die abstehenden Ecken abgerieben hatte, hatte Marys innere Unruhe zugenommen – es war eine Mischung aus Unbehagen und Wut. Auch Angst und Ekel waren dabei gewesen.

Mary durchschritt die lichtdurchflutete Halle des Bahnhofs, hörte Portiere rufen, Rollwägen klappern und Touristen den neuen Bahnhof bestaunen. Sie musste alle Kraft zusammennehmen, um weiterzugehen. Einen Fuß vor den anderen, nicht umdrehen. Nach einer gefühlten Ewigkeit erreichte sie den Bahnsteig. Der Zug aus Chicago, Owens Anschlusszug, war bereits eingefahren. Die Dampflok schnaubte noch und prustete weiße Wolken in die Luft. Während die Passagiere ihr entgegenströmten – Frauen, mit müden, plärrenden Kindern am Arm, Männer mit Leinen- und Seesäcken über den Schultern –, zwang sie sich, stehen zu bleiben und nicht wegzulaufen. In den vergangenen Tagen hatte sie immer wieder versucht, sich einzureden, dass Owen der richtige Mann für sie sei. Sie hatte sich vor Owens Foto gesetzt, es akribisch betrachtet und gehofft, dass sich in ihrem Herzen etwas regte. Es kam nichts. Und auch hier am Bahnsteig bestätigte sich das Gefühl: Sie wollte Owen nicht sehen. Sie wollte nicht in diese glasigen Augen blicken, wollte nicht das strähnige Haar berühren, wollte nicht seinen alkoholgeschwängerten Atem riechen. Doch es war zu spät.

Owen kam auf sie zu. Er warf ihr seinen zerdrückten Hut entgegen, doch sie reagierte zu spät, fühlte sich wie erstarrt. Auch als er sie hochhob und in der Luft herumwirbelte, spürte sie, wie jeder Muskel in ihrem Körper sich anspannte. Seine Umarmung war zu kräftig, sie empfand schmerzhaften Druck auf ihren Rippen. Mary roch seinen Schweiß – und den Alkohol –, als er sie wie ein Besitzstück an sich presste. Sie rollte ihre Schultern ein und versuchte, ihn – alles an ihm – von sich abzuschirmen. Doch es wollte nicht gelingen. Darum schloss sie die Augen und hielt die Luft an. Sie dachte an Douglas' warme Brust, den Duft seines stets frisch gereinigten Kaschmirmantels, die starken Arme, die sie gewärmt hatten.

Owen löste die Umarmung, und Mary spürte, wie sich die Enge in ihrer Brust ein wenig löste. Und als er sie angrinste, erkannte sie sogar für den Bruchteil einer Sekunde den Mann, in den sie sich einst verliebt hatte. Vielleicht, dachte sie, vielleicht würde ihnen ein wenig gemeinsame Zeit guttun. Vielleicht würde sich alles wieder in gerade Bahnen lenken lassen und den Kuss mit

Douglas vergessen machen. Vielleicht hatte sie ihren Freund bloß aus Mitleid geküsst, da er um seine Mutter trauerte.

Doch sie wusste zu gut, dass sie sich selbst belog.

Owen und Mary folgten dem Concierge, der Owens Gepäck auf einem Rollwagen durch das Bahnhofsgelände brachte. Mary ließ Owen ihre Hand halten. Doch schon als sie den Lift bestiegen, der direkt von der Grand Central Station in die Hotellobby des Biltmore führte, merkte sie, dass auch die größten Bemühungen aussichtslos waren: Owen erzählte nur von sich; er hatte kein Mitbringsel für seine Frau, die er seit Wochen nicht gesehen hatte, und schien auch kein Interesse an ihrem Wohlbefinden zu haben. Stattdessen führte er sie an die Bar, wo er einen Whisky nach dem nächsten kippte und für sie Gin bestellte, ohne überhaupt zu fragen, worauf sie eigentlich Lust hatte. Gedankenverloren spielte Mary mit dem silbernen Untersetzer. Sie konnte nicht anders, als an Douglas zu denken, der in dieser Situation bestimmt heiße Schokolade trinken und dabei aus Servietten dekorative Untersetzer falten würde. Sie seufzte tief, bevor sie ihren Gin in einem Zug leerte.

# 4
# MARY

*Zwei junge Mädchen werden von ihren Müttern zum Spielen zusammengeführt. Die eine, von einer kindlichen Offenheit gezeichnet, erscheint tänzelnden Schrittes mit wachen Augen im Salon, um dort auf ein zugeknöpftes Gör zu treffen: dicke Hornbrille, steifer Hut, bitterernster Blick. Es ist klar: Sie werden einander nicht verstehen.*

*Herablassend betrachtet das zweite Mädchen Polstermöbel, Marmortreppen und Samtvorhänge. »Mein Vater ist stilvoller«, keift sie. »Er ist reicher, und unser Tafelsilber glänzt schöner.« Die milde Güte, die das erste Kind verstrahlt, hat Grenzen. Ein Kinderstreit bricht los. Sie zanken, rempeln, zwicken. Das verwöhnte Gör petzt, um die eigene Haut zu retten. Doch am Ende gewinnt das fröhliche Mädchen die Oberhand. Es platziert ein großes Stück Schokoladenkuchen unter dem Gesäß der Spielgefährtin. Ein breiter, brauner Fleck presst sich in das Kleid, während die liebenswürdige Übeltäterin unschuldig ein Lächeln unterdrückt und der Familienpapagei auf der Stange krächzt.*

»Frankie, das ist wunderbar!«, rief Mary. Sie legte Frances' Notizen zur Seite und klatschte in die Hände. Dabei stieß sie beinah den stummen Diener um, der neben ihr stand. Sie würde sich nie daran gewöhnen, dass Frances' Büro nur eine Armbreite groß war.

»Freut mich, dass es dir gefällt, Honey. Ich muss ja zugeben, die Bühnenvorlage von *Poor Little Rich Girl* war etwas trocken.«

»Du bist ein Genie, Frankie! Die Zuseher werden vor Lachen aus ihren Stühlen fallen. Ich kann es kaum erwarten, die Szene zu drehen. Ich höre schon das Quetschgeräusch, wenn sich das böse Mädchen in das Dessert setzt.«

»Oh ja, ich sehe bereits, wie sich die Schokolade im Stoff verschmiert. Wir müssen unbedingt das allerhübscheste weiße Sonntagskleidchen finden!«, rief Frances.

Wieder einmal bestätigte sich, dass sie mit Frances als Drehbuchautorin die richtige Wahl getroffen hatte, dachte Mary. Auch wenn es eine Herausforderung gewesen war, ihre Chefs zu überzeugen. Sie hatte in Zukors Büro geradezu Wurzeln schlagen müssen, entschlossen, erst zu gehen, wenn sie ihren Willen durchgesetzt hatte.

Nicht nur, dass Frankie eine der humorvollsten Frauen war, die sie kannte. Dieser Tage brauchte sie auch dringend eine Freundin an ihrer Seite, auf die sie sich zu hundert Prozent verlassen konnte. Jemanden, der verstand, dass sie nicht ganz bei der Sache war, und wusste, warum sie manches Mal gedankenverloren »Mmhmm« brummte, nickte und dabei zum Fenster hinausblickte. Sie brauchte jemanden in ihrem Team, der erkannte, wann sie eine Pause brauchte, sie an der Hand in die kleine Schreiberkabine zog – eine ehemalige Besenkammer – und den Kollegen dabei zurief, man müsse künstlerische Feinheiten besprechen.

Im Moment war Mary nicht gut in Form. Es war ihr schier unmöglich, sich auf die Arbeit zu konzentrieren. In den vergangenen Tagen hatte sie kaum gegessen und geschlafen, sie fühlte sich völlig ausgezehrt. Und in ihrem Kopf kreiste ein ungebremstes Gedankenkarussell, rund um Douglas, den Kuss, Mama und Owen.

Nach Owens Ankunft hatten sie gemeinsam ein Appartement im Hotel Biltmore bezogen. Es war schließlich ihre Pflicht, mit ihrem Mann zusammenzuwohnen. In ihrer eigenen Wohnung an der Upper West Side hätte es zwar genug Platz gegeben für sie beide und Mama, doch Mary wusste, dass es nicht lange gut gegangen wäre. Mama duldete Owen zwar, bestand aber auf so wenig Kontakt wie möglich.

Mary war froh, dass Owen und sie stets in getrennten Schlafzimmern schliefen. Zu Beginn ihrer Beziehung war das Mamas Anweisung gewesen. Ihre Mutter hatte nicht wahrhaben wollen, dass ihnen als verheiratetes Paar ein gemeinsames Zimmer samt gemeinsamem Bett zustand. Anfangs hatten sie die Anordnung ihrer Mutter natürlich ignoriert. Mary hatte sich nachts in Owens Zimmer geschlichen, und unter raschelnden Laken hatten sie sich dann kichernd gegenseitig versichert, dass sie doch bloß ihre ehelichen Pflichten erfüllten. In den Morgenstunden, kurz vor dem Läuten der Glocke, war Mary dann wieder zurück in ihr eigenes Zimmer gelaufen und unter die steifen, kalten Laken geschlüpft. Aber die Zeiten, in denen sie sich danach sehnte, ihre kalten Füße zwischen

Owens Waden zu schieben, waren lange – sehr lange – vorbei.

Doch trotz getrennter Schlafzimmer war es unmöglich, ihm in ihrer Drei-Zimmer-Suite im Hotel aus dem Weg zu gehen. Jeden Morgen saß er übel gelaunt am kleinen Esstisch im Salon, der hinaus auf die Madison Avenue blickte, und sah nur von seinen Eggs Benedict und der Zeitung auf, um über eine Kritik zu seinem letzten Film zu schimpfen. »Die Journalisten haben doch alle keine Ahnung«, fluchte er dann und knallte die Kaffeetasse auf die Untertasse. Aus Angst, dass die Situation eskalieren könnte, besänftigte Mary ihn dann jedes Mal, ohne zu wissen, was genau da geschrieben stand. Sie ahnte das Übliche: dass sein Auftritt farblos sei, nicht nuanciert genug, zu durchschnittlich. Weil er die Leidenschaft am Schauspielen verloren hatte. Owen beantwortete ihre Beschwichtigungen jedoch meist mit einem Schnauben und ließ sich mehr Kaffee bringen. Mary ahnte, dass dieser nicht immer alkoholfrei war.

Wenn sie sich tagsüber gemeinsam mit ihrem Mann in einem Raum aufhielt, wandte sie sich ab, um bloß nicht mit ihm reden oder gar von ihm berührt werden zu müssen. Sie gab sich beschäftigt, polierte Gegenstände, sammelte Kleidung ein, beugte sich über Bücher. Dabei ertappte sie sich immer wieder, wie sie sich wünschte, Owens großporiges, immerzu grimmiges Gesicht möge sich in Douglas' freundliches, braungebranntes Antlitz verwandeln. Owens Stimme, sein Geruch, seine schiere Anwesenheit lösten in ihr Bauchkrämpfe aus, sodass sie sich oft mit Wärmflasche ins Bett zurückzog. Mary fühlte sich gefangen, erstickt geradezu. Sie konnte nicht in Owens Nähe sein. Sie wollte in Douglas' Nähe sein. Mary versuchte, den Wunsch zu verdrängen, aber es gelang ihr nicht.

Das Einzige, was in dieser Situation helfen konnte, war ihre Arbeit.

Doch auch in Frankies Büro fand sie keinen Abstand. Natürlich wusste Mary, dass sie von ihrer Freundin keine Schelte fürchten musste. Die hatte im jungen Alter von achtundzwanzig Jahren bereits zwei Ehen hinter sich: die erste mit ihrem gut aussehenden Kunstlehrer, die zweite mit einem reichen Unternehmersohn. Beide waren daran gescheitert, dass Frances ein nicht zu bändigender Wirbelwind war.

Dass sie ein Freigeist war, hatte Mary sofort bemerkt, als die bildhübsche junge Frau vor zwei Jahren in ihrer Umkleide erschienen war, um ihre Dienste als Plakatgestalterin anzubieten. Sie trug einen Handtuch-Turban, weil ein Sturm ihre Frisur zerstört hatte, und hatte keine Arbeitsproben mit, weil die Zeichnungen vom Regen durchnässt worden waren. Trotzdem mochte Mary sie auf Anhieb. Und aus sofortiger gegenseitiger Sympathie war eine gute Freundschaft und nun ein enges Arbeitsverhältnis geworden. Es hatte sich wirklich ausgezahlt, Frances zu ermutigen, nach ihren lustlosen Versuchen als Grafikerin ihrer wahren Berufung, dem Schreiben, nachzugehen.

Nachdem sie das Skript durchgesprochen hatten, widmeten sie sich anderen, nicht minder bedeutenden Texten: Douglas Fairbanks' Telegrammen. Frances hatte Mary überredet, sie wenigstens zu lesen.

»Na gut. Aber nur, wenn du sie mir vorliest«, willigte Mary ein.

Frances öffnete die obersten Nachrichten.

»Mein liebstes, klügstes, mutigstes Mädchen! Keine Sekunde vergeht, während der ich nicht an dich denke. Dein Kuss im Central Park, dieser Moment voller Zärtlichkeit, ja voller Magie, er will mir nicht aus dem Sinn gehen.«

»Mein Morgenkaffee schmeckt bitter ohne dich, mein Ginger Ale am Abend so schal und fahl. Mein Alltag ist so grau. Als sei ich für immer gefangen in einem tristen, grässlichen Melodrama. Mary, ich flehe dich an, befreie mich! Erlöse mich durch eine winzige Antwort; durch einen gehauchten Kuss von dir.«

Frances faltete noch einen Brief auseinander.

»Meine Sprünge vor der Kamera, von einer Regenrinne zur nächsten, sind mühevoll und unkoordiniert! Eine Trägheit erfasst mich, wenn ich nicht bei dir sein kann. Könnte ich doch nur zu deinem Fenstersims emporklettern, liebste Mary! Würdest du mir Einlass gewähren?«

»Eine Trauer umgibt mich, wenn ich vor der Kamera Stunts auf den Dächern und Giebeln mache. An manchen Tagen flüstert mir jeder Hausspalt zu, mich hineinzustürzen, solltest du meine Gefühle nicht erwidern.«

Mary riss ihr die Seiten aus den Händen.

»Der Kerl ist vernarrt in dich!« Mit ruhiger Hand nahm Frances ihr die Telegramme wieder ab, strich das Papier glatt und legte sie zu den anderen. »Ich sage dir: Das ist mehr als ein Mann, der nur ein bisschen Trost braucht.«

»Ach Frankie! Ich möchte gar nicht mehr darüber nachdenken. Ich schlafe ein und sehe ihn. Sehe sein Grinsen, seine feurigen Augen, spüre seine großen, warmen Hände. Doch dann kommen die Bilder von seinem Kind. Von seiner entzückenden Frau. Beth Sully. Du hast bestimmt schon einmal ein Bild von ihr gesehen. Von Owen. Gestern Nacht habe ich sogar von einem Foto von Douglas und mir geträumt, küssend, auf der Titelseite der *Times*. Kannst du dir das vorstellen? Es wäre mein Untergang. Ich muss das Thema abhaken, Frankie. Sonst wache ich noch eines Tages auf und sage zu Owen: ›Guten Morgen, Douglas.‹«

Ginge es nach Frances, hätte Mary Owen schon längst den Laufpass geben sollen. Aber was wusste Frankie schon? Sie war nicht religiös und glaubte nur an sich selbst und an das allzu vergängliche Leben. Sie hatte keine katholische Erziehung durchlebt, die sie ein Leben in der Hölle fürchten ließ, wenn sie sündigte und einen Ehemann gegen den nächsten tauschte. In Frances' Kopf gab es keine Ehre, die sie wahren musste. Eine Frau, die als Kind reicher Eltern alles darangesetzt hatte, aus der Schule geworfen zu werden, um dann ihren Kunstlehrer mit Straußenfedern zu verführen, hatte keine Angst vor der Meinung anderer. Für gewöhnlich war diese Eigenschaft – die Furchtlosigkeit – etwas, was sie verband, auch wenn sie bei Frances eindeutig stärker ausgeprägt war. Doch diesmal musste Mary tatsächlich Angst haben vor der Meinung anderer Leute: Weil sie im öffentlichen Leben stand. Weil ihre Existenz davon abhing.

»Und, was willst du jetzt unternehmen?«, fragte Frances, während sie ihre Sandwichdose auswischte, um die Telegramme darin zu verstauen und sie in ihre Obhut zu nehmen.

»Frankie, Douglas hat ein Kind und eine Frau. Und ich habe einen Ehemann. Und eine Mutter und zwei Geschwister, die von meinem Einkommen leben. Es gibt nur eine Lösung: Abstand und viel Ablenkung.«

Sie spürte, wie sich eine Enge um ihre Brust legte, als schnürte man sie in einen dicken, bleiernen Eisenriemen.

»So wie es aussieht, steht diese Option leider nicht zur Wahl, Honey«, Frances legte ihr eine Hand auf die Schulter. »Prinz Charming schreitet schließlich täglich durch die Gänge dieses Studios.«

Vorgestern war Mary geradezu erstarrt, als sie Douglas im Gang begegnet war. Was machte er denn im Famous Players Studio? In *ihrem* Studio? Für einen Moment hatte sie Herzrasen bekommen. War er etwa ihretwegen hier, weil er keine Antworten auf seine Briefe bekam?

Doch anstatt sich wie ein gekränkter Verehrer aufzuführen, war Douglas auf höflicher, professioneller Distanz geblieben. Er hatte sie vor den Kollegen gesiezt und ihre aktuelle Arbeit gelobt.

»Und Sie, Mr. Fairbanks, was bringt Sie zu Famous Players?«, hatte sie gefragt. Ihre Stimme klang schrecklich gekünstelt, aber die Kollegen würden es nicht merken.

»Ich bin hier, um meine Optionen auszuloten. Sie wissen vielleicht, dass ich bei meinem jetzigen Auftraggeber nicht ganz zufrieden bin?«

In der Aufregung um Douglas' Kuss und Ellas Ableben hatte Mary die beruflichen Probleme ihres Freundes geradezu vergessen. Vor Monaten schon hatte er ihr erzählt, dass er erwog, seine Filme selbständig zu drehen, unter der Schirmherrschaft eines renommierten Produzenten. Und nun also sollten ausgerechnet Adolph Zukor und seine Partner ihn unterstützen.

Mary sah Frankie an und seufzte. »Ich werde dich ab sofort immer vorausschicken, um zu sehen, ob die Luft rein ist, Frankie. Bis Douglas wieder irgendwo in der Wüste ist, um eine seiner Cowboy-Rollen zu spielen. Ich kann es mir wirklich nicht leisten, mein Privatleben öffentlich in die Luft zu jagen. Schon gar nicht jetzt, wo die Kröten es auf mich abgesehen haben«, sagte Mary resolut und trank einen großen Schluck Gin aus Frances' Kristall-Tumbler.

»Schätzchen, schieb deine Feigheit in Sachen Amor nicht auf die Kröten!« Frances streckte den Bauch raus, runzelte die Stirn und tat so, als nähme sie einen langen Zug von einer dicken Zigarre.

Die Kröten. So nannten Mary und Frankie die anderen Geschäftsführer von Famous Players: diesen wieselgleichen Mr. Lasky mit seiner Knollennase; den arroganten Mr. Goldwyn mit dem Eierkopf, der sich zu gut war, um seinen echten Nachnamen Goldfish zu tragen; und der aufgeplusterte Produktionsleiter Cecil DeMille, der jedes Mal wie ein napoleonischer General durch das Studio stolzierte.

Warum hatte Papa Zukor ausgerechnet mit diesen furchtbaren Männern eine Fusion eingehen müssen?

Natürlich verstand Mary, dass es wichtig war, wettbewerbsfähig zu bleiben. Sie wusste, dass der Zusammenschluss mit der Lasky-Korporation das Unternehmen zum Marktvorreiter gemacht hatte, und auch sie selbst ja in gewisser Weise davon profitierte. Solange Papa

Zukor den Markt beherrschte, konnte er ihr auch ihr stattliches Gehalt bezahlen, auf das sie so beharrt hatte. Sieben lange Stunden waren Mama und sie vor einem Jahr in seinem Büro gesessen, entschlossen, 10.000 Euro pro Woche plus diverse Privilegien auszuhandeln.

Mary schätzte Papa Zukor gerade wegen seiner Geschäftstüchtigkeit. Es war eine Eigenschaft, die sie beide verband. Stundenlang konnte sie seinen Erzählungen lauschen, wie er als armer Einwanderer aus Österreich-Ungarn mit einem im Wams eingenähten Geldbündel in New York angekommen war. Wie er sich als reisender Pelzhändler versucht hatte, bis ihm schließlich eines Tages die Idee gekommen war, die sein Leben verändern sollte: Er wollte berühmte Theaterstücke mit berühmten Schauspielern besetzen und daraus Filme machen. Das Taschentuch, auf das er während einer stickigen U-Bahn-Fahrt »Famous Players in Famous Plays« gekritzelt hatte, hing noch immer gerahmt in seinem Büro. Manchmal legte Mary ihren Finger darauf; es war auch zu ihrem Talisman geworden.

Was täte sie ohne diesen Mann, der sie wie ein drittes Kind in seine Familie aufgenommen hatte? Diese väterliche Figur, die für die Umsetzung ihrer Filme sogar den Schmuck seiner Frau verpfändet hatte, sodass er in Marys Herz seinen Beinamen Papa wirklich verdiente? Sie konnte ihm nicht böse sein, dass er für sein Unternehmen kämpfte. Selbst wenn sie jetzt darunter litt, dass sie sich entfremdeten. Denn er hatte keine Zeit mehr für sie – für ihre Freundschaft. Vorbei waren die endlosen Teezeremonien, zu denen er sie früher ausgeführt hatte: immer in einen Salon gegenüber eines Kinos, immer in der Abenddämmerung, sodass sie Marys Namen leuchten sehen konnten.

Wenn sie Adolph Zukor dieser Tage begegnete, hatte sie nicht das Gefühl, dass es ihm gut ging. Seit der Fusion war er reserviert und unzugänglich. Er verkroch sich zunehmend in seinem Büro, während die neuen Chefs herumstolzierten und ihr jedes Mal zu spüren gaben, dass sie Leistung für ihr Geld verlangten.

»Warum *geht* Miss Pickford noch? Sie sollte *rennen*, bei dem Gehalt, das wir diesem Persönchen zahlen«, hatte sie unlängst Goldwyn zu DeMille sagen hören.

Mary spielte mit dem Verschluss ihrer Handtasche. »Die Kröten, Frankie, haben im Moment meine Zukunft in der Hand. Sie warten nur darauf, dass ich mir einen Fehltritt leiste.«

»Diesen Gefallen wirst du ihnen aber nicht tun, Mary. Du wirst sehen, unser neuer Streifen *Poor Little Rich Girl* wird ein Box-Office-Erfolg.« Frances machte eine explodierende Geste mit ihrer Faust.

Mary nickte stumm. Sie ordnete ihre Notizen und verabschiedete sich von Frankie, entschlossen, das Thema Douglas aus ihrem Kopf zu verbannen.

Während der Arbeit an Frankies neuem Skript in den darauffolgenden Tagen fragte Mary sich immer wieder, wie ihre Freundin sich ihrer Sache so sicher sein konnte. Woher konnte Frankie wissen, dass das Publikum die Geschichte, so wie sie sie für die Leinwand umgeschrieben hatte, annehmen würde? Und war der Plot wirklich für einen Kassenschlager geeignet? Wollten die Fans »ihre« Mary überhaupt in einer ganz anderen Rolle als sonst sehen? Zum ersten Mal würde sie nicht einfach eine niedliche Kindfrau spielen, sondern ganz und gar in die Rolle eines Kindes schlüpfen – einen ganzen Film lang. Sie, die Vierundzwanzigjährige, würde ein elfjähriges Mädchen spielen. Ob man ihr diese Figur überhaupt abkaufen würde? Und würde es ihr wirklich gelingen, ihre Zuseher an einen Sehnsuchtsort zu entführen?

Mary träumte davon, das Publikum in diesem Film mit in eine Welt aus Plüschbären, Ringelspielen, Haarschleifen und Wellensittichen zu nehmen. Sie wollte all die Erwachsenen erreichen, die jene Tage vermissten, an denen sie vor dem Zubettgehen Kakao getrunken und mit ihrem Kätzchen gespielt hatten. All diese Emotionen wollte sie zusammen mit Frances' Witz in einen grandiosen Film verpacken.

Schon bei den ersten Sitzungen mit ihrer Freundin merkte Mary, dass die Herausforderung, in die Rolle einer Elfjährigen zu schlüpfen, größer war, als sie zunächst gedacht hatte. Ihr fehlten eindeutig die Referenzen. Wenn sie versuchte, sich in ihr elfjähriges Ich zurückzuversetzen, kamen lediglich Bilder von langen Nächten in der Theatergarderobe, gepaart mit dem Geruch von kleisterartigem, kaltem Haferbrei.

»Frances, du glaubst nicht, wie schwer das für mich ist«, stöhnte sie, während sie sich bei einer Probe im kindlichen Tortenessen versuchte – ein paar Brocken durften in den Mund, der Rest musste im Gesicht verschmiert werden. Frankie hatte extra eine Cremeschnitte aus einer deutschen Bäckerei in der Lower East Side besorgt.

»Ich meine, wenn wir ehrlich sind, dann hat es Mary

Pickford als Kind doch gar nicht gegeben.« Es gelang ihr nicht, diese Bemerkung wie einen Scherz klingen zu lassen.

»Ok. Du hast einen Künstlernamen angenommen, Honey. Aber als Gladys Smith musst du doch ein bisschen Kind gewesen sein?«, fragte Frances. »Komm schon, versuche in dich zu gehen. Hast du denn nie den Nachbarskindern Streiche gespielt oder der schlafenden Oma die Kekse geklaut?«

Ach Frankie, dachte Mary. Du hast ja keine Ahnung! Als ich noch auf den Namen Gladys Smith gehört habe, spielte ich bloß mit den Sprechstundenhilfen der Ärzte, kurierte erst Diphterie, dann eine Tuberkulose, dann eine Lungenentzündung aus. Gepaart mit dem Verlust ihres Vaters kurz nach ihrem fünften Geburtstag waren das keine Voraussetzungen für unbekümmertes Pfützenspringen und Sandkuchenbacken gewesen.

»Ich glaube, ich hatte zu viel Angst, sie würden mich doch weggeben. Da habe ich mich nicht getraut, ein Rabauke zu sein«, sagte sie.

Sie erzählte ihrer Freundin von dem Hausarzt, der ihr versprochen hatte, sie bis an ihr Kindheitsende mit Hühnchenschenkeln, Eiscreme und einem eigenen Pony zu versorgen. Seine einzige Bedingung: Gladys sollte nach der Adoption keinen Kontakt zu ihrer Mutter und ihren Geschwistern haben. Damals war sie heulend zusammengebrochen.

»Danach war ich nicht mehr frech und abenteuerlustig, sondern sehr, sehr anhänglich. Hing eigentlich immer am Rockzipfel meiner Mutter. Ich habe Kohle geschleppt und Wäsche gefaltet, alles getan, um mich unentbehrlich zu machen. Das Schlimmste war, als ich den Hahn für das Weihnachtsessen im Hinterhof schlachten musste.«

Mary wünschte, Frances würde aufhören, ein derart mitleidvolles Gesicht zu ziehen. Sie hatte vergessen, wie Leute auf ihre Lebensgeschichte reagierten – und was es in ihr selbst auslöste, sie zu erzählen. Diese Gefühle hatten keinen Platz in ihrer Arbeit, in ihrem Leben überhaupt.

»Hör auf, mich so anzusehen. So schlimm war es dann doch wieder nicht«, log sie. »Als Mr. Murphy in unser Leben kam, ging es bergauf.«

Sie dachte oft an Mr. Murphy, den Direktor einer Theaterkompagnie, die in Toronto gastiert hatte. Wie wäre ihre Kindheit wohl verlaufen, wäre er nicht zur Untermiete bei ihnen eingezogen und hätte Mama den Vorschlag gemacht, durch die Bühnentätigkeit ihrer Kinder etwas dazuzuverdienen? Wäre Mary jemals zum Theater oder zum Film gekommen?

»Mr. Murphy und die manierlichen Schauspieler!«, lachte Frances. Sie kannte die Geschichte, denn Marys Mutter ließ keine Gelegenheit aus zu erzählen, wie sie auf Mr. Murphys Vorschlag hin ins Theater marschiert war, um die Leute dort genau unter die Lupe zu nehmen. Statt trinkender, ungehobelter Neandertaler hatte sie eine freundliche Gruppe vorgefunden, die geradezu wie eine Familie wirkte. Das war Marys Einstieg ins Theaterleben gewesen. Von da an wurde sie in den Zeitungskritiken und auf den Anschlagstafeln zu Baby Gladys.

»Weißt du«, sagte Mary, »wenn man fünfzehn Dollar pro Woche verdient, jagt man nachts keine Geister und baut keine Puppenbetten, sondern sorgt dafür, dass man seinen Text kann und den nächsten Zug nicht versäumt.«

Ein Glück, dass Frances die Gänsehaut auf Marys Unterarmen nicht sehen konnte. Die Erinnerungen an die heruntergekommenen Theater ohne fließendes Wasser und Heizung, dafür mit Schimmel und Ratten, ließen sie bis heute erschauern. Sie hatte sich geschworen, nie wieder nach Pottsville, Pennsylvania, oder Deadwood, South Dakota, zu fahren.

Das einzig Gute, das sie aus dieser Zeit mitgenommen hatte, war ihre Fähigkeit, überall schlafen zu können. In den Milchzügen, die um drei Uhr morgens in den Bahnhof gerollt waren, und mit denen sie oft zur Matinee ins nächste, nicht selten Hunderte Kilometer entfernte Spielhaus gefahren war, hatte sie sich eine eigene Schlafhaltung antrainiert – Kinn zum Schlüsselbein, Arme vor der Brust verschränkt. Noch heute konnte sie so überall in den Schlaf finden.

»Aber dazwischen muss es doch ein bisschen Spaß gegeben haben? An Weihnachten? Am Geburtstag?«

»An meinem neunten – oder war es mein zehnter? – Geburtstag habe ich Rosenblüten gegessen. Ich fühlte mich ziemlich unter Druck wegen der anderen hübschen Schauspielerinnen und war überzeugt, die Blumen würden mir innere Schönheit verleihen.«

»Ach Mary.« Frances versuchte, ein Schmunzeln zu unterdrücken. »Vielleicht können wir diese Anekdote in den Film einbauen?«

»Lieber nicht.«

»Und Lottie und Jack, waren sie dir keine Freunde?«

Mary schüttelte den Kopf. »Meine Geschwister nahmen das Ganze sehr viel unbekümmerter. Schließlich war ich das süße Mädchen, das die Produzenten wirklich wollten – auf dem der Druck lag.«

Sie war es gewesen, die von ihrer Mutter, als sie nach ein paar Jahren irgendwann in New York ankamen, zu den Broadway-Castings geschickt worden war. »The Great White Way, Liebes«, hatte ihre Mutter damals zu ihr gesagt und sich mit ihr unter eine der elektrischen Werbetafeln gestellt. Mary erinnerte sich noch gut an das stundenlange Warten auf die Castings – jeden Montag, egal ob bei sengender Hitze oder eisiger Kälte – draußen auf dem Bürgersteig, innerlich zerrissen von der Hoffnung, entdeckt zu werden, und der Furcht, im Armenhaus zu landen.

»Mama, was machen wir, wenn es diesmal nicht klappt?«, hatte Mary ihre Mutter immer wieder gefragt in der Hoffnung, sie würde antworten: »Dann kehren wir zurück nach Toronto und ziehen zu Tante Gaby.«

»Wenn es nicht klappt, versuchen wir am Montag wieder unser Glück«, war Mutters einzige Antwort gewesen.

Jeden Montag öffneten die Produzenten des Broadways ihre Vorzimmer zum Vorsprechen. Die Künstler reihten sich davor auf, um bei jedem Geräusch, das aus dem Büro auf den Flur hinausdrang, kerzengerade zu posieren, breit und zahnvoll zu lächeln und dabei die Verzweiflung, die sie am Morgen noch vor dem Spiegel empfunden hatten, zu verbergen. Beim Anblick der künstlichen Blondinen mit ihrem billigen, türkis angelaufenen Silberschmuck und den plumpen roten Lippen wünschte Mary sich jedes Mal, einfach nur mit Lottie und Jack im Boarding House Verstecken spielen zu dürfen.

Die Rollenaufteilung unter den Geschwistern war bis heute dieselbe geblieben. Mary konnte damals nicht ahnen, dass sie einmal so dankbar sein würde, die hübschere, gefragtere der beiden Schwestern zu sein. Damals hatte sie sich immer gewünscht, mit Lottie zu tauschen, die so abenteuerlustig und unkompliziert war. Es machte ihr rein gar nichts aus, wenn die Matratzen in den billigen Unterkünften durchgelegen waren. Man konnte umso besser darauf springen, weich fallen und die Buben darin verführen. Mary war zu beschäftigt gewesen, und zu jung, um im wilden Benehmen ihrer Schwester den verzweifelten Ruf nach Aufmerksamkeit zu erkennen. Erst hatten die Drogen dazukommen müssen. Ach, Lottie!

»Hattest du gar keine Freundinnen?«, bohrte Frances nach, als hätte sie noch nie etwas von Marys Kindheit gehört.

»Es gab die Gish-Schwestern, Dorothy und Lilian. Du hast recht: Der Sommer, in dem wir zusammen in dieser stickigen Mansardenwohnung in Downtown gewohnt haben, war der schönste meiner Kindheit.«

Einen Monat lang hatten sie keine Engagements gehabt und waren dafür jeden Morgen bei Sonnenaufgang aufgestanden, um Maiskörner zu bersten und in kleine Papiertüten zu füllen. Die hatten sie dann später im Vergnügungspark verkauft und sich damit eine Karussellfahrt verdient. Einen kurzen Augenblick lang meinte Mary, die geschmolzene Butter auf dem Popcorn riechen zu können. Es waren Erinnerungen wie diese, die für sie einer unbekümmerten Kindheit am nächsten kamen.

»Ich war ziemlich gut im Verkaufen. Vielleicht hätte ich eine Karriere daraus machen können«, sagte sie gedankenversunken. »Damals wollte ich immer Schneiderin werden, und manchmal frage ich mich, ob das nicht der bessere Weg gewesen wäre. Ich hätte bestimmt hübsche Sachen nähen und anpreisen können.«

»Mary!«, rief Frances. »Sag so was nicht. Du hättest dich entweder zu Tode gearbeitet oder zu Tode gelangweilt. Auf jeden Fall aber von der Hand in den Mund gelebt.«

»Weiß ich doch... Wusste ich damals schon«, erwiderte Mary.

An diesen heißen Sommernachmittagen, während sie in ihrem Familienzimmer unter dem Dach geschwitzt hatte, hatte sie sich geschworen, eine andere Zukunft aufzubauen. Niemals wollte sie so enden wie Mama. Eine Frau, die von zu viel stärkehaltigem Essen und jahrelangem Kummer rund geworden war, deren einziger Trost in einem spätnachmittäglichen Glas Schnaps lag und die auf der Bühne immer nur die schlecht bezahlte Rolle der fassförmigen Köchin bekam.

Während andere Teenager von einem neuen Lippenstift träumten, träumte Mary von David Belasco. Der »Bischof des Broadway«, der immer Schwarz trug bis auf seinen weißen Pfarrerskragen, inszenierte die erfolgreichsten Stücke. Nachdem sie ihm Woche für Woche Fotos von sich geschickt und nie eine Antwort bekommen hatte, war sie schließlich einfach in Belascos Büro marschiert. Als die Vorzimmerdame sie des Raumes verweisen wollte, tobte Mary so lange und so laut, bis sich alle Türen öffneten, unter anderem auch die des Maestros. Heute erzählte sie ihrer Freundin lachend diese Geschichte, obwohl ihr damals vor Aufregung und Wut ganz schlecht gewesen war.

Frances schlug sich begeistert auf die Oberschenkel. »Mary, wir müssen eine solche Szene in einen deiner Filme einbauen.«

»Von mir aus. Ich kann mir ruhig noch mal die Haare ausreißen und mich an den Füßen durch den Raum schleifen lassen. Solange ich diesmal keinen neuen Namen bekomme.«

»Ich finde, mit dem Namen ›Mary Pickford‹ hat David Belasco ganz gute Arbeit geleistet.«

Bereits in der folgenden Woche stapelten sich Douglas' Telegramme in Frances' Büro. Sie hatte mittlerweile ihre Brotdose gegen eine Schuhschachtel getauscht, weil Erstere zu klein geworden war. Der Inhalt der Briefe war stets derselbe: dass Douglas Mary wiedersehen wollte, und wie sehr er sie verehrte. Mary war froh, dass Frances die Kuverts für sie aufbewahrte. Jedes Mal, wenn ihre Freundin allerdings versuchte, sie zu einer Handlung, gar einer Entscheidung zu ermutigen, wich sie aus. Dann gab sie vor, dringend recherchieren zu müssen, und mischte sich unter die Kinder im Park oder besuchte Schulen und Waisenheime, denn Frances hatte ihr schließlich aufgetragen, sich die besten Lehrer für ihre Rolle zu suchen: Kinder.

Die Kinder faszinierten Mary. Stundenlang hätte sie ihnen bei ihrem ganz eigenen Schauspiel zusehen können. Es war ihr noch nie aufgefallen, dass Kinder Meister des plötzlichen Gemütswechsels waren. Binnen Sekunden konnten sie ein verzweifeltes Weinen zu einem gesichtsbreiten Strahlen werden lassen, konnten sich mit Fäusten trommelnd auf den Boden werfen, nur um sich im nächsten Augenblick selbstversunken mit ihrem Lieblingsspielzeug zu beschäftigen.

Jeden Abend probte Mary vor dem Spiegel. Sie lächelte, weinte, schrie. Sie rieb sich die Augen mit den Fäusten und schmiegte sich mit der Wange in ein Kissen. Sie übte, einen Teddy am Bein hinter sich herzuschleifen und zu einer Puppe zu sprechen. Bei Treppen blieb sie jedes Mal am Absatz stehen und stellte sich vor, eine Gouvernante würde sie rufen. Sie hielt inne, um ihren Trotz auszudrücken, bevor sie im Schneckentempo unwillig und schmollend von einer Stufe zur nächsten glitt und dann mit einem kleinen Hopsen unten ankam. In unbeobachteten Momenten hüpfte sie sogar durch Seitenstraßen und sprang in Pfützen – zunächst nur zaghaft, dann mit beiden Füßen gleichzeitig. Bald fühlte sie sich bereit, vor der Kamera Ringelreihe zu tanzen, wehrlosen Puppen die Arme abzuschrauben und Wellensittiche aus ihren Käfigen zu entlassen. Alles für die Kunst.

»Ich bin gespannt, was Monsieur zu unserem Werk sagt«, bemerkte Frances ein paar Tage später, als sie bereit waren, Maurice Tourneur das Drehbuch vorzulegen. Wie bei der Wahl der Drehbuchautorin hatte Mary auch auf ihren Wunschregisseur bestanden. Die Kröten hatten ihr Cecil B. DeMille, diesen machthungrigen, arroganten Kautz, vorsetzen wollen, und Mary hatte diesen Entschluss nur mit großer Mühe und in endlosen Diskussionen abwenden können, um letzten Endes Papa Zukor davon zu überzeugen, dass Maurice Tourneur der beste

Mann für ihren Film war. Der Franzose war ein pflichtbewusster, akribischer und feinsinniger Künstler. Aber, wie sie beide feststellen mussten, auch ein humorbefreiter.

»*Mon Dieu*«, rief er, als er die Szenen las. »Kinderzicken und Schlammschlachten? Französische Kinder würden sich niemals so benehmen!«

»Ich bin im Film aber kein französisches Mädchen, sondern ein amerikanisches.« Mary stellte sich breitbeinig vor ihn. Darüber hinaus war sie im wahren Leben eine Frau, die sich mit harter Knochenarbeit und Disziplin hinaufgearbeitet und in ihren Filmen das Sagen hatte.

»Wir machen es so, Monsieur Tourneur. Es steht nicht zur Diskussion. Sie werden sehen, das Resultat wird Ihnen gefallen!«

Prompt gab sie einem Laufjungen den Auftrag, eine Ladung Matsch für die Schlamm-Schlacht-Szene zu besorgen, wo auch immer sich dieser auftreiben ließ. Tags darauf stand sie wadentief im Dreck und bewarf vor laufender Kamera die Statistenkinder mit braunem Matsch. Sie schmierte, rutschte, quietschte und kreischte, und sobald die Kamera aus war, zog sie auch Frances zu sich in den Schlamm.

»Frankie, ich muss schon sagen, ich liebe Kindsein!«, rief sie.

Alles wäre perfekt gewesen, hätte sie nicht insgeheim gewünscht, auch Douglas könnte dabei sein, um ihr zärtlich einen Schlammklecks auf die Nasenspitze zu malen.

# 5
# DOUGLAS

Mary wich ihm aus. Es war Douglas nicht entgangen, dass sie am Set immer ihre Freundin, diese Drehbuchschreiberin Frances Marion, vorschickte, um sicherzustellen, dass sich ihre Wege nicht kreuzten. Und wenn sie einander doch einmal auf dem Gang oder im Hof begegneten, ignorierte sie ihn und gab sich beschäftigt. Sie zupfte an den Kostümen ihrer Komparsen herum oder gab Anweisungen und tat schlichtweg so, als wäre er ein Bühnenarbeiter, der einfach seiner Arbeit nachgehen sollte. Wenn sich ihre Blicke dennoch kreuzten, senkte sie sofort die Augen.

Douglas war ratlos. Eine solche Abweisung war für ihn neu. Gewöhnlich musste er sich die Mädchen vom Leib halten. In Hollywood hatten sich die Schauspielerinnen, die Visagistinnen und die Schneiderinnen jedes Mal um ihn gedrängt. Ständig hatten sie ihr Haar zurückgeworfen, rotgeschminkte Kussmünder geformt und ihm Kärtchen mit ihren Zimmernummern zugesteckt. Alles, was er machen musste, um eine Frau zu erobern, war an der richtigen Tür zu klopfen. Das war ihm über die Jahre allerdings zu langweilig geworden. Wenn er heute zu einer Frau ins Zimmer wollte, warf er lieber spätnachts Steinchen an ihr Fenster und kletterte über die Feuerleiter. Unlängst, bei Dreharbeiten in Arizona, hatte er sich sogar von einem Ast zu seiner hübschen Kollegin Alma Love ins Schlafzimmer geschwungen.

Frauen waren sein Laster. Sein einziges, wie er fand. Er trank nicht und schlief viel. Er ernährte sich gesund und trieb mehr Sport als so mancher Sportlehrer. Er rauchte, ja, geradezu unentwegt, aber er dachte nicht daran, den Glimmstängel als Sünde anzusehen.

Beth und er hatten sich in den neuneinhalb Jahren ihrer Ehe mit seiner Schwäche für hübsche Mädchen arrangiert. Solange das Kokettieren nur in den jeweiligen Garderoben und Hotelzimmern stattfand und die Liebeleien nur von kurzer Dauer waren, duldete Beth diese Abenteuer. Einzig der Ruf der Familie – vor allem *ihrer* Familie – dürfte nicht in Mitleidenschaft gezogen werden, mahnte sie ihn, wenn sie wieder einmal von einem Kuss erfuhr.

Tatsächlich war es Douglas mit den Mädchen niemals ernst. Sie waren ein Ventil für seine harte Arbeit – und für seine Triebe, die er zu Hause nicht ausleben konnte, weil Beth häufig Migräne oder ein anderes Leiden hatte. Seine Frau und er waren immer eher so etwas wie Freunde gewesen. Partner. Ein gutes Team. Die Körperlichkeit hatte zwischen ihnen beiden nie im Vordergrund gestanden. Sie war sein Rückhalt und seine Unterstützerin – das, was seine Mutter einst für ihn gewesen war. Beth kümmerte sich um sein reales, alltägliches Leben, um alles, worauf er als ewiger Junge keine Lust hatte: Scheckhefte, Steuererklärungen, Aktienscheine, Sparbücher, Theaterkarten, Reisetickets.

Diesmal aber, mit Mary, war es anders. Tiefergehend. Ernster. Schwieriger. Schließlich war sie keine neunzehnjährige, erfolgshungrige Bühnenanfängerin mehr, die er mit dem Versprechen verführen konnte, ihr zum Durchbruch zu verhelfen. Und er war auch nicht irgendwo auf Dreh in den kalifornischen Bergen, in den Wüsten Arizonas oder in den Vorstädten New Jerseys, sondern mitten in New York – dort, wo alle Augen der Klatsch- und Branchenpresse auf die Schauspieler gerichtet waren. Nicht selten auf Douglas Fairbanks. Immer auf Mary Pickford.

Am Set wirkte sie wie ein vollkommen anderer Mensch. Resolut, geschäftstüchtig und in manchen Momenten fast verbissen. Obwohl sie nur kleine Absätze trug, wirkte sie hier allein wegen ihrer selbstbewussten Körperhaltung einen halben Kopf größer als sonst. Unpünktlichkeit duldete sie nicht, Unfolgsamkeit ebenso wenig. In den vergangenen Tagen hatte er sich mehrmals an den Rand des Sets gestellt und heimlich beobachtet, wie sie getobt und getadelt hatte, wie sie Kameras verschoben hatte, damit die Einstellungen besser passten, und ihren Kollegen Szenen vorgespielt hatte, damit die anderen ja ihren Ansprüchen gerecht wurden.

An einem kalten Mittwoch Ende Januar gelang es Douglas endlich, Mary zu einem kurzen Mittagessen zu überreden. Er hatte es schon mehrfach versucht, doch jedes Mal hatte sie ihn hektisch wedelnd abgelehnt; manches Mal hatte sie nicht einmal von ihrem Klemmbrett aufgeblickt. Doch Marys abweisende Art spornte Douglas nur noch mehr an, ihr den Hof zu machen.

»Mary, bitte. Lass uns reden«, sagte er und stellte sich

vor sie in den Gang, als sie alleine waren. Sie versuchte ihm auszuweichen, doch er hüpfte wie ein Hampelmann nach links und rechts, um sie nicht vorbeizulassen.

Irgendwann kreuzten sich ihre Blicke. Sie seufzte.

»Zehn Minuten, Douglas. Mehr geht wirklich nicht«, sagte sie in einem sachlichen Ton, als sei er ein Komparse, der um ein Vorsprechen bat.

»Sollen wir uns unten an der Ecke einen Hotdog holen?«, fragte er. »Es ist kalt draußen. Ich könnte schon vorlaufen und dir einen kaufen. Ohne Zwiebel? Viel Senf?«

»Ich habe mein Essen in der Garderobe, Douglas. Ich treffe dich vor der Tür. Fünf Minuten?«

Und mit diesen Worten verschwand sie in ihrer Umkleide. Die Tür fiel laut ins Schloss.

Douglas bewertete es als ein positives Zeichen, dass sie mit ihm nach draußen gehen wollte. Wenn sie alleine waren, hatte er zumindest eine Chance, mit der »echten« Mary zu sprechen – mit »seiner« Mary. Jener warmherzigen Frau, an dessen Schulter er sich im Central Park ausgeweint hatte, die ihn eine Geborgenheit hatte spüren lassen, wie er sie nie zuvor erlebt hatte. Jener Frau, die ihm seit Monaten nicht mehr aus dem Kopf gehen wollte.

Zuerst hatte er die Gefühle für eine innige Freundschaft gehalten. Er hatte eine Person gefunden, mit der er über Stunden hinweg über einfach alles sprechen konnte, eine Person, die seine Sätze vervollständigte, die wusste, was er meinte, wenn er bloß nickte oder grinste. Dann aber waren diese Träume dazugekommen, der Wunsch nach Körperlichkeit, und er konnte seine Gefühle nicht mehr verleugnen.

Mary erschien draußen auf dem Treppenabsatz in einem knöchellangen dunkelblauen Wollmantel und einem Kaschmir-Schal, der mehrmals um ihren zierlichen Hals gewickelt war. Sie hielt eine braune Papiertüte in der Hand.

Bei Famous Players-Lasky herrschte ein reges Kommen und Gehen, also setzten sie sich auf die Stufen eines Backstein-Wohnhauses ein paar Türen weiter. Mary packte ein stilles Wasser und eine Orange aus. Plötzlich kam Douglas sich schrecklich ungehobelt vor mit seinem nach Fett riechenden Hotdog. Er wickelte ihn wieder ein. Das Essen war ohnehin nur ein Vorwand gewesen. Er war später noch zum Lunch mit seinem Bruder verabredet.

Während sie die Orange mit blaublassen, kalten Fingern schälte, suchte er nach Worten.

»Schön, dass du Zeit hast, Mary«, begann er.

Sie nickte bloß, ohne aufzusehen. Er versuchte, ihre Augen hinter ihren Locken zu sehen, und bemerkte, dass ihre Augenwinkel leicht zuckten. Was es bloß die Kälte? Oder doch Nervosität? Er wollte sie nicht bedrängen.

»Vitamine sind um diese Jahreszeit wichtig«, erklärte er, auch wenn er ahnte, dass so ein Geplänkel ihn hier nicht weiterbringen würde. Mary nickte erneut und kaute. Ihm war noch nie aufgefallen, wie definiert ihr Kieferknochen war.

»Ich habe deinen Aufruf gesehen«, sagte sie nach ein paar Bissen. Einen Augenblick lang glaubte er, sie meine seine Telegramme. Siebenundzwanzig waren es inzwischen – er führte eine Strichliste –, und alle waren unbeantwortet geblieben. Trotzdem hatte er nicht vor, damit aufzuhören.

Dann aber verstand er, dass sie die Zeitungsartikel meinte. In den vergangenen Tagen hatte er viele Titelseiten geziert.

»OPEN FOR OFFERS« stand über seinen Fotos, die ihn als feurigen, dynamischen Helden – oft mit offenem Hemd – abbildeten. Jeder in der Branche wusste nun, dass er sich von der Triangle Film Corporation trennen wollte und zu haben war.

»Alle großen Produzenten haben sich gemeldet«, sagte er. »Keystone, Essanay, Mutual.«

»Und wie laufen die Gespräche mit Mr. Zukor?«

Geschäftliches. Und noch mehr Geschäftliches. Dabei gab es doch so viel Wichtigeres zu besprechen.

*Hast du meine Briefe gelesen? Geht es dir genauso? Denkst du an mich? Was hältst du von meinem Vorschlag, einfach mitten in der Nacht mit zwei, drei Taschen loszufahren und für immer abzutauchen? Vielleicht in einem Häuschen in den Bergen?*

Aber er beschloss, sich ihrer Spielweise anzupassen.

»Ich tendiere dazu, Zukors Angebot anzunehmen«, sagte er und hoffte auf eine Reaktion. Vielleicht ein »Es wäre schön, dich in der Nähe zu haben«. Selbst ein kurzangebundenes »Hältst du das wirklich für eine gute Idee?« würde ihm zumindest einen kleinen Hinweis geben, wie sie fühlte.

»Papa Zukor ist ein fairer Arbeitgeber«, sagte sie mit dem Pokerface, das sie sich in all den Jahren im Umgang mit den Journalisten antrainiert hatte.

»Financier. Er wäre Geldgeber und Vertriebspartner. Das Ganze würde unter der Douglas Fairbanks Film Corporation laufen.«

»Dann wirst du bestimmt viel künstlerischen Freiraum haben.«

»Ich lasse schon Bühnenbilder anfertigen. Zwei, drei Treppenaufgänge, die so gestaltet sind, dass ich drei Stufen auf einmal nehmen kann. Stühle mit verkürzten Lehnen, damit es wirkt, als könnte ich mit Leichtigkeit darüber springen. John hält mich für vollkommen durchgeknallt.«

»Dein Bruder ist in der Stadt?«

»Ja. Ich konnte ihn endlich überzeugen, mein Manager zu werden.« Douglas versuchte überzeugend zu klingen, obwohl ihn das geschäftliche Gerede irritierte. Warum ließ sie ihn nicht an sich heran? Sie musste doch auch über den Kuss nachgedacht haben, musste an ihn gedacht haben. Er kannte Mary. Sie war nicht kühl und emotionslos. Im Gegenteil, sie war das süßeste, emotionalste Mädchen, das er kannte. Einmal hatte er sogar von ihr als Engel im spitzenbesetzten Hemdchen geträumt.

»Wird es ein Problem sein, deinen Vertrag mit Triangle aufzulösen?«, fragte Mary und riss ihn aus seinen Gedanken.

»Wie bitte?«

Sie wiederholte die Frage.

»Nein, John geht nicht davon aus. Die Bosse bei Triangle haben sich schließlich nicht an die Bedingungen gehalten. Keinen einzigen Tag habe ich mit D. W. Griffith zusammengearbeitet, wie man mir versprochen hatte.«

»Der gute D. W.«, seufzte Mary. »Unser Starregisseur. Er ist ein wenig abgehoben seit seinem Erfolg mit *Birth of a Nation.* Sie sagen, er hätte den Ruf des Films vollkommen verändert und ihn zu einer wahren Kunstform gemacht.«

Wie konnte sie so sachlich bleiben? Douglas zwickte sich in den Handrücken, um sich davon abzuhalten, sie an ihren zarten Schultern zu packen und zu rufen: Ich bin verschossen in dich! Siehst du das nicht? Bitte, Mary, bitte, rede mit mir!

»Was weiß ich. D. W. war sich wohl einfach zu gut, um mit einem Frischling wie mir zusammenzuarbeiten«, hörte er sich stattdessen sagen.

»Ach Douglas. Jetzt willst du doch bloß, dass ich dir Komplimente mache. Jeder möchte doch mit dir zusammenarbeiten!«

Sie boxte ihn mit dem Ellbogen in die Rippen. Einen Augenblick lang schien ihre Zurückhaltung vergessen.

Das war seine Chance, das Gespräch in die richtige Richtung zu lenken. »Ich habe alles ernst gemeint, was ich im Auto neulich gesagt habe«, erklärte er.

Sie hielt kurz die Luft an. Ihr Fäuste umklammerten die leere Papiertüte, und Douglas sah, dass sie auf ihrer Lippe kaute.

»Douglas, du vermisst deine Mutter«, sagte sie dann leise. »Das ist verständlich. Ich möchte gar nicht wissen, wie es mir ginge, wenn Mama etwas zustieße. Natürlich ist man da durcheinander.«

Ihre Blicke trafen sich flüchtig, bevor sie sich abwandte und hastig die Orangenschale in die Tüte stopfte, als hielte sie eine giftige Substanz in den Händen.

»Nein, Mary. Meine Gefühle für dich, sie waren ... sind ... von Herzen.«

Er wollte zu gerne ihr Kinn berühren und ihr Gesicht zu ihm drehen, doch das wagte er nicht.

Mary schüttelte kraftvoll die leere Wasserflasche aus, obwohl kein Tropfen mehr herauskam. »Meine Pause, Douglas. Ich muss weiterarbeiten. Ich kann es mir im Moment nicht leisten, abgelenkt zu sein. Zukor, Lasky und die anderen wollen Leistung sehen.«

Er konnte nicht anders, als sie am Handgelenk zu fassen. »Bitte, Mary, hör mir zu. Die Uhr im Automobil! Es muss doch etwas zu bedeuten haben, dass sie stehen geblieben ist. Jemand dort oben ist uns gut gesonnen.« Er nickte hinauf in den wolkenverhangenen Himmel.

»Douglas. Jede Uhr holpert mal. Der Chauffeur hat sie noch auf dem Nachhauseweg richtig gestellt. Sie geht wieder in ihrem normalen Rhythmus. Ich denke, *das* sollten wir als Zeichen sehen.« Mary löste ihr Handgelenk mit einer sanften Drehung aus seinem Griff. »Viel Erfolg«, sagte sie zum Abschied.

Ihre Blicke trafen sich, diesmal ein wenig länger. Er meinte in ihren Augen Trauer zu erkennen, vielleicht auch Sehnsucht und Unsicherheit. Möglicherweise war sie innerlich doch nicht so überzeugt, wie sie sich gab.

Er sah ihr nach, während sie die Treppen zum Studio hinaufstieg. Ihre Taille war so schmal. Der Rock betonte ihr perfekt geformtes Gesäß, und ihre Waden schimmerten in den Seidenstrümpfen. Douglas verzehrte sich nach ihr. In seiner Ungeduld schlug er mit der Faust gegen das Metallgeländer und fluchte augenblicklich vor Schmerz.

Der Hot Dog war kalt und ungenießbar geworden. Douglas warf ihn in den nächsten Mülleimer und ließ sich von seinem Chauffeur zur Gramercy Tavern bringen.

Er war noch eine gute halbe Stunde zu früh, aber das passte ihm gerade recht. Der Tisch, den man in der schummrigen, aber gediegenen Stube auf seinen Namen reserviert hatte, war für vier Personen gedeckt. Vielleicht wollte John noch jemanden von der Bank mitbringen. Oder er hatte Dougs PR-Mann Bennie Zeidman und dessen Assistenten eingeladen, um die weitere Vorgehensweise mit den Medien zu besprechen.

Douglas wählte einen Platz möglichst weit von dem lodernden Kaminfeuer entfernt und lockerte seine Krawatte. Er bestellte zwei Fläschchen Coca-Cola und das Tagesgericht. Gegrilltes Hühnchen auf Spaghetti mit grünem Salat. Es war ihm immer lieber zu essen, bevor die Geschäftsmänner da waren. Wenn er mit seinen Cowboy-Kumpels in Hollywood Hühnchenflügel und Rippchen mit den Fingern aß, machte es nichts, wenn Soße spritzte. Die Geschäftsmänner hier in New York aber waren da penibler – ein Grund, weshalb er die Gesellschaft der Cowboys vorzog.

Als sein Essen gebracht wurde, steckte er sich die Serviette in den Halsausschnitt und langte zu. Es wollte ihm nicht recht schmecken, aber sein Körper verlangte nach Nahrung. Später, den Salat von links nach rechts schiebend, dachte er wieder über die Situation mit Mary nach. Hätte er anders handeln sollen, vielleicht eher so, wie es seinem sonstigen Beuteverhalten entsprach? Wie hätte sie reagiert, wenn er sie in eine Besenkammer gezogen und stürmisch geküsst hätte? Oder wenn er sie mitten im Satz unterbrochen, ihre Hand genommen und gesagt hätte: »Mary, die Kiste mit Triangle ist mir egal. Nur du bist wichtig. Ich will dich.«

Aber Mary hatte Stil und Prinzipien. Mit ihr musste er subtiler vorgehen. Unaufdringlicher. Anders als sonst.

Mit Beth, der ersten Frau, von der er je geglaubt hatte, sie zu lieben, war damals alles ein Selbstläufer gewesen. Sie hatte ihn in einem Stück am Broadway gesehen und ihm vor seiner Garderobe aufgelauert. Dann hatte sie ihn zum Essen eingeladen, und er hatte darauf bestanden zu bezahlen. Nur wenige Kutschfahrten und Theaterbesuche später waren sie bereits ein Paar. Douglas fing in der Seifenfabrik ihres Vaters an zu arbeiten – Mr. Sully duldete keinen Schauspieler als Schwiegersohn –, und nur einen gefühlten Wimpernschlag später versammelten sich zweihundert Gäste auf dem Sullyschen Familienanwesen Watch Hill auf Rhode Island, um Douglas und Beth bei ihrem Jawort beizuwohnen.

Es war lange her.

Douglas schickte den welken Salat zurück und bestellte sich einen Eisbecher, allerdings ohne Sahne. Mit Anfang dreißig mussten auch Männer langsam auf ihre Figur achten. Beim zweiten Löffel bereits öffnete sich die Tür, und sein Bruder John betrat das Restaurant. Es überraschte Douglas immer wieder, dass dieser blasse, hochgewachsene Kerl mit ihm verwandt sein sollte. Hinter John erkannte er einen lilafarbenen Frauenhut mit dazu passendem Mantel, den er erst auf den zweiten Blick als den seiner Frau identifizierte. Er hatte vor langer Zeit aufgehört, auf Beths Kleidung zu achten. Sie hatte sich zu Douglas junior umgedreht, der noch unter dem Vordach stand und ganz offensichtlich lieber draußen mit dem Abakus spielen wollte.

»Wir wollen doch, dass dein Sohn später mit Zahlen

umgehen kann«, sagte John zur Begrüßung und nickte hinüber zu dem Geschenk, das er seinem Neffen mitgebracht hatte.

»Ich dachte, wir seien mit Leuten von der Bank verabredet«, sagte Douglas, während er seiner perfekt zurechtgemachten Frau aus dem Mantel half.

»Beth wollte ein paar Dinge mit mir besprechen. Da hab ich den anderen Termin verschoben. Ich dachte mir, was gibt es Schöneres als ein Familientreffen?«

In diesem Augenblick konnte Douglas sich so manches vorstellen, zu durcheinander war er noch von der Begegnung mit Mary.

Beth schob ihren üppigen Oberkörper zwischen Bank und Tisch und kratzte mit ihren perfekt manikürten Nägeln über einen winzigen Fleck auf der Tischdecke. »Weißt du, Douglas, ich habe mit John noch einmal über die Sache mit Triangle gesprochen. Du solltest wenigstens mit den Bossen dort reden und sehen, was sie dir anbieten.«

Douglas steckte den Löffel ins Eis und schob das Glas weg. Der Appetit war ihm vergangen. Seine Situation – beruflich und privat – war kompliziert genug. Was musste ein Mann tun, um wenigstens in seiner Mittagspause mal seine Ruhe zu haben? Er wusste, dass es Beth nicht um seine Karriere, sondern um ihren Vater ging. Mr. Sully profitierte vorzüglich von Douglas' Arbeitsverhältnis mit Triangle. Zunächst war es Douglas egal gewesen, als Beth anfing, Deals zwischen seiner Produktionsfirma und der Familie Sully einzufädeln. Es störte ihn nicht, dass das Familienanwesen als Drehort für Filmaufnahmen gebucht wurde, was seinem Schwiegervater ein stattliches Honorar einbrachte. Doch spätestens seit ihm zu Ohren gekommen war, dass der vollkommen filmfremde Dan Sully bei Triangle wegen angeblicher Beratertätigkeiten auf der monatlichen Gehaltsliste stand, wusste er, dass er diesen Hochstapler von seinem Geschäften fernhalten musste.

»Du meinst wohl, was sie deinem Vater bieten«, erwiderte er deshalb auf die Bemerkung seiner Frau. »Tut mir leid, Beth, aber dafür ist es ohnehin zu spät. Ich gehe zu Adolph Zukor und den Leuten bei Famous Players-Lasky. Dort habe ich Perspektiven – und eine bessere Bezahlung.« Er zögerte kurz, dann ließ er ihren Namen fallen: »Du weißt schon, so wie Mary Pickford.«

Es war ihm egal, wie sein Bruder reagierte. Als seinen Manager hätte Douglas ihn eigentlich im Vorhinein über diesen Entschluss in Kenntnis setzen müssen. Aber er wusste, dass John kein Machtmensch war, der sich daran störte, wenn Douglas selbst die Verantwortung für sich übernahm. Viel wichtiger war Beths Reaktion auf Marys Name. Zuckte sie zusammen? Ließ sie Skepsis erkennen?

Weder noch. Vielleicht hatte sie gar nicht richtig zugehört. Sie schien zu beschäftigt, die Eiswürfel aus dem Wasserglas ihres Sohnes zu fischen. Als ob der Junge das mit sieben Jahren nicht längst selbst konnte!

Wie so oft störte es Douglas, wie sehr Beth den Knaben behütete. Sie machte ihn noch zum Mauerblümchen. In seinem dunkelblauen Matrosenanzug mit dem übergroßen Kragen und penibel gezogenen Mittelscheitel klebte er förmlich an seiner Mutter. Dabei sollte er sich längst in Cowboy- und Indianerspiele mit seinen Freunden vertiefen. Douglas wünschte sich, Junior würde statt brav am Tisch zu sitzen frech durch das Restaurant sausen und die Serviette zu einem Spielzeuggewehr machen.

Einen Moment lang betrachtete er seine Familie schweigend. Die runde Gluckenmutter und das schüchterne, pausbäckige Kind mit den starken Fesseln und dem blassen Teint. Douglas junior hatte eindeutig zu viele Sully-Gene mitbekommen. Süß war er ja, der Junge, aber es mangelte ihm schlichtweg an Draufgängertum. Douglas würde es niemals zugeben, aber manchmal empfand er es als Fehler, dem Jungen seinen Vornamen gegeben zu haben.

»Du kannst ja noch einmal darüber schlafen, Douglas«, erklärte Beth das Gespräch um Triangle, dem Douglas ohnehin schon eine Weile nicht mehr gefolgt war, für beendet.

Er versuchte sich vorzustellen, wie es wohl wäre, einfach zu gehen. Von diesem Tisch aufzustehen und einfach zu verschwinden, aus dieser Familie, aus diesem Leben. Einfach raus und seinen Besitz in ein neues Apartment liefern lassen, oder gar zu einer Ranch in den Ebenen, oder in ein kleines Bergdorf. Natürlich verwarf er den Gedanken sofort wieder. So durfte er nicht denken! Er erinnerte sich zu gut an seinen eigenen Schmerz, als sein Vater ihn verlassen hatte. Sein Leben lang hatte er sich geschämt, einen Lügner zum Erzeuger zu haben. Einen Feigling, der nicht die Kraft gehabt hatte, zu seiner Familie zu stehen.

Es mochte schon sein, dass es ihm schwerfiel, zu seinem Sohn eine Beziehung aufzubauen. Aber er hatte sich fest vorgenommen, seinem Kind ein Zuhause zu bieten, das – in den Augen des Jungen zumindest – in Ordnung wirkte. Er würde niemals Juniors bester Freund sein, das wusste er, aber er konnte wenigstens ein Mann sein, dessen Namen man in ein Schulanmeldeformular eintragen konnte, ohne sich dafür zu schämen. Jemand, der beim Sommerfest der Lehrerin Komplimente machte und am Zeugnistag für alle Kinder Eis spendierte.

»Na, Junge. Was macht die Eisenbahn?«, versuchte er dem Mittagessen die Wendung hin zu einem normalen Familienlunch zu geben.

»Wir haben sie abgebaut«, antwortete Beth für Junior. »Eleanor musste putzen.«

Douglas brachte sich nicht dazu, seinem Sohn zu versprechen, sie gemeinsam mit ihm wieder aufzubauen. Er entschuldigte sich von der Runde und ging auf die Toilette, um sich kaltes Wasser ins Gesicht zu spritzen. Während seine Faust auf dem Marmorwaschtisch aufschlug, starrte er in den Spiegel und stellte zu seinem Unmut fest, dass er seinem Vater immer ähnlicher wurde – was nicht allein daran lag, dass sein Haaransatz von Monat zu Monat lichter wurde und die Falten um die Augen definierter. Nein, auch er trug diesen Gesichtsausdruck, der zornverzerrt und verzweifelt zugleich wirkte. Er sah einen Mann, der wusste, dass er – so sehr er sich auch bemühte es nicht zu tun – bald dem eigenen Sohn den Rücken zukehren würde.

# 6
# MARY

Frances und Mary kamen zu spät zum Screening. Sie hatten die Zeit vergessen, so vertieft waren sie in die Frühlingsmode der neuen Ausgabe des *Delineator* gewesen: Diese abgestuften Röcke und die Taillengürtel, die endlich etwas lockerer sitzen durften! Und diese herrlichen V-Krägen!

Sie tuschelten noch, als sie den abgedunkelten Raum betraten – ein winziges Sechs-Reihen-Kino im Keller des Studios, in dem alle gerade fertiggestellten Filme den Studiobossen vorgeführt wurden und von ihnen abgenommen werden mussten.

Durch den Zigarettendunst konnte Mary die Umrisse ihrer Chefs ausmachen: Cecil DeMilles rundliches Haupt neben Adolph Zukors kantigem Kopf. Jesse Lasky erkannte sie an seinem Seitenscheitel und der leichten Tolle. In den Reihen dahinter saßen eine Handvoll Produktions- und Vertriebsassistenten sowie einige Schreiberlinge, die sie in der Dunkelheit nicht zuordnen konnte.

Sie zog zwei leinenbespannte Klapphocker für sich und Frances heran und schob die Ärmel ihrer Bluse ein Stück weit hinauf. Es war heiß hier hinten direkt neben dem knarrenden Projektor. Zudem verspürte sie leichte Nervosität. Wie würden ihre Vorgesetzten auf *The Poor Little Rich Girl* reagieren?

Der Vorspann war noch nicht fertiggestellt, der Film begann also mit einer Ganzkörperaufnahme von Mary als elfjährige Gwendolyn. Vor ihr sah sie die Herrenköpfe nicken. Ihre Idee, eigens angefertigtes übergroßes Mobiliar für das Bühnenbild zu verwenden, war wohl aufgegangen. Sie musste zugeben, dass sie dadurch tatsächlich kleiner und jünger wirkte.

Wie viele Frauen würden gerne Mutter eines derart goldigen Mädchens sein? Wie viele Mädchen wünschten sich so ein Wesen zur besten Freundin? Perfekte Voraussetzungen für einen Kassenschlager, dachte Mary.

Doch ihre Gedanken wurden plötzlich von Cecil DeMilles lautem Räuspern unterbrochen. Sie sah sich um. Die Köpfe vor ihr hatten aufgehört zu nicken. Das Qualmen war stärker geworden. An der Wand sah Mary die Schatten ungeduldig wippender Zigarren. Das war kein gutes Zeichen.

»Grässlich, dieser Klamauk«, schnaubte DeMille plötzlich durch den Zigarrennebel.

Bestätigendes Murmeln folgte aus den Reihen der Assistenten, die Männer wurden unruhig.

Der Streifen lief weiter.

Frances drückte ihre Hand.

»DeMille ist doch ein Aufschneider«, flüsterte ihre Freundin, und es half Mary, für eine Weile Ruhe zu wahren. Nach ein paar weiteren Minuten aber sprang DeMille auf.

»Ich werde meine Zeit nicht mit solch einem Kinderkram vergeuden!«, rief er, während er sich seinen Weg nach draußen bahnte. Ein paar der Assistenten begleiteten ihn eilig, während ein Murmeln durch den Raum ging. Jemand schaltete das Licht an, sodass auf der Leinwand nun nichts mehr zu erkennen war.

»Ruhe!«, rief Zukor in den verrauchten Raum. Er ließ den Film anhalten. »In der Tat, Mary. Dieser Film ist unter deinem gewohnten Niveau«, erklärte er.

Sie stand auf, um sich zu verteidigen.

»Meine Herren, ich denke, Sie sollten...«

»Unter ihrem Niveau, Adolph?«, unterbrach Jesse Lasky sie. »Ich bitte dich! Der Streifen ist abscheulich. Ein Zuckerpüppchen, das durch sein Prinzessinnenschlösschen tänzelt.«

»Mr. Lasky. Ich verbitte mir diesen Ton, wenn es um meine Arbeit geht.« Mary sprühte vor Ärger und drängte sich durch die Reihen nach vorne.

»Was Sie hier sehen, ist Kunst, meine Herren. Der Versuch, die Kehrseite von Reichtum und Luxus zu zeigen. Das Schicksal, im eigenen Zuhause gefangen zu sein. Und all das auf eine Art gezeigt, die zu allem Überfluss auch noch verkäuflich sein wird!«

Sie hörten ihr nicht zu. Die jungen Assistenten, diese Milchbuben, die alle auf eine Beförderung oder Fixanstellung bei Zukor und Lasky hofften, drängten sich jetzt um ihre Chefs, begierig, ihre Meinung kundzutun. Diese Männer verstanden einfach nicht, was Mary und Frances geschaffen hatten: Einen humorvollen, aber zugleich tiefgründigen, sozialkritischen Film, handwerklich perfekt umgesetzt. Selten war Mary mit ihrer eigenen Leistung so zufrieden gewesen, und Frances hatte sich mit dieser Inszenierung einer schaurig-schönen Zuckerwattewelt selbst übertroffen.

»Infantil«, hörte Mary.

»Töricht.«

»Lächerlich.«

»Ich denke, Miss Pickford wollte einfach noch ein bisschen Kind spielen, ohne die wirtschaftlichen Konsequenzen zu bedenken. Vielleicht ist sie doch nicht so erwachsen, wie sie immer tut«, erklärte nun Anthony Brennan, Laskys Privatsekretär.

Mary ballte die Fäuste und stellte sich auf die Zehenspitzen. »Meine Herren. Ich werde Ihnen gleich zeigen, für welche Konsequenzen ihre liebe Miss Pickford sorgen kann.« Hinten im Raum sah sie zwei Set-Arbeiter tuscheln und gehässig auf sie zeigen. »Ihr beiden da hinten: Packt eure Sachen! Sofort. Mit mir werdet ihr nicht mehr zusammenarbeiten. Ich kann keine illoyalen Mitarbeiter gebrauchen. Ihr seid gefeuert! Und dem Rest von Ihnen befehle ich umgehend, den Screening Room zu verlassen. Das Anliegen wird unter den Verantwortlichen diskutiert.«

Die Assistenten und Schreiberlinge sahen ratsuchend zu Lasky und Zukor, die sie ebenfalls zur Tür hinausnickten. Frances durfte im Raum bleiben, so wie Mr. Tourneur, der sich bisher nicht in die Debatte eingebracht hatte, obwohl es sein gutes Recht gewesen wäre festzuhalten, dass er von Anfang an gegen die Umsetzung gewesen war.

Sachlich versuchte Mary, die Hintergründe und einzelnen Pointen zu erklären. Frances beschrieb ihre Drehbuchkniffe. Zukor schien teilweise zu verstehen. Lasky gab sich eisern und desinteressiert, bevor er laut seufzend und die Augen verdrehend den Raum verließ.

»Sehr reifes Benehmen, Mr. Lasky. Einfach abhauen ist immer eine Lösung«, zischte Mary.

Zukor strafte sie mit einem zornigen Blick.

Draußen vom Gang drangen Stimmen herein. »Man hätte DeMille Regie führen lassen sollen«, hörte sie. Und mehrmals die Vorwürfe, dass sie eine verwöhnte Prinzessin sei.

Mary sah ihren Mentor an. »Bitte, Papa. Lass uns den Film noch einmal in Ruhe ansehen«, bat sie. »Dabei können wir herausarbeiten, was dir gefällt und was nicht. Vielleicht können wir durch ein paar Adaptionen eine zufriedenstellende Lösung für alle finden. Ich verspreche dir, der Markt wird auf die Gags anspringen.«

Aber Zukor schüttelte den Kopf. »Mary, der Streifen überzeugt mich nicht. Ich erwarte dich in einer Stunde in meinem Büro.«

Adolph Zukor stand nicht auf, als Mary in der Tür erschien. Er nahm ihr weder, wie gewöhnlich, den Mantel ab noch bot er ihr eine Tasse Tee aus seinem Samowar an.

»Hast du etwas zu deiner Situation zu sagen, Mary?«, fragte er und hob erwartungsvoll die Brauen.

»Nein, Adolph.« Sie hatte in diesem Moment keine Lust mehr, ihn Papa zu nennen. »Ich habe nach meinem besten künstlerischen Wissen und mit Blick auf den Markt gehandelt. Frances, also Miss Marion, und ich wollten der Figur doch bloß ein wenig Leben einhauchen!«

»Deine Zuschauer wollen keinen wilden Kindergeburtstag voller Krawall sehen, Mary«, sagte Zukor. »Sie wollen ein hübsches Fest mit adretten, braven Mädchen, die artig ihre Kerzen ausblasen. Nicht diese… diese… derbe Aneinanderreihung von Straßenkinderstreichen.«

»Aber Erwachsene und Kinder sehnen sich…«

Adolph Zukor schüttelte den Kopf. Mary kannte diesen Blick. Der Bogen war bereits überspannt. Weitere Verhandlungen waren sinnlos.

»Du wirst diesen Brief unterschreiben, Mary«, sagte er sachlich und schob ihr ein eng mit Schreibmaschine beschriebenes Blatt über den Tisch. »Das ist deine offizielle Entschuldigung an Mr. DeMille. Du gibst zu, dass du dich geirrt hast und es ein Fehler war, nicht mit ihm zusammenzuarbeiten. Du standest neben dir, als du deinen eigenen Regisseur, diesen Franzosen, aussuchtest…«

»Aber Monsieur Tourneur ist eine Koryphäe auf seinem Gebiet! Außerdem wurden alle Ideen gegen seinen Willen auf meine Verantwortung hin umgesetzt.«

»Mary!«, mahnte Zukor. »Du weißt, dass jeder Regisseur für Cecil DeMille ein Dorn im Auge ist. Er hält sich nun mal für den besten. Und… in Anbetracht deines Resultats unter der Leitung von Monsieur Tourneur, hat er vielleicht auch recht.« Er reichte ihr seine Füllfeder. »Zum Abschluss habe ich einen Absatz eingefügt, in dem du dich verpflichtest, deine nächsten zwei Filme unter der Leitung von Mr. DeMille zu drehen.«

»Aber Adolph… Papa… das ist doch…«

»Glaub' mir Mary. Das ist noch der glimpflichste Ausweg.«

Wie in Trance lief Mary durch die Seitenstraßen nach Hause. Einen Augenblick lang hatte sie überlegt, eine Brille und eine Perücke aus dem Requisitenraum mitzunehmen, um in eine Bar am Broadway zu gehen und sich zu betrinken. Doch dann müsste sie mit Fremden über den Vorfall oder, schlimmer noch, über irgendwelche banalen Dinge sprechen – beides in ihrem Zustand unerträglich. Lieber nach Hause gehen – selbst wenn es nicht wirklich ihr Zuhause war. Wenigstens würde im Biltmore das Bett hübsch aufgepolstert und das Zimmer wohltemperiert sein. Sie könnte unter die weichen, duftenden Laken kriechen und ihren Tränen freien Lauf lassen.

Während sie den Broadway hinaufging, den Kragen hochgezogen und den Hut tief im Gesicht, rasten ihre Gedanken. Eine Zusammenarbeit mit Mr. DeMille war unvorstellbar. Mit diesem autoritären Fiesling, der es nur darauf abgesehen hatte, sie scheitern zu lassen! Er würde sie am Gängelband halten und jeden Tag aufs Neue provozieren.

»Unmöglich! Nicht auszumalen!«

Erst jetzt fiel ihr auf, dass sie ihre Gedanken laut aussprach.

Ein Automobil fuhr zu schnell durch eine Pfütze und spritzte sie an. Schwarzgraue Flecken breiteten sich auf ihrem roséfarbenen Rock aus. Mary rieb verzweifelt über den Stoff, als versuchte sie, die Geschehnisse des Tages auszuradieren, doch der Rock wurde nur umso schmutziger. Sie konnte die Tränen nicht mehr zurückhalten. Weinend lief sie gegen den eisigen Wind an, ungeachtet der Tatsache, dass der Schneematsch nun auch Seidenstrümpfe und Schuhe ruinierte. Sie versuchte, dem Portier des Biltmore-Hotel nicht in die Augen zu sehen. Auf der Straße hatte man sie zum Glück nicht erkannt. Aber der Concierge würde sie sofort identifizieren, schließlich wusste er, dass sie hier residierte. Nicht auszudenken, was die Zeitungen schreiben würden, wenn sie hörten, dass Mary Pickford die Fassung verloren hatte und mit rotgeweinten Augen durch die Stadt lief! Zum Glück feierte gerade jemand mit viel Champagner in der Lobby, und man schenkte ihr keine Aufmerksamkeit.

Im Lift nagte Mary an ihren Fingerknöcheln. Eine Eigenheit, die sie für gewöhnlich ebenfalls niemals in der Öffentlichkeit zeigte. Aber sie war zu aufgebracht. Was, wenn Owen jetzt in der Suite war? »Bitte, lieber Gott, bitte nicht«, presste sie zwischen ihren schmalen Lippen hervor. Er war wirklich der Letzte, dem sie in diesem Zustand begegnen wollte. Doch ihre Chancen standen gut, dass er in seinem Gentlemen's Club war. Seit seiner Rückkehr verbrachte er den Großteil seiner wachen Zeit dort unter dem Vorwand, Kontakte für neue Engagements zu knüpfen. Doch die konkurrierenden Hähne, die sich dort aufplusterten, Geld, Frauen und Automobile verglichen, ließen sein geringes Selbstbewusstsein nur noch weiter schrumpfen. Mary hatte in der Vergangenheit mehrfach versucht, ihm zu helfen: Sie hatte Empfehlungen für ihn abgegeben, und eine Zeit lang war die »Versorgung« ihres Ehemanns sogar eine Klausel in ihrem Vertrag gewesen. Aber Owen hatte sich am Set immer wieder gehen lassen, war betrunken zur Arbeit gekommen und hatte Bühnenarbeiter angepöbelt, sodass Mary schließlich beschlossen hatte, ihre Karriere vor seinem destruktiven Verhalten zu schützen.

Vorsichtig schob sie die Tür zur Suite auf. Im Vorzimmer war es dunkel und still. Sie atmete auf. Dann aber vernahm sie dumpfe, rhythmische Klänge, und kurz darauf die abgeschwächten Klänge eines Saxophons. Sie drehte den Türknauf der mit Samt ausgepolsterten Tür zum Salon. Owen lag ausgestreckt auf dem Fauteuil, neben ihm ein leerer Teller und Krümel auf dem Boden. Er schlief, während das Grammophon ungestört weiterplärrte.

Mary stellte die Musik leise. Wenigstens schlief Owen, dachte sie und wischte sich die Tränen von den Wangen. Haltsuchend sah sie sich im Raum um. Sie hatte gehofft, dass sie sich hier, zurückgezogen in ihrer Suite, besser fühlen würde. Dass sie sich sammeln könnte. Doch der Anblick all der Unordnung und ihres schlafenden Mannes auf dem Sofa zog sie in einen Strudel der Hilflosigkeit hinab. Ihr Blick fiel auf die Bar. Es war noch ein Rest Gin in der Flasche. Sie schenkte sich die klare Flüssigkeit ein, trank einen großen Schluck und spürte, wie das Brennen im Hals für kurze Ruhe in ihrem Kopf und ihren Gliedern sorgte.

Ein Kissen fiel von der Rückenlehne des Fauteuils, Owen regte sich.

»Na, Mary-Fairy«, sagte er verschlafen und rieb sich die Augen.

Sie versuchte, ihn nicht anzusehen, damit er ihre Verzweiflung nicht bemerkte. Aber Owen schien ohnehin wenig an ihr interessiert. Er setzte sich auf und schob unbeteiligt die Krümel mit seinen nackten Füßen zur Seite.

»Was hast du zum Abendessen bestellt?« Er schien

keinen Schimmer zu haben, dass es erst früher Nachmittag war.

»Noch nichts, Owen. Es ist erst halb drei. Außerdem habe ich ganz andere Sorgen.«

»Hast du was vergessen?«, fragte Owen. »Oder was machst du sonst um diese Zeit zu Hause? Ist das dein Bühnenaufzug?« Er blickte missbilligend auf ihren verschmutzten Rock und ihr zerzaustes Haar.

»Nein, Owen. Ich hatte nur den schlimmsten, den allerschlimmsten Tag in der Arbeit.«

»Tag? Meinst wohl eher Vormittag.« Owen pulte an seinen Zehennägeln herum.

Oh, wie sehr diese krummen, weißgelblichen Zehen sie anekelten! Wie konnte er nur so ignorant, so desinteressiert sein? Bemerkte er denn gar nicht, dass sie völlig aufgelöst war?

»Willst du gar nicht wissen, was passiert ist?«, fragte sie.

Er blickte kurz auf, eine Hand noch immer an seinem Fuß, während er den Nagel abriss und schmerzverzerrt »Shit!« rief. »Wenn's sein muss, Mary, erzähl! Aber die Kurzversion. Wenn es wirklich erst halb drei ist, kann ich noch auf ein paar Drinks in den Club gehen.«

Mary wusste, dass er ihr kaum zuhören würde. Aber sie brauchte ein Ventil. Sie musste erzählen, was passiert war, musste von irgendjemanden – und wenn es nur Owen war – hören, dass alles gut werden würde; dass sie und Frances im Recht waren; und dass sich die Kröten schon wieder beruhigen würden.

Owen betrachtete jetzt auch seine Fingernägel, während Mary schilderte, was am Vormittag passiert war.

»… und dann hat Zukor mich in sein Büro zitiert und vor ein Schreiben an Mr. DeMille …«

Owen erhob sich laut stöhnend vom Fauteuil und machte mit seinen Händen eine Stopp-Bewegung.

»Also, um das Ganze hier kurzzufassen …« Er blickte auf die Uhr über der Tür. »Unsere heilige Jungfrau Mary ist also auf die Nase gefallen?«

Er lehnte sich vor, als wollte er ihre Wange tätscheln, erwischte jedoch ihr Ohr und rubbelte grob daran. Sie roch den Alkohol in seinem Atem.

»Arme Mary-Fairy. Bist du jetzt nicht mehr jedermanns Liebling?«, mokierte er sich und zog einen Schmollmund. Wie lächerlich. Mary wusste, dass es auch lächerlich war, seinem betrunkenen Benehmen Bedeutung zu schenken, trotzdem spürte sie die Tränen wieder hochschießen. Nein, jetzt nicht!, befahl sie sich und atmete tief durch.

»Owen, bitte mach dich nicht über mich lustig. Ich hatte einen harten Tag.«

»Pah! Madame hatte also einen harten Tag, was? Im Gegensatz zu mir, meinst du? Glaubst du etwa, ich sitze den ganzen Tag herum und drehe Däumchen?«

Mary blickte sich in dem wüsten Wohnzimmer um und zwang sich, sich nicht auf Owens Gesprächsebene herabzulassen.

»Owen, du hast getrunken. Es wäre vielleicht gut, wenn du …«, setzte sie an.

»*Du hast getrunken, Owen*«, äffte er sie nach. »Was hackst du auf mir herum, Mary? Stellst *mich* wie einen Versager da! Dabei bist du doch diejenige, die sie heute nach Hause geschickt haben.«

Er kämmte sich das ungewaschene Haar mit den Händen zurück. Oh, wie sehr sie ihn in diesem Moment verabscheute! Mary krallte sich an ihrem Gürtel fest, um nicht den erstbesten Gegenstand nach ihm zu werfen. Fünf... vier... drei... zwei... eins. Mithilfe dieses langsamen Rückwärtszählens gelang es ihr in der Regel, sich in Stresssituationen zu beherrschen.

»Ich lege mich ein wenig hin, Owen«, erklärte sie schließlich, als sie sich wieder unter Kontrolle hatte, und versuchte sich an einem milden Lächeln. Es war ohnehin sinnlos, Owen weiter von Zukor und dem Brief an DeMille zu erzählen. Gleich würde er aus der Suite verschwinden und den ganzen Nachmittag lang fort sein.

»Ohh«, stichelte Owen. Er hatte den Rest Bourbon in der Flasche entdeckt. »Du musst dich wohl von dem Schock erholen, dass selbst du nicht unfehlbar bist. Mary Pickford, unser perfektes Engelchen. Alles eine Täuschung. Pah!«

Mary spürte, wie sich ihr Ledergürtel unter dem Druck ihrer zusammengeballten Fäuste bog. »Du hast recht, Owen«, sagte sie ruhig. Das wollte er schließlich hören, oder? Dass sie klein beigab; dass er recht hatte.

Ihre Ruhe schien ihn zu irritieren. Sie bemerkte, dass seine Augen zuckten, und ehe sie sich's versah, torkelte er auf sie zu. Den Blick fest auf ihn gerichtet, wich sie vorsichtig nach hinten aus. Die Schiebetür in ihr Boudoir musste nur ein paar Schritte entfernt sein.

Er atmete laut und tief. Sie sah seine Hand zittern.

»Owen, bitte bleib stehen. Du machst mir Angst.«

»Was ist, Prinzessin? Bist wohl von deinem hohen Ross gefallen, und plötzlich bist du nichts als ein ängstliches Mäuschen!« Er grinste hämisch.

»Owen, bitte. Dein Club. Deine Freunde. Man wartet auf dich.«

»Du meinst wohl, ich soll mich zu den anderen Versagern verpissen«, schnaubte er.

»Nein, Owen, Schatz, ich...«

Owen lief rot an. »Ich zeig dir jetzt mal, wen du Schatz nennen kannst.« Und ehe Mary sich schützen konnte, holte Owen mit der Hand aus. Sie spürte, wie sie mit dem Kopf gegen die Kommode fiel; auf ein durchdringendes Stechen folgte das Gefühl der Benommenheit. Alles um sie herum wurde wattig.

Einen kurzen Moment lang stand Owen unentschlossen über ihr und strich sich wieder und wieder die Haarsträhnen aus dem Gesicht. Dann verließ er nach einem lauten »Hrrmppf« wortlos die Suite.

Mary wusste nicht, wie lange sie dort zusammengekauert auf dem Boden gelegen hatte. Als sie ihren Körper wieder wahrnahm, schlang sie ihre Arme um die Beine, verbarg das Gesicht in den Knien und schaukelte hin und her. Sie weinte bitterlich. Dabei pochte ihr ganzer Schädel. Wie hatte sie sich so in einem Mann täuschen können? Wie hatte ihr Herz sie damals nur so falsch leiten können? Früher war Owen doch ganz anders gewesen. Oder etwa nicht? Hatte er denn gar keine Gefühle? Hatte er sie endgültig im Alkohol ertränkt? Warum, warum hatte sie die Warnsignale nicht gesehen? Sein Trinkproblem. Seine cholerische Ader. Sie hatte es als Gehässigkeit und Neid abgetan, wenn ihre Kollegen sie gewarnt hatten, dass Owen wieder einmal seinen Rausch in der Requisitenkammer ausschlief.

Wie sollte es nun mit ihnen weitergehen? Welche Zukunft hatten sie schon? Die vergangenen Tage im Biltmore waren ein einziger Kampf gewesen, und sein Wutanfall im Grunde nur der Gipfel ihrer Aussichtslosigkeit. Nichts hatte sich in Kalifornien geändert. Nichts würde sich ändern, auch wenn sie noch so lange voneinander getrennt waren.

Mary hörte ein Geräusch auf dem Gang. Schützend hob sie einen Teil des Teppichs hoch und hielt ihn wie einen Schild vor sich. Kam Owen etwa zurück? Sie hielt die Luft an. Nichts passierte. Dann hörte sie ein Rumpeln. Es war wohl nur die Reinigungsdame mit ihrem Trolley gewesen.

Der Vormittag im Studio, die Ereignisse mit Zukor, sie schienen plötzlich meilenweit entfernt. Und vollkommen unwichtig. Mary würde sofort mit DeMille einen Film drehen, wenn man ihr verspräche, dass die Probleme zu Hause ein Ende hätten. Doch natürlich wusste am Set niemand, wie ihre privaten Verhältnisse tatsächlich aussahen. Nicht einmal Frances erzählte Mary davon. Wie passte es zum Bild einer erfolgreichen Schauspielerin und harten Geschäftsfrau, dass sie zu Hause so behandelt wurde? In der Regel machte sie bei der Arbeit gute Miene zum bösen Spiel, auch um ihre innere Verzweiflung zu verbergen. Es gab keinen Ausweg. Sie hatte sich Owen ausgesucht. Sie hatte ihn geheiratet. Sie hatte Mutter und Gott versprochen, dass sie bei Owen bleiben würde, bis der Tod sie trennte. Punkt. Amen. Es war ein Versprechen, dass bleiern wog.

Und es war nicht das erste Mal, dass Owen grob geworden war. Aber für gewöhnlich war es eine knallende Ohrfeige oder ein heftiges Rempeln, sodass sie auf das Bett flog. Der heutige Ausbruch war eine Steigerung.

Der Teppichboden war nass. Owens Hieb hatte auch eine Vase zu Fall gebracht. In dem Versuch, sich selbst Trost zu spenden, rieb Mary die kalten Füße aneinander. Sie schmeckte Salz auf den Lippen, doch ihr Tränenstrom war mittlerweile versiegt; sie hatte keine Tränen mehr. Stattdessen spürte sie eine unsagbare Leere. Sie versuchte sich hochzuziehen, doch schon beim ersten Versuch, sich aufzustützen, schoss Schmerz durch ihr Handgelenk. Erschrocken zuckte sie zurück. Sie bewegte die Hand vorsichtig nach links und nach rechts und stellte erleichtert fest, dass nichts gebrochen schien. Dann stand sie vorsichtig auf und schleppte sich ins Bad. Sie kühlte ihren Hinterkopf mit einem Waschlappen und besah sich dabei im Spiegel, erschrocken, wie viel Hilflosigkeit ihr Spiegelbild ausstrahlte. Wie kam es, dass sie hier in diesem Badezimmer stand, zitternd und frierend und allein? Sie war vierundzwanzig Jahre alt, ein Star im ganzen Land. Ihr Leben sollte vollkommen anders aussehen. Mary fühlte sich wie in einem goldenen Käfig. Jeden Tag hatte sie aufs Neue mit Owen, seinen Launen und Aussetzern, zu kämpfen, und sobald sie die eigenen vier Wände verließ, lauerten überall Gesichter – Journalisten und Fans –, die ein Stück von ihr haben wollten. Und dann waren da noch diese ständigen Selbstzweifel, die an ihr nagten. Machte sie ihren Job gut genug? Wie lange würde man sie noch auf der Leinwand sehen wollen? Bei jedem neuen Film hatte sie wieder die Sorge, das Publikum könnte eines Morgens beschließen, dass man genug von ihr hatte. Wie Geister lauerten die Selbstzweifel unter ihrem Bett und zischten, dass dieser, ja dieser Erfolg garantiert ihr letzter sein würde. Und der Eklat heute mit Zukor und den Kröten? Gut möglich, dass es der Anfang vom Ende ihrer Karriere war.

Mary drehte den rotgoldenen Wasserhahn auf und ließ kaltes Wasser über das schmerzende Handgelenk laufen. Sie fühlte sich so hilflos. Wen konnte sie in dieser Situation schon anrufen? Lottie würde sich nur über sie lustig machen. Und zu ihrem kleinen Bruder Jack war Mary noch nie mit Problemen gelaufen. Mama wäre vermutlich sogar schadenfroh und würde Mary daran erinnern, dass sie sie immer vor Owen gewarnt hatte. Frances war im Studio. Und Douglas? Oh, könnte sie doch Douglas anrufen, ihren Freund! Doch die Situation zwischen ihnen war so schwierig. Wie sehr wünschte Mary, sie könnte mit ihm sprechen, sich an seiner Brust anlehnen und ihm alles erzählen. Er würde ihr übers Haar streichen und ihr versichern, dass alles gut werden würde. Mary sehnte sich so sehr nach Douglas – dem Mann, der ihr jedes Mal das Gefühl gab, einfach vollkommen zu sein. Der ihr Mut machte und an sie glaubte. Der ihr Talent sah und sie lobte. Und ausgerechnet ihn hatte sie von sich gestoßen.

Die Tränen flossen erneut.

Sie wusch sich das Gesicht und schminkte sich notdürftig. Dann klingelte sie nach dem Hotelpersonal und bat darum, die Bar wieder aufzufüllen. Für gewöhnlich bestellte sie nicht beim Zimmerservice. Hatte sie Lust auf einen Drink, ließ sie sich von Margaret oder vom Chauffeur eine Flasche von auswärts kommen. Eine Anweisung ihrer Mutter: Vertraue nur deinen eigenen

Leuten! Das Hotelpersonal könnte sofort an die Presse gehen und publik machen, dass das berühmte Goldlöckchen sich oben im Biltmore betrank.

Doch weder Margaret noch ihr Chauffeur waren gerade zur Hand. Und in diesem Augenblick hatte Mary auch keine Geduld für derlei Tarnung. Zum Teufel mit Mutters Ratschlägen. Gin, Whiskey, Bourbon. Es war ihr egal, was ihr in diesem Moment die Seele wärmte, was den Schmerz betäubte.

Nachdem der Zimmerservice wieder gegangen war, irrte sie rastlos im Salon umher, ließ sich im Armsessel nieder, dann auf dem Fauteuil, aber sie konnte keine Ruhe finden. Schließlich setzte sie sich mit einem Tumbler voll ockerbrauner Flüssigkeit ins offene Fenster. Neun Stockwerke unter ihr lag das Trottoir der Vanderbilt Avenue – zwei gegengleiche Ströme, die in und aus der neu gestalteten Grand Central Station liefen und ein fließendes Band an breitkrempigen Hüten, Fellkragen und Pelzmänteln bildeten. Sie trank ein Glas Whiskey. Ihre Zeigefingerspitze zeichnete im Schnee, der auf dem Fensterbrett lag, kleine Schneeflocken, Strich um Strich, wie sie sie früher an die beschlagenen Fensterscheiben im Zug gemalt hatte. Gedankenverloren zog sie den Buchstaben D ins Weiß, wischte ihn aber sofort wieder weg.

Sie trank noch ein Glas, schüttete beim Ausschenken jedoch daneben und trank dann direkt aus der Flasche. Der Alkohol sickerte durch ihren Körper. Langsam fühlte sie sich ruhiger. Alles unter ihr verwandelte sich in eine Weichzeichnung. Die Straße glich einer sanften Welle, der kühle Schnee auf der Fensterbank schien wie ein wattiger Teppich. Sie lehnte den Hinterkopf an den

Fensterrahmen und spürte dabei wieder Schmerzen an der Stelle, wo sie gegen die Kommode gefallen war. Vorsichtig berührte sie die Verletzung am Hinterkopf mit ihren Fingern. Sie blutete leicht. Mary presste eine Handvoll frischen Schnee zu einem Ball und drückte ihn auf die Stelle.

Allmählich begann es zu dämmern. Erste Straßenlaternen leuchteten. Unten stellten die Zeitungsverkäufer ihre Stöße auf.

Langsam verschwamm das Bild vor Marys Augen. Für ein paar Sekunden nickte sie ein und wurde davon wach, dass ihr Kopf nach unten sackte. Was machte sie hier bloß? Alleine und betrunken auf dem Fensterbrett. Von ihrem Mann verprügelt und ausgelacht. In der Arbeit gerügt und strafversetzt. Ohne eine einzige Person, die ihr Rückhalt bot. Sie war erbärmlich.

»Erbärmlich!«, rief sie hinaus in die Dämmerung, und es war ihr egal, wenn die Menschen unten auf dem Trottoir sie hören konnten.

Sie lehnte sich aus dem Fenster. Was wäre, wenn sie sich noch weiter hinauslehnte?, hörte sie eine Stimme in ihrem Kopf. Und dann noch weiter. Die kühle Luft, das Vakuum zwischen ihrem Fenster hier oben und dem schneebedeckten Boden da unten... Ein Befreiungsschlag. Ein Ausweg aus allem. »Versuch es!«, sagte die Stimme, zunächst leise, dann deutlich lauter: »Versuch es!«

Mary drehte sich auf der Fensterbank, sodass ihre Beine hinausbaumelten. Bestimmt zeigten die Menschen jetzt von unten zu ihr hinauf, aber sie wollte nicht hinunterblicken. Stattdessen starrte sie schräg auf das langgestreckte Dach des neuen Bahnhofs gegenüber. Sie spürte den kalten Luftzug um ihre Beine und krallte sich am Fenstersims fest. Einmal abstoßen, und alles könnte vorbei sein. Ungewollt richtete sie ihren Blick nach unten. Adrenalin durchzuckte sie, und im nächsten Moment stieg schiere Panik in ihr hoch.

Was machte sie hier bloß?

Sie musste wieder hinein in die Suite, bevor es zu spät war. Ungelenk schob sie sich durch das aufgeschobene Fenster, wobei sie Schnee und Dreck mit sich schleifte. Mit dem Oberkörper voran schob sie sich über den Heizkörper und landete bäuchlings auf dem Teppichboden. Die Wunde an ihrem Hinterkopf pochte, das Handgelenk war von der Kälte ganz taub. Sie schnappte nach Luft und zitterte stärker denn je zuvor.

Es dauerte, bis sich ihr Körper beruhigte.

Hatte sie sich gerade tatsächlich fast aus dem neunten Stock geworfen? War sie denn von allen guten Geistern verlassen? Sie brauchte Hilfe. Doch wen sollte sie anrufen?

Es gab nur eine Person: Mama. Ja, sie würde urteilen – ihr dieses Verhalten wohl ein Leben lang vorwerfen –, aber sie würde eine Lösung finden.

Mary hob den Telefonhörer von der Gabel, drehte die vergoldete Wählscheibe und drückte die schwarze Muschel ans Ohr.

Die Zentrale verband sie.

»Mama«, schluchzte sie. »Du musst kommen! Sofort! Bitte!«

»Wo bist du, Liebes?«

»Im Bilt, Mama. Ich...« Mary zögerte. »Ich wollte

mich fast aus dem Fenster werfen.« Sie hörte, wie Charlotte die Luft anhielt. Als sie weitersprach, war ihr Tonfall streng, fast gebieterisch.

»Mary, du legst dich jetzt ins Bett und bleibst dort, bis ich komme. Hörst du?«

»Ja. Mama.«

»Versprich es, Mary!«

»Mhmm«, schluchzte sie unter Tränen.

Mary zog sich auf das Bett und legte sich auf den steifen Überwurf. Der Kristalllüster über ihr schien sich rasend schnell zu drehen. Funkelnde Scherben.

Als sie aufwachte, stand Mama an ihrem Bett. Sie hatte weder ihren Hut noch ihre Pelzstola abgelegt. Hinter ihr in der Tür erkannte Mary zwei Gestalten.

»Liebes, das sind Dr. Benjamin und Schwester Jane. Du kannst ihnen vertrauen.« Ihre Mutter sah ihr fest in die Augen und nickte.

Mary wusste ihr Nicken zu deuten. Sie hatte dem Arzt und seiner Helferin Schweigegeld angeboten.

Die beiden traten nun an ihr Bett, und Dr. Benjamin begann vorsichtig, Mary zu untersuchen.

»Mein Kleid. Ich habe nicht in mein Kleid gepasst. Das Dienstmädchen war nicht da. Ich habe es mit Gewalt versucht und bin gestolpert«, log Mary, als der Arzt ihre Kopfwunde entdeckte.

Und die Schwellung an ihrem Handgelenk.

»Ich musste mich aufstützen«, erklärte sie.

Dr. Benjamin verschrieb Jodsalben, Tinkturen, Ruhe und vor allem einen Ortswechsel. Am besten in die Sonne. Mit Ablenkung.

»Gibt es Verwandte, die sie besuchen könnten? Ein Ferienhaus irgendwo?«, fragte er.

»Wir haben unseren Bungalow. In Hollywood. Kalifornien«, erklärte Charlotte und nickte zustimmend.

»Aber Mama, ich muss doch...«, setzte Mary an.

»Ich regle das, Liebling.«

# 7
# DOUGLAS

Die Party musste ein Erfolg werden. Er wusste, dass es eine schmale Gratwanderung war, ein Fest zu organisieren, das unter all der Dekoration und dem Champagner eigentlich feierte, dass eine Frau vor ihrem Leben floh; dass sie eine Auszeit brauchte von ihrem Ehemann und seinen Schlägen. Es würde Tage dauern, bis die lilablauen Flecken zuerst grüngelb wurden und dann irgendwann, Stück für Stück kleiner werdend, verschwanden. In ihrer Seele aber würde für immer eine Narbe bleiben.

Owen Moore, dieser Hund! Vor ein paar Tagen, als Douglas und Mary sich im Astor zum Tee getroffen hatten, hatte sie ihm gegenüber bloß erwähnt, dass es »einen kleinen Streit« gegeben hätte. Aber Douglas hatte ihr blauviolett schimmerndes Handgelenk gesehen, das sie unter ihrem Armband zu verbergen gesucht hatte; ja, sie hatte die Kuchengabel sogar in der linken Hand gehalten, statt wie üblich in der rechten. Auch war sie stiller gewesen als sonst und hatte gedankenversunken in ihrem Tee gerührt. Sie schien nicht einmal die Kraft zu haben, seine Avancen abzulehnen – nicht, dass er es in dieser Situation überhaupt versucht hätte.

Vor ein paar Tagen noch wäre es undenkbar gewesen, dass sie sich überhaupt mit ihm zum Tee traf. Immerzu beschäftigt gab sie sich, um bloß nicht über ihre Gefühle – über den Kuss – zu sprechen. Dann aber hatte *sie* ihn am Set abgepasst und um ein Treffen gebeten. »Ich brauche dich, Douglas. Als Freund«, hatte sie geflüstert.

»Douglas, ich möchte, dass wir einander hier als Kollegen und Freunde begegnen«, hatte sie dann auch gleich zu Beginn ihres Treffens gesagt. »Bitte lass uns einen Nachmittag lang vergessen, was im Central Park passiert ist. Es ist alles zu kompliziert. Und ich kämpfe gerade an zu vielen Fronten gleichzeitig.« Und natürlich wollte er ihr diesen Wunsch erfüllen, auch wenn es für ihn unmöglich war, auch nur eine Sekunde den Kuss aus seinem Kopf zu verdrängen.

Mary hatte ihm von dem Vorfall im Screening Room erzählt, und von der Sache mit Zukor und DeMille. Sie wirkte einigermaßen abgeklärt, aber er konnte sich vorstellen, wie sehr es sie getroffen haben musste. Laskys missbilligende Töne, und dann noch Zukors schriftliche Anweisung. Und zu allem Übel noch die Zwangszusammenarbeit mit Cecil DeMille. Jeder wusste, dass er ein machtsüchtiges Wiesel war, auch Douglas würde niemals freiwillig mit ihm zusammenarbeiten. Aber Mary war stark – genau das bewunderte er an ihr. Sie würde diese kleine Job-Krise überstehen.

Die Sache mit Owen allerdings, die war eine andere. Noch während Mary andeutete, was passiert war, spürte Douglas, wie seine Fäuste sich unter der Tischkante ballten. Moore, dieses gewalttätige Schwein! Er hatte eine

Frau wie Mary nicht verdient! Er hatte gar keine Frau verdient! Am liebsten wäre Douglas sofort ins Biltmore gefahren und hätte dem Kerl gezeigt, was Prügeln wirklich bedeutete. Aber Mary hatte ihn gebeten, ruhig zu bleiben. »Douglas, ich weiß, du willst mich beschützen. Aber es ist meine Angelegenheit. Ich regle das.«

»Aber, Mary, dieser Mann gehört...«

Sie nickte bestimmt.

Er musste ihren Wunsch respektieren, auch wenn es ihm noch so schwerfiel. Also bestellte er noch eine Etagere mit Kuchen und Kamillentee mit Honig – »Für die entzückende Dame«. Ein Mann wie Owen verwöhnte Mary bestimmt zu wenig. Sie brauchte dringend ein wenig Stärkung für die Seele.

Trotz Marys Mahnung war Douglas seit dem Treffen bereits zweimal in der Lobby des Biltmore gestanden, wutentbrannt und entschlossen, diesem Hund Owen Moore die Meinung zu sagen. Doch jedes Mal hatte er sich in letzter Sekunde davon abgehalten und schnaubend die Eingangshalle wieder verlassen. Es war unbefriedigend, dass er nichts tun konnte, aber er musste sich still verhalten. Mary zuliebe. Irgendein Journalist würde ihn bestimmt sehen, und das Letzte, was Mary jetzt brauchte, waren Schlagzeilen, die andeuteten, dass sie und er eine Affäre hatten.

Sollten die Journalisten sich doch mit ihren anderen Falschmeldungen begnügen! Erst vor ein paar Wochen waren die Klatschblätter voll mit Vermutungen gewesen, er habe eine Affäre mit der Aktrice Blanche Sweet. Dabei wussten alle, die wirklich in der Branche waren, dass

Blanche nur Augen für ihren Liebhaber Marshall Neilan hatte.

Douglas ahnte, der einzige Weg, Mary wirklich zu helfen, war es, ihr ein verlässlicher Freund zu sein. Ein Mensch, dem sie ihre Gedanken und auch ihr Herz öffnen konnte. Wenn er ihr eine Schulter zum Anlehnen bot, würde sie sich irgendwann auch enger ankuscheln wollen.

Aber selbst das fiel Douglas nicht leicht: Wie sollte er ihr zeigen, dass er für sie da war, wenn sie in nur wenigen Tagen mit ihrer Mutter an die Westküste abreiste? Es bangte ihm vor diesem Tag. Selbst wenn Mary ihm in den letzten Wochen aus dem Weg gegangen war, so war es ihm doch ein Trost gewesen, ihr am Set zu begegnen oder sie heimlich bei ihrer Arbeit zu beobachten. Er fand es ungemein anziehend, sie so hoch konzentriert zu sehen, wenn sie ihre Rollen probte und ihre Szenen einstudierte.

Aber wenn ein ganzer Kontinent sie trennte, würde dann die Spannung zwischen ihnen, der Kuss, der niemals besprochen worden war, einfach verdrängt werden und irgendwann in Vergessenheit geraten? Nein, schwor er sich. Mary sollte ihn keinesfalls vergessen! Dafür würde er schon sorgen, und zwar mit einer fulminanten Abschiedsparty.

Er hätte das Plaza mieten können. Nur das Beste war Mary würdig. Aber er wusste, dass sie es als angeberisch empfunden hätte. Dort tummelten sich die Reichen und die Schönen, die Unternehmersöhne und Politikertöchter, tranken Champagner und aßen sündhaft teuren Kaviar. In derlei Glanz und Pomp fühlte Mary sich nicht wohl.

»Ich komme mir vor wie eine Puppe aus Zuckerguss

auf einer Hochzeitstorte«, hatte sie ihm einmal gesagt. »Als dürfte ich ein paar Tage lang ganz oben stehen. Aber in Wahrheit warte ich nur darauf, dass jemand mich auseinanderbricht und auf eine schmutzige Serviette legt.«

Er musste ihr recht geben. Oft genug wurde er selbst von Beth zu Veranstaltungen der High Society geschleppt, zu diesen näselnden Schönlingen, die alle ihre Nasen viel zu hoch trugen und sich alle so stocksteif bewegten, als hätten sie statt Armen und Beinen Besenstiele an den Rumpf genäht bekommen. Am liebsten würde Douglas sie alle mal kräftig durchschütteln. »Lebt endlich richtig!«, wollte er ihnen dabei zurufen und ihnen beibringen, Purzelbäume und Flickflacks durch den Salon zu schlagen oder mit einem Lasso nach dem Lüster zu werfen.

Douglas hatte auch das Knickerbocker als Ort für die Feierlichkeit besichtigt. Mary mochte es wegen seines europäischen Stils – und natürlich auch, weil es das Kino im selben Haus gab. Es wäre sogar in gewisser Weise ein symbolischer Ort gewesen, denn sie hatte die Premiere seines ersten Films dort gesehen.

Letzten Endes aber hatte er sich doch für das Algonquin entschieden. Es war schließlich sein Zuhause. Jeder Hotelangestellte war Teil seiner großen Familie, und Frank Case in gewisser Weise sein großer Bruder. Mary würde immer das Familiäre dem unpersönlichen Chic vorziehen.

»Frank, ich möchte ein halbes Dutzend Pfingstrosen auf jedem Tisch. Roséfarben. Also nicht pink. Bloß nicht pink! Und nicht weiß. Genau dazwischen. Das ist wichtig. Es ist ihre Lieblingsfarbe. Und nicht diese geruchsneutralen Blumen aus dem Gewächshaus. Ich will, dass sie duften, *duften*, hörst du!«

»Aber Doug, es ist Mitte Februar. Das könnte sich schwierig gestalten«, sagte Frank und schenkte Wasser nach.

»Benjamin Zeidman hier, mein Assistent, wird dir helfen«, sagte Douglas. »Das ist dein Mann. Zusammen werdet ihr das schon hinbekommen.«

Er stieß seinen Assistenten an, der gerade mit Bleistift eine Pressemeldung auf eine Serviette kritzelte.

FILMSTAR FAIRBANKS
RICHTET ABSCHIEDSPARTY FÜR AMERIKAS
LIEBLING MARY PICKFORD AUS

Douglas trommelte nervös mit den Fingern auf dem Tisch. Wenn alles so lief, wie er es sich vorstellte, würde diese Party keinen Abschied, sondern einen Neubeginn feiern, denn das hier war seine Chance, Marys Herz für sich zu gewinnen.

»Ich möchte Hühnerpastetchen. Aber achtet auf das Verhältnis zwischen Blätterteig und Füllung. Sie ist da sehr genau. Und gedünsteten Spargel! Grünen, nicht weißen. Keine cremige Soße! Ach ja, und Hühnerflügel mit feurigem Dip. Ich brauche ein bisschen echtes Essen.« Er tat so, als nage er an einem Hühnerknochen. »Zum Dessert Erdbeeren in Schokolade. Und diese neuen Oreo-Kekse, mit kleinen Milchgläschen serviert, um sie einzutunken.«

Aus dem Augenwinkel sah er vor Franks Büro den

Küchenchef vorbeigehen. Er sprang vom Sofa auf und über einen kleinen Bestelltisch, um ihn abzupassen, kam aber zu spät.

»Verfluchter Franzose. Frank, bitte mach mir mit Monsieur Chef einen Termin aus«, sagte er, inzwischen zu aufgeregt, um sich wieder zu setzen. »Und vergiss bitte nicht: Wir benötigen zwei Tanzbereiche. Einmal Walzer und Foxtrott, klassische Sachen. Und dann einen mit Dixieland-Jazz. Mary... Miss Pickford mag das dichte Gedränge nicht.«

Er wandte sich an seinen in Gedanken versunkenen Assistenten.

»Bennie, gehen wir noch einmal die Gästeliste durch: Elsie Janis muss kommen. Und die Gish-Schwestern, Frances Marion. Lottie und Jack Pickford, wenn sie in der Stadt sind. Marshall Neilan. Maurice Tourneur. Bloß nicht die Oberbosse von Famous Players-Lasky. Zukor ja, aber nicht die anderen. Das heißt: Lade sie ein, damit Miss Pickford keine Probleme bekommt, aber sorge dafür, dass sie an diesem Abend andernorts verpflichtet sind. Das Gleiche gilt für Owen Moore! Auf keinen Fall darf er aufkreuzen, aber einladen müssen wir ihn – der Form halber. Vielleicht kann sein Gentlemans Club an diesem Abend eine Veranstaltung haben? Du lässt dir bestimmt etwas einfallen, Bennie! Und kümmere dich um ein paar Journalisten! Diesen netten Herrn von *Photoplay*. Heißt er Johnson? Du weißt, der Kerl, der die schmeichelhafte Homestory über sie geschrieben hat. Und schick Mrs. Charlotte Pickford eine persönliche Einladung und einen Blumenstrauß. Sie schätzt so etwas. Und lade den Zeitungsjungen ein.«

»Den Zeitungsjungen?«, fragte Bennie.

»Ja. Der kleine, schmächtige Kerl im lumpigen Anzug, der vor dem Studio immer die *Times* verkauft. Sie schenkt ihm einmal pro Woche einen Dollar. Einen Anzug wird er sich dennoch keinen leisten können. Besorg dem Jungen also passende Kleidung. Auf unsere Kosten.«

Bennie war zu verblüfft, um mitzuschreiben. Frank Case' Sekretär protokollierte hastig die Wünsche.

»Und eine Torte!«, rief Douglas.

»Mit ihrem Konterfei. Tolle Idee, Douglas«, sagt Bennie und begann in seinem ledergebundenen Adressbüchlein unter »K« für Konditoren zu blättern.

»Auf keinen Fall, Zeidman! Sie würde es grauenvoll finden. Wir brauchen einen Kuchen in… in… in Fahrradform.«

»In Fahrradform?«

»Sie liebt das Fahrradfahren. Eine der wenigen schönen Erinnerungen an ihre Heimatstadt Toronto. Bis auf den Sturz. Sie hat eine kleine Narbe am Fußgelenk.«

»In keinem einzigen Film habe ich Mary Pickford auf einem Fahrrad…«, setzte Bennie an.

»Bennie, besorg den Kuchen. Und Projektoren!«, unterbrach Douglas. »Vielleicht können wir die Garderobe ausräumen und ein kleines Kino daraus machen.«

»Wir haben einen Projektor in der Abstellkammer«, sagte Frank und deutete seinem Assistenten an, eine Notiz zu machen.

»Ich muss natürlich die Szenen auswählen«, sagte Douglas. »Bloß nichts aus *Less than the Dust* oder *Madame Butterfly*. Sie findet sich in diesen Filmen abscheulich.«

»Oh, *Madame Butterfly*! Ich frage mich noch immer, wie ein Blondlöckchen wie Miss Pickford so eine Geisha abgeben konnte«, sagte Franks Assistent. »Diese schwarzen Haare. War das eine Perücke?«

»Tony, bleib bei der Sache!« Frank Case brachte ihn mit einem warnenden Blick zum Schweigen.

Die Gäste waren für achtzehn Uhr bestellt. Um siebzehn Uhr prüfte Douglas noch einmal die Tische, die symmetrisch angerichteten Silbertabletts in der Küche und die Champagnerkühler, bevor er Frank einen Feueralarm auslösen ließ, um alle Hotelgäste in der Lobby zu versammeln. Nur mit ausreichend Publikum konnte er sicherstellen, dass die Band in der richtigen Lautstärke spielen würde.

Um zehn vor sechs nahm er Stellung unter dem langgestreckten Vordach auf der 44th Street ein. Er schüttelte und küsste Hände, roch süßliches und beißendes Parfum, reichte Pelzstolas und Gehstöcke weiter an die Garderobiers und wies den Chauffeuren den Weg zu den Parkplätzen zu.

Mary erschien zu Fuß, trotz der winterlichen Abendkälte. Ihre Wangen waren pfirsichfarben, sie sah umwerfend aus und war perfekt zurechtgemacht. Nur als er genauer hinsah, erkannte er den Kummer in ihren Augen. Die Sache mit Owen musste schwer auf ihrer Seele wiegen. Mary hatte sich bei ihrer Mutter eingehakt, die in einen Nerzkurzmantel eingemummt war, der sie wie ein rundlicher Fellknäuel mit Hut wirken ließ. Douglas küsste galant Charlottes Hand, ohne sie tatsächlich mit den Lippen zu berühren, bevor er Marys Handrücken einen Augenblick zu lange an seinem Mund hielt. Sie roch nach Rosenseife, und ihre Hand war samtweich. Ihre Blicke trafen sich, und Douglas entging die leichte Röte nicht, die sich über ihr Gesicht legte. Am liebsten wäre er sofort mit ihr hinein auf die Tanzfläche, lieber sogar noch in eine schummrige Ecke... Aber er war der Gastgeber, und er war fest entschlossen, seine Pflichten als solcher zu erfüllen.

»Guten Abend, Mrs. Vanderbilt.«

»Guten Abend, Mrs. Astor.«

Er schüttelte und küsste Hände, doch in Gedanken war er nur bei Mary. Niemand auf dieser Party konnte ihr das Wasser reichen.

Er hatte seinen Freund Frank Case gebeten, Mary zum ersten Tanz zu bitten. Wie schwer fiel es ihm, diese beiden auf dem Parkett zu sehen! Aber es gehörte sich so – der Hausherr und der Ehrengast. Zudem war es schlichtweg unauffälliger, als wenn er mit Mary getanzt hätte. Den zweiten Tanz bekam Bürgermeister Mitchel. Douglas selbst übernahm den dritten.

Obwohl sie von tanzenden Paaren umringt waren und sich ein dichtes Gedränge um die Tanzfläche bildete, spürte Douglas, wie Charlotte Pickfords Blicke jede seiner Bewegungen verfolgten. Für gewöhnlich kam ihm das Tanzen recht natürlich. Eine schöne Frau über das Parkett zu führen, was konnte es Besseres geben? Heute aber fühlte er sich auf dem Prüfstand: Eine falsche Berührung – eine Hand zu nah an Marys Gesäß oder Brust –, und Mrs. Pickford könnte etwas ahnen. Oder wusste sie bereits von dem Kuss? Von seinen Gefühlen für ihre Tochter? In manchen Momenten waren die beiden Frauen sich so nah wie beste Freundinnen, in anderen jedoch herrschte eine ungeheure Distanz zwischen ihnen – eine dominante Mutter und eine sture Tochter. Alles war möglich.

Während sie langsam im Uhrzeigersinn über das Parkett kreisten, versuchte er, den Ausdruck auf dem Gesicht von Marys Mutter zu lesen. Doch sie verriet sich nicht, blickte ernst und gelangweilt wie immer.

Nach den Eröffnungstänzen und -reden bildeten sich schnell einzelne Grüppchen. Zwar kamen die Gäste größtenteils aus der Film- und Theaterwelt, wo man einander im Job locker und kumpelhaft begegnete, steckte man sie allerdings in Abendkleider und Frack, benahmen die meisten sich nicht anders als die High-Society-Affen. Künstliches Lächeln und falsche Komplimente, langweiliger Smalltalk und dann noch diese ewigen Gespräche über Politik – Douglas hatte heute Abend noch weniger Geduld für diese Themen als sonst. Ob der soeben wiedergewählte Präsident Woodrow Wilson seine Meinung in Sachen Neutralität ändern und tatsächlich in den großen Krieg in Europa eintreten würde?

Heute interessierte ihn einzig ein Thema: Wie konnte er Mary von seinen Gefühlen überzeugen? Wie konnte er ihr beweisen, dass seine Zuneigung ernst war und nicht spontan und kurzlebig, wie sie zu glauben schien? Und: Wie konnte es ihm gelingen, sich so tief in ihr Herz einzubrennen, dass sie ihn in Hollywood nicht vergaß?

Er beobachte, wie zahlreiche andere Männer – Stadtbeamte, Regisseure, Banker – Mary über das Parkett wirbelten. Jedes Mal, wenn sie über den Scherz eines Mannes lachte, oder wenn ein Tanzpartner sie an einer anderen Stelle als an Arm und oberem Rücken berührte, spürte er einen Stich. Eifersucht – eine völlig neue Emotion, die ihn unruhig machte.

Nachdem die Torte unter lautem Beifall angeschnitten worden war, zog Douglas Mary zur Seite.

»Gefällt sie dir?«, fragte er und nickte auf die mit hellblauem Zuckerguss überzogene Torte.

»Die Journalisten rätseln alle wegen der Fahrradform«, sagte Mary. »Julius Johnson hat schon gefragt, ob ich zu einem Fotoshooting auf einem Fahrrad bereit wäre.«

»Tut mir leid, dass es eine Abbildung eines Herrenrads geworden ist. Dabei hatte ich den Konditoren so klare Anweisungen gegeben«, sagte er.

Sie standen am Rande des Treibens und verfolgten einträchtig, wie Regisseur Erich von Stroheim Elsie Janis mit abgehackten Schritten über die Tanzfläche führte.

»Ich habe gehört, dass es nebenan im Barbiersalon eine Coca-Cola-Bar gibt«, sagte Mary.

»Für alle, die einen schnellen Zuckerschub brauchen«, antwortete er. Es machte ihn stolz, dass sie seine detaillierte Planung zu schätzen wusste.

»Zu einem Abstecher dorthin würde ich nicht Nein sagen.«

»Ich habe eine bessere Idee. Darf ich dich entführen, Mary?«

# 8
# MARY

Mary beobachtete, wie Douglas hinauf zur Metallnadel über der Lift-Tür blickte, die anzeigte, in welchem Stockwerk sich der Fahrstuhl befand, und dabei nervös auf und ab wippte. Vier... drei... zwei. Gleich würde der Lift im Erdgeschoss angekommen sein.

Die Tür öffnete sich mit einem lauten Poltern, und der Concierge bat sie einzusteigen. Mary zögerte. Konnte sie es sich denn leisten, einfach so mit Douglas Fairbanks in einen Lift zu steigen und zu verschwinden? Sie sah sich um. Die Gäste amüsierten sich. Gerade war ein Schokoladenbrunnen auf einem Servierwagen in den Saal gerollt worden. Selbst die Journalisten schienen davon abgelenkt zu sein. Und Mama hatte Mary zuletzt mit Adolph Zukor in einem Erker gesehen. Die beiden sahen aus, als hatten sie Geschäftliches zu besprechen.

Ja, es war ein guter Moment, entschied sie und ließ sich von Douglas an die Hand nehmen. Seine Hand war warm, sein Griff stark und beschützend. Mary spürte ein Flattern in ihrem Bauch. Wohin wollte Douglas mit ihr?

»Darf ich dich entführen?«, hatte er gesagt und keine weiteren Fragen zugelassen. Würde er sie in sein Appartement bringen? Aber dort waren doch sicherlich das Kindermädchen mit Douglas junior... Beth, das wusste Mary, war bei ihrer Familie in Rhodes Island.

»Oberstes Stockwerk, bitte«, sagte Douglas und steckte zum Dank dem Concierge ein paar Dollarscheine zu.

»Oberstes Stockwerk?« Mary zog die Brauen hoch. In den Mansarden waren doch lediglich die Zimmer der Bediensteten untergebracht. Der Lift ratterte hinauf. Douglas grinste sie an. Ein Funkeln lag in seinen Augen, als würde es ihm Spaß machen, sie so auf die Folter zu spannen.

Als sie aus dem Lift stiegen, blickte Mary sich um. Hier oben war es dunkler als in den unteren Stockwerken. Nur drei, vier Lichtquellen schienen den gesamten Gang zu beleuchten. Es war kühl, man hörte den Wind über das Dach pfeifen. Was wollte Douglas hier?

»Am Ende ist die Tür«, sagte er und bedeutete ihr weiterzulaufen. Sie gingen an mehreren Abstellkammern vorbei und erreichten schließlich eine schwere Metalltür, die mit einem Vorhängeschloss verriegelt war. Douglas zog einen Schlüssel aus seiner Brusttasche und schwenkte ihn kurz geheimnisvoll in der Luft.

»Der Schlüssel zu den Sternen«, sagte er und zwinkerte.

Draußen strömte ihnen kühle Luft entgegen. Mary sah Rauch aus zahlreichen Kaminen aufsteigen. Noch bevor sie ihre Seidenstola um den Hals ziehen konnte, hatte Douglas ihr sein Jackett um die Schultern gelegt. Ein paar Treppen waren es noch bis ganz hinauf aufs Dach. In der Dunkelheit erkannte sie weitere Schornsteine, Rohre und Wasserspeicher unter dem schwarzen Großstadthimmel.

Trotz seines Jacketts war ihr kalt. Sie würde sich einen Schnupfen holen – schlimmer noch: eine Lungenentzündung –, dachte sie einen Moment. So etwas konnte sie sich nicht leisten. Ihr Verstand mahnte sie umzudrehen, aber die Neugierde war zu groß.

Endlich ganz oben auf dem Dach angekommen, erkannte sie ein von Seilen umspanntes Viereck. Jede Seite war gut fünf Meter lang, vielleicht auch ein wenig länger. Was sollte das darstellen? Ein Set etwa? Wollte Douglas hier oben Filme drehen und holte sie jetzt hier hinauf, um sie um ihre Meinung zu fragen? Aber wozu hatte er sich so geheimnisvoll gegeben?

»Vor dir siehst du meinen ganz eigenen Boxring«, erklärte Douglas freudestrahlend. Er hob eines der umspannenden Seile und versuchte, Mary in das Innere des Feldes zu locken. Sie zögerte.

»Deinen Boxring? Auf dem Dach des Algonquin Hotels, mitten in New York? Douglas, du bist in der Tat ein Unikat.«

Sie hatte schon viel von Douglas' unstillbarem Sporttrieb gehört, wusste, dass er in eisiges Wasser sprang, wenn ihm gerade nach Schwimmen zumute war, oder sich auf einen Pferderücken schwang, weil er mitten in der Nacht Lust auf einen Ausritt hatte. Aber ein Boxring auf dem Dach? Das zählte zum Absurdesten, was sie je gesehen hatte.

»Das war Frank Cases Begrüßungsgeschenk, als ich aus Kalifornien zurückgekommen bin«, erklärte Douglas. »Was hältst du davon?«

Er breitete die Arme aus, als wollte er die Sterne über ihnen fangen.

»Es ist... also... die Fläche hier oben wird toll genützt«, stammelte sie. Eine bessere Antwort wollte ihr nicht einfallen. Zu sehr beschäftigte sie die Frage, warum Douglas sie wohl hier hinaufgeführt hatte.

Plötzlich spürte sie seine Hände auf ihren Schultern. Wortlos begann er sie zu massieren. Sie ließ ihn gewähren. Zu Beginn tat es ein wenig weh, als er seine Finger in ihre Haut bohrte. Ihr Nacken war seit Wochen verspannt. Dann aber wich die Anspannung einem wohligen Kribbeln in ihrem ganzen Körper. Tief atmete sie die kalte New Yorker Nachtluft ein. Wie lange schon war sie nicht mehr auf diese Art berührt worden? Douglas' massierende Bewegungen wurden langsamer. Würde er sie jetzt küssen?, fragte sie sich. Sie würde ihn nicht daran hindern.

Doch Douglas ließ ihre Schultern los. »Schließ die Augen«, sagte er.

Fast erwartete sie, gleich seine Lippen an ihrem Hals zu spüren. Stattdessen aber hörte sie ihn ein paar Schritte machen, und dann umarmte er sie sanft von hinten. Sie spürte, dass etwas vor ihrem Bauch baumelte. Vorsichtig öffnete sie die Augen und sah nach unten. Auf den ersten Blick sah es aus wie zwei polierte Krautköpfe, dann aber erkannte sie, dass es cremeweiße Boxhandschuhe waren, in die mit goldener Schrift ihre Initialen eingestickt waren.

»Sie sollten passen«, sagte Douglas. »Ich habe mir einen deiner Fäustlinge aus der Umkleide geliehen, um sie passgenau anfertigen zu lassen.«

»Douglas, sie sind wunderschön!« Mary strich über das weiche – und bestimmt auch teure – Leder und versuchte nicht zu zeigen, dass sie aus dem Geschenk nicht ganz schlau wurde. Wollte er tatsächlich, dass sie mit ihm in den Ring stieg? In ihrer Abendgarderobe?

»Damit du dich gegen alles und jeden wehren kannst«, sagte er. Einen kurzen Moment lang stellte sie sich vor, wie sie Owen mit diesen Handschuhen einen Hieb verpasste. Aber sie wusste, Douglas meinte dieses Geschenk symbolisch.

»Du kannst sie über deinem Bett aufhängen und dabei an mich denken.« Er zwinkerte sie keck an. »Oder du kannst sie anziehen und benutzen – natürlich nur, wenn du willst.« Er nickte hinüber zu den Seilen des Boxrings. »Na, hast du Lust?«, fragte er neckisch.

»Hier? Jetzt? Du bist doch übergeschnappt!«

»Probier es, Pickford.« Douglas machte zwei Schläge in die Luft. »Du ahnst nicht, wie befreiend das sein kann.« Er lockerte sein Jackett und zog ein Paar Boxhandschuhe von einem Haken.

»In diesem Aufzug, Douglas?«, sie blickte auf ihr Kleid hinunter.

»Versuch es!«

Warum eigentlich nicht?, dachte Mary und ließ zuerst die rechte, dann die linke Hand in die neuen Handschuhe gleiten. Sie waren steif und auch kühl, weil sie wohl einige Stunden hier oben auf dem Dach gelegen hatten. Aber die Enge in diesen wunderschönen Lederhandschuhen hatte dennoch etwas Wohliges und ungemein Beschützendes. Als könnte sie sich mit diesen Handschuhen der ganzen Welt stellen. Sie versuchte, mit den beiden Lederfäusten den Tüllstoff ihres Rocks bis zu den Knien hochzuraffen, es gelang nicht, also zog sie widerwillig die Handschuhe wieder aus, um den Rock mit zwei Haarnadeln hochzustecken. Danach entledigte sie sich der Riemchenschuhe und auch der Seidenstrümpfe, bevor sie in den Ring stieg. Sie fühlte sich plötzlich mutig und frech und – sobald sie wieder die Handschuhe angezogen hatte – auch unbesiegbar.

»Na, dann zeig mir mal, wie ein guter Haken geht, Douglas«, sagte sie keck. Es entging ihr nicht, dass Douglas auf ihre nackten Beine schielte.

»Oder doch lieber ein Uppercut?«, setzte sie nach.

»Oho, Madame kennt sich mit dem Boxsport aus?«

»Na klar! Für einen meiner ersten Filme musste ich mich in die Grundzüge einlesen. Erinnerst du dich nicht?«

Douglas grinste und stieg zu ihr in den Ring.

Er dehnte die Handgelenke, bevor er ein paar Schläge in die Luft machte.

»Na los, Mary, dann zeig mal, was in dir steckt.«

Zunächst hatte sie Hemmungen. Einfach so auf Douglas losgehen? Meinte er es wirklich ernst? Woher wusste sie, dass sie nicht zu fest zuschlug?

Sie versuchte es einmal, zweimal. Douglas tänzelte vor ihr und blockte ihre Schläge ab. Dreimal, viermal. Allmählich machte das Ganze richtig Spaß.

»Gut, was?«, fragte Douglas.

»Herrlich!«, rief sie und strich sich eine Strähne aus dem Gesicht.

»Gib mir mehr!«, spornte Douglas sie breit grinsend an.

Sie boxten ein wenig herum, bis es ihr gelang, seine

Deckung zu umgehen, und sie es wagte, ihm einen sanften Hieb in die Magengegend zu verpassen.

Er sackte stöhnend zusammen. »Pickford, du bist zu gut für mich.«

Plötzlich wurde ihr bang. Hatte sie ihn verletzt? Es war doch gerade einmal ein Rempeln gewesen.

»Oje, Douglas! Habe ich dir wehgetan?« Sie beugte sich zu ihm hinunter, warf einen Handschuh auf den Boden und legte ihre Hand auf seinen Bauch. Doch da legte Douglas seine Hand auf ihre und zog sie an sich.

»Ja, Mary.« Er sah ihr tief in die Augen. »Du hast mich ins Herz getroffen.«

Noch bevor sie seine Worte wahrnehmen konnte, hatte er seine Hand an ihren Hinterkopf gelegt und sie noch ein wenig näher gezogen. Sie spürte seinen Atem, seine Bartstoppel, dann seine Lippen auf ihren. Fort schien die Kälte, fort der Lärm der Straßen unter ihnen, das Surren der Schächte. Einen Augenblick lang schien es, als gäbe es nur sie beide auf der Welt.

Irgendwann lagen sie eng umschlungen auf dem Dach und blickten in die Sterne. Douglas' Finger strichen über ihre Haut, die der kleine Rückenausschnitt ihres Kleids aussparte. Man würde sie suchen, dachte Mary. Aber sie war noch nicht bereit, wieder nach unten zu gehen. Sie musste diese Minuten mit Douglas auskosten. Tränen schossen ihr in die Augen. Sie blinzelte sie weg und war froh, dass Douglas sie in der Dunkelheit nicht sehen konnte. Wann würden sie einander wiedersehen? Warum musste sie fort von ihm? Sie wusste, dass es keinen anderen Ausweg gab. Sie brauchte Ruhe. Sie brauchte ein gutes Klima. Und vor allem Abstand von Owen.

Mary setzte sich auf. Von hier oben konnte man die grellen Leuchtbuchstaben und die kleinen Türmchen des Hippodrome Theaters auf der anderen Straßenseite sehen, in dem ihrer beider Filme liefen.

»In fünf Tagen werde ich über die Bohnenfelder Kaliforniens blicken. Kannst du dir das vorstellen?«

»Wir werden uns bald wiedersehen, Mary«, flüsterte Douglas und legte einen Arm um sie.

»Natürlich, Douglas. Ich weiß, dass sich unsere Wege wieder kreuzen werden. Ist ja in unserer Branche geradezu unvermeidbar.«

»Du verstehst mich falsch, Mary. Ich werde dir folgen. Nach Hollywood. Bald. Sehr bald. Ich habe den Zug bereits gebucht.«

Sie spürte ihren Puls schneller schlagen. Meinte er das ernst?

»Aber deine Familie, Douglas! Ihr seid doch gerade erst wieder hier in New York angekommen.«

»Sie werden sich hier auch ohne mich gut amüsieren. Beth hat eine lange Liste an gesellschaftlichen Veranstaltungen, die sie wahrnehmen möchte«, sagte Douglas mit einem lockeren Ton in der Stimme, der aufgesetzt wirkte.

»Aber das kannst du doch nicht machen, Douglas. Deine Frau und deinen Sohn hier alleine lassen, während du zu *mir* kommst.«

Er küsste ihren Hals. »Lass das mal meine Sorge sein, Mary. Du hast genug um die Ohren und musst jetzt erst mal auf dich schauen.«

»Und dein nächster Film? Du wolltest doch hier an der Ostküste drehen.«

»Meinst du nicht, dass ich auch eine Pause verdiene?«, scherzte er und tippte sich an die Brust.

Sie zuckte kurz zusammen. Noch immer lag ihr der Vorfall mit Papa Zukor im Magen, und es fiel ihr nach wie vor schwer, sich damit abzufinden, dass sie nun einfach so nach Hollywood floh, um dort auf Abstand zu gehen – auch von ihrer Arbeit.

»*Auch*, Douglas? Ich mache keine Pause. Filme sind mein Leben, das weißt du. Wenn ich eine Pause mache, bin ich so gut wie tot. Ich werde mich in Hollywood bloß sammeln und dann eine Möglichkeit finden, schnell wieder vor der Kamera zu stehen.« Sie merkte, wie ihre Stimme dünn wurde. Wenn sie doch nur selbst daran glaubte!

»Schon verstanden, Pickford.« Douglas drückte sie an sich. »Einmal Arbeitstier, immer Arbeitstier. Aber etwas Ablenkung kann auch dir nicht verboten sein. Du wirst sehen: Hollywood, Sonne, Strand und Berge werden dir guttun.«

Er küsste sie noch einmal, und sie wünschte, dieser Kuss möge niemals aufhören.

Douglas fuhr zuerst hinunter. Nachdem er die Lage abgeklärt hatte, schickte er Nachricht, dass sie bedenkenlos folgen konnte. Mary bestieg den Lift und betrachtete sich im Spiegel. Hätte sie doch ihr Puder in die Tasche gepackt, sie würde sich nicht so nackt fühlen. Sie kam sich schuldig vor. Ganz sicher würden alle ihr sofort ansehen, dass etwas passiert war.

Doch im Salon schien niemand sie wirklich vermisst zu haben. Die Dixieland-Jazzband hatte alle in ihren Bann gezogen. Die Journalisten hatten ihre Blöcke neben ihren Getränken abgelegt, manche schwangen das Tanzbein, andere bestaunten die Trompetenspieler. Dann aber entdeckte Mary ihre Mutter, der ihre Abwesenheit ganz offensichtlich nicht entgangen war. Wie sie dort lauernd in der Ecke stand, hatte sie bestimmt auch gemerkt, dass Douglas nur Minuten zuvor aus dem Lift gestiegen war. Mary nickte Mama kurz zu und versuchte, sich unter die Menge zu mischen. Sie tanzte mit den anderen Gästen und beantwortete ein paar oberflächliche Fragen der Journalisten. Wo hatte sie ihr Kleid gekauft? Wie viel Gepäck würde sie auf die transkontinentale Reise mitnehmen? Freute sie sich denn schon auf Hollywood? Mary atmete auf. Es kam nicht einmal eine Frage nach dem Grund für ihre Abreise. Alle glaubten, sie fahre wegen ihres nächsten Films nach Kalifornien. Vor dem Ende des Tanzabends wollten die Fotografen noch Bilder: Fotos von Alqonquin-Hausherr Frank Case und Mary. Von Douglas, dem Veranstalter der Party, und Frank. Von Mary mit Frances Marion und ihren Kolleginnen, den Gish-Schwestern, von Mary mit Adolph Zukor. Sie war erleichtert, dass niemand vorschlug, ein Foto von ihr und Douglas zu machen. Und dass niemand sich nach den cremeweißen Boxhandschuhen erkundigte, die über ihrer Sessellehne am Ehrentisch hingen …

# 9
# MARY

Vier Tage und fünf Nächte dauerte eine Reise von New York nach Kalifornien. »Mühsal!«, schimpften die einen. »Eine wahre Tortur!« die anderen – ganz egal, ob sie in der billigsten oder der komfortabelsten Klasse reisten, auf Pritschen oder in Federbetten schliefen.

Mary allerdings störte die lange Zugfahrt überhaupt nicht. Im Gegenteil. Sie hätte getrost doppelt so lange hier sitzen können, hielte es sogar einen ganzen Monat am spaltbreit geöffneten Zugfenster aus. Draußen wechselte sich die Landschaft im Halbtagesrhythmus ab: Weiden, Steppe, Wüste, Bergkämme. Die Bilder tanzten vor ihren Augen wie ein ganz eigener Film.

Seit sie den Luxus eines privaten Waggons samt Schlaf-, Wohn- und Büroabteil in ihren Vertrag aufgenommen hatte, war ihr das Zugfahren zur Entspannung geworden. Das sanfte Schaukeln schläferte ihre Gedanken ein, der Wein, den sie mal in ihrem privaten Waggon, mal im Speisewagen der ersten Klasse konsumierte, stimmte sie friedlich, und der Ausblick aus dem Fenster vertrieb die schlimmen Bilder in ihrem Kopf: Dr. Benjamins abgewetzter Arztkoffer, Zukors enttäuschtes Gesicht und

Owens zitternde Faust sowie sein wutentbrannter Blick, als sie ihm mitgeteilt hatte, dass sie Abstand brauchte. Die Sehnsucht nach Douglas aber blieb.

Der Abschnitt um San Bernardino, der einen atemberaubenden Blick auf den Mount San Antonio bot, gefiel ihr jedes Mal am besten auf dieser Reise. Jetzt im Frühling säumte Goldmohn die Gleise und zierte die neben der Zugstrecke steil ansteigenden Hänge. Vor ein paar Jahren noch hatten die Zugbegleiter selbst Blumensamen aus den Fenstern gestreut, begeistert von dem immer dichter werdenden tieforangen Teppich, und Mary trat niemals eine Reise ohne ein kleines Briefchen mit Samen an. Sie schüttelte sie aus dem Fensterspalt und empfand jedes Mal wieder eine kindliche Enttäuschung, wenn die Körner vom Fahrtwind gegen die metallene Außenwand des Waggons geschleudert wurden.

Im Gepäckwaggon türmten sich ihre siebzehn Koffer und noch etliches Handgepäck. Sie selbst hätte niemals so viel Gepäck mitgenommen – was brauchte man schon in der kalifornischen Sonne? –, aber Mama und Margaret hatten die Sachen aus der Wohnung an der Upper West Side zum Bahnhof geschickt. Mary selbst hatte nur die Dinge zusammengesammelt, die sie mit in die Suite im Biltmore genommen hatte.

Mama wollte bis zum Spätsommer in Hollywood bleiben. Mary hatte gehört, wie ihre Mutter mit Dr. Benjamin darüber gesprochen hatte. Gute sechs Monate sollten reichen, um die Neurasthenie, das Nervenleiden, unter dem Mary offenbar litt, wieder zu kurieren, hatte der Arzt gesagt und ihr eine absolute Arbeitssperre erteilt. Mary graute davor, ein ganzes halbes Jahr lang nicht arbeiten zu dürfen. Was sollte sie nur mit ihrer Zeit anfangen? Sie spürte, dass es nicht allzu lange dauern würde, bis sie das Famous-Players-Set in Hollywood aufsuchen würde. Vielleicht konnte sie ja wenigstens für ein paar Stunden vor die Kamera, oder wenigstens ein neues Drehbuch einstudieren.

Mama hatte es übernommen, alle über ihre Abreise zu informieren. Papa Zukor musste sich zu einem gewissen Grad schuldig gefühlt haben, denn er hatte nicht mit einem Satz erwähnt, dass Mary gerade eine Verpflichtung mit Cecil DeMille eingegangen war.

Hinter San Bernadino erstreckte sich das weite Land hinunter bis zum Pazifik. Jedes Mal, wenn sie nach Kalifornien reiste, hatte Mary nach der letzten Kurve das Gefühl, durch eine himmlische Pforte zu treten: Das blassblaue Meer erstrahlte im freundlichen, gemütserwärmenden Sonnenlicht. Und jedes Mal wieder holte sie rasch die Enttäuschung ein, je näher sie der Stadt Los Angeles kamen, denn die entsprach ganz und gar nicht ihrem Bild des Garten Eden.

Zum ersten Mal war sie vor sieben Jahren nach Kalifornien gekommen – damals noch mit der Biograph Company, als D. W. Griffith eine Gruppe ausgewählter Schauspieler an die Westküste geschickt hatte, um dort das schöne Wetter für seine Filme zu nützen.

»Dreihundert Sonnentage im Jahr. Ich meine WIRKLICHE Sonnentage, von früh bis spät! Nicht dieses milchige Tageslicht, das wir hier kennen. Ich habe genug davon, um halb vier mit dem Drehen aufzuhören, bloß weil es hier in New York dunkel wird«, hatte der Regisseur gesagt und begonnen, die Darsteller für diese Reise auszuwählen.

»Du kommst mit. Und du. Und Mary, du auch.«

Mary war aufgeregt gewesen, zu D. W.s Auserwählten zu gehören, wenngleich die Freude damals nicht ungetrübt gewesen war. Denn Owen hatte nicht dazugehört. Mit dem Versprechen, man werde sich nach zehn Wochen wieder in die Arme fallen können, ließ sie sich in der Besenkammer heimlich von Owen zum Abschied küssen und sogar unter der Bluse berühren, bevor sie wenige Stunden später von ihrer Familie vom Bahnsteig fortgewunken wurde.

Mary hatte sich Hollywood damals als kleine, liebliche Vorstadt von Los Angeles ausgemalt, mit Reihen schmucker Häuschen, deren Fenster im Sonnenlicht funkelten. Doch lieblich war an dieser weiten Landschaft, die einst Obstplantagen beheimatet hatte und nun aus parzellierten Großgrundstücken bestand, nur wenig. Hollywood war ein gefleckter Teppich aus leer stehenden Fabrikgebäuden, verlassenen Bauernhöfen und staubigen Straßen.

Es hatte damals lange gedauert, bis sie sich zurechtgefunden hatte. Auf dem Weg zum Lot – dem Grundstück, auf dem man jeweils gedreht hatte – war sie stets durch das Gestrüpp im Straßengraben gelaufen (an Bürgersteige war hier nicht zu denken), aus Angst, einer der rasenden Autofahrer könnte sie übersehen. Mit denen musste man dieser Tage stets rechnen, denn das Niemandsland eignete sich hervorragend für waghalsige Außenaufnahmen. Kein Tag verging, an dem nicht eine Gruppe Schauspieler, gefolgt von einem rollenden Kameramann, ohne Rücksicht auf Gartenzäune oder Scheunentore durch die Straßen jagte.

D. W. Griffith allerdings war sein Unterfangen in Hollywood professioneller angegangen als die Amateure – so professionell es in dieser Umgebung eben möglich war.

»Wo drehen wir, D. W.?«, hatte Mary am ersten Morgen am Set gefragt, das aus einem leer stehenden Grundstück im Norden von Los Angeles bestanden hatte.

»Sieh dich um, Mary! Wo glaubst du, werden wir drehen?«

Erst jetzt erkannte sie in der schlichten Holzkonstruktion hinter ihr eine Bühne. Sie beobachtete zwei Hilfsarbeiter, die Baumwollsegel darüber spannten, um für optimale Lichtverhältnisse zu sorgen.

»Wir brauchen noch einen Handspiegel und einen Kamm für deine Szene im Badezimmer, Mary«, sagte D. W.

»Ich hole sie aus der Requisitenkammer. Wo ist sie?«, fragte Mary.

Bis auf einen kleinen Schuppen gab es weit und breit kein Gebäude.

»Bei dir zu Hause, Mädchen. Ich habe doch gesagt, dass wir hier im Westen improvisieren müssen. Lauf in deine Herberge und hole alles, was du normalerweise für deine Morgentoilette verwendest. Und wenn du keinen Handspiegel mithast, frage deine Vermieterin.«

Mary und ein paar Kollegen aus der Truppe hatten sich in einer heruntergekommenen Privatpension in Edendale eingemietet. Bedingung für Griffiths Abenteuerreise nach Kalifornien war es nämlich gewesen, dass jeder Schauspieler selbst für die Unterkunft aufkommen musste. Das Alexandria Hotel in Downtown war unerschwinglich, und saubere Alternativen gab es nur wenige, zumal kaum eine Privatunterkunft bereit war, Schauspieler aufzunehmen. »No Kids. No Animals. No Movies«, hatte in sämtlichen Anzeigen gestanden, und sie hatten stundenlang gesucht, bis sie endlich ein Bett gefunden hatten. Die Kameraleute hatten sich sogar für ein Zelt auf dem Filmset entschieden.

Als Mary mit einem Stoffbeutel voll Bürsten, Quasten und Haarnadeln zurückkehrte, herrschte Gedränge am windschiefen Zaun. Lederhäutige Cowboys, Uramerikaner mit Fransenschurz und Mokassins sowie Mexikaner mit pechschwarzen Haaren riefen Griffith aufgeregt zu. Die Nachricht, dass noch ein paar Nebenrollen zu vergeben waren, hatte sich bis zu den Siedlungen im Umland verbreitet. Mary beobachtete, wie D. W. eine Weile überlegte und dann ein halbes Dutzend Männer auswählte, die er für ein spärliches Statistengehalt engagierte. Sie strahlten.

»Ihr Filmleute habt das echte Geld überhaupt erst hier rübergebracht«, hatte Mrs. José, Marys Vermieterin, am ersten Morgen beim Frühstück gesagt. »Davor waren unsere Währungen Silber, Edelsteine und Bisonfelle.« Es war ein Scherz, natürlich, doch ahnte Mary, dass er nicht weit von der Realität abwich.

Beim ersten Dreh unter freiem Himmel vergaß Mary prompt, was sie zu tun hatte. Zu abgelenkt war sie davon, dass die Tischdecke plötzlich zu flattern begann und die Vorhänge sich im Wind bewegten, obwohl die Kamera sie in einem geschlossenen Raum zeigen sollte. Zweimal musste sie die Aufnahme sogar unterbrechen – natürlich unter Griffiths gewöhnlichem Getöse. Bald aber gewöhnte sie sich an die neuen Rahmenbedingungen des Freiluftdrehs. Das Haar wehte. Die Sonne blendete. Pferde schnaubten im Hintergrund. Das Publikum vor der Leinwand würde davon keine Notiz nehmen.

Seit Marys erstem Besuch vor sieben Jahren hatte sich Hollywood jedoch stark verändert. Immer wieder war sie im Winter für einzelne Engagements zurückgekehrt, und jedes Mal war das Straßenraster wieder ein wenig gewachsen, neue Bungalows waren entstanden und Bürgersteige um ein paar Häuserblocks verlängert worden. Downtown Los Angeles, wo Griffith noch vor ein paar Jahren in der Main Street oberhalb eines Metzgers einen zugigen Probenraum gemietet hatte, hatte sich ebenfalls gewandelt: Banken und Kaufhäuser hatten sich dort niedergelassen. Es gab eine Handvoll anständiger Restaurants und sogar ein Büro, das für Touristen Spaziergänge zu den wichtigsten Drehorten in der Stadt anbot.

Mary atmete tief ein, als sie mit Mama auf den Vorplatz des flachen Bahnhofsgebäudes hinaustrat. Die Luft war warm, aber noch nicht drückend schwül.

»Ich möchte mit der Tram fahren«, sagte sie und deutete hinüber zur roten Straßenbahn, in die sich schon die Passagiere drängten.

»Liebes, es mag hier zwar wärmer sein als in New York, aber du wirst dich in dem zugigen Streetcar verkühlen. Das kannst du dir nicht leisten. Du weißt doch, weshalb wir hier sind.«

»Wir sind hier, damit es mir gut geht, Mama. Und deshalb werde ich jetzt mit der Tram fahren.«

Mary schnappte sich ihren Handgepäckskoffer und hob im Laufen die Hand, damit der Fahrer auf sie wartete. Sie nahm auf der kleinen, überdachten Plattform über dem Trittbrett Platz. Während sich der Waggon in Bewegung setzte, sah sie ihre Mutter grimmig hinter ihr her blicken, bevor sie ein Taxi herbeiwinkte.

Der warme Wind streifte um Marys Schultern, und sie atmete die salzige Luft ein, die vom Pazifik herüberwehte. Nach ein paar wenigen Hochhäusern und einem kleinen Tunnel erreichten sie die etablierten Wohngegenden mit ihren hübschen Bungalows, gepflegten Vorgärten und weißen Zäunen. Je weiter sie nach Norden kamen, desto schiefer und scheckiger wurden allerdings die Gartenzäune. Wie vor sieben Jahren konnte man noch immer Schauspieler bei ihren Stunts auf den verlassenen Straßen sehen, gefolgt von Kameraleuten und Regisseuren. An einer Kreuzung waren vor einem Haus im Kolonialstil Regiesessel, Schminkspiegel und Kameras aufgebaut. Assistenten eilten herum mit Klemmbrettern unter dem Arm und Bleistiften hinter dem Ohr. Ja, dachte Mary, Hollywood war eine einzige Freiluftbühne.

Der Bungalow, in dem die Pickfords nun schon seit ein paar Jahren während ihrer Hollywood-Aufenthalte zur Miete wohnten, war wie immer makellos. Während ihrer Abwesenheit wurde das Domizil gelegentlich an andere Schauspieler untervermietet. Doch wenn in den vergangenen Monaten andere Menschen hier gewohnt hatten, so hatten sie keine Spuren hinterlassen. Küche, Bäder und Wohnräume waren blitzblank, die Hausbetreuerin Anna-Maria hatte Blumen hingestellt, und rund um den kleinen Innenhof war der Rasen gemäht. In der Garage stand das aktuellste Ford-T-Modell bereit. Mama hatte schon von New York aus danach telefoniert. Mary strich über die schwarze Karosserie. Sie vermisste Tilly, die zu Hause eingewintert war. Dieser Ford war zwar wunderschön und das Modernste, was der Markt zu bieten hatte, aber sie liebte nun mal ihre Tilly. Eine Ausfahrt mit dem Ford in die Hügel von Santa Monica würde nicht halb so viel Spaß machen.

Am dritten Tag in Los Angeles gab Mary ihrem Mädchen Margaret endlich einen Tag frei. Das arme Ding war schon seit ihrer Ankunft nicht bei der Sache. Sie wollte zu den Filmsets, durch den Maschendrahtzaun spähen und nach bekannten Schauspielern Ausschau halten oder Autogramme von den Gish-Schwestern, Miss Mae Marsh oder Fatty Arbuckle ergattern.

»Geh ruhig«, sagte Mary. »Aber wehe dir, du gehst nicht auch zu unserem Set.« Sie setzte Margaret ins Auto und befahl dem Fahrer, sie zu Famous Players zwischen Sunset Boulevard und Vine Avenue zu bringen.

Mary selbst hatte wenig Bedürfnis, das Haus zu verlassen. Sie vermisste nicht nur Douglas, sondern auch New York. Auch fehlten ihr in Hollywood die lebendigen Innenstadtstraßen, gesäumt von Gebäuden, die alle ihre eigene Geschichte erzählten. Sie liebte die herausgeputzten, frisch renovierten Bauten an der Upper West Side in New York, die direkt neben heruntergekommenen Wohnhäusern mit teils zerborstenen Scheiben und abblätternden Fensterrahmen standen. Die Mischung war einfach beeindruckend. Sie vermisste die Lockenwickler tragenden Frauen, die rauchend an den Fenstern standen und auf Mary stets wie kleine Wetterfiguren wirkten, die vorhersagten, in welche Richtung sich die jeweilige Gegend einmal entwickeln würde.

Los Angeles war so anders. Alles war so viel weitläufiger. Nicht nur, dass die Häuser nicht aneinandergebaut waren, zwischen den einzelnen Gebäuden befanden sich immer wieder brach liegende Grundstücke, Sand und Kies, aus dem das Unkraut sprießte. Ein einziger kurzer Besuch in der Innenstadt reichte ihr, um zu wissen, dass sie in Downtown nichts versäumte. Der hiesige Central Park mit all seinen Palmen und Hibiskuspflanzen wurde seinem New Yorker Pendant nicht gerecht. Die Main Street war schäbig verglichen mit der Fifth Avenue. Und selbst dem Alexandria Hotel, das sie sich mittlerweile natürlich längst leisten konnte, konnte sie wenig abgewinnen. Sie zog den Tea Parlour bei Sherry's in New York jederzeit vor.

Mary versuchte, sich die Zeit mit Lesen zu vertreiben, fand aber keine Ruhe. Romane las sie zwar gerne, aber nur, um sie auf ihre Tauglichkeit als Drehbuch hin zu prüfen. Die Zeitungen, deren lautes Rascheln sie für gewöhnlich besänftigte, machten sie dieser Tage eher nervös. Es passierte so viel Grauenhaftes drüben in Europa. Der Große Krieg, wie die Zeitungen den Konflikt in ihren Schlagzeilen nannten, wurde seinem Namen gewiss gerecht. Sie selbst ertappte sich immer wieder dabei, dass sie in Gedanken um eine klare Position rang. Sollte Amerika sich raushalten? Oder musste die Nation der Gerechtigkeit und der Demokratie willen einschreiten? Noch vor ein paar Monaten hatte sie sich lautstark in ihrer Zeitungskolumne für eine neutrale Haltung ihres Landes starkgemacht. Weshalb sollten die Amerikaner dafür büßen, dass die Europäer im Chaos versanken? Welche Rolle spielte ein ermordeter österreichischer Kronprinz für sie hier auf der anderen Seite des Atlantiks? Was ging sie das imperialistische Machtgerangel an? Inzwischen aber, da die Nachrichten täglich vordrangen, sah sie die Dinge langsam anders. Nicht nur, dass die Deutschen mit ihren U-Boot-Angriffen auf Passagierdampfer auch Hunderte amerikanische Leben auf dem Gewissen hatten. Jetzt ging auch noch die Meldung eines verschlüsselten Telegramms um, in dem die Deutschen mit den Mexikanern ein Bündnis abschließen und ihnen im Gegenzug helfen wollten, ihre alten Territorien zurückzuerlangen. Unvorstellbar, was das für eine Stadt wie Los Angeles bedeuten könnte, die nur 200 Kilometer von der Grenze entfernt lag. Für ganz Kalifornien, für Arizona, Utah, Nevada und New Mexico. Für Amerika.

Vielleicht sollten die jungen amerikanischen Männer doch in den Krieg ziehen. Aber der Schmerz, der ihren Müttern dann zuteilwürde! Andererseits brauchte das Vaterland diese tapferen Kämpfer. Und vielleicht brauchte Europa sie auch, um zu seinem Gleichgewicht zurückzufinden. Langsam schien es selbst für Mary unabwendbar, dass Amerika in den Krieg eintrat. Und sie wusste, dass sie mit diesem Meinungswandel längst nicht mehr alleine war.

Um sich abzulenken, griff sie nach Mamas Strickzeug, aber sie war ungeübt, und ihre Fingerkuppen schmerzten schon bald. Also beschloss sie, sich der Körperpflege zu widmen; das diente einem guten Zweck und war entspannend zugleich. Sie nahm ein Milchbad, rieb ihr Gesicht mit Joghurt und ihr Dekolletee mit Salz ein und massierte rohes Ei in ihre Locken. Als sie fertig war, saß sie untätig herum und fühlte sich wie ein Stück frisch polierter Marmor.

Am nächsten Tag versuchte sie es mit Gartenarbeit. Sie stach Löwenzahn und Klee aus dem Gras aus und nahm sich den schmalen Streifen vor dem Haus vor, um ein Blumenbeet anzulegen. Doch bereits um die Mittagszeit wurde es zu heiß für die körperliche Arbeit, und Mary entschied sich für eine Spazierfahrt zum Meer. Die Zehen im Sand zu vergraben hatte ihr immer geholfen, die üble Laune zu vertreiben.

Venice Beach war als Ausflugsziel zu hektisch. Den Achterbahnen auf dem gusseisernen Pier konnte Mary nur wenig abgewinnen, ebenso wie dem Ship's Café, das zwar in einer beeindruckenden alten Yacht untergebracht war, aber immer wieder aufgrund mangelnder Hygiene geschlossen wurde. Also beschloss sie, nach Santa Monica zum Pier zu fahren. Sie war ewig nicht mehr in Nat Goodwyns Café gewesen. »Das schönste Café über dem Meer«, hatte sie bei ihrem letzten Besuch auf einer der druckfrischen Ansichtskarten gelesen.

Nach kurzer Überlegung beschloss Mary, ihre Mutter mitzunehmen. Je länger Charlotte im Haus saß und die Landkarte der Region studierte, desto mehr seltsame Ideen bekam sie. Gerade überlegte sie doch tatsächlich, einen ganzen Acker nördlich von Burbank zu kaufen. »Grund und Boden, Liebes. Um mit unserer Geldanlage auf der sicheren Seite zu sein«, betonte sie. »Ein schönes Grundstück. Aber kein Haus. Wer weiß, ob diese Zirkusstadt eine Zukunft hat. Ob wir hier eine Zukunft haben.«

Im Restaurant angekommen, nahmen sie an einem runden Tischchen am Fenster Platz, ganz am Ende des

Saals, sodass sie ungestört waren. Die Bugholzsitze waren zwar nicht die bequemsten, verliehen dem Speisesaal aber das Ambiente eines französischen Bistros – wären da nicht die kleinen Palmengewächse, die auf den grellen, goldenen Lüstern balancierten. Die weißen, gestärkten Tischdecken hingen steif und faltenfrei, als wären sie aus dünnstem Gips gegossen. Die Kellner eilten herbei und legten Reihen an schwerem Silberbesteck auf, obwohl Mary und ihre Mutter nur auf einen Imbiss gekommen waren. Mary wusste, dass diese Tischkultur ein Zugeständnis an die »Neuen«, die Leute von der Ostküste, war. Mehr als einmal hatte sie erlebt, wie ein Kellner den Einheimischen die gestärkte Tischdecke entwendete, um sie durch einen einfachen Bastuntersetzer zu ersetzen.

Mary sah sich im Speisesaal um. Ihr Blick fiel auf ein Grüppchen, das sich um einen korpulenten Mann versammelt hatte. Während Mama versuchte, die Speisekarte zu lesen – und dabei darauf bestand, auf ihre Lesebrille zu verzichten –, beobachtete Mary, wie der Mann im Zentrum der Gruppe sein Jackett aufknöpfte und stolz seinen Gürtel aus den Schlaufen zog.

»Seht ihr, alles Edelsteine!«, erklärte er stolz und präsentierte den Gürtel seinen Dinnergästen – und somit auch dem ganzen restlichen Speisesaal. Von ihrem Tisch aus konnte Mary die smaragdfarbenen Klunker erkennen. Und sie kannte auch ihren stolzen Besitzer. Es war der Wirtschaftsmagnat Diamond Jim. Der gute Mann wurde des Angebens einfach nicht müde, obwohl sie gehört hatte, dass es um seine Gesundheit schlecht bestellt war.

Viel mehr als der Millionär interessierte sie allerdings der zarte, geradezu traurig anmutende Mann, der leicht abseits der Menge stand.
Charlie Chaplin.
Mary spürte, wie sich ihr Magen verengte. Warum musste er – ihr größter Konkurrent – ausgerechnet heute hier sein? Dieser kleine, schmächtige Mann, mit dem sie ständig verglichen wurde. »Wer verdient mehr? Mary Pickford oder Charlie Chaplin?«, rätselten die Zeitungen immer wieder aufs Neue. »Wer ist beliebter, talentierter, erfolgreicher?«
Mary empfand es jedes Mal als Affront, mit Charlie in einen Topf geworfen zu werden. Charlie, dieser Komiker, den alle toll fanden, bloß weil er ulkig war und in Pluderhosen und zu großen Schuhen über die Leinwand schritt. Ja, er sollte ein ganz kluger Kopf sein, hatte sie gehört. Und unterhaltsam zudem. Douglas zählte ihn zu seinen besten Freunden. Aber es half nichts: Mary konnte diesem Mann einfach nichts abgewinnen.
Charlie Chaplin stand teilnahmslos neben der Tischgesellschaft rund um Diamond Jim. Er sah gelangweilt aus.
»Solche Angeberpartys sind die Kehrseite des Ruhms, was Charlie?«, wollte Mary ihm gerne zurufen. Aber damit würde sie die Aufmerksamkeit auf sich selbst lenken, was zur Folge hätte, dass prompt Tische und Stühle zurechtgerückt würden, um auch sie unterzubringen. Mary Pickford und Charlie Chaplin an seinem Tisch – dieses Erlebnis würde sich Diamond Jim bestimmt nicht entgehen lassen.
Wieder einmal war sie überrascht, wie jung Charlie

aussah. Kaum gealtert schien er seit ihrer ersten Begegnung vor fünf Jahren. Und damals hatte er eher ausgesehen wie ein Mittelschüler als wie ein 25-Jähriger.

Es war ein schwüler Tag im Januar 1912 gewesen, eine ihrer ersten Saisons in Hollywood. Die Zahl der Schauspieler und Filmleute war noch überschaubar gewesen. Es gab die Sets von Biograph und Essanay, und dann eine Handvoll anderer Etablissements, die kamen und wieder verschwanden, sobald ihnen das Geld für die Kameraausrüstung ausging.

Die meisten Kollegen waren nach der Arbeit mit ihrem Tageslohn in die Bar des Alexandria Hotel gegangen, Mary aber zog Levy's vor. Ein ruhiges, bodenständiges Lokal, in dem man sich zum Preis eines Cocktails in der luxuriösen Hotelbar an Hackbraten und Apfelkuchen stärken konnte.

»Schau mal, da drüben sitzt Charles Chaplin«, hatte ihre Begleitung plötzlich gesagt und auf einen Tisch in der Ecke gezeigt. Zunächst hatte Mary es für einen Scherz gehalten. Der schmale Mann im schwarzen Rollkragenpullover hatte wenig mit dem schnurbarttragenden, tollpatschigen Darsteller in Pluderhose und übergroßen Schuhen gemeinsam. Hastig und unsicher löffelte er seine Suppe, als stünde eine Gouvernante hinter ihm.

Kaum hatte er sein Essen beendet, wurden er und Mary einander vorgestellt, doch ein Gespräch wollte nicht wirklich in Gang kommen. Sie lobte seine Filme und verbarg, dass sie ihnen in Wahrheit wenig abgewinnen konnte. Über einen Spazierstock stolpern oder in einer Pfütze ausrutschen – so was zählte für sie einfach nicht zur Schauspielkunst. Wo sie doch jede Nuance einer Emotion minutiös vor dem Spiegel einstudierte. Slapstick war nicht ihr Ding.

Chaplin murmelte ein kurzes »Danke« und schaffte es, das Kompliment zu erwidern, aber ihnen beiden war klar, dass die Rivalität zwischen ihnen stand. Mary hatte gehört, dass Chaplin ihrer eigenen Schauspielleistung ebenso wenig abgewinnen konnte wie sie der seinen. Angeblich hatte er sogar den Gish-Schwestern gegenüber behauptet, dass es bloß Marys Locken seien, die die Besucher in die Kinos zogen.

Da sie inzwischen gemeinsam den Gipfel der Filmindustrie bildeten, ließ es sich nicht vermeiden, dass sich ihre Wege kreuzten – und dass sie gelegentlich gemeinsam posieren mussten. Für die Journalisten schüttelte Mary dann vor den Kameras Chaplins Hand, und er schenkte ihr ein Lächeln.

Aber musste er ausgerechnet heute hier sein?

Sie hatte sich von diesem Ausflug zum Santa Monica Pier Ablenkung erhofft, aber daran war jetzt nicht mehr zu denken. Nicht nur, dass Charlies Anwesenheit Schuldgefühle in ihr auslöste, weil sie dieser Tage nicht vor der Kamera stand. Nein, schlimmer war, dass er sie sofort wieder an Douglas erinnerte. Die beiden Männer waren immerhin beste Freunde. Hatte Douglas seinem Freund von ihr erzählt? Und wenn ja, was? Sie schielte zu Chaplin hinüber. Er rollte gedankenversunken irgendetwas zwischen seinen Händen, vermutlich einen von Diamond Jims Steinen.

Der Maître kam und nahm ihre Bestellung auf. Das Schöne an Hollywood war, dass man die Schauspieler schlichtweg Schauspieler sein ließ, ihnen überhaupt wenig Bedeutung schenkte. Anders als in New York fiel dem Kellner nicht gleich der Stift aus der Hand, nur weil Mary Pickford vor ihm saß.

Als das Essen kam, spielte Mary appetitlos mit dem Löffel. Sie konnte die Consommé nicht genießen. Schließlich schob sie entschlossen ihren Stuhl zurück.

»Entschuldige mich kurz, Mama«, sagte sie und trat an den Nachbartisch.

»Mr. Chaplin.« Mary bemühte sich, keine Notiz von der tuschelnden Tischgesellschaft zu nehmen, die bereits die Stühle zurechtrückte.

»Miss Pickford. Wieder in der Stadt? Ich hatte schon gehört«, sagte Chaplin. Zum Glück stand er vom Tisch auf und trat mit ihr ein paar Schritte zur Seite.

»Ja, ja. Die kalifornische Sonne, sie hat mir im kalten New York gefehlt.« Sie versuchte, so gut gelaunt wie möglich zu klingen. Wer hatte Chaplin gesagt, dass sie in der Stadt war. Douglas etwa?

»Verstehe, verstehe.« Chaplin nickte stumm und machte keine Anstalten weiterzusprechen.

Verdammt, Chaplin, können Sie sich denn nicht ein kleines bisschen bemühen?, dachte Mary und fragte laut: »Wie läuft es denn bei Ihrem neuen Arbeitgeber, Mr. Chaplin? Ich habe gehört, dass Sie jetzt bei der Mutual Film Corporation sind.«

Sie hatte von seinem Wechsel zu Mutual und der enormen Gehaltserhöhung gehört. Die Illustrierten wurden nicht müde, über seinen finanziellen Coup zu sprechen.

»Gut, gut.« Charlie gab sich weiter wortkarg. »Viel zu tun. Ich arbeite Tag und Nacht. Ist eben alles nicht mehr so spontan und improvisiert in der Branche wie noch vor ein paar Jahren.«

Mary dachte daran, wie die Keystone Cops, die lustigen Polizisten, von einer Kamera gejagt hupend und blödelnd durch die Straßen gefahren waren.

Mary fragte sich, ob Charlies Arbeitswut etwas mit dem Gerücht zu tun hatte, dass er sich von seiner Freundin Edna Purviance getrennt hatte. Aber das würde Charlie ihr garantiert nicht sagen. Lieber wollte sie versuchen, ihn dazu zu bringen, dass er etwas über Douglas preisgab. Hatte er Chaplin erzählt, dass es eine neue Flamme in seinem Leben gab?

»Recht ruhig in der Stadt momentan, finden Sie nicht, Mr. Chaplin?«

Er nickte und kaute an einem Zahnstocher, den er aus seiner Brusttasche gezogen hatte. Seine Schweigsamkeit machte sie nervös. Mary sah zu Mama, die gerade den Kellner darum bat, ihr Weinglas aufzufüllen.

»Ich muss …«, setzte Mary an, doch Chaplin unterbrach sie.

»Drüben bei der Triangle Film Corporation geht's ziemlich rund. Kann nicht mehr lange dauern, bis ihnen die Luft ausgeht. Haben ziemliche Schulden, die Aitken-Brüder.«

Kein Wort über Douglas. Nicht einmal darüber, dass Douglas bei Triangle gekündigt hatte.

»Sie haben nun auch Douglas Fairbanks verloren, habe ich gehört.«

»C'est la vie.« Charlie zuckte gleichgültig mit den Schultern.

»Er ist nicht zufällig gerade in der Stadt?«, fragte Mary

und kam sich sogleich lächerlich vor. Falls Charlie wusste, dass sie und Douglas einander nähergekommen waren, musste er sie für dumm halten, wenn sie nicht wusste, wo er sich aufhielt. Aber es war ihr einfach so rausgerutscht. Wie würde Chaplin wohl darauf reagieren? Vielleicht würde er sich bekennen und sagen: »Ach Mary, hör auf, dich so unschuldig zu geben, ich weiß doch von eurem Techtelmechtel.« Oder einfach: »Du und Douglas, was? Na, wo das mal hinführen soll!« Aber Charlie blieb sachlich und kurz angebunden.

»Nein, ist nicht hier. Hat wohl in New York genug um die Ohren mit seiner neuen Firma, die er da aufbaut.«

Dieser Phlegmatiker, dachte Mary. Aus ihm würde sie nichts herausbekommen.

»Ich denke, es stört ihn nicht, in New York zu sein«, fuhr Chaplin fort.

»Wie meinen Sie das, Mr. Chaplin?« Hatte Douglas Charlie etwa doch etwas erzählt?

»Na, drüben in Manhattan hat Douglas jede Menge Dächer, auf die er klettern und auf denen er sich austoben kann. Ganz zu schweigen von den Wassertanks auf jedem Haus. Was hat er sich hier in Kalifornien gelangweilt, bei all den niedrigen Bungalows und flachen Gewächshäusern!«

Ach so, er spielte auf Douglas' Akrobatik-Lust vor der Kamera an!

»Ein Glück, ja.« Sie lächelte aufgesetzt.

Nein, Chaplin wusste von nichts.

Wenn sie recht überlegte, passte es zu Douglas, dass er sich als verschwiegenen Gentleman gab. Ein Mann, der auf einem Drahtseil fünf Meter über dem Boden balancieren konnte, hatte es nicht nötig, damit zu prahlen, dass er heimlich Küsse stahl.

»Sie wirken ein wenig irritiert, Miss Pickford«, sagte Chaplin. »Keine Angst, ich denke nicht, dass Mr. Fairbanks *Sie* je über die Dächer jagen wird.«

Was meinte er damit? Etwa, dass sie zu brav und zu bieder für Douglas war? Oder wollte Charlie sie bloß provozieren? Vielleicht doch etwas aus ihr herauskitzeln? Ob er von dem Rendezvous auf dem Dach des Algonquin wusste?

Sie versuchte in seinem Gesicht zu lesen. Es gab keine Anzeichen. Vielleicht war seine Bemerkung nur ein Zufall gewesen.

»Woran arbeiten Sie derzeit, Miss Pickford?« Langsam taute Chaplin auf.

Und sofort war es wieder da, dieses Gefühl, das sie bei jeder Begegnung mit Charlie Chaplin hatte: Er, der nachdenkliche, tiefgründige Engländer, vermittelte ihr jedes Mal das Gefühl, bloß ein hübscher, aber hohler Kopf zu sein. Wie kam es, dass gerade er – ihr größter Konkurrent – immer diese Selbstzweifel in ihr auslöste, die sie sonst so gut vor allen verbergen konnte?

»Schön, dass Sie meine Arbeit ansprechen, Mr. Chaplin. Ich arbeite an einem ungemein spannenden Projekt«, log sie. Es war unwahrscheinlich, dass Mr. Chaplin wusste, dass sie untätig – und frustriert – zu Hause saß. »Natürlich möchte man als Künstler nicht zu viel preisgeben, deswegen halten Mr. DeMille und ich uns aktuell noch mit jeglichen Informationen zurück.«

»Sie arbeiten mit Mr. DeMille?« Er wirkte plötzlich interessiert.

»Ja, Mr. Chaplin. Es geht dieser Tage los. Mehr kann ich leider wirklich nicht verraten.« Aus dem Augenwinkel sah Mary, dass an ihrem Tisch das Entrecote serviert wurde. »Es war entzückend, mit ihnen zu plaudern, Mr. Chaplin, aber das Essen meiner lieben Mutter wird kalt. Auf bald und schönen Abend.«

Sie reichte ihm die Hand und kehrte ihm den Rücken zu. Dabei konnte sie nicht anders, als zu schmunzeln. Wie gut es sich anfühlte, Chaplins Bewunderung ob der Zusammenarbeit mit DeMille zu erleben.

So gut der Neid ihres Konkurrenten ihr in diesem Moment getan hatte, so schnell holten die realen Gefühle Mary wieder ein. Sie fühlte sich grässlich untätig und nutzlos. Die Ruhe, die ihr so guttun sollte, frustrierte sie. Das Nichtstun machte ihr Angst. Und das Warten auf Douglas wurde mit jeder Minute unerträglicher.

Zurück an ihrem Tisch, schmeckte ihr das Steak nicht, obwohl es auf den Punkt gebraten war. Selbst den grünen Bohnen, nach Pariser Art mit Butter zubereitet und perfekt angerichtet, konnte sie nichts abgewinnen.

»Du lässt dein Essen kalt werden, Kind? Wegen eines Mannes wie Charlie Chaplin?«, fragte Charlotte.

»Wie konntest du es nur so weit kommen lassen, Mama?«, seufzte Mary und legte die Gabel zur Seite. »Was mache ich hier bloß? Ich sitze herum wie ein geknicktes Blümchen. Das ist es doch das, was sie alle erreichen wollten. Die Kröten wie Lasky und Goldfish. Und Owen ebenfalls. Ich möchte mir wieder im Spiegel ins Gesicht sehen können. Ich *muss* arbeiten.«

Sie dachte an DeMille, der wie ein Oberbefehlshaber durch das Studio schritt und mit seinem Gürtel schnalzte, wenn er mit einer Leistung unzufrieden war. Die Zusammenarbeit mit ihm würde eine einzige Qual sein. Aber alles war besser als diese Untätigkeit.

Mary betrachtete ihre Reflexion im Fenster, sah in das Gesicht, das ihr so viel Erfolg gebracht hatte. Ja, sie war stark. Stark genug, um ihre Verpflichtung mit DeMille zu erfüllen – und um triumphierend daraus hervorzugehen!

Ihre Mutter versuchte, sie zu beruhigen. »Du musst dich schonen, Liebes. Du weißt doch, was Dr. Benjamin gesagt hat.«

Aber Mary wusste, dass Mama in Wahrheit ähnlich dachte wie sie. Sie hatten beide dieselben Ziele – und dieselbe lauernde Angst, dass diese Auszeit der Anfang vom Ende sein könnte, ein schleichender Abschied in die Vergessenheit.

»Ich werde Zukor noch heute mitteilen, dass er uns mit Mr. DeMille zusammenführen soll«, sagte Mary. »Er soll nach Hollywood kommen.«

# 10
# DOUGLAS

Douglas strich sich ein zweites Mal über den buschigen Schnurrbart, um sicherzugehen, dass die Verkleidung gut haftete, bevor er seine Drahtbrille mit einem Stofftaschentuch polierte. Sie saß zu straff hinter den Ohren – ein Glück, dass er sie nur wenige Minuten tragen musste. Ein letztes Mal prüfte er seine Reflexion so gut wie möglich in der Spiegelscherbe, die er unter dem Autositz aufbewahrte. Die Brille und der neue, tiefsitzende Seitenscheitel verliehen ihm etwas Intellektuelles, fand er. Tatsächlich, in diesem Aufzug könnte er gut in einem Bistro in Paris sitzen und mit Tusche die Seine oder Montmartre zeichnen. Von seiner Arbeit im Theater und beim Film war er Kostüme gewöhnt: Cowboystiefel, Regengamaschen und Soldatenstiefel. Diese europäische Dichterkluft aber war für gewöhnlich nicht sein Stil – ja, sie passte deutlich besser zu seinem Freund Charlie.

Er war so aufgeregt, Mary – seine Mary! – wiederzusehen, dass er am liebsten vor dem Studiotor drauflosgehupt hätte. Stattdessen parkte er ein paar Meter seitlich der Schranken und ließ den Motor laufen. Doch so hatte er das Gefühl, erst recht Aufmerksamkeit auf sich zu lenken, und stellte den Motor ab.

*Um 17 Uhr vor dem Studio. Ein Franzose wird dich erwarten, Cherie. Lass dich überraschen*, hatte er ihr telegrafiert, und seine Stimme hatte beim Ansagen der Nachricht gezittert. Douglas hatte es selbst kaum fassen können, dass er Mary noch am selben Tag wiedersehen würde. Er konnte es nicht erwarten, das Staunen in ihrem Gesicht zu sehen, glaubte sie doch, dass er noch gar nicht in der Stadt sei.

Douglas erkannte sie schon aus der Ferne – die schwingenden Hüften, der selbstsichere Gang. Er glaubte, nie zuvor eine schönere Frau gesehen zu haben. Ein paar Mädchen drängten sich um die Schranken. Mary nahm sich die Zeit, um jedem von ihnen ein Autogramm zu geben. Es dauerte nur Sekunden, Douglas jedoch kam es vor wie eine kleine Ewigkeit. Obwohl die jungen Frauen zufrieden und kichernd davonzogen, ohne ihn oder sein Auto auch nur eines Blickes zu würdigen, war er froh um seine Verkleidung.

Jetzt näherte sie sich seinem Wagen. Er konnte ihre Augen sehen – die ausdrucksstarken, kullerrunden Augen –, ihre perfekt geformte Nase und den zierlichen Mund, den er einfach nur küssen wollte.

Suchend sah sie sich um. Er hupte kurz und winkte.

»*Madame, votre voiture!*«

Natürlich erkannte sie ihn sofort. Sie lief zum Auto.

»Dou...«

»Schh.« Er bedeutete ihr mit dem Zeigefinger, leise zu sein. »Steig ein, hübscheste Frau von Hollywood!«

Sie warf einen kurzen Blick hinter sich, um zu prüfen,

dass niemand sie beobachtete. »Douglas! Oder soll ich sagen Monsieur Fairbanks? Was machst du hier? Seit wann bist du... ich meine, wieso...« Sie brach ab und strahlte ihn an, ganz offensichtlich sprachlos vor Überraschung.

Douglas legte nun ihr einen Zeigefinger an die Lippen. Sie waren weich und ungeschminkt. Er überlegte, sie zu küssen, doch sie waren noch immer vor dem Set; das Risiko war zu groß, auch wenn es ihn Überwindung kostete, sich zurückzuhalten. So küsste er sie nur auf die Wange und spürte, dass auch sie sich beherrschen musste, nicht den Kopf zu seinen Lippen zu drehen. Er sog ihren Duft ein. Wie hatte er die vergangenen Wochen in New York bloß ohne sie ausgehalten?

Als er sich schließlich mit einiger Mühe von ihr loseisen konnte, überreichte er Mary einen Schal, den er vor seiner Abreise in New York für sie bei einem italienischen Seidengeschäft gekauft hatte. Seither hatte er ihn bei seinen Gartengeräten versteckt, wohl wissend, dass Beth genug über sein Gartenfaible gemeckert und längst das Interesse daran verloren hatte.

»Ich dachte, wir sollten auf Nummer sicher gehen«, sagte er.

Sie sah ihn fragend an.

»Wenn wir uns ein wenig tarnen, können wir sorgloser sein. Vielleicht möchtest du dir das Tuch um die Haare legen.«

Mary brauchte drei Versuche, um das Tuch zu einem Dreieck zu falten. Ihre Hände zitterten. Sie war genauso aufgeregt wie er, stellte er erfreut fest.

»Komm, ich helfe dir.« Er strich ihr die Haare aus

dem Gesicht, bevor er das Seidentuch über ihren Kopf knotete. Wie gerne würde er sie jetzt küssen!

Das Kopftuch verbarg ihre dunkelblonden Locken. Sie sah anders aus, aber immer noch wunderschön. Niemand würde ahnen, dass hier die beliebteste Frau Amerikas und der begehrteste Bühnenathlet des Landes saßen.

Er fand es erregend, in dieses Rollenspiel einzutauchen.

»*On y va?*«, fragte er. »Fahren wir?«

Sie nickte.

Wie schwer es ihm fiel, sich auf das Fahren zu konzentrieren.

Es gelang ihnen, das Studiogelände zu verlassen, ohne großes Aufsehen zu erregen. Auf dem Weg nach Norden sahen ein paar Leute auf, wegen seines Autos vermutlich – ein schnittiger Mercer Raceabout –, gewiss aber nicht wegen der zwei europäisch anmutenden Passagiere. Je weiter sie sich von Hollywood entfernten, desto karger wurden die Straßen. An einer Kreuzung neben einer Rinderweide nahm Douglas Brille und Bart ab.

»Wir sind weit genug entfernt von der Stadt. Selbst wenn uns hier jemand erkennen sollte, werden sie höchstens froh sein, dass wir stadtauswärts fahren.« Er spürte noch den Kleber des Barts auf seiner Oberlippe und versuchte, ihn so unauffällig wie möglich abzureiben.

»Die alten Angelenos hier werden sich wohl nie damit abfinden, dass ihr Heimatort zum Filmrummelplatz geworden ist«, seufzte Mary. Auch sie hatte inzwischen den Schal gelöst und band ihn sich jetzt wie ein Pfadfindertuch um den Hals. Sie sah einfach verführerisch aus.

Douglas konnte nicht weiterfahren. Er musste einfach

anhalten und lenkte das Auto an den Rand einer Obstplantage. Dort endlich küsste er sie, und hatte er sich eben noch Sorgen um den Bartkleber gemacht, so waren diese Gedanken jetzt verflogen. Er hatte sie wieder. Seine Mary. Hielt sie in den Armen. Er spürte ihre Lippen, ihre Zunge. Es war der Kuss, nach dem er sich wochenlang verzehrt hatte. Er wollte sie fest an sich drücken, oder am liebsten gleich zu sich hinüber auf seinen Autositz zerren, aber er musste vorsichtig sein, um sie nicht zu verschrecken. Schließlich war er froh, dass sie ihn überhaupt küsste – und innig noch dazu. In den vergangenen Tagen hatte er gebangt, ob die Küsse in New York womöglich nur Ausrutscher gewesen waren, den jeweiligen Momenten geschuldet. Was, wenn sie hier in Hollywood wieder zu Sinnen gekommen war? Wenn sie sich ganz rational für ihr altes – unglückliches – Leben entschieden hatte?

Eine Zeit lang saßen sie da, die Hände ineinander verschränkt. Ihre Finger spielten miteinander.

»Schön, dass ich jetzt endlich hier in Los Angeles bin«, sagte er und ließ seine Fingerspitzen um ihr Knie kreisen. Er wollte sie zu gerne fragen, wie es ihr ging. Wie oft hatte sie an ihn gedacht? Und *wie* hatte sie an ihn gedacht? Als Freund? Als Liebhaber? Hatte sie vielleicht von ihm geträumt? Aber er wollte nicht forsch und drängend wirken, sie bloß nicht abschrecken. In den Wochen ihrer Trennung hatte sie sich ihm ein wenig geöffnet – ihre Briefe waren eine Aneinanderreihung winziger Annäherungen gewesen, wie einzelne Perlen, die sich irgendwann in eine Kette, eine Verbindung zwischen ihnen beiden, verwandeln würden. Er durfte jetzt nicht übermütig werden. Doch Zurückhaltung und Geduld waren noch nie seine Stärken gewesen.

Sie fuhren weiter. Die Straße stieg allmählich an und verengte sich. Die Kurven erforderten selbst von ihm, einem geübten Fahrer, Konzentration – und dennoch nahm er nicht die Hand von ihrem Knie.

Oberhalb der Palmwipfel wurde die Landschaft trockener. Salbeisträucher und Löwenmäulchen säumten die Straßen. Douglas kannte eine Stelle, von der aus man über das ganze Land zwischen Pazifik und Bergkette blicken konnte. Nur von hier oben konnte man begreifen, wie viel Fläche sich der Stadt bot, die sich täglich weiter ausdehnte. Es war nicht das erste Mal, dass Douglas eine Frau hierherbrachte, doch bei keiner einzigen hatte er bisher eine solche Aufregung gespürt wie bei Mary.

Er half ihr beim Aussteigen, breitete eine Wolldecke auf dem Boden aus und hob Picknickkorb und Gläser aus dem Kofferraum. Sie sah ihm zu, und er ertappte sich dabei, dass er sich bemühte, alles perfekt zu machen.

»Bitteschön, Madame.« Er deutete auf die Decke und wartete, bis Mary sich niedergelassen hatte, bevor er sich neben sie setzte. War er zu dicht dran? Er wollte sie auf keinen Fall bedrängen.

»Was für ein Ausblick«, sagte sie und starrte hinunter ins Tal. Ein Regenbogen aus Farben lag unter ihnen. Ockerfarbener Lehmboden, gelber Sand, hellgrüne Weiden und am Ende das Blau des Pazifiks, in dem sich der Himmel spiegelte.

Douglas nickte zustimmend, doch neben Mary konnte die Landschaft ihn nicht faszinieren. Er hatte nur Augen für sie, spielte mit ihrem Haar und zog sie noch einmal zu sich, um sie zu küssen.

Die Sandwiches waren warm geworden, als sie sich dem Picknick zuwandten. Der Schinken rollte sich bereits an den Rändern, doch es konnte Douglas nicht gleichgültiger sein, dass er dafür einen absurden Preis beim Delikatessenladen Levy's bezahlt hatte.

Er schenkte ihr prickelndes Holunderblütenwasser in ein Champagnerglas, und sie saßen schweigend nebeneinander und blickten hinaus in die Ebene. Douglas hatte so viele Fragen: Hatte sie ihn vermisst? Hatten sie und Owen sich getrennt? Ob sie sich wohl Gedanken um die Zukunft machte? Aber er durfte sie auch hier nicht in die Enge treiben.

Mary lehnte sich an seine Schulter. Er spürte, wie sich ihr Kopf mit jedem Atemzug hob und senkte. Konzentriert lauschte er auf ihren Atem und passte sich seinem Rhythmus an.

»Wie es wohl sein muss, diese Veränderung mitzuerleben?«, sagte Mary schließlich. Sie setzte sich wieder auf und blickte nachdenklich über das weite Land. Ihre zierlichen Hände spielten mit sandigen Kieselsteinchen. Douglas dachte schon, sie spiele auf sie beide an, als Mary ihren Gedanken fortsetzte: »Am Anfang hast du Felder um dich, Rinder und eine Schotterstraße, die zu deinem Haus führt. Und dann kommen sie plötzlich mit ihren Seilzügen und Maschinen, bauen Straßen und neue Häuser, und du bekommst Nachbarn. Furchtbare Nachbarn! Touristen, die sich in das Klima verliebt haben. Oder schlimmer noch: Schauspieler, die hier ihr Glück versuchen.«

»Na, na. Willst du damit etwa sagen, dass es furchtbar sein muss, neben mir zu leben? Denkst du, ich bin ein schlechter Nachbar?«, fragte er neckisch und legte sich auf den Rücken, wobei er sie vorsichtig mit sich zog.

Sie stützte sich auf dem Unterarm auf. »Wer weiß? Ist Mr. Fairbanks denn ein schlechter Nachbar?«, kokettierte sie.

»Ich bin ruhig und gesittet und halte meinen Garten in Schuss, meine Liebe! Ich habe mir sogar überlegt, die Hecke zu einem Flamingo zu schneiden.«

»Als ob du das könntest, Douglas.« Sie stupste ihm gegen die Brust. »Du bist doch eher ein Mann fürs Grobe.«

»Mein Gärtner Paolo kann es bestimmt.«

Er imitierte seinen schlaksigen mexikanischen Gärtner mit der Gartenschere, den er für seine Penibilität schätzte.

»Aber du machst deine Morgengymnastik auf dem vorderen Rasen, Douglas. Wahrscheinlich würdest du irgendwann mit dem Flamingo einen Boxkampf beginnen!« Sie prustete vor Lachen. Es gefiel ihm.

»Und du fährst zu rasant!«, setzte sie fort. »Deine Nachbarn haben sicher alle Angst um ihren Gartenzaun. Oder sie befürchten, dass du eines Tages mit einem Säbel aus dem Studio kommst und ihre Hunde erschrickst. Dein Image ist nicht gerade zahm.«

»Komm schon, jeder weiß, dass ich tierlieb bin. Denk an Smiles«, sagte er.

Er hatte das Pferd während seines Drehs für einen Westernfilm adoptiert und nun von seinem Stall in New Jersey nach Kalifornien bringen lassen. Seitdem machte er es sich zur Pflicht, dem Schimmel jeden Tag Karotten und Zuckerwürfel zu bringen.

»Kauf mir einen Hund, Mary-Girl! Ich werde es dir beweisen. Warte, ich habe eine bessere Idee. Lass uns gemeinsam einen Hund kaufen.«

War er zu weit gegangen? Würde sie seinen Vorschlag als plumpe Annäherung auffassen? Douglas war erleichtert, als sie ihm schlagfertig antwortete:

»Einen Setter, der am Set wohnt, Douglas! Das ist es.« Sie sah ihn mit einem Dackelblick an und rieb ihm zärtlich über die Wange. »Als ob du und ich jemals gute Hundeeltern abgeben würden.«

»Sag niemals nie.« Als er sie küsste, schmeckte sie nach Holunder. Vorsichtig wagte er es, sie ganz auf seinen Körper zu ziehen.

Sie sahen der Sonne dabei zu, wie sie im Meer verschwand. Langsam wurde es kühl. Douglas legte seinen Mantel um Mary, setzte die Drahtbrille auf und klebte den Schnurrbart wieder an.

»*Voulez vous manger quelque chose, Mademoiselle?*«, fragte er, wieder in seine Rolle des Franzosen schlüpfend.

»Etwas Richtiges, meine ich. Mit Messer und Gabel, auf einem vorgewärmten Teller? Wir könnten ins Royal Inn gehen.«

»*Oui* ... und ... *non*. Leider geht es heute nicht.« Mary hob unbedarft die Schultern.

Jedes Mal kam sie aus ihrem emotionalen Schneckenhaus nur ein Stück weit hervor, nur um sich sofort wieder darin zu verkriechen, dachte Douglas. Ein Verhalten, an das er sich bei einer Frau, die ihm gefiel, erst gewöhnen musste.

»Ich meine, ich würde zu gerne, Douglas. Aber ich kann nicht. Mama wartet auf mich mit dem Abendessen. Und wir müssen noch ein paar geschäftliche Dinge besprechen. Ich habe bald wieder Verhandlungen mit Papa Zukor, und DeMille hat ein Skript geschickt.«

»Schon gut, Mama geht vor. Wie immer«, sagte er und versuchte sich seine Enttäuschung nicht anmerken zu lassen. Aber Charlotte Pickford, diese Frau, war schlimmer als jede Anstandsdame.

»Sie meint es nur gut mit mir, Douglas. Außerdem muss ich früh ins Bett. Ich brauche doch meinen Schönheitsschlaf.«

»*Bonne nuit, ma belle princesse*«, sagte er und tippte ihr auf die Nasenspitze, und sie rümpfte sie wie ein kleines Mädchen. »Kein Problem. Ich bringe dich nach Hause, Mary. Wir haben hier in Hollywood ja alle Zeit der Welt.«

Auf der Fahrt ins Tal schwiegen sie. Mary rutschte tief in ihren Sitz hinunter, um sich vor dem Fahrtwind zu schützen, und blickte hinaus in die Dunkelheit. Douglas fragte sich, was passieren würde, wenn er unten im Tal nicht zu ihrem Haus Richtung Edendale abbiegen, sondern einfach weiter zur La Brea Avenue fahren würde, zurück in sein Haus, das er hier in Hollywood mietete. Obwohl der Nachmittag nach Plan, ja sogar besser verlaufen war, fühlte er sich unbefriedigt. Er wollte sich nicht von ihr trennen, wollte sie nicht mit ihrer Mutter teilen, sondern mehr Zeit mit ihr verbringen. Einen ganzen Tag – in einem warmen, sauberen Umfeld, in dem sie beide unabgelenkt wären. Kein Wind, kein Staub, keine Schlangen, die in den Büschen lauerten, und keine Verkleidungen. Insgeheim wusste er, dass ihm auch dann, wenn sich dieser Wunsch erfüllen sollte, ein paar Stunden nicht genügen würden. Sie würden ihn nur umso sehnsüchtiger zurücklassen. Er wollte auch die Nacht mit ihr verbringen. Und den nächsten Morgen. Natürlich auch, um sie zu lieben und um ihren zierlichen Körper in all seiner Schönheit zu bestaunen. Aber fürs Erste würde es ihm reichen, ihren Kopf auf einem Kissen neben seinem zu wissen.

Doch wie sollte er sie darum bitten, ohne plump zu erscheinen?

Zwei Kreuzungen von ihrem Haus entfernt stellte er den Motor ab. Mary wollte Charlotte in dem Glauben lassen, sie habe bis spät gearbeitet und sei dann zu Fuß vom Set nach Hause gegangen. Bevor sie ausstieg, öffnete sie ihre Spangenschuhe und tauschte die von Erde und Sand braun gewordenen Seidenstrümpfe gegen ein frisches Paar, das sie in der Handtasche hatte.

»Vielleicht könntest du es arrangieren, nächste Woche etwas länger Ausgang zu bekommen?«, fragte er vorsichtig. Sie lächelte, und er wagte es, noch direkter zu werden. »Ich würde dich gerne zu einem Dinner einladen, Mary. Zu mir nach Hause.«

»Ich denke, das wird sich einrichten lassen«, strahlte sie.

Er küsste sie auf die Wange – man wusste schließlich nie, wer gerade vorbeikam und sie zufällig sah. Seine Lippen verweilten auf ihrer Haut. Beim Abschied drückte er noch einmal ihre Hand und musste sich dann zwingen, sie gehen zu lassen.

*Es gibt eine Sache, derer man sich in dieser guten alten Welt sicher sein kann: Das Glück steht jedem bereit, der wirklich danach strebt, glücklich zu sein. Wer lacht, wird glücklich werden. Jeder hat Anspruch darauf – du, ich und der Kerl dort drüben.*

Douglas nickte zufrieden. Er saß an den Korrekturen seines Manuskripts. Sein erstes Buch, *Laugh and Live,* sollte in Kürze veröffentlicht werden, ein Lebensratgeber für alle jungen Leute, die ihn auf der Leinwand vergötterten, denen er aber durch das Medium des Stummfilms keine Weisheiten mitgeben konnte. Das war nun das Ziel seines Buches; und natürlich war es auch ein Weg, um noch ein wenig mehr Geld mit seinem berühmten Namen zu verdienen.

Douglas setzte ein kleines Plus an den Rand der Textpassage. Kenneth Davenport, sein Freund und Ghost Writer, hatte gute Arbeit geleistet. Es klang flott und optimistisch und passte zu dem Bild, das Douglas in der Öffentlichkeit vorleben wollte, selbst wenn er als Privatperson nicht immer so ein sonniges Gemüt hatte. Von der inneren Unruhe und den Selbstzweifeln, die ihn immer wieder überkamen, brauchten seine Fans nichts zu erfahren. Dieser Tage allerdings war von depressiven Verstimmungen nichts zu spüren. Douglas begann den Morgen mit Gedanken an Marys Lächeln und beendete den Abend mit Gedanken an ihren wunderschönen Körper. Trübsal ließen seine Glückshormone nicht zu.

Doch als er aus dem Fenster seines Arbeitszimmers blickte, verging ihm schlagartig die gute Laune.

In der Einfahrt stand ein Taxi. Der Fahrer lud einen Berg Koffer aus – und hinter diesem Berg kamen Beth und Douglas junior zum Vorschein. Er war doch gerade erst ein paar Tage fort aus New York! Beth hatte ihre Reise an die Westküste nicht angekündigt. Überhaupt war ihr Kontakt in letzter Zeit auf ein Minimum begrenzt gewesen, was ihm gerade recht gekommen war.

»Darling!« Beth winkte durch das offene Fenster und nickte fragend hinüber zu den Hutschachteln, weil kein Bediensteter kam, um sie dem Fahrer abzunehmen. Für sich alleine hatte Douglas in den vergangenen Tagen nur die Köchin dagehabt. Sie putzte, während der Eintopf schmorte, und kaufte das Nötigste auf dem Markt ein. Je weniger Personal, desto weniger Zeugen, dachte er. Schließlich sollte Mary am Donnerstag zum Dinner kommen.

Beth sah aus wie das blühende Leben. Ihr Kleid war knitterfrei, die Wangen rosig, obwohl sie die vergangenen sechsundneunzig Stunden im Zug verbracht hatte. Dennoch schob sie vor, sich unwohl zu fühlen.

»Ich hatte solch einen entsetzlichen Schnupfen im kalten New York. Und natürlich Sehnsucht nach dir, Dougie. Da habe ich Junior geschnappt und gesagt: ›Komm, wir fahren deinem Vater hinterher.‹«

Als ob neun Koffer, sieben Hutschachteln und ungezählte Taschen mit einem Fingerschnippen gepackt gewesen wären, dachte Douglas. Die Reise musste geplant gewesen sein.

Zielstrebig lief Beth durch das Zehn-Zimmer-Haus, schüttelte Kissen auf, öffnete Fenster und strich mit dem Zeigefinger über Bilderrahmen und Fensterbretter, bevor sie die Kleinanzeigen in der Lokalzeitung aufschlug.

»Wir brauchen dringend Personal, Dougie. Wie konntest du bloß so hier leben?«

Sie hob eine weiße Leinenhose und ein Paar Socken vom Boden auf. Während der kurzen Zeit hier alleine hatte er es sich zur Angewohnheit gemacht, in den hinteren Räumen des Bungalows ohne Hemd und Hose herumzulaufen, manches Mal sogar gänzlich unbekleidet. Die Köchin würde niemals ohne anzuklopfen in die privaten Räume kommen, und Douglas liebte das Gefühl der Freiheit, das ihm das Nacktsein bereitete. Es machte ihm Lust darauf, in den Garten zu gehen und sich auf das morgenfeuchte Gras zu legen oder sich den bloßen Rücken wie eine Katze an der Rinde eines Baumes zu massieren. Aber dann würden sich die Nachbarn tatsächlich beschweren, die Vermieter ihn des Hauses verweisen und die Journalisten ihn aus der Stadt hetzen. Er wollte seinen Branchenkollegen keine Schande machen, der Ruf der Schauspieler war hier ohnehin nicht besonders gut.

Binnen Minuten hatte Beth das gesamte Haus verwandelt. Familienfotos – sein Schwiegervater mit dem Golfschläger, seine Schwiegermutter mit Beth auf einem Londoner Gesellschaftsball – standen auf dem Kaminsims, selbst japanische Vasen und Buntglaslampenschirme schienen aus dem Nichts aufgetaucht zu sein. Beth telefonierte mit der Drogistin und bestellte Waschmittel, Seife und Hersheys-Schokolade.

Douglas fühlte sich in die Enge getrieben, und das machte ihn wütend. Er setzte sich in seinen Wagen und fuhr zum Sportclub, wo er dreißig Längen im Pool schwamm. Doch während er mit jedem Stoß das Wasser immer kräftiger zur Seite drängte, wollte ihn eher Unruhe als Entspannung überkommen. Jetzt, wo Beth hier war, wurden auch die Stimmen in seinem Kopf wieder laut. Das schlechte Gewissen meldete sich. Er hatte eine Frau. Und einen Sohn! Und zugleich stieg auch Zorn in ihm auf. Er hatte die Tage hier mit Mary so genau durchgeplant. Ihr Wiedersehen hätte nicht besser verlaufen können. Sie waren auf einem guten Kurs, kamen einander endlich näher, und ausgerechnet jetzt musste Beth auftauchen, um heile Familie zu spielen.

Nein, er konnte das nicht mitmachen.

Nach einiger Überlegung ließ er Beth eine Nachricht schicken: »Abendtermin reinbekommen. Könnte später werden. Doug«

Er ahnte schon, dass sie kaum Notiz davon nehmen würde. Wahrscheinlich war sie mit einem Fleck auf dem Marmorboden oder dem Unkraut im Gras beschäftigt. Douglas beschloss, zum Set zu fahren, wo er dieser Tage seine Arbeit aufnehmen würde. Erst als sein Fuß das kalte Gaspedal berührte, bemerkte er, dass er den Club barfuß verlassen und seine Schuhe vergessen hatte. Jeden anderen hätten die Clubangestellten, die die Autos parkten, darauf aufmerksam gemacht, wenn sie ohne Schuhe ins Auto gestiegen wären. Bei ihm aber war man gewöhnt, dass er manchmal aus der Reihe tanzte.

Am Set schlüpfte Douglas in ein paar ausgeleierte Reitstiefel, die Innensohle kalt und sandig.

»Na, Junge«, begrüßte er Smiles. Das Pferd schnaubte ihn gierig an. Er besänftigte seinen Freund mit zwei knorrigen Karotten und klopfte ihm auf die Flanke. Einen Augenblick lang überlegte er, sich auf Smiles' Rücken zu schwingen und das Pferd einfach frei loslaufen zu lassen, aber er wusste, dass es beim nächsten Dreh nur zu Problemen führen würde. Erziehung bedeutete, nicht zwischendurch die Leinen loszulassen. Nachdem er die neuen Hufbeschläge geprüft hatte, verabschiedete er sich von seinem Pferd und schlenderte über das Areal. Auf Bühne zwei und drei waren noch eine Küche und eine Gefängniszelle errichtet. Weiter hinten auf dem Grundstück standen ägyptische Sphinxe neben Pyramiden, eine Siedlung aus Indianerzelten und ein belgisches Dorf: Postgebäude, Kirche und Rathaus – alles Bühnenbilder.

Auf diesen paar Hektar lag ihm die Welt zu Füßen. Und genau das liebte er so an seinem Beruf. Hier konnte er durch die Zeit und durch die Welt reisen. Heute aber betrübte ihn die Atmosphäre. Lustlos kletterte er auf das Rathaus. Doch vom Sims dieses belgischen Amtsgebäudes aus blickte er nicht auf verbrannte flandrische Felder, wie man sie auf den Fotos in der Zeitung sah, sondern auf eine halbe venezianische Gondel und ein Pariser Bistro. Holz und Pappe. Fassaden und Attrappen.

Er sehnte sich nach dem Echten.

Eine echte Ehe. Eine echte Familie. Echte Liebe. Echter Sex.

In einer der Garderoben, die in ehemaligen Kuhställen untergebracht waren, brannte Licht. Wenn er sie richtig zuordnete, dann war es Zasu Pitts Umkleideraum. Sie hatte in den vergangenen Tagen mit ihm geflirtet und genügend Hinweise gemacht, dass sie ihn zu jeder Tages- und Nachtzeit auf ihrem Fauteuil willkommen heißen würde. Einen Augenblick lang war er versucht anzuklopfen. Vielleicht würde es ihm helfen, den Kopf freizubekommen, wenn er sich einfach seinen Trieben und einem schönen Frauenkörper hingab. Vielleicht könnte er damit die Sehnsucht nach Mary mildern und die verzwickte Situation mit Beth verdrängen. Und seine Schuldgefühle Junior gegenüber. Aber er wollte gar keine andere Frau.

Er wollte nur Mary.

# 11
# MARY

Sie bog in die rosengezierte Einfahrt ein und merkte dabei gleich, dass sie zu nah an der Rasenkante stand. Während sie den Wagen zurückschob, sah sie, wie sich der Vorhang im Erdgeschoss bewegte. Es passte zu Douglas, dass er sie beobachtete, dachte sie.

Mary ließ sich nichts anmerken, versuchte bloß, nicht allzu konzentriert auszusehen. Die Falten, die sich dann über ihre Stirn legten, fand sie hässlich. In den letzten Monaten waren sie zunehmend mehr geworden, fatal für eine Frau, die im Film stets junge Mädchen spielte.

Als sie zufrieden war – sie bestand stets darauf, exakt parallel zum Gras zu stehen –, stieg sie von der Kupplung, streifte die Lederhandschuhe ab und steckte sie in ihre Handtasche.

Zunächst war sie irritiert gewesen, dass Douglas sie zu dieser entlegenen Adresse gebeten hatte, in dieses romantische Versteck, das er für sie beide ausgesucht hatte. Seine Absichten waren eindeutig. Er wollte, dass sie sich endlich unbeobachtet einander hingeben konnten – und genau danach sehnte sie sich schließlich auch. Dennoch wurde sie das Gefühl nicht los, dass sie auf die übelste

Art und Weise sündigten. Eheliche Untreue – wie oft hatte sie den Pfarrer dagegen wettern gehört? Und jetzt, da sie an diese Adresse fuhr, um sich dort vorsätzlich mit Douglas zu vergnügen, konnte sie nicht einmal mehr vor sich selbst verleugnen, dass sie eine Affäre hatte. Eine wirkliche Affäre! Auf die sie sich willentlich einließ!

Natürlich verstand sie, dass sie sich nicht bei ihm zu Hause hatten treffen können, jetzt, da Beth nach Hollywood gekommen war. Selbst wenn diese ausging – was sie in der Regel jeden Tag tat –, hätte Mary stets das Gefühl gehabt, die Wände und Fotorahmen würden sie beobachten. Sie war auch dankbar, dass Douglas kein Hotel gewählt hatte. Dort wäre sie sich noch schuldiger vorgekommen, richtig schäbig sogar. Wie ein Mädchen, das auf das Zimmer eines Geschäftsmanns gerufen wurde.

Nein, da war dieses Häuschen, das Douglas vor ein paar Monaten für seinen noch in New York weilenden Bruder John gemietet hatte, die bessere Option. Doch war Mary gar nicht bewusst gewesen, wie abgelegen Laurel Canyon lag, dieses neue Wohngebiet am Fuß des Lookout Mountain, fünfundzwanzig Kilometer von Downtown entfernt, am Ende einer staubigen Straße und an der letzten Station der Tram, die eigens für die Besiedlung dieses Gebiets ausgebaut worden war. Zwar hörte sie immer wieder, dass sich Kollegen der Filmindustrie entlang des Canyon Boulevard ansiedelten, doch so, wie es hier aussah, würde es noch sehr lange dauern, bis sich die Umgebung etabliert hatte.

Sie nahm den Obstkorb vom Rücksitz ihres gemieteten Ford T. Ein Gastgeschenk, das Margaret zusammengestellt hatte: Bananen, Orangen, Trauben und sogar eine frische Ananas, schmuckvoll mit Schleifen verziert. Wein, das wusste Mary, würde bei Douglas nur in der Abstellkammer landen.

Obwohl er ihre Ankunft genau verfolgt haben musste, wartete er die obligatorischen Sekunden ab, bis er auf ihr Klingeln hin die Tür öffnete. Wie gut er aussah in seinem reinweißen Hemd, dessen oberste Knöpfe geöffnet waren. Er strahlte sie an, bevor er sich vorbeugte und sie noch im Türrahmen küsste.

Laurel Canyon hatte einen eindeutigen Vorteil: Hier gab es keinen Grund, lauernde Journalisten und Fans zu fürchten.

Douglas nahm sie an der Hand und führte sie ins Haus. Im Wohnzimmer waren die Kissen aufgeschüttelt, und überall standen Blumen. Er hatte ihren Besuch offensichtlich gründlich vorbereitet – oder vom Personal vorbereiten lassen.

Auf dem Esstisch in einem Erker am Fenster standen gestärkte, zu kleinen Zinnen gefaltete Servietten, noch mehr Pfingstrosen und Anemonen sowie ein silberner mehrarmiger Kronleuchter. Dazwischen erstreckte sich ein Festessen mit den feinsten Delikatessen vom neuen Grand Central Market in Downtown: Pastrami, Krautsalat, Roggenbrot, Pralinen, Coca Cola. Als Douglas die Kerzen anzündete, bemerkte Mary, dass seine Hand leicht zitterte. Sie musste schmunzeln: Er, der furchtlos einem Tiger in die Augen sehen konnte, war aufgeregt. Sie wagte es, ihm einen kleinen Kuss auf die Wange zu geben. Er legte das Streichholz weg und küsste sie noch einmal, bevor er ihr den Stuhl zurechtrückte, damit sie Platz nehmen konnte.

Das Essen verlief holprig. Sie waren beide aufgeregt. Douglas hatte Wein aus dem nahe gelegenen Napa Valley bei San Francisco für sie besorgt, und Mary spürte, wie sie sich langsam, mit jedem Schluck entspannte. Das Essen konnte sie dennoch nicht genießen. Sie pickte nur an den Speisen, aus Angst, später ein Völlegefühl zu empfinden. Und Douglas sprang ständig auf, um ihr alles recht zu machen. Er brachte frischen Meerrettich, Zitronensaft, ein neues Buttermesser, noch mehr Brot.

Sie sprachen es beide nicht an, aber sie wussten, dass sie nicht wegen des Essens hier waren. Ein Picknick hätten sie auch in den Bergen oder am Strand einnehmen können. Hier aber war Abgeschiedenheit – und Raum für Innigkeit. Am Nachmittag hatte Mary noch überlegt, ob sie nicht doch in letzter Sekunde absagen sollte. War sie gewillt, diesen nächsten Schritt mit Douglas zu gehen? War sie bereit, mit ihm das zu erleben, was sie bis jetzt nur mit einem einzigen Mann erlebt hatte, ihrem Ehemann? Sie wusste, dass sie davorstand zu sündigen. Aber sie konnte nicht anders. Sie wollte es.

Während des Essens hatte sie die halbe Flasche Wein allein getrunken. Douglas schälte eine Orange, indem er sie bedächtig auf der Tischplatte rollte, bevor er die wächserne Schale abzog. Sie könnte ihm ewig dabei zusehen, dachte sie, plötzlich begierig, ihn zu berühren. Langsam glitt sie aus ihrem Schuh und suchte unter dem Tisch sein Bein. Douglas grinste. Er sah ihr tief in die Augen und schob die Orange und den Teller zur Seite.

Dann stand er langsam auf. »Miss Pickford? Würden Sie mir die Ehre erweisen, mit mir zu tanzen?«, fragte er, seine Stimme tiefer als sonst.

Beim Essen hatte Mary die Musik aus dem Grammophon kaum wahrgenommen, nun aber wiegten sie sich zu einem langsamen Walzer. Douglas zog sie an sich, und Mary spürte seinen muskulösen Körper an ihrem. Er blickte ihr fragend in die Augen, als wollte er sichergehen, dass er nicht zu forsch war. Nein, er war nicht zu forsch. Und um ihm das zu bestätigen, legte Mary den Kopf in den Nacken und küsste ihn. Sie standen jetzt still, während die Musik weiterspielte. Langsam löste Douglas seine Lippen von ihren und sah ihr wieder tief in die Augen, bevor er sie erneut küsste, diesmal tiefer, fordernder. Seine Hände glitten ihren Rücken hinab, sie spürte sie auf ihrem Po, dann an ihrem Rocksaum.

Sie liebten sich auf dem Sofa, dann auf dem Teppich. Mary konnte sich nicht erinnern, mit Owen jemals so leidenschaftlich und spontan gewesen zu sein. Es war immer ein rigides, starres Bedrängen gewesen, und sie hatte es als ihre Pflicht empfunden, darauf einzugehen. Mit Douglas war alles anders. Er war impulsiver und zärtlicher zugleich, männlicher. Sie liebte seinen gestählten Oberkörper, die starke Brust und den muskulösen Rücken. Selbst den Geruch seines Schweißes mochte sie, dabei hatte sie sich bislang immer vor dem Schweiß anderer Männer geekelt.

Als sie sich später an ihn kuschelte, fühlte sie, dass sich ihre Frisur gelöst hatte. Der Lippenstift, den sie ganz bewusst erst im Auto aufgetragen hatte, als Mama es nicht mehr sah, würde längst fortgeküsst sein. Es war ihr egal. Dafür war sie sich plötzlich ihrer Nacktheit umso mehr bewusst. Sie fühlte sich entblößt und auf einmal sogar ein wenig schüchtern, obwohl sie gerade erst vor

Douglas alle Hemmungen verloren hatte. Was, wenn sie ihm nicht gefiel, jetzt, da er ihren Körper zur Gänze sehen konnte? Würden ihn die Dellen an den Oberschenkeln und am Po stören? Die kleinen, aber doch sichtbaren Röllchen, die sich um ihren Bauch legten, wenn sie nicht ganz flach lag? Würde er enttäuscht sein, weil er sich ihren Körper anders vorgestellt hatte? Sie versuchte, sich auf die Seite zu drehen, um sich mit dem Arm ein wenig zu verdecken.

Als hätte Douglas ihre Gedanken erraten, griff er mit dem freien Arm hinter sich und zog eine dünne Baumwolldecke über ihren entblößten Körper. Mary atmete auf.

Aber es war nicht nur die Nacktheit ihres Körpers, die sie unsicher machte. Sie hatte auch ein Stück weit ihre Seele entblößt, hatte Grenzen überschritten, die sie niemals für möglich gehalten hatte. Was, wenn für Douglas alles nur ein Spiel gewesen war? Es gab Gerüchte, dass er Frauen verführte, nur um sie dann keines Blickes mehr zu würdigen. Würde er gleich aufstehen und sie fortschicken? Nein, das war nicht der Douglas, den sie kennengelernt hatte – nicht der Douglas, der nun neben ihr lag. Sie schmiegte sich in seine Achselbeuge. Er atmete ruhig und zufrieden, während seine Finger mit ihrem Haar spielten.

»Wenn du mir einen Job anbieten würdest, dir für immer die Locken zu streicheln, ich würde sofort unterschreiben«, sagte er und küsste ihre Stirn. »Du bist von solcher Schönheit.«

Diese Bewunderung war neu für Mary. Natürlich hatte Owen ihr früher auch Komplimente gemacht.

Aber dabei hatte er stets von ihr erwartet, diese Komplimente zu erwidern, hatte immerzu Bestätigung gesucht. Manchmal hatte er sich sogar direkt nach dem Liebesakt vor den Spiegel gesetzt, um seine Frisur mit Pomade wieder zu richten. Der Gedanke an Owens blassen, knabenhaften Körper ließ Mary kurz erschaudern. Sie drückte sich an Douglas.

Der zündete zwei Zigaretten an und reichte ihr eine davon. Mary zog genüsslich daran – schließlich konnte hier niemand sie beim Rauchen sehen und sie dafür schelten. Sie setzten sich auf und blickten schweigend in den Garten. Es war inzwischen fast dunkel geworden. Der Mond warf sein fahles Licht durch die Äste der Bäume.

Der Ausblick holte Mary in die Realität zurück. Die Straßen würden stockdunkel sein. Auch wenn sie sich dagegen sträubte, wusste sie, dass sie nach Hause musste. Mama würde bereits ungeduldig warten.

Im Halbdunkel des Zimmers versuchte sie, Bluse und Rock zu finden.

»Bleib«, flüsterte Douglas in ihren Nacken. »John braucht das Haus erst in ein paar Wochen. Wir sind hier gänzlich ungestört.«

Sie schüttelte traurig, aber bestimmt den Kopf. »Länger Ausgang zu haben bedeutet nicht, die ganze Nacht fernzubleiben«, seufzte sie.

»Ich verstehe schon. Mama Pickford wartet darauf, dass du mit ihr Rum – ich meine natürlich Tee – vor dem Zubettgehen trinkst.«

»Sie meint es nur gut, Douglas.«

Doch Mary hörte selbst, dass sie nicht überzeugend klang.

Vor dem Zubettgehen besprach sie mit ihrer Mutter noch einmal den Drehplan des nächsten Tages. Sie hatte versucht, sich im Auto wieder ordentlich zurechtzumachen, doch Mama hatte sie bei ihrem Eintreten sogleich abschätzig gemustert und missbilligend den Kopf geschüttelt. Mary musste sich zwingen, sich auf das Drehbuch zu ihrem neuen Film *The Little American* zu konzentrieren. Immer wieder musste sie an die vergangenen Stunden denken, und bei dem Gedanken an Douglas' Berührungen glühten ihre Wangen, und ihr Herz raste. Nach einer Weile schließlich erklärte sie, sie sei vollkommen erschöpft, und bat darum, ins Bett gehen zu dürfen. Mama nickte stumm. Sie stellte keine Fragen zu Marys Abend, keine Fragen zu Douglas, als ahnte sie, dass sie ohnehin nie die Wahrheit hören würde.

Auch in den nächsten Tagen gab sich Mama wortkarg und sachlich. Wenn Mary ihr begegnete, saß sie meist über Berichte zu Bankzinsen und Grundstückspreisen gebeugt oder stickte Wandbilder mit häuslichen Sprüchen, und wenn sie zusammen speisten, war Mamas Mund stets spitz zusammengezogen, als habe die Köchin Zitronen serviert.

Mary wusste, dass dieses Schweigen keine Zustimmung war. Es war bloß der Versuch, nicht die Fehler der Vergangenheit zu wiederholen. Wenn sie Mary bedrängte, würde sie sie nur weiter in Douglas' Arme treiben. Außerdem musste selbst Mama wissen, dass sie einer Frau, die inzwischen fünfundzwanzig war, keine Verbote mehr machen konnte. Wie wollte sie zum Beispiel Douglas den Zutritt zu ihrem Haus verbieten, wenn eben dieses vom Gehaltscheck ihrer Tochter bezahlt wurde?

Charlotte beschränkte sich auf ein paar wenige bissige Kommentare, die sie zwischen den Lippen hervorpresste, wenn sie ihren Ärger nicht länger verschweigen konnte.

»Benimm dich wie eine verheiratete Frau, Mary!«

»So habe ich dich nicht erzogen. Weder Gladys Smith noch Mary Pickford sollten hinter dem Rücken ihres Mannes vergnügsamen Liebeleien nachgehen.«

»Egal wie Owen dich behandelt hat. Man versucht, seine Angelegenheiten zu regeln, so wie Gott es will.«

Einmal legte sie sogar die Bibel auf Marys Platz am Esstisch.

Mary konzentrierte sich in solchen Situationen auf das Kauen – jeden Bissen dreißigmal –, um sich jegliche Reaktion zu verkneifen. Warum kümmerst du dich nicht um deine eigenen Angelegenheiten, Mama? Oder um deine anderen Kinder, die viel eher deine Hilfe brauchen? Lottie mit ihren wilden Männergeschichten, und Jack, der im Leben so orientierungslos scheint und bald ein ernstes Alkoholproblem bekommen wird.

Aber sie wusste, dass schon vor vielen Jahren eine Aufteilung stattgefunden hatte: Lottie und Jack, Mama und sie. Ihre Familie bestand aus zwei Teams. Nie wäre es ihr in den Sinn gekommen, dass eine Zeit kommen könnte, in der sie wünschte, eine Einzelkämpferin zu sein.

Nach ein paar Tagen des Schweigens überreichte Mama Mary eines Morgens wortlos einen Packen Telegramme, ordentlich Kante auf Kante gestapelt. Mary vermutete, dass Mama die Schriftstücke schon seit dem Morgengrauen sortiert und immer wieder gegen die Tischplatte geklopft und mit den Handflächen zusammengeschoben hatte.

Zaghaft nahm Mary das Bündel entgegen. Wusste die Außenwelt etwa schon von ihr und Douglas? Waren es Botschaften des Verrufs?

Sie hatten bei jedem Treffen aufgepasst und keine Verkleidung zweimal verwendet. Douglas hatte sogar einen seiner Assistenten von allen anderen Agenden freigestellt, um die Illustrierten im Auge zu behalten und jegliche Gerüchte sofort zu stoppen.

Noch immer hielt Mary den Packen unschlüssig in der Hand.

Vielleicht waren die Schreiben aber auch von ihren Fans, die sich an ihrer politischen Einstellung stießen? Nicht alle würden verstehen, dass sie wie Präsident Woodrow Wilson selbst einen gedanklichen Kursschwenk gemacht hatte. Vor ein paar Tagen erst hatte er seine neutrale Haltung abgelegt und den Eintritt Amerikas in den großen Krieg erklärt, drüben in Europa. Nicht alle würden verstehen, dass auch Mary der Meinung war, dass man die teutonischen Deutschen stoppen musste, die sich an keine Abmachungen hielten, barbarisch in das neutrale Belgien eingezogen waren und jetzt sogar mit ihren U-Booten auf amerikanische Schiffe losgingen; dass man den Freunden in Großbritannien beistehen und sich für Demokratie auf der Welt einsetzen musste.

In ihrer jüngsten Kolumne hatte sie Wilsons Kriegserklärung vom 2. April 1917 bejubelt – und das nur wenige Monate, nachdem sie geschrieben hatte, Mütter hätten nicht unter Schmerzen Söhne geboren, um sie auf der anderen Seite des Atlantiks in den Tod zu schicken.

Aber die Fans liebten sie doch wegen ihrer Locken,

nicht wegen ihrer Meinung zur Weltpolitik!, versuchte sie sich zu beruhigen.

Sie wartete, bis Mama ins Bad gegangen war, und schlitzte dann vorsichtig den obersten Umschlag mit einem Buttermesser auf.

»Du hast es geschafft!«, las sie.

»Gratuliere, Mary!«

»Der beste Film seit Langem!«

Erst als sie Frances' Telegramm öffnete, verstand sie.

»Mary, *Poor Little Rich Girl* ist ein riesiger Erfolg – Publikum jubelte beim Abspann – Einer Frau, die dir sehr ähnlich sah, rissen sie den Mantel vom Leib – Wir haben gewonnen! – XX Frankie.«

Mary las das Telegramm gleich zweimal, bevor sie den restlichen Stoß sichtete. Sie suchte nach einem Schreiben von Papa Zukor, ohne genau zu wissen, was sie erwartete. Eine Entschuldigung? Lob? Sie fand Gratulationen von D. W. Griffith, von Elsie Janis, von William Hearst und Lilian Gish. Doch keine Nachricht von ihrem Vorgesetzten.

Während der Dreharbeiten in den darauffolgenden Tagen fand Mary ihr lange verlorenes Selbstbewusstsein wieder. Der mentale eiserne Gurt, den sie sich selbst während der vergangenen Tage umgelegt hatte, um mit DeMille zusammenzuarbeiten, saß nun etwas lockerer. Anstatt wie bisher seinen überzogenen Anweisungen ohne Widerspruch zu gehorchen – brav ihre Schuld abbüßend –, brachte sie nun selbst ihre Ideen ein. Die Angst, die sie vor diesem kahlköpfigen Choleriker empfunden hatte, war verschwunden. Einen kurzen Augenblick hatte sie sogar Mitleid mit ihm. Wie es wohl sein musste, Machtgefühl mit Glück zu verwechseln?

Auch DeMille musste von den positiven Kritiken gehört haben. Sein befehlshaberischer Ton kam ihr ein wenig abgeschwächter vor, sein Brüllen und Schnauben dämpfte sich zu einem lauten Sprechen. Er sagte öfter »bitte« und »danke« und wies sie sogar an, eine Pause zu machen. »Pass auf, dass du dich nicht erkältest, Mary!«, sagte er gar einmal, dabei hätte sie schwören können, dass er ihr bislang stets die schwerste aller Influenzen gewünscht hatte.

So herrisch DeMille sich in den letzten Wochen am Set auch benommen hatte, es war nicht alles schlecht gewesen. Manche seiner Ideen für den gemeinsamen Film *The Little American* waren geradezu künstlerisch. Und mit der Besetzung durch Jack Holt und Raymond Hatton hätte er keine bessere Wahl treffen können. Mary war mit dem Film zufrieden, und stolz, als mutige Patriotin vom Filmplakat zu lächeln. Ja, vielleicht hatte sie mit diesem Pro-Kriegseintritts-Film sogar ein Stück weit zu einer besseren Welt beigetragen, selbst wenn er unter der Leitung eines Tyrannen produziert worden war.

Und dennoch, eine weitere Zusammenarbeit mit diesem Choleriker und Narzissten kam nicht in Frage. Sie vermisste Frances – als Regisseurin und als Freundin. Die anderen Frauen am Set waren zwar freundlich, aber auch distanziert, als wären sie neidisch auf Mary. Wenn sie den Pausenraum betrat, stockten augenblicklich die Gespräche, und ein unangenehmes Schweigen brach aus. Mary spürte, dass die Mädchen sie genau beobachteten – wie sie ihren Kaffee trank, wie sie eine Grapefruit löffelte. Manche taten so, als versuchten sie, die gesamte Bewegungsabfolge aufzusaugen, andere sahen aus, als wünschten sie, der zackige Löffel würde abrutschen und Mary verletzen. Und wenn sie wieder nach draußen trat, um unter dem einstigen Scheunendach ihre Streckübungen zu machen, hörte sie, wie drinnen das Tuscheln begann.

Sie wollte endlich mit ihrer Freundin Frances über diese Schnattergänse lästern, wollte mit ihr neues Makeup ausprobieren und Highballs in der Umkleide trinken. Zurück zu Frances nach New York zu gehen kam natürlich nicht in Frage. Nicht jetzt, da Douglas und sie in den Hügeln und Schluchten von Los Angeles endlich Zeit für sich hatten. Außerdem würde Owen sofort aus seinem Gentlemen's Club in Manhattan gekrochen kommen und ihre Rückkehr als Antwort auf seine unzähligen Bettelbriefe verstehen. Nein, sie wollte nicht zurück. Der Lärm der Ostküstenmetropole fehlte ihr von Tag zu Tag weniger. Es war, als hätte Douglas sie mit seiner Liebe zur Natur angesteckt. Vor ein paar Tagen erst waren sie bei einer ihrer abendlichen Spazierfahrten, die sie nun fast täglich absolvierten, einem Kojoten begegnet. Mit einem toten Tier im Maul war er vor das Auto gelaufen und hatte sie mit seinen bronzeschimmernden Augen angestiert. Mary hatte nicht einmal Angst verspürt, sondern nur Faszination empfunden.

Sie würde Frances überreden, nach Kalifornien zu kommen, beschloss sie. Zwar würde ihre Freundin über die Hitze stöhnen, aber Mary würde dafür sorgen, dass Papa Zukor ihr ein entsprechendes Schmerzensgeld anbot. Es war das Mindeste, was er tun konnte.

Während der letzten Tage der Zusammenarbeit mit DeMille hatte auch Douglas mit der Arbeit an seinem neuen Film begonnen – auf Bühne sechs und sieben, am anderen Ende des Sets. Mary musste sich erst daran gewöhnen, ihn fröhlich pfeifend beim Portier ein- und ausgehen zu sehen. Und auch daran, dass er in den Drehpausen an ihre Garderobentür klopfte. Zunächst hatte sie Hemmungen gehabt, ihn hereinzulassen, aus Angst, damit die Gerüchteküche zum Brodeln zu bringen. Am vorletzten Drehtag mit DeMille aber fühlte sie sich mutig: Sollten sie doch tuscheln. Sollten sie spekulieren. Sie würden einfach alles abstreiten.

Sie war schon spät dran, musste eigentlich längst zur Ankleide, als Douglas um Einlass bat. Pünktlichkeit war für Mary stets eine wichtige Tugend gewesen. Der Messingwecker auf ihrem Schminktischchen ging immer ein paar Minuten vor. Sie wollte bei DeMille auf der Hut sein. Wenn es ihm tatsächlich gelingen sollte, sie zu ruinieren, so wollte sie wenigstens sagen können, dass sie sich nichts hatte zu Schulden kommen lassen. Keine Minute zu spät, kein Gramm zu viel auf den Rippen, keine unreine Haut und keine Augenringe.

»Ich bin spät dran«, begrüßte sie Douglas und nickte hinüber zur Uhr.

»Zwei Minuten? Für mich? Für einen Kuss«, fragte er und zog bereits eine der vielen Gardinen zu.

»Douglas! Wir drehen heute ab, ich muss wirklich los.« Sie küsste ihn auf die Wange. Er musste sich damit zufriedengeben.

»Es heißt also bye bye, Kriegsheldin Angela, die du uns alle vor den feindlichen Soldaten beschützt!«

»Ja, so in etwa.« Sie zuckte mit den Schultern, die gleich in ein Soldatenjäckchen eingeschnürt werden würden. »Ich kann mir gar nicht vorstellen, den fertigen Film abzuspielen. Stell dir vor, ich habe noch keine einzige Sequenz gesehen.«

»Wie antiquiert von DeMille, die Tagesaufnahmen zum Schneiden nach New York zu schicken«, stöhnte Douglas. »Ich bin gerade dabei, meine Leute vom Gegenteil zu überzeugen. Viel sinnvoller, es hier zu machen.«

»Bald bin ich keine Geisel mehr, Douglas. Dann kann auch ich die Cutter hier engagieren«, sie hob rebellisch die Faust.

»Keine Geisel, was?« Douglas packte sie grinsend an beiden Schultern und küsste sie lang und innig. Sie kannte diese Art zu küssen und was er dabei im Sinn hatte. Es war nicht das erste Mal, dass er versuchte, sie am Set zu verführen. Bislang aber hatte Mary ihr Liebesspiel auf das Cottage im Laurel Canyon beschränkt. Nur neulich, bei ihrer abendlichen Tour durch die Hills, hätte sie sich fast getraut, das Muster zu durchbrechen, wäre bereit gewesen, sich ihm auf einer staubigen Decke hinzugeben, aber dann hatte es zu tröpfeln begonnen.

Sex mit Douglas war so anders als mit Owen. Überraschend, spontan, frech geradezu. Mit Owen hatte sie stets das Gefühl gehabt, eine Pflicht zu erfüllen. Die ersten Male hatte sie sich danach zusammengerollt und geweint, zu jung und überfordert von der Fülle neuer Emotionen, während Owen schnarchend neben ihr gelegen hatte. Und es war nicht besser geworden. Statt Lust hatte sie Schmerzen verspürt und sich danach gesehnt, dass er endlich über ihr zusammensackte. Sie hatten nie darüber gesprochen. Mary hatte es schlichtweg über sich ergehen lassen, wenn Owen sich unter der Decke die Pyjamahose auszog und ihr Nachthemd hochschob. Wenn er nicht zu viel getrunken hatte, küsste er sie. Es war selten vorgekommen.

Sie fragte sich, was passieren würde, wenn sie sich heute einfach zum Dreh verspätete, so wie ihr Kollege Jack Holt es geradezu täglich tat. Was würde geschehen, wenn sie in falsch zugeknöpfter Kleidung und mit verstrubeltem Haar zur Ankleide ging? Sie war gewillt, es herauszufinden. Mary löste sich für einen Moment aus Douglas' Armen und schloss die Tür ihrer Garderobe von innen zu. Er hob sie auf den massiven Schreibtisch und küsste ihren Nacken. Sie roch sein Haar, das nach Öl und Zitrus duftete, und ließ ihre Hände seinen Rücken hinuntergleiten.

Gerade überlegte sie, ob sie die restlichen Gardinen auch zuziehen sollte, als eine Tweedkappe am unteren Fensterrahmen direkt neben der Tür erschien. Kurz darauf kam ein Augenpaar zum Vorschein, dann das ganze Gesicht eines Mannes mittleren Alters. Es war nicht Jimmy, der Regieassistent, der gekommen war, um sie zu mahnen. Und wenn dieser Kerl einer der Extras vom Set war, so war er ihr noch nicht vorgestellt worden.

»Ein Journalist!«, rief Mary und stieß Douglas so heftig von sich, dass er über den Teppich stolperte. Sie wollte schon zum Fenster eilen, als sie bemerkte, dass die Knopfleiste ihrer Bluse offen war. Hastig raffte sie den Ausschnitt zusammen, während Douglas das Fenster öffnete.

»Miss Pickford«, sagte der Mann. Durch die Scheibe konnte sie erkennen, dass er Hosenträger und aufgekrempelte Ärmel trug. Er kam ihr irgendwie bekannt vor. Er zückte kein Notizbuch, hatte keine Kamera. Kein Journalist, zum Glück, dachte Mary. Doch einen Augenblick lang befürchtete sie, er könnte vielleicht Anwalt sein, jemand, der wegen Douglas hier war, um ihn wegen Vertragsbruchs mit Triangle, seinem früheren Auftraggeber, vor Gericht zu bringen.

»Ich komme im Namen von Mrs. Pickford«, rief der Mann durch das Fenster und wedelte mit einem Zettelchen.

»Es ist mir egal, wer Sie schickt«, rief Douglas zurück. »Sie verschwinden jetzt mal ganz schnell und vereinbaren bei Miss Pickfords Assistenten einen Termin.« Er stellte sich schützend zwischen Mary und das Fenster.

»Aber Mrs. Charlotte Pickford hat...«

Mary schob Douglas zur Seite und bedeutete ihm, dass sie das Gespräch übernehmen wollte. »In welchem Anliegen hat meine Mutter Sie gesandt, Herr...?«

»Hemmer, mein Name. Freut mich, Miss Pickford.« Er überreichte ihr den kleinen Zettel. Es war eine Visitenkarte. *Privatdetektei, Brooklyn* las Mary.

Plötzlich wusste sie wieder, woher sie den Mann kannte. Vor Monaten hatte er ihr in ihrem Wohnhaus in New York die Fahrstuhltüre aufgehalten. Er musste damals bei ihrer Mutter zu Gast gewesen sein – vermutlich, um seinen Auftrag zu besprechen.

»Ihre Mutter hat mich geschickt, um diese... um Ihre romantische Liaison zu unterbinden. Zumindest an jenen Orten, an denen man davon erfahren könnte.«

»Das heißt, Sie beobachten uns?« Marys Stimme wurde schrill. »Wie lange schon?«

Sie zog ihre Bluse nun bis zum Kragen zu und fühlte sich dennoch nackt. Fragend blickte sie zu Douglas. Was wusste dieser Mann? Wobei hatte er sie beobachtet? Gegen wie viele Fensterscheiben hatte er seine Nase schon gepresst?

Mary sah, dass Douglas' linkes Augenlid unkontrolliert zuckte. Er wirkte, als überlegte er, ob er den schmierigen Kerl lieber gegen die Vitrine oder den Schminktisch stoßen sollte. Jetzt stützte er sich am Türrahmen ab, vermutlich um sich gerade davon abzuhalten.

»Und dabei haben Sie wohl auch noch Spaß, was, Freundchen?« Douglas reckte zornig das Kinn vor.

»Meine Profession verlangt es, dass ich Verdachtsobjekte in den unterschiedlichsten Lebenslagen beobachte«, erklärte Hemmer nüchtern.

»Pfff«, Douglas presste Luft zwischen den Zähnen hervor. »Gib doch zu, dass es dir Spaß macht, andere zu beobachten, du Lustmolch.«

»Ich verbitte mir diesen...«

Mary zog an Douglas' Hand. »Lass' gut sein, Douglas. Es ist sein Job.«

»Ja, aber er ist trotzdem ein charakterloses Schwein, wenn er Leuten in intimen Situationen nachspioniert!« Douglas schlug wütend gegen den Fensterrahmen. Mr. Hemmer räusperte sich, und Mary sah, wie er sich an den Gürtel griff. Ihr Blick fiel auf eine Handpistole. Er war bewaffnet!

Sie strich Douglas unauffällig über den Rücken. »Ich regle das, Douglas. Schließlich ist es eine Sache zwischen meiner Mutter und mir.«

Douglas trat schnaubend zurück.

»Mr. Hemmer«, wandte Mary sich nun wieder an den Detektiv. »Da Sie ein Mann Ihres Fachs sind und meinen Kalender sicherlich besser kennen als ich selbst, wissen Sie bestimmt, dass ich in wenigen Minuten eine äußerst wichtige Szene drehe. Für heute haben Sie daher wohl Ihre Pflicht erfüllt. Es sei denn, Sie wollen mir auch noch bei meinen Aufnahmen hinterherspionieren. Dann sind Sie herzlich eingeladen. Ansonsten richten Sie meiner Mutter bitte die herzlichsten Grüße aus und lassen mich von jetzt an in Ruhe.«

Sie schloss das Fenster und zog die Vorhänge zu. Kurz konnte sie noch Hemmers Umrisse erkennen, dann bewegte sich der Schatten fort.

»Ein Detektiv? Ist das zu fassen?« Douglas zog die Vorhänge wieder ein Stück weit auf und stieg auf das Fensterbrett, um sich zu vergewissern, dass Hemmer fort war. »Ich frage mich, in welchem Schnapsrausch ihr das eingefallen ist!«

»Douglas! Bestimmt meint Mama es nur gut. Du hast gehört, was Hemmer gesagt hat. Es geht ihr um die Journalisten. Um unseren Ruf in der Öffentlichkeit.« Mary versuchte überzeugend zu klingen, wenngleich sie in diesem Moment ebenfalls rasend wütend auf ihre Mutter war. Vielleicht stiegen Charlotte Langeweile und Alkohol hier in Los Angeles tatsächlich zu Kopf.

»Und bespitzeln ist da die Lösung, meinst du?«, fauchte Douglas.

»Es geht ihr doch nur um meine Karriere«, verteidigte Mary ihre Mutter, auch wenn ihr selbst klar war, dass diese sämtliche Grenzen überschritten hatte. Gleich einen Detektiv auf sie anzusetzen, anstatt das ehrliche Gespräch zu suchen, war entwürdigend. Aber Mama wollte Mary nun einmal beschützen. Und sie hatte Angst – Angst, dass sie wieder in die ärmlichen Verhältnisse zurückfallen könnten, aus denen sie gekommen waren.

»Um deine Karriere geht es ihr?«, erwiderte Douglas höhnisch. »Oder um das Geld und das bequeme Leben, das sie dadurch bekommt?«

»Seit ich auf der Welt bin, hat sie in mich investiert. Zeit, Liebe, Geld, Douglas. Du musst das verstehen«, versuchte Mary weiter, ihre Mama in Schutz zu nehmen, auch wenn sie wusste, dass dieser Vertrauensbruch ihre Beziehung für immer verändern würde. Hätte sie ihnen selbst hinterherspioniert – es wäre noch erträglich gewesen. Aber einen Fremden zu bezahlen, damit er sie beobachtete?

»Sie hat dich von einem Casting zum nächsten geschleppt«, gab Douglas zurück, »damit du ihre Familie durchfüttern konntest. Und dabei hat sie immer schön darauf geachtet, dass noch genug Kleingeld für eine Flasche Gin übrig blieb.«

Mary hasste es, wenn Douglas auf Charlottes Alkoholkonsum anspielte. Nicht jeder konnte so stark sein wie er und sich mit heißem Kakao trösten.

»Vielleicht hat sie auch etwas Wärme gebraucht.« Sie verkniff sich gerade noch die Bemerkung, dass ihre Mutter nun mal nicht so hübsch war wie seine Tutu, die sich von einem Mann nach dem anderen hatte aushalten lassen.

Dass Douglas' Herz nicht für ihre Mutter schlug, war Mary nicht neu. Schon bei seiner allerersten Begegnung mit Charlotte, damals in Ella Fairbanks' Suite im

Netherland, hatte er eine herablassende Bemerkung über ihre Manieren gemacht. Und es war Mary nicht entgangen, dass er in letzter Zeit zunehmend gereizt reagierte, wenn auch nur ihr Name fiel.

Mamas Haltung Douglas gegenüber war hingegen meist wohlwollend gewesen. Sie hatte ihn sofort ins Herz geschlossen – als platonischen Freund ihrer Tochter. »So ein charmanter Gentleman«, hatte sie immer wieder geschwärmt und Mary stets das Gefühl vermittelt, den falschen Schwiegersohn angeschleppt zu haben. Erst in den vergangenen Monaten hatte sich ihre Stimmung Douglas gegenüber geändert. Immer wieder hatte sie sich abfällig über ihn geäußert und auf seinen Sohn und seine Frau angespielt.

Und nun hatte Charlotte ganz klar Stellung bezogen: Mr. Hemmer – dieses listige, bewaffnete Wiesel – war geradezu eine Kriegserklärung an Douglas. Und an Mary selbst.

Nein, das konnte sie Mama nicht verzeihen.

Mary warf wutentbrannt die Haustür hinter sich ins Schloss. Für gewöhnlich wartete sie in der Garderobe ab, bis Margaret herbeikam, um ihr den dünnen Mantel und die Seidenhandschuhe abzunehmen. Dabei ging es ihr gar nicht darum, dass ihr jemand mit dem Ablegen half, vielmehr war es immer wieder schön, einer vertrauten Person von ihrem Tag zu erzählen.

Heute jedoch ging sie schnurstracks ins Haus.

»Guten Abend, Miss Pickford, darf ich Ihren Mantel…« Margaret lächelte sie an, die noch nassen Hände an ihrer Schürze abwischend.

»Hallo Margaret.« Mary bemühte sich um ein kurzes Lächeln. Das Mädchen hatte es nicht verdient, etwas von ihrer Wut abzubekommen. Schließlich war nicht sie es, die hinterlistig und falsch gewesen war; nicht sie, die hier ein intrigantes Spiel spielte. Bei dem Gedanken an ihre Mutter ballte Mary ihre Hände zu Fäusten, um nicht vor Wut zu schreien.

»Nein danke, Margaret. Ich… ich lege später ab. Können Sie mir sagen, wo meine Mutter ist?«

»Im Salon, Miss Pickford. Geht es Ihnen nicht gut? Kann ich Ihnen einen Tee bereiten?«

»Tee, ja gerne, Margaret, das ist sehr aufmerksam. Ich komme dann ins Esszimmer, sobald ich so weit bin.«

So würde das Mädchen wenigstens in der Küche beschäftigt sein, dachte Mary.

Mama saß am Schreibtisch, der auf den Garten hinausblickte, mit dem Rücken zur Tür. Im Hintergrund spielte Musik. Sie schien nicht gehört zu haben, dass sich die Tür geöffnet hatte. Mary stand eine Weile da und beobachtete den breiten, leicht gekrümmten Rücken ihrer Mutter, und das hochgesteckte Haar, dass mittlerweile ein wenig grau geworden war. Am liebsten hätte sie Charlotte quer durch den Raum hinweg angebrüllt. Kurz kam ihr sogar in den Sinn, sie unangekündigt an den Schultern zu packen und eine Erklärung aus ihr herauszuschütteln.

»Mama, ein Wort«, sagte sie stattdessen, so ruhig sie konnte.

»Mary, du bist bereits zu Hause! Was für eine Überraschung, wo du doch dieser Tage immer sehr lange unterwegs bist.« Charlotte erhob sich von ihrem Stuhl.

»Ich habe meine Verabredung mit Douglas Fairbanks abgebrochen.« Warum sollte sie ihre Mutter anlügen? Wenn sie ihr jetzt erzählte, dass sie an den vergangenen Abenden lange gearbeitet hätte, würde sie doch bloß diese Farce weiter fortsetzen, bei der sie so taten, als wüsste Mama nichts von ihrer Liaison mit Douglas.

Mama wusste alles. ALLES. Wieder lief ein Schauer über Marys Körper. Was hatte Mr. Hemmer beobachtet? Und was hatte er ihrer Mutter anschließend berichtet? Auch die kleinsten Details ihrer Zusammenkünfte? Sie zog den Mantel enger um ihre Schultern.

Ein paar Sekunden lang standen sie einander wortlos gegenüber. Mama nickte bloß und musterte ihre Tochter von Kopf bis Fuß. Vermutlich hatte sie bereits mit Hemmer telefoniert. Schließlich waren diese Detektive ihren Mandanten gegenüber verpflichtet, jede Weiterentwicklung – jede Komplikation – zu melden. Und es sollte im Normalfall wirklich nicht passieren, dass Detektiv und Beobachtungsobjekt einander begegneten.

Wahrscheinlich wartete Mama nun darauf, dass Mary ausrastete. Sie hatte immer schon die Angewohnheit gehabt, die Handlung ihres Gegners erst abzuwarten, um dann taktisch zu reagieren. Nein, dachte Mary, sie würde ihrer Mutter jetzt nicht den Gefallen tun, sie anzuschreien, bloß um dann ihre vorgefertigten Entschuldigungen anzunehmen.

Mama hatte ihr Vertrauen missbraucht, und das fühlte sich an wie ein Dolchstoß in den Rücken. Für so etwas gab es keine Entschuldigung, zumindest keine, die sie in diesem Moment annehmen konnte. Sie brauchte Abstand.

»Mutter, ich ziehe vorübergehend ins Hotel«, sagte sie, ohne weitere Erklärung.

»Du bist heute Mr. Hemmer begegnet. Sollen wir darüber sprechen, Mary?«, erwiderte ihre Mutter sachlich.

»Begegnet würde ich nicht gerade sagen, Mama. Er hat mir aufgelauert. Aber das weißt du ja ohnehin, schließlich bist du diejenige, die ihn engagiert hat.«

»Mary, ich bin nicht schwer von Verstand. Ich weiß längst, dass Douglas und du eine Affäre habt. Und auch, dass es über einen heimlichen Kuss hier und da hinausgeht. Aber ich werde nicht tatenlos zusehen, wie du dein Leben und deine Karriere aufs Spiel setzt.«

»Und was willst du bitteschön damit bezwecken, dass du einen fremden Mann durch mein Fenster spähen lässt?«

»In erster Linie, Kind, sollte Mr. Hemmer dafür sorgen, dass ihr nicht fahrlässig seid.« Charlotte hielt kurz inne. Dann sagte sie: »Die Liaison an sich ist leichtsinnig genug. Aber Mr. Hemmer sollte sicherstellen, dass ihr wenigstens so diskret seid, keine Journalisten auf euch aufmerksam zu machen.«

»Mama, ich bin alt genug, um auf mich selbst aufzupassen.«

»Manchmal bin ich mir da nicht so sicher, Liebes. Wenn du vernünftig wärst, würdest du dich auf deine Karriere konzentrieren, anstatt dich in den Hollywood Hills auf Picknickdecken zu räkeln.«

Auch bei diesen Ausflügen war Hemmer ihnen also hinterhergefahren. Mary wurde übel.

»Mutter, du warst meine Vertraute. Eine Person, deren Meinung ich immer geschätzt habe«, erklärte sie möglichst ruhig. Sie wusste, dass man die eigenen Eltern niemals beleidigen und stets respektieren musste. Tatsächlich hatte sie sich immer geschämt, wenn ihre Schwester Lottie Mama nach einer ihrer betrunkenen Nächte wüst beschimpft hatte. Doch diesmal konnte auch sie sich nicht länger zurückhalten. Ihre Mutter war eindeutig zu weit gegangen. »Aber im Moment, Mama, im Moment bist du einfach nur widerlich.« Es kostete sie alle Kraft, ihre Mutter nicht anzuschreien.

»Mary, ich verbitte mir diesen Ton!«

»Nun«, erklärte Mary bestimmt, »du wirst dich nicht mehr mit mir und meinem *Ton* herumschlagen müssen. Ich ziehe ins Hotel. Noch heute Nacht.«

## 12
## DOUGLAS

Die Affäre mit Mary, die Situation mit Beth, die finalen Einrichtungsarbeiten im Haus seines Bruders in Laurel Canyon und die Herausforderungen der Selbstständigkeit mit der Douglas Fairbanks Film Corporation – manchmal hatte Douglas Sorge, die Dinge könnten ihm über den Kopf wachsen.

Den Großteil seiner wachen Zeit über kreisten seine Gedanken jedoch ausschließlich um Mary. Wann würde er sie wieder in die Arme nehmen können, wann sein Gesicht in ihrem weichen Haar vergraben? Und wie konnte er sie für sich haben? Wie konnte er verhindern, dass Charlotte sie von ihm stahl mit ihren wiederkehrenden Belehrungen? Und wie konnte er Mary dazu bringen, das Kapitel Owen hinter sich zu lassen?

Vieles kam dieser Tage zu kurz: Rechnungen stapelten sich in seinem Postfach, da Beth sich seit ihrer Ankunft vorrangig um das Haus kümmerte und nicht wie gewohnt die administrativen Dinge übernahm, Drehbücher lagen unangetastet auf dem Schreibtisch. Seine Autogrammkarten ließ Douglas mittlerweile von Bennie unterschreiben, um sich einer Last zu entledigen, und er überzeugte seinen Kameramann, zuerst jene Filmsequenzen zu drehen, in denen er selbst nicht mitspielte – alles nur, um mehr Zeit für Mary zu haben.

Auch seinen Freund Charlie hatte Douglas seit seiner Ankunft an der Westküste nur ein einziges Mal im Vorbeifahren gesehen. Er hatte ihm zugewunken wie einem entfernten Bekannten, dabei vermisste er seinen Freund.

Bislang hatte Douglas die Sache mit Mary für sich behalten und niemandem davon erzählt. Aber die neuen Komplikationen – Mrs. Pickford und dieser hinterlistige Mr. Hemmer – ließen ihn unsicher werden. Vielleicht war die Liaison mit einer Frau, die von ihrer Mutter wie eine Kriegsgefangene bewacht und von den Journalisten auf Schritt und Tritt verfolgt wurde, doch eine Nummer zu groß. Zu kompliziert. Zu aussichtslos.

Er brauchte Rat.

Douglas verabredete sich mit Charlie in einem unauffälligen Diner am Wiltshire Boulevard. Er wählte einen Tisch ganz hinten im Lokal, so wie es seinem Freund gefiel. Kaum hatte er Platz genommen, eine Cola bestellt und für die Kellnerin eine aktuelle Ausgabe der *Photoplay* signiert, erschien Charlie in der Tür. Er trug einen Wollmantel, der eindeutig zu dick für diese Frühsommertage war, und lief mit schleichenden, schüchternen Bewegungen, um keine Aufmerksamkeit zu erregen. Es faszinierte Douglas immer wieder, dass Charlie als einer der berühmtesten Männer des Landes in der Lage war, in ein Restaurant zu gehen, ohne dass auch nur ein Gast sich nach ihm umdrehte. Er bewunderte und beneidete seinen Freund um diese Fähigkeit. Welch ein Geniestreich von ihm, mit Schnurrbart und Schlabberhose berühmt zu werden! So konnte er in seiner Freizeit ein freier Mann sein. Bis vor Kurzem hatte Douglas nicht verstanden, wie man sich nach Anonymität sehnen konnte – die letzten Wochen aber hatten ihn eines Besseren belehrt.

Charlie bestellte ein warmes Hühnersandwich mit einer extra Portion Bratensoße. Der Engländer in ihm war nicht zu verleugnen, dachte Douglas bei sich. Sie sprachen über das Wetter, die Arbeit, ihre Brüder.

»Eine wirklich kluge Entscheidung, John für dich zu gewinnen, Doug.«

»Ein Manager aus den eigenen Reihen ist wohl immer das Beste«, sagte Douglas.

Charlie nickte. »Du hast recht. Nur bei der Familie kann man sich sicher sein, dass sie einem kein Bein stellt. Wenn ich daran denke, wie sich Sydney für mich einsetzt...«

Douglas zögerte einen Augenblick. Sydney Chaplin, Charlies Bruder, war ganz sicher ein großartiger Manager, mindestens genauso gut wie sein eigener Bruder John. Aber es gab auch Familienmitglieder, die der Karriere mehr Schaden als Gutes brachten.

»Macht Sully dir wieder Probleme?«, fragte Charlie, der Douglas' Zögern bemerkt haben musste.

»Ach, mein Schwiegervater will immer Geld und versucht ständig, noch irgendwo mitzuschneiden. Aber der ist im Moment mein geringstes Problem«, antwortete Douglas.

»Spuck's aus.« Charlie klopfte sein Sandwich ab, als hätte er Angst, Sägespäne darin zu finden.

»Ist es die Schwiegermutter? Will sie, dass du dich um

die transkontinentale Spedition einer Wohnzimmergarnitur kümmerst? Oder nein, lass mich raten: Sie will ein zweites Enkelkind.« Charlie grinste.

»Ich spreche nicht von den Sullys, Chuck. Im Moment kann ich mir ehrlich gesagt nichts Nebensächlicheres vorstellen.«

»Sag bloß, du hast aufgehört, deine Schwiegereltern beeindrucken zu wollen?«, staunte sein Freund.

Douglas seufzte und berichtete ihm von den Entwicklungen der vergangenen Monate.

Charlie staunte. »Pickford! Mary Goldlöckchen Pickford?«, rief er dann, so laut, dass ein paar Gäste erwartungsvoll zur Tür blickten.

»Ich weiß, du bist nicht gerade ihr größter Fan, Chuck.«

»Zu viel Rotbäckchen und zu wenig Humor, wenn du mich fragst.«

»Täusch dich nicht, Sportsfreund.« Zu gerne würde er seinem Freund erzählen, wie sie vor ein paar Tagen gemeinsam in Laurel Canyon Lamm gekocht hatten und Mary vor Lachen beinahe den Bräter hatte fallen lassen. Und davon, wie gut sie DeMille nachmachen konnte, sodass er vor Lachen Muskelkater im Bauch bekommen hatte. Aber in der Nacherzählung würden diese Momente nur trocken klingen.

»Ihre Mutter und sie gehen über Leichen, wenn es um Geld geht«, sagte Charlie. »Hast du von den Verhandlungen letztes Jahr mit Zukor gehört?«

»Fragt der Mann mit dem Ein-Millionen-Dollar-Vertrag«, lachte Douglas. »Charlie, du musst sie bloß besser kennenlernen.«

»Ruhig Blut, mein Lieber, ruhig Blut. Ist ja dein Mädchen, nicht meins.«

»Lass uns alle zusammen essen gehen! Eine Spazierfahrt nach Santa Monica zu Tate's Café?«

Charlie winkte ab. »Ich werde sie doch wohl ohnehin am Donnerstag sehen, oder?«

»Am Donnerstag? Was ist am Donnerstag?«

»Die Party.«

»Welche Party?«

Charlie biss sich erschrocken auf die Lippen und lächelte ihn entschuldigend an. »Ups.«

Beth hatte also eine Überraschungsparty zu Douglas' vierunddreißigstem Geburtstag organisiert. Dabei wusste sie ganz genau, wie sehr er solche Einfälle hasste. Wenn eine Party in seinem Namen gefeiert werden sollte, dann wollte er wenigstens Gastgeber und Herr der Dinge sein. Seine Musikband und seine Ehrengäste, nicht irgendeine Abhandlung von steifen Programmpunkten, die Beth inszeniert hatte, nur um Los Angeles' gehobener Gesellschaft mitzuteilen, dass Mrs. Sully Fairbanks wieder in der Stadt war.

Aber er würde mitspielen – wie immer. Schließlich musste er dafür Sorge tragen, dass Beth zufrieden und beschäftigt war. Je mehr Freundinnen sie hier in Hollywood hatte, mit denen sie Champagner trinken und sich bei Bullock's zum Einkaufsbummel verabreden konnte, desto weniger würde sie sich mit ihm auseinandersetzen. Bis jetzt hatte sie noch nicht beanstandet, dass er morgens noch vor dem Frühstück das Haus verließ und abends nur nach Hause kam, um in der Dunkelheit in seinen Seidenpyjama zu schlüpfen. Seit einiger Zeit schon schob Douglas Rückenschmerzen vor und schlief in einem der Gästezimmer. Er hatte kein Bedürfnis, in der Nähe seiner Frau zu schlafen. Es wäre auch ihr gegenüber nicht fair gewesen, sich ihr körperlich zu nähern, fand Douglas.

Ebenso gering war allerdings auch sein Bedürfnis, seinen Geburtstag mit Beth zu feiern. Er wollte ihr nicht die heile Welt vorspielen. Und schon gar nicht wollte er an ihrem Arm durch einen Raum voller Selbstdarsteller schreiten.

Bei ihrem nächsten Treffen, einem Spaziergang am Strand, fragte Douglas Mary, ob sie ihn zu einer Party begleiten wollte. Sie gingen nah am Wasser, er zeitweilig sogar im Wasser, das sich in einem satten Türkisblau vor ihnen ausbreitete, weil sie beide der Meinung waren, dass Mr. Hemmer sicher nur ungern Sand zwischen den Zehen hatte und sie hier hoffentlich ihre Ruhe haben würden. Zwar hatte Mrs. Pickford ihrer Tochter versprochen, den Detektiv zu entlassen, doch man konnte ihr längst nicht mehr trauen.

Mary schien einen Augenblick zu überlegen, bevor sie zusagte, als versuchte sie, im Kopf ihre Kalendereinträge zu visualisieren.

»Nächsten Donnerstag, ja, das klappt.« Dann strahlte sie ihn an. »Ich bin ja nun ein freier Mensch. Mama kann mir nichts, absolut gar nichts mehr verbieten. Was ist denn der Anlass für diese Party?«

»Ich bin der Anlass.«

Douglas beobachtete, wie sich die senkrechte Grübelfalte zwischen ihren Augenbrauen bildete, die er so liebte. Er hatte seinen Geburtstag in den vergangenen

Tagen absichtlich nicht erwähnt, aus Sorge, Mary würde ihn dazu drängen, ihn im Kreise seiner Familie zu verbringen.

»Ist es eine Premierenfeier? Aber du hast doch gerade erst mit den Dreharbeiten begonnen. Und dein aktueller Film *In Again, Out Again* läuft jetzt auch schon eine Weile. Erfolgreich, wie ich höre… Ist das etwa der Grund für die Feier?«, fragte sie.

»Ich wünschte, dem wäre so.« Er schüttelte den Kopf. »Es ist mein Geburtstag. Beth will mich damit überraschen.«

»Deine Ehefrau schmeißt eine Geburtstagsfeier für dich, und du willst *mich* mitnehmen? Douglas, ich denke nicht, dass das eine gute Idee ist.«

»Und ob es das ist. Mary Pickford auf ihrer Party. Neben Charlie Chaplin, Fatty Arbuckle und William Hart. Was glaubst du denn, wie das Beths gesellschaftlichen Marktwert steigert? Sie wird so damit beschäftigt sein, den Journalisten ihr Fest als Soiree der Saison zu präsentieren, dass ihr gar nicht auffallen wird, dass du mit mir gekommen bist.«

»Douglas, du weißt, wir müssen aufpassen!«

»Aufpassen, aufpassen, Darling. Wir müssen leben, Hipper!« Er kniff sie in die Wange. Sie grinste, wie immer, wenn er sie mit seinem selbsterfundenen Kosenamen ansprach. »Ich habe die Nase voll von dieser Heimlichtuerei. Ich will mit dir das Tanzbein schwingen, bis unsere Glieder schmerzen, will dabei zusehen, wie der Barmann in den frühen Morgenstunden die letzten Gläser spült, will dir im Restaurant die Tür aufhalten und für dich den Mantel an der Garderobe holen. Ich will dir Schmuck schenken und dabei sein, wenn du ihn ausführst.« Er hob eine blassorangefarbene Muschel auf, die er mit dem Daumen glattpolierte, und hielt sie ihr wie ein Amulett an den Hals.

»Douglas, das möchte ich doch auch. Aber kannst du dich nicht noch eine Weile damit zufriedengeben, dass du mich in Johns Haus im Canyon für dich hast?«

Er streckte die Hand nach ihr aus, um ihr über ein Stück Treibholz zu helfen, und fragte sich, wie sie in diesen Pumps über den Strand laufen konnte, statt die Gelegenheit zu nutzen, barfuß zu gehen. Es gab so vieles, das er ihr noch zeigen, noch beibringen wollte. »Komm schon«, sagte er. »Sei kein Spielverderber, Mary, Liebes. Komm mit zur Party. Schließlich ist es mein Geburtstag.« Er zwinkerte. Sie wussten beide, dass sie jetzt nicht mehr ablehnen konnte.

»Einverstanden. Aber wir werden sagen, du hättest mich nur deiner Frau zuliebe mitgenommen.«

»Niemand wird eine Verbindung zwischen uns beiden vermuten. Ich habe das perfekte Alibi für uns.«

Am Donnerstagabend holte Douglas Mary pünktlich in seinem Dodge Tourer ab. Der Dodge diente ihnen eigentlich als Familienautomobil, aber sein gelber Mercer war für diesen Anlass unbrauchbar. Mary sah atemberaubend aus in ihrem dunkelroten Abendkleid mit einer Schleife, die ihre Taille betonte. Der Maiabend war lau, und so hatte sie nur eine Stola umgelegt, die zu ihrer Lippenfarbe passte. Zu gerne wollte er sie küssen, aber er wollte Charlie nicht provozieren. Sein Freund saß auf der Rückbank, nach wie vor schmollend, weil Douglas ihn dazu verdonnert hatte, gemeinsam mit Mary Pickford auf seiner Party zu erscheinen.

Aber heute Abend brauchte Douglas sie beide an seiner Seite. Wenn sie in getrennten Limousinen vorfuhren, würde es nur halb so viel Aufmerksamkeit erzeugen. Das Trio infernale musste komplett sein.

Mary hauchte ihm zur Begrüßung einen Kuss auf die Wange.

»Alles Gute, mein Lieber«, flüsterte sie.

Es war ihre zweite Gratulation an diesem Tag. In seiner Garderobe hatte er bereits ein Briefchen von ihr gefunden. »Kein Geschenk der Welt ist so groß wie die Gefühle, die ich für dich empfinde. In Liebe, Mary.«

In den vergangenen Jahren – seit seinem Durchbruch am Broadway – hatte Douglas sich zum Geburtstag immer auch selbst beschenkt. Mal ein Auto, mal eine Uhr oder einen maßgeschneiderten Smoking. In diesem Jahr brauchte er keine Geschenke. Die Tatsache, dass Mary ebenso empfand wie er, war genug, um den Tag seiner Geburt zu ehren.

Er half ihr über das Trittbrett ins Auto. Sie stockte kurz, als sie Charlie sah.

»Mr. Chaplin«, begrüßte sie ihn kühl.

»Miss Pickford.«

Douglas' Freunde nickten einander knapp zu.

»Ach, Kinder!«, rief er. »Strengt euch an. Mir zuliebe! Gebt einander die Hand, sagt Guten Abend – und, bitte, hört endlich auf, euch zu siezen.«

Wieder hinter dem Lenkrad, hörte er, wie Mary sich bemühte, ein Gespräch zu beginnen. Er musste sich nicht umdrehen, um zu sehen, dass Charlie genervt war. Für ihn war jegliche Form des oberflächlichen, höflichen Geplänkels Störung seiner Gedanken.

Douglas wünschte sich, seine Freunde könnten endlich ihre Vorurteile ablegen. Es würde so vieles vereinfachen – und könnte ihnen allen dreien so viel bringen. Doch er kannte Mary und Charlie. Beide besaßen eine ungeheure Sturheit, die sie wohl auch so schnell nicht loswerden würden.

Hinter dem Alexandria Hotel stellte er den Wagen ab. Wie vereinbart wartete Bennie an der Ecke. Douglas hatte seinen PR-Mann dort hinbestellt, um ihn und seine Freunde die letzten Meter vor das Hotel zu fahren. Er ging davon aus, dass Beth die Presse eingeladen hatte. Sollte seine Frau also ihre Lorbeeren ernten. Die Journalisten würden sich auf das Trio stürzen: Charlie Chaplin mit Mary Pickford. Und dazu noch der aufsteigende Star Douglas Fairbanks, das Geburtstagskind. Wer würde da an eine Affäre zwischen Douglas und Mary denken?

Er hatte mit Charlie schon die entsprechenden Posen einstudiert. Beim Aussteigen würden sie Mary zwischen sich auf die Schultern nehmen und sich so als menschliche Pyramide den Weg ins Foyer bahnen. Der Millionen-Dollar-Teppich, wie der große Perser dort genannt wurde, weil hier in den vergangenen Jahren etliche erfolgreiche Deals geschlossen worden waren, würde unter ihren Füßen endlich seinem Namen gerecht werden.

Ein Blitzlichtgewitter empfing sie. Als sie Mary hochhoben, stieß sie einen hellen Schrei aus.

»Du musst nur mitmachen, Hipper. Lass dich tragen«, sagte Douglas.

Sie wackelte, dann aber spürte er, wie sie ihre Muskeln anspannte und sich ausbalancierte. Die drei drehten sich zu den Journalisten linker Hand und winkten kurz, um sich dann jenen rechter Hand zuzuwenden. Hinter den Reportern drängten sich Fans, einige davon in Charlie-Chaplin-Kostümen – selten hatte Douglas so viele aufgeklebte Schnurrbärte an einem Fleck gesehen. Viele Frauen hatten ihr Haar zu Locken gedreht und mit Schleifchen geschmückt, um ehrgeizig ihrem Vorbild Mary nachzueifern. Dazwischen standen seine eigenen Fans, die lautstark seinen Namen riefen und Schilder hochhielten: »Spring noch einmal, Douglas!« und »Zeig uns, wie hoch du klettern kannst!«.

Als ihre Pyramide von allen Seiten abgelichtet worden war und Charlies Seite gefährlich zu wackeln begann, ließen sie Mary zu Boden gleiten. Bennie überreichte Douglas einen Korb voll winziger Pralinenschachteln, geziert mit je einer einzelnen Rosenknospe und einem Etikett, auf dem stand: »Danke für dein Kommen. Douglas Fairbanks.«

Einen ganzen Abend lang hatte Bennie sie vorgeschrieben – mit Feder, denn sie mussten stilvoll und handgeschrieben sein –, und Douglas hatte dann seine Unterschrift unter die gut dreihundert Kärtchen gesetzt.

An der Glastür erwartete ihn eine kopfschüttelnde Beth. Als sie ihn ins Alexandria gebeten hatte, unter dem Vorwand, bei einem Drink die Schulwahl für Junior zu besprechen, hatte sie nicht damit gerechnet, dass Douglas ihren Plan der Überraschungsfeier längst durchschaut hatte.

Er küsste sie auf die Wange. »Du weißt, ich halte nichts von solchen Überraschungen, Liebes.«

»Aber Dougie«, erwiderte sie lächelnd und tätschelte ihm die Hand, bevor sie sich bei ihm unterhakte und in die Kamera strahlte. Sein Unterarm fühlte sich an wie in einem Schraubstock.

Und dann kam das Händeschütteln. Douglas blickte in Gesichter, die er kannte, und andere, die er nicht ansatzweise zuordnen konnte. Politiker, Banker, Investoren und Großgrundbesitzer – Beth hatte sie alle eingeladen. Unter all den dreihundert Gästen fand er nur eine Handvoll seiner eigenen Freunde. Charlie, Mary, Thomas Ince, Mack Sennett, William Hart. Natürlich hatte Beth die Cowboys, mit denen Douglas hier in Kalifornien die ehrlichsten und engsten Beziehungen führte, nicht eingeladen.

Während der Bürgermeister eine Rede hielt, hatte Douglas Zeit, sich in Gedanken dem restlichen Abend, seiner persönlichen Feier zu widmen. Die Party hier war schließlich bloß der Auftakt.

Er hatte eine sehr klare Vorstellung davon, wie er seinen Geburtstag verbringen wollte, und auch schon die notwendigen Vorbereitungen getroffen. Nach einer Stunde des Händeschüttelns lockte er Charlie aus dem Saal – was keine große Herausforderung darstellte: Sein Freund stand allein ein wenig abseits der Gesellschaft und spielte mit seinen Händen. Wenn man ihn so sah, würde man niemals vermuten, dass er zu den bekanntesten Männern des Landes zählte.

»Komm mit, Kumpel, ich muss dir was zeigen.« Douglas nahm seinen Freund bei der Hand und zog ihn mit sich.

Mary war schwieriger fortzulocken. Sie war in ein Gespräch mit D. W. Griffith verwickelt. Douglas beobachtete, wie geerdet sie vor dem größten Regisseur der Gegenwart stand, und fragte sich, ob Griffith sich wohl noch an das unerfahrene Mädchen erinnerte, das sie bei ihrer ersten Begegnung gewesen war. Was würde Mary wohl heute machen, wenn ein Mann wie Griffith sie als zu klein und zu dick bezeichnete?

Als sich ein Dritter zu Mary und Griffith gesellte, pfiff Douglas ihr unauffällig zu und nickte in Richtung des Lieferanteneingangs.

Die Abenddämmerung im Frühsommer war seine liebste Zeit. Während sie durch Downtown Los Angeles fuhren, wurde die Umgebung zunächst in ein orangefarbenes, dann in ein bläulich-lilafarbenes Licht getaucht. Kurz zweifelte Douglas an seiner Entscheidung, Charlie und Mary hierherzuführen. Vielleicht war es voreilig. Er selbst war bislang nur ein einziges Mal mit dem Immobilienmakler hergekommen – und das bei Tageslicht.

Das Anwesen lag nahe dem San Ysido Canyon, in einer spärlich besiedelten Gegend, die den Namen Beverly Hills trug. Tagsüber konnte man das Haus auf dem Hügel schon von Ferne erkennen, nun aber rumpelten sie in der Dunkelheit durch eine verlassen wirkende Gegend, die auf ihre neue Bestimmung zu warten schien. Ölkonzerne hatten bis vor Kurzem hier Reichtum vermutet, waren dann aber abgezogen.

Douglas hatte sich sofort in das Jagdhaus verliebt, wenngleich er ahnte, dass man noch viel Arbeit in das Anwesen stecken musste. In Gedanken malte er sich bereits einen Schwimmteich und einen Saloon aus, Nebengebäude für das Personal und Stallungen für Smiles. Für den Umbau hatte er sogar schon einen Architekten im Hinterkopf. Heute Abend aber wollte er sich nicht dem Umbau widmen, sondern mit seinen Freunden – seinen wirklichen Freunden – eine Party feiern. Bronco Billy – so nannte sich sein Cowboy-Kumpel Maxwell Aronson – hatte bereits den Feuerkessel zum Lodern gebracht. Charlie Mack schnitzte Grillspieße. Auch Bennie war schon vorgefahren und hatte genug Fleisch besorgt, um eine ganzes Löwenrudel zu versorgen. Es gab Wein und Bier für die Gäste, Douglas selbst gönnte sich einen im Kessel gerührten Kakao mit Chilipulver.

Während das Fleisch briet, vertrieben sie sich die Zeit mit Weitspringen, Dreibeinlaufen und Sackhüpfen. Mary band sich das Abendkleid um die Knöchel, um besser springen zu können. Douglas verfolgte jede ihrer Bewegungen und konnte einfach nicht glauben, dass er Mary, diese Frau, die ihm so vertraut war, noch keine zwei Jahre kannte. Er zwinkerte ihr zu, und sie stolperte beinah über ihren Jutesack.

Später gab es Fleisch, Ofenkartoffeln und Maisgrütze. Die Cowboys aßen mit ihren Händen und mit dem Brot, das zu Löffeln geformt wurde. Douglas freute sich, dass Mary, Charlie und Bennie es ihnen nachmachten. Müde vom Essen, legten sie sich anschließend ins struppige Gras. Bronco Billy stimmte ein Lied an. Douglas bemerkte, dass Mary eine Gänsehaut hatte, und legte ihr sein inzwischen schmutzig gewordenes Dinnerjacket um die Schultern.

Wie aus dem Nichts zauberte Bennie irgendwann auch noch Smiles hervor. Er hatte das Pferd für diesen Abend vom Set entführt, indem er den Stalljungen mit Premierenkarten für Douglas' nächsten Film überzeugt hatte. Unter dem Beifall seiner Freunde schwang Douglas sich auf den sattellosen Gaul und zog dann Charlie, der sich mit Händen und Füßen wehrte, mit hinauf. Sie kreisten eine Runde um das Feuer, bevor Douglas Charlie aus seiner Pflicht entließ, um sich dann mühelos in einen Handstand auf Smiles Rücken zu heben. Dabei hob er eine Hand, um seinen Gästen zu winken. Smiles, der gute Junge, schnaubte nicht einmal. Douglas hielt sich ein paar Sekunden kopfüber und genoss den Moment im Kreis seiner besten Freunde sowie die Wärme des Feuers und die Vertrautheit dieses Anwesens, das bisher noch nicht einmal ihm gehörte. Er schmunzelte, als er an die Journalisten dachte, die im Alexandria vermutlich die Zimmer nach ihm absuchten, und sah Beth schon vor sich, die Hände in die Hüften gestemmt. Sie würde ihm wieder eine ihrer Szenen machen, die sich in letzter Zeit zunehmend häuften, doch mittlerweile hatte er gelernt, damit umzugehen. Dafür stellte er sich seine Frau einfach in einem Stummfilm vor. Ohne Ton hatten ihre Auftritte beinahe etwas Erheiterndes.

Als das Feuer sich in einen einzigen großen Glutballen verwandelt hatte, brachen Bronco Billy und seine Freunde auf, um ihrem frühen Tagwerk gewachsen zu sein. Douglas hatte zwar noch keine Schlüssel für das Jagdhaus, doch es war ihm gelungen den Makler mit ein paar Autogrammkarten davon zu überzeugen, ein Erdgeschoss-Fenster geöffnet zu lassen.

Während Mary die renovierungsbedürftigen, aber dennoch beeindruckenden Stuckarbeiten im Haus bestaunte, zog Douglas seinen Freund zur Seite.

»Eines Tages werde ich mit ihr hier wohnen.«

Charlie tätschelte ihm die Schulter. »Du hast immer schon an Märchen geglaubt, mein Lieber. Zwei Alphatiere wie ihr, das würde niemals funktionieren.«

»Ich vergöttere sie, Charlie.«

»Möchtest du meinen Rat hören?«

»Immer.« Er meinte es ernst. Er schätzte seinen Freund und Kollegen. Nicht umsonst zeigte er Charlie jeden seiner Filme vorab.

»Trefft euch, so oft ihr nur könnt. Liebt euch, so oft ihr nur könnt. Von mir aus benehmt euch wie die Kaninchen. Lasst es raus! Du wirst sehen, nach ein paar Monaten hat sich die Sache erledigt.«

»Sieh sie dir an, Charlie. Das wird sich nie erledigt haben.«

Sie beobachteten Mary, die ihre Hand am Türrahmen hinuntergleiten ließ, als sei es ihr wichtig, das geschnitzte Holz tatsächlich zu spüren. Alles an ihr zog ihn an: ihr schlanker Hals, ihre geraden Schultern, deren Knochen sich unter dem Kleid abzeichneten, ihr Füße, die denen einer Ballerina glichen. Pavlova konnte keine schöneren Füße haben, dachte Douglas.

Er zeigte ihnen die Terrasse mit Blick über das Valley, den mit Geweihen geschmückten Speisesaal, die mit Kupferpfannen behangene Küche und das marmorgetäfelte Bad, das an einigen Stellen schon abgeschlagen war. Als sie wieder am offenen Fenster standen, zog Charlie sich – wie abgemacht – zurück unter dem Vorwand, nach dem verlassenen Feuer sehen zu wollen. Bennie würde zuerst ihn und dann Smiles nach Hause bringen, so der Auftrag.

Das Haus war größtenteils unmöbliert; die aktuellen Eigentümer nutzten den Sitz längst nicht mehr. Douglas hatte sich am Nachmittag von einem Assistenten einen Schlafplatz aus Matratzen, Decken und Fellen vor der Feuerstelle einrichten lassen. Er ließ seine Hand über die Bettwäsche gleiten. Ja, diese Nacht, die erste in seinem fünfunddreißigsten Lebensjahr, sollte seine erste hier in seinem Traumhaus sein, und er konnte sich nichts sehnlicher wünschen, als sie mit Mary zu verbringen.

Ein Wunsch, der in Erfüllung ging.

# 13
# MARY

Bereits von der Straße aus konnte sie Mama in ihrem Schaukelstuhl auf der Terrasse sitzen sehen. Verdeckt von einer kleinen Gruppe Zwergpalmen beobachtete sie ihre Mutter eine Weile. Drei Wochen war sie nun nicht mehr im Bungalow gewesen. Mama hatte sich nach der Sache mit Hemmer zwar mehrfach am Telefon und in diversen Briefen entschuldigt, aber Marys Vertrauen war fort.

Sie hörte Mama husten. Ein tiefsitzender, verschleimter Husten, den sie noch aus New York mitgebracht hatte. Einen kurzen Augenblick lang tat es Mary leid, dass sie die vergangenen Tage nicht da gewesen war, um Mama einen Sud aus Thymian und Efeu zu kochen. Dann aber dachte sie wieder an Hemmer. Die Haare in ihrem Nacken stellten sich auf beim Gedanken daran, wo – und wie – er sie und Douglas beobachtet haben könnte. Sollte der Detektiv doch Mama die Kissen aufschütteln, damit sie senkrecht schlafen konnte, um die Nase freizuhalten. Sollte *er* ihr die Wickel und Tinkturen machen.

Als der Husten nachgelassen hatte, hörte Mary eine

Männerstimme auf der Terrasse. Sie sah den Hinterkopf eines Mannes – schwarzes, öliges Haar. War das etwa Hemmer? War er womöglich mehr als nur der Privatspion ihrer Mutter? Mary hatte Mama immer einen neuen Partner gewünscht, allerdings einen anständigen, liebenswürdigen, treuherzigen Mann, der sein Geld mit einer ehrlichen Tätigkeit verdiente, nicht ein linkes Wiesel, das fremden Menschen mit dem Feldstecher hinterherspionierte. Dann aber bemerkte sie den jugendlicheren Körperbau des Mannes. Er war gewiss nicht Mitte fünfzig, sondern höchstens dreißig. Vielleicht jemand von der Bank, dachte Mary. Oder ein Immobilienmakler.

Sie richtete sich ihre Bluse und zog die Rockschleife gerade, bevor sie hinter der Palme hervortrat und erhobenen Hauptes auf das Haus zuging. Bloß kein Unbehagen zeigen. Brust raus, Bauch rein. Lächeln. Das konnte sie.

»Mama, hallo! Komme ich ungelegen? Ich wusste nicht, dass du Besuch hast...« Sie stockte mitten im Satz.

Der Mann hatte sich umgedreht.

Owen grinste sie an, bevor er ungelenk aufstand und die Arme ausbreitete.

»Mary, Liebes.«

Sie wich zurück und brachte beinahe den kristallenen Limonadenkrug zu Fall.

»Lass mich erklären«, ging ihre Mutter dazwischen.

»Kein Bedarf. Lasst mich raten. Owen: Es hat dich ganz zufällig auf die andere Seite des Kontinents verschlagen, nicht wahr? Und da dachtest du, du kommst mal bei deiner Frau vorbei, deiner Frau, die du verprügelt hast. Und Mama, du hast ihn mit frischen Pfannkuchen empfangen.« Ihre Stimme war schrill.

Sie hatte Frances, die noch in New York war, gebeten, sie über Owen auf dem Laufenden zu halten. Von einem Engagement in Hollywood hatte ihre Freundin ganz bestimmt nichts geschrieben.

»Mary, Darling. Es tut mir alles entsetzlich leid. Ich hatte eine schlechte Phase. Komm zurück zu mir. Lass es uns noch einmal miteinander versuchen. Du fehlst mir!«

»Ich fehle dir? ICH FEHLE DIR? Hast du etwa niemanden mehr, an dem du betrunken deine Aggression auslassen kannst? Niemanden, den du kleinmachen und treten kannst, damit du dich selbst besser fühlst?«, rief sie. In ihrer Wut warf sie den Holzstiel aus dem Limonadenkrug über die Veranda.

»Mary«, sagte Mama streng. »Owen ist immer noch dein Ehemann. Vergreif dich also bitte nicht im Ton.«

»Mein Ehemann, Mama? Der Ehemann, den du, soweit ich mich zurückerinnern kann, stets verwunschen hast. Der Ehemann, der mich gegen eine Kommode geworfen und mir beinahe das Handgelenk gebrochen hat?«

»Er ist gekommen, um sich zu entschuldigen, Liebes.«

»Das soll er ruhig tun! Verzeihen muss ich ihm deswegen noch lange nicht.«

»Vergebung ist eine Tugend, Mary«, sagte Mama.

»Ich pfeif auf deine Tugenden, Mutter!«

In der Küche ließ Mary eiskaltes Wasser über ihre zitternden Hände laufen. Tränen liefen ihr über das Gesicht. Sie hörte Schritte hinter sich. Ihre Mutter legte eine Hand auf Marys Schulter, doch sie schüttelte sie unwirsch ab.

»Hast du ihn auf mich angesetzt, Mama? Ist das dein nächstes Spielchen, weil du mit Mr. Hemmer keinen Erfolg hattest?«

»Ich schwöre dir, Liebes, Owen ist ganz plötzlich aufgetaucht. Gestern Abend. Er hat dich gesucht, und als du nicht da warst, hat er gefragt, ob er hierbleiben kann. Er sah entsetzlich aus. Ganz offensichtlich hat er in letzter Zeit nicht sehr viel geschlafen.«

»Hast du etwa Mitleid mit ihm?«

Ihr Mutter schüttelte den Kopf. »Liebes, es sind ganz strategische Überlegungen. Du kannst nicht gebrauchen, dass die Journalisten schreiben, dein Ehemann streune heimatlos durch Hollywoods Straßen.«

»Warum hast du ihn nicht in ein Hotel geschickt?«

»Ich dachte, je näher er ist, desto besser kann ich ihn im Auge behalten.«

»Natürlich, Mama, ich vergaß. Du bist ja Mrs. Charlotte Pickford. Unser aller Aufpasserin und Gebieterin.«

»Mary! So spricht man nicht mit seiner Mutter.« Mama starrte sie an.

Mary wusste, dass es von diesem Punkt an sinnlos war weiterzustreiten. Dabei lag ihr noch so vieles auf der Zunge. Dass Mama und Owen doch unterm Strich vom gleichen Schlag waren: zwei herrische Menschen, die der Flasche zugeneigt waren. Zwei Schmarotzer, die um ihr Auskommen bangten.

Sie versuchte, sich auf ihren Atem zu konzentrieren.

»Ich habe ihm das Gästezimmer gegeben. Aber er wollte unbedingt zu dir. Ist die ganze Nacht dort auf und ab gegangen.«

»Hast du ihm gesagt, dass ich ins Hotel gezogen bin?«

»Nein, aber er war drauf und dran, die Stadt nach dir abzusuchen.«

»Also hast du ihm einfach einen Wodka nach dem anderen angeboten?«

»So übertreib doch nicht immer, Mary! Ein, zwei Klare, damit er schneller einschläft.«

Mary trocknete sich die Hände an einem sauberen Tuch ab und faltete es dann sorgfältig. Einen kurzen Augenblick lang überkam sie ein Gefühl der Dankbarkeit. Was hätte sie getan, wenn Owen mitten in der Nacht in ihrem Hotel aufgetaucht wäre? Sie nahm sich vor, künftig einen Stuhl unter die Türschnalle zu schieben.

Vorsichtig schob sie den Spitzenvorhang zur Seite und lugte nach draußen.

Owen hatte auf der Veranda zwei Stühle aneinandergerückt und die Beine hochgelegt. Sein Hut lag auf seinem Gesicht. Allein diese selbstgefällige Haltung erfüllte sie schon wieder mit einer ungeheuren Wut.

»Sieh ihn dir an, Mama. Er tut so, als sei nichts gewesen.« Sie rieb sich den Handknöchel, der an manchen Tagen noch immer schmerzte.

»Ich weiß, du willst es nicht hören, Liebes, aber ich finde das nicht einmal so dumm von ihm. Warum versucht ihr nicht, einfach dort weiterzumachen, wo ihr aufgehört habt? Vor diesem unglücklichen Vorfall, vor Douglas.«

»*Vorfall?* Kannst du denn nicht einmal aussprechen, dass der Mann mich geschlagen hat?«

»Liebes...« Charlotte schenkte sich einen Likör ein. »Natürlich hat er dir wehgetan. Entsetzlich wehgetan. Und ich bin weiß Gott kein Freund von ihm. Aber er ist dein Mann. *Du* hast ihn dir ausgesucht. *Dein* Mann für *dein* Leben. Also ist es nun wohl das Beste für euch, wenn ihr euch wieder zusammenrauft.«

»Ist das jetzt deine Rache dafür, dass ich meine Hochzeit vor dir verheimlicht habe, Mama? Mir mit Schadenfreude zu erklären, dass ich gefangen bin?«

Doch ihre Mutter ließ sich nicht provozieren. »Liebes, es geht mir ausschließlich um dein Wohl.«

»Du meinst euer Wohl. Du, Lottie, Jack, Owen, ihr sitzt alle herum und genießt das Leben, während ihr mich hier zum Tanzbären haltet.«

»Mary, so beruhige dich doch bitte.« Charlotte schob ihre Tochter hinüber zum Ofen, außerhalb von Owens Sichtweite, und drehte den Wasserhahn auf, um ihre Stimmen zu übertönen. »Du weißt, dass du im Moment mit dem Feuer spielst, Liebes. Es ist nur eine Frage von Tagen, bis die Journalisten dir und Douglas auf die Schliche kommen. Es gibt doch schon so viele Gerüchte.« Sie warf eine druckfrische Ausgabe des *Motion Picture Herold* auf den Küchentresen.

»Die goldenen Drillinge« stand dort unter einem Bild von Mary, Douglas und Charlie. Es zeigte sie in ihrer Pyramidenpose bei der Ankunft auf Douglas' Party.

»›Mr. Douglas Fairbanks wirft einen zärtlichen Blick hinauf zu America's Sweetheart, Miss Mary Pickford – Ein Blick, der viel Raum für Spekulationen lässt‹«, las sie.

Mary betrachtete das schwarz-weiße Bild genauer. Der Journalist hatte nicht unrecht. Douglas hatte auf dem Foto tatsächlich einen bewundernden Gesichtsausdruck. Am liebsten wollte sie mit dem Finger über sein warmes Lachen streichen.

»Mama, die Medien schreiben so einiges. Und du kannst dir sicher sein, dass Bennie Zeidman die Sache wieder geraderücken wird. Ich habe selten einen so fähigen PR-Mann gesehen.«

Charlotte faltete die Zeitung wieder zusammen und seufzte unzufrieden. Falten legten sich auf ihre Stirn. Sie musste wirklich Kummer haben, dachte Mary.

»Mama, was meinst du denn, was passieren wird, wenn die Sache mit Douglas rauskommt?«, fragte sie, nun beinah im Flüsterton.

»Ich bin keine Hellseherin, Kind. Aber wir beide können uns ausmalen, was geschehen wird: Sie werden dich nicht mehr haben wollen. Zukor, Lasky, das Publikum, die Medien. Und glaube nicht, dass du dich still und leise zurückziehen und mit Douglas in den Sonnenuntergang reiten kannst. Nichts gegen Douglas. Ich könnte mir niemand besseren als Freund – als platonischen Freund – für dich wünschen. Er hat dich immer so fröhlich und unbekümmert gemacht. Aber Douglas ist ein Erfolgsmensch. Du glaubst doch nicht, dass er sich zufällig dich aus all den Mädchen ausgesucht hat? Wer König des Films sein will, angelt sich eben die amtierende Königin Hollywoods.«

»Mama, Douglas liebt mich.«

»Jetzt vielleicht. Aber glaub mir, wenn die Medien euch enttarnen und dich ruinieren, wird er dich schnell fallen lassen.«

Mary dachte an Douglas und wie er nach seiner Geburtstagsfeier auf ihrem improvisierten Matratzenlager neben ihr gelegen hatte. Wie er ihr, als er sie längst schlafend glaubte, zugeflüstert hatte, dass er sie auf ewig lieben würde. Wie er mit Charlie getuschelt hatte, dass er einmal mit ihr auf dem Anwesen wohnen wolle, während sie im Nebenraum gestanden und trotzdem alles gehört hatte. Und wie er ihr am Morgen feuergegrillten Toast und frisch gebrühten Kaffee neben die Matratze gestellt hatte, bevor er zu einem morgendlichen Ausritt in die Berge aufgebrochen war.

Mama mochte recht haben. Vielleicht wäre diese Affäre nie so weit gegangen, wenn sie eine einfache Statistin gewesen wäre, eine der vielen perspektivlosen Mädchen, die mit ihren unerfüllten Träumen leben mussten. Aber diese Erkenntnis tat wenig zur Sache. Ihre Liebe war echt, das wusste sie.

Und sie wollte diese Panik schürenden Theorien nicht mehr hören.

Entschlossen blickte sie in die finsteren, von dunklen Ringen gezeichneten Augen ihrer Mutter. »Douglas ist der Mann, den ich liebe. Siehst du denn nicht, dass ich glücklich bin mit ihm, Mama? Zum ersten Mal in meinem Leben bin ich glücklich.« Sie streckte ihre Hand aus, mütterliche Bestätigung suchend.

Charlottes Züge wurden weicher, die Härchen auf ihrer Oberlippe begannen zu zittern. »Oh, Gladys. Baby Gladys.« Unter Tränen zog Mama sie an sich. »Glücklich zu sein ist alles, was ich dir je gewünscht habe.« Sie tupfte sich die Augen ab. »Ich will dich doch zu nichts zwingen, Liebes. Aber wir bewegen uns auf solch dünnem Eis.« Mama prüfte noch einmal, dass Owen sie nicht sehen konnte, bevor sie flüsterte: »Wir werden einen Ausweg finden, Kind. Ich verspreche es dir. Aber kannst du Owen nicht noch ein kleines bisschen ertragen? Wenigstens für den Augenblick?«

»Du meinst, ich soll ihm vorspielen, dass ich ihn zurücknehme?«, fragte Mary und sah ihre Mutter mit großen Augen an.

Sie einigten sich darauf, dass Mary wieder zurück in den Bungalow ziehen sollte. Das Zimmer im Hollywood Hotel behielt sie – natürlich ohne Owens Wissen –, als Ausweg, wenn es im Bungalow zu eng wurde, oder wenn es schlichtweg sicherer war, auf Abstand zu gehen. Douglas konnte sie in der Suite wegen des neugierigen Hotelpersonals ohnehin nicht treffen.

Zu Owen sagten sie, dass Mary es langsam angehen wollte.

»Ohne zu viele Zärtlichkeiten zu Beginn«, erklärte Mama ihm wie eine Partnervermittlerin. »Tees, Tänze, Kinobesuche, und danach werden wir sehen, wo euch der liebe Herr hinführt.«

Owen nahm die Abmachung an. Er richtete sich im Gästezimmer ein und ließ sich – ohne den Hauch eines schlechten Gewissens – ein Grammophon auf Rechnung ins Haus liefern. Über den *Vorfall* wurde nicht wieder gesprochen. Für Owen schien das Leben in gewohnten Bahnen weiterzugehen. Schlafen, trinken, feiern. Sich an einen gedeckten Tisch setzen und die frisch gewaschene Wäsche anziehen. Am Anfang bemühte er sich noch, sich nach Marys Leben hier in Hollywood zu erkundigen, doch schon bald vergaß er auch das.

Mary versuchte, so wenig Zeit wie möglich mit Owen allein im Haus zu verbringen. Sie arbeitete bis spät in den Abend und schob dann Geschäftsessen und andere Abendtermine vor, um gut getarnt in ihr Liebesnest nach Laurel Canyon zu fahren. Manchmal trafen sie und

Douglas sich auch auf einem Schützenstand in den Bergen.

Nur wenn Owen allzu fordernd wurde und an der Versöhnung zu zweifeln begann, machte sie sich hübsch zurecht, zog eine der Rüschenblusen an, die er gerne mochte, und ging mit ihm aus. Er löste – auf ihre Kosten – eine Mitgliedschaft für sie beide im neuen Athletic Club in Downtown Los Angeles, das angesagteste Etablissement der Stadt. Das beheizte Schwimmbad und die Tennisplätze nutzten sie natürlich nicht, nur die Bar. Mary verabscheute es, wie die Männer hier ihre Cognacs flaschenweise bestellten und wie die billigen Mädchen in ihren Crêpe-de-Chine-Kleidchen ihre Highballs kippten. Und sie hasste die Abende mit Owen, die meist darin endeten, dass er sich hemmungslos betrank und dann versuchte, sie in die Clubtoilette zu locken.

»Owen, du weißt, dass ich es langsam angehen möchte«, sagte sie zum wiederholten Male. Es war ein lauer Freitagabend Mitte Juli. Der Club war gut besucht, und der Geruch von Männerschweiß und Zigarren einfach unerträglich. Owen hatte die Menschenmenge genutzt, um sich an sie zu drücken. Sie hatten früh zu trinken begonnen.

»Allmählich glaube ich, du verwechselst das Wort ›langsam‹ mit prüde«, sagte er verärgert und rempelte sie grob gegen die Schulter, sodass sie stolperte und beinahe in einen fransenbehangenen Lampenschirm gefallen wäre, wenn sie sich nicht gerade noch rechtzeitig gefangen hätte. Am liebsten hätte sie ihm ins Gesicht gespuckt. Doch zwei Stehtische weiter glaubte sie Billie Thompson, den Reporter der *L. A. Times*, zu erkennen, also überspielte sie ihre Abscheu mit einem Bühnenlächeln.

Owen tröstete sich mit einem doppelten Gin und winkte ein paar Bekannte heran. Mary war froh über die Gesellschaft. In der Gruppe war sie mit Owen sicherer und konnte ihn besser ertragen. Zudem war Adela Rogers St. John mit von der Partie, eine Freundin von Frances. Die Journalistin schlug eine Fotostrecke mit ihr und Owen vor.

»Eine winzige Homestory, Darling. Wir zeigen euch im Club, auf dem Golfplatz, im Restaurant, wo ihr euch eben so rumtreibt«, bat Adela.

Für gewöhnlich würde Mary einen Vorschlag dieser Art sofort ablehnen, doch nach den Drinks, die sie an diesem Abend getrunken hatte, schien die Fotoreihe eine gute Idee zu sein. Ein paar Schnappschüsse mit Owen würden die Öffentlichkeit auf jeden Fall von den Gerüchten einer Affäre ablenken.

Adelas Fotograf, der ebenfalls an diesem Abend im Club war, blitzte sie sofort vor der langen, geschwungenen Bar. Mary spürte Owens Arm bleiern auf ihrer Schulter liegen und roch den Alkohol in seinem Atem. Ihr wurde übel.

Sie war froh, als sie ein paar Stunden später ihre Zimmertür hinter sich zusperren konnte. Owen war noch beim Ausziehen der Schuhe auf der Veranda eingeschlafen.

Und so gingen sie für Adela gemeinsam zum Golf (gleich zum fünften Loch, um ein Foto im Sandbunker zu machen), zum Tennis (wofür Mary sich einen neuen

Rock schneidern ließ) und ins Alexandria (wo Owen ihr eine Rose in die Hand drückte). Was für eine entsetzliche Farce. Während Mary sich bemühte, in die Kamera zu lächeln, musste sie an Douglas denken. Wären sie und er das Paar, das hier vor der Kamera stand, er würde sie hochheben und in der Luft herumwirbeln, sie vielleicht sogar auf seine Schultern setzen. Ein Lachen wollte ihr bei diesen Gedanken nicht über die Lippen kommen, viel eher überkam sie Trauer, dass diese Vision – sie beide als offizielles Paar – für immer ausgeschlossen schien.

Sobald Adela und ihr Fotograf sich verabschiedet hatten, gingen Mary und Owen getrennte Wege. Mary fragte ihn nicht einmal nach seinen Unternehmungen. Es interessierte sie nicht, was er mit wem tat. Zu Hause verbrachte sie die meiste Zeit in ihrem Zimmer, das zum Glück durch einen Gang vom Gästezimmer getrennt war.

Einmal war Douglas um Mitternacht an ihr Fenster geklettert und hatte sogar bis kurz vor Tagesanbruch bei ihr im Bett geschlafen. Mary selbst hatte derweil kein Auge zugemacht. Am nächsten Morgen setzte sie sich an den Tisch in der Küche, wo Margaret für Owen Pancakes buk und Orangen auspresste, während Mama die Zeitung las. Mary selbst brachte kaum einen Bissen hinunter. Wie lange würde diese künstliche Situation noch andauern? Und wie lange konnte sie sie ertragen? Sie war eine Schauspielerin, ja. Aber nun spielte sie in einem nicht enden wollenden Horrorfilm. Sie versuchte sich einzureden, dass es bald vorüber sein würde. Ein paar Wochen vielleicht, dann wären die Journalisten befriedigt und Owen würde sich sicherer fühlen und weiterziehen, um woanders zu feiern.

Dieser Tage waren es ohnehin nur die Society-Journalisten, die Interesse an ihr zeigten. Die anderen waren mit der Weltpolitik beschäftigt: der Große Krieg, in den man schließlich ebenfalls gezogen war und der Amerika jetzt direkt betraf. Die Euphorie wurde begleitet von der Sorge um das ungewisse Schicksal Abertausender junger amerikanischer Männer, die dieser Tage auf dem Weg nach Europa waren oder in den Trainingslagern auf ihre Ausschiffung nach Übersee warteten.

Mary hatte derweil zu Hause ihre eigene Krise auszufechten. In ruhigen Momenten, wenn sie Owen und Mama entkommen und ihre Gedanken sortieren konnte, überkam sie richtiggehend ein Gefühl der Ohnmacht. Ihre Gefühle für Douglas veränderten sich, wurden tiefgehender und immer unerträglicher. Sie sehnte sich nach ihm. Wenn er sie berührte, fühlte sie sich nach wie vor wie ein verliebter Teenager. Aber seit Kurzem waren noch eine innige Vertrautheit, ein spürbarer Gleichklang dazugekommen. Sie verzehrte sich nach den Momenten, in denen sie gemeinsam schwiegen, Hand in Hand der Stille lauschend. Douglas verstand, was sie bewegte. Er vervollständigte ihre Sätze und ihre Gedanken. Anders als alle anderen begriff er, dass ihre Karriere nicht nur ein Streben nach Ansehen und Geld war. Er verstand ihren inneren Ehrgeiz, vor der Kamera authentisch und natürlich zu wirken, verstand den schwierigen Spagat, dass sie zu den Besten zählen wollte, ohne sich dabei besser als alle anderen zu fühlen. Er verstand, die Kraft, die es sie manchmal kostete, sich aufzuraffen, um auf der Bühne die fröhliche Mary zu spielen, während sie in ihrem Inneren von Selbstzweifeln geplagt wurde.

Niemand sonst wusste, wie es sich anfühlte, der beliebteste und zugleich der einsamste Mensch des Landes zu sein.

Mary schämte sich. Die Welt tobte, und sie verschwendete ihre Gedanken an Douglas. Doch sie konnte nicht anders. Und was konnte sie hier, als Frau in Hollywood, schon für den weltpolitischen Frieden tun? Gerade hatte sie ihren Kriegsfilm *The Little American* abgedreht. Er würde in wenigen Tagen ins Kino kommen und war eine klare Botschaft, dass man die Deutschen, die diesen Krieg begonnen hatten, besiegen musste. Mary spielte die Hauptrolle, aber wirklich Verantwortung trug sie nicht. Es war DeMilles Idee gewesen, und sie war seine Marionette. Natürlich wusste sie, dass der Regisseur mit dem Thema dieses Pro-Kriegs-Films genau richtiglag. Die Stimmung im Land war aufgeheizt. Alle wollten, dass die Regierung handelte. Strafe den Bösen! Gerechtigkeit! Die Zeitungen würden sie schon dafür bejubeln, dass sie in der Rolle der Angela eine amerikanische Flagge im Büstenhalter versteckte. Und dennoch fürchtete sie sich vor den Reaktionen bei der Premiere. Was würden die Bilder der Schüsse, der Verwundeten, der Toten in ihren Fans bewirken? Mary wusste nicht, ob es richtig war, solche Dinge zu zeigen. Sie wusste nicht, ob es richtig war, sie nicht zu zeigen. Sie wusste nicht, was sie sonst tun konnte.

An einem Freitagmorgen saß sie in Douglas' Garderobe und las Zeitungen. Sie hatten ein kleines Ritual geboren, gemeinsam die Tagesnachrichten zu lesen – jeder in seinem eigenen Lehnsessel, von dem sie gelegentlich aufblickten, um dem anderen zuzulächeln. Seit der Sache mit Mr. Hemmer waren sie vorsichtig geworden und hielten sich am Set mit Zärtlichkeiten zurück. Mary genoss diese alltäglichen Dinge – das gemeinsame Zeitunglesen, den Spaziergang zum Hot-Dog-Wagen vor dem Studio –, es vermittelte ihr eine Unbekümmertheit, die sie bislang mit niemandem erlebt hatte.

»Wie kann ich mich in diesen furchtbaren Zeiten nur sinnvoll einbringen?«, fragte Mary in die Stille. Douglas legte die Zeitung zur Seite und sah sie fragend an. »Selbst DeMille bringt sich ein mit seiner Garde«, fuhr sie fort. Jeden Sonntag parierten die »Soldaten« der privaten Lasky Home Guard im Gleichschritt und von Blasmusik begleitet den Hollywood Boulevard entlang, um für patriotische Stimmung zu sorgen.

»Er hat dich doch auch dazu eingeladen«, sagte Douglas. Vor ein paar Tagen hatte DeMille Mary gefragt, ob sie Trägerin der Gardefahne sein wolle.

»Ja, aber da sitze ich nur auf einem Pferd und lasse mich von Hunderten Angelinos und Touristen bejubeln. Außerdem ist das nur vorübergehend. Bald wird DeMille die Truppe für den echten Krieg vorbereiten.« Mary hatte DeMille mit einem General in Santa Monica telefonieren hören. Die Garde sollte demnächst Schießübungen unter der Anleitung von echten Berufssoldaten machen. Und ein Tonassistent hatte sogar gehört, man wolle aus der Hobbygarde bald ein legitimes, einsatzfähiges Regiment machen.

Die Männer würden in den Krieg ziehen. Und sie?

»Was kann *ich* denn tun?«, seufzte sie.

»Gib den Soldaten, die in ihren Trainingslagern warten, eine Geschichte, die sie nach Hause schreiben können«, sagte Douglas und machte es sich in seinem Chesterfield-Sessel gemütlich.

»Einen Skandal, meinst du? Ich dachte, wir versuchen so etwas gerade zu vermeiden.«

»Keinen Skandal, Hipper. Besuche doch ein Regiment, teile den Soldaten ein paar Bildchen von dir aus, die sie in ihren Spinden neben die ihrer Freundinnen hängen können.«

»Oh, ich denke nicht, dass die Freundinnen darüber begeistert sein werden.«

»Glaub mir, wenn ihre Verlobten ihnen schreiben, dass sie Mary Pickford persönlich getroffen und sogar ein signiertes Kärtchen erhalten haben, *werden* die Mädchen begeistert sein.«

Er stand auf und zog aus einer Lade einen Stoß unsignierter Autogrammkarten, als hätte er sich gerade daran erinnert, dass er schon lange keine Fotografien mehr unterschrieben hatte. Einen Fuß auf den Stuhl aufgestellt, unterschrieb er blitzschnell eine Handvoll Karten auf seinem Oberschenkel, ohne seinen Blick von ihr abzuwenden.

»Vermutlich haben die Mädchen sowieso bald andere Sorgen, wenn ihre Verlobten tatsächlich nach Europa geschifft werden«, murmelte Mary.

Douglas' Idee war zumindest besser, als tatenlos herumzusitzen.

Nach einiger Überlegung wählte sie schließlich mit Douglas' Hilfe ein Foto von sich aus, dessen Hintergrund blass und weichgezeichnet war, sodass sie geradezu engelsgleich erschien. Ihre rosigen Wangen stachen hervor, die Locken, die ihr Gesicht umrahmten, erinnerten an einen Heiligenschein.

Gleich am nächsten Tag überbrachte sie die Abzüge persönlich dem Regiment der 143rd Field Artillery des Camp Kearny. Schon von Ferne konnte sie die weißen Zeltreihen entdecken. Soldaten in ihren hochgeschlossenen, khakigrünen Hemden patrouillierten vor dem Eingang. Mary meldete sich im Portierhäuschen, woraufhin zwei muskulöse Soldaten an der Seite von Oberst Phaneuf erschienen. Die Männer trugen sie auf einem gepolsterten Stuhl über ihren Köpfen – einer Heldin gleich – durch das Camp. Sie hörte Pfiffe und Gegröle, sah Soldatenkappen und Helme in der Luft. Von links flogen plötzlich Rosen.

Auf dem sandigen Übungsplatz hielt Mary vor den jungen Männern eine Ansprache. Es war das Mindeste, was sie tun konnte, dachte sie. Diese mutigen und ahnungslosen Männer, die bereit waren, auf der anderen Seite des Atlantiks für Demokratie und Gerechtigkeit ihr Leben zu riskieren. Als sie in die von Furcht gezeichneten Augen eines besonders jungen, schlaksigen Soldaten blickte, schauderte sie. Zu gerne würde sie diesen Männern sagen, dass sie sie bald wieder hier begrüßen würde, siegreich, und mit Orden behängt. Aber sie wusste, dass sie dann lügen müsste.

Mary hatte überlegt, Douglas mitzunehmen. Es gab hier bestimmt genügend junge Männer, die ihn um seine athletische Kondition beneideten, ihn von seinen Abenteuerfilmen her kannten und bewunderten. Aber sie hatte Angst, dass er auf seltsame Ideen kommen könnte. Ihr war nicht entgangen, dass in den vergangenen Wochen auch sein Interesse für den Krieg entflammt war. An manchen Tagen wirkte er so, als wolle er am liebsten in die Politik gehen – oder, schlimmer noch, selbst in den Krieg ziehen. Vor ein paar Tagen hatte Mary eine Liste auf seinem Schreibtisch entdeckt, die ganz danach aussah, als wöge er die Vor- und Nachteile ab, sich als Soldat zu melden.

Als sie mit Blumen um den Hals und einer Soldatenkappe auf dem Kopf von Camp Kearny zurückkehrte, saß Owen im Schaukelstuhl auf der Veranda und sonnte sich. Seine offensichtliche Faulheit hatte Mary schon immer gestört, heute aber kam noch das Gefühl der Scham hinzu. Wie hatte sie sich für einen solchen Taugenichts zum Mann entscheiden können? Owen würde nicht einmal auf die Idee kommen, dem Militär beizutreten.

Als der Chauffeur den Motor abstellte, hob Owen die Hand gegen das blendende Sonnenlicht und sprang auf. Das machte Mary stutzig. Für gewöhnlich ignorierte er ihre Ankunft; meist schlief er sogar, weil er beim Bridgespielen im Gentlemen's Club zu viel getrunken hatte. Nun aber kam er auf sie zu, eine Illustrierte in der Hand. Sie musste nicht seinen Atem riechen, um zu wissen, dass er getrunken hatte.

»Wo warst du?«, schnaubte er wütend.

»Eine gute Frage, Owen«, sagte sie und gab sich keine Mühe, ihren Zynismus zu kaschieren. »Stell dir vor, ich war bei Männern, denen die Zukunft und die Ehre unseres Vaterlandes ein Anliegen ist. Bei Männern, die etwas bewirken wollen.«

»Soldaten, was?« Ernst deutete er auf ihre Kappe. »Und, hast du dir da auch einen Liebhaber rausgefischt?«

»Owen. Du bist erbärmlich.« Sie nahm die Kappe ab. Die Freude über den gelungenen Nachmittag war jäh verschwunden.

»Hört, hört, was die Lady zu sagen hat«, bemerkte Owen höhnisch, bevor er einen kräftigen Schluck aus seinem Flachmann nahm. Mary hatte ihm die gravierte Silberflasche kurz nach der Hochzeit geschenkt. »Ich sag dir was: Nicht ich bin erbärmlich, sondern wir beide. Du und ich zusammen. Eine Lachnummer.«

Er warf ihr die Zeitschrift mit Adela Rogers' Fotoserie vor die Füße.

Mary hatte sie ganz vergessen. Sie hob die Zeitschrift hoch, schlug sie auf und betrachtete die Bilder: Owen und sie auf der Hollywood-Schaukel. Owen und sie im Golfcaddy. Owen und sie beim Dinner mit dem Silbergeschirr. Owen und sie im Athletic Club. Der Fotograf hatte ganze Arbeit geleistet.

»UNSERE MARY: GLÜCKLICH MIT DEM GÖTTERGATTEN?«, stand in fetten Buchstaben über den Bildern. Sie überflog den Text. »›Mary langweilt sich offensichtlich mit Mr. Moore... Liebe sieht anders aus.‹« Und: »›Hat Miss Pickford diese gestellten Bilder wirklich nötig?‹«, las sie.

Diese Meldungen waren nicht optimal, gestand sie sich selbst ein, und sie brachten Mary auch nicht ihrem Ziel näher, von den Journalisten in Ruhe gelassen zu werden. Aber es blieb keine Zeit, darüber nachzudenken.

Owen schnaubte.

»Das sind doch nette Bilder, Owen. Ich verstehe nicht, weshalb du dich so aufregst.« Natürlich wirkten die Bilder gestellt. Allen Lesern würde klar sein, dass die Schnappschüsse an einem einzigen Tag geschossen worden waren. Mary trug fast auf allen von ihnen dasselbe Outfit aus wadenlangem Rock und weißer, hochgeschlossener Bluse, das sie beim Golfen ins Schwitzen gebracht hatte. Aber es würde die Fans nicht kümmern.

»Nette Bilder?!«, rief Owen. Vor Wut bebend hob er die Doppelseite hoch. »Wir sind eine Lachnummer! Siehst du auf diesen Bildern irgendeine Form der Zuneigung? Sieh dich an, auf diesem Bild hier drehst du dich fast von mir weg.«

Mary erinnerte sich an die Szene. Owen hatte vor dem Clubhouse versucht, seinen Arm um sie zu legen. Sein Schweiß hatte nach Alkohol gerochen.

»Owen, ich denke, du reagierst ein wenig über. Du weißt, dass du dir selten auf Fotos gefällst. Leg das Heft zur Seite. Morgen ist es vergessen. Vielleicht solltest du eine Runde mit dem Auto drehen, um dich zu entspannen?«

»Halte mich nicht zum Narren, Mary.« Er rollte die Zeitung zusammen und klopfte damit in seine Handfläche. Einen Augenblick lang befürchtete sie, dass er ihr die Rolle ins Gesicht schlagen könnte. Doch stattdessen rollte er sie wieder auf. »Lies doch, was sie schreiben!«, brüllte er und begann, einzelne Passagen laut vorzulesen.

»›Gibt es in dieser Ehe noch Zärtlichkeit? Oder liegt Miss Pickford längst in den Armen eines anderen?‹« Mary musste zugeben, das hatte sie Adela nicht zugetraut. Sie war von einem Grundvertrauen ausgegangen, immerhin waren sie beide gut mit Frances Marion befreundet.

»Jeder in der Stadt weiß, dass du es mit ihm treibst!«

»Owen, ich verbitte mir diesen Ton.«

»Tu nicht so. Du hast was mit diesem Möchtegern-Athleten, Fairbanks. Und alle wissen es.«

Er spuckte auf den Boden – Zentimeter vor ihre militärgrünen Samtschuhe, die sie extra für den Ausflug nach Camp Kearny gekauft hatte.

»Owen. Es reicht.«

»Hast du etwa Angst, die Nachbarn könnten mitbekommen, dass du ein Flittchen bist?«

»Du gehst jetzt besser, Owen.«

Mary versuchte, ihn bestimmt in Richtung Verandatreppe zu schieben, die Hand fest zwischen seinen Schulterblättern. Sein Hemd war nassgeschwitzt.

»Versuch mich nicht für dumm zu verkaufen, Mary.« Er drehte sich um und stierte sie mit rotunterlaufenen Augen an. »Alle wissen Bescheid.«

Bei seinen Worten überkam Mary ein tiefes Unbehagen. Natürlich gab es Gerüchte, aber waren sie schon weiter verbreitet, als sie glaubte? Gerüchte wurden erst ernst genommen, wenn es Beweise gab. Und es konnte keine Beweise geben. Sie hatten aufgepasst. Da war sie sich sicher.

»Owen, ich bitte dich. Douglas und Beth Fairbanks sind unsere Freunde. Glaubst du wirklich, er hätte mich zu seiner Geburtstagsfeier eingeladen, wenn er seine Frau mit mir betrügen würde?«

»Auf die falsche Fährte lenken, das ist die Regel Nummer eins, wenn man ein Betrüger ist«, sagte Owen. »Ist ja nicht dumm, der Kerl. Nur ein Arschloch.« Er stolperte hinüber zu dem gebogenen Kleiderständer auf der Veranda, an dem sein Trenchcoat hing. Hastig zog er ihn an, sodass er ihm schief von den Schultern hing, und fummelte in der Tasche herum. Mary dachte, dass er seine Zigaretten suchte. Sie beugte sich hinüber zu seinem silbernen Etui auf dem Tisch. Doch Owen ignorierte sie und grub weiter in der Manteltasche.

Plötzlich hielt er ihr eine Pistole ins Gesicht.

Mary wich erschrocken zurück und erstarrte dann. Seit der Begegnung mit Hemmer hatte sie oft darüber nachgedacht, wie sie wohl reagieren würde, wenn jemand eine Waffe auf sie richtete. Ruhig bleiben. Gut zureden. Unauffällig nach einem Gegenstand suchen, mit dem sie sich wehren konnte.

Doch nun war sie völlig überrumpelt. Ihre Gedanken rasten. Owens ausgestreckte Arme zitterten. Er musste lediglich seinen Finger auf den Trigger legen, Druck ausüben – und dann? Würde er es wirklich wagen, auf sie zu schießen? War die Pistole überhaupt geladen? Sie befürchtete es. Owen machte keine halben Sachen. Sollte sie versuchen, ihm die Waffe aus der Hand zu schlagen? Wo waren Mama und Margaret? Sollte sie um Hilfe schreien? Aber damit würde sie ihn doch nur weiter provozieren. Owen war unberechenbar.

Mary versuchte langsam einzuatmen, um sich zu beruhigen. Ihr Atem fühlte sich seltsam kalt an. Die schwarze Mündung der Waffe kam näher und blendete alles um sie herum aus.

»Owen, Liebster. Leg doch die Waffe weg«, presste sie zwischen zitternden Lippen hervor. Sie wollte ins Haus schielen, hatte aber Angst, ihren Mann damit zu reizen. Mama musste doch da sein! Hatte sie nicht ihren Wagen in der Einfahrt gesehen?

Schweißperlen rannen über Owens Schläfen, seine Nasenlöcher waren geweitet.

Sie durfte keine Angst zeigen, bloß nichts tun, um ihn zu verärgern. Lieber das arme, kleine Mädchen spielen. Er mochte es, wenn er sich erhaben fühlte.

»Komm her, Owen. Nimm mich einen Moment lang in den Arm«, sagte sie und öffnete die Arme. Mit etwas Glück würde er, sobald er an ihrem Oberkörper lag, betrunken und übermüdet zusammensinken. Schließlich hatte in der Vergangenheit schon so manch aufgeladene Situation hier ein Ende gefunden.

Owen machte ein paar Schritte auf sie zu. Mary öffnete die Arme noch ein wenig weiter, winkte ganz leicht mit den Händen und hoffte, dass er darauf einsteigen würde. Er kam näher und senkte tatsächlich ein wenig die Waffe. Im nächsten Moment aber kickte er mit voller Wucht einen Blumentopf mit Astern in ihre Richtung. Sie spürte Tonscherben an ihren Fesseln, hörte Scherben klirren, wagte aber nicht, den Blick von der Waffe zu wenden.

Owen lachte hämisch auf.

»Als ob ich dich erschießen würde, Mary. So ein Goldstückchen wie dich darf man nicht unüberlegt abknallen«, lallte er und ließ die Pistole wieder und wieder um seine Finger kreisen, während er mit der Zunge schnalzte.

»Aber deinen Dougie-Boy, den kann ich jederzeit wegballern, diesen Affen. Jederzeit!« Owen griff nach seinem Glas, leerte es in einem Zug und warf es über seine Schulter. Es landete mit einem dumpfen Geräusch auf dem Rasen.

»Owen!«, rief Mary entsetzt.

»Ich werde diesen Affen töten.« Owen torkelte in den Garten hinunter und stolperte über eine Blumentopfscherbe. Er warf sie in den Salbeibusch.

Sie wollte ihm nachrufen, aber ihre Kehle blieb stumm. Er war noch immer bewaffnet, er durfte nicht umkehren. An der Grundstücksgrenze drehte er sich noch einmal um und brüllte: »Wer zuletzt lacht, Mary. Wer zuletzt lacht!«

Er brauchte drei Anläufe, um seinen Wagen zu starten, und fuhr dann, zwei Reifen auf dem neuen Bürgersteig, stadteinwärts.

Mary zitterte am ganzen Körper. Sie suchte Halt am Geländer der Veranda. War Owen tatsächlich fort? Oder würde er gleich hinter dem Haus wieder auftauchen? Bewegte sich dort hinten etwas? Zunächst ging sie geduckt, dann kroch sie sogar auf allen vieren hinein ins Haus. Sie musste zum Telefon. Sie musste Douglas warnen. Sollte sie die Polizei rufen? Aber dann würden bald die Journalisten auftauchen, und man würde nach Erklärungen für Owens Tobsuchtsanfall suchen.

Mit zitternden Händen ließ sie sich zu Douglas' Haus verbinden. Und wenn Beth den Hörer abhob? Ja, wenn sie den Hörer abhob, dann würde sie ihr eben sagen, dass sie sich selbst und Douglas in Sicherheit bringen musste. Und den Jungen! »Nicht Junior! Bitte nicht Junior!«, flüsterte sie, während das Telefon ins Leere läutete. Beth würde sich natürlich wundern, aber für Erklärungen war später Zeit. Jetzt mussten Leben gerettet werden.

Als niemand abnahm, rief Mary beim Set an. Douglas hatte gesagt, dass er dieser Tage das Drehbuch seiner Autorin Anita Loos umschreiben wollte. Marys Atem war flach und schnell, ihre Finger trommelten unkontrolliert auf das Telefongehäuse. Wo steckte Douglas nur? Wenn er nicht zu Hause war und auch nicht am Set, wo konnte er sich sonst aufhalten? Einen Moment lang zuckte sie zusammen. Hatte Owen ihn etwa schon aufgespürt? Er würde doch nicht wirklich auf ihn losgehen? So wie Owen ins Auto gestiegen und in Schlangenlinien davongefahren war, würde er ohnehin nicht weit kommen, versuchte sie sich zu trösten. Vielleicht würde er in einem Straßengraben seinen Rausch ausschlafen. Oder die Polizei würde ihn aufhalten. Oder er würde einfach mitten in einen Acker fahren…

Mit zusammengepressten Lippen betete sie um einen guten Ausgang.

Aber Beten allein reichte nicht. Sie konnte nicht tatenlos hier sitzen, sie musste Douglas warnen. Mary blickte auf die Uhr. Bald musste er doch zu Hause sein. Eilig warf sie das Nötigste in ihre Handtasche. Das Haus war leer, von Mama und Margaret keine Spur. Wie gerne hätte sie jetzt jemanden bei sich gehabt.

Mary startete den Motor. Sie war noch nie ohne Handschuhe gefahren. Das Leder um das Lenkrad fühlte sich kalt an. Während sie zu schnell die staubigen Straßen entlangfuhr, sah sie immer wieder Owen vor sich – die Waffe, das vor Zorn verzerrte Gesicht, die zitternden Hände. Dieser Mann war ein Monster.

»Ich hasse dich!«, schrie sie über das Lenkrad hinweg. »Ich hasse dich!«

Bislang war Hass immer ein Wort gewesen, das sie mit Vorsicht verwendet hatte. Selbst nach dem Streit im Biltmore Hotel hatte sie es nicht gewagt, sich Hass einzugestehen. Mitleid und Enttäuschung, ja. Trauer, auch. Doch die letzten Tage, die Owen hier verbracht hatte, und nun seine Drohung, all das erfüllte sie mit einer Abscheu, die sie nie zuvor empfunden hatte. Einen Augenblick lang wünschte sie, er würde einen Unfall haben. Einfach so neben qualmender Motorhaube und kaputter Windschutzscheibe verenden ...

Plötzlich bremste ein Auto scharf neben ihr ab und riss sie aus ihren hässlichen Gedanken. Sie hatte die Vorrangregel verletzt.

Der Dodge-Fahrer brüllte sie an: »Ihr Frauen gehört nicht ans Steuer!«

»Männer wie du auch nicht. Ihr gehört zurück auf den Baum zu den anderen Schimpansen!«

Anstatt etwas zu erwidern, zog der Mann seinen Hut und sah sie mit großen, überraschten Augen an. Er hatte sie erkannt. Aber Mary hatte keine Zeit, sich mit derlei Kleinigkeiten aufzuhalten.

Vor Douglas' Haus spürte sie einen kurzen Moment der Erleichterung. Owens Auto war nicht in Sicht. Sie sah Licht in den Fenstern und zögerte kurz. Wie sollte sie Beth Fairbanks in die Augen sehen?

Aber sie hatte keine Wahl.

Durch das Buntglas, das die obere Hälfte der Tür zierte, konnte sie eine rundliche, weibliche Form ausmachen. Beth öffnete die Tür selbst.

»Miss Pickford. Welch willkommener Besuch«, sagte sie mit einem perfekten Gastgeberinnenlächeln, das keine wahren Gefühle durchblicken ließ. Sie wischte die Hände kurz aneinander ab, als habe sie gerade gegessen oder den Jungen gebadet. In ihrem hellen Baumwollkleid wirkte sie rundlicher als am Abend von Dougs Party. Das Beige schmeichelte nicht gerade ihrem Teint.

»Guten Abend, Mrs. Fairbanks.« Mary versuchte, sich ihre Dringlichkeit nicht anmerken zu lassen. Sie spürte, dass ihre Wangen rot wurden, und befahl sich, Beth wie eine von den Studiobossen zu behandeln, denen sie niemals ihre wahren Gedanken oder Gefühle offenbaren würde.

»Mrs. Fairbanks, ich muss Douglas sprechen, eine dringende geschäftliche Angelegenheit.«

»Mein Mann ist nicht hier«, antwortete Beth höflich, und Mary fragte sich, ob sie bewusst das Possessivpronomen betonte. Sollte sie Beth von Owen und der lauernden Gefahr erzählen? Schließlich konnte es jeden Augenblick an der Tür klingeln. Mary sah sich um. Die Vorhänge waren nicht zugezogen. Owen könnte sie von draußen beobachten. Er würde genau wissen, dass sie hier war.

»Sie können gerne im Salon auf ihn warten«, sagte Beth.

Mary nickte und versuchte, ihre Unruhe zu verbergen. Vielleicht war es trotz allem das Beste, was sie tun konnte. Beth einzuweihen würde die Situation allerdings nur umso komplizierter machen.

Im Foyer spielte Douglas junior mit ein paar Holzkühen auf einem Lammfell auf dem Marmorboden.

»Sag Hallo zu Miss Pickford, Dougie«, befahl Beth und nickte dem Jungen auffordernd zu.

Er stand auf, verbeugte sich leicht und nuschelte: »Guten Tag.«

»Meine Güte, Douglas. Du bist gewachsen. Sieh an,

du hast mich fast eingeholt«, begrüßte Mary den Jungen. Sie stellte sich, die Knie leicht gebeugt, neben den Jungen. Bei dem Gedanken, dass sie auch dieses unschuldige Geschöpf in Gefahr brachte, spürte Mary einen Stich in der Magengegend.

»Darf Miss Pickford mit mir spielen?« Douglas sah seine Mutter hoffnungsvoll an.

»Douglas, mein Engel, Miss Pickford ist eine wichtige, vielbeschäftigte Dame. Sie hat bestimmt keine Zeit für deine Spielereien.«

»Ich kann genauso gut hier auf deinen Vater warten«, sagte Mary und setzte sich auf das Fell. Hier war sie näher bei der Haustür und konnte Douglas sofort warnen, wenn er denn endlich kam. Sie spielte nervös mit ihrem Rocksaum. Würde er denn heute noch kommen? Hatte Owen ihn schon gefunden? Die schlimmsten Szenen gingen ihr durch den Kopf – wie die beiden Männer sich prügelten, wie Owen Douglas ins Bein schoss, wie Douglas sich wehrte und Owen vor ein fahrendes Auto stieß...

»Mary, du darfst die Kuh haben.« Douglas junior riss sie aus ihren Gedanken. Sie nahm das kleine Holztier und drehte es in den Fingern. »Es muss hier hin«, sagte der Junge. »Hier in den Stall.«

Mary versuchte, sich auf das Spiel einzulassen.

Freudestrahlend ließ der Junge nun auch die zweite Kuh in einen Stall wandern, wo sie Heu aus Wollfäden aß. Immer wieder blickte er zu ihr auf, in seinen Augen eine Mischung aus Bewunderung und Dankbarkeit. Sie vermutete, dass Beth nicht die Sorte Mutter war, die sich zu ihrem Jungen auf den Boden legte.

Während der Junge seine Tiere verpflegte, sah Mary sich um. Sie fühlte sich wie ein Eindringling. Was hatte sie dieser Familie angetan? Sie sollte nicht hier sein, in Douglas' Haus. Wie oft hatte sie ihn angefleht, an seine Familie zu denken, sich von ihr, Mary, abzuwenden.

Sie strich dem Jungen über den seidig weichen Kopf. Er lächelte sie schief an. Ein Korn klebte zwischen seinen Zähnen.

»Das Leben ist nicht immer einfach, Junior«, sagte sie, als wollte sie sich bei ihm entschuldigen.

»Aber wenn man berühmt ist, so wie du und mein Vater, dann ist es einfacher«, grinste der Kleine.

*Hast du eine Ahnung*, hätte Mary nur zu gern gesagt, doch stattdessen antwortete sie: »Ja, mein Junge, wenn man sich im Leben anstrengt, dann kann man es wenigstens etwas mitgestalten.«

»Möchtest du den Bauernhof neu aufstellen?«, fragte er, das Mitgestalten wörtlich nehmend.

Beth hatte sich zurückgezogen mit der Anweisung, Mary möge das Dienstmädchen Jane mit allen Wünschen betrauen. In ihren rosaroten Plüschpantoffeln war sie ohne eine Spur von Misstrauen aus dem Raum geglitten, als ahnte sie weder die direkte Gefahr durch Owen noch die indirekte durch Marys Affäre mit Douglas. Mary spielte mit Kühen, Schafen, Pferden. Und mit jeder Minute, die verging, wurde ihr die Situation unerträglicher.

Kurz nachdem die Standuhr sieben Uhr geschlagen hatte, kam Douglas. Er musste in den Hügeln reiten gewesen sein, denn er trug Stiefel und seine Hände und sein Nasenrücken waren noch gebräunter als sonst.

Jane nahm ihrem Hausherrn den Mantel ab.

Douglas wich erschrocken zurück, als er Mary auf dem Fell sitzen sah. Sie nickte ihm ruhig zu und versuchte ihm mit einem durchdringenden Blick zu sagen, dass es keinen Grund zur Aufregung gab. Dass nichts zwischen ihr und Beth vorgefallen war.

»Na Junge, warum erzählst du deinem Vater nicht, dass du schon eine Freundin hast?«, sagte er zu Douglas junior und gab seinem Sohn einen leichten Klaps. Das Kind wurde rot. »Du hast guten Geschmack«, sagte Douglas, bevor er Mary in seine Bibliothek schob.

Er schloss die Flügeltüren hinter sich und knipste eilig die Stehlampe an. Der gläserne Lampenschirm tauchte das Zimmer in ein grünes Licht. Douglas lockerte sein Hemd? und machte Platz auf dem Fauteuil. Mary betrachtete die Bücher um sich herum: Westernromane, Schauspielratgeber, Stadtchroniken über Detroit, New York, Los Angeles. Sie erkannte Ellas Mappen wieder, jene, in denen sie bis zu ihrem Tod jeden Schnipsel über ihren Sohn gesammelt hatte. Ruhig wartete sie, bis Douglas bereit war, ihr zuzuhören. Sie wollte keine Panik erzeugen.

»Moment noch.« Er klingelte nach Jane, bestellte einen alkoholfreien Cocktail aus Ananassaft und Tonicwasser und eine Kopfschmerztablette.

Kaum war Jane hinausgegangen, platzte es aus Mary heraus. »Er war auf der Terrasse, Douglas! Er hatte eine Waffe!« Sie musste sich zusammenreißen, nicht vor Aufregung zu schreien. »Er war vollkommen unzurechnungsfähig! Und natürlich betrunken.«

»Mary, beruhige dich«, sagte Douglas und griff nach ihren gestikulierenden Händen.

»Wer war wo? Hemmer? Bei euch zu Hause?«

Sie schüttelte den Kopf.

»Etwa ... Owen?«

Sie spürte die Tränen in ihre Augen schießen. Douglas drücke sie an sich, und sie presste die Stirn an seinen warmen Oberkörper

»Er kann dir nichts tun, mein Engel.« Beruhigend legte er seine Arme um sie. Ach, wenn sie diese Bibliothek doch nie wieder verlassen müsste.

»Es geht nicht um mich, Douglas. Sondern um dich. Er will *dich* umbringen!«

Douglas legte die Hände auf ihre Schultern und schob sie ein Stück von sich weg, um sie ansehen zu können.

»Wo ist er jetzt?«

»Ich weiß es nicht! Er ist betrunken davongefahren. Deswegen bin ich sofort hergekommen.«

Douglas strich ihr über die Wange.

»Um mich zu beschützen? Ich wusste, dass du ein Engel bist.«

»Ich musste doch etwas tun, Douglas! Wir müssen die Sache ernst nehmen.«

»Ich werde Bennie Zeidman anrufen. Er soll die Polizei auf ihn ansetzen. Aber ich denke nicht, dass sie etwas tun können. Wenn sie jeden liebeskranken, betrunkenen Kerl einsperrten, wären die Gefängnisse voll«, sagte Douglas.

Mary wusste, dass er versuchte furchtlos zu sein, aber ihr entging nicht, dass er durch das Fenster hinaus auf die Straße schielte. Sie nahm seine Hand und drückte sie, so fest sie konnte.

»Ich habe Angst, dich zu verlieren, Douglas. Du musst sofort die Stadt verlassen.«

# 14
# DOUGLAS

Er blickte hinaus auf den Grand Canyon. Ein atemberaubendes Panorama bot sich ihm dar: rotgefärbte Gesteinsformationen, die sich im Sonnenlicht spiegelten, gezeichnet von den Spuren, die Jahrhunderte der Witterung hinterlassen hatten – als hätte Gott die Welt in kleine Puzzlestücke gerissen. Sein Hotelzimmer war gerade einmal zwanzig Meter vom Rand des Canyons entfernt, ein Grund, warum er das majestätische El Tovar so liebte. Nur selten konnte er der Versuchung standhalten, sich nachts hinauszuschleichen, um sich am Rand des Canyons ganz ungesichert ein paar Armzüge entlang zu hangeln. Der Nervenkitzel, dem Abgrund – und dem Tod – direkt in die Augen zu sehen, ließ sein Blut aufwallen. Er hatte diese Stunts auch schon vor der Kamera gemacht und dabei den einen oder anderen Kameramann einem Herzinfarkt nahegebracht.

Heute aber ärgerte er sich, hier zu sein.

Als der Regisseur Allan Dwan ihn – nur wenige Tage nach Owens Drohung – gefragt hatte, ob er spontan Zeit für einen Dreh hätte, war ihm die Gelegenheit gerade recht gekommen. Auf diese Weise hatte er einen Grund gehabt, die Stadt zu verlassen. Dabei ging es ihm weniger um sich selbst, als um Mary. Er wollte nicht, dass sie sich zu sehr sorgte. *A Modern Musketeer* konnte nicht in den hier gedreht werden. Rund um Hollywood konnte man zwar Gegenden finden, um Prärie, Wüste, Großstadt oder Fischerdörfer nachzustellen, die Schluchten und die Weite des Landes aber gab es nur hier in Arizona.

Im Moment jedoch hätte Douglas lieber dem Lauf von Owens Pistole gegenübergestanden. Er fühlte sich wie ein Feigling, als hätte er den Schwanz eingezogen und Owen die Oberhand gelassen. Und wer sagte, dass der Typ nicht noch einmal die Kontrolle über sich verlor und sich nun an Mary rächte? Es war seine Aufgabe, Mary zu beschützen. Douglas hatte seine Koffer gar nicht erst ausgepackt; sollte auch nur ein Hauch von Gefahr für seine Geliebte bestehen, würde er sofort wieder abreisen.

Noch in letzter Minute hatte er mit dem Gedanken gespielt, die Reise abzusagen und die achtzehn Waggons mit Kameraequipment, persönlichem Gepäck und vierzehn Pferden wieder ausladen zu lassen. Aber es war in diesem Moment tatsächlich der klügste Schritt, die Stadt für eine Weile zu verlassen. Owen würde sich während seiner Abwesenheit beruhigen, und da Beth ihn nach Arizona begleitete, war auch die Gefahr gebannt, dass sie Gerüchte über Owen und die Motive seiner Eifersucht hörte. Diese Heimlichtuerei belastete Douglas sehr. Aber noch war einfach nicht der richtige Zeitpunkt gekommen, seiner Frau alles zu gestehen.

Beth hatte sich noch in New York eine Erkältung eingefangen, die mittlerweile chronisch geworden war. Die

Luft hier draußen würde ihr guttun, das hatte auch der Arzt empfohlen, gemeinsam mit mehr Bewegung, um ihren Kreislauf in Schwung zu bringen. Doch hier im El Tovar hatte Beth sich bisher gerade einmal von der Terrasse in den Speisesaal und in ihr Zimmer bewegt. Es war ihr zu heiß und zu staubig.

Sie thronte auf einem Berg aus Daunenkissen auf dem Bett im Schlafzimmer und schrieb auf ihrem Schreibbrett an ihre Freundin, diese aufgeblasene Möchtegern-Society-Frau Hedda Hopper.

Vier Wochen hier am Grand Canyon, dem Ort seiner Träume. Ohne seine Traumfrau. Douglas seufzte. Nun ja, sie würden vergehen. Wieder einmal wunderte er sich über die Geschwindigkeit, mit der die Zeit verstrich. Als er Mutter noch wöchentlich hatte besuchen müssen, schienen die Sonntage einander zu jagen. Eine ganze Woche hatte in wenige Atemzüge gepasst. Nun aber dehnte sich die Woche aus. Je mehr er sich den Tag seiner Rückkehr nach Hollywood, zu Mary, herbeisehnte, desto eher schien die Zeit sich rückwärts zu drehen. War gerade in seinem Kopf schon fast Dienstag, war es im nächsten Moment erst Montagfrüh.

Er vermisste sie. So sehr, wie er noch nie einen Menschen vermisst hatte.

Douglas betrachtete ihr Foto. Sie hatte es ihm zum Abschied geschenkt, jenes engelsgleiche Bild, das sie auch den Soldaten geschenkt hatte. Wütend und von Sehnsucht gepackt zerriss er es. Er konnte es nicht ertragen, dass es in hundert Spinden hing.

Vielleicht sollte er ihr schreiben. Einen weiteren Liebesbrief, um seine Gefühle zu sortieren. Für gewöhnlich hasste er es, Worte zu Papier zu bringen. Dafür hatte er schließlich Bennie angeheuert. Und Kenny, der so gute Bücher für ihn schrieb. Die erste Auflage von *Laugh and Live* war schon vergriffen.

»Meine herzallerliebste Mary...«, setzte er an. Doch dann wollten nur Fragen folgen: Hält sich Owen von dir fern? Hast du schon über die Scheidung nachgedacht? Vermisst du mich auch?

»Wenn ich zurück bin, sollst du nur mir gehören«, schrieb seine Feder auf das Papier.

Er zerknüllte es und warf es in den Eimer zu dem Foto. Es reichte doch wohl, wenn sie *einen* Psychopathen in ihrem Umkreis hatte.

Ein neuer Versuch:

»Bei der nächsten Rotkreuz-Spendengala werde ich dich ersteigern. Du bist mir jeden Cent wert.«

Auch dieses Blatt landete im Mülleimer. Eine Frau könnte diese Worte falsch verstehen.

Plötzlich fiel ihm ein Zitat ein, das er immer gemocht hatte. Ja, das war Mary würdig. Als er fertig war, legte er den Stift zur Seite und faltete den Brief in einen Umschlag. Er würde heute das Zimmermädchen bitten, den Umschlag zu adressieren. Gestern hatte er den Pagen gebeten. Mary hatte gesagt, Owen erkenne seine Handschrift.

Draußen ließ die Augusthitze die Luft flirren. Das perfekte Wetter für ein Kletterabenteuer. Unter normalen Umständen wäre er jetzt auf das Türmchen des Hotels geklettert, dorthin, wo ihn niemand sehen konnte, und hätte sich nackt gesonnt. Aber er konnte sich nicht aufraffen. Selbst gestern Abend am Lagerfeuer, als seine

Freunde Bennie, Billy Montana, Chuck the Bull und die anderen Cowboys Paprikaschoten und Hühnerkeulen gegrillt hatten, hatte Douglas wortkarg bei ihnen gesessen und sich einsam gefühlt. Dabei hatten sich ein paar Einheimische dazugesellt – sie waren sonst seine liebste Gesellschaft. Douglas hatte immer das Gefühl, von ihnen lernen zu können. Sie waren so ungehobelt, so furchtlos. Sie schlugen Räder mit brennenden Fackeln – eine Technik, die er schon längst einmal hatte lernen wollen – und tranken Pferdeblut, wohl um ihn zu beeindrucken. Gestern jedoch hatte es ihn nur geekelt, obwohl er sich sonst einen Sport daraus machte, die absurdesten Gerichte zu essen. Als er einmal vor Charlie eine Heuschrecke auf Meerschweinchenfilet gegessen hatte, musste sich sein Freund wegdrehen, um sich nicht zu übergeben.

Douglas hatte die Cowboys an diesem Abend schon früh wieder verlassen. Seither saß er in seiner Suite. Im Nebenzimmer hörte er Beth husten. Der Junge spielte eine Tür weiter mit der neuen Nanny, die Beth für die Reise angeheuert hatte. Ein hübsches Ding mit vollen Lippen und einer brünetten Hochsteckfrisur. Auch sie hätte ihn früher interessiert.

Douglas würde Junior nur kränken, wenn er mit ihm spielte, dachte er. Sein Sohn verstand nichts von den Zinnsoldaten. Er hatte versucht, Junior den Krieg – die Krise in Europa – zu erklären, doch der Junge interessierte sich nicht dafür. Stattdessen hatte er die Zinnpferde in einem Kreis aufgestellt und eine Reitschule gegründet.

Douglas bestellte sich beim Zimmerservice eine halbe Grapefruit, Orangensaft und Toast. Nicht, weil er wirklich Hunger hatte, sondern weil es Marys Lieblingsessen war. Er hatte sogar begonnen, die Grapefruit so zu essen, wie sie es immer tat – mit dem eigens dafür gefertigten gezackten Löffel, anstatt die Stücke auf dem Teller anzuordnen.

Nach dem Essen, das nicht die erhoffte Befriedigung gebracht hatte, arbeitete er seine Korrespondenzen ab. Zukor hatte die PR-Strategie für seinen nächsten Film festgelegt und ihm zur Ansicht geschickt: Poster, Flugzettel und eine sechzehnseitige Mappe mit Bildstrecken und Werbesprüchen. Ein ganzes Buch, verglichen mit den flapsigen Zweiseitern, die Triangle früher rausgeschickt hatte. Zukor brauchte eine Freigabe der Vorschläge, aber Douglas konnte sich nicht konzentrieren.

Es musste doch Wege geben, mehr Zeit mit Mary zu verbringen. Dann könnte er sie endlich für sich gewinnen, sie überzeugen, dass ihre Beziehung eine Chance hatte und dass die Trennung von Owen der einzige Ausweg war. Vielleicht sollten sie einfach still und heimlich abhauen – sich ein wenig verkleiden und eine kleine Reisetasche packen. So, wie sie es bei ihren Picknicks in den Santa Monica Hills gemacht hatten, nur dass sie eben nicht zurückkämen. Er dachte auch an Europa. Doch in den Ländern, nach denen er sich so sehnte, wütete der Krieg. Vielleicht lag aber genau darin ihre Chance. Er Soldat, sie Krankenschwester. Douglas wusste, dass Mary sich mehr einbringen wollte, dass es ihr nicht reichte, auf Spendengalen die Tombola-Lose zu ziehen und auf Rotkreuz-Festen ihre Locken zu versteigern. Doch sie hatten beide feste Verträge, die sie in Amerika hielten. Und Zukor, der sture Ungar, würde sie garantiert nicht freiwillig gehen lassen.

Douglas motivierte sich mit ein paar Liegestützen und Klimmzügen im Türrahmen. Danach rasierte er sich. Natürlich gab es auch im El Tovar einen Barbiersalon, aber der Besuch dort bedeutete Smalltalk, Autogramme geben und gute Laune vortäuschen.

Gerade als er die Wangen fertig mit Schaum bepinselt hatte, klopfte es an die Tür. Der Dienstbote überreichte ihm einen Umschlag.

Douglas erkannte den Stempel. Der Brief kam aus dem Weißen Haus.

Was die wohl von ihm wollten?

Vor einigen Wochen hatte Douglas sich beim Leiter des örtlichen Musterungsbüros nach Möglichkeiten erkundigt, seinem Land im Krieg zu dienen. Doch der hatte nur geantwortet: »Douglas Fairbanks. Sie nützen uns viel mehr in Hollywood. Befehl aus Washington. Aus dem Präsidentenbüro persönlich.«

Kurz darauf waren die Kerle vom Regierungskomitee für Öffentlichkeitsarbeit in ihren schicken Anzügen und polierten Autos in Hollywood aufgetaucht. Sie waren über das Studio-Gelände stolziert und hatten Lasky und Zukor rumkommandiert. Selten hatte Douglas die beiden Bosse so hörig gesehen.

»Der Präsident wünscht mehr Filme wie diesen hier«, hatte einer der Regierungsmänner gesagt und auf ein Plakat von Marys Film *The Little American* gewiesen. »Alles, was Stimmung für den Krieg macht. Und natürlich möchten wir sowieso mehr von unserer kleinen Patriotin sehen!«

Douglas freute sich immer, wenn Mary Lob bekam. Stolz erfüllte ihn, denn nur er konnte behaupten, dass die Königin Hollywoods, die Patriotin Amerikas, ihm verschrieben war. Doch an diesem Tag hatte ihn auch Wut überkommen. Wie diese Männer sich als Filmexperten aufspielten! Bis vor drei Jahren hatte sich niemand für das Medium Film interessiert – höchstens dafür, wie man diesem schändlichen Kameravolk ein Ende setzen konnte. Und nun sollten Filme als Instrumente für Kriegspropaganda eingesetzt werden? Es war klug, keine Frage. Kein Medium war näher am Volk. Und Douglas war auch gern bereit den Helden zu spielen. Aber vom Filmgeschäft an sich, davon hatten diese Männer doch wirklich keine Ahnung!

Douglas hatte sich in ein Diner verzogen, das gegenüber des Sets auf der anderen Seite des Boulevards lag, und ein Thunfisch-Sandwich mit Eisbergsalat bestellt. Während er wartete, lauschte er den Gesprächen um sich herum.

»Die machen Hollywood zu ihrer Propagandamaschine. Nur über meine Leiche«, hörte er den jungen Regisseur Marshall Neilan sagen.

»Na und? Das ist unsere Chance, endlich in den Rang der großen Kunst erhoben zu werden!«, rief der Drehbuchautor John Emerson dazwischen.

»Dazu brauchen wir die Fuzzis von der Regierung nicht!«, rief ein Mann, den Douglas nicht kannte, und der aussah wie ein Statist.

»Die Europäer sorgen schon dafür, dass Hollywood groß wird. Wann hast du die letzte Produktion aus Italien gesehen? Verpulvern alles in ihre Maschinen«, sagte Marshall.

Plötzlich begann ein gutes Dutzend Menschen durcheinander zu sprechen.

»Ich hab gehört, wenn Hollywood die Wünsche der Regierung nicht erfüllt, zensieren sie alle Filme.«

»Pah. Unmöglich. Die können unsere Filme nicht verbieten, bloß weil wir den Krieg nicht verherrlichen!«

»Exportsperren, wenn wir nicht kooperieren – hab ich einen von den Typen sagen hören.«

»Ich habe sogar gelesen, dass sie alle Abendvorführungen verbieten wollen.«

Douglas nahm sein Sandwich und eine Coca Cola und ging zurück ins Büro, um seine Drehbücher zu sichten. Für den Fall, dass die Regierungsleute etwas von ihm wollten.

Doch niemand war auf ihn zugekommen. Bis heute. Bis zu diesem Brief, der ihm gerade ins El Tovar geliefert worden war.

Er überflog das Schreiben – die förmliche Anrede, die sachlichen Paragrafen –, bis er zum einzig wesentlichen Satz kam:

»Wir laden Sie ein, die Vereinigten Staaten von Amerika durch den Verkauf der Kriegsanleihen Liberty Bonds im Rahmen einer mehrwöchigen Tour zu unterstützen. Ihre berühmte Persönlichkeit wird dabei helfen, Geld für diesen großen Krieg zu sammeln.«

Es gab keine Passage, die über eine Möglichkeit der Zu- oder Absage informierte. Dieses Schreiben war seine Form der Einberufung.

Hastig las er weiter.

Den Brieföffner unter jede Zeile haltend unterstrich er die Ortschaften, die er bereisen sollte. Kleinstädte an der Ostküste, von denen die meisten ihm nichts sagten. Die Tour würde als Gruppenreise mit anderen bekannten Teilnehmern beginnen, danach würde man sich aufteilen. Er blätterte um. Auf der nächsten Seite standen die Namen der anderen Schauspieler. Charlie Chaplin und – sein Herz stolperte kurz – Miss Mary Pickford.

Mary und er sollten eine gemeinsame Reise unternehmen? Genau davon hatte er immer geträumt! Natürlich nicht unter diesen Umständen, und nicht unbedingt mit seinem besten Freund zusammen, aber dennoch: Er würde ganze Tage mit ihr verbringen können. Douglas hob den Brief noch einmal hoch und prüfte, dass er sich auch nicht verlesen hatte. Nein. Er malte es sich aus: Er und Mary im Pullman-Zug auf ihrer Reise an die Ostküste. Vier lange Tage, die nur ihnen gehören würden. Seine Gedanken schweiften ab. Er vergaß ganz, welchen wichtigen Zweck dieser Auftrag hatte. Fort waren auch alle Bedenken, die er beim Lesen des Briefes gehabt hatte – ob eine Tournee wie diese ihm behagen würde, ob er denn überhaupt ein guter Verkäufer wäre, was das für seinen nächsten Film bedeuten würde. Es war ein Auftrag der Regierung. Er musste folgen.

Nachdenklich kringelte er den Absatz mit den Details zur gemeinsamen Tour ein, zuerst klein, dann immer größer. Natürlich, sie würden danach dreieinhalb Wochen getrennt sein, wenn sie in unterschiedliche Himmelsrichtungen fuhren, um die Anleihen zu verkaufen. Aber das war *danach*. Hier war ihre Chance, viel Zeit miteinander zu verbringen. Weit weg von Owen, weit weg auch von Beth, wie er hoffte.

Er musste zusagen. Und Mary sofort schreiben! Hatte sie ihren Brief von der Regierung ebenfalls erhalten?

Douglas klingelte nach neuem Briefpapier, bevor er zu Beth ging, um ihr von seinen Plänen zu berichten.

»Liebes, ich denke, die Zeit ist für mich gekommen, mich für unser Vaterland einzusetzen«, sagte er, noch bevor er die Tür weit genug geöffnet hatte, um zu erkennen, ob sie schlief oder las. Sie war wohl gerade dazwischen, rollte sich schläfrig zur Tür hinüber.

»Douglas, nicht jetzt«, sagte Beth.

Ihre Locken saßen perfekt, der Kragen ihres Nachthemds war faltenfrei, aber sie war blass im Gesicht.

Douglas konnte nicht warten. »Doch, Beth. Jetzt. Ich muss meine Zusage an die Regierung senden, postwendend.« Seine Stimme wurde lauter.

Beth setzte sich im Bett auf. Sie legte den Kopf schief und zog einen Schmollmund, wie eine Mutter, die ihr Kind zwar süß fand, ihm aber dennoch gleich verbieten würde, den Kuchenteig zu essen.

»Das wirst du nicht tun, Douglas.« Sie schwang ihre weißen, kräftigen Beine aus dem Bett. »Der Junge hat gerade erst mit der Schule begonnen. Werd endlich… du weißt schon… normal«, flüsterte sie. »Er braucht seinen Vater.«

»Es ist doch bloß für…«

»Und wie bitteschön soll ich deinen Einsatz meinem Vater erklären?«, unterbrach sie ihn. »Er wird alle Hebel in Bewegung setzen, dass du hierbleiben darfst.«

»Beth, wenn du mich mal zu Wort kommen ließest?« Er faltete den Brief auseinander und reichte ihn ihr. Sie überflog ihn.

»Ach, diese Anleihensache meinst du. Und ich dachte, du wirst einberufen«, seufzte sie und sank wieder ins Bett. »Douglas, willst du denn wirklich wie ein Straßenhändler durch das Land tingeln?«

»Es ist keine Einladung, Beth. Es ist ein Befehl der Regierung. Man kann nicht Nein sagen.« Er legte eine kurze Pause ein. »Und mit Charlie an meiner Seite bin ich ein ziemlich begehrter Straßenhändler, Beth. Es wird ein Spaß werden. Junior und du, ihr könnt mich ein Stück weit begleiten«, setzte er nach. Diese Aufforderung barg kein großes Risiko, denn er wusste, dass Beth nicht an die Ostküste reisen würde.

»Douglas, ich habe dir doch gerade gesagt, dass das Kind endlich Anschluss findet. Wir kommen bestimmt nicht mit.«

»Es wäre eine Chance für Junior, das echte Leben kennenzulernen, statt der verzogenen Gören in ihren Uniformen auf der Privatschule.«

»Wolltest du nicht mit Anita Loos am nächsten Drehbuch schreiben?«, fragte Beth in dem offensichtlichen Versuch, ihn dazu zu bewegen, der Regierung abzusagen. Diese Frau hatte doch keine Ahnung! Glaubte immer, dass alles nach ihrem Kopf ging! Als ob Douglas Präsident Wilson einfach einen Korb geben könnte. Er schnaubte.

»Die Regierung glaubt an mich. Sie braucht mich. Ich kann diesem Land helfen. Denk an den inszenierten Boxkampf vor dem Opernhaus in Downtown.« Er machte einen Punch in die Luft. Spontan hatten Charlie und er vor ein paar Tagen vor der Oper in Los Angeles für das Rote Kreuz einen kleinen Wettkampf inszeniert und im Anschluss Autogramme gegeben. Douglas hatte das Geld nicht gezählt, aber er wusste, dass der Kampagnenleiter ihn umarmt und geradezu gebettelt hatte, diesen Auftritt zu wiederholen.

»Du solltest Prioritäten setzen, Douglas. Deine Karriere! Der Zeitpunkt ist noch nicht gekommen, um dich der Werbung anzubieten.«

Douglas hielt sich am Bettpfosten fest, um die Beherrschung nicht zu verlieren. In ihrem Inneren war Beth eben doch ein verwöhntes, neureiches Mädchen. Wie konnte sie das Spendeneintreiben für den Krieg mit Werbung vergleichen? Er wollte sie an ihren runden Schultern packen, sie schütteln und anbrüllen, dass sie ruhig ebenfalls ihr Hinterteil aus dem Bett bewegen könnte, um ihr Vaterland zu unterstützen. Aber natürlich tat er das nicht.

»Beth, ich habe mich entschieden«, sagte er. »Ich muss Amerika meinen Dienst erweisen.«

»Wie du meinst, Douglas.« Sie seufzte kurz auf, bevor sie sich zu ihrem Tee hinüberbeugte, der auf einem silbernen Tablett auf dem Nachttisch stand. Als sie den erkalteten Tee schmeckte, verzog sie die Lippen. »Solange Junior und ich dich nicht begleiten müssen, mach einfach, was du für richtig hältst. Aber pass auf, dass die Familie nicht leidet!«

Noch vor seiner Rückkehr nach Los Angeles diktierte Douglas Bennie, was man für ihn im Haus in Hollywood zusammenpacken sollte.

Dann telegraphierte er seinem Freund Charlie: »Wenn zwei eine Reise tun, sollen sie was erleben. Auf geht's ins Weiße Haus, Old Sport!«

Douglas wusste, dass Charlie ebenfalls nicht wagen würde abzusagen. Die Zeitschriften waren schließlich voll mit Vorwürfen, dass er – der gerade einmal achtundzwanzig Jahre alt war und damit in bester Verfassung für das Militär – weder für sein Heimatland Großbritannien noch für Amerika an die Front zog.

Und Mary? Sie würde vermutlich auch gerade den Brief in den Händen halten. Ob die Aussicht, gemeinsam für das Vaterland zu verreisen, dieselben Gefühle in ihr auslöste? Sie würde bestimmt mitmachen. Er wusste, dass es sie traurig stimmte, tatenlos den Meldungen vom Krieg zu folgen. Manchmal hatte er fast Sorge, sie längst nicht mehr in Hollywood vorzufinden, sondern in einem französischen Lazarett.

Vier Wochen später waren Douglas' Filmszenen in Arizona abgedreht und Beth weitgehend genesen. Alles war bereit für den Start der Liberty Bond Tour.

Der Zug verließ Los Angeles um Mitternacht – fünf Pullman-Waggons, eine ganze Zuggarnitur für sie allein. Einen Waggon für Charlie, einen für Douglas, einen für Mary, das Personal, und, ja, auch einen für Charlotte. Es war klar, dass Mary nicht ohne ihre Mutter reisen würde, schon gar nicht, wenn die Alternative gewesen wäre, sie in L.A. mit Owen zurückzulassen. Und dennoch spürte Douglas Enttäuschung und Wut. Am Anfang, als er Mary kennengelernt hatte, hatte er versucht, Charlotte mit seinem Charme für sich zu gewinnen. Lange hatte er in ihr eine Art Verbündete gesehen, schließlich mochte sie Owen nicht und hatte sich ihm, Douglas, gegenüber immer wohlwollend gezeigt. Nun aber hatte die Situation ungeahnte Wendungen genommen. Diese Matrone entwickelte sich zu einer wahren Nervensäge. Zuerst die Sache mit Detektiv Hemmer, dann die Idee, Owen wieder ins Haus zu lassen. Hinzu kam ihr Alkoholkonsum. Wie sie im Bahnhofsrestaurant einen Drink nach dem nächsten gekippt hatte! Mary wollte es nicht wahrhaben, aber diese Frau hatte ganz sicher keinen klaren Blick mehr auf die Dinge.

Doch Mary hatte ihre Mutter offenbar ein wenig in ihre Schranken gewiesen. Mrs. Pickford verzog sich sofort nach der Abreise in ihren privaten Waggon. Genauso wie Charlie, der gerade seinen neuen Film abgedreht hatte und müde und mürrisch war.

Drei Tage verbrachten Mary und Douglas zusammen. Tage der Zweisamkeit, viele Stunden davon im Bett. Wie er es liebte, sich an ihren Körper zu schmiegen, ihr das Haar aus dem Gesicht zu streichen. Selbst die Zeit, in der sie im Halbschlaf nebeneinanderlagen, das Geruckel des Zuges spürend, empfand er als aufregend. Er wünschte, die Zeit würde stehen bleiben. Gestört wurden sie nur, wenn das nichtsahnende Personal anklopfte, um Miss Pickford oder Mr. Fairbanks (je nachdem, in welchem Waggon sie sich befanden) mitzuteilen, dass der Servierwagen vor der Tür stand. Zudem ging Mary jeden Tag um 19 Uhr zu einem »Meeting« mit ihrer Mutter, das sie in Charlottes Abteil abhielten. Wenn Mary sich an diese Abmachung hielt, hielt Charlotte sich aus ihren Angelegenheiten heraus, so schien es.

Am Anfang der Reise gab es nur wenige Zwischenstopps, von denen sie die meisten verschliefen. Dann aber erreichte ein Telegramm von William McAdoo, dem Delegationsleiter, die Reisenden: Er befahl, die kurzen Zugaufenthalte als Aufwärmübung für die spätere Tour zu nutzen. Das Problem war bloß, dass die Halte nicht angekündigt wurden. In Kansas zum Beispiel drängten sich plötzlich die Zuschauer auf den Bahnsteigen. Sie wedelten mit Fähnchen und hielten Plakate hoch. Douglas sprang – noch mit offenem Hemd – direkt vom Waggonfenster auf das Zugdach und rannte oben auf und ab, bis Mary sich so weit angezogen hatte, um wenigstens aus dem Fenster zu winken.

»Zeigt, dass ihr treue Amerikaner seid! Kauft Liberty Bonds!«, rief er und pfiff schrill, während der Zug schon wieder aus dem Bahnhof herausrollte. Aber er konnte noch sehen, wie die Fans zu dem kleinen Verkaufsstand stürmten, der vor dem Fahrkartenschalter aufgebaut war.

Nach drei Tagen hatten Mary und er alles nachgeholt, was ihnen in der Zeit ihrer Trennung während seines Aufenthalts in Arizona gefehlt hatte. Auch Charlie war ausgeschlafen, und Mrs. Pickford hatte genug vom Abstand ihrer Tochter. So verbrachten die vier den letzten Tag ihrer gemeinsamen Fahrt im Salon, rauchend, trinkend, musizierend, politisierend und spielend. Douglas war sogar ein bisschen stolz auf sein selbst erfundenes Spiel, bei dem einer ein Wort sagen und der andere dann drei Minuten über ebendieses Wort einen Monolog halten musste. Deckenlampe. Fensterjalousie. Aktenkoffer. Schöpflöffel... Sie hatten herrlich viel Spaß. Wie überraschend friedlich es war, dachte Douglas. Vielleicht konnte eines Tages Marys und seine gemeinsame Zukunft so aussehen?

## 15
## MARY

Endlich erreichten sie New York. Es fühlte sich seltsam an, nach viereinhalb Tagen im Zug nun in dieses Automobil zu steigen und sich so nah am Boden zu bewegen, dachte Mary. Der Chauffeur lenkte sie vorsichtig durch die Menge. Nicht die vielen Automobile und die vereinzelten Kutschen waren das Problem, sondern die Menschen. Überall drängten sie nach vorn. Mary sah Chaplin-Doubles mit Hüten, Schnurrbärten und Pluderhosen, Frauen, die die gleiche Frisur trugen wie sie selbst, und ein paar Männer mit Cowboyhut und offenem Hemd, die Douglas huldigen wollten.

Eine Gänsehaut überkam sie, als die Automobilkolonne den Broadway verließ und in das obere Ende der Wall Street einbog. Hier war er also: der große offizielle Auftakt der Liberty Bond Tour. Zehntausende Menschen wurden erwartet. Wohin sie blickte, konnte sie nur Gesichter sehen. Nassau Street, Bond Street, Wall Street – die Menschen drängten sich von Hauswand bis Hauswand.

»35.000 Leute sollen es sein. 35.000!«, hörte sie McAdoo sagen.

Er begleitete sie und Douglas im vorderen Ford T. Charlie fuhr dahinter mit der Schauspielerin Marie Dressler. McAdoo wollte, dass auch ein Star vom New Yorker Broadway bei den Auftritten in New York mit dabei war. Charlotte hatte sich von der Gruppe getrennt. Der Trubel bekam ihr nicht, und sie wollte in der New Yorker Wohnung nach dem Rechten sehen.

Mary knetete nervös ihre Hände. Sie fühlte sich nicht gerüstet für diesen Auftritt. Ihre Fingerknöchel schmerzten. In den Regionalbahnhöfen hatte sie in den vergangenen Tagen bereits Anleihe um Anleihe signiert. Ihr Nacken und ihre Schultern waren schrecklich verspannt, schlimmer als nach dem längsten Drehtag. Zudem hatte sie kaum geschlafen, war immer wieder atemlos hochgeschreckt. McAdoo hatte ihnen für die vergangene Nacht ein Stockwerk im Biltmore reserviert. Ausgerechnet im Biltmore! Zwar lag Marys Zimmer nicht im selben Stock wie früher, dennoch waren immer wieder die Erinnerungen an jenen kalten Januarmorgen in ihr hochgekommen, an Owens hämisches Lachen, die Prellungen, die Aussichtslosigkeit ihrer gesamten Situation.

Einmal hatte sie in der Nacht sogar geglaubt, Owens Schatten an der Wand zu sehen. Sie war aufgestanden und hatte das Bade- und das Vorzimmer untersucht, um sicherzugehen, dass sie sich getäuscht hatte, bevor sie wieder zu Douglas ins Bett gekrochen war.

Die Angst vor Owen ließ Mary nicht los. Schon während der gesamten Zugfahrt war sie immer auf der Lauer gewesen, hatte jeden Augenblick damit gerechnet, ihn plötzlich aus dem nächsten Waggon hereinwanken zu sehen, und jetzt – hier in der Menschenmenge – wurde die Furcht sogar noch größer: Ein Hut, der aussah wie seiner, ein Mantel in der Farbe seines Trenchcoats oder einfach nur ein Johlen, das seinem ähnlich klang.

Dabei wusste sie, dass er es nicht wagen würde. Mama hatte ihm nach seiner Drohung persönlich die Koffer gepackt und ihn noch in der Nacht in eine Privatpension gebracht. Dort hatte sie ihn mit einer dicken Geldrolle und dem Versprechen abgesetzt, für seine Unterkunft und Vergnügungen in den nächsten Wochen aufzukommen, wenn er sich still verhielt und die Waffe abgab. Mary bewunderte Mama, die ruhig und bestimmt nach einer Lösung des Problems gesucht hatte, auch wenn sie dabei gar ihr Leben riskiert hatte. Zu diesem Zeitpunkt hatten sie noch nicht gewusst, dass Owens Pistole nur eine Attrappe gewesen war.

Das Auto bewegte sich nicht mehr. Es war unmöglich, die letzten Meter zum Treasury Gebäude zu fahren, selbst die Polizisten waren machtlos. Schlussendlich bahnten die Offiziere Mary und ihren Begleitern einen schmalen Pfad durch die Menschenmenge und bildeten eine Art Absperrung für sie. Mary sah Füße und Fäuste, die versuchten, sich durchzuboxen. Sie hörte ihren Namen. Von Tausenden Menschen gerufen, klang er verzerrt und hässlich. Einen Augenblick lang wünschte sie sich, wieder Gladys auf den Treppen vor dem Haus in Toronto zu sein.

Douglas Wärme spendete ihr den einzigen Trost. Er saß Oberschenkel an Oberschenkel mit ihr, näher, als er es sich jemals in Hollywood in der Öffentlichkeit getraut hatte. Mary versuchte, sich auf diese warme Stelle zu konzentrieren, an der sich ihre Körper berührten. Douglas schien ihre Anspannung zu bemerken und legte seine Hand auf ihre. »Niemand wird etwas bemerken«, flüsterte er. »Und du wirst das toll machen!«

Sie wollte ihm wirklich glauben. Ja, die Menschen waren ekstatisch, sie drei zusammen zu erleben – Charlie, Douglas und Mary. Das Goldene Trio, im Dienst der Nation. Niemand würde sich in dieser Situation dafür interessieren, wer mit wem in welchem Bett schlief.

McAdoo und der Polizeidirektor deuteten auf eine Holzplattform, die neben der George Washington Statue vor dem Treasury Gebäude aufgebaut worden war. Von dort aus führte ein schmaler Steg zum Hintereingang eines Bürogebäudes. Hier warteten nach ihrem Auftritt Waschräume und Erfrischungen auf sie.

Sie würden in folgender Reihenfolge auf die Bühne treten: Marie, Douglas, Charlie, und zuletzt sie, Mary.

Den Applaus um Maries Rede nahm Mary nur am Rande wahr, während McAdoo mit ihr noch einmal ihre Schlüsselbotschaften durchging. Anschließend nickte er ihrer Aufmachung – dem kleinen Soldatenmützchen, an dem ein kleiner Schleier hing – bestätigend zu. »Sie sehen aus wie die Braut Amerikas«, sagte er.

Douglas kniff ihr unauffällig in den Po. Mary erschrak und zog damit alle Blicke auf sich. Charlie verdrehte die Augen. Die anderen taten so, als merkten sie nichts. Zum Glück war Douglas als Nächster dran. Während er auf die Bühne sprang, stand Mary neben Charlie und spürte die Nervosität in ihr aufsteigen. Vor Publikum zu sprechen hatte ihr noch nie wirklich gelegen. Als Kind hatte sie vielleicht noch keine Scheu gehabt. Die Kinderrollen, die sie damals vor einem Publikum aus gelangweilten Hausfrauen gespielt hatte, waren keine wirkliche Herausforderung gewesen. Aber spätestens mit der Pubertät war ihr Mut verschwunden. Sie hatte damals versucht, sich mit dem schwarzen Nichts anzufreunden: Während der Zeit für Belasco auf der Bühne sprach sie einfach in die Dunkelheit. Geblendet vom Bühnenlicht konnte sie ohnehin keine Gesichter ausmachen. Seit sie beim Film war, lernte sie den Text zwar auswendig, damit sie die Lippen richtig bewegte, hoffte aber inständig, dass die Erfindung vertonter Filme noch in ferner Zukunft lag.

Wann immer sie vor Publikum sprechen sollte – vor den Soldaten, vor den Gästen der Rotkreuz-Party, und nun, wie es schien, vor halb New York –, sagte Mama, sie solle sich die Menschen in ihren Unterkleidern vorstellen. Für gewöhnlich funktionierte es, heute aber sprengte die schiere Unüberschaubarkeit der Menge Marys Vorstellungsvermögen.

McAdoo hatte es ihr überlassen zu entscheiden, ob Charlie oder sie zuerst auf die Bühne traten. Mary wusste nicht, was ihr lieber war. Ging sie zuerst, käme es ihr vor, als würde das Publikum nur auf ihn warten, als sei sie eine Aufwärmkünstlerin, die in seinem Schatten stand. Ging *er* allerdings zuerst hinaus, würden alle mit ihren Bärtchen, Hütchen und übergroßen Schuhen jubeln und von ihr erwarten, dass sie seinen Klamauk fortsetzte, wozu sie gewiss nicht bereit war. Schon gar nicht hier.

Sie bewunderte Douglas, der völlig frei von Lampenfieber zu sein schien. Nachdem er ihr kurz zugezwinkert hatte, war er hinauf auf die Bühne gestiegen, völlig mühelos. Er grüßte mit breitem Grinsen, bevor er sich auf die Brüstung schwang und im Handstand von einer Seite des Publikums zur anderen lief. Mary sah die ängstlichen Blicke der Polizisten direkt unter der Bühne, während sie sicherheitshalber die Arme ausstreckten, um einem fallenden Fairbanks Hilfe zu gewähren. Doch der sprang elegant zurück auf die Plattform, lieferte aus dem Stand drei Saltos und winkte.

»Ladies and Gentlemen. Investiert in Amerika!«, rief Douglas, bevor er sich mit einer Verbeugung, aus der er sich gleich in den Liegestütz und wieder zurück in die Verbeugung brachte, verabschiedete. Doch das Publikum wollte mehr. Sie grölten und drängten. Also pfiff Douglas Charlie auf die Bühne und ließ ihn auf seine Schultern steigen. Sie wankten winkend vor dem Publikum hin und her, und Mary musste unwillkürlich an ein langhalsiges Monster denken.

Das Douglas-Charles-Ungeheuer beugte sich zum Publikum hinunter, und ein Meer aus Taschentüchern jubelte ihnen zu.

Nach wenigen Minuten bedeutete McAdoo ihnen mit einer rotierenden Bewegung, dass es Zeit war für den Wechsel. Douglas stellte Charlie ab, hob einen imaginären Hut, nahm Anlauf und sprang die Bühnentreppen hinab.

Mary wich zur Seite. »Douglas, du bist ein Naturell!«, rief sie und klatschte in die Hände. Eine Haarsträhne war ihm auf seine schweißbenetzte Stirn gerutscht. Es fiel ihr schwer, ihn nicht zu berühren.

»Kann jemand Mr. Fairbanks ein Glas Wasser bringen?«, rief sie den vor Bewunderung untätig gewordenen Assistenten zu.

Während Douglas das Glas in einem Zug leerte, hörte Mary Charlie draußen auf der Bühne. »Jeder Cent zählt, Leute!« Es folgte abermals tosender Beifall.

»Adrenalin, pures Adrenalin, Darling«, sagte Douglas. Er strich ihr wieder und wieder über beide Schultern. Mary sah sich nervös um. Sie waren sich einig, dass niemand während der Tour etwas von ihnen beiden mitbekommen sollte. Es musste ja nicht gleich bis zum Präsidenten vordringen, dass sie eine Affäre hatten. Doch noch bevor Mary Douglas ermahnen konnte, erschien Charlie schon wieder auf der Holzrampe. Sie war an der Reihe.

»Rauf mit dir, Hipper«, flüsterte Douglas und stupste sie sanft. »Verzaubere sie!«

McAdoo stand mit seinem Klemmbrett und der Stoppuhr bereits auf der Leiter. Mary holte tief Luft und strich ihr blaues Seidenkostüm glatt. Es schnürte sie an der Hüfte ein, völlig unpassend, um vor einem Meer an Menschen herumzugestikulieren. Aber sie wusste, dass diese Aufmachung Douglas gefiel. Und was Douglas gefiel, würde auch Amerika gefallen.

Alle Augen waren auf sie gerichtet – auf das Halbwaisenmädchen aus dem frostigen Toronto, das es mit Schweiß und Blut bis nach ganz oben geschafft hatte. Mary kannte diese Momente, natürlich. Von den Filmpremieren, zu denen sie von Polizisten begleitet wurde; von den Begegnungen mit den Teenagermädchen, die in den Ferien vor dem Studiozaun lauerten.

Vor 35.000 Menschen allerdings war sie noch nie gestanden. Ihr Herz raste. Die Hände waren klamm.

Was, wenn sie alle auf ihre Bühne zustürmten und sie

zum Einstürzen brachten? Wenn die Wucht der Menschenmenge sie gegen die Mauern des Treasury Gebäudes drängte? Mary versuchte, an Douglas zu denken, und wie agil er hier oben geturnt hatte. Er würde sie retten.

Ein kalter Wind war aufgezogen und wehte um ihre Knöchel, die nur mit Nylonstrümpfen bedeckt waren. Die Locken waren mit Haarspray fixiert, doch sie spürte, wie der Wind an ihrem kleinen Schleier zog.

Sie atmete ein, winkte und belohnte das Publikum mit dem Lächeln, das sie sehen wollten. Sie befahl sich zu funktionieren – für ihre Heimat, für die Demokratie. Für die Gerechtigkeit.

»Meine lieben Freunde!«, rief sie ins Megafon.

Die Menge grölte.

»Die Welt ist in Aufruhr. Die Menschen brauchen eure Hilfe!«

Ein paar Frauen zogen kleine Amerika-Fähnchen aus ihren Dekolletees, so wie sie es selbst in *The Little American* gemacht hatte.

»Zusammen können wir diesen schrecklichen Krieg gewinnen und ihm ein Ende setzen!«

Der Lärm wurde tosend.

Gehorsam gab Mary McAdoos Botschaften wieder. Das Publikum jubelte. Inzwischen klammerte an jedem Laternenpfahl ein halbes Dutzend Männer, einer trug sogar seinen Sohn auf den Schultern.

Sie hatte es nicht vorgehabt, doch plötzlich stieg auch sie – wie Douglas – auf das Geländer der Bühne.

»Jeder einzelne Dollar kann Wunder bewirken!«

Sie kletterte noch eine Sprosse hinauf. Ihr Schleier

zerrte jetzt noch fester an ihrem Hinterkopf, und ein erster Regentropfen fiel auf ihr Nasenbein.

»Wir sind Brüder und Schwestern, die zum Frieden verhelfen!« Sie breitete ihre Arme vor sich aus, um zu zeigen, dass sie eine von ihnen war. »Kauft Anleihen! Kauft Anleihen!«

Der Regen wurde immer stärker. Dicke Tropfen schnalzten nun auf den Asphalt. McAdoo bedeutete ihr runterzukommen, doch sie konnte nicht. Noch nicht. Hier oben zu stehen, etwas zu bewegen und gehört zu werden – das war sogar noch besser als die Standing Ovations im Belasco Theater am Broadway. Sie hatten die Menschen dort unten miteinander verbunden: Ein Menschenmeer, das nun darum kämpfte, die Welt in einen besseren Ort zu verwandeln. Sie wollte diesen Moment auskosten.

McAdoo winkte nochmals. Gleich würde einer der Sicherheitsbeauftragten sie herunterholen. Mary wusste, es war Zeit für den Abschied. Mit einer Hand riss sie den Schleier von ihrer kleinen Kappe und hielt ihn wie eine Fahne im Wind, bevor sie ihn losließ und er in Richtung Hudson fortgetragen wurde.

Sie winkte McAdoo hinauf auf die Bühne.

»Meine Damen und Herren, ich präsentiere Ihnen Mr. McAdoo, dem unser Land so vieles zu verdanken hat!«

Von ihrer Spontanität überrascht, stolperte der hochgewachsene Regierungsbeamte auf die Bühne.

»Und Mr. Charles Chaplin.« Charlie kam tänzelnd und winkend zu ihnen hinauf. In ihrem Überschwang drückte Mary ihm einen freundschaftlichen Kuss auf die

Stirn. Er zeigte seine Verblüffung nicht, schlüpfte stattdessen gleich in seine Rolle, watschelte ein paar Schritte und hielt die Hand in gespielter Scham vor den Mund. Das Volk jubelte, endlich den Tramp zu sehen, den sie schließlich noch mehr liebten als Charles Spencer Chaplin.

Douglas brauchte keine Aufforderung, um noch einmal auf die Bühne zu kommen. Er hatte sich einen Schnurrbart aufgeklebt und schwankte jetzt mit Marie auf den Schultern über die Rampe hinauf. Inmitten dieses Trubels spürte Mary plötzlich einen flüchtigen Moment der Eifersucht. Doch dann nahm er ihre Hand. Sie verbeugten sich, neigten die Köpfe zum Applaus.

Selbst Charlie, der Ruhigste unter ihnen, schien aus der Reserve gelockt zu werden. Er folgte Douglas' Aufforderung und kletterte auf das Geländer. Mary sah, wie sein Fußballen die Strebe verfehlte, zunächst das linke Bein ruckartig nach unten abrutschte, dann der Rest seines Körpers.

Aus den Zurufen des Publikums wurde nervöses, zischendes Geflüster. Douglas war schon von der Bühne hinunter zu seinem Freund gesprungen. Mary beugte sich mit McAdoo über die Brüstung. Die Polizisten hatten sich schützend in einem Kreis aufgestellt, ein Sanitäter eilte herbei, doch Charlie war – wie in jeder peinlichen Situation – bereits wieder in die Rolle des Tramps geschlüpft. Er richtete sich seinen imaginären Hut, kniete sich mit großen traurigen Augen vor den Mann, auf den er gefallen war, und begann mit übertriebener Sorge dessen Sakko abzuklopfen, bis dieser den Ulk erkannte und ebenfalls zu zupfen und zu bürsten begann. Eine ganze

Weile saßen sie da: Charlie Chaplin und Mr. Franklin Roosevelt, Marinesekretär, wie sich sein Gegenüber später vorstellen würde.

Der Regen verwandelte sich in Hagel. Unter ausgebreiteten Decken und hochgehaltenen Zeitungen wurden die Schauspieler schließlich ins Gebäude geleitet. Auf Marys Jäckchen perlten die Wassertropfen. Sie zog es aus und rieb sich mit den Händen Arme und Beine trocken. Drinnen herrschte reges Treiben. Die von McAdoo engagierten Assistenten, die bislang nur staunend aus den Fenstern geschaut hatten, um jeden Auftritt der Schauspieler zu bewundern, eilten nun geschäftig herum. Tee wurde bereitet und wieder ausgeleert, weil er zu stark, zu milchig, zu kalt war, und dann schlussendlich doch verteilt. Ein junges Dienstmädchen trug einen Stapel Wolldecken herbei und stand dann hilflos im Raum, unsicher, wem ihrer Idole sie zuerst einen der wärmespendenden Umhänge reichen sollte. Douglas erlöste sie, indem er Charlie eine Decke zuwarf, bevor er behutsam eine andere um Marys Schultern legte und ihr dabei den Oberkörper rieb.

Niemand schenkte der Geste große Beachtung, denn es klopfte an der Tür. Der Polizeiarzt war da, um Charlies Knöchel zu untersuchen. Charlie versicherte, beschwerdefrei zu sein, doch als der Arzt sich beharrlich gab, mimte Charlie einen leidenden Patienten, stöhnte »Ooohh« und »Aaahh« bei jeder Berührung und humpelte ein paarmal im Kreis herum, bis der Arzt sich vor Lachen selbst nicht mehr halten konnte, seinen Patienten für gesund erklärte und bei Bedarf kühle Wickel verschrieb.

Beim Hinausgehen gab der Doktor Bennie Zeidman die Klinke in die Hand. Douglas' Assistent war kurzatmig vor Aufregung; er fuchtelte wild hinüber zu den Fenstern.

»Seht euch das an, Leute! Die Verkäufe gehen durch die Decke!«

McAdoo, Douglas und Charlie traten ans Fenster. Mary spähte zwischen ihren Köpfen hindurch. In der Tat: Trotz des Regens bildeten sich vor den aufgestellten Verkaufsständen lange Schlangen; manche davon verschwanden sogar um die nächste Häuserecke. Eilig wurden zusätzliche improvisierte Verkaufstresen aufgestellt, um dem Ansturm gerecht zu werden. Während sie dem Treiben dort draußen zuschaute, überkam Mary eine tiefe Zufriedenheit. Wie sehr es sich doch ausgezahlt hatte, ihr Lampenfieber zu überwinden.

Sie ging in den Nebenraum, in dem ein Ganzkörperspiegel hing, um ihre Aufmachung zu überprüfen und dem Trubel ein wenig entkommen. Im Raum herrschte eine wundervolle Stille. Mary atmete auf. Schnell aber merkte sie, dass sie nicht alleine war. Sie hörte seinen Atem, kannte seinen Gang – Douglas war ihr gefolgt.

»Du warst umwerfend«, sagte er und umarmte sie. Mary schmolz in seine Umarmung hinein und atmete im Gleichklang mit ihm ein und aus. Langsam wich die Anspannung, der Nervenkitzel wieder aus ihren Gliedern.

Nach einer Weile löste Douglas die Umarmung und sah ihr in die Augen.

»Bravo Hipper.« Er spielte mit ihrer vordersten Locke. Ohne nachzudenken, und noch immer überwältigt von ihren Gefühlen, küsste Mary ihn. Sie hatten gerade zu Tausenden von Menschen gesprochen und wahrscheinlich Millionen Dollar gesammelt. Sie konnte jetzt nicht vernünftig sein. In ihrem Rausch zog sie ihn weiter in die Waschräume, wo Duschen bereitgestellt waren.

Sie ließ ihren hellblauen Rock auf den gekachelten Boden fallen, band die Haare nach oben und zog sich dann ganz aus, bevor sie ihn mit dem Zeigefinger in die Dusche lockte. Es war, als stünde sie neben sich und beobachtete diese selbstbewusste Version ihrer selbst, die Douglas verführte. Der wagte einen schnellen Blick zur Tür, dann zog er sein Hemd über den Kopf.

Es war ihr egal, wer sie hörte. Charlie. Marie. McAdoo. Mr. Roosevelt. Mary drehte das kalte Wasser ganz auf und ließ es auf ihre Schultern prasseln, um zu spüren, dass dieser Tag wirklich passierte.

Sie standen am Fenster und beobachteten, wie sich die Menschenmenge langsam auflöste. Ihr Auftritt war mittlerweile gut eine Stunde her, aber McAdoo hatte angeordnet, dass sie noch eine Weile im Gebäude bleiben sollten. Charlie saß unter dem Fenster, gerade so, dass die Leute ihn unter dem Fensterbrett nicht sahen, er aber beobachten konnte, was draußen passierte.

Douglas lief unruhig auf und ab. Es passte ihm ganz und gar nicht, hier eingesperrt zu sein.

»Wenn Sie jetzt rausgehen, werden sich die Leute auf Sie stürzen wie die Geier«, warnte McAdoo. Die Sicherheitsbeamten nickten bestätigend.

Douglas balancierte eine Zeit lang auf einem Heizungsrohr, bevor er seine Socken auszog und sie zu einem

Paar zusammenknäuelte. Er warf Charlie einen Pass zu. Eine leere Milchflasche war schnell gefunden, und bald spielten alle Männer im Raum Sockenbaseball.

»Lass mich mal«, sagte Mary und nahm Charlie die Flasche ab. Douglas warf den Ball, sie holte aus und schlug ihn direkt durch die Tür ins Nebenzimmer. Das Training mit ihrem Bruder Jack an den vielen lauen Sommerabenden auf den Straßen von Toronto war nicht umsonst gewesen.

»Homerun!« Douglas pfiff in schrillen Tönen und strahlte sie an.

Die Euphorie wurde durch das Klopfen eines Sicherheitsbeamten unterbrochen. Er überreichte McAdoo ein Telegramm, der dieses sofort an Douglas weiterreichte. Mary beobachtete, wie er den dünnen Umschlag zwischen den Fingern knetete, unwillig ihn zu öffnen, als befürchtete er, der Inhalt könnte die einzigartige Stimmung dieses Tages zunichtemachen. Mary sah ihn fragend an, doch Douglas schüttelte bloß kurz den Kopf, bevor er den Brief in die Brusttasche steckte und weiterspielte.

Sobald der Weg frei war, lotsten zwei Polizisten sie zu den Autos, die trotz des Wetters blitzblank poliert und mit amerikanischen Fähnchen geschmückt vor der Tür auf sie warteten. McAdoo hatte für den Abend ein Dinner im privaten Speisesaal des Biltmore organisiert. Da sie so lange im Treasury Gebäude festgesessen hatten, blieb wenig Zeit, sich zurechtzumachen. In ihrer Suite entschied Mary sich rasch für ein dunkelgrünes, knöchellanges Abendkleid mit kleiner, dünner Tüllschleppe, die gerade bis zum Boden reichte. Die Schleppe hatte eine kleine Schlaufe, sodass man das Stück Stoff über einen Finger stülpen konnte. Mary liebte solch verspielte Details. Vor dem Spiegel prüfte sie noch einmal, ob das Haar gut saß, und zog schnell die Lippen nach, verärgert, dass ihr gar keine Zeit zum Ausruhen blieb. Sie hatte noch immer das Gefühl, ihr Herz schlage schneller, so bewegend war der Nachmittag gewesen.

Der holzgetäfelte Raum mit dem überdimensionierten Ölgemälde eines in Not geratenen Schiffs auf hoher See war schmal und zu klein für den langen Tisch, an dem nicht nur Mary, Charlie, Douglas, Marie und McAdoo, sondern auch ein ganzes Dutzend Washingtoner Delegierter Platz finden sollten. Als Mary sich setzte, stieß sie beinahe eine hüfthohe japanische Vase um. Sie mahnte sich, während des Essens vorsichtig zu sein – eine unbedachte Geste, und die Vase würde in Scherben liegen.

Während sie ihren Aperitif einnahmen, breitete McAdoo eine Landkarte aus, auf der mit dicken, schwarzen Strichen ihre Routen für die Tour nachgezeichnet waren. Mary sah lieber nicht genau hin. Sie war immer noch damit beschäftigt, sich an den Gedanken zu gewöhnen, dass Douglas und sie sich am nächsten Tag in unterschiedliche Himmelsrichtungen bewegen würden. Wie würde sie es ohne seine Nähe und seine Küsse aushalten? Erst als McAdoo seinen Finger zurück nach Hollywood gleiten ließ, wo alle Routen nach dreieinhalb Wochen wieder zusammenkamen, wagte sie aufzusehen. Sie schielte hinüber zu Douglas. Wenn er Trauer wegen ihrer Trennung verspürte, so ließ er es sich nicht anmerken. Er war in eine Anekdote über seinen letzten Besuch in New York vertieft – damals hatte er einen entflogenen Wellensittich gerettet. Mary war ihm dankbar, dass er die Herren aus Washington unterhielt, wenngleich sie sich ärgerte, dass Charlie sich ganz offensichtlich nicht für diese Aufgabe verantwortlich fühlte. Der große Komödiant löffelte bloß seine Suppe und überließ allen anderen das mühsame Geplänkel. Dieser Mann, dachte Mary, gab ihr noch immer Rätsel auf. Es war, als hätte er nur ein Maß an Worten pro Tag – und für heute hatte er sein Pensum erfüllt. Marie dagegen war einfach Marie, die höfliche Grande Dame in Person. Sie saß auf der anderen Seite des Tisches, nickte und kicherte an den richtigen Stellen, wenn die Washingtoner ihre Witze machten. Sie trug noch immer die üppigen, hochgeschlossenen Kleider, die vor Jahren modern gewesen waren. Mit ihrem rundlichen Gesicht und den rosigen Wangen sah sie aus wie eine europäische Adelsdame.

Nach der Vorspeise baute Douglas, der ihr gegenübersaß, ein Haus aus Untersetzern, die auf einer Seitenkredenz gelegen hatten. Jetzt konnte Mary sehen, dass ihn doch etwas plagte. Plötzlich spürte sie, wie jemand sie unter dem Tisch am Bein berührte. Eine Schuhspitze tastete sich an ihrer Wade hinauf. Sie wusste, dass es Douglas sein musste. McAdoo war tief in ein Gespräch mit Mr. Roosevelt verwickelt, Charlie faltete inzwischen abwesend seine Serviette zu einem Hasen, und die anderen Herren saßen zu weit entfernt. Douglas setzte das Dach auf das Kartenhaus, gerade als er mit der Schuhspitze ihr Knie erreichte. Er zwinkerte ihr zu.

Zwischen Hauptgang und Dessert gab Mary vor, sich ein wenig die Füße vertreten zu wollen. Sie war müde und befürchtete wegzunicken, wenn sie den ernsten Herren noch länger zuhören musste.

»Eine Frau kann man abends doch nicht allein über den Broadway schicken. Schon gar nicht von Ihrem Rang, Miss Pickford!«, rief Douglas über den Tisch und ließ auch seinen Mantel kommen.

Die frische Abendluft kühlte ihre Wangen. Sie zog den Kragen ihres Mantels höher. Ein einsames Auto ruckelte fast im Schritttempo vorbei. Das hektische Hupen des Tages war verschollen, die Gehsteige waren hochgeklappt, und der Portier wartete auf seinen Feierabend. Douglas legte beim Hinausgehen einen Arm um ihre Schultern – freundschaftlich, höflich. Niemand konnte dieser Geste etwas entgegenhalten.

Nachdem sie einen Block zurückgelegt hatten, griff er in seine Brustinnentasche und zog ein Sammelsurium an Schätzen heraus – einen rostigen Nagel, eine Spiegelscherbe. Trophäen von den Dächern, die er erklommen hatte, dachte sie.

»Falls ich meine Lady beschützen muss«, erklärte er und richtete scherzhaft die Scherbe wie eine Pistole nach vorn.

Meine Lady. Mein Mädchen. Mein Sonnenschein. Mein Herz. Er benützte diese Bezeichnungen seit Beginn der Reise ohne Unterlass. Einmal hatte Bennie ihn sogar zur Seite gezogen und gewarnt, welche Folgen es haben könnte, wenn ein Journalist ihn hörte. Daraufhin hatte Douglas begonnen, Bennie und Charlie als »seine Männer« zu bezeichnen. Trotzdem würde niemand die Zärtlichkeit in seiner Stimme verleugnen können, wenn er zu ihr sprach. Es war keineswegs so, dass es sie störte. Im Gegenteil: Es löste in ihr den Wunsch aus, sich an seine Schulter zu lehnen. Im nächsten Moment aber überkam sie eine tiefe Traurigkeit. Sie wusste, dass sie nie wirklich »sein« Mädchen sein würde. Vorhin, in der Dusche, erfüllt von Adrenalin und Euphorie, war alles möglich erschienen, doch jetzt, auf dem tristen Gehsteig in der New Yorker Abenddämmerung, holte die Realität sie wieder ein. Sie fühlte sich eingesperrt. Machtlos.

»Das Telegramm war von Beth«, unterbrach Douglas das Schweigen. »Sie ist im Algonquin.«

Mary benötigte einen Moment, um zu begreifen, dass es kein gleichnamiges Hotel in L. A. gab. Und dass Beth in New York war.

Es gab nur ein Algonquin. Und nur eine Mrs. Fairbanks.

»Wie …? Warum …? Ich meine, weshalb ist sie an die Ostküste gekommen?« Sie ärgerte sich über ihr Stammeln.

»Sie wollte mich wohl überraschen, denke ich. Vielleicht vermisst sie auch bloß ihren Frisör im Algonquin, das Coq au Vin, ihren Vater. Mit Beth weiß man nie so genau.«

»Dich«, murmelte Mary. »Sie vermisst dich.«

Douglas strich ihr mit der flachen Hand über den Rücken, als wollte er sich entschuldigen, für den Fall, dass es so war.

»Ich würde für dich auch um den Globus fahren«, wollte sie zu gerne sagen. Aber jetzt war nicht der Zeitpunkt für Liebesbekundungen, sondern für strategische Lösungen.

Beth war hier. Nur wenige Meter Luftlinie von ihnen entfernt. Diese weiche, perfekte Person, die vermutlich mit ihren frisch manikürten Nägeln in ihrem Salon saß und mit einem Glas Sherry auf ihn wartete.

Mary bereute bereits, was sie gleich sagen würde.

»Du musst zu ihr fahren.«

»Lass uns über etwas anderes reden, Mary«, wimmelte Douglas ab. Sie sprachen über den Auftritt, die Tour, das zähe Fleisch beim Dinner. Doch Mary konnte sich nicht konzentrieren. Douglas musste zu Beth. Aber nach den Tagen und Nächten, die sie gemeinsam verbracht hatten, war ihr der Gedanke, dass er zu seiner Ehefrau zurückging, unerträglich.

Auf dem Weg zurück zum Hotel verschränkte sie die Arme – eine unbequeme Haltung für leichtes Schlendern –, damit Douglas sich nicht bei ihr einhaken konnte. Sie wollte ihn nicht bestrafen. Er konnte schließlich nichts dafür, dass Beth ihm nachgereist war. Aber sie fühlte sich verletzlich. Sie musste sich selbst – ihr Herz – schützen.

Als sie sich wieder dem Hotel näherten, kam ein Portier auf sie beide zugelaufen. Er keuchte und brauchte einen Moment, um wieder zu Atem zu kommen.

»Ein Wort, Mr. Fairbanks.«

»Schieß los, Thommy«, sagte Douglas, der jeden Portier, Kellner oder Regieassistenten Thommy oder Bobby nannte. Der schlanke Hotelangestellte drehte sich um, um sicherzustellen, dass auch tatsächlich er gemeint war. Sein schwarzes Portiershäubchen verrutschte.

»Mr. Fairbanks«, setzte der junge Mann an. Er stand stramm vor ihnen. Mary konnte sehen, dass dies ein Moment war, der sich in sein Gedächtnis einprägen würde, ein Moment, von dem er noch seinen Kindern und Enkelkindern erzählen würde. Der Tag, an dem er mit Mr. Fairbanks gesprochen hatte.

»Nun, also, Mr. Fairbanks, ich soll Ihnen im Namen der Hotelleitung ausrichten, dass Ihre Frau, also Mrs. Fairbanks, Ihr Gepäck bereits hat holen lassen.«

»Hat sie das?«, fragte Douglas mit einem aufgesetzten Lächeln. Er gab sich ruhig, doch Mary sah, wie er die Hand zur Faust ballte.

»Ein Wagen war da. Ihre Sachen sind in Ihre Suite ins Algonquin gebracht worden«, bestätigte der Portier, während sie sich dem Eingang näherten. Douglas blickte sich um, als erwartete er, Beth zu sehen.

»Thommy, beantworten Sie mir eine Frage«, sagte er schließlich und strich dem Portier den Jackenaufschlag glatt. »Was meinen Sie, sollte ich tun, wenn ich nicht ins Algonquin möchte?«

Der Portier wich zurück. Er schien plötzlich geschrumpft.

»Vielleicht sollten Sie lieber mit Ihrer...«, stammelte er nervös.

»Mit meiner Frau reden! Und ob ich das tun werde!« Douglas stieß die Schwingtür auf. Der Bell Boy bemühte sich hastig, den Griff zu erwischen, um sie weiter aufzuhalten. Im Vorbeigehen steckte Douglas dem Hoteljungen einen Dollarschein zu.

Mary lächelte ihn entschuldigend an und folgte dem wütenden Douglas zurück in den Salon. Am Tisch verlas McAdoo gerade ein Telegramm von Präsident Wilson, das während ihrer Abwesenheit überbracht worden war. Lob. Stopp. Dank. Stopp. Anerkennung.

Danach wurde die Birne Helene mit Schokoladenpudding serviert. Mary wusste, dass Douglas keine Birnen mochte – er hatte es ihr im Cottage in Laurel Canyon erzählt, als sie sich hungrig und spärlich bekleidet am Obstkorb gestärkt hatten –, aber für gewöhnlich würde er sich Schokolade niemals entgehen lassen. Nun aber schob er den Stuhl zurück. Ihr Blick folgte ihm durch die Lobby. Sie vermutete, dass er zum Telefon ging. Oder fuhr er gleich ins Algonquin? Würde er gehen, ohne sich zu verabschieden? Ohne einen Kuss?

Es war die letzte Nacht, in der sie noch gemeinsam in einer Stadt weilten. Morgen würden sie aufbrechen, für zwei lange Wochen – Mary wollte gar nicht daran denken. In Los Angeles von ihm getrennt zu sein, um ihn vor Owen in Sicherheit zu wissen, war die eine Sache gewesen. Aber die nun bevorstehende Trennung empfand sie schlichtweg als furchtbar. Getrennte Betten, getrennte Städte, getrennte Bundesstaaten gar. Warum konnten sie nicht ihre Kräfte bündeln und gemeinsam auf Tour gehen? Sie würden mindestens genauso viel Geld sammeln!

Aber Mary wusste, dass die Routen von ganz oben befohlen worden waren. Zukor hätte sie sich vielleicht widersetzt – und mit ihm diskutiert, bis sie ihren Willen durchgesetzt hatte, aber dem amerikanischen Präsidenten folgte man ohne Widerworte.

Es graute ihr davor, allein auf Tour zu gehen. Sie würde natürlich nicht ganz alleine sein, aber Mama als einzige Ansprechperson und Moralapostel an ihrer Seite?

Mary war klar, sobald sie morgen in den Zug stiegen, würde sie selbst wieder zu Mamas Projekt werden. Sie hörte bereits ihren gebieterischen Ton, der sie früher nicht gestört hatte, nun aber geradezu wütend machte: »Zieh das dunkelgrüne Kostüm an, Liebes.« »Lass den

Lippenstift weg, du bist ja kein billiges Mädchen.«
»Trink das Wasser nicht, du wirst Durchfall und unreine Haut bekommen.«

»Wer ist für eine Runde Billard zu haben?«, fragte Douglas, der in den Salon zurückgekehrt war. Er grinste unbekümmert und selbstsicher, als käme er gerade von einer erholsamen Massage, nicht von einem sicherlich wenig amüsanten Telefongespräch mit seiner Frau.

Zu gerne wollte Mary ihn fragen, was passiert war und was er nun vorhatte. Aber sie wusste selbst nicht genau, welche Antwort sie sich erhoffte. Wenn er zu Beth fuhr, wären die Wogen zwar glatt, aber die Sehnsucht groß. Wenn er blieb, riskierten sie Beths Wut.

Die meisten Herren aus Washington zogen das Zigarrenzimmer dem Billardspiel vor, und Marie Dressler verabschiedete sich nach Hause, sodass sich nur Mary, Douglas, Charlie und Mr. McAdoo um den grünbespannten Holztisch einfanden. Mary konnte nicht anders, als die glänzenden, kühlen Elfenbeinkugeln zu berühren. Douglas und Charlie spielten die erste Partie und zeigten, welch ungleiches Paar sie waren: Douglas führte diverse gewagte Spieltechniken vor, wobei er den Queue entweder hinter dem Rücken oder unter seinem Unterschenkel balancierte, Charlie hingegen benötigte für jeden Spielzug Minuten, denn er musste alle Möglichkeiten durchdenken, um sich dann doch wieder für seinen ursprünglichen Entschluss zu entscheiden.

Mr. McAdoo drückte ihr einen Billardstock in die Hand.

Früher, als sie noch mit den Wanderbühnen durch das Land gezogen war, hatte Mary die Kollegen nachts im Roadhouse dabei beobachtet, wie sie ihre Bierbäuche über den Tisch geschoben und mit der Zigarette im Mund ihre Strategie vor sich hin genuschelt hatten, während sie den Queue zwischen den Fingern hindurchgleiten ließen. Ein paarmal hatten Lottie und sie es selbst versucht – am frühen Nachmittag, wenn die anderen noch an der Bar gewesen waren –, doch mit mäßigem Erfolg. Einmal zerkratzten sie sogar den Tisch und ließen es danach bleiben.

»Nein, nein, Mr. McAdoo. Das ist nicht meine Sportart«, sagte sie, den langen Stab weiterreichend.

»Kommen Sie, Miss Pickford. Sie sind doch ein Talent in geradezu allem! Ich habe Sie schon ein Rennauto fahren sehen. In, in… verraten Sie mir noch gleich den Film.«

»*A Beast at Bay*«, lachte sie. »Mein Gott, das ist lange her.« Sie winkte ab. Das Argument, dass sie waghalsig Auto fahren konnte und somit auch für Billard ein Talent besaß, konnte nun wirklich niemand gelten lassen.

»Wirklich, Mr. McAdoo, ich lüge nicht, wenn ich sage, dass ich keine Billardkennerin bin.«

Plötzlich spürte sie Douglas hinter sich. Er hob den Queue hoch und zeigte ihr die Handhaltung und Stockführung, indem er sich hinter sie stellte. Mary spürte den Stoff seiner Seidenweste an ihrem Rückenausschnitt. Sie wagte nicht aufzusehen.

Sie gewann nicht – nach dem Eröffnungsstoß bestand sie darauf, alleine weiterzuspielen –, aber sie schlug sich wacker.

Mr. McAdoo wirkte müde. Die Spannung in seinen Schultern schien nachgelassen zu haben. Bald verabschiedete er sich unter dem Vorwand, noch ein Telefonat mit Washington führen zu müssen.

Charlie, Douglas und Mary blieben zurück. Und plötzlich war wieder diese unangenehme Spannung im Raum. Douglas versuchte, die Stimmung zu lockern, indem er auf den Tisch sprang und sich in der Grätsche auf die Holzeinfassung stellte.

»Na, meine zwei Lieblingsmenschen. Noch eine Partie zwischen euch beiden?«

Mary war dankbar, als Charlie zu hüsteln begann, sich über die trockene Luft beschwerte und behauptete, noch ein wenig spazieren gehen zu wollen.

»Pass auf, dass sie dich nicht für einen verwirrten Greis halten!«, zog Douglas seinen Freund auf. Charlie hatte im grellen Licht des Zugwaschraums auf der Überfahrt aus Kalifornien ein weißes Haar entdeckt und sich furchtbar bei Douglas beklagt.

Sie gingen zurück in den Speiseraum, um Marys Stola und einen Blumenstrauß zu holen, den einer ihrer Fans ihr auf dem Weg zum Dinner zugesteckt hatte. Die anderen Geschenke – selbstgenähte Puppen, Seidenpapierblumen und gemalte Schildchen – waren bereits vom Personal auf ihr Zimmer gebracht worden.

Ein Kellner eilte herbei und nahm ihr die tropfenden Rosen ab. Douglas reichte ihr sein Taschentuch.

»Wir sehen einander dann wohl morgen, Douglas«, sagte sie, noch in der Anwesenheit des Kellners.

»Morgen... Morgen«, wiederholte er, bis der Hotelangestellte aus ihrer Hörweite war. »Morgen ist ein dehnbarer Begriff, Hipper. Glaub mir, ich werde dich um 0:01 auf die Stirn küssen. Wie sehen uns also sogar heute und morgen.« Er zog sie hinter den schweren Brokatvorhang, der den Salon vom restlichen Bereich abgetrennt hatte, nun aber wieder mit Kordeln zurückgestrafft worden war, und küsste sie.

Mary wünschte, die Zeit würde stehen bleiben. Doch schon nach wenigen Sekunden wand sie sich aus seinen Armen. Dem Geräusch nach kam ein Servierwagen näher. Hier war nicht der Ort für heimliche Küsse, nicht der Moment.

»Beth wartet auf dich. Vielleicht hat sie auch Junior dabei.«

»Er wird ohnehin schon schlafen.«

»Und deine Sachen? Du musst dich doch noch für morgen vorbereiten.« Sie ärgerte sich, dass sie ihn geradewegs drängte, zu Beth zu gehen. Aber sie wollte sich später nicht vorwerfen, ihn nicht zum richtigen Handeln überredet zu haben. Er hatte eine Familie. Und die wartete auf ihn.

»Bennie kann sich um meine Sachen kümmern.« Douglas' Finger spielten mit ihren, obwohl sie schon in der Lobby waren. Eine aufgeschlagene Zeitung, eingespannt in einen hölzernen Ständer, bewegte sich nach unten, dann wieder verdächtig schnell nach oben. Unter der Zeitung ragten eine dunkle Hose und ein paar schwarze, abgewetzte Lederschuhe hervor. Mary war sich sicher, dass es ein Journalist war. Oder war sie inzwischen bloß paranoid geworden?

»Mr. Fairbanks, wünschen Sie, dass ich Ihnen ein Taxi rufe?«, fragte der Portier, der sie vorhin abgepasst hatte. Doch Douglas winkte ab.

»Herzlichen Dank, Thommy. Miss Pickford und ich

müssen noch ein paar Details zu unseren nächsten Projekten in Hollywood besprechen.«

Als Douglas sie zum Lift zog, meinte Mary durch die Eisenstreben vor der sich schließenden Glastür zu erkennen, dass der Journalist einen Notizblock herauszog. Wenn sie Glück hatten, würde er das Gerücht streuen, dass sie einen gemeinsamen Film planten. Wenn sie jedoch Pech hatten... Daran wollte sie lieber nicht denken.

Eng umschlungen schliefen sie zusammen ein. Mitten in der Nacht wachte Mary auf. Sie tastete in der Dunkelheit nach Douglas. Die Laken waren kalt. Als sie sich zum Nachtkästchen hinüberrollte und den Lichtschalter fand, war die Decke neben ihr zurückgeschlagen. Das Bett war leer.

## 16
## DOUGLAS

Die Biltmore-Lobby war verlassen, als er aus Marys Suite hinunterkam. Er musste den Nachtportier mit der kleinen, silbernen Klingel am Empfangstresen wachklingeln.

»Ewig am Skript gesessen«, murmelte er, als müsse er sich dem Mann gegenüber erklären, und bat ihn, ihm ein Taxi zu rufen. Um drei Uhr morgens war es zu spät, den Chauffeur aufzuwecken. Douglas hoffte auf einen diskreten Fahrer, der nicht an jeder Straßenkreuzung plauderte und nicht sofort den Kollegen erzählte, dass er Mr. Fairbanks nach Hause gefahren hatte.

So wie der untersetzte Mann mit Schnurrbart und Leinenweste hinter dem Steuer aussah, hatte er Glück, dachte Douglas, als er auf die weiche, leicht abgewetzte Lederbank rutschte.

»Der Herr wünschen?«, sagte der Taxifahrer.

»Ins Algonquin, bitte.«

Er würde hinauffahren zu seiner Suite, sich entkleiden und ins Bett legen, als wäre nichts geschehen. Eine Nacht – nein, knappe vier Stunden nur – musste er mit seiner Frau im gemeinsamen Appartement verbringen. Für acht Uhr hatte McAdoo bereits wieder einen Frühstückstisch im Biltmore reserviert, um die letzten Feinheiten für die Liberty Bond Tour zu besprechen, bevor sie jeweils als Einzelkämpfer in die unterschiedlichen Himmelsrichtungen aufbrachen.

Der Fahrer setzte ihn vor dem Hotel ab, in dem fast alle Fenster dunkel waren. Douglas zwang sich, nicht hinaufzublicken und die Fenster abzuzählen, um zu sehen, ob bei Beth noch Licht brannte. Es würde ohnehin nichts aussagen, denn Beth ließ häufig das Licht für den Jungen an. Junior hatte Angst, im Dunkeln zu schlafen.

Douglas betrat die Lobby – doch nur für ein paar Sekunden. Er konnte sich einfach nicht dazu bringen weiterzugehen. Kurzentschlossen hielt er sein Zigarettenetui hoch und murmelte dem verschlafenen Nachtportier zu, noch frische Luft schnappen zu wollen. Wie ärgerlich, dass sein Freund Frank inzwischen den Boxring auf dem Dach abgebaut hatte. Es wäre ein willkommener Zufluchtsort gewesen. Dreimal ging Douglas in die Lobby hinein und wieder hinaus, bis er sich endlich überwinden konnte, in den Lift zu steigen.

So leise wie möglich öffnete er die Tür zu seiner Suite. Das Licht im Salon brannte. Er nahm seinen Hut ab und legte ihn auf die Ablage. Im Halbdunkel des Vorzimmers betrachtete er sein Gesicht. Nein, es war nicht das Gesicht eines Lügners, dachte er. Gezeichnet von Lach- und Sorgenfalten, von zu kurzen Nächten und zu viel Sonne, war es das Gesicht eines ehrlichen Mannes, der sich bloß erlaubte, was das kurze Leben zu bieten hatte.

Erst als er den Mantel auszog, vernahm er ein Geräusch aus dem Salon. Beth hatte den ledernen Puff zurechtgerückt. Durch den Türspalt sah er sie im Lehnstuhl sitzen, den Blick auf das schwere Pendel der Standuhr gerichtet. Ein Buch lag aufgeschlagen auf ihrem Schoß; er vermutete, dass sie nicht daraus gelesen hatte. Ihr Körper wirkte steif und abweisend. Lieblos. Douglas stellte sich vor, wie Mary wohl hier sitzen würde: in den großen Stuhl gekuschelt, ihre winzigen Füße über die Lehne hängend, dicke Wollsocken tragend und vielleicht einen Teddy kraulend, weil sie das weiche Fell beruhigend fand. Würde sie vor ihm sitzen, er würde sich an sie heranschleichen, ihr in den Nacken pusten, sie kitzeln und kichernd ins Schlafzimmer tragen.

Hier aber saß Beth – und wartete auf Erklärungen.

»Douglas. Ich hatte nicht mehr mit dir gerechnet«, sagte sie. Ihr schnippischer Ton war nicht zu überhören.

»Beth, du weißt, dass ich nicht gerne über mich bestimmen lasse.«

Er überlegte kurz, ihr Vorwürfe zu machen, dass sie sein Gepäck hatte abholen und ins Algonquin bringen lassen. Aber darum ging es schon längst nicht mehr.

»Man würde erwarten, dass ein Ehemann es für selbstverständlich hält, zu Frau und Kind nach Hause zu kommen.«

»Man würde so vieles erwarten«, erwiderte er, ging wortlos ins Bad und drehte den Hahn auf. Das kalte Wasser prickelte auf seinen Handgelenken. Winzige kleine Stiche, die ihn antrieben. Es gab keinen Ausweg. Er musste endlich das Richtige tun. Seine Liebe und seine Sehnsucht waren einfach zu groß. Das Frotteetuch in den Händen knetend stand er im Türrahmen zwischen Bad und Salon. Dann atmete er tief und geräuschvoll ein und wartete, bis sie zu ihm aufsah.

»Beth, ich werde heute Nacht noch einmal hier schlafen. Auf dem Sofa allerdings. Ich bin bloß gekommen, um dir vor meiner Abreise noch etwas zu sagen.«

»So, Douglas. Was genau möchtest du mir denn sagen? Etwa, dass du eine Affäre hast? Mit Mary Pickford?!«

»Ich ... Was?« Die Worte blieben ihm im Hals stecken.

»Hör auf, mich für dumm zu verkaufen, Douglas! Ich weiß es doch längst und habe über Monate weggesehen. Ja, ich habe dir sogar gesagt, dass du mit ihr diese Liberty Bond Tour antreten sollst. Aber du erinnerst dich gewiss an meine Bedingungen?«

Er versuchte nachzudenken, doch seine Gedanken überschlugen sich. Was sagte seine Frau ihm hier gerade? Woher wusste sie von Mary? Was genau wusste sie? Und wie lange wusste sie es bereits?

Beths Worte hatten ihn vollkommen aus dem Konzept gebracht. Ja, er hatte sich heute Nacht vorgenommen, ihr zu sagen, dass er sie nicht mehr liebte. Aber die Sache mit Mary, die hatte er ihr behutsam beibringen wollen. Später. Viel später.

»Ich wollte darüber hinwegsehen, Douglas. Es ist ja nicht das erste Mal, dass du einer schönen Kollegin hintersteigst. Aber du hast dich nicht an die Spielregeln gehalten. Meine Bedingung war ganz simpel: Die Familie darf nicht darunter leiden«, sagte Beth mit ruhiger, kalter Stimme.

Douglas erinnerte sich vage daran, wie er ihr in El Tovar von der Liberty Bonds Tour erzählt hatte. Wortfetzen und Bilder von Beth, die schnupfend und leidend in ihrem Bett gesessen hatte, schossen ihm durch den Kopf.

»Wie soll ich Junior erklären, dass sein Vater ihn nicht

sehen will, obwohl wir in derselben Stadt sind? Soll ich ihm etwa sagen, dass du ein ignorantes Miststück bist?«

Sie stellte sich mit verschränkten Armen vor ihn.

Douglas spürte ihn wieder, den Stich in der Magengegend. Das Schuldgefühl seinem Sohn gegenüber. Den Schmerz, den er selbst empfunden hatte, wenn er sich als Junge in das kalte, leere Bett seines Vaters gelegt hatte oder seine Hände über den leer geräumten massiven Schreibtisch hatte gleiten lassen, auf dem nichts mehr darauf hindeutete, dass einmal ein Mann in ihrem Haus gelebt hatte.

Er versuchte, diesen Gedanken zu verdrängen.

Er konnte jetzt nicht nachgeben. Diesmal nicht, dachte er und bemühte sich, ruhig zu bleiben. Wenn sein Sohn alt genug war, würde er es ihm erklären. Er hoffte, dass Junior eines Tages eine Frau so lieben würde, wie er Mary liebte. Dann würde er verstehen.

»Beth, lass den Jungen aus dem Spiel. Wir werden bestimmt eine gute Erklärung für ihn finden. Und ich werde ihm natürlich ein Vater bleiben.«

»Oh, welch noble Töne, Douglas! Willst du damit sagen, dass du uns nicht nur betrügst, sondern auch noch verlässt?«

Sie warf ihm einen abgewetzten Koffer hin, der in der Zimmerecke gestanden hatte. Douglas sprang erschrocken zur Seite. Dann stieg Wut in ihm auf. Er fragte sich, ob sie diese theatralische Geste einstudiert hatte, und musste sich zusammenreißen, den Koffer nicht mit voller Wucht zurückzuschleudern. Nachdem er tief durchgeatmet hatte, hatte er sich wieder so weit im Griff, dass er in halbwegs ruhigem Ton sprechen konnte.

»Es ist spät, Beth. Wir sind müde. Ich gehe morgen

auf Tour. Wir besprechen alles Weitere, wenn ich wieder zurück bin.«

Sie schnaubte.

»Oder ihr kommt mit auf die Reise, damit wir in Ruhe reden können.«

»Das könnte dir so passen, dass wir dir hinterherhecheln! Der arme Junge ist deinetwegen ohnehin schon völlig verstört.«

»Er weiß, dass ich immer für ihn da bin. Aber wir, Beth, was ist mit uns? Was wir haben, das ist längst nicht mehr Liebe.«

»Und mit ihr hast du das also, was? Liebe?«, keifte sie. »Du bist oberflächlicher, als ich dachte, Douglas.«

Erwartete sie darauf tatsächlich eine Antwort? Wollte sie, dass er das Messer in die Wunde rammte? Er konnte sie nicht anlügen, er musste zu seinen Gefühlen stehen.

»Ja, Beth. Ich liebe sie. Mary ist die große Liebe meines Lebens.«

Sein Herz raste vor Aufregung, diese Worte laut ausgesprochen zu hören.

»Oh Douglas, ich bitte dich!«, rief Beth verächtlich. »Trink einen Schluck Wasser und geh schlafen. Offenbar bist du nicht ganz bei Sinnen. Hast du etwa getrunken? Du weißt doch, dass du Alkohol nicht verträgst.«

Unwillkürlich ballte er seine Hände zu Fäusten. Ihre Gehässigkeit und die Tatsache, dass sie seine Gefühle so verspottete, trieben ihn zur Weißglut.

»Meine Gedanken sind klarer denn je zuvor, Beth.«

Beth machte ein paar Schritte auf ihn zu und schnüffelte, ob Alkohol in seinem Atem lag. Was nur dazu führte, dass er selbst den Gin an ihr roch.

»Du bist einfach erbärmlich, Douglas!« Ihre Stimme wurde lauter.

»Bitte, Beth, der Junge!« Er nickte hinüber zur angelehnten Tür. Natürlich hatte sie das Licht am Nachttisch angelassen. Durch den Spalt erkannte er einen Berg an Laken, der seinen Jungen enthalten sollte.

»DER JUNGE, DER JUNGE! Was ist mit dem Jungen, Douglas?«, schrie Beth nun. »Allzu viel kann dir nicht an ihm liegen, wenn du mitten in der Nacht hier aufkreuzt und derlei Schwachsinn von dir gibst. Wenn du es nicht einmal fertigbringst, am Tag vor deiner Abreise ein paar Minuten mit ihm zu spielen.«

»Du weißt, dass ich ihn liebe.«

»Ich bitte dich, Douglas. Ein paar läppische Autogrammkarten mit ›In Liebe, Papa‹ machen noch lange keinen guten Vater aus.«

»Ich werde immer für ihn da sein.«

»Aber natürlich«, schnaubte sie verächtlich. »Und wie stellst du dir das vor? Familienurlaube in Neuengland und Kalifornien? Deine Mary, mein Sohn und du? Darf er dieses morallose Mädchen dann gar noch Mama nennen?«

Sie verzog das Gesicht und kniff die Augen zusammen. Einen Augenblick dachte er, sie müsste niesen, bis er nach einem lauten Zischgeräusch ihre Spucke auf seiner Wange spürte.

»Du bist um keinen Deut besser als dein Vater, Douglas. Einmal Uhlmann, immer Uhlmann, auch wenn deine Mutter versucht hat, deine Wurzeln mit einem hübschen Nachnamen zu kaschieren.«

Douglas starrte sie an und wischte sich mit dem Ärmel

über die Wange. Noch nie hatte er solchen Hass in ihren Augen gesehen.

»Lass meine Eltern aus dem Spiel, Beth. Du möchtest nicht hören, was ich über deinen Vater, diesen Schmarotzer, zu sagen habe«, flüsterte er tonlos.

»Na komm schon, Douglas, sag, was dir auf dem Herzen liegt.« Beth hob nun drohend eine winzige japanische Vase hoch, die seine Mutter in Europa auf der Weltausstellung erstanden hatte.

»Stell sie hin, Beth.«

»Und wenn ich es nicht tue? Was machst du dann, hm? Läufst du dann zu deinem Mädchen und heulst dich aus?«

In diesem Augenblick hörte er ein Weinen aus dem Nebenzimmer, gefolgt von einem hilfesuchenden: »Mami!«. Douglas junior war wach.

»Bravo, Douglas«, zischte Beth und stellte das Erbstück energisch auf der Tischkante ab, bevor sie ins Kinderzimmer eilte. Tutus Vase wackelte gefährlich. Er konnte sie gerade noch mit einer Hand abfangen. Wie ein schutzbedürftiges Vögelchen wickelte er das kleine Ornament in seinen Schal und steckte es in die Manteltasche.

Er musste hier raus. Um fünf Uhr morgens würden sie die Dinge – das Scheitern einer elfjährigen Ehe – nicht klären können.

Ziellos stürmte er durch die dunklen Straßen New Yorks. Erste Straßenverkäufer zogen ihre Karren die Gehsteige entlang, während der Rauch aus den zahllosen Schornsteinen in den allmählich dämmernden Himmel zog. In seiner Verzweiflung trat Douglas gegen eine leere Glasflasche, die an der Hauswand zerschellte.

Nach ein paar Blocks beruhigte sich sein Atem allmählich, sein Gang wurde langsamer. Von der Hauptstraße hörte er das Klingeln eines ersten Streetcars, das die Frühschichtarbeiter zum Dienst brachte.

Trotz Beths verletzender Worte konnte er in diesem Augenblick nur an Mary denken. Hatte sie seine leere Bettseite entdeckt? Was musste ihr durch den Kopf gegangen sein? Sie musste ihn für einen Verräter und Heuchler halten. Und für ein Weichei, das zu seiner Frau zurückkroch, sobald sie mit dem Finger schnippte. Er hätte Mary eine Notiz hinterlassen sollen, nachdem er sie behutsam zugedeckt hatte, dachte er. Es brach ihm das Herz, daran zu denken, dass sie in diesen frühen Morgenstunden vielleicht seinetwegen weinte.

Aber es war unmöglich, jetzt zurück zu ihr ins Biltmore zu fahren. Dem Hotelpersonal war nicht zu vertrauen. Wie sollte er einen Besuch bei Mary Pickford um sechs Uhr in der Früh rechtfertigen?

Schließlich betrat er ein schmuddeliges Diner an der 40th Street: Hungrige, müde Nachtarbeiter schaufelten Speck und Kartoffelpuffer in sich hinein und blickten höchstens auf, um von der Kellnerin mehr Kaffee zu verlangen. Douglas bestellte ebenfalls das Frühstück, um nicht aufzufallen, stocherte aber nur lustlos in seinem Ei herum.

Inzwischen war es halb sieben geworden. Ungefähr jetzt würde Marys Mädchen sie wecken, ihr in das Unterkleidchen helfen und beginnen, ihr die Locken zurechtzumachen. Douglas sehnte sich danach, seinen Kopf in diesen weichen Kringeln zu vergraben. An einem Kiosk kaufte er ein Päckchen Pfefferminzkaugummi. Die halbe Ladentür war noch mit Brettern zugenagelt. Der Verkäufer blickte ihn an, als versuchte er ihn zuzuordnen. Douglas zog seinen Kragen hoch. »Kalt heute, was?«, murmelte er, um dem Geschäftsmann das Gefühl zu geben, er sei bloß ein gewöhnlicher Kunde.

Als er schließlich um kurz vor acht die Lobby des Biltmore betrat, war er dankbar für das hektische Treiben. Portiere mit Koffertrolleys bahnten sich ihren Weg durch den vollen Saal, Männer warteten darauf, ihre Rechnungen zu begleichen, Frauen tauschten noch in letzter Minute Adressen mit neuen Bekanntschaften aus.

Ohne Aufsehen zu erregen, schaffte Douglas es bis ins Speisezimmer, in dem sie auch ihr Abendessen eingenommen hatten. Der Duft von Ei und Speck – weniger schwer und fettig als im schmuddeligen Diner – wehte ihm entgegen. Die lange Tafel vom Vorabend war nun in kleine Zwei- und Dreipersonen-Tischchen aufgelöst worden. Mary und Charlotte saßen in einer Ecke des Raums, hinter McAdoo und der gesamten Washington-Delegation. Mary war perfekt zurechtgemacht in einem rot-blau-karierten Kleid. Ihre Haut wirkte frisch und pfirsichfarben. Niemand würde ahnen, dass sie nur ein paar Stunden geschlafen hatte. Und hatte sie geweint, so verdeckte ihre Schminke jede Spur davon.

Sie sah auf und nickte ihm zu. Er meinte Erleichterung in ihren Augen zu sehen, als habe sie nicht mehr damit gerechnet, dass er zurückkehren würde. Matt und erschöpft von der vergangenen Nacht stand Douglas einfach nur da, in diesem gediegenen, von Violinenklängen und Frühstückskonversation erfüllten Raum. Und dabei hätte er so gerne durch den Salon gerufen: Ich habe es getan, Mary! Ich habe die Karten auf den Tisch gelegt, habe Beth gesagt, dass ich sie nicht mehr liebe. Hilf mir! Halte meine Hand, küss mich und sage mir, dass ich keinen Fehler gemacht habe!

Stattdessen ging er auf den Tisch zu, schüttelte ihrer strengen Mutter die Hand und fragte höflich, ob er Gesellschaft leisten dürfe.

»Natürlich, Douglas«, sagte Mary freundlich, ohne die Antwort ihrer Mutter abzuwarten, sodass diese nur noch ein unerfreutes »Guten Morgen« murmeln konnte.

Douglas brachte keinen Bissen hinunter und kippte nur hastig einen kurzen, italienischen Kaffee. Als Charlotte sich entschuldigte, um nach einem Glas Grapefruitsaft zu fragen, legte er seine zitternde Hand auf Marys Oberschenkel. »Hipper, ich habe letzte Nacht den mutigsten Schritt meines Lebens getan. Ich habe ihr alles gesagt!«

»Ach, Douglas«, flüsterte sie und sah sich unsicher im Raum um. Er konnte ihren Blick nicht deuten. War es Erleichterung? Schreck? Angst? Ausnahmsweise wünschte er, sie wäre nicht so eine verdammt gute Schauspielerin.

Später, im Aufzug hinunter zum Bahnhof, berichtete er ihr flüsternd von den Vorfällen der vergangenen Nacht, während sie mit pointierten, hastigen Fragen jedes Detail aus ihm herauszulocken versuchte. Lag in ihrem scharfen Ton Missbilligung? Oder war er bloß der Eile geschuldet?

Der Weg vom Biltmore zur Grand Central Station war zu kurz, um zu besprechen, wie es nun weitergehen sollte. McAdoos Leute wieselten um sie herum, und es blieb ihm nichts anderes übrig, als Mary vor ihrem Pullman-Waggon ein letztes Mal zu umarmen.

»Stell dir vor, ich würde dich jetzt küssen«, flüsterte er ihr ins Ohr.

Charlotte strafte ihn mit einem strengen Blick, bevor die beiden Frauen hinter der winzigen Waggontür verschwanden.

Der Zug rollte aus dem Bahnhof. Es kostete ihn alle Beherrschung, die er aufbringen konnte, um nicht nebenherzulaufen, gar auf das Trittbrett aufzuspringen. Douglas fühlte sich wie ein Hund, der im Regen zurückgelassen worden war. Warum hatte Mary nichts geantwortet, ihm keinen winzigen Hinweis gegeben, dass alles gut werden würde, dass er richtig gehandelt hatte? War sie während seiner Umarmung nicht sogar ein wenig zurückgewichen? Vielleicht lag es bloß daran, dass sie auf den Treppen des Zuges gestanden hatte.

Douglas sah zu, wie die Kofferträger seinen Berg an Gepäck – achtzehn Koffer an der Zahl – verlud. In diesem Moment konnte es ihm nicht gleichgültiger sein, wie sie mit seinen teuren Anzügen, goldenen Manschettenknöpfen und handgefertigten Lederschuhen umgingen. Viel schlimmer war der Gedanke, wie er nun vier Stunden in seinem Zugabteil verbringen sollte, ohne jegliche Möglichkeit, Mary zu kontaktieren. Wie sollte er die Stille und die Ungewissheit aushalten?

Während der folgenden Tage führte die Liberty Bond Tour Douglas weg von der Ostküste ins Herz von Michigan: nach Flint, Saginaw, Lansing und in eine Handvoll weiterer Ortschaften, deren Namen er sich nicht merken konnte. Mit jedem Tag fühlte er sich elender. Die

Tage und Orte verschwammen zu einer verschleierten Erinnerung; wie in Trance absolvierte er seine Auftritte, manchmal bis zu fünf Stück am Tag. Seine Knöchel und Handgelenke schmerzten, sein Hals kratzte. Er hatte seit Tagen nicht mehr geschlafen. Am schlimmsten aber waren das Gefühl der Machtlosigkeit und die Unruhe, die er verspürte. Er sehnte sich nach Mary, nach ihrem Lächeln, nach ihrem Optimismus, nach ihrem Körper. Und nach ihrer Geborgenheit.

Es hatte keine Möglichkeit gegeben, mit ihr am Telefon zu sprechen. Zwar hatte Douglas ihr ein Telegramm geschrieben: »Hipper, Darling – Was habe ich getan? – Wo stehen wir? – Ich liebe dich«, doch sie hatte bislang nicht geantwortet. Er verfasste Nachricht um Nachricht, die er jedoch nicht abschickte, aus Angst, Mary damit von sich zu treiben. Schlimm genug, dass sie sich geografisch immer weiter voneinander entfernten: Je weiter er sich gen Nordwesten bewegte, desto weiter fuhr sie die Ostküste hinauf. Mehr als einmal hatte er in den vergangenen Tagen das Bedürfnis gehabt, aus dem Zug zu springen. Inzwischen zählte er schon die Stunden bis zu ihrem Wiedersehen: knapp dreihundert. Eine quälende Ewigkeit.

Beths Schweigen belastete ihn nicht minder. Seit jener Nacht hatte er nichts mehr von ihr gehört. Wie würde sie nun reagieren? Er wusste aus Erfahrung, dass sie eine wahre Furie sein konnte. Der Streit im Algonquin war bloß ein Vorgeschmack gewesen. Und zusammen mit ihrem Vater hatte sie die Macht, die Mittel und die Skrupellosigkeit, sein Leben zu zerstören.

Er hatte versucht, im Algonquin anzurufen. Dass Beth

sich verleugnen lassen würde, davon war er geradezu ausgegangen. Aber er wollte wenigstens seinem Sohn sagen, dass er ihn liebte. Irgendwann hatte ihm die Telefonistin gesagt, dass der Anschluss der Fairbanks' Suite vorübergehend nicht erreichbar sei. Mit einem wütenden Brüllen hatte Douglas daraufhin das Telefontischchen umgestoßen. Bei seiner Abreise aus Lansing wackelte das dreibeinige Möbelstück immer noch. Sein Assistent Bennie hatte es nur notdürftig reparieren können.

Den Morgen in Detroit begann Douglas mit einem Glas lauwarmem Wasser, vermischt mit dem Saft einer halben Zitrone, den sein Bediensteter bereits am Vorabend in einem kleinen kristallgläsernen Kännchen bereitgestellt hatte. Danach machte er vor dem Spiegel ein paar Liegestütze, gefolgt von einem Bizeps-Training mit den Spirituosenflaschen aus der Zimmerbar. Er schlüpfte gerade in sein Unterhemd, als es an der Tür klopfte. Für gewöhnlich begann sein Arbeitstag um acht Uhr, wenn er mit Bennie den Pressespiegel des Tages durchging. Jetzt allerdings war es gerade einmal 6:39 Uhr, zu früh also für den Presseassistenten. Sein Diener kam nur abends, um Kleidung und Schuhe zurechtzulegen, und der Kellnerin, die ihm am Vorabend beim Abendessen mit langen schwarz getuschten Wimpern zugezwinkert hatte, hatte er deutlich gemacht, dass er kein Interesse hatte.

Durch das Guckloch erkannte er Bennie, schwer beladen mit einem Stoß Zeitungen. Douglas ahnte nichts Gutes. Bei guten Nachrichten hätte Bennie einfach einen Frühstücks-Smoothie auf die Suite schicken lassen mit der Notiz: »Es gibt etwas zu feiern!« Normalerweise würde er es nicht wagen, seinen Boss bei seinem Fitnessregime zu stören.

Douglas leerte das Glas Zitronenwasser, warf sich das nächstbeste Hemd über und öffnete die Tür.

»Guten Morgen, Sportsfreund«, sagte er. Seine Stimme war dünn, trotz des Zitronensafts.

»Morgen, Doug.« Bennie ließ das »Guten« aus und schob sich an Douglas vorbei ins Zimmer. Auf dem ovalen Schreibtisch aus poliertem Kirschholz legte er Zeitung um Zeitung auf. Douglas' Name auf den Titelseiten war nicht zu übersehen.

Hat Douglas Fairbanks eine Affäre?
Vom Helden zum Fremdgänger?
Mrs. Fairbanks kämpft um ihre Ehe!

Douglas blinzelte ein paarmal, um sich zu vergewissern, dass er nicht träumte. Hastig sichtete er die Zeitungen. Seine Finger waren bald schwarz von der Druckerschwärze. Eine Titelseite war schlimmer als die andere. Es gab keine Zeitung, die nicht seinen Namen und sein Foto trug. Sein Atem stockte, sein Herz hämmerte wie wild. Ganz Amerika würde heute Morgen erfahren, dass er Eheprobleme hatte! Schlimmer noch: Mary würde bald am Frühstückstisch sitzen und eine dieser Ausgaben lesen!

Er ließ seinen Finger über die *Detroit Times* gleiten, eilig prüfend, ob er Marys Namen in einem von Beths Zitaten fand. Hatte sie sie als seine Geliebte genannt?

»Elf Jahre lang habe ich nun das Glück meines geliebten Ehemannes Douglas stets in den Vordergrund gestellt. Und das werde ich auch mit meiner nächsten

Handlung wieder tun. Er glaubt, in einer anderen Dame die große Liebe gefunden zu haben. Es liegt in meiner Pflicht, ihm Raum zu geben, sodass er diesen Glauben prüfen kann. Ich werde ihm nicht im Weg stehen.«

Douglas schlug mit der Faust auf den Tisch. Diese Ungeniertheit! Und das von einer Frau, die er einst zu lieben geglaubt hatte! Wie konnte sie ihn als dummen, vernarrten Tölpel darstellen Und sich selbst als aufopfernde, großzügige Ehefrau! Diese Sully-Familie, sie hatte schon immer gewusst, wie man andere Menschen manipuliert. In seiner Wut schleuderte Douglas die obersten Zeitungen gegen die Wand. Bennie bückte sich hastig, um die losen Blätter aufzusammeln und wieder zu Zeitungsbüchern zu formen.

»Bennie, kommt Miss Pickford in den anderen Artikeln vor?«

»Ich denke nicht, Boss.«

»Du denkst? Vergewissere dich!«

Bennie begann sofort, mit Lineal und Bleistift Zeile für Zeile zu lesen, während Douglas im Zimmer auf und ab tigerte.

»Keine Erwähnung, Doug«, sagte Bennie nach endlos scheinenden Minuten. Douglas atmete auf. Doch war das genug, um Mary und ihre Beziehung in Sicherheit zu wissen? Was musste sie denken, wenn sie diese Nachrichten las?

Die Journalisten waren durchtrieben. Es war nur eine Frage der Zeit, bis sie etwas herausfanden. Und sie hatten beide genügend Neider, die für ein paar Dollar bereitwillig Informationen preisgeben würden. Douglas musste an die vielen heimlichen Treffen mit Mary denken. Hatten sie gut genug aufgepasst? Konnten sie denen, die eingeweiht waren, vertrauen? Charlie, Bennie, dem Zimmermädchen Margaret?

Marys Mutter, Charlotte, ja, sie würde ihre Tochter bestimmt dazu drängen, sofort die Notbremse zu ziehen. Wenn sie jetzt den Kontakt abbräche, könnte sie ihre Reputation, ihre Karriere noch retten. Nicht belegbare Gerüchte einer Affäre, die ohnehin in der Vergangenheit lag, konnte man abwehren. Eine aufrechte Liebesbeziehung aber war schwieriger zu verheimlichen.

Douglas betrachtete das Foto von ihm und Beth, das auf jeder einzelnen Titelseite prangte, und schauderte. Wie war seine Frau bloß auf die Idee gekommen, schnurstracks zur Presse zu laufen, anstatt eine persönliche Aussprache mit ihm zu suchen? Schließlich war sie doch sonst immer in der Lage, quer über den Kontinent zu reisen, um ihn einzuengen. Hatte sie vielleicht versucht, Kontakt zu ihm aufzunehmen?

»Bennie, habe ich in den vergangenen Tagen sämtliche Post erhalten? Kann es sein, dass etwas verloren gegangen ist?«

»Wir haben dir immer alles in die Kiste gelegt.« Bennie nickte hinüber zu der roten, in Leder eingefassten Schachtel. Douglas ging hinüber und öffnete sie, aber bis auf zwei Rechnungen war sie leer.

»Die Post kommt sofort von der Poststelle zu mir. Ich gehe äußerst gewissenhaft vor, Douglas.«

»Schon gut.« Er versuchte, Bennie Glauben zu schenken. Seinen engsten Mitarbeitern und Freunden mit Misstrauen gegenüberzutreten würde ihm auch nicht weiterhelfen.

»Können wir versuchen, eine Telefonverbindung ins Algonquin zu bekommen?«, fragte er.

»Ich kümmere mich darum, Chef.«

Die Leitung knatterte. Bennie musste dreimal den Namen wiederholen, bis man ihn durchstellte: »Mrs. Fairbanks. Genau. Mrs. Beth Fairbanks.« Die Verbindung brach ab. Er fluchte und murmelte, legte dann auf, um es noch einmal zu versuchen: »Wenn Mrs. Fairbanks nicht da ist, dann bitte den Direktor, Mr. Frank Case.«

Nach einer halben Minute überreichte er Douglas den Hörer.

»Wo ist sie, Frank?«, fragte Douglas, ohne seinen Freund nach seinem Wohlbefinden zu fragen.

»Dir auch einen guten Morgen, Doug«, sagte ein schläfriger Frank. »Wie kann ich dir helfen? Wo ist wer?« Er hatte die Morgenzeitungen offenbar noch nicht gelesen.

»Meine Frau. Beth. Und der Junge?«

»Vermutlich gerade irgendwo in Kansas, mein Lieber. Sie sind vorgestern abgereist. Zurück nach Hollywood.«

»Dieses Biest«, fauchte Douglas.

»Wie bitte, Doug? Was für ein Brief?« Frank hatte ihn nicht verstanden, die Verbindung war zu schlecht. Aber Douglas hatte schon erfahren, was er wissen wollte.

»Frankie Boy, ich hör dich kaum. Meld mich wieder. Halt die Ohren steif!«

»Wir sollten schleunigst an einem Statement arbeiten«, wagte Bennie nach einer Weile zu sagen. »Ich halte nüchternes Dementieren für die beste Reaktion.« Er zog einen Notizblock hervor, auf den er bereits einige Vorschläge gekritzelt hatte.

»Einen Dreck werden wir tun, Ben. Beth wartet nur

darauf, mir die Worte im Mund zu verdrehen. Ich sage dir, diese Sullys haben einen Plan. Glaube nicht, dass Beth Marys Namen aus reiner Gutmütigkeit zurückhält. Sie behält sich ein Druckmittel!« Er stieß gegen den Tisch. Bennies offenes Tintenfass schwappte über.

»Ich werde meine Ehe nicht in den Zeitungen diskutieren! Wenn sie die Sache klären will, soll sie gefälligst ans Telefon gehen oder mir hinterherfahren, damit wir wie Erwachsene miteinander sprechen können.«

»Wir könnten eine Meldung an die Zeitungsredaktionen schicken«, schlug Bennie vorsichtig vor.

»Lass mal, Zeidman. Meine Ehe. Meine Lösung.«

Douglas knöpfte sein Hemd zu und schloss die Schnalle im Rücken seiner maßgeschneiderten Seidenweste. Vor dem Spiegel machte er ein paar Boxhiebe – nur um zu prüfen, ob die Kleidung nicht spannte. Ein Ritual, dem er immer nachging, wenn er lange unterwegs war und von üppiger Restaurantkost leben musste. Die Weste spannte noch nicht, ließ genügend Bewegungsraum zu. Er hob und senkte die Augenbrauen und gähnte dann zwei-, dreimal künstlich – eine Übung, die ihn vor Falten bewahren sollte. Für gewöhnlich fühlte er sich nach dieser kleinen Einlage stark und energiegeladen. Heute wollte sich jedoch keine Vitalität einstellen. Er kam sich fahl vor, schlapp und müde – viel zu müde, um diese neuen Herausforderungen zu bewältigen.

Doch Douglas versuchte, sich nichts anmerken zu lassen. Es gab ohnehin keinen anderen Ausweg, als sich den Menschen da draußen zu stellen.

»Also dann, hinaus mit uns«, sagte er und klopfte Bennie auf die Schulter.

Detroit wartete auf ihn, wartete auf seine Show. Bennie sorgte stets dafür, dass man in jeder Stadt eine kleine Stunteinlage erwartete: Die Lokalzeitungen kündigten schon Tage im Voraus an, dass Mr. Fairbanks sein athletisches Talent für den guten Zweck – die Kriegsanleihen – versteigern würde. Für 50.000 Dollar war er schon auf das Hollister Building in Lansing und auf das Hauptpostamt in Saginaw geklettert. Die Schaulustigen drängten sich um die Gebäude, oft mit selbst gemachten Schildern, auf denen »Climb, Douglas!« oder »Man at the Top!« stand, während ein wohlhabender Spender im Hintergrund das jeweilige wohltätige Spektakel finanzierte.

Doch Douglas ahnte, dass die Zuschauer heute abgelenkt sein würden und anderes von ihm erwarteten. Ungeduldig tuschelnd standen sie vor ihm. Nein, das hier war längst keine Veranstaltung mehr, die dem Vaterland dienen sollte. Im Augenblick dachte niemand hier an die Anleihen, die Soldaten in den Gräben Europas und die Landsmänner auf den Bahren der notdürftig eingerichteten Lazarette.

Journalisten drängten sich um den Bühnenaufgang.

»Mr. Fairbanks, haben Sie heute schon die Zeitungen gesehen?«

»Was sagen Sie zu den Aussagen Ihrer Frau?«

»Und wer ist die neue geheimnisvolle Dame ihres Herzens?«

Jede Frage der Reporter wurde von Zischen, Buhrufen und sogar Spucken des Publikums begleitet.

Wegen seiner Erkältung hatte Douglas sich ursprünglich vorgenommen, die Tour mit so wenigen Worten wie möglich zu bestreiten, um seine Stimme zu schonen.

Lächeln, Turnen und Winken sollten reichen. Nun aber bedeutete er Bennie, ihm ein Megafon zu bringen. Ungelenk kletterte sein Assistent auf die Bühne, ohne den Blick von seinem Chef zu wenden.

»Halt dich an die Regeln, Doug«, konnte Douglas von seinen Lippen lesen. »Ruhig Blut. Keine Geständnisse.«

Douglas nahm das Megafon, das Bennie ihm reichte.

»Guten Morgen, Detroit!«

Das Sprachrohr knarrte und krächzte. Es dauerte, bis er den richtigen Abstand fand. Einen Augenblick lang dachte er an Mary. Sie hatte dieses Gerät in New York mit so einer Leichtigkeit bedient. Douglas wünschte sich, sie wäre hier, versteckt natürlich, in einem der hinteren Räume der Liberty-Bond-Verkaufslokale, damit er sie nachher an sich drücken und in der Umarmung Zuversicht finden konnte. Auch wenn er es vor Bennie natürlich nicht zeigte, hatte er panische Angst vor den Auswirkungen, die Beths verletzter Stolz mit sich bringen konnten.

Er musste sich zumindest vor dem größten Schlamassel retten.

»Freunde, ihr wisst, ich bin leidenschaftlicher Schauspieler!«

Er breitete die Arme aus und grinste das Publikum an. Kurz überlegte er, eine Grimasse zu ziehen, wie sein Freund Charlie es machen würde, ließ es dann aber doch lieber sein. Er wollte kein Risiko eingehen und das Publikum womöglich noch weiter verärgern.

»Ich bin Vater. Und Ehemann.«

Ein Murren ging durch die Menge.

»Aber in allererster Linie bin ich Amerikaner.«

Er versuchte, seiner von der Erkältung krächzenden Stimme mehr Gewicht zu geben.

»Ich bin ein Amerikaner, der stolz ist auf unser schönes Vaterland!«

Er beobachtete die Gesichter vor ihm, die ihm langsam wieder wohlgesonnener zu werden schienen. Manche nickten, andere lächelten ein wenig. Von hinten vernahm er sogar verhaltene Jubelrufe. Aus dem Augenwinkel sah er Bennie bestätigend grinsen.

»Und als Amerikaner, Freunde, werde ich nicht zulassen, dass ich zum Opfer übelster Propaganda werde!«

Er sah die rätselnden Blicke. Endlich hatte er ihre volle Aufmerksamkeit. Bennies Gesicht allerdings hatte sich verfinstert.

»Bei jedem einzelnen meiner Auftritte auf dieser Tour habe ich Geld für unsere Brüder und Söhne da drüben in Europa gesammelt. Abertausende Dollar, die so dringend notwendig sind, um Europa zu befreien, um diese Welt besser zu machen. Mit eurer Investition können unsere Soldaten für Gerechtigkeit kämpfen! Für Demokratie! Jeder Cent bringt uns dem Ziel näher! Und deswegen bin gerade ich, der dieses Geld sammelt, den Deutschen ein Dorn im Auge.«

Er zögerte kurz. Fast hätte er gesagt »wir« – Mary Pickford, Charlie Chaplin und er selbst, die Hauptakteure der Liberty Bond Tour. Aber jede Erwähnung von Marys Namen könnte im Moment für Spekulationen sorgen.

»Deshalb haben sie mich zu ihrem Opfer gemacht.«
Er setzte eine weitere theatralische Pause.
»Sie setzen übelste Gerüchte über mich in die Welt, in

der Hoffnung, dass ihr ihnen Glauben schenkt und mir den Rücken zukehrt. Dass ihr Amerika den Rücken zukehrt, indem ihr heute ohne Anleihen nach Hause geht!«

Douglas schielte hinüber zu Bennie. Sein Assistent vergrub das Gesicht in seinen Händen und schüttelte verzweifelt den Kopf. Er würde es verkraften, dachte Douglas. Sie würden nach dem Auftritt eine Strategie entwickeln, wie sie Beths Aussagen langfristig rechtfertigen konnten.

Für heute aber hatte er die Krise abgewendet.

Unter tosendem Beifall legte er das Megafon zur Seite. Sein Hals schmerzte. Doch der Jubel ließ ihn seine Muskeln wieder spüren, kraftvoll und stark. Es war Zeit, dem Publikum das zu geben, was sie wollten. Kletterakrobatik, die sie ablenken und milde stimmen würde.

»50.000 Dollar, meine Freunde. Für A-M-E-R-I-K-A.« Ohne Megafon blieb seine Stimme ungehört, er hörte sie nur als hohles Krächzen in seinen eigenen Ohren. Bennie erschien nun neben ihm auf der Bühne, das Sprachrohr in der Hand. »Mr. Douglas Fairbanks ist bereit, einen Handstand auf dem Dach des Wayne County Buildings zu machen. Für 50.000 Dollar. Für Amerika.«

Die Menge grölte, sie war inzwischen geradezu ekstatisch geworden. Douglas sah Schals und Handschuhe wedeln; junge Männer, die sich an die Laternenpfosten klammerten, warfen ihre Tweedkappen in seine Richtung.

Polizisten stellten sich schützend um die Bühne.

Über eine schmale Holzplanke kletterte Douglas hinüber zu den Granitsäulen an der Fassade. Den Pfeiler umarmend, schob er sich aus den Beinen nach oben und zog sich dann mit den Armen weiter. Unter sich hörte er ein freudvolles Rauschen. Vom Dach des Portikus aus dienten ihm die Fenstersimse der oberen Etagen als Stufen. Er konnte hinter den staubigen Scheiben das prachtvolle Interieur dieses Gebäudes sehen, das – erst vor Kurzem fertiggestellt – als eines der beeindruckendsten in Detroit galt. Douglas sah Marmor und Mosaike und musste unwillkürlich an sein neues Anwesen in Hollywood denken. Und an Mary, mit der er hoffentlich bald dort wohnen würde.

Mit jedem Meter, den er weiter emporstieg, fühlte er sich kräftiger. Und auch wütender. Er ignorierte das Stechen in seiner Brust, die Atemnot, die er in dieser Form nicht gewohnt war. Ein bisschen Schnupfen würde ihn nicht aufhalten. Er würde den Amerikanern schon zeigen, wer Douglas Fairbanks war. Ein guter Mann. Ein starker Mann. Ein liebender Mann. Kein schwacher Tölpel, den man wegen seiner wahren, echten Gefühle wie einen kranken Hund in die Ecke treten konnte.

Oben angekommen winkte er hinunter in die Menge. Unten am Verkaufsstand sah er zwei der Freiwilligen, die mit aufgekrempelten Ärmeln auf den Tisch stiegen und ein übergroßes Anleihezertifikat hochhielten. Die vier Nullen hinter der Fünf waren dick in Schwarz gepinselt. $ 50.000. Douglas winkte kurz, platzierte dann die Hände nebeneinander auf die Dachschindeln und glitt kopfüber in die Position, die sie alle sehen wollten. Er spannte jeden Muskel seines Körpers an. Es fiel ihm schwerer als sonst, aber das Zucken in seinen angespannten Gliedern ermächtigte ihn. Er fühlte sich lebendig. Nein, Beth Sully würde ihn nicht diskreditieren! Sie würde ihn nicht kaputt machen, nicht alles, was er sich aufgebaut hatte, zerstören. Und vor allem: Sie würde ihn und Mary nicht auseinanderbringen!

Er wagte es, auf einer Hand zu balancieren. Fünf Stockwerke, gute fünfzig Meter über dem Boden. Sein ganzer rechter Arm vibrierte. Er ließ seine linke, freie Hand in die Brusttasche gleiten, zog das Stecktuch mit dem weinroten Rautenmuster heraus und warf es triumphierend in den Wind.

Es war ein Geschenk von Beth gewesen – zu ihrem ersten Hochzeitstag.

# 17
# MARY

Sie brauchte eine Weile, um sich zu orientieren. Wo war sie hier?

Das Zimmer war dunkel und kühl, ein silberner Lichtstreifen drang durch die Mitte der Vorhänge, die vermutlich dunkelrot, lila oder braun waren, Mary konnte es in der Dunkelheit nicht erkennen. Über ihr machte sie die Silhouette eines Kristalllüsters aus. Sie rollte sich auf den Rücken. Die Laken waren steif und hart, viel härter, als sie es von ihrem eigenen Bett gewöhnt war. Neben ihr hörte sie ein röchelndes Atmen. Als sie sich umdrehte, vernahm sie ein Grunzen. Dann erkannte sie Mamas Hinterkopf: dunkles Haar, dass sich aus einem strubbligen Dutt löste.

Mary setzte sich auf und griff nach dem Wasserglas auf dem Nachttischchen. Sie nahm einen Schluck, erschrak und spuckte die Flüssigkeit sofort aus – das war kein Wasser, es war Gin!

In ihrem Kopf fanden die wirren gedanklichen Puzzlestücke allmählich an ihren Platz. Mary erinnerte sich, wie die Journalisten sie auf dem Heimweg von einer Signierstunde im Kaufhaus von Albany förmlich überfallen hatten. Sie hatten sich um sie gedrängt, so nah, dass ihre Stiftenden und Notizblöcke sich in Marys Oberarme bohrten.

»Miss Pickford, wie ist Ihr Verhältnis zu Douglas Fairbanks?«

»Sind Sie seine geheimnisvolle Geliebte?«

»Fühlen Sie sich zu ihm hingezogen?«

Mary strich sich die Haare aus dem Gesicht und wünschte, sie würde noch träumen. Selbst der grausamste Albtraum war erträglicher als das Desaster, dem sie sich in den vergangenen Tagen hatte stellen müssen.

Sie ließ sich zurück ins Bett sinken und versuchte, sich die Decke über den Kopf zu ziehen, aber Mama lag fest eingerollt in den Laken und gab keinen Zentimeter Decke frei.

»Wie ist Ihr Verhältnis zu Douglas Fairbanks?«, hatten die Journalisten sie gefragt.

Ja, wie ist mein Verhältnis zu ihm? Wieder und wieder flüsterte sie diese Frage in die Dunkelheit, auch wenn sie neben Mamas Schnarchen kaum zu hören war. Alles um sie herum schien sich zu drehen. Wenn sie doch bloß selbst die Antwort auf diese Frage wüsste! Wie war ihre Beziehung zu deuten? Was wie ein leichtfüßiger Sommerspaziergang begonnen hatte, war nun schwer und mühselig geworden. Und gefährlich. Als versuchte sie einen schroffen, steilen Berghang ohne Seil zu erklimmen.

Ihr Atem wurde flach.

Warum hatte Douglas in jener Nacht in New York bloß so impulsiv gehandelt, warum hatte er seiner Frau alles gestanden, ohne sie im Geringsten darauf vorzubereiten? Gerade noch waren sie im Biltmore zwischen den herrlich weichen Betttüchern gelegen, und Douglas hatte ihr aus den *Drei Musketieren* vorgelesen, davon träumend, wie er daraus einen Film machen würde, und kurz darauf war er verschwunden und hatte sie rätselnd und zweifelnd zurückgelassen. Als sie seine leere Betthälfte bemerkt hatte, hatte sie ihn zunächst im Badezimmer und im begehbaren Kleiderschrank gesucht, bevor sie nach unten auf die Straße geblickt hatte. Vielleicht war er bloß hinuntergefahren, um eine Zigarette an der frischen Luft zu rauchen. Doch irgendwann hatte sie begriffen, wohin er gegangen war: zu ihr. Zu seiner Frau; zu seiner Familie.

Aus Enttäuschung war Angst geworden, und dann Wut.

Mit tränennassen Augen war Mary zu ihrem Bett zurückgekehrt und hatte angefangen, die Bezüge herunterzuzerren. Seit Jahren schon hatte sie kein Bett mehr selbst abgezogen, aber jetzt fand sie sich mit Kissenbezügen und Decken kämpfend. Sie wollte alle Spuren von Douglas aus ihrer Suite verbannen.

Nach ein paar Minuten ließ sie sich erschöpft in den Haufen Wäsche fallen. Er roch nach seinem Aftershave. Mit einem erstickten Schrei prügelte sie auf die Bettwäsche ein. Es hatte als heimliche Affäre begonnen. Es würde – nein, musste – als heimliche Affäre enden! Wie naiv war sie gewesen, jemals etwas anderes zu glauben?

Doch dann war er plötzlich zum Frühstück im Speisesaal erschienen. Eine ermattete Erscheinung, ein Schatten seiner selbst – und doch so euphorisch in seinen Worten. *Ich habe ihr alles gesagt!* Mary hatte ein kurzes Herzrasen verspürt. Seine Gefühle für sie waren echt und stark! Doch noch in derselben Sekunde war ihre Freude in Panik umgeschlagen. War Douglas sich überhaupt bewusst, welchen Schaden er angerichtet hatte? Elf Jahre der Ehe zerstörte man nicht so mir nichts, dir nichts, indem man seiner Frau mitten in der Nacht ein paar wahnsinnige, gefühlsduselige Gedanken an den Kopf warf. Und hatte er überhaupt bedacht, was dieser Schritt für sie, Mary, bedeutete? Wusste er denn nicht, dass sie ihren Fans und auch ihren Auftraggebern eine engelsgleiche, mädchenhafte und keusche Version ihrer selbst schuldig war? Bei dem Gedanken an Papa Zukors Reaktion wurde ihr übel. Wie enttäuscht er sein würde! Schließlich hatten sie eine unausgesprochene Übereinkunft, dass Mary in der Öffentlichkeit das biedere Goldlöckchen zu geben hatte. Wusste Douglas denn nicht, dass ihre nächsten Vertragsverhandlungen bevorstanden? Dass es keinen schlechteren Zeitpunkt gab, diese Granate in die Luft zu jagen?

Und wie würde Owen reagieren, wenn er nun endgültig Beweise für ihre Untreue bekam? Waren sie nun beide, Douglas und sie, in Gefahr? Hatte ihr Mann inzwischen eine echte Waffe besorgt? Marys Haare stellten sich in ihrem verschwitzten Nacken auf.

Die Situation war völlig unberechenbar.

Und jetzt, nur Tage später, hatte Beth Fairbanks durch ihre Interviews in der Presse eine wahre Lawine losgetreten. Was führte diese Frau im Schilde? Sicherlich wollte sie nicht, dass Douglas sich von ihr trennte. Das war aus ihren Worten klar hervorgegangen. Als eine vorübergehende Phase der Selbstfindung hatte sie die Affäre ihres Mannes bezeichnet. Die Familie Sully würde sich gewiss nicht mit Scheidungsmeldungen durch die Medien ziehen lassen.

Das Volk mochte zwar Douglas' Verschwörungstheorie der deutschen Propaganda glauben, die Journalisten aber suchten nach wie vor ihren Skandal. Sie hatten bereits Alma Love, Blanche Sweet und Anita Loos um Stellungnahmen gebeten. Hatten sie eine Affäre mit Mr. Fairbanks? Hatte es heimliche Küsse und Verabredungen nach Drehschluss gegeben? Wusste man von den Problemen zwischen Beth und ihm? Jeden Tag gab es neue Spekulationen in den Zeitungen.

In den ersten Tagen war Mary erleichtert gewesen, dass die Journalisten auf der falschen Fährte zu sein schienen. Dann aber hatte sie auch Enttäuschung verspürt, dass der Verdacht nicht auf sie gefallen war. Waren die anderen Frauen attraktiver? Wenn sie sich übermüdet und unsicher fühlte, überkamen Mary sogar Zweifel, ob Douglas nicht vielleicht auch mit diesen Schönheiten eine Romanze hatte. Was wusste sie wirklich von ihm? Kannte sie ihn überhaupt, den wahren Douglas? Oder kannte sie nur den Lebemann und Schauspieler, der alle mit seinem warmen, breiten Lächeln blendete?

In solchen Momenten holte sie seine Liebesbriefe und Telegramme aus ihrem mobilen Sekretär – eine Holzkiste bestehend aus vielen kleinen Schubladen für Federn, Tusche, Papier und Stempel – und schöpfte Kraft aus seinen gefühlvollen Zeilen. Nein, in ihrem Inneren spürte sie, dass seine Liebe für sie echt und aufrichtig war. Dennoch wusste sie nicht, was sie ihm auf seine letzte Nachricht antworten sollte: »Wo stehen wir?«

Sie konnte es ihm nicht sagen.

Gestern Nachmittag schließlich hatten die Reporter die Spur zu ihr aufgenommen.

Mit pochenden Schläfen erinnerte Mary sich weiter an die Geschehnisse des Vortags. Wie die Journalisten immer näher gekommen waren, ihr ins Ohr gerufen und an ihr gezerrt hatten; wie die Fotografen ihre wuchtigen Kameras auf sie gerichtet hatten, ohne vorher um ihre Zustimmung zu bitten. Schweiß war auf ihrer Oberlippe ausgebrochen, und einen Augenblick lang war ihr schwindlig geworden.

Und dann?

Mary erinnerte sich verschwommen, dass Mama sie an den Hüften genommen und durch die lauernde Meute geschoben hatte. »Kein Kommentar. Kein Kommentar...«, hatte Mary ihre Mutter sagen hören. Ihr Nacken schmerzte, ihre Zunge war pelzig. Zurück im Hotel hatte Mama ihr etwas zu trinken gegeben: starken Brandy, der in ihrer Kehle brannte. Oder hatten sie diese Flasche erst nach dem Essen geöffnet und mit Whiskey begonnen? Ihre Mutter hatte etwas beim Zimmerservice bestellt, entsann Mary sich. Hühnerschenkel mit Kartoffelpüree. Oder waren es Rüben? Zum Nachtisch hatten sie gezuckertes Dosenobst gegessen. Mandarinen?

Sie setzte sich weiter auf und spürte dabei ein säuerliches Aufstoßen.

Hatte sie geweint? Sie ließ die Hand über ihre Wange gleiten und ertastete salzige, eingetrocknete Krusten, wo sich die Tränen ihren Weg gebahnt hatten.

Sie hatten etwas geschrieben, fiel ihr ein. Einen Brief. An Douglas? An Beth Fairbanks? An die Reporter?

Mary zog sich aus dem Bett und ließ ihre Füße, die

noch in Strümpfen steckten, in die Plüschpantoffeln gleiten. Sie musste dringend ihre Zähne putzen und mit Kräutermundspülung gurgeln. Vielleicht würden sich vor dem Spiegel ihre Gedächtnislücken schließen.

Als sie versuchte aufzustehen, begann der Raum sich wieder zu drehen. Kurz schien es, als würden die Samtvorhänge herunterkrachen, als würde der Ottoman über einen schiefen Boden gleiten. Sie ließ sich zurück ins Bett sinken und kauerte sich zusammen wie ein Embryo. Hinter ihr begann sich die Matratze zu bewegen. Mama war wach. Sie hustete krachend. Ja, erinnerte sich Mary, sie hatten auch zusammen Zigarillos geraucht, die Mama in einer der Nachttischschubladen gefunden hatte.

»Was haben wir getan, Mama?« Mit einem Mal fühlte Mary sich wie ein kleines, schuldiges Mädchen. Wie damals, als sie eine ihrer ersten Rollen verloren hatte, weil sie ungefragt Text improvisiert hatte.

»Wir haben dich ein bisschen abgelenkt, Liebes. Kein Grund zur Sorge«, antwortete Mama. Sie rieb ihre Stirn und schob ihren wuchtigen Körper aus dem Bett, um ins Bad zu gehen. »Entschuldige mich kurz. Ich brauche Wasser.«

Anders als Mary hatte Mama sich vor dem Zubettgehen umgezogen. Wie ein riesiges Cape lag das weiße Flanellnachthemd auf Charlottes Schultern.

Mary entdeckte einen Notizblock neben dem Bett. Sie erkannte ihre Schrift, aber die war kaum zu entziffern. Am Rand des Papiers waren Kritzeleien, manche Stellen waren durchgestrichen. Schließlich konnte sie die Wörter »Fairbanks« und »Eheprobleme« ausmachen. Ihr Herz raste.

Aus dem Badezimmer hörte sie Mamas tiefes Summen und das Rauschen des Wassers. Ihre Mutter machte sich frisch.

Am Bettende lag noch das Tablett des Vorabends. Sie aßen sonst nie im Schlafzimmer. Beim Anblick der Soßenreste musste Mary kurz würgen. Sie trug das Porzellan in den Salon. Dort, auf dem eigentlichen Esstisch, fand sie zu ihrer Überraschung die Reiseschreibmaschine – ein wuchtiger Koloss mit schwarzen Tasten und silbernem Zeilenschalter. Sie hatten das Schreibgerät nicht einmal richtig aus seinem Lederkasten herausgenommen. In die Maschine war Papier eingespannt, unbeschrieben. Auf dem Boden jedoch entdeckte Mary ein weiteres Blatt. Als sie es hochhob, stockte ihr der Atem:

*Ich, Mary Pickford, bedauere von den Eheproblemen der Familie Fairbanks zu hören, stehe allerdings in keiner Weise damit in Verbindung.*

Sie lief zurück ins Schlafzimmer und glich den Text mit dem Gekritzel auf ihrem Notizblock ab. Ja, sie hatten diese Aussage wohl vorgeschrieben und abgetippt. Und dann?

Mama erschien in einem roséfarbenen Bademantel in der Flügeltür, einen Frotteeturban auf dem Kopf. Ein wenig sah sie aus, als würde sie die Rolle eines indischen Großfürsten spielen.

»Mama, was ist das?« Mary hielt den Zettel hoch.

»Das einzig Richtige, mein Schatz. Wir haben eine Stellungnahme verfasst, die der Hotelconcierge sogleich an alle Redaktionen des Landes hat telegrafieren lassen.«

»An alle Redaktionen?«

»Nun, die wichtigsten zumindest. Natürlich nicht an die Landboten in den hintersten Provinzen von Montana oder Arkansas.«

»Aber Mama, das ist eine Lüge!«

»Mary, ich bitte dich. Das ist keine Lüge, das ist dein Rettungsanker! Auf keinen Fall wirst du dieses lächerliche Techtelmechtel zwischen dir und Douglas zugeben. Wegen einer Liebelei setzt man nicht alles aufs Spiel!«

»*Lächerliches Techtelmechtel*, Mama? *Liebelei*? Verstehst du denn gar nichts? Selbst in der Zeitung steht, dass er mich liebt.«

Sie stockte, selbst überrascht von den Zweifeln in ihrer Stimme. Reichte es denn aus, dass Douglas – dieser charismatische, athletische, aufmerksame und wundervolle Mann – in sie verliebt zu sein glaubte? Dass sie in ihn verliebt zu sein glaubte? Was war Liebe denn schon? Ein Gefühlszustand ohne Garantie einer Haltbarkeit. Sie hatte doch mit Owen selbst erlebt, wie schnell Gefühle umschlagen konnten, hatte genügend Beziehungen ihrer Freunde auseinanderbrechen sehen. Sogar Frances war zweimal im Glauben an die große Liebe in unglückliche Ehen gestolpert. Die Liebe war eine dreiste Verführerin. Sie konnte Menschen zerstören, von Karrieren ganz zu schweigen.

Sollte Mary wirklich ihre berufliche Laufbahn aufs Spiel setzen, nur weil sie weiche Knie bekam, wenn Douglas sie küsste? Nur weil er plötzlich glaubte, zu seinen Gefühlen stehen zu müssen?

»Mary, du musst jetzt vernünftig sein«, sagte Mama, die inzwischen mit einem riesigen Pinsel Puder auf ihre Wangen auftrug.

Mary starrte in den Spiegel und betrachtete die Reflexion dieser Frau, die sie ihr ganzes Leben lang begleitet hatte, als ihre Beschützerin, ihr treuester Kumpane. Wieder einmal spürte sie diese innere Zerrissenheit, wie so oft in den letzten Monaten. Es war, als zerrte Mama an ihrem einen und Douglas an ihrem anderen Arm. Manchmal wusste sie nicht, was *sie* wirklich wollte. Was richtig war und was falsch. Wer sie wirklich war.

Sie verfluchte dieses Hotelzimmer in Albany, verfluchte McAdoo und seine Gefolgschaft, den Krieg, die gesamte Tour. Warum gab es keine befriedigende Möglichkeit, mit Douglas die nächsten Schritte zu besprechen? Nur ein einziges kurzes Telefonat direkt nach Beths Zeitungsinterviews war ihnen bisher vergönnt gewesen, ein knarrendes und abgehacktes Gespräch, aus dem sie nicht mehr mitgenommen hatte, als dass ihm alles leidtat. Was würde er vorschlagen, läge sie jetzt in seinen Armen? Was würde sie fühlen?

Während Mary gedankenverloren ihren Unterarm streichelte, einen Augenblick lang tatsächlich glaubend Douglas' Finger auf ihrer Haut zu spüren, überkam sie ein schrecklicher Gedanke: Würde sie Douglas überhaupt jemals wieder nahe sein können? Oder hatte Mama recht, dass ein sofortiges Ende der Affäre die einzige Lösung war?

»Mary, du bist eine verheiratete Frau, und das wirst du auch für immer sein. Kind, du weißt, wie leid es mir tut, dich vor diese Tatsachen zu stellen. Aber Douglas und du, ihr habt keine Chance. Wenn du jetzt mit dem Kopf durch die Wand rennst, setzt du alles aufs Spiel. Bloß weil Mr. Fairbanks Probleme hat, seine Hormone im Griff zu halten.«

»Er ist unglücklich, Mama. Und solange er unglücklich ist, bin ich es auch. Wir wollen zusammen sein.«

»Gladys Smith!«

Wenn Mama sie bei ihrem Geburtsnamen nannte, war es immer ein Zeichen von Wut. Mary wusste, jetzt folgte ein Machtwort.

»Genug der Diskussion, Mary. Wir werden nicht alles, was wir in langen, harten Jahren aufgebaut haben, für diesen Frauenhelden aufs Spiel setzen. Du siehst, die Journalisten wissen nicht einmal, wo – in welchem Bett – sie anfangen sollen zu suchen. Diesen Monat bist du seine Lieblingsdame, nächsten Monat ist es eine andere.«

Mary spürte, wie sich ihre Finger in das weiche Holz des Schreibtischstuhls bohrten. Sie fühlte sich aufgebracht, hilflos und einsam zugleich. Warum konnte Mama sich nicht darüber freuen, dass ihre Tochter aufrichtig geliebt wurde? Hatte sie selbst so lange schon nicht mehr geliebt, dass sie vergessen hatte, wie wichtig – ja geradezu lebensnotwendig – diese Gefühle waren? Dann aber besann sie sich, dass Mama durchaus geliebt hatte – ihre drei Kinder, und zwar mit einer bedingungslosen Liebe, die Mary selbst, als kinderlose Frau, wohl nicht nachempfinden konnte. Mama wollte sie beschützen. Und eine winzige, leise Stimme sagte ihr, dass ihre Mutter mit dem Verweis auf Douglas' Faszination für Frauen recht hatte. Mary empfand selbst immer Sorge, wenn er mit einem hübschen Mädchen kokettierte.

Sie wollte die Suite verlassen, einfach fort sein von diesen aussichtslosen, verwirrenden Gedanken. Frische Luft würde ihren Kopf freier machen. Den Vögeln im

Park zuzuhören und den Wolken über ihr mit den Blicken zu folgen – das hatte ihr schon oft geholfen. Aber in ihrem Aufzug, mit verquollenen Augen und teigiger Haut, konnte sie sich unmöglich vor die Tür wagen. Die Journalisten vom Vortag waren gewiss noch in der Stadt. Und ihre Fans lauerten rund um die Uhr vor ihrer Unterkunft. Marys Hände ballten sich zu Fäusten, die Fingernägel bohrten sich in ihre Handflächen. Schmerz und Verzweiflung trieben ihr die Tränen in die Augen. Sie zitterte. Zuerst waren es nur die Mundwinkel, dann schien der gesamte Körper zu beben.

»Mama, ich bin dankbar für alles, was du für mich, für unsere Familie tust.« Sie sprach so ruhig sie konnte. »Aber sprich nicht so über Douglas. Ich liebe ihn. Auch wenn es mir verwehrt sein sollte, ihm je wieder nahe zu sein.«

Sechs ganze Tage lang sprachen sie kein Wort mehr miteinander. Mama begleitete ihre Tochter nicht zu ihren Auftritten, auf den Zugfahrten wich Mary in den Speisewagen aus, und wenn es möglich war, beantragten sie in den Hotels getrennte Suiten. Mary begann, die Liberty Bond Tour zu hassen. Der Einsatz für eine bessere Welt, für Demokratie und Freiheit wog nun schwer auf ihren Schultern. Täglich derselbe Ablauf in einer immer anderen Stadt: frühes Aufstehen, einsames Frühstücken. Danach fuhr ein Automobil sie durch zahllose Menschenmengen, und man begleitete sie hinauf auf eine Bühne, wo sie versuchte, ein freundliches Gesicht zu machen und das Publikum mit ihren Parolen zu überzeugen. Zu ihren Füßen standen Fans – meist Frauen und

Mädchen –, die sie anstrahlten und dabei keine Ahnung hatten, wie elend es ihrem Idol in diesem Augenblick ging. Ein Glück, dass wenigstens die Journalisten von ihr abgelassen hatten. Niemand fragte nach ihrer Verbindung zu Douglas. Inzwischen waren die Reporter bei Elsie Janis und Marjorie Daw gelandet. Vielleicht hatte Mama mit ihrer Nachricht an die Zeitungsredaktionen doch etwas Gutes geleistet. Zumindest hatte sie Mary vorübergehend entlastet.

Am letzten Abend ihrer Tour hielt Mary die Stille im Appartement nicht mehr aus. Man hatte für sie und Mama im New York Inn in Buffalo ein ganzes Stockwerk reserviert, das in diesem winzigen Hotel allerdings nur aus drei Zimmern bestand. Es war die beste Unterkunft der Stadt, und trotzdem war das ganze Gebäude bereits sehr abgewohnt. Fensterrahmen und Heizkörper benötigten einen neuen Anstrich, und einige der Marmorwaschtischchen hatten Sprünge.

Mary hatte sich in den vergangenen zweieinhalb Wochen an Hotels wie dieses gewöhnt. Durch die dünnen Wände hörte sie, wie Mama mit dem Dienstmädchen die letzten Gepäckstücke packte. Sie wartete, bis die Bedienstete das Zimmer verlassen hatte, und schob dann vorsichtig die Tür auf. Mama stand inmitten zahlreicher Koffer aus feinstem Leder, einer Handvoll Hutschachteln und zwei Truhen. Auf dem Sekretär stand die mobile Schreibmaschine. Mary zuckte bei dem Gedanken an ihren Streit in Albany innerlich kurz zusammen. Sie wusste, dass ihre Mutter es im Herzen gut meinte, und dass sie ihr Schweigen nicht fortsetzen konnte. Sie brauchte Mama. Sie liebte sie.

»Mama. Es tut mir leid.« Mary trat einen Schritt vor und streckte die Hand aus. Ein Lächeln erhellte das Gesicht ihrer Mutter, und Mary erkannte eine Wärme, die Mama nur selten zuließ. Sie umarmte ihre Tochter, und Mary glaubte, Tränen in ihren Augenwinkeln zu sehen.

»Mir auch, Liebes.« Mama küsste ihre Stirn.

Mary erwartete, dass ihre Mutter gleich wieder das Thema Douglas aufgreifen würde. Nachtragend zu sein war eine ihrer ausgeprägtesten Eigenschaften. Stattdessen aber klopfte Mama resolut auf den Turm aus Hutschachteln.

»Es ist höchste Zeit, nach Hause zu fahren, was meinst du, Liebes?«

Mary nickte. Sie hätte es nie für möglich gehalten, dass sie für Kalifornien ein solches Heimatgefühl entwickeln würde. Sie freute sich auf die milchige Sonne über dem Pazifik, auf das herzhafte Essen bei Levy's, auf den schmucken kleinen Garten ihres Cottages, und darauf, die Zehen im Sand zu vergraben. Natürlich durfte sie es sich vor Mama nicht anmerken lassen, aber am meisten sehnte sie sich danach, endlich wieder in Douglas' Armen zu liegen. Sie dachte an ihr Matratzenlager in seinem neuen Anwesen, an die Picknicks in den ockerfarbenen Bergen. Würden sie je wieder diese Orte teilen?

»Wie soll es werden, wenn wir wieder in Los Angeles sind? Was passiert, wenn die Leute mich mit Douglas sehen?«, fragte sie vorsichtig, hauptsächlich um auszuloten, wie Mama inzwischen der Sache gegenüberstand.

»Sie werden euch nicht sehen, Liebes. Du wirst Douglas Fairbanks jetzt einfach eine Weile ausweichen«, erklärte Mama sachlich, geradezu als befehle sie ihrer Tochter, dreimal täglich Hustensaft einzunehmen.

Mary nickte stumm. Widerstand war in diesem Moment zwecklos. Zudem hatte sie keine Kraft, sich ihrer Mutter entgegenzustellen. Nicht nach drei ganzen Wochen als Marionette vor dem Publikum. Nicht nach dieser Achterbahn der Gefühle.

Im Zug zurück nach Hollywood würde sie vier Tage Zeit haben, um über alles nachzudenken. Ein schwacher Trost, schien eine Lösung doch geradezu aussichtslos. Aber welche Optionen hatten sie schon? Es gab eine Zukunft ohne Douglas, der ihr die glücklichsten Monate ihres Lebens beschert hatte. Oder eine Zukunft ohne ihre Arbeit, die ihr seit frühsten Kindertagen Halt gegeben hatte, sie mit Kraft erfüllte und ihre Familie ernährte.

»Lottie wird uns in den nächsten Wochen brauchen. Das wird dich ablenken«, unterbrach Mama ihre Gedanken. »Als könnte sich deine Schwester allein um ein Baby kümmern!«

Seit ihrer Abreise aus Los Angeles war Lottie mit einem unehelichen Säugling nach Kalifornien gereist und wohnte nun ebenfalls in ihrem kleinen Cottage.

»Ja«, seufzte Mary abwesend und zog die Schleife einer Hutschachtel fester. »Das Studio, das Baby, Lottie. Mir wird gar keine Zeit für anderes bleiben.«

Doch sie wusste, dass sie sich damit selbst belog.

# 18
## MARY

Wie viel Zeit brauchte man, um eine der wichtigsten Entscheidungen – wenn nicht sogar *die* wichtigste Entscheidung – seines Lebens zu treffen? Reichten vier Tage, eingesperrt in den beengenden Wänden eines Zugwaggons? Konnte man in dieser Umgebung überhaupt klare Entschlüsse fassen? Zwang die Enge einen vielleicht sogar förmlich dazu? Oder wurde man schlichtweg zum Opfer der eigenen paranoiden Gedanken? Dauerte die Überquerung des gesamten nordamerikanischen Kontinents lange genug, um befriedigende Antworten zu finden? Um zwischen Herz und Verstand zu entscheiden?

Mary musste es zumindest versuchen.

Während der Reise aß, trank und schlief sie kaum. Sie brachte keinen Bissen hinunter, ihr Magen war wie zugeschnürt. Nur wenn ihre Gedanken allzu fahrig wurden, ließ sie sich Gemüsebrühe mit Croutons aus dem Speisewaggon bringen. Die meiste Zeit aber verbrachte sie am Fenster sitzend und ließ den Blick über die Weite des amerikanischen Kontinents schweifen – ein Farbenspiel aus Grün, Beige und Braun. Unendlich karge Weiten, unterbrochen von Kleinstädten mit dicht gedrängten

Häuserzeilen und schornsteingezierten Fabriken. Immer wieder ertappte sie sich dabei, dass sie die Welt draußen nur als bewegten Schleier wahrnahm und eigentlich ihre Reflexion im Fenster betrachtete – die großen, traurigen Augen, den schmalen, freudlosen Mund. Wann war sie nur zu dieser ernsten, melancholischen Frau mit der tiefen Sorgenfalte auf der Stirn geworden? Sämtliche Lebensfreude schien von ihr gewichen, ja selbst der tief sitzende Optimismus, den sie sogar in den härtesten Phasen ihres Lebens verspürt hatte. Diese innere Kraft, die sie immer hatte glauben lassen, dass alles gut werden würde.

Je dunkler es wurde, je schärfer ihr Spiegelbild in der Scheibe, desto aussichtsloser erschien ihr die Situation. Raste sie in diesem plüschgepolsterten Zugabteil, das nach Leder und Orchideen roch, ihrem persönlichen Abgrund entgegen?

Wenn bekannt würde, dass sie Douglas liebte, würde ihre Karriere zu Ende sein. Wer wollte schon eine Ehebrecherin als Engelchen auf der Leinwand sehen? Mama würde sie bis an ihr Lebensende verwünschen, wenn sie für die Liebe ihre Karriere aufs Spiel setzte; und Owen würde sie finanziell ruinieren oder, schlimmer noch, in seiner Wut vielleicht sogar mit Gewalt auf sie losgehen.

Plötzlich schien Mary ein Leben in Einsamkeit unausweichlich. Sie konnte noch immer nicht fassen, wie sie an diesen Punkt gekommen war. Noch vor wenigen Wochen hatte sie das Gefühl gehabt, zum ersten Mal in ihrem Leben das Wort *Genuss* zu verstehen. Auch *Lebensfreude* war ihr bis dahin ein Fremdwort gewesen. Auf einmal war es, als sei sie zum Leben erwacht:

Alles in ihr hatte gekribbelt, wenn sie nur an den nächsten Tag – ihre Begegnung mit Douglas – gedacht hatte. Und wenn sie ihn dann tatsächlich getroffen hatte, hatte es sich jedes Mal angefühlt, als würde ihr Herz in ihrer Brust einen Salto machen. Doch das erschien ihr mit einem Mal wie eine weit zurückliegende Vergangenheit. Sie konnte Douglas nicht mehr treffen, durfte ihn nicht mehr lieben. Es ging nicht.

Von nun an würde Hollywood also ihr greller Käfig sein, die Sonne ein tägliches Folterinstrument. Ständig würde sie aufs Neue spöttisch auf Marys triste Situation herunterlachen.

Immer wieder zog Mary die Vorhänge zu, um nicht all die Schönheit und die blühenden Blumen vor dem Fenster sehen zu müssen. Für sie würde es fortan nur noch eins geben: Arbeit, Arbeit, Arbeit. Anders als früher empfand sie aber diesmal keinerlei Motivation, fort schien der Kämpfergeist, der ihr geholfen hatte, sich bis an die Spitze der Filmindustrie hochzuarbeiten. Im Gegenteil: Noch nie war ihr die Arbeit so mühevoll erschienen. In den schlimmsten Momenten fühlte sie sich wie eine Sklavin in Ketten, die sich tagein, tagaus lustlos auf die Bühne hieven musste.

Aber genau das war sie, dachte Mary: eine Geißel ihres eigenen Schicksals. Mit Douglas an ihrer Seite sah sie im Filmgeschäft kein Leben – aber auch kein Leben ohne den Film. Sie fröstelte, obwohl die Zugbegleiter darauf achteten, dass ihr Waggon stets wohltemperiert war.

Ihrer Mutter ging Mary während der gesamten Fahrt möglichst aus dem Weg. Sie brauchte Ruhe, um nachzudenken. Und wenn sie doch zusammen dinierten – Mary vor einem fast leeren Teller sitzend –, lenkte sie die Gespräche auf Unverfängliches: auf die Arbeit, auf Lottie und das Baby, oder auf den Garten in Hollywood, der gewiss Pflege brauchen würde.

Als der Zug endlich auf den Pazifik zurollte, hatte Mary eine Entscheidung getroffen: So schwer es auch sein würde, sie musste Douglas hintan und ihre Arbeit in den Vordergrund stellen. Es gab keine Alternative. Alles andere war nur leichtsinniges Risiko. In nur wenigen Wochen standen die nächsten Vertragsverhandlungen mit Papa Zukor und seinen Partnern, den Kröten, an. Mary konnte es sich nicht leisten, ihre Karriere aufs Spiel zu setzen.

Es fühlte sich richtig an, versuchte sie sich einzureden. Auch wenn es bedeutete, dass sie sich damit jede Lebensfreude entzog. Die Arbeit war einst alles für sie gewesen. Sie würde wieder an diesen Punkt kommen. Mit Fleiß – und wahrscheinlich auch mit etwas Alkohol.

Mama hatte wie so oft recht. Mary musste Douglas in Hollywood aus dem Weg gehen. Zumindest vorübergehend durfte sie ihn überhaupt nicht treffen, Wochen, oder besser noch Monate – viele Monate – lang, bis das öffentliche Interesse an Douglas' Affäre verschwunden und ihre eigene Laufbahn bei Famous Players gesichert war.

Es würde schwer werden, entsetzlich schwer, das wusste sie. Sie mochte sich gar nicht ausmalen, wie es sein würde, Douglas am Set zu begegnen, ihn mit aufgekrempelten Hemdsärmeln auf der Bühne zu sehen, während ihm die verschwitzten Haarsträhnen in die Stirn hingen.

Ein Glück, dass sein nächster Film in den Bergen gedreht werden sollte, dachte Mary. Sie selbst würde für ihre eigenen Aufnahmen von nun an immer die Randbühnen buchen, auch wenn diese den schlechtesten Schutz vor Sonne und Wind boten. Sie würde es in Kauf nehmen. Und in ihrer Garderobe würde sie die Vorhänge zu jeder Tageszeit zuziehen. Vielleicht konnte sie sogar einen der jungen Praktikanten an ihrer Tür Wache stehen lassen, damit sie beim Hinausgehen ja nicht Douglas begegnete.

Abseits vom Set würde sie sich ebenfalls eine Anstandsdame suchen. Nicht Mama, Gott bewahre, es war höchste Zeit für etwas Abstand. Stattdessen würde sie Frances zwingen, sie von Douglas fernzuhalten. Wie gut, dass Frankie endlich in Hollywood war; sie hatte sogar einen Bungalow ganz in Marys Nähe gefunden. Zwar hatte Mary die Bleibe ihrer Freundin noch nicht gesehen, aber Frances hatte geschrieben, dass sie einander von den jeweiligen Küchenfenstern aus gegenseitig zuwinken könnten. Ja, Frances würde in diesen Tagen ein guter Einfluss sein. Sie wusste ohne Männer zu leben. Seit ihren beiden unglücklichen Ehen hatte sie sich ganz ihrer Karriere verschrieben.

Als sie sich Los Angeles näherten, sammelte das Personal eilig die letzten persönlichen Utensilien aus ihrem Zugabteil zusammen, und der Schaffner half Mary in einen mintfarbenen Sommermantel. Danach stand diese am offenen Fenster und versuchte sich von der warmen Brise beruhigen zu lassen. Sie hielt ihren Seidenschal aus dem Spalt und spielte kurz mit dem Gedanken, ihn loszulassen. Wie sehr wünschte sie sich, wie dieses Tuch zu sein – frei und sorgenfrei im kalifornischen Wind.

Der Bahnsteig in Los Angeles war wie immer voll:

Kofferjungen und Chauffeure, die Fahrgäste abholten oder zum Zug begleiteten, Frauen mit Kindern, die nervös an der Hand ihrer Mutter zerrten und auf die Ankunft des Vaters, der Großeltern oder anderer Familienmitglieder warteten, und zahlreiche andere Leute füllten die kleine Fläche. Als der Zug zum Stehen kam, erkannte Mary eine schlaksige, turmartige Figur am südlichen Ende des Bahnsteigs, gleich vor dem Bahnhofsrestaurant. Zwei Männer standen dort aufeinander – der eine auf den Schultern des anderen –, sodass sie gemeinsam sogar die Bahnhofsuhr überragten.

Mary kannte nur zwei Personen, die zu derlei Akrobatik in der Öffentlichkeit neigten. Douglas Fairbanks und Charlie Chaplin.

Konnte es tatsächlich sein?

Douglas hatte ihr in einem

Brief geschrieben, dass er in die Berge gefahren sei, um bei seinen Cowboy-Freunden Schutz und Ablenkung zu suchen. Er sei bereits seit ein paar Tagen zurück an der Westküste, aber Hollywood bekäme ihm nicht.

Beth ließe ihn nicht mehr in sein Haus und verweigere zugleich jede Aussprache, die Journalisten lauerten ihm vor dem Set auf, und alles, alles in Los Angeles erinnere ihn an sie. Mary war von dieser Nachricht erleichtert gewesen. Auf den letzten Zeitungsfotos hatte Douglas müde und abgekämpft ausgesehen. Die Bergluft würde ihm bekommen. Zudem war sie froh gewesen, dass er nicht zu seiner Frau zurückgekehrt war – eine Sorge, die sie trotz ihres Entschlusses, ihm aus dem Weg zu gehen, Tag und Nacht plagte. Douglas' Abwesenheit würde ihr Zeit geben, sich in Hollywood wieder einzufinden.

Jetzt aber lehnte sie sich ein Stück weiter aus dem Fenster heraus. Es gab keine Zweifel: Da stand Douglas, vital, kräftig und gesund – die Cowboys hatten ihn gut aufgepäppelt –, und auf seinen Schultern balancierte ein etwas ängstlich wirkender Charlie.

Ihr Herz setzte für einen Schlag aus.

Was machte Douglas hier? Warum holte er sie ab? Hier, in der Öffentlichkeit? Vor allen Leuten? War er denn von allen guten Geistern verlassen? Gleichzeitig konnte sie nicht aufhören zu grinsen. Douglas – ihr Douglas – war hier! Keine fünfzig Meter entfernt. Wie sehnsüchtig hatte sie dieses Wiedersehen erwartet!

Sie blinzelte mehrmals, um sich zu vergewissern, dass sie nicht aus Schlaf- und Essensmangel halluzinierte, dass die Tabletten gegen die Reiseübelkeit sich nicht an ihr rächten. Nein, Douglas und Charlie standen tatsächlich dort, wankend wie eine schlecht montierte Windhose. Jetzt erst erkannte sie das Schild um Charlies Hals:

*Das Goldene Trio wieder vereint.*
*Willkommen, Mary Pickford!*

Selten war sie dankbarer gewesen, Charlie an Douglas' Seite zu sehen. Er war das perfekte Alibi.

Hinter den beiden stand eine Handvoll junger Männer, die offensichtlich die Aufgabe hatten, die beiden Akrobaten vor der Presse zu schützen. Mary erkannte die Journalisten an ihren Notizblöcken und beigefarbenen Leinenwesten, die sie fast wie eine Uniform trugen. Sie fixierte die Medienleute: Alle schienen ziemlich unaufgeregt. Keineswegs so, als vermuteten sie, dass Mr. Fairbanks seine Geliebte abholte.

Mary stürmte zur Tür ihres Abteils. Sämtliche Vorsätze waren vergessen. Dreieinhalb lange Wochen hatte sie darauf gewartet, Douglas wiederzusehen. Selbst wenn sie ihn jetzt nicht küssen oder berühren durfte, musste sie ihm doch zumindest in die Augen sehen. In einem einzigen Blick konnten so viele Antworten liegen.

Der Zugconcierge bat sie höflich, wieder ins Waggoninnere zu gehen. Ein roter Teppich und ein goldenes Geländer mussten erst vor der Tür des Zuges aufgestellt werden. Widerwillig folgte sie. Sie war zu aufgeregt, um sich hinzusetzen – ganz anders als Mama, die ruhig auf der samtüberzogenen Bank saß, Handtasche und dünne Sommerhandschuhe auf den Knien. Natürlich hatte auch sie die beiden draußen bemerkt.

»Mary«, sagte sie kühl. »Mach jetzt bitte keinen Fehler.«

Mary nickte stumm und konzentrierte sich darauf, langsam ein- und auszuatmen. Sie musste sich mäßigen, auch wenn jeder Muskel ihres Körpers sie dazu drang, zu Douglas zu eilen und sich ihm schwungvoll in die Arme zu werfen, so, wie sie es in ihren jüngsten Kindertagen bei ihrem Vater gemacht hatte.

Beim Verlassen des Zuges ließ sie Mama den Vortritt. Es gehörte sich, den Älteren Respekt zu zeugen, und sie wollte nicht vor den Presseleuten mit schlechten Manieren auffallen. Sie selbst blieb beim Aussteigen auf der obersten Treppenstufe stehen und winkte kurz, damit die Fotografen ein vorteilhaftes Bild von ihr bekamen. Sie sah die Schlagzeilen schon vor sich: Miss Mary

Pickford kehrt von ihrem Dienst für das Vaterland zurück.

Sollten sie bekommen, was sie wollten.

Danach wandte sie sich vorsichtig hinüber zu Douglas und Charlie. Charlie stand nicht mehr auf Douglas' Schultern, stattdessen rannten die beiden jetzt auf der Stelle, theatralisch hechelnd und keuchend. Rund um sie herum lachten und kicherten Passagiere über diese Stunteinlage.

Es war Showtime.

»Meine Jungs!«, rief sie und breitete ihre Arme aus, so gut es ihr in ihrem engen Mantel möglich war. Sie begrüßte Charlie bewusst zuerst, mit einem Küsschen links und rechts, ohne dass sich ihre Wangen berührten. Mit Douglas versuchte sie die Begrüßung noch flüchtiger aussehen zu lassen, allerdings konnte sie nicht anders, als ihre Wange an seine zu legen. Er roch gut, nach neuem Aftershave, und ein wenig auch nach Orangen. Adrenalin durchzuckte ihren Körper.

»Komm her, Pickford«, sagte Douglas und klopfte zunächst auf Charlies, dann auf seine Schulter. »Rauf mit dir!«

Er zwinkerte ihr zu, so kurz, dass nur sie es bemerken konnte. Jeder andere würde es für ein Staubkorn im Auge halten.

Wie gerne wollte sie sich an ihm hochziehen, einfach nur, um seinen Körper zu berühren. Aber sie spürte Mamas bohrenden Blick in ihrem Rücken.

»Meine Herren, ich bin tagelang in einem Zug gesessen und völlig unaufgewärmt. Eine Turnübung dieser Art würde mit Hals- und Beinbruch enden.«

Stattdessen schob sie schnell Charlie zwischen sich und Douglas und ließ die Fotografen ihre Arbeit machen, bevor sie vorgab, ihren Fahrer suchen zu müssen. Unsicher blickte sie hinüber zu Mama, die bestätigend nickte.

Sie hatte die Situation gut gemeistert.

Als sie im Wagen saß und sich vorsichtig zum Bahnsteig und zu Douglas umdrehte, fühlte sie sich, als würde man sie festhalten und unter Wasser tauchen. Als würde sie verzweifelt strampeln und konnte dennoch nicht auftauchen. Sie wollte hinaus zu ihm.

Ihre Blicke trafen sich kurz. Sie meinte Verständnis in seinen Augen zu sehen. Aber war da nicht auch ein Ausdruck der Verletzung? Hätte sie anders handeln können? Die Journalisten schienen doch nichts zu vermuten. Was hätte schon dagegengesprochen, wenn sie mit Douglas und Charlie in den nächsten Eissalon gefahren wäre?

»Das hast du gut gemacht«, sagte Mama schließlich, als sie schon den Wiltshire Boulevard entlangfuhren. Sie hatte dem Fahrer von jedem einzelnen Automodell erzählt, mit dem man sie auf der Tour hofiert hatte. Als seien Sitzbankausstattungen, Reifendurchmesser und Motorenstärke wichtiger als die Gefühle ihrer Tochter.

Mary konnte ihrer Mutter nicht antworten. Gut gemacht? Sie hatte Douglas in aller Öffentlichkeit einen Korb gegeben.

»Du wirst sehen, am Anfang schmerzt es noch. Aber bald wirst du ihm mit einer professionellen Gleichgültigkeit gegenübertreten können.«

»Mit einer was? Mama, aber er wird doch wenigstens mein Freund bleiben dürfen.«

»Mary. Wir haben genug darüber gesprochen. Für den Moment möchte ich zu diesem Thema nichts hören.«

Ihre Mutter nickte kurz in Richtung Fahrer. Grundsätzlich konnte man ihrem langjährigen Chauffeur vertrauen – aber wie heikel durften die Angelegenheiten werden, bis er plauderte? Mama begann, in ihrer Tasche zu kramen, und zog schließlich ein Bildchen heraus: Ein süßes Baby mit Kringellöckchen, aufgestützt auf einem Berg Kissen.

»Ist das nicht ein süßer Wonneproppen?« Sie strich über den Abzug. »Ich kann es nicht erwarten, klein Gwynnie kennenzulernen!«

Mary wünschte sich, wie so oft in ihrem Leben, einmal in Lotties Position sein zu können. Ja, Lottie konnte ein Kind – ein Kind! – von einer flüchtigen Affäre mit nach Hause bringen und hatte kaum Konsequenzen zu spüren. Sie musste nicht einmal den Namen des Vaters nennen!

Natürlich, Mama war über Lotties Torheit ein paar Tage außer sich gewesen, aber inzwischen ging sie in der Rolle der überfürsorglichen Großmutter auf, noch bevor sie das Kind überhaupt gesehen hatte. Mary wollte gerade nach dem Foto greifen, als sie hinter sich lautes Hupen vernahm, das immer näher zu kommen schien. Durch die Heckscheibe erkannte sie einen roten, fahrenden Kasten, der sich als das jüngste Packard Twin Six Modell entpuppte, eine Luxuskarosse. Das Automobil fuhr in waghalsigen Schlangenlinien, immer wieder auch in den sandigen Schlaglöchern neben der Straße. Ein Spektakel dieser Art war keine Seltenheit in Hollywood. Die Komödiantenbande der Keystone Cops hatte schon in Marys ersten Jahren in Hollywood solche Rennen vor laufenden Kameras abgehalten. Doch diesmal folgten keine Kameras. Es saßen keine Regisseure auf Klappstühlen am Straßenrand.

Charlie saß am Steuer, Douglas auf dem Dach des Autos. Er winkte und rief: »Pickford! Pickford!«

Mary wurde dennoch flau im Magen. So wie Douglas und Charlie ihr hier hinterhereilten, das ging sogar für das Goldene Trio zu weit. War es nicht offensichtlich, dass Douglas um sie buhlte? Gleichzeitig konnte sie nicht anders, als kurz zu schmunzeln.

Marys Fahrer bog in ihre Straße ein, ein schmaler Weg zu einer kleinen Gruppe an Bungalows. Die Bremsen des Packards hinter ihnen quietschten schrill. Charlie hatte zu spät in die Kurve eingeschlagen. Das Automobil rumpelte über den uneingezäunten Vorgarten ihrer Nachbarn und kam dann mit laufendem, dampfendem Motor in Marys Einfahrt zum Stehen.

Sobald auch Marys Wagen angehalten hatte, begannen Margaret und der Chauffeur das Gepäck auszuladen. Marys Schwester Lottie erschien auf der Veranda, mit verschmiertem Augen-Make-up und einem deutlich zu kurzen Blümchenkleid. Das Baby lag auf ihrem Arm. Einen Augenblick lang wusste Mary nicht, wohin sie blicken sollte. Zu dem süßen Geschöpf? Oder doch lieber zu Douglas und Charlie, die inzwischen von hinter den Büschen zu ihr herüberpfiffen?

Mama stürzte sich sofort auf das Kind. Mary ahnte, dass sie diese Gelegenheit nutzen musste, um Douglas zumindest für einen winzigen Moment nahe zu sein.

Sie hatte so viele Fragen. Hatte er sich mit Beth ausgesprochen? Wie sollte es mit ihnen beiden weitergehen? Wollte er wirklich ein Leben der Heimlichtuerei und des Versteckens? Wusste er überhaupt, was das langfristig bedeutete?

Doch sie kam nicht dazu, ihre Fragen zu stellen.

»Mary, Darling!«, flüsterte Douglas und zog sie hinter den dichtgewachsenen Hibiskusstrauch, während Charlie Wache stand. Douglas küsste sie, und schon war all ihre Entschlossenheit, die Affäre mit ihm zu beenden und ihm aus dem Weg zu gehen, wie weggeweht. Sie spürte nur seine Hand an ihrer Wange, seinen Arm um ihre Taille, seine Lippen auf ihren.

Aber der Moment war allzu schnell vorüber.

»Nach links oder nach rechts, das ist hier die Frage«, hörte sie Charlies Stimme. Mary löste sich aus Douglas' Umarmung und spähte durch den Busch. Mama stand matronenhaft und mit verschränkten Armen vor Charlie, während dieser hampelmanngleich versuchte, ihr den Weg zu versperren.

»Mary, komm sofort da raus. Sofort! Und ihr beide...« Mama packte Charlie am Oberarm. »Ihr verschwindet augenblicklich von unserem Grundstück, bevor ihr noch mehr Schaden anrichtet. Ich kann auch die Polizei rufen!«

Die Polizei? Würde Mama tatsächlich so weit gehen, Douglas mit einem Streifenwagen fortbringen zu lassen?

»Schon gut, Mrs. Pickford. Alles verstanden.« Douglas strich sich das zerzauste Haar glatt und verbeugte sich galant, während Charlie, noch immer in seiner Rolle des Clowns, beleidigt die Unterlippe vorschob.

»Aber Sie wissen gewiss, was ich für Ihre Tochter empfinde, Charlotte?«

Mama schob ihn bestimmt in Richtung seines Autos. »Douglas, du weißt, dass ich dich schätze. Dich, deine Arbeit beim Film, deinen Einsatz für Amerika. Du bist ein guter Mann. Aber nicht für meine verheiratete Tochter. Ich möchte dich hier nicht mehr sehen.«

»Mama!«, zischte Mary entsetzt. Ihre Mutter versuchte doch tatsächlich, Douglas Hausverbot zu erteilen – in *Marys* Haus! Sie wollte ihre Mutter anschreien, dass sie erwachsen war, dass es ihre Entscheidung war, wen sie in ihr Leben ließ, und dass kein Mann sie glücklicher machen konnte als Douglas. Aber inzwischen waren sie schon fast am Straßenrand angelangt, wo sich mittlerweile eine ganze Traube neugieriger Passanten versammelt hatte – vielleicht wegen des Tumults, vielleicht wegen des schicken Autos oder vielleicht auch nur weil das Goldene Trio hier eine kostenlose Einlage bot.

Mary strich sich über die Wange, die Douglas' Fingerspitzen vor Sekunden noch berührt hatten, und atmete tief durch. Sie musste improvisieren.

»Auf Wiedersehen, meine Lieblingskollegen!«, rief sie fröhlich gekünstelt. »Und einen guten Drehtag morgen!«

Die ungebetenen Zuseher wedelten mit Zettelchen, die sie signiert haben wollten. Sie kritzelte hastig ein paar Autogramme. Glückliche Fans hatten seltener misstrauische Gedanken.

Während sie schrieb, blickte sie ein letztes Mal hinüber zu Douglas, der sich nun für die Rückfahrt ans Steuer gesetzt hatte. Sie konnte erkennen, wie er sich förmlich am Lenkrad festkrallte. Eine Ader an seiner Schläfe stach dunkelblau hervor. Wären sie alleine, ohne Zuschauer, würde seine Wut bestimmt mit ihm durchgehen, dachte

Mary. Kurz malte sie sich aus, wie er auf das Gaspedal trat und Mama über den Vorderrasen jagte.

Aber sie waren nicht alleine. Mary spürte einen Stich im Magen. Wieder einmal wurde ihr die Ausweglosigkeit ihrer Situation bewusst.

Douglas und Charlie brausten davon, und die Passanten verstreuten sich wieder. Mary, die allein zurückgeblieben war, sah sich im Garten um, der trotz ihrer Abwesenheit perfekt aussah – einem Filmset gleich.

Plötzlich lief ihr ein kalter Schauer über den Rücken. Sie fühlte sich beobachtet.

Die Journalisten, dachte sie. Ihr ständiges Auflauern hatte sie zu einem wahren Nervenbündel werden lassen. Es war Zeit, sich ins Haus zurückzuziehen. Sie brauchte ein Bad und ein Glas Gin und wollte sich endlich dem Baby, ihrer ersten Nichte, vorstellen. Wo hatte sie bloß die silberne Rassel verstaut, die sie in einem Spielzeugladen in Boston erstanden hatte?

# 19
# DOUGLAS

Das Hauptgebäude seines neuen Anwesens in Beverly Hills wurde noch renoviert, aber Douglas hatte sich im Nebengebäude notdürftig eingerichtet: eine Matratze, ein Gartentisch, der zu einem Esstisch umfunktioniert worden war, eine leere Wasserflasche, die er als Kerzenständer aufgestellt hatte, und ein Sandsack, den er mit einem Haken an einem Zimmerbalken fixiert hatte. Er machte sich als Boxsack gut, bis auf die Tatsache, dass es bei jedem Hieb herausrieselte.

Natürlich lebte er hier nicht vollkommen spartanisch: Seine vielen Koffer, die er auf Reisen mitgehabt hatte, waren ebenfalls mit in sein neues Zuhause gezogen. Er hatte sich vom Set eine Handvoll Kleiderstangen auf Rollen liefern lassen und die ehemalige Kühlkammer zu einem Kleiderschrank umfunktioniert. Seine teuren, maßgeschneiderten Anzüge sollten schließlich nicht zu Schaden kommen, bloß weil seine Frau sich weigerte, ihm Zutritt zu seinem eigentlichen Zuhause zu gewähren – dem Haus, das *er* damals, während seiner Triangel-Tage ausgesucht hatte, dem Haus, für das *er* aufkam. Und in dem sie nun ihre Machtspielchen gegen ihn ausheckte.

Es war schon fast Mitternacht, doch Douglas konnte nicht schlafen. Durch das offene Fenster konnte er in der Ferne die Kojoten hören, und als deren Heulen schließlich verstummte, vernahm er ein leises Rascheln im Gras unter seinem Fenster, das ihn an die zahlreichen Schlangen erinnerte, die hier draußen lebten. Doch die wilden Tiere, die mit ihm diese noch verlassene Gegend in Beverly Hills teilten, waren nicht der Grund für die Schlaflosigkeit, die ihn schon seit Tagen quälte.

Es war die Sorge um seine Zukunft, die ihn kein Auge zutun ließ. Seine Gedanken rasten, oft über Stunden hinweg, sodass er oft erst in den frühen Morgenstunden in den Schlaf fand.

Douglas rollte sich auf die Seite und blickte in den sternenklaren Himmel. Wenn er sich konzentrierte, nur durch das Fenster blickte, fühlte er sich wie in Montana, wo er noch vor wenigen Tagen im Freien geschlafen hatte. Dort hatte wenigstens die körperliche Ertüchtigung – die Rodeo-Wettkämpfe mit seinen Freunden Billy, Ivan und Lou – ihn in den Schlaf finden lassen.

Wie sollte es weitergehen?, fragte er sich. Wie sollte er Beth, die sich wie ein blutrünstiger Köter in seiner Ferse festgebissen hatte, abwimmeln? Womit könnte er sie zufriedenstellen?

Wenn sie es ihm bloß verriete.

Er hatte sie besucht – vor ein paar Tagen. Am liebsten wäre er gleich nach seiner Ankunft in Los Angeles zu ihr gefahren, um die Dinge zu klären, aber er wusste, dass er vorsichtig handeln musste. Sie war zu allem fähig, das hatte sie in den letzten Tagen bewiesen. Jedes Mal, wenn er gerade wieder Zuversicht gewann, dass sich schon alles fügen würde, schoss sie mit neuer Munition auf ihn. Zuletzt hatte sie den Medien ein weiteres Interview gegeben.

»›Wie schade es doch ist, dass die Frau, die meine Familie zerstört hat, nicht den Mut hat, sich öffentlich kenntlich zu machen…‹« Beth wusste genau, wie sie Marys Unsicherheit in Bezug auf ihr Verhältnis zu ihm noch schüren und Mary so – ganz langsam – von ihm treiben konnte.

Douglas hatte versucht, seinen Besuch bei Beth anzukündigen, aber sie hatte sich wieder und wieder verleugnen lassen. Dabei wusste er, dass sie und Douglas junior in der Stadt waren: Der Junge hatte seinen letzten Schultag vor den Ferien. Beth würde niemals – nicht einmal mitten in einer Familienfehde – diesen Anlass verpassen. Bestimmt hatte sie ihren Sohn mit Zeugnisrolle, Matrosenanzug und Wollstutzen fotografieren lassen.

Nachdem Douglas mehrfach versucht hatte, seine Frau telefonisch zu erreichen, war er schließlich unangemeldet zu ihr gefahren. Er hatte an der Tür seines eigenen Hauses geklingelt, und sie hatte ihm tatsächlich einen Spalt weit geöffnet.

»Beth, lass uns endlich reden, anstatt diese Sache in den Zeitungen auszutragen«, hatte er durch den schmalen Türspalt gesagt und seinen Schuh dazwischengeschoben, während sie von innen dagegendrückte.

»Ach, dämmert dir also endlich, welche Konsequenzen diese Affäre haben könnte? Für dich, für uns, für Junior? Für du weißt schon wen?«

Er schob den Schuh noch ein Stück weiter in die Tür.

Oh nein, meine Liebe! Er würde ihr nicht den Gefallen tun und ihr auch nur den geringsten Hinweis darauf geben, wie es ihm wirklich ging. Sie sollte nicht merken, dass er sich in seinen wachen Nächten fragte, ob er womöglich alles durch seine Leichtsinnigkeit verloren hatte. Douglas bereute es nicht, ehrlich zu Beth gewesen zu sein – keineswegs. Seine Ehefrau, mit ihrer perfekten Aufmachung und ihrem schnippischen Ton, widerte ihn geradezu an. Nie wieder könnte er mit dieser Frau ein Haus geschweige denn ein Bett teilen. Aber der Junge! Ganz sicher hätten sie einen Weg finden können, es ihm schonender beizubringen. Und Mary? Hätte er sie eingebunden, mit ihr gemeinsam einen Weg gesucht, um Beth von der Affäre zu erzählen, vielleicht würde sie dann jetzt auf ihn hören, anstatt auf ihre dominante Mutter, die mit ihren katholischen, konservativen Ansichten doch wahrlich im 19. Jahrhundert steckengeblieben war.

»Beth, eine geschäftstüchtige Frau wie du müsste doch wissen, dass es so etwas wie negative PR nicht gibt«, sagte er in Anspielung auf ihr letztes Interview. Dabei versuchte er auszublenden, dass sogar Bennie, sein eigener PR-Experte, in manchen Momenten nicht mehr so recht wusste, wie man auf Beths Angriffe reagieren sollte.

Diese ignorierte seine Bemerkung, öffnete den Türspalt jetzt aber etwas weiter, um ihn von oben bis unten zu mustern.

»Eine Papiertüte. Ich nehme nicht an, dass du bleiben willst«, bemerkte sie mit einem schnippischen Blick auf die Tüte, die Douglas in der Hand hielt.

»Ich habe eine Kleinigkeit für Junior mitgebracht«, erklärte er und hielt das Geschenk hoch. Es war ein bestickter Cowboygürtel, den er in Montana hatte anfertigen lassen.

»Er ist nicht da«, sagte Beth.

Douglas war sich sicher, aus dem Kinderzimmer ein Glockenspiel zu hören. Kurz überlegte er, seine Frau einfach zur Seite zu schieben, seinen Sohn in die Arme zu nehmen und ihn – mit der Aussicht auf Popcorn und Cola – einfach mitzunehmen. Doch sofort wurde ihm schmerzlich bewusst, dass er Junior damit wohl vor allem Angst machen würde. Viel zu selten hatte er mit dem Kleinen etwas unternommen. Wann war er überhaupt das letzte Mal mit ihm am Strand oder in einem Diner gewesen?

Und so blieb er, wo er war, und sagte: »Könntest du Junior bitte diesen Gürtel geben?«

Beth riss ihm die Tüte aus der Hand, sodass die Trageschlaufe zu reißen drohte. »Natürlich, Douglas. Du hast ja immer gewusst, wie du dich von deinen Fehlern freikaufen kannst.«

»Beth, bitte, lass uns die Sache unter uns ausmachen. Er braucht einen Vater. Zeichne mich nicht als Monster.«

»Bilde dir nicht zu viel ein, Douglas. An den meisten Tagen fragt er nicht einmal nach dir.«

Douglas erinnerte sich zurück an die stillen, langen Tage seiner Kindheit in Denver, an denen er stundenlang in seinem Zimmer gesessen und Kavallerien an Zinnfiguren aufgebaut hatte, immer direkt an der Tür, um den Moment nicht zu verpassen, falls sein Vater doch zurückkehren sollte. Seiner Mutter gegenüber hatte er nie gezeigt, wie sehr er seinen Vater vermisste. Ihr gegenüber wollte er sich stark zeigen – große Jungs weinen nicht.

Nur seinen Bruder wagte er manchmal unter Tränen zu fragen, ob er an Papas Rückkehr glaube.

Vielleicht hat mein Sohn mehr Rückgrat, als ich dachte, gestand Douglas sich ein.

»Wenn er mich sehen möchte, weißt du, wo ihr mich findet. Am Set, oder im Jagdhaus in den Hills.«

»Oder bei Miss Pickford«, zischte Beth.

Nein!, befahl er sich und biss sich so fest auf die Innenseite seiner Unterlippe, dass er Blut schmeckte. Er würde sich jetzt nicht anmerken lassen, dass er selbst nicht wusste, wie es um ihn und Mary stand. Den Triumph, dass Beth sie gar auseinandergebracht haben könnte, würde er ihr nicht gönnen.

»Lass mich bitte noch kurz eine Sache aus meinem Zimmer holen, dann lasse ich euch in Ruhe.« Es war nicht Kleidung, die er brauchte, auch keine Skripte, sondern ein winzig kleines Lederetui mit Druckknopf und Wattefüllung.

Ein Glück, dass Beth ihm wenigstens hier entgegengekommen war. Sie hatte ihm Zutritt gewährt – ihm auf Schritt und Tritt folgend –, bevor sie ihn wortlos wieder zur Tür gebracht hatte.

Jetzt lag Douglas schlaflos auf seiner Matratze und sah hinaus in den Sternenhimmel. Was wollte Beth wirklich? Ging es ihr nur darum, ihn und Mary auseinanderzubringen, um ihre Macht zu beweisen? Aber wie stellte sie sich das vor? Dass sie dann heile Welt und Familie spielen würden? Dass sie vor die Reporter treten und sagen würde: »Seht ihr, mein Mann hat sich geirrt, er liebt mich und nicht Mary Pickford!«

Oder ging es ihr um Rache? Wollte sie Marys Karriere vernichten? Wollte sie gar ihrer beider Laufbahnen ruinieren? Sie musste doch wissen, was ihr finanziell entging, wenn sie ihn zerstörte. Ihr Vater hatte sie bestimmt darauf aufmerksam gemacht.

Je länger Douglas darüber nachdachte, desto überzeugter war er, dass es Beth tatsächlich um Geld ging. Sie folgte einer langsamen Strategie, um am Ende eine möglichst hohe Auszahlung zu bekommen. Sollte es zwischen ihm und Beth zu einer Trennung kommen, würde die Familie Sully ihn förmlich aussaugen, so viel war gewiss.

Der Gedanke an seine finanzielle Lage bescherte Douglas Magengrummeln. Gerade erst hatte er das neun Hektar große Anwesen in Beverly Hills gekauft, und den nagelneuen Packard Twin Six als Belohnung für die anstrengende Liberty Bond Tour – und als Entschädigung für Beths Tiraden.

Douglas war noch nie vorsichtig mit Geld umgegangen. Soweit er sich zurückerinnern konnte, hatte er immer – egal wie groß oder klein der Gehaltscheck gewesen war – sich und die Frauen um ihn verwöhnt. Zuerst seine Mutter, dann Beth, jetzt Mary. Wäre er bereit, Beth von seinem überschaubaren Ersparten und seinem Besitz etwas abzugeben? Das Auto? Konnte sie haben. Einen Anteil seines Gehalts auch. Schmuck und Gemälde konnte sie ebenso behalten. Ja, wenn es hart auf hart kam, sogar die Suite im Algonquin, die sie langjährig gemietet hatten. Er bezweifelte, dort jemals wieder glücklich sein zu können.

Niemals aber würde er ihr etwas von seinem neuen Anwesen abtreten! Es war sein Refugium, sein Sanatorium, sein Reich. Außer Charlie hatte er noch niemandem von seinen Plänen erzählt, dort ein Zuhause für sich und Mary zu schaffen, mit Schwimmteich samt Indianerkanu, Gemüsegarten, Obstplantage, Fitnessparcours, einem Pavillon für Partys und noch mehr Stallungen, sodass er sich weitere Pferde zulegen konnte. Das Haus sollte zum Epizentrum ihres gemeinsamen Erfolgs werden, und er und Mary allein würden bestimmen, wem sie hier Zutritt gewährten. Douglas hatte sich sogar schon einen Namen zurechtgelegt: PickFair. Er sah den gusseisernen Schriftzug über dem Tor bereits vor sich.

Doch seine Kehle wurde trocken, als ihm bewusst wurde, wie weit er in diesem Moment von seinem Traum entfernt war. Schließlich hatte Mary bei ihrer ersten und bislang einzigen Begegnung seit ihrer Rückkehr nach Los Angeles zugelassen, dass ihre Mutter ihn fortgescheucht hatte wie einen Eindringling. Dabei hatte sie zuvor noch seinen Kuss hinter den Büschen erwidert! Douglas hatte genau gespürt, dass sie ihn liebte. Doch wie konnte er sie von ihren Ängsten und Zweifeln befreien? Wie konnte er sie davon überzeugen, dass sie zusammen jede Hürde überwinden würden – Owens Drohungen, Charlottes Ablehnung und auch den Ärger ihrer Auftraggeber, weil sie mit dem »Braven Mädchen«-Image gebrochen hatte? Selbst wenn sich ihre Fans gegen sie wandten – was er nicht glaubte –, würden sie auch diese Situation durchstehen. Gemeinsam. Denn sie wären zusammen...

Er musste ihr beweisen, dass er es ernst mit ihr meinte. Sie musste verstehen, dass sein Herz ihr gehörte – für die Ewigkeit, nicht bloß für ein paar Monate, solange ihr jugendlicher Stern hoch am Himmel stand. Er wollte mit ihr älter werden, wollte Hunde haben, Kinder vielleicht. Enkelkinder gar.

Douglas richtete sich auf. Er konnte nicht länger tatenlos hier herumliegen. Er musste handeln. Wozu noch warten? Mary würde ihn für impulsiv halten, möglicherweise auch für übergeschnappt. Doch egal, wie sie reagierte, er musste es ihr sagen. Sein sehnlichster Wunsch musste endlich ausgesprochen werden. Je früher, desto besser.

Douglas spürte, dass er erst wieder ruhig würde schlafen können, wenn er Mary sicher und für immer an seiner Seite wusste. Er war es sich selbst schuldig, und in gewisser Weise auch seiner verstorbenen, geliebten Mutter. Damals, vor zwei Jahren, als er sich selbst gerade erst seiner Gefühle für Mary bewusst geworden war, hatte sie ihm das kleine lederne Etui überreicht, das er vor ein paar Tagen aus seinem Haus geholt hatte. In Watte eingewickelt lag darin der Verlobungsring ihrer Großmutter, eine filigrane Weißgoldfassung, die drei schlichte Diamanten trug.

»Vielleicht kannst du ihn ja mal brauchen«, hatte sie gesagt, und zunächst hatte Douglas erwidert, dass er ihn Beth zum zehnjährigen Hochzeitstag schenken könnte, weil er dachte, dass seine Mutter das von ihm erwartete, aber Ella hatte den Kopf geschüttelt. »Mein Sohn, du wirst merken, wann der richtige Zeitpunkt gekommen ist, ihn zu verschenken. An die Frau deines Herzens.«

Das Blut pulsierte in Douglas' Adern. Er fühlte sich getrieben, wäre am liebsten sofort den ganzen Weg zu Fuß bis zu Marys Haus gelaufen. Was waren schon acht Meilen in Wildnis und Dunkelheit? Vor seinem geistigen Auge sah er sich wie einen Filmhelden durch Dornenbüsche und Kakteen zu seiner Geliebten eilen, um dann atemlos, mit zerrissenen Kleidern und Kratzern auf der Stirn an ihr Fenster zu klopfen. Kurz überlegte er auch, auf Smiles zu reiten, der in der Pferdebox am Rande des Grundstücks stand. Welches Transportmittel eignete sich schließlich besser für sein edles Vorhaben als ein Schimmel? Doch er wollte nicht nach Pferd und Schweiß riechen, wenn er bei Mary ankam.

Stattdessen also der neue Packard. Douglas sprang hinein, zündete den Motor und fuhr, viel zu schnell und mit quietschenden Reifen, aus der Einfahrt. Schlangen und Coyoten würden hier gewiss nicht mehr lauern.

Er parkte den Packard einen Block von Marys Haus entfernt und richtete sich mit Hilfe einer Spiegelscherbe, die er unter dem Fahrersitz aufbewahrte, den Scheitel. Als er mit seiner Erscheinung zufrieden war, grinste er sich an, griff in seine Hosentasche und ertastete das kleine Etui.

Marys Schlafgemach lag auf der Rückseite des Hauses. Um dorthin zu gelangen, musste er an Charlottes Zimmer vorbei. Die Gardinen waren dicht zugezogen. Im nächsten Raum war das Licht an. Durch das Fenster sah er Lottie, die wie ein Seestern ausgebreitet auf dem Bett lag. Sie trug noch Schuhe und Kleidung, ihre Haare waren zerzaust. Das Mädchen musste sich dringend in den Griff bekommen.

In Marys Zimmer brannte ebenfalls noch Licht. Sie saß – in spitzenbesetztem Nachthemd und mit Lockenwicklern in den Haaren – aufrecht im Bett, eine Mappe auf dem Schoß. Konnte es sein, dass sie um zwei Uhr morgens noch arbeitete? Sein fleißiges Mädchen!

»Hipper«, zischte er durch den Fensterspalt. »Hipper!«

Er musste einen kleinen Palmenwedel durch die Öffnung schieben, bis sie ihn bemerkte. Sie kam ans Fenster und schob den geklöppelten Vorhang zur Seite, machte aber keine Anstalten, das Fenster zu öffnen.

»Douglas. Was machst du hier? Du weißt, dass Mama ... du kannst nicht ...«

»Ich muss, Mary! Bitte lass mich einen Moment herein.«

»Douglas!«

»Hipper, ich flehe dich an!«

Mary drehte sich um und sah zur Tür. Sie prüfte den Gang, in dem kein Licht brannte. Dann spähte sie hinaus in die Dunkelheit, als könnte dort jemand warten.

»Fünf Minuten, Douglas. Nicht mehr.«

Er kletterte hinein und nahm ihre kleinen Hände, die trotz der kalifornischen Sonne blass waren. Sie zog sie nicht zurück, und er atmete auf.

»Mary, ich halte es nicht mehr aus. Wir beide, endlich wieder in derselben Stadt, und ich darf dich nicht sehen.«

»Douglas. Wir wussten von Anfang an, dass es für uns keine Zukunft geben kann.«

»Wussten wir das, Hipper?« Er versuchte, seine Hand an ihre Wange zu legen, doch sie drehte den Kopf zur Seite.

»Ich bin eine verheiratete Frau, Douglas. Ich habe vor Jahren eine Entscheidung getroffen, zu der ich stehen muss.«

»Aber Mary, die Tatsache, dass du verheiratet bist, hat doch noch nie zwischen uns gestanden!« Er musste an all die Treffen in Laurel Canyon und in den Hollywood Hills denken. Natürlich hatten sie hin und wieder über Owen gesprochen und die Tatsache, dass sie mit ihm verheiratet war, aber nie hatte Douglas angenommen, dass Mary wirklich glaubte, sich nicht aus dieser Ehe lösen zu können. Es gab immer Wege sich zu trennen. Und wenn man Geld hatte, wie Mary, machte es vieles leichter. Owen, dieser geldgierige Taugenichts, würde wahrscheinlich in so ziemlich alles einwilligen, wenn er nur die richtige Summe dafür bekäme.

»Ach, Douglas! Vor ein paar Monaten war alles noch leichter«, seufzte Mary. »Aber jetzt ist die Sache ernst geworden. Verdammt ernst. Ich kann mir nicht erlauben, wie ein unüberlegter Teenager zu handeln. Jeder Schritt hat Konsequenzen.«

»Eben, Mary. Und jetzt ist es an der Zeit, so zu handeln, wie du es als erwachsene Frau für richtig hältst. Deine Trauung mit Owen – *das* war eine unüberlegte Handlung aus einer Teenagerlaune heraus. Aber niemand kann dich verurteilen, weil du dich verändert hast und keinen irischen Trunkenbold an deiner Seite haben willst.«

»Sie werden mich verurteilen – Mama, Zukor, die Fans...« Sie stockte kurz und blickte dann hinauf zur Zimmerdecke. »Gott.«

»Gott, Mary! Lass dir doch von deiner Mutter nichts einreden. Gott, so wahr es ihn gibt, will nur eins: Dass du dein Leben lebst und glücklich bist.«

»Douglas, wie kannst du so etwas sagen!«

Die Situation drohte ihm zu entgleiten. Er war nicht gekommen, um seinen Glauben mit ihr zu diskutieren –

war überhaupt nicht gekommen, um zu diskutieren, sondern um ihr seine Liebe zu beweisen.

»Schschsch, Mary, Darling!« Er sah ihr fest in die Augen und legte einen Finger auf ihre Lippen, dabei spürte er, wie ihre Unterlippe leichten Druck auf seinen Zeigefinger ausübte, als sei sie tatsächlich versucht, ihn zu liebkosen.

»Bitte, Hipper«, sagte er und strich ihr eine Haarsträhne aus dem Gesicht. »Lass mich dir etwas sagen.«

Er spürte, wie seine Knöchel und Knie sich bewegten, geradezu automatisch, als würden Herz und Kopf ihm gleichzeitig befehlen, was er nun zu tun hatte.

Kurz darauf kniete er vor ihr, den Ring in der Hand.

»Mary, ich kann diese Frage nicht mehr für mich behalten. Du musst nicht sofort antworten, aber ich halte es nicht mehr aus. Mary Pickford – Gladys Smith –, schönste, klügste und bezauberndste Frau Amerikas, willst du meine Frau werden und mit mir zusammen alt werden?«

Er fummelte den Ring hervor. Auf der Fahrt hatte er sich Sorgen gemacht, dass der Schmuck womöglich zu groß für ihre zarten Finger sein könnte. Doch er kam gar nicht dazu, es herauszufinden.

Mary zog ihre Hand aus seiner zurück. Er sah Tränen in ihren Augen, sie blinzelte unkontrolliert, bevor sie sich wegdrehte und kurz ihr Gesicht in ihrem Arm vergrub.

Als sie Douglas nach ein paar Atemzügen wieder ansah, waren ihre Gesichtszüge wie versteinert, die feuchten Augen wieder trocken und klar. Sie wich einen Schritt zurück und straffte die Schultern. Er kannte diese Haltung, bei der ihre Lippen schmal wurden, ihre Schultern sich hochzogen. Wenn sie am Set unzufrieden war oder man es gewagt hatte, ihr zu widersprechen, verhielt sie sich so.

»Morgen beginnen wir mit dem Schneiden meines neuen Films, *Joanna Enlists*, Douglas. Ich habe noch eine Menge Arbeit heute Nacht. Du *musst* jetzt gehen.«

»Aber, Hipper!«

Sie schüttelte den Kopf und sah dabei an ihm vorbei, als brächte sie es nicht über sich, ihm in die Augen zu sehen.

»Douglas, es geht nicht. Jetzt nicht«, flüsterte sie.

Unbeholfen drehte er den Ring zwischen seinen Fingern. »Mary, nimm wenigstens den Ring. Als Zeichen meiner Liebe. Keine andere Frau ist dieses Schmuckstücks würdig.« Er legte ihn auf die zartrosa Bettwäsche. Ließe sie ihn dort, müsste das Zimmermädchen nur einmal die Laken aufschütteln, und sein Liebesbeweis verschwände für Ewigkeiten hinter Koffern und Filmplakaten unter dem Bett. Zum Glück aber nahm Mary den Ring. Sie hielt ihn an ihre Lippen, küsste ihn kurz und schob ihn dann in ihr Nachttischchen.

Douglas wusste: Das war alles, was sie ihm in diesem Moment geben konnte.

»Es tut mir leid, Douglas«, flüsterte sie, nun zitternd.

Er wusste, dass er jetzt gehen musste.

Als geknickter Mann kletterte er aus dem Fenster und fuhr davon, ohne in der Dunkelheit den langen Kratzer an der Seite seines neuen Autos zu bemerken.

## 20
## MARY

Baby Gwynnie lag in der Wiege neben dem Küchentisch und schlief, während Margaret den zweiten Beutel schwarzen Tees aus der Porzellantasse zog. Mary brauchte heute eine doppelte Menge Wachmacher. Sie hatte keine zwei Stunden geschlafen.

Mama stand gurrend über den Säugling gebeugt, ohne zu bemerken, wie verquollen die Augen ihrer ältesten Tochter waren. Zum dritten Mal an diesem Morgen band sie das Nestchen mit den weißen Schleifen am Weidenkorb fest, damit es perfekt gestrafft war, und stieß das Mobile an, das sie selbst genäht und bestickt hatte. Mary hatte Gwynnie in der Nacht schreien hören – immer wieder, ein durchdringendes Quengeln, das hin und wieder kurz verstummt war, um nur Minuten später laut fortgesetzt zu werden. Das Baby war kurz nach Douglas' Fortgang aufgewacht.

Sie hatte kein Auge zugetan – was natürlich nicht an Gwynnie gelegen hatte. Selbst in absoluter Stille hätte sie nicht in den Schlaf gefunden. Wie sollte sie auch? Douglas hatte sie gefragt, ob sie ihn heiraten wollte! Einfach so. Aus heiterem Himmel – und ohne auch nur einen Deut um die Situation zu geben, in der sie sich befanden.

Als er gegangen war, hatte Mary sich leerer und ratloser gefühlt denn je zuvor in ihrem Leben.

Ihr war, als hätte sie die Kontrolle verloren. Es war ein befremdliches Gefühl, das sie in dieser Form selten erlebt hatte. Als Broadway-Papst David Belasco sie als junges Mädchen nicht in sein Büro hatte lassen wollen, hatte sie mit Füßen gestampft und mit den Händen getrommelt, um ihren Willen durchzusetzen; als D. W. Griffith sie kurz darauf zu klein und zu dick genannt hatte, hatte sie widersprochen und ihn dann mit ihrem Auftritt vor der Kamera eines Besseren belehrt. Und selbst bei Cecil DeMille hatte sie irgendwann mit ihrer konsequenten, zielstrebigen Art die Oberhand gewonnen.

Und nun?

Konsequenz war ihr in Sachen Douglas ein Fremdwort geworden. Täglich, nein, fast stündlich, drohten ihre Vorsätze, auf Abstand zu gehen, umgestoßen zu werden. Es war eine Sache, alleine in einem Hotel zu sitzen oder in einem Zug und sich einzureden, sie könnte ihre Gefühle für ihn kontrollieren, sie quasi per Knopfdruck abstellen, aber eine ganz andere, ihm jetzt, hier in Hollywood, gegenüberzustehen. Es kostete so viel Kraft, so unendlich viel Kraft, ihre Gefühle für ihn zu verbannen.

*Willst du meine Frau werden?* Wieder und wieder hörte sie Douglas' Worte in ihrem Kopf, seinen Antrag, die höchste Form der Verbindlichkeit, die eine Frau sich von einem Mann wünschen konnte. Als er die Frage gestellt hatte, war ihr die Luft weggeblieben. War es nicht das, was sie sich insgeheim gewünscht hatte? Dass Douglas eine Richtung vorgab und ihr zeigte, was er wirklich wollte? Mit diesem Schritt waren seine Absichten ihr gegenüber eindeutig: Liebelei und Techtelmechtel – Mamas Bedenken wegen der Flatterhaftigkeit seiner Intentionen hatten an Gültigkeit verloren. Beth, Alma Love, Blanche Sweet, Anita Loos und die anderen hübschen Mädchen waren zu farblosen, harmlosen Nebendarstellerinnen geworden. Er wollte sie nicht als Mädchen des Monats, sondern als Frau fürs Leben. Mary fühlte ihr Herz schneller schlagen.

Nachdem sie eine Ewigkeit lang hinaus in die Dunkelheit gestarrt hatte, hatte sie schließlich den Ring aus der Nachtkommode genommen und sich mit ihm auf den Boden gesetzt. Langsam drehte sie das Schmuckstück zwischen ihren Fingern, jeden einzelnen Edelstein von allen Seiten bestaunend, als könnte sie darin Antworten finden. An der Innenseite entdeckte sie eine Gravur, die kaum zu entziffern war: ein Kosename vielleicht, oder ein Datum, bestimmt aber der Beweis einer großen, einstigen Liebesgeschichte. Douglas war zuzutrauen, dass es sich bei diesem Ring um ein gut behütetes Erbstück handelte.

Mary schob den Schmuck über ihren Fingerknöchel. Einen kurzen Moment wünschte sie sich, das schmale silberne Band könnte einen Zauber ausstrahlen – ein magisches Objekt werden, das plötzlich allen Kummer in ewig währendes Glück verwandelte. Doch stattdessen sah sie nur ihren zierlichen Finger in einem zu großen Ring.

Tränen stahlen sich aus ihren Augen und liefen ihr über die Wangen. Sie vergrub ihre kalten Zehen unter den Fransen des Teppichs und kauerte sich zusammen. Was erwartete Douglas von ihr? Natürlich konnte sie verstehen, dass ihr plötzlich so abweisendes Verhalten ihn verwirrte. Aber musste er so schnell vorpreschen und alles andere – ihre Arbeit, ihre Familien – ignorieren? Es war, als wollte er auf einem Brettspiel gleich über mehrere Felder zum Ziel springen. Sie fühlte sich überrumpelt, ja beinahe umgehauen von seiner brüsken Art. Und nun wusste sie nicht, ob sie liegen bleiben oder doch lieber im nächsten Spielzug hinterherziehen sollte. Für einen winzigen Moment kam Wut in ihr auf. Wie konnte er ihre Bitte, ihr fernzubleiben, nicht ernst nehmen? Warum tauchte er immer wieder auf, fordernder und drängender als zuvor?

Ihre Finger spielten mit den Teppichfransen. Sie kannte die Antworten auf ihre Fragen. Bisher hatte sie sich aber verwehrt, diese zu denken: Tief in ihrem Innern nahm sie selbst die Worte, die sie in den letzten Tagen zu Douglas gesagt hatte, nicht ernst. Sie hatte es versucht, ja. Sie hatte versucht, Mamas Wünsche zu ihren eigenen zu machen, und kurz hatte sie selbst daran geglaubt. Doch Douglas kannte sie besser als sie sich selbst. Er wusste, dass sie sich selbst belog.

»Ach, Douglas«, flüsterte sie in ihr leeres Zimmer. Sie schämte sich dafür, dass sie ihn so kühl fortgeschickt hatte.

Mary zog sich die Bettdecke über die Schultern. Schützend und zugleich schwer lag sie auf ihr. Douglas war ein Mann, der spontan handelte, aus dem Moment heraus. Ein Mann, der die Frau seines Herzens küsste, selbst wenn er von der Trauer um seine Mutter überwältigt war; ein Mann, der seine Verträge löste, selbst wenn er sich dabei beruflich ins Ungewisse stürzte; ein Mann, der seiner Frau eine Affäre gestand, weil er einfach nicht mit einer Lüge leben konnte. Douglas schob nichts auf. Und genau diese Eigenschaft war es doch, die sie so inspirierte. Hatte sie sich nicht gewünscht – gerade in den vergangenen Monaten –, endlich im Hier und Jetzt zu leben? Während der Liberty Bond Tour hatte sie so viel Leid gesehen: Menschen, die ihre Liebsten verloren hatten, die trauerten und immer wieder von Vorwürfen heimgesucht wurden. »Eigentlich wollten wir noch…« Und: »Hätten wir doch früher…«

Und auch als Frances ihr vor wenigen Wochen noch geschrieben hatte, dass ihr gemeinsamer Freund Marshall Neilan mit der Spanischen Grippe im Krankenhaus in Lebensgefahr schwebte, hatte Mary sich befohlen, endlich das Leben an den Hörnern zu packen. Nur um sich dann, am nächsten Tag, sofort wieder der Sicherheit – der Arbeit und Mamas Ratschlägen – hinzugeben. Wie sehr wünschte sie, sich frei zu fühlen. Sie wollte nicht Tag und Nacht dieses Korsett aus Regeln und Normen tragen.

War Douglas' Antrag die Einladung zu einer neuen Lebenshaltung? Was würde wirklich passieren, wenn sie sich aus der Ehe mit Owen löste? Wenn die Fans von ihr und Douglas erfuhren? Wenn sie sich gegen Mama stellte? Wenn sie einfach ihre Angst ablegte?

Sie spürte, dass sie die Antworten vielleicht nie erfahren würde, weil ihr der Mut dazu fehlte.

Draußen wurde es langsam hell. Die Vögel zwitscherten bereits vor ihrem Fenster. Sie war müde, ausgelaugt und aufgewühlt. Die Vorbereitungen für den Filmschnitt würde sie in diesem Zustand nicht fertigbringen. Frances und sie hatten ohnehin schon ihre Lieblingsszenen auserkoren. Es gab keine Alternative, als ein paar Stunden Schlaf zu suchen. Den Ring in ihrer kleinen Faust umklammert, kroch sie ins Bett und schlief irgendwann ein.

Die Küche wurde vom Duft frischer, buttriger Waffeln durchflutet. Ein Geruch, der im Hause Pickford selten vorzufinden war, achtete Mary doch seit jeher auf ihre schlanke Figur. Und Mama hatte vor ein paar Monaten ebenfalls beschlossen, dass sie auf ihre Ernährung achten musste, da ihre Fülle ihr gesundheitlich zu schaffen machte.

Die Waffeln waren wohl für Lottie, dachte Mary, während sie die gestärkte Serviette auf ihren Schoß legte. Seit Lottie zu ihnen gezogen war, bestellte Mama fast jeden Morgen bei der Köchin ein deftiges Frühstück für sie.

»Es wird ihr wieder auf die Beine helfen«, erklärte Mama.

Nicht die Folgen der Geburt zehrten an den Kräften ihrer Schwester, auch nicht das Stillen – klein Gwynnie bekam Säuglingsmilch in Glasfläschchen –, sondern das wilde Partyleben, das Lottie hier in Los Angeles führte. Seit Marys und Mamas Rückkehr ging sie jeden Abend aus, und Mary vermutete, dass Lottie auch in den Wochen davor nicht anders gehandelt hatte. Sie verbot es sich, daran zu denken, wer wohl auf das Baby aufgepasst hatte.

Mary versuchte, eine gemütliche Position auf dem Esszimmerstuhl zu finden, doch ihr Nacken war verspannt.

Vom Fettgeruch wurde ihr übel. Ihr kurzer Schlaf war zu unruhig gewesen. Als sie aufgewacht war, waren ihr die Geschehnisse der Nacht zunächst wie ein Traum vorgekommen. Schnell hatte sie nachgesehen: Der Ring lag neben ihr im Bett. Sie hatte sich den Antrag nicht eingebildet. Doch im Morgenlicht schienen ihre Gedanken, sich Douglas' einfach hinzugeben und mit ihm durchzubrennen, leichtsinnig und kindisch. Das alles klang eher wie eine Drehbuchvorlage als wie ein mögliches Leben.

Sie versuchte, sich am Esstisch nichts anmerken zu lassen. Was würde geschehen, wenn sie ihre Mutter einweihte? Wenn sie sagte: »Douglas war hier, Mama. Er will mich heiraten.« Mama würde vermutlich einen Stacheldraht um das Grundstück errichten lassen und einen Wachmann engagieren.

Nein, sie musste die Ereignisse der vergangenen Nacht für sich behalten.

Lottie kam in die Küche geschlurft. Ihr Satin-Morgenmantel war schief zugebunden.

»Lottie, es gibt Waffeln. Und Entenbrust. Und Wasser. Du tust gut daran, etwas zu dir zu nehmen«, sagte Mama mit übertriebener Freundlichkeit.

Lottie setzte sich stöhnend an den Tisch. Es stimmte Mary wütend und traurig zugleich, ihre Schwester so zu sehen. Bislang hatte sie ihre betrunkenen Eskapaden als vorübergehenden, adoleszenten Wahnsinn angesehen. Niemals hätte sie erwartet, dass ihre Schwester sich auch als Mutter weiter so verantwortungslos benehmen würde.

Es hatte Mary nie gestört, ihren Geschwistern Lottie und Jack durch ihr Gehalt ein sorgenfreies Leben zu ermöglichen. So war sie aufgewachsen, sie kannte es gar nicht anders. Heute Morgen aber, verwirrt und müde, ärgerte sie sich darüber, dass sie die Verantwortung für ihre gesamte Familie schultern musste.

Warum hatte es nicht anders kommen können, damals während ihrer Anfänge auf der Bühne? Das Publikum hätte sich genauso gut in die schneewittchenhafte Lottie mit dem dunklen Haar und der blassen Haut verlieben können; oder in den entzückenden blonden Jack mit seinen großen blauen Augen. Dann wäre sie, Mary, die Freie unter den Geschwistern gewesen – frei, ihr Leben zu leben.

Gedankenverloren in ihrer Grapefruit stochernd, dachte sie an Douglas und den wunderschönen Ring. Wenige Zentimeter neben ihr servierte die Köchin die dampfenden Waffeln. Sie blieben unangetastet vor Lottie liegen, die lieber die dritte Zigarette rauchte. Plötzlich verspürte Mary Heißhunger. Sie wollte hinüberlangen und einen großen Biss von den Waffeln nehmen, mit einer dicken Schicht Sirup. So viel verwehre ich mir, dachte sie. Seit so langer Zeit. Waffeln. Douglas. Glück…

Eine tiefe Unzufriedenheit überkam sie.

»Lottie, bitte mach deine Zigarette an meinem Küchentisch aus«, hörte sie sich ihrer Schwester befehlen. »Und wenn niemand diese Waffeln isst, stellt sie in den Ofen. Ich habe heute wichtige Besprechungen am Set. Dabei möchte ich nicht stinken wie eine Großküche.«

Sie richtete sich demonstrativ den Seidenkragen und rührte, den kleinen Finger abgespreizt, in ihrem Tee.

»Schwesterchen, so spaßbefreit? Hast du schlechte Laune?«, fragte Lottie.

»Anders als du habe ich heute einen vollen Terminkalender, Lottie. Es wäre schön, wenn du wenigstens darauf Rücksicht nehmen könntest, wenn du mein Zuhause schon wie ein Hotel behandelst.«

Mama, die sonst immer um den Familienfrieden zwischen ihren Kindern bemüht war, ignorierte die geschwisterlichen Unstimmigkeiten und schien vollkommen darauf konzentriert, winzig kleine Söckchen mit Spitzenborte an Gwynnies strammen Waden hochzuziehen.

»Bastard«, dachte Mary in ihrer Wut – ein Gedanke, der ihr, kaum gedacht, sofort wieder leidtat.

Margaret öffnete das Fenster. Die letzten Waffeln waren der Köchin angebrannt, Rauch dampfte über dem Herd. Die beiden Bediensteten wedelten mit Geschirrtüchern.

Der Lärm der vorüberfahrenden Automobile kam Mary heute lauter vor als sonst. Von draußen drangen Stimmen herein. Wie ungewöhnlich, dass die Nachbarn um diese frühe Tageszeit bereits draußen waren, dachte sie. Als sie nach dem Krug mit Orangensaft griff, kam Margaret herbeigeeilt, um ihr einzuschenken, doch Mary winkte ab.

»Margaret, ein gewisses Maß an Eigenständigkeit muss jede Frau sich bewahren.«

Sie wusste selbst nicht genau, warum sie so etwas sagte, schenkte Margaret ihr doch täglich Getränke ein. Vielleicht wollte sie Lottie darauf aufmerksam machen, wie verwöhnt sie sich hier benahm. Und sich selbst auch ein wenig beweisen, dass sie die Kontrolle über diesen chaotischen Morgen hatte.

Der Lärm wurde lauter. Zunächst glaubte Mary, dass sie wegen des kurzen Schlafs überempfindlich auf die Geräusche um sie herum reagierte, die ihr an diesem Morgen allzu aufdringlich erschienen – das Klappern des Geschirrs hier am Küchentisch, Gwynnies Geschrei, die lauten Stimmen draußen vor dem Fenster. Was war der Grund für diesen frühmorgendlichen Tumult? War ein Hund der Nachbarn überfahren worden? Hatte jemand eine Einfahrt zugeparkt?

Sie ging zum Fenster und traute ihren Augen nicht. Zwei Dutzend Journalisten standen vor ihrem Haus, penibel an der Bürgersteigkante versammelt. Die Medienleute wussten zu gut, dass sie das Gras nicht betreten durften. Mama hatte schon einmal eine Zeitung verklagt.

Ein Mann aber ignorierte die Regeln der Besitzstörung. Er stand mit dem Rücken zu ihr mitten auf dem Gras – groß und schlank, in einem auffälligen weißen Anzug mit Strohhut, als würde er auf eine Sommerfête gehen. Mary meinte, die Statur zu erkennen ... Und dann wurde ihre schlimmste Befürchtung wahr: Es war Owen.

Was wollte er hier? Um acht Uhr morgens vor all diesen Journalisten? Es konnte kein Zufall sein, dass sie hier waren. Er musste sie eingeladen haben.

»Herrschaften, seid ihr alle bereit?«, hörte sie ihn den Medienleuten zurufen. »Sorgt dafür, dass ihr genug Platz in euren Notizblöcken habt! Ich habe eine Knüllergeschichte für euch.«

Die Journalisten scharrten unruhig an ihrer Sperrlinie. Zwei, drei Fotografen wagten es, im Ausfallschritt doch den Rasen zu betreten.

»Owen«, stieß Mary zwischen den Zähnen hervor. Plötzlich wurde es hinter ihr gespenstisch leise. Aus dem Augenwinkel sah sie, wie Mama Margaret das Baby in die Arme drückte und die beiden des Raumes verwies, bevor sie zum Fenster eilte.

»Was zum Teufel?«, zischte sie.

Lottie und Mary sahen einander verwundert an. Mama nahm nie – wirklich nie – den Namen Satans in den Mund.

»Ruhe«, befahl Mary.

»Liebes Medienvolk!«, hörten sie Owen sagen. »Als Mr. Owen Pickford-Moore sehe ich es als meine Pflicht, Ihnen heute etwas Wichtiges mitzuteilen.«

Nannte Owen sich dort draußen tatsächlich Mr. Pickford-Moore? Noch nie zuvor hatte er ihren Namen benutzt. Im Gegenteil: Das Thema Familienname war stets ein Streitpunkt in ihrer Beziehung gewesen. Wie oft hatte er gesagt: »Wenn du wirklich an dein Können glaubtest und tatsächlich eine so tolle Schauspielerin wärst, würdest du aufhören, dich hinter diesem Engelchennamen zu verstecken. Heilige Mary! Du würdest zu mir stehen und dich Gladys Moore nennen, nicht Miss Pickford.«

Was führte er mit dieser Taktik im Schilde?

Mary krallte sich am Türrahmen fest, um nicht hinauszulaufen. Eine Szene auf dem Rasen würde die Situation nur noch schlimmer machen.

»Wie ihr wisst, ist meine Frau ein wunderhübsches, aber auch äußerst zerbrechliches Wesen«, erklärte Owen. »Natürlich ist sie auch eine Frau, die vielen Männern gefällt. Doch in letzter Zeit hat sich ein übler Hund an sie herangemacht: Mr. Douglas Fairbanks! Lange wurde gerätselt, wer die Frau ist, mit der er eine Affäre hat. Nun melde ich mich im Namen der Betroffenen zu Wort. Meine Frau war einfach ein zu hilfloses Geschöpf, um die Avancen dieses erfolgshungrigen Geiers abzuwehren.«

Mary spürte, wie ihr ganzer Körper bebte.

»Mama!«, rief sie und griff nun haltsuchend nach dem Arm ihrer Mutter. Alles zog sie nach draußen, sie wollte auf Owen einprügeln, ihn mit Händen und Füßen zum Schweigen bringen. »Was macht er da bloß?«

»Geld! Da hilft nur Geld.« Panisch eilte Mama zur Kommode, um ein dickes Bündel Scheine aus der Zuckerdose zu holen. »Wir müssen ihn sofort mundtot machen.«

Doch es war zu spät.

»Mary Pickford kränkelt. Körperlich und auch...« Owen räusperte sich. »Auch geistig. Es ist meine Aufgabe als ihr Ehemann, sie zu beschützen.«

Fragen über Fragen hallten durch den Vordergarten. Längst hatten die Journalisten die Restriktion des Privateigentums vergessen und sammelten sich im Gras.

»Ich kann Ihnen nur so viel sagen, meine Herren: Gestern Nacht erst ist Douglas Fairbanks durch Mary Pickfords Fenster gestiegen. Hier in diesem Haus.«

Er wandte sich um, um auf das Haus zu zeigen. Einen Augenblick lang kreuzten sich ihre Blicke. Ein hämisches Lächeln lag auf seinen Lippen. Wie sehr sie ihn hasste! Sie wollte auf ihn zulaufen und ihm beide Hände fest an den Mund pressen, so fest, dass ihm Sprache und auch Luft fortblieben. Doch sie konnte sich nicht bewegen. Mama hatte sie an den Schultern gepackt.

»Mary! Gladys! Was sagt er da? Stimmt das etwa?«

Mary spürte, wie ihr die Tränen in die Augen schossen. Sie wollte ihrer Mutter alles erzählen. Von der Sehnsucht, die sie und Douglas gleichermaßen empfanden, von dem Heiratsantrag, von ihren wahren Gefühlen. Doch sie brachte keinen Ton heraus.

»Ich kann hinausgehen und sagen, dass Douglas zu mir gekommen ist.« Lottie drängte sich zwischen Charlotte und Mary, lässig die Zigarette im Mundwinkel.

»Untersteh dich!«, fauchte Mary ihre Schwester an. »Gott bewahre, am Ende dichten sie dir und Douglas noch das Kind an.«

Mama nahm zwei tiefe Atemzüge und schob dann mit voller Kraft die Verandatür auf, als würde sie einen Westernsalon betreten – bereit zum Duell. Der Türrahmen knallte gegen die äußere Hauswand.

»Runter von meinem Grundstück! Sofort! Die Gendarmen sind bereits auf dem Weg hierher.«

Ein paar Journalisten sammelten hastig ihre Sachen zusammen, andere riefen Marys Mutter aufgeregt zu: »Mrs. Pickford, was sagen Sie zur Situation Ihrer Tochter?«

Mama ließ die Fragen an sich abprallen. Sie stellte sich breitbeinig in die Mitte des Rasens, zeigte entschlossen hinüber zur Straße und schüttelte stumm den Kopf. Mary sah, wie sich der wuchtige Körper ihrer Mutter mit jedem Atemzug auf und ab bewegte.

»Bleibt, Leute, bleibt! Ich habe noch viel mehr zu erzählen!«, rief Owen, verzweifelt um Aufmerksamkeit kämpfend. Er lief unentschlossen nach links und rechts und fuchtelte herum, während die Medienleute seiner

Schwiegermutter gehorchten und ihren Anweisungen folgten.

Als alle Journalisten vom Gras gewichen waren, packte Mama Owen mit ihren kräftigen Händen am Oberarm. Mary sah ihn zusammenzucken. Ihre Mutter schob ihn durch die Verandatür. Dabei stieß er sich am Türbogen beinah den Kopf an. Haarsträhnen fielen ihm ins Gesicht; er versuchte, sie lässig nach oben zu pusten wie ein trotzender Teenager. Als er Mary gegenüberstand, nickte er ihr herablassend zu, ohne ein Wort zu sagen.

»Owen, bist du von allen guten Geistern verlassen?« Sie hörte sich brüllen und bemerkte, wie die Köchin erschrocken zurückwich.

Owen antwortete nicht, sondern versuchte sich nur aus Charlottes Griff zu winden.

»Ich habe dich etwas gefragt, Owen. Was maßt du dir an, so vor die Presse zu gehen?«

Owen zuckte mit den Schultern und kickte gegen den Teppich.

»Flittchen«, nuschelte er.

Mary konnte sich nicht länger zurückhalten. Sie spürte, wie sie ihren ganzen Körper gegen seinen rammte. Kreischende Laute kamen aus ihrem Mund. Ihre Hände griffen nach seinen Haaren, zerrten an den fettigen Strähnen, ihre Fingernägel bohrten sich in seine Kopfhaut. Er wand sich unter ihr.

»Mary. Genug jetzt. Ich regle das!« Als Mama sie fortzog, hielt Mary ein Büschel Haare in der Hand.

Natürlich verschwanden die Journalisten nicht ganz. Im Gegenteil: Zwar wichen sie nach Mamas Drohungen auf die andere Straßenseite aus, dafür schienen sie sich aber auf längeres Verweilen einzustellen. Binnen weniger Stunden hatten sie sich mit Klapptischen und Stühlen, Thermoskannen und Sandwichpaketen eingerichtet, als wären sie bereit, Tage und Nächte vor dem Haus zu verbringen – so lange, bis Miss Pickford eine Stellungnahme abgab.

Musste sie das? Musste sie sich äußern?, überlegte sie hektisch.

Wer würde ihr überhaupt Glauben schenken? Schließlich hatte sie doch gerade erst vor eineinhalb Wochen verkündet, dass sie mit Douglas' Eheproblemen nichts zu tun hatte. Aber wie viel Glaubwürdigkeit hatte Owens Stimme? Jeder wusste, dass er ein Trinker war – ein geldgieriger noch dazu. Sie fragte sich, ob er vor seiner Rede bei den Journalisten mit seinem schicken neuen Strohhut abkassiert hatte wie ein Pfarrer mit dem Körbchen in der Messe.

Stand es Aussage gegen Aussage? Die des besorgten und eifersüchtigen Ehemanns gegen die von »Amerikas Sonnenschein«? Nützte ihr die Reputation des süßen Mädchens von nebenan etwas, um die Medienleute zu überzeugen?

Sie befürchtete, dass dem kaum so war.

In ihrer aktuellen Position auf der anderen Straßenseite umstellten die Journalisten förmlich Frances' neues Zuhause, und es dauerte auch nicht lange, bis Marys Freundin anrief.

»Was hat es mit den Reportern auf sich?«, rief Frances in den Hörer.

»Sie wissen es, Frankie!«, keuchte Mary mit zittriger

Stimme. »Alles. Von mir und Douglas. Er hat mich verraten!«

»Douglas?«

»Owen.«

»OWEN? Was weiß der schon?«

Frances' Abscheu Owen gegenüber war nicht zu überhören.

»Er lauert mir auf. Er war gestern Nacht im Garten. Vor meinem Fenster. Und wer weiß, vielleicht an den Tagen davor auch schon.«

Eine Gänsehaut überkam Mary bei dem Gedanken daran, dass Owen sie in den vergangenen Tagen beobachtet haben könnte. Vermutlich hatte er sogar sein Ohr ans Fenster gedrückt, als Douglas seinen Antrag gemacht hatte.

»Was für ein lüsterner Hund!«, rief Frances.

Mary erinnerte sich, wie Frances ihr von ihrer eigenen ersten Begegnung mit Owen erzählt hatte. Es war auf einer Party gewesen, noch bevor sie Mary überhaupt kannte. Frances hatte gesehen, wie er eine junge Statistin in eine Besenkammer gedrängt hatte.

Mary war froh, dass Mama sie eben von Owen fortgerissen hatte und jetzt mit ihm in der Bibliothek verschwunden war. Dumpf konnte sie ihre zorngeladene Stimme durch den Gang hören. Sie fragte sich, was Mama mit Owen vorhatte: Die bisherigen Summen, die sie ihm zugesteckt hatte, hatten offensichtlich nicht gereicht, um ihn aus ihrem Leben fernzuhalten und ausschließlich zu einem »Ehemann auf Papier« zu machen. Ach, konnte man ihn denn nicht ein für alle Mal loswerden?

»Versuch, das Positive zu sehen, Mary«, sagte Frances in den Hörer.

»Das Positive?« Sie konnte sich nicht vorstellen, dass diese Situation irgendetwas Gutes haben könnte. Ganz Hollywood – und wohl schon ganz Amerika – würde inzwischen gehört haben, dass Mary Pickford Douglas' geheimnisvolle Geliebte war. In ihrem Kopf hörte sie das aufgeregte Stimmengewirr der telefonierenden Reporter, die die Nachricht in allen Bundesstaaten verbreiteten; vor ihrem geistigen Auge sah sie die Stapel an Telegrammen – alle mit derselben Nachricht.

»Nach so einer Aktion *kann* deine Mutter Owen nicht mehr an deiner Seite sehen wollen«, sagte Frances.

Marys Gedanken rasten. In der Bibliothek war es nun still geworden. Einen Augenblick lang hatte sie Angst, Owen könnte ihrer Mutter etwas angetan haben.

»Lottie, schau schnell nach Mama«, flüsterte sie, die Hand vor das Mundstück des Hörers haltend.

Lottie erhob sich widerwillig und schob die Tür zur Bibliothek auf. Sie bedeutete Mary mit den Händen, dass Owen und Charlotte in ein Gespräch vertieft seien.

»Ach Frankie, du kennst Mama schlecht«, seufzte Mary.

Eher würde ihre Mutter dreimal täglich in der Kirche für Owens psychische Genesung beten, als endgültig einzusehen, dass dieser Mann aus ihrem Leben verschwinden musste – und dass eine Scheidung die einzige Lösung war.

»Ich weiß nicht, wie lange ich mich noch unter Kontrolle habe«, flüsterte Mary. Sie umklammerte das Telefonkabel so fest, dass ihre Fingerknöchel weiß wurden.

»Wenn ich das Fleischmesser sehe und an Owen denke, habe ich die schlimmsten Fantasien.«

»Ruhig Blut, Liebes. Aber ich werde die Szene für einen deiner nächsten Filme notieren.«

»Wenn ich jemals wieder einen Film drehe. Wenn mich jemals wieder jemand auf der Leinwand sehen möchte!«

»Schluss mit dem Mitleid! Kopf aus dem Sand, du dummer Strauß!«, befahl Frances. »Und jetzt geh und pack eine Tasche. Wir müssen dich vor diesen sensationslüsternen Idioten in Sicherheit bringen.«

Mary hörte, wie Frances ihre Gardinen zur Seite zog.

»Mein schöner Vordergarten! Diese Dilettanten ruinieren alles.«

Zwanzig Minuten später stand Frances an der zugigen Tür zur Waschküche, die in den hinteren Teil des Gartens hinausführte. Anstatt zu Fuß die Straße zu Marys Haus zu überqueren, war sie mit dem Auto eine riesige Schleife gefahren, um sich dann vom südlichen Lucerne Boulevard aus dem Gebäude zu nähern.

Mary wartete im Flur. Hastig hatte sie das Notwendigste zusammengesucht und in einen großen Lederkoffer geworfen: Notizen, den mobilen Sekretär, Cremes, Unterkleidung und eine Handvoll Kleider, die möglichst knitterfrei blieben. Heute war keine Zeit, um sich von Margaret wie sonst jedes Kleidungsstück glattstreichen und in Seidenpapier wickeln zu lassen.

Während sie die letzten Gegenstände einsammelte – auch Douglas' Ring –, kam sie sich seltsam fremdgesteuert vor, als würde sie sich selbst über die Schulter blicken, wie Mary Pickford, die Produzentin, die im

Schnittraum Mary Pickford, die Schauspielerin, auf der Filmrolle betrachtete.

Sie atmete tief durch und versuchte, wieder einen klaren Kopf zu bekommen. Wo sollte Frances sie hinbringen? Als Erstes kam ihr das Set in den Sinn, schließlich war es ein geschütztes Umfeld, das zu jeder Tages- und Nachtzeit von Portieren bewacht wurde. Es gäbe gewiss Wege, die Journalisten und auch die Kollegen fernzuhalten. Aber wie würden Lasky, DeMille und die anderen Kröten reagieren? Mary konnte bereits ihr hyänenartiges Lachen und ihre vernichtenden Kommentare hören. »Miss Pickford wird nicht bezahlt, um Ehen zu zerstören!« Nein, am Set wäre sie permanent damit konfrontiert, dass ihre Karriere direkt vor ihren Augen in tausend einzelne Splitter zerfiel.

Die umliegenden Bergdörfer kamen ihr in den Sinn. Mit Douglas war sie bei einer ihrer ersten Verabredungen bei den Cowboys gewesen, die in einfachen Hütten hausten, umgeben von ausgedehntem Niemandsland. Sie versuchte sich vorzustellen, ein paar Tage ausschließlich mit einer Zahnbürste, einer Decke, einem Blechteller samt -krug und einem Taschenmesser zu überleben. Immerhin hatte sie in zahlreichen Filmen das Mädchen in Lumpen gespielt. Jetzt malte sie sich aus, wie ihre Locken verfilzten und ihre Haut ledrig wurde. Vielleicht war Schönheit ein Privileg braver und vor allem treuer Frauen.

»Ich muss mich verstecken, Frankie. Eine Weile zumindest. Eine lange Weile«, begrüßte sie ihre Freundin unter Tränen. »Vielleicht ist diese Situation Gottes Antwort auf mein frevelhaftes Benehmen. Ich habe es nicht verdient, frei und glücklich zu sein.«

Und dann tat Frances etwas, das sie noch nie zuvor getan hatte: Sie schlug Mary ins Gesicht. Eine handtellergroße Fläche glühte an ihrer Wange.

»Jetzt reicht es aber mit diesem demütigen katholischen Unfug! Du bist Mary Pickford! Bestverdienende Schauspielerin, ja, bestverdienende Frau des Landes.«

»Frances, was nützt mir das?«, stöhnte Mary, während sie ein durchnässtes Taschentuch in den Fingern knetete.

»Dein Gesicht ist das bekannteste Gesicht dieses Kontinents. Verdammt, es gibt Leute, die dich erkennen, aber keine Ahnung haben, wie Präsident Wilson aussieht.«

»Umso schlimmer, Frances! Jeder wird wissen, dass ich die Frau bin, die mit Douglas eine Affäre hat.«

»Und wenn schon, Mary. Vielleicht wird es ein paar Rückschläge geben. Aber jemand wie du kann nicht von hundert auf null zurückfallen.«

Mary musste an das handgemalte Schlangen- und Leitern-Würfelspiel denken, das sie in ihren Kindertagen mit Lottie und Jack gespielt hatte. Zurückfallen – das war damals nie eine Option für sie gewesen.

»Hast du eine Ahnung, Frances! Du weißt doch, wozu die Kröten fähig sind. Und die Zeitungsjournalisten. Sie können – sie werden – mich zerstören.«

»Zerbrich dir mal nicht den Kopf darüber, Mary. Du brauchst ihn noch für all die großartigen Dinge in deinem Leben!« Frances nahm ihre Freundin an den Händen und küsste sie auf die Stirn.

»Und jetzt bringen wir dich an den Ort, wo sie dich am wenigsten vermuten.«

Mary hob fragend die Brauen.

»Zu Douglas«, erklärte Frances.

»Zu Douglas?«

Frances hielt sich einen Stift als imaginäre Pfeife an den Mund, verstellte ihre Stimme und äffte einen Journalisten nach: »Niemals würde Miss Pickford in diesem ereignisreichen Moment direkt zu ihrem Liebhaber fliehen!«

Mary war zu schwach, um Widerspruch zu leisten. Und außerdem war sie ihrer Freundin unendlich dankbar, dass die ihr die nächsten Schritte befahl.

Sie hinterließen Mama und Lottie eine Nachricht, passierten das windschiefe, weil ungenützte Gartentor an der Nordseite des Grundstücks und stiegen dann, gänzlich unbeobachtet, in Frances' Cadillac, um nach Beverly Hills zu fahren.

Neun Hektar Grund, umgeben von Steinmauern, Bäumen und Sträuchern, boten genug Raum, um sich vor den Journalisten in Sicherheit zu wissen.

# 21
# DOUGLAS

Von seinem Fenster aus beobachtete er, wie ein Cadillac in die Einfahrt einbog. Heller Staub wurde aufgewirbelt, der sich wie ein dünner Film über die frisch polierte Karosserie legte. Eine Frau stieg aus. Es dauerte einen Augenblick, bis er Frances erkannte. Die Luftfeuchtigkeit in Los Angeles machte ihren Haaren zu schaffen, die Locken waren kraus. Frances ging hinüber zur gegenüberliegenden Automobiltür und beugte sich hinein. Eine gefühlte Ewigkeit lang sah Douglas nur ihre knöchellange Bundfaltenhose und die Budapesterschuhe, wie sie jetzt auch bei Frauen modern waren.

Dann stieg eine zweite Person aus dem Auto – und die erkannte Douglas sofort, auch wenn sie kleiner und zierlicher wirkte als sonst – tatsächlich fast wie das Kind, das sie unlängst im Film gespielt hatte. Mary trug eine dünne Sommerdecke um die Schultern, und Douglas sah, dass ihr Gesicht tränenüberströmt war. Sie schien am ganzen Körper zu zittern.

Er eilte zur Tür.

Einen Augenblick lang glaubte er, ihr Zustand sei seine Schuld. Hatte er sie mit seinem Antrag überfordert, sie dazu getrieben, eine Dummheit zu begehen? Er mochte nicht daran denken, welche Narkotika in Lotties Badezimmer zu finden waren. Eilig stürzte er ihr entgegen. Der Kies knirschte unter seinen Schuhen. Doch als er seine Mary schützend in den Arm nehmen wollte, wich sie zurück.

»Sie braucht Ruhe«, erklärte Frances und bedeutete ihm mit der aufgestellten Hand, Abstand zu halten. In knappen Worten erklärte sie ihm, was passiert war. Owen. Journalisten. Geständnis. Flucht. Douglas benötigte einige Sekunden, bis er die Wortfetzen wie Puzzlestücke zusammengefügt hatte.

Er führte Frances und Mary ins Nebengebäude, ohne den Blick von Mary zu lassen. Hier waren die Räume frei von Bauschutt, Staub und Werkzeug. Hastig bemühte er sich, eine bequeme Ruhestätte auf der Matratze einzurichten, auf der er selbst ohne Kissen und Decke geschlafen hatte. Apathisch und geradezu abwesend vor sich hinstarrend legte Mary sich auf das improvisierte Bett. Douglas wollte sich zu ihr setzen, ihr den Kopf streicheln, sie in seinen Armen wiegen, aber das übernahm Frances.

»Kann ich irgendetwas tun?«, fragte er wieder und wieder und griff sich vor Verzweiflung an die Schläfen. Doch Frances schüttelte bloß stumm den Kopf. Nach einer Weile verließ er schließlich das Zimmer und ließ die beiden Frauen allein.

Draußen vor dem Haus trat er wütend in den Kies. Staub wirbelte hoch, und er hörte die kleinen Steinchen aufprallen. Es dauerte einen Moment, bis er bemerkte, dass sie gegen die Tür seines Autos geflogen waren. Hastig kniete er sich hin und wischte mit dem Taschentuch über die Karosserie des Packard. Sie schien unversehrt. Er atmete auf. Aber als er sich wieder aufrichten wollte, stach ihm ein weißer Strich über dem Hinterreifen ins Auge. Gute zwanzig Zentimeter lang. Hastig rieb er über das Metall, versuchte es dann auch mit Spucke, doch der Strich war eindeutig ein frischer Kratzer im Lack, so präzise, als hätte jemand hier bewusst einen spitzen Gegenstand entlanggezogen. Douglas schnaubte. Er ahnte, wer ihn zu verantworten hatte. Owen, dieses Miststück! Dieser eifersüchtige Widerling!

Zu gerne wollte er zu Marys Haus fahren, wollte ihren Möchtegernehemann an den Schultern packen und ihn schütteln, bis seine Zähne aneinanderschlugen. Er wollte ihn anbrüllen, wie er – dieser versoffene Herumtreiber – es wagen konnte, Marys Leben zu zerstören. Ihr Leben. Sein Leben. Und ihre gemeinsame Zukunft.

Aber wenn es stimmte, was Frances gesagt hatte, würde Owen längst nicht mehr dort sein. Dafür hatte Charlotte Pickford garantiert schon gesorgt – und wenn sie ihn dafür persönlich mit dem Nudelholz bis zu seinem schäbigen Appartement über dem L. A. Athletic Club zurückgejagt hatte.

Nein, vor Marys Haus würde Douglas vermutlich lediglich den lauernden Journalisten in die Falle laufen. Er hielt den Atem an und lauschte auf sich nähernde Motorengeräusche, doch alles blieb ruhig. Seine Einfahrt kam ihm beinahe gespenstisch still vor. Ihm bangte, wenn er an die Abendzeitungen dachte – und an die Zeitungen von morgen, übermorgen und überübermorgen. Die Journalisten würden sich bestimmt auf Owens

Nachrichten stürzen, selbst wenn eigentlich jeder Reporter in der Stadt wusste, was für ein eifersüchtiger, unberechenbarer Trampel dieser Kerl war.

Im Haupthaus, in einem Erker am Gang, war das neue Telefon bereits angeschlossen. Unter dem Lärm der Bauarbeiter versuchte Douglas seinen besten Medienkontakt, Jacob Johnson von *Photoplay* zu erreichen. Doch natürlich läutete die Verbindung ins Leere: das Büro war unbesetzt. Wahrscheinlich waren alle Mitarbeiter der Redaktion in der Stadt verteilt, um mitzuerleben, wie die Geschichte um Douglas Fairbanks und Mary Pickford sich weiterentwickeln würde. Er ging die anderen Journalisten im Kopf durch. Nein, es war niemand dabei, dem er vertrauen konnte. Seine Anrufe – seine Versuche, diese Meldung zu stoppen – würden den Medienleuten nur noch mehr Stoff liefern. Wütend knallte er den Hörer auf die Gabel, sodass ein Stück unverputzter Mauer abbröckelte.

Nach einer Weile kam Frances aus dem Zimmer, in dem Mary lag. Sie hatte die Fenster mit Douglas' Anzügen abgedunkelt und ganz leise das Grammophon aufgedreht, um die Geräusche der Baustelle nebenan auszublenden.

»Adela Rogers, meine Freundin«, sagte sie, als Douglas ihr von seinen vergeblichen Versuchen berichtete, Julian Johnson zu erreichen. »Vielleicht kann sie uns sagen, welche Gerüchte im Umlauf sind.«

Nervös lauerte Douglas in der Nähe des Telefons, während Frances sich zu Adela durchstellen ließ. Sie drehte ihm den Rücken zu und hielt sogar schützend die Hand vor den Hörer, in den sie leise murmelte. Offensichtlich wollte Frances ihr Gespräch im Privaten führen.

Douglas kehrte wieder nach draußen zurück. Während er darauf wartete, dass Frances aus dem Haus kam, machte er an einem alten, nicht bewachsenen Rosenbogen ein paar Klimmzüge. Doch es half nicht, seine rasenden Gedanken zu beruhigen. Was würde nun passieren? Die Presse würde sie förmlich zerfleischen, so viel war klar. Die Zeitungen würden die wildesten Spekulationen und natürlich auch alle Fakten publizieren. Es konnte nicht lange dauern, bis sie wussten, dass Mary und er sich bereits seit Monaten heimlich trafen. Und wenn die Zeitungen es wussten, wussten es in wenigen Stunden auch ihre Fans. Die Studiobosse – die sich immer weggedreht hatten, wenn sie eine Berührung zwischen ihnen beiden gemerkt hatten – wären geradezu gezwungen, Konsequenzen zu ziehen.

Um seine eigene Karriere machte Douglas sich keine Sorgen; für ihn würde es wohl glimpflich ausgehen. Das hatte sich inzwischen nach den vielen Berichten abgezeichnet. Das Publikum liebte ihn für seinen Wagemut und seine Furchtlosigkeit. Niemand würde an sein Privatleben denken, wenn sie ihn auf der Leinwand von einer Dachrinne zur nächsten springen sahen. Er hatte sogar das Gefühl, als wäre seine Beliebtheit bei den Frauen seit dem Bekanntwerden seiner Affäre sogar noch gewachsen. Vielleicht bildete er es sich nur ein, aber ihm schien die Zahl der schmeichelhaften Briefchen auf duftendem Papier mit gekritzelten Herzchen noch gestiegen zu sein.

Es hatte Vorteile, in dieser Welt ein Mann zu sein.

Aber Mary? Sie war eine Frau. Nein, in den Augen der Zuschauer war sie sogar ein jungfräuliches, keusches

Mädchen. Ihre Weiblichkeit verpflichtete sie geradezu, artig zu sein – und nun hatte sie ihre treuesten Anhänger enttäuscht.

Für sie konnte diese Sache nicht gut ausgehen. Und das bedeutete wohl, dass es auch für sie *beide* nicht gut ausgehen konnte. Was hatte er eigentlich erwartet? Wütend trat er gegen das Eisengerüst. Dass sie das Königspaar Hollywoods werden und für den Rest ihres Lebens Hand in Hand dem Sonnenuntergang entgegenspazieren würden?

Douglas schwang sich von dem Rosenbogen und landete auf einem Haufen Schottersteine, die noch im Garten verteilt werden sollten. Zornig kickte er sie in alle Richtungen.

Es war aussichtslos. Mary *musste* sich für ihre Karriere entscheiden. Handelte sie anders, würde sie es ihm nie verzeihen; irgendwann, wenn der Alltag einkehrte und sie nur noch zweitklassige Rollen in langweiligen Filmen bekam, würde sie anfangen, ihm Vorwürfe zu machen. Sie würde anfangen, ihn zu hassen.

Er hätte den Verlobungsring genauso gut in den Schwimmteich werfen können, dachte er.

Nach einer Weile erschien Frances. Ihre verfilzten Locken standen ihr mittlerweile in alle Richtungen vom Kopf ab. Er starrte sie einen Augenblick zu lange an.

»Krawatte«, sagte sie forsch und zeigte auf seinen dünnen Freizeitschlips. Er reichte ihn ihr, und sie band ihn sich ums Haar. Dann zündete Frances zwei Zigaretten an und reichte ihm eine.

»Zur Beruhigung.«

»Und?«, fragte er.

»Schlechte Nachrichten.«

Frances stieß Rauch zwischen den Zähnen aus.

»Deine Frau hat sich inzwischen auch zu Wort gemeldet. Bei Adela zumindest. Und bei ein paar anderen Journalisten auch. Beth hat Owens Aussagen bestätigt.«

Douglas nahm einen langen Zug, behielt den Rauch eine Weile im Mund und ließ ihn dann langsam entweichen, als würde das die Situation erträglicher machen. Er wollte sich gar nicht vorstellen, mit welcher Genugtuung Beth diese Gespräche geführt hatte. Kurz kam ihm sogar in den Sinn, dass Owens Auftritt vielleicht Teil ihres Plans gewesen sein könnte. Aber so weit würde selbst sie sich nicht herablassen.

»Wenig überraschend«, murmelte er und versuchte, vor Frances den ruhigen, ausgeglichenen Strategen zu geben. Innerlich aber kochte er.

»Angeblich hat Beth sogar die Stadt verlassen. Um euren Jungen vor der Presse zu schützen«, sagte Frances.

Das sah seiner Frau ähnlich. Erst für viel Aufsehen sorgen, um sich dann in die Unerreichbarkeit zurückzuziehen – vermutlich auf Papas Anwesen auf Rhode Island. Mr. Sully würde bereits für die nächsten Schritte in dieser absurden Fehde sorgen.

»Und jetzt? Was macht Adela nun?«

»Adela ist meine Freundin. Aber ich befürchte, in erster Linie ist sie eine Vollblutjournalistin. Ich bezweifle, dass sie euch verschonen wird.«

Er scharte nervös im Kies, zog einen Kreis nach dem anderen. Was hätte es auch genützt, wenn eine einzige Journalistin die Geschehnisse ignoriert hätte? Ihr standen schließlich hundert andere gegenüber. Die Geschichte war unaufhaltbar.

Douglas dachte an die fetten Schlagzeilen und die Fotomontagen. Sie würden die schlimmsten Bilder von ihnen beiden zusammenstückeln, würden alles tun, um ihre Zuneigung zu beweisen.

Er zog sich noch zweimal am Rosenbogen hoch und hielt sich oben, bis seine Muskeln pulsierten.

»Von mir aus können diese Dreckfinken über mich schreiben, was sie wollen. Aber wir müssen Mary schützen!«

»Hier ist sie wenigstens in Sicherheit. Die Hunde werden schon melden, wenn sich jemand an den Zaun heranpirscht.« Frances nickte hinüber zu den zwei Weimeranern, die im Schatten lagen. Douglas hatte sich ihrer während der Abwesenheit eines Freundes angenommen. »Die Zeitungen darf sie allerdings nie, nie, nie zu Gesicht bekommen«, warnte Frances.

Irgendwann musste Frances zurück zum Set. Douglas verbrachte die nächsten drei Stunden damit, wie ein rastloser Tiger auf und ab zu gehen. Er tadelte die Bauarbeiter, weil sie Schmutz ins Haus trugen und eine seiner neuen orientalischen Fliesen zerbrachen, und schickte sie schließlich genervt nach Hause. Durch das Buntglasmotiv in der oberen Türhälfte zum Nebenhaus sah er, dass Mary aufgewacht war. Er wollte zu ihr, hielt sich aber davon ab. Er durfte sie jetzt nicht bedrängen. Sie brauchte Ruhe, um ihre Gedanken zu sortieren.

Stattdessen bat er seine Haushälterin, einen üppigen Nachmittagstee zu richten: Zitronenkuchen, Gurkensandwiches ohne Butter, so wie Mary sie mochte, und geschälte Karotten, noch mit dem Grün daran.

Nach einer guten Stunde wagte er sich zu ihr ins Zimmer.

»Douglas«, begrüßte sie ihn. Sie wirkte gefasst. So wie man es von einer Geschäftsfrau wie Mary eben erwartete, wenn sie eine Krise zu bewältigen hatte – jedenfalls in der Öffentlichkeit. Hier, in der Zweisamkeit, bereitete ihm diese Unzugänglichkeit allerdings Sorge.

»Hipper, wir werden die Sache wieder geradebiegen«, sagte er leise und suchte ihren Blick. Doch sie wich ihm aus.

»Die Journalisten. Sind sie auf dem Grundstück?«, fragte sie, ohne auf ihn einzugehen. Erst jetzt fiel ihm auf, dass auf ihren Knien ein Packen Papierunterlagen lag. Ein gespitzter Bleistift wippte zwischen Zeige- und Mittelfinger.

»Nein, Darling. Keine Sorge. Wir haben hier unsere eigene, kleine Festung.« Er stellte das Tablett auf das Tischchen neben dem Bett und sagte scherzend: »Und solange Mrs. Gibbons unsere Köchin ist, werden sie uns auch nicht aushungern.«

Doch sie reagierte nicht. Sie ignorierte den Tee, den er ihr mit zwei kleinen Rosen serviert hatte. Stattdessen kringelte sie wild die oberste Zeile ihres Dokuments ein und kritzelte etwas an die Seite.

Douglas fühlte sich elend, weil sie ihn nicht an sich heranließ. Er wusste nicht, was er sagen konnte, um die Situation besser zu machen. So kam er sich vor wie ein Dienstbote.

»Ich möchte diese Überarbeitungen zu Ende bringen.

Ich kann mir keinen Verzug leisten. Wer kann diese Anmerkungen zum Set bringen?«, fragte sie in den Raum, obwohl das Zimmer bis auf sie beide leer war.

»Ich mache das, Hipper. Später.« Er setzte sich zu ihr auf die Matratze und versuchte sanft, ihr die Unterlagen zu entwenden. »Meinst du nicht, dass wir darüber reden sollten, was passiert ist? Und wie es weitergeht? Du stehst unter Schock. Rede mit mir!«

Sanft berührte er ihre Hand. Dann auch die andere. Er suchte seinen Ring. Natürlich erwartete er nicht wirklich, dass sie ihn angesteckt hatte. Aber hatte sie ihn denn wenigstens mitgenommen? Um ihren Hals hing eine Kette. Als sie sich bewegte, sah er, dass etwas daran hin. Aber es war nur ein goldenes Kleeblatt.

»Douglas, was soll das nützen? Der einzig richtige Weg liegt darin, meinen Film so rasch und so gut wie möglich fertigzustellen. Und den nächsten und den übernächsten. Für alles andere habe ich keine Zeit.«

Er erschrak, wie abgebrüht sie klang. Der stiere Blick und die geradezu mechanischen Bewegungen machten ihm Angst. Sollte er einen Arzt rufen? Sie waren hier alleine. Er hatte die Verantwortung für sie.

»Ich darf dich bitten, mich nun alleine zu lassen, Douglas. Und wenn du am Set bist, sei so nett und bringe mir die neuen Drehbücher zu *Daddy-Long-Legs* und *Pollyanna* aus meiner Garderobe.«

»Mache ich, Hipper.« Douglas versuchte, sich seine Sorge um ihren Zustand nicht anmerken zu lassen. Auch durfte sie auf keinen Fall spüren, dass er selbst schreckliche Angst vor den Zeitungsberichten hatte. Wie sehr wünschte er sich, Mary an sich zu drücken! Er wollte ihren warmen Körper fühlen und sie halten – auch um sich selbst zu beruhigen. Doch stattdessen gab er ihr zum Abschied nur einen flüchtigen Kuss auf die Wange. Sie drehte sich weg. Einen Moment lang legte er seine Hand auf ihre Schulter. Es fühlte sich an, als bekundete er ihr sein Beileid. Beileid zum Ende ihres gemeinsamen Traums.

Sie gewährte ihm diese Geste.

Douglas ließ sich von seinem Chauffeur zum Set fahren. Die Lust, selbst am Steuer zu sitzen und durch die Landschaft zu rasen, die er sonst verspürte, war fort. Als der Fahrer das mit Löwenstatuen gesäumte Portal seines Anwesens passierte, atmete er erleichtert auf. Er hatte einen guten Moment gewählt, denn es schienen keine Journalisten zu lauern.

Er zog den Kragen seines Sommermantels hoch und den Hut tiefer ins Gesicht und versuchte sich auszumalen, was ihn am Famous-Players-Set erwartete. Bestimmt hatten die Journalisten inzwischen bemerkt, dass Mary ihnen zu Hause entwischt war. Jede Zeitungsredaktion würde ihre Mitarbeiter jetzt strategisch verteilen: Rund um das Set, um Marys Haus, um Owens Bleibe und irgendwann, irgendwann, wenn auch nicht heute, gewiss auch um sein eigenes Grundstück.

Von Ferne erkannte Douglas bereits die Fotografen mit ihren kastenförmigen Kameras auf den dreibeinigen Stativen. Er rutschte auf der Lederbank hinunter. Kurz überlegte er, ob er sich auf den Boden des Wagens legen sollte. In seinen Filmen hatte er sich mehr als einmal auf diese Weise an einen verbotenen Ort geschummelt.

Doch was sollte das bringen? Wollte er sich von jetzt an Tag um Tag verstecken, bis man sich schließlich öffentlich über seine Feigheit lustig machte?

Nein. Er hatte nichts zu verbergen. Nichts *mehr* zu verbergen, korrigierte er sich. Die Außenwelt wusste, dass Mary die Frau seines Herzens war. Und wenn er ehrlich zu sich selbst war, verspürte er nebst der Sorge um Marys Reaktion auch Erleichterung. Das Versteckspielen hatte ein Ende. Sollte ihnen in irgendeiner Weise eine Zukunft bevorstehen, so konnte sie ab heute beginnen.

Wenn Mary es nur auch so sehen könnte!, dachte er mit aufkommender Verzweiflung.

Während das Auto die Schranken passierte, nahm Douglas seinen Hut ab und setzte ein galantes Lächeln auf – nicht zu freudvoll, denn er wollte nicht, dass die Journalisten ihn als Jubelnden darstellten. Mary würde es ihm nie verzeihen. Schlichtweg selbstbewusst wollte er wirken. Und furchtlos.

Er ahnte, dass er diese Haltung auch hinter den Studiotoren brauchen würde.

Während er die staubige Zufahrt entlangging, vorbei an Lieferwagen, die Pappmaché-Pflanzen und Holzelefanten für einen Film zu Bühne vier lieferten, wurde ihm kurz ein wenig mulmig zumute. Ihm kam es so vor, als ob die Mädchen ihm heute noch kecker zuwinkten; die Bühnenarbeiter ihm lächelnd zunickten. Selbst Jesse Lasky grüßte ihn mit einem lauten »Fairbanks!« und einem merkwürdigen Zwinkern, obwohl er sonst nie reagierte.

Konnten die Kollegen so schnell Bescheid wissen?

Er blickte auf die Uhr. Es war 17 Uhr. Die Abendausgaben waren soeben erschienen. Aber hatten die Leute vom Set sie denn auch schon gelesen?

Vor der Kantine erhielt er Gewissheit. Auf der Bank vor dem ehemaligen Getreidespeicher, aus dem es heute nach Kartoffelpüree, Würsten und Vanillepudding roch, hatte der Zeitungsjunge seine Ware ausgebreitet. Er hatte einen Stoß der *L. A. Times* in seinem Bauchladen und lächelte Douglas zu in der Hoffnung, eine Ausgabe zu verkaufen. Offenbar hatte er keine Ahnung, dass ihm gerade genau der Mann gegenüberstand, der ihm an diesem Abend noch reißenden Umsatz bescheren würde.

Das Foto von ihm und Mary erstreckte sich beinahe über das ganze Cover. Douglas erkannte es sofort. Es war auf der Liberty Bond Tour entstanden, vor Macy's in New York. Mary, Charlie und er hatten dem Publikum eingeheizt und sich dann unter tosendem Applaus wieder und wieder verbeugt. Das Titelbild zeigte nur ihn und Mary, über das ganze Gesicht grinsend, die Hände ineinander verschlungen und zum Himmel gestreckt. Die Zeitungsmacher hatten Charlie sorgfältig aus dem Bild geschnitten. Und nun, so wie sie beide dort standen – er in seinem teuren Anzug, sie in einem hellen Kleidchen –, konnte man geradezu denken, sie hätten Hochzeit gefeiert.

Douglas wünschte sich, Bennie wäre hier. Doch der lag seit einigen Tagen, wie so viele andere im Land, im Bett, täglich seinem Chef bezeugend, dass es sich lediglich um einen bösen Schnupfen und nicht um die Spanische Grippe handelte.

Douglas kaufte eine Ausgabe von jeder Zeitung, die der Junge hatte, und gab ihm ein üppiges Trinkgeld dafür, dass er die Stöße in seine Garderobe trug.

Die freundlicheren Schlagzeilen waren schon schlimm genug:

Fairbanks-Affäre: Geheimnis gelüftet!

Pickford und Fairbanks – mehr als nur Freunde!

Je mehr Zeitungen er sichtete, desto gehässiger wurden die Titel:

Fairbanks' aktueller Coup: Miss Pickford.

Als sei Mary ein Objekt, dessen er sich bereichert hatte.

Mit Mary Pickford ganz an die Spitze!

Das verletzte ihn. Offenbar hatten die Zeitungen Owens Vorwürfe, dass er sich nur an Mary herangemacht hätte, um seiner Karriere Auftrieb zu verleihen, dankbar aufgegriffen. Welch schöner neuer Spin für diese Geschichte.

Schlimmer noch aber waren die Schlagzeilen um Mary:

Unsere Mary: Kein Unschuldslamm!

America's Sweetheart? Oder America's Mistress?

Mary durfte diese Ausgaben auf keinen Fall sehen. Doch konnte er wirklich mit leeren Händen zurückkehren? Sie würde ihn fragen, würde etwas sehen wollen.

Ein Glück, dass die Filmillustrierte *Movie World* ihnen einigermaßen wohlgesonnen war: Doug & Mary: Große Namen, große Liebe?, stand dort auf der Titelseite.

Er blätterte das Heftinnere durch. Die Journalisten hatten sich in der Hektik auf viele Bilder und wenig Text beschränkt. Mary und Douglas auf der Tour, Mary und Douglas bei einer Rotkreuz-Benefizveranstaltung: er beim Hot-Dog-Wettessen, Mary verschwommen im Hintergrund. Douglas erinnerte sich noch gut an den Tag. Er hatte sich Sorgen gemacht, dass sie ihn später nicht küssen würde, wenn er nach Zwiebeln und Senf roch.

Ja, dachte er, diese Ausgabe konnte er Mary zumuten.

Im Ärger um die zusammengeschusterten Zeitungsberichte vergaß er beinah, weshalb er hier war. Nicht wegen seiner Arbeit – er konnte in diesem Zustand unmöglich arbeiten und war erstaunt, wie Mary unter diesen Bedingungen einen klaren Gedanken fassen, ja überhaupt an Arbeit denken konnte. Aber er hatte ihr versprochen, die Drehbücher aus ihrer Garderobe zu holen. Dazu musste er einmal das hintere Studio-Areal durchqueren – ein unangenehmer Gedanke, denn er wollte gerade wirklich keinem Menschen begegnen.

Entschlossen klemmte er sich die *Movie-World*-Ausgabe unter den Arm und kramte Marys Schlüssel hervor. Als er aus seiner Garderobe heraustrat, stieß er beinahe mit einem Mann zusammen. Adolf Zukor trug trotz der sengenden Hitze ein gestärktes, weißes Hemd, dessen Kragen bis zu seinen Ohrläppchen reichte. Die Krawatte lag so stramm an, dass er eigentlich gar keine Luft mehr bekommen konnte. Anders als Lasky, der Fairbanks mit seinem Zwinkern geradezu das Gefühl gegeben hatte, mit seiner Wahl der Geliebten eine Trophäe errungen zu haben, war Zukors Blick voller Missbilligung. Er wirkte strenger als sonst. Es war Douglas immer wieder ein Rätsel, wie Mary diesen unnahbaren Geschäftsmann so liebevoll »Papa« nennen konnte.

»Nicht erfreulich, nicht erfreulich«, murmelte Zukor.

»Mr. Zukor. Ich wünschte selbst, es wäre anders gekommen.« Douglas hob seinen Hut. Zukor erwiderte die Geste nicht.

Er erwartete schon, dass der Studioboss ihn gleich in sein Büro zitieren würde. Obwohl Douglas sein eigener Chef war und seine Filme in Eigenregie drehte, war er auf Zukors und Laskys Distributionskraft angewiesen.

Zu seiner Überraschung aber fragte Zukor bloß nach Mary.

»Wie geht es ihr?« Er tupfte sich mit dem Taschentuch eine Schweißperle von der Wange. Seine Züge wurden plötzlich weicher. Kurz glaubte Douglas sogar, den väterlichen Adolf Zukor zu erkennen, den Mary ihm so oft beschrieben hatte.

Er war versucht, seinem Gegenüber von Marys Tränen zu erzählen, von ihrem seltsamen, verschlossenen Benehmen und dass sie bei ihm untergekommen war. Doch in letzter Sekunde biss er sich auf die Zunge. Mary würde ihm niemals verzeihen, wenn er sie als verletzlich darstellte.

»Sie ist voller Tatendrang, Mr. Zukor. Sie kennen doch unsere Mary! Nicht zu bremsen. Schon gar nicht durch ein paar Schlagzeilen.«

»Gut, gut. Wenn sie also guter Dinge ist, richten sie ihr aus, dass ich sie sprechen möchte.« Sein Ton war wieder kühler geworden. »Sie wissen doch, wo sie sich aufhält, nicht wahr, Fairbanks?«

Bloß nichts verraten, befahl sich Douglas. Auch nicht dem vermeintlichen Freund gegenüber. Er schüttelte den Kopf, zog die Schultern hoch.

»Na ja, für den Fall, dass Sie sie sehen, geben Sie die Nachricht bitte weiter.«

Zukor schlurfte grummelnd davon.

Schwer zu sagen, ob er Douglas geglaubt hatte.

## 22
## MARY

Als Douglas vom Set zurückkehrte, merkte sie sofort, dass er ihr etwas verheimlichte. Zu gerne wollte sie zu ihm hinübergehen, ihren Kopf an seine Brust lehnen und warten, bis sie seine Arme um sich spürte, die einen Kokon der Geborgenheit um sie bildeten. Sie wollte weinen, bis sein Hemd feucht von Tränen war. Aber sie konnte nicht. *Mädchen, du musst stark sein.* Der Leitsatz ihres Lebens hielt sie davon ab. Krisen wurden nicht mit Tränen bewältigt. Schon gar nicht eine wie diese. Lieber stattdessen eine unsichtbare Mauer um sich errichten. Indem sie sich nach außen hin gefühlskalt und abgestumpft gab, konnte sie ihr Inneres am besten schützen. Mary wusste, wenn sie diesen Wall auch nur an einer einzigen Stelle öffnete, würde er komplett in sich zusammenfallen.

Wie schwierig aber war es, diese Fassade aufrechtzuerhalten! Ganz besonders da Douglas sich so bemühte. Jedes seiner Worte war mit Feingefühl gewählt, jede Aufmunterung schien dreimal überlegt.

Mit gekünstelter Freude streckte er ihr die Sonderausgabe der *Movie World* hin.

»Siehst du, Hipper. Unangenehm, ja. Aber unter genauerer Betrachtung halb so schlimm, oder?« Er sah sie erwartungsvoll an, seine wunderschönen dunklen Augen übertrieben weit aufgerissen. Mary spürte seine Nervosität. Sonst war er ein Mann, der immer so ruhig und geerdet wie ein jahrhundertealter Baum vor einem stand, nun schien er zu wanken.

Mary überflog die Doppelseite mit den Bildern von ihnen beiden. Sie waren weder anrüchig noch lächerlich. Keine reißerischen Schlagzeilen, nur Gemunkel über die Kompatibilität ihrer Personen: »Sie bietet ihm ein engelsgleiches Puppengesicht zum Anhimmeln, und er bietet ihr seine breiten Schultern, wenn es unserer kleinen Mary zu anstrengend wird.«

Kein Wort über ihre Religion, über Scheidung, über langfristige Absichten zwischen ihr und Douglas, auch nichts über die Folgen für ihre Karrieren. Sie könnte sich freuen. Aber sie wusste, dass diese Geschichte kein Maßstab war. Mary kannte die beiden Journalistinnen, die den Artikel verfasst hatten: Taylor L. Reese und Megan J. Spoon. Mary wusste, dass sie bei den Premieren immer die besten Plätze und den meisten Champagner bekamen, dass sie zu den wichtigsten Medienkontakten der Famous Players PR-Abteilung zählten. Die Damen wollten diese Privilegien offenbar – vorerst zumindest – nicht aufs Spiel setzen.

So wie Douglas den Artikel herabspielte, wusste Mary sofort, dass er ihr die harmloseste aller Zeitschriften mitgebracht hatte. Als ob es nur eine Publikation im Land gäbe! Was war mit den Hunderten von anderen Berichten? Sie fragte nicht.

Er würde sie bloß anlügen, um sie zu beschützen.

»Die Drehbücher, Douglas, hast du sie gefunden?«, fragte sie stattdessen. Er zuckte zusammen. Mary wusste, dass ihr knapper, sachlicher Tonfall ihn verletzte, aber sie konnte nicht anders, sie musste ihr Schutzschild hochhalten.

»*Daddy-Long-Legs*, bitteschön. Und *Pollyanna*.«

Douglas überreichte ihr mild lächelnd zwei wuchtige Papierstöße, die mit schwarzen Metallklammern zusammengeheftet waren.

»Bist du jemandem begegnet?«

»Lasky war da.«

»Und?«

»Hat mich im Vorübergehen begrüßt. Keine Ahnung, ob er es schon gehört hatte.«

Douglas zog die Anzüge, die während Marys Schlaf als Vorhänge gedient hatten, zur Seite. Sie bemerkte, wie er versuchte, sich den Ärger darüber nicht anmerken zu lassen, dass seine chinesische Seidenweste einen ganzen Nachmittag in der prallen Sonne gehangen hatte.

»Hipper, Liebes! Es ist wunderschön draußen, ein lauer Sommerabend. Niemand ist auf dem Grundstück. Meinst du nicht, dass es Zeit wäre, einen Happen zu essen? Wir könnten draußen Fisch grillen.« Vorsichtig setzte er nach: »Und über alles reden.«

Sie schüttelte den Kopf. Für gewöhnlich liebte sie seine Speisen – und seine Grillkunst. Sie könnte ihm stundenlang dabei zusehen, wie er mit offenem Hemd, manches Mal auch mit nacktem Oberkörper, vor dem Feuer stand, die Zange in der Hand. Vor Monaten, noch vor der Bond Tour, hatte er in ihrem Liebesnest in Laurel

Canyon regelmäßig für sie das Barbecue angeworfen. Damals, als alles zwischen ihnen noch so unkompliziert gewesen war, hatte sie sich kaum auf das Essen konzentrieren können, sondern nur darauf gewartet, dass er sie endlich auf seinen Schoß zog.

Und jetzt? Grillen. Essen. Es schien ihr eine Absurdität in ihrer Situation, auch wenn sie wusste, dass Douglas sich bloß um ihr Wohl sorgte. Wie sollte sie auch nur einen einzigen Bissen hinunterbringen? Das Tablett mit dem Nachmittagstee war unangetastet, die Milch hatte an der Oberfläche des braunen Trunks bereits ein weißliches Muster gebildet.

Sie ignorierte Douglas' Vorschlag.

»Sonst hast du niemanden getroffen? Konntest du herausfinden, ob Zukor in der Stadt ist?«

Seit Wochen wartete sie auf eine Reaktion ihres Vorgesetzten und väterlichen Vertrauten. Sie hatte erwartet, dass er, als die Medien sie erstmals verdächtigt hatten, sofort telegrafieren oder gar persönlich in ihrem Hotel auf der Bond Tour auftauchen würde. Aber jegliche Kontaktaufnahme hatte auf sich warten lassen. Mary verspürte Erleichterung und Enttäuschung zugleich. Von der Vater-Tochter-ähnlichen Beziehung, die sie einst gepflegt hatten, war ganz offensichtlich nur noch wenig übrig geblieben.

Jetzt – nach Owens *und* Beths Geständnis – musste Papa Zukor sie doch zu sich zitieren! Er würde enttäuscht sein. Und besorgt – schließlich war sie seine wichtigste Investition, und niemand konnte absehen, wie weit ihre Beliebtheit nun sinken würde.

»Ich trage das Tablett hinaus«, sagte Douglas ausweichend. Als ob es nach vier Stunden dringlich wäre, das Essen umgehend zu entfernen!, dachte Mary.

Da wusste sie sofort, dass er Zukor begegnet war.

»Was hat er gesagt?«

Schützend, fast als hätte er Angst vor ihrer Reaktion, hielt Douglas das Tablett vor seinem Bauch.

»Er hat sich nach deinem Wohlbefinden erkundigt, und… er möchte dich sprechen. Alsbald.«

Sie spürte eine Enge im Hals. Obwohl sie sich am Nachmittag in Gedanken auf Zukors Vorladung vorbereitet hatte, im Kopf sogar schon das Telefon läuten gehört und imaginäre Gespräche geführt hatte, fühlte sie nun Panik in sich aufsteigen. Zukor würde beanstanden, dass sie sich nicht an den Verhaltenscodex gehalten hatte und nicht das brave Mädchen gewesen war, das sie auf der Leinwand spielte. Aber konnte er tatsächlich Konsequenzen daraus ziehen? Es war nichts weiter als eine mündliche Abmachung gewesen – kein Wort davon war in ihren Verträgen erwähnt. Würde er nun überstürzt die Zusammenarbeit beenden? Es wäre ein guter Zeitpunkt, jetzt, da ihre Kontrakte bald auslaufen.

»Ich muss ihn anrufen«, erklärte sie und begann hastig ihre Zettelstöße zu ordnen. Auf dem ganzen Bett schien Papier verteilt. Sie nickte in Richtung Tür, um Douglas aus dem Zimmer zu bitten.

Aber der schüttelte den Kopf wie ein schmollender, sturer Junge.

Er stellte das Tablett auf den Boden, kniete sich an den Rand der Matratze und kämmte ihr die Haarsträhnen hinter das Ohr, die ihr ins Gesicht hingen.

»Niemand erwartet, dass du sofort handelst, Mary«,

flüsterte er. Er strich ihr eine weitere Locke zurück und ließ dann sanft seine Fingerkuppen über Wange, Ohrläppchen und Hals gleiten, sodass es sie am ganzen Körper kribbelte. Mary spürte ihre emotionale Mauer bröckeln. Sie wollte ihn küssen, wollte ihn auf die Matratze ziehen, wollte ihnen beiden die Decke über den Kopf raffen. Wenn man doch bloß das Licht, die Gedanken, die Sorgen ausblenden könnte! Doch es gelang ihr nicht. Nicht jetzt. Nicht, bis sie wieder klar denken konnte. Bis Entscheidungen getroffen waren.

Obwohl ihr Magen inzwischen knurrte, ließ sie das Abendessen aus. Als Douglas später noch einmal nach ihr sah, dabei bloß seinen Kopf durch den Türspalt steckte, stellte sie sich arbeitend, schaffte es aber, ihm ein kleines Lächeln zu schenken. Es war rührend, wie er versuchte, sie aus ihrem Schneckenhaus zu locken. An Arbeit war natürlich in ihrer Situation nicht zu denken. Seit Stunden kritzelte sie bloß ihre Gedanken auf die leeren Rückseiten der Drehbücher in der Hoffnung, sie in irgendeiner Form sortieren zu können. Seiten gefüllt mit Textblöcken, mal zaghaft eingekringelt, mal dick unterstrichen. Und in der Mitte ein Strichweibchen, dem sie eine wilde Lockenmähne gezeichnet hatte.

Wenn sie sich endlich nahm, was sie vom Leben wollte, wie würde es dann aussehen? Mary wollten dazu bloß zwei Wörter einfallen: Douglas. Liebe. Sie kritzelte ein Strichmännchen neben ihr Weibchen, mit Seitenscheitel und breiten Schultern. Und zwei klitzekleine Herzchen daneben.

Sie seufzte laut. Schließlich wusste sie nur zu gut, dass

sie – und auch Douglas– nicht von Zuneigung allein glücklich werden würden. Sie beide brauchten ihr Publikum, ihre Bühnen: Douglas, um sich stark und begehrt, sie um sich produktiv und leistungsstark zu fühlen. War es denn möglich, beides zu haben: Douglas' Liebe *und* die Liebe des Publikums?

Ein beunruhigendes, nagendes Gefühl überkam sie, wenn sie daran dachte, dass Zukor Konsequenzen aus der ganzen Sache ziehen könnte. In der Branche gab es schon Gerüchte, dass Famous Players-Lasky sich eine jüngere Mary heranzog: Mary Miles Minter, ein junges Ding aus Louisiana, das – in denselben Kleidern und mit ähnlichem Make-up – ein zehn Jahre jüngeres Abbild ihrer selbst war. Und auch noch denselben Vornamen trug!

Mary kaute am Ende ihres Bleistifts, schmeckte das Holz und die Mine auf der Zunge.

War es nicht ohnehin nur eine Frage der Zeit, bis Zukor und Lasky sich ein jüngeres Mädchen für ihre Rollen suchten?, dachte sie. Ganz egal, ob sie eine Affäre hatte oder nicht?

Wollte sie wirklich ein Leben lang auf die Gunst zigarrenrauchender Herren angewiesen sein, die ihrer Karriere jederzeit von jetzt auf gleich ein Ende bereiten konnten, schneller, als sie ein Streichholz ausbliesen? Die Kröten würden nie eine Emanzipation, nie die anderen Facetten von Mary Pickford sehen wollen. Als ihr Streifen *Stella Maris* vor ein paar Monaten, kurz vor ihrem Aufbruch zur Anleihe-Tour in den Kinos angelaufen war, hatte Lasky gegrummelt: »Was bitteschön ist das?« Und DeMille hatte beim Screening ausgesehen, als hätte er verfaultes Aas gesehen, als er Mary auf der Leinwand betrachtete: Für ihre Rolle hatte sie die Haare mit Vaseline fettig und strähnig gemacht und die Zähne braun gefärbt. Seit ihrer Fehleinschätzung zu *The Poor Little Rich Girl* hielten sich die Kröten zwar mit Kommentaren zurück, ihre Blicke allerdings sprachen Bände.

Was wäre sie ohne die Einkünfte aus ihren Filmen?, grübelte Mary weiter, ein Raster für Zahlen und Summen zeichnend. Mama verwaltete das Geld. Sie hatte sich hier zu wenig eingebracht, ärgerte sie sich, während sie versuchte, eine Aufstellung zu machen. Die Grundstücke hier in Los Angeles – in den Stadtteilen Burbank, Edendale und Inglewood. Die Anleihen, die Aktien, die Sparbücher. Es musste ausreichend Kapital da sein. Genug für viele, viele Jahre. Für ein ganzes Leben, wenn sie nicht den opulenten Lebensstil ihrer Geschwister und Mutter zu finanzieren hätte.

Wie würde die Familie reagieren, wenn der Geldstrom der großen Schwester versiegte? Sie wären gezwungen, ihr Leben selbst in die Hand zu nehmen. Und das hatte nicht unbedingt nur etwas Schlechtes, dachte Mary. Lottie konnte dringend einen Job, einen geregelten Tagesrhythmus, brauchen. Und von Jack hatte Mary in den letzten Monaten nur Unvernünftiges aus Paris gehört. Trotz Kriegsende verweilte er als Champagner trinkender, Austern schlürfender Beobachter in Frankreich. Angeblich war er während des Kriegs zum Laufburschen eines Oberleutnants geworden: Er brachte ihm die dicken Geldscheinbündel der reichen Söhne, die sich vom Dienst an der Front freikaufen wollten. So etwas hätte sie dem süßen, naiven Jack, den sie einst wie ihre Puppe behütet hatte, niemals zugetraut.

Mary fragte sich, was ihr bliebe, wenn Zukor – aus eigener Überzeugung oder auf Drängen der Kröten hin – die Zusammenarbeit beendete. Ihr Talent, es lag doch in *ihr*, nicht in einer Schublade oder einem Tresor in ihrer Famous-Players-Garderobe. Und sie hatte ihre Freunde Frances und Marshall Neilan, um neue Filme zu drehen. Und Douglas, dessen Meinung sie so schätzte. Es musste doch reichen, um den Erfolg fortzuführen! Und gab es nicht andere Distributoren, die bereit wären, ihre Werke zu vertreiben? Menschen, die das wahre Wesen der Kunst erkannten, unabhängig vom Privatleben der Darsteller; Menschen, welche die Breite des Genres Film verstanden? Charlie hatte ihr von seinen Freiheiten bei seinem neuen Arbeitgeber, der neu gegründeten Firma First National erzählt, und davon, dass sie gerade große Namen aufkauften... Und was war mit ihren Fans? Immerhin hatten die dafür gesorgt, dass Marys Filme in den letzten Jahren zu den umsatzstärksten des Landes gezählt hatten. Es würden sich doch sicherlich nicht alle gegen sie stellen, bloß weil die Zeitungen viel Lärm machten. Mary dachte an die Mädchen, die regelmäßig vor dem Set und bei den Premieren auf sie warteten, und an ihren Haaren und Kleidern zogen, an die Absenderinnen der zahlreichen Briefe, in denen sie darum baten, dass Mary ihre Fotos und Abziehbildchen signierte. Diese Frauen wünschten sich doch nichts mehr, als ihre Freundin zu sein. Aber gerade einer Freundin wünschte man doch, dass sie von Herzen glücklich wurde – und dass sie die Liebe ihres Lebens fand. Konnte das wirklich weniger zählen als die konservative, altmodische Haltung, dass man sich sein Leben lang an einen Mann – egal wie falsch und widerlich er war – binden musste?

Mary trat ans Fenster und sah in die Dunkelheit hinaus. Ein schmaler, sichelförmiger Mond zierte den sternenbesprenkelten Himmel. Sie dachte an die Märchen, die Mama ihnen damals in den schmuddeligsten Absteigen des Landes vor dem Zubettgehen vorgelesen hatte – von kleinen Mädchen, die daran glaubten, dass eine Sternschnuppe ihnen einen Wunsch erfüllen würde, von Feen und Elfen, die mit Zauberstaub und Zauberstäben alle Probleme in Luft auflösten. Mary hatte nie an diese Geschichten geglaubt und immer gewusst, dass sie ihr Leben selbst in die Hand nehmen musste.

Sie spürte, dass es an der Zeit war, Antworten auf ihre vielen Fragen zu finden, sonst würde sie eines Tages einsam und verlassen in einem stuckbesetzten Salon auf edel gepolsterten Möbeln sitzen und bereuen, nicht ihrem Herzen gefolgt zu sein. Sie gliche einer bemitleidenswerten, traurigen Marionette ihres Publikums, die vergessen in der Ecke eines Dachbodens lagerte, während die Zuschauer fröhlich aus den Kinosälen, wo sie sich von jüngeren, hübscheren Schauspielerinnen hatten unterhalten lassen, nach Hause gingen zu den Menschen, die sie liebten. Und im Grunde waren sie die wahren Helden, denn sie hatten sich eine Familie und ein Zuhause geschaffen.

Wie gerne würde sie jetzt einen Gin trinken, dachte Mary und schloss das Fenster. Sie wollte den eiskalten Alkohol in ihrer Kehle spüren, der in ihrem Bauch ein warmes, wohliges Gefühl verbreiten würde. Ein winziger Drink nur würde ihr helfen, ihre Gedanken zu ordnen. Aber sie wusste, wie Douglas es verabscheute, wenn sie nach Alkohol roch. Und eine kleine Stimme in ihr sagte ihr zudem, dass sie ihre Entscheidungen ohne den Einfluss von Alkohol treffen musste. Stattdessen kaute sie also eine ganze Packung Lakritzpastillen und legte sich schlafen mit dem Geschmack von Süßholzwurzel und Spearmint-Zahnpasta im Mund.

Irgendwann nach Mitternacht kroch Douglas zu ihr ins Bett und legte sich an den alleräußersten Rand, obwohl er versprochen hatte, auf dem Futon zu übernachten. Mary stellte sich schlafend, wagte es aber, sich ein wenig zu ihm nach hinten zu lehnen. Als sie hörte, wie er ganz vorsichtig näher rückte, schob sie ihre Hüften zurück. Einen Moment lang rührte sich keiner von beiden. Dann näherte sich sein Körper noch etwas mehr der Matratzenmitte. Es war, als herrschte zwischen ihnen eine magnetische Kraft, die sie im Zeitlupentempo zueinander zog. Als er von hinten seinen Arm um sie legte, drückte sie ihren Körper in die Kerbe, die sein Oberkörper und seine Schenkel bildeten. Sie roch seine Haut, diesen reinen Duft, unberührt von Seife oder Parfum, spürte seinen Atem in ihrem Nacken und konnte nicht anders, als im Dunkeln zu lächeln. Hier auf dieser Matratze, in einem gardinen- und teppichlosen Zimmer, nach einem der schlimmsten Tage ihres Lebens, fühlte sie sich geborgen – mehr als jemals bei Mama, Lottie, Jack oder Owen. Douglas konnte ihr das geben, wonach sie seit Jahren suchte: ein emotionales Zuhause. Er füllte ihr Leben mit Liebe, Lachen, Wärme – und machte jeden Tag zu einem Abenteuer. Bei ihm fühlte sie sich lebendig. Sie spürte ihr Herz höherschlagen, wenn er sie küsste. Ein seltsames Flattern wie von tausend Schmetterlingen überkam sie, wenn er sie berührte, und ein Gefühl der Leere, wenn er nicht bei ihr war. Nein, das hier war mehr als eine Affäre, ein bloßer Zeitvertreib, mehr als das Ausleben körperlicher Triebe. Es konnte nur Liebe sein. Genau so musste es sich anfühlen, den richtigen Mann im Leben zu finden, dachte Mary und griff unter der Bettdecke nach Douglas' Hand. Sie war schwer. Er musste eingeschlafen sein. Mary drückte sie fest. Obwohl er schlief, wollte sie ihm irgendwie ihre Entschlossenheit mitteilen. Sie konnte nicht sagen, wie das Leben weitergehen würde – aber sie wusste: Sie wollte an seiner Seite sein.

Auch in dieser Nacht tat Mary kein Auge zu. Sie schmiegte sich an Douglas, lauschte seinem Atem und genoss seine Nähe. Irgendwann merkte sie, wie er neben ihr wach wurde. Sein Atem war flacher geworden. Sie sagte nichts. Stattdessen lauschte sie seinen Atemzügen und versuchte dann, ihre eigenen an seine anzupassen. Sie drehte sich zu ihm und ließ ihre Hand über seinen Oberkörper gleiten. Ihre Finger spielten mit seinem drahtigen Brusthaar. Kurz darauf spürte sie seine Hand auf ihrer, und dann, wie er sie näher an sich zog. Sie sagte ihm nicht, welche Gedanken sie hier in der Dunkelheit gehabt hatte. Aber in ihren Berührungen zeigte sie ihm, dass sie sich für ihn entschieden hatte.

Im Morgengrauen döste Douglas ein. Mary jedoch war zu aufgekratzt, um zu schlafen. Sie richtete in der unfertigen Küche ein Frühstück und pflückte draußen im Garten einen Strauß Blumen. Eine kleine Wiedergutmachung für die Kälte, mit der sie Douglas am Vortag behandelt hatte. Tief atmete sie die frische Morgenluft ein und hielt das Gesicht in die aufgehende Sonne.

Ja, dachte sie. Das Geheimnis mochte gelüftet sein. Ihrer beider Geheimnis, das sie und Douglas zusammenschweißte. Sie waren ein Paar, das sich gegen den Rest der Welt stellte – gegen Journalisten, Studiobosse, Kollegen und Neider. Sollten sie doch alle mit dem Zeigefinger auf sie zeigen! Es war ihr Leben. Ihre Entscheidung. Und gemeinsam mit Douglas war sie stark genug, auch die schlimmsten Konsequenzen durchzustehen.

## 23
## MARY

Sie vereinbarte einen Termin mit Papa Zukors Büro.

»Welchen Vermerk darf ich dazu machen?«, fragte die Sekretärin, die sich als Penny gemeldet hatte. Mary kannte sie nicht. Wieder ein Beweis dafür, wie sehr sie sich im Lauf des vergangenen Jahres von ihrem Vorgesetzten und Mentor entfremdet hatte.

Im ersten Augenblick wollte Mary »Aussprache« sagen, entschied sich dann aber für »Vertragsverhandlungen«, denn genau darauf würde es hinauslaufen.

Sie hörte das Kratzen der Bleistiftmine auf Papier.

Natürlich, dachte sie, natürlich würde Zukor die Aussprache gleich mit den neuen Verhandlungen verbinden. Wann wäre ihre Position wohl geschwächter als in den Tagen nach einem Medienskandal? Er würde versuchen, sie um Hunderte, vielleicht Tausende Dollar herunterzuhandeln, und Mary konnte es ihm nicht verübeln. Als Geschäftsfrau würde sie in seiner Position genauso handeln.

Sie dachte an die Gehaltsrunden der letzten Jahre zurück: Jedes Mal war es ein knallhartes Feilschen über mehrere Sitzungen hinweg gewesen, bis sie und Mama mit der Zusage eines Vielfachen ihres bisherigen Gehalts Zukors Büro verlassen hatten. Zuerst hatten sie tausend Dollar, dann zweitausend, dann fünftausend und zuletzt zehntausend pro Woche herausgehandelt. Dazu Boni und Profitbeteiligungen. In den ersten Jahren ihrer Zusammenarbeit hatte sie strenge künstlerische Vorgaben von außen bekommen, später dann etwas mehr Mitspracherecht, und seit zwei Jahren weitreichende künstlerische Freiheit und sogar ihre eigene Produktionseinheit. Die Bedingung allerdings war immer gewesen, dass sie dem Publikum gab, was es wollte: Schauspielkunst auf hohem Niveau, Herzlichkeit und Schönheit. Sie war für viele Menschen ein Vorbild – und gleichzeitig auch das Versprechen, dass Frömmigkeit und Tugendhaftigkeit in dieser grausamen, kriegsgeplagten Welt noch existierten.

Und nun?

Mary griff nach einem Autogrammbildchen, das sie mit einem gelb-blauen Vögelchen auf dem Zeigefinger zeigte. Der Hintergrund war weißlich verschwommen und deutete beinahe einen Heiligenschein an. Zornig zerriss sie das Kärtchen in kleinste Teile. Sie konnte diese Darstellung von ihr nicht mehr sehen. Was so lieblich und fröhlich wirkte, stand in Wahrheit für ein Leben ohne Liebe und Freude – aber voller Restriktionen. Sie wollte auf diesen Fotos knallroten Lippenstift tragen! Sie wollte ihre Waden und sogar mal ihre Knie zeigen! Sie wollte ihr Haar in einer modernen Seitenwelle tragen! Ja, sie wollte modern, weiblich und erotisch sein. So, wie sie sich an Douglas' Seite fühlte, wenn sie alleine waren.

In ihrem improvisierten Ankleidezimmer – Douglas hatte zwei Vorhangstangen an ein Gestell aus Holzlatten montiert – suchte sie ein Kleid für das Treffen mit Zukor aus. Frances hatte vor zwei Tagen einen großen Koffer mit Kleidung aus ihrem Haus gebracht, den Margaret sorgfältig gepackt hatte. Mary ließ den Stoff eines dunkelblau geblümten Baumwollkleids durch ihre Hände gleiten. Es war ungetragen. Douglas hatte es ihr von der Liberty Bond Tour mitgebracht, aus einer Boutique in Detroit. Sie stellte sich vor, wie er es an der Verkäuferin hochgehalten und dann breit grinsend erklärt hatte, dass er es für eine ganz besondere Dame erstehen wolle. Sie hielt sich den Stoff an die Nase und meinte sogar Douglas' Aftershave zu riechen. Das Kleid war herrlich weich, und jede Blüte war handgestickt – aber für ihren heutigen Termin am Set war es denkbar unpassend. Sie durfte heute nicht mädchenhaft wirken, sondern musste stark und entschlossen auftreten. Am besten wie ein Mann, dachte sie. In den Magazinen gab es dieser Tage Bilder von Frauen, die schmale Herrenanzüge trugen, sogar mit Krawatte und Bowler Hut. Aber derlei Aufzug konnte Mary nichts abgewinnen. Sie würde sich darin nicht selbstbewusst fühlen, sondern eher wie ein Clown – wie Charlie Chaplin.

Nein, es musste auch möglich sein, mit weiblichen Akzenten professionell zu wirken. Schließlich entschied sie sich für ein beiges, dezent kariertes Kostüm mit einem breiten Gürtel, der ihre schmale Taille betonte. Der gestärkte, weiße Kragen verlieh dem Ganzen eine sachliche, konservative Note.

Ja, damit konnte sie Papa Zukor gegenübertreten – komme, was wolle.

Noch einmal atmete sie vor dem Spiegel tief ein und

aus. Sie fühlte sich bereit. Schließlich war sie in den vergangenen zweiundsiebzig Stunden alle möglichen Szenarien im Kopf durchgegangen. Egal was passierte, irgendwie würde es weitergehen.

Vielleicht würde das Treffen glimpflich ausgehen.

Vielleicht würde es verheerend werden.

Ganz sicher aber war es an der Zeit, sich den Tatsachen zu stellen.

Es war das erste Mal, dass Mary seit Owens Auftritt ihr Versteck verließ. Ihr Herz raste, als Douglas' Chauffeur aus der Einfahrt und auf die Hauptstraße einbog. Was würde sie hier draußen erwarten? Zwei schwarze Ford-T-Modelle parkten am Straßenrand. Es konnte kein Zufall sein, ahnte Mary. Niemand verirrte sich einfach so in diese Einöde. Als eines der Autos dann auch hinter ihnen anfuhr und ihnen folgte, war sie sich sicher, dass es ein Reporter war. Sie blickte aus dem Heckfenster, zunächst ein wenig nervös, dann aber erinnerte sie sich an ihre Vorsätze. Genug des Versteckens! Sie wagte ein keckes Winken. Sollten Sie doch alle wissen, dass sie jetzt hier bei Douglas wohnte. Dass sie mutig genug war, um zu ihren Gefühlen zu stehen. Nur Feiglinge flohen in andere Städte, um dort, zurückgezogen in den Elfenbeintürmen teurer Hotels in Mitleid zu versinken. Sie aber – Miss Mary Pickford – lebte ihr Leben nach ihrem freien Willen weiter. Ja, das konnten die Schreiberlinge ruhig publizieren!

Vor den Toren des Studios ließ sie den Chauffeur anhalten. Wozu sich hineinschleichen und verstecken? Ein paar Journalisten standen dort und warteten, aber keine

Fans. Einen kurzen Moment war sie beunruhigt. Hatten sich die Fans tatsächlich so schnell abgewandt? Nein, versuchte sie sich zu besänftigen. Es war früher Morgen: Die Mädchen waren in der Schule, und die Mütter gingen ihrer Hausarbeit nach. Es hatte nichts zu bedeuten. Oder doch? Wie das Publikum tatsächlich auf sie und Douglas reagierte, das würde sie wohl erst bei Erscheinen ihres nächsten Kinofilms oder bei ihrem nächsten großen öffentlichen Auftritt erfahren. Ihr bangte vor diesem Tag.

Zwei, drei Fotografen lauerten am Zaun. Mary posierte, so wie sie es vor Douglas' Spiegel geübt hatte: eine Hand in die Hüfte gestemmt, die Füße einer Ballerina gleich – den einen Fußballen frech über den anderen Rist geschlagen. Lächeln!, befahl sie sich. Keine Angst zeigen. Sie war froh um ihre lederne Herrenaktentasche, an deren Griff sie sich festklammern konnte. Die Tasche hatte sie von ihrem allerersten großen Broadway-Gehalt von Belasco gekauft – sie hatte ihr schon in vielen schwierigen Situationen Halt geboten. Mary winkte kurz und schritt dann mit einem Laufjungen an der Seite, der ihr Mantel und Tasche abnahm, ins Areal. Aufrechter Gang, leichter Hüftschwung, nicht zu große Schritte!, ermahnte sie sich. Sie kam sich vor wie eine Heldin in einem ihrer Filme, die zu einem Wagnis antrat. Im Grunde tat sie ja nichts anderes, dachte Mary. Verhandlungen mit Zukor – jetzt, unter diesen Vorzeichen und ohne Mama an ihrer Seite – waren eine Herausforderung.

Penny, die Vorzimmerdame, war ein junges Ding mit spitzem Gesicht und mausbraunem Dutt. Auf ihrem Schreibtisch hatte sie die aktuellen Illustrierten aufgeschlagen. *Photoplay, Movie World, Motion Picture News.* Mary versuchte, nicht auf die Titelbilder und die Schlagzeilen zu starren, in denen allesamt ihr Name vorkam. Die Journalisten spekulierten über eventuelle Scheidungen und über eine Schwangerschaft. Ein Magazin schrieb sogar, dass inzwischen auch Beth einen neuen Liebhaber hätte.

Penny raffte hektisch die Zeitschriften zusammen.

»Jetzt habe ich wohl den Salat, was?« Mary bemühte sich, scherzhaft zu klingen. Aktives Ansprechen, ganz geradeheraus – das war die Strategie, auf die sie sich mit Douglas geeinigt hatte. Wenn sie so taten, als sei nichts Verwerfliches geschehen, konnte man ihnen auch nichts vorwerfen. »Da verliebt man sich einmal im Leben so richtig, wissen Sie, mit Schmetterlingen, Herzrasen und allem rundherum, und schon werden alle Details von den Zeitungen breitgetreten. Seien Sie mal froh, dass Sie ein Privatleben haben, Miss Penny.«

Das Mädchen wurde knallrot und stammelte etwas davon, dass sie keinen Freund hatte.

»Ich nehme übrigens gerne einen Kaffee.« Mary nickte hinüber zu der Maschine, und Penny schenkte hektisch von der Kanne ein. Tasse und Untertasse schlugen wild aufeinander, als sie sie zitternd zum Beistelltischchen brachte.

Doch Mary kam gar nicht dazu, einen Schluck zu trinken. Adolph Zukor stand bereits in der Tür.

»Mary. Guten Morgen. Komm bitte herein.« Sein Ton wirkte unnatürlich, als versuche er absichtlich streng zu sein.

»Adolph, wie schön.«

Sie strahlte ihn mit einem breiten Lächeln an, wie sie es einstudiert hatte. Jetzt bloß keine Demut oder Unterwürfigkeit zeigen. Sie versuchte, an Douglas zu denken, wie er mit ihr vor dem Spiegel gestanden und Grimassen geschnitten hatte. Wie schaffte er es bloß, in jeder Situation die Menschen mit einem gewinnenden, strahlenden Lachen zu überzeugen?

Zukor bot ihr einen Platz gegenüber von seinem Schreibtisch an. Zwischen ihnen lag eine wuchtige, frischpolierte Mahagoniholzplatte, die mit Akten, Post, Drehbüchern und Schreibutensilien beladen war.

»Wie geht es dir, Papa?«, ergriff Mary die Initiative. Dieses Gespräch sollte *ihr* Gespräch werden. Wie beim Tennis, dachte sie: Wer aufschlug, hatte bessere Chancen, den Punkt zu machen.

»Gut, Liebes, gut. Das Hin und Her zwischen New York und Los Angeles ist natürlich auch nervenzehrend. Und Lotta ist viel alleine im Haus. Ich soll dich ganz lieb grüßen.« Für einen Moment schien er ihre geschäftliche Beziehung vergessen zu haben.

»Grüß sie zurück, bitte.« Mary bemühte sich um einen sachlich kühlen Ton. Sie war nicht hier, um mit Zukor über seine Ehefrau und seine Kinder zu sprechen. Das hier war nicht eine ihrer entspannten Teezeremonien von früher im Hotel Astor.

»Mary, ich brauche dir nicht zu sagen, wie verheerend deine Lage – also unsere Lage – dieser Tage ist.«

Sie sah, dass auch er Zeitungen auf dem Tisch ausgebreitet hatte. Manche davon hatte sie schon gesehen – Douglas hatte ihr irgendwann dann doch auch die übelsten Ausgaben gezeigt –, andere waren druckfrisch von heute Morgen. Die Geschichte um ihre Affäre wurde einfach nicht alt.

»Ich hätte mir auch gewünscht, es wäre anders gelaufen«, sagte sie und knetete ihre Hände unter dem Tisch, sodass Zukor es nicht sehen konnte. Bloß nicht entschuldigen!, sagte eine Stimme in ihrem Kopf. Es ist kein Verbrechen, seinem Herzen zu folgen. »Aber du weißt doch, wie es mit den Medien ist, Adolph. Die Zeitungen von heute werden verwendet, um nasse Schuhe auszustopfen und Blumen einzuwickeln. Geben wir der Sache ein bisschen Zeit, und alles wird verblassen.«

Herunterspielen und verharmlosen – sie blieb ihrer Strategie treu. Keine Schwäche zeigen. Ihre Filmheldinnen kuschten ja auch nicht in Krisenmomenten; sie ließen sich von nichts und niemandem in die Enge treiben. Wenn sie diese Rolle vor laufender Kamera annehmen konnte, konnte sie es auch im echten Leben, dachte sie.

»Ich.... also wir, meine Partner und ich... sind da etwas anderer Meinung, Mary.« Zukor nickte hinüber zu einer Fotografie, die ihn und Jesse Lasky, Samuel Goldfish und Cecil DeMille bei der Besiegelung ihres Firmenzusammenschlusses zeigte. »Wir werden, wir *müssen* Konsequenzen ziehen.«

Natürlich werdet ihr Konsequenzen ziehen, dachte Mary. Die Kröten lauerten doch schon seit Monaten auf einen Fehltritt von ihr, um sie endlich zu schröpfen. Diese einmalige Gelegenheit würden sie sich nicht entgehen lassen. Aber wie weit würde Papa Zukor sich den Filmbossen beugen? Er war doch ihr Freund. Sie spürte, dass unter all der gekünstelten Strenge noch Vertrautheit da war. Und tief in seinem Innern musste er sich ihr gegenüber auch zu großer Dankbarkeit verpflichtet fühlen.

»Ich möchte dich nur erinnern, dass dieses Unternehmen auch durch mein Talent aufgebaut wurde. Du erinnerst dich doch gewiss noch an unseren Durchbruch mit *Tess of the Storm Country*, nicht wahr, Papa?« Sie nannte ihn bewusst bei seinem Kosenamen, um ihn an ihre einstige Verbundenheit zu erinnern. Es war dieser Film gewesen, für den Zukor einen Kredit aufgenommen und jedes Schmuckstück in seinem Haus verpfändet hatte – mit dem Erfolg, dass *Tess of the Storm Country* zum erfolgreichsten Film der jungen Branche geworden war. Der Streifen war damals Marys persönlicher Durchbruch gewesen und hatte zugleich Famous Players sicher in die schwarzen Zahlen geführt.

»Natürlich, Liebes.« Zukor atmete tief durch. »Aber das ist lange her. Wir beide waren damals noch ganz andere Personen. Die Branche war eine andere.«

»Dann lass uns doch mal sehen, wo wir heute stehen.« Mary wurde ungeduldig, und die Ungeduld würde bald ihre Unsicherheit zum Vorschein bringen, befürchtete sie. Betont lässig zog sie deshalb ihre Mappe und einen Block aus der Aktentasche.

»Du möchtest nicht deine Mutter hinzuziehen, Mary?«

»Nein, Adolph. Hätte ich das gewollt, hätte ich sie wohl mitgebracht.«

Nach einem kurzen Moment der Verwunderung – sie hatten noch nie auch nur einen einzigen Paragrafen ohne Charlotte verhandelt – zog auch Zukor seine Unterlagen heran.

»So wie ich es sehe, sind die gegebenen Konditionen

nach wie vor attraktiv«, setzte Mary an. »Allerdings sind sie inzwischen doch zwei Jahre alt. Die Summen müssten angepasst werden und…«

»Mary«, unterbrach Zukor. »Ich denke nicht, dass wir mit diesen Vorlagen weiterarbeiten können.«

Er beugte sich ein Stück über den Tisch, sodass seine Ellenbogen auflagen, und formte die Hände zu Fäusten. Mary kannte diese Haltung. Die Verhandlungen hatten begonnen. Sie saß nicht mehr »Papa« gegenüber, sondern dem Geschäftsmann und Filmpionier Mr. Adolph Zukor.

»Wir werden sie doch bestimmt als Ausgangsbasis verwenden können«, erwiderte sie.

Zukor schüttelte den Kopf. Ab hier würde der Weg ganz offensichtlich steinig werden. Mary versuchte, sich an Mamas Verhalten in solchen Situationen zu erinnern. Klare Worte, kein Konjunktiv. Mit »könnte«, »wäre«, »würde« kam sie heute nicht weiter. Sie wollte. Sie konnte.

»Die Vorzeichen haben sich geändert«, erklärte Zukor, und sein Blick schweifte zum Poster an der Wand: Douglas in Überlebensgröße. Es war das Plakat für seinen ersten Famous-Players-Film *In Again, Out Again*, in dem er einen gut aussehenden Beau spielte, der aus der Gefängniszelle heraus mit seiner Liebsten flirtete. Seine Augen leuchteten förmlich vom Plakat – als leuchteten sie nur für sie.

»Du meinst wegen meiner Beziehung zu Douglas?«, fragte Mary.

»Auch. Es wird bestimmt Ressentiments geben, deine Filme zu buchen – gerade in den kleineren Kinos, in den konservativen Orten.«

»Dafür werden sie uns in den Großstädten die Türen einlaufen. Es gibt garantiert Frauen, die mich für meinen Mut bewundern, zu meinen wahren Gefühlen zu stehen.«

Sie dachte an Frances und daran, wie viel Respekt sie in den vergangenen Monaten für ihre Freundin entwickelt hatte, weil die einfach gegangen war, statt an der Seite ihres Ehemanns unglücklich zu werden. *Kopf aus dem Sand!*, hörte sie den Befehl ihrer Freundin.

»Ich werde den Frauen zeigen, dass sie eine Wahl haben! Dass sie sich nicht verstecken müssen. Dass sie sich nicht mit einem Monster als Ehemann abgeben müssen.«

Zukor schüttelte wieder und wieder den Kopf.

»Hier bei Famous Players-Lasky können wir uns Emanzipationsversuche dieser Art bei Gott nicht leisten, Mary. Und wir sind auf *alle* Filmtheater angewiesen – in allen Orten und Kleinstädten.«

»Du meinst, ihr könnt euch nicht leisten, dass meine Filme ausfallen, weil ihr sie braucht, um eure zweit- und drittklassigen Filme mit zu verkaufen.«

Wieder einmal spürte sie ihren Ärger über die Vorgehensweisen im Vertrieb: Lasky und Zukor verkauften ganze Filmpakete an die Aussteller. Wer den neuesten Pickford-Film haben wollte, musste sich auch zu den unrentablen Streifen anderer Darsteller verpflichten.

»So habe ich das nicht gesagt, Mary«, versuchte Zukor sie zu besänftigen. »Du weißt selbst, dass unsere Branche ständig im Wandel ist. Wir müssen mithalten.«

»Ihr müsst sehen, dass eure Profite immer fetter werden. Das ist es doch, was euch interessiert«, murmelte sie.

Falls Zukor ihre Bemerkung gehört hatte, ließ er es sich nicht anmerken.

»Es ist keineswegs so, dass wir uns nicht Gedanken um deine Zukunft gemacht hätten, Mary.«

Er schlug seinen Ordner auf, und sie spürte ein kurzes Flattern im Bauch. Zukor hatte also doch ein Angebot für sie? Ein Gefühl des Stolzes überkam sie und ließ ihre Wangen glühen. Wie gut, dass sie sich entschlossen hatte, ihre Frau zu stehen. Alleine. Ohne Mama an ihrer Seite.

»Wir haben ein, nun, wie wir meinen recht attraktives Offert für dich, Mary.«

Zukor vermied ihren Blick und hielt sich, ein wenig angespannt, an der Tischplatte fest. Jetzt gleich würde er die Zahlen nennen, dachte Mary. Ihr rechter Fuß wippte unkontrolliert. Wo würde seine Grenze liegen? Wie viel würde sie die Affäre mit Douglas kosten? Sie hatte sich ausgerechnet, dass sie höchstens auf fünfzehn Prozent ihres Gehalts verzichten wollte. Das war der Ablass, den sie bereit war, für ihre Sünde – die unstillbare Liebe zu Douglas – zu bezahlen. Und selbst das natürlich nicht für die Ewigkeit: Sie war entschlossen, sich bei den neuen Verträgen auf maximal ein Jahr Gültigkeit einzulassen. In einem Jahr konnte sie alles wettmachen: Sie konnte ihr Publikum davon überzeugen, dass sie Talent *und* Moral hatte. Dass Mary Pickfords Filme es *immer* wert waren, gesehen zu werden, auch wenn sie eine außereheliche Beziehung hatte, vielleicht sogar eines Tages eine geschiedene Frau sein würde.

Es klopfte an der Tür. Mary rechnete mit Penny, die Kekse und den Kaffee bringen würde. Adolph Zukor liebte diese bröckeligen, trockenen Getreidevollkornkekse, die Mama ihr früher nur gegeben hatte, um die Verdauung anzuregen.

Zu Marys Überraschung jedoch stand Jesse Lasky in der Tür. Er grinste schmierig. Wieder einmal fiel ihr sein lüsterner Blick auf. Sie hatte immer das Gefühl, als versuche er, sie sich in Unterkleidung vorzustellen. Dieser Ausdruck machte sein Gesicht noch teigiger und hässlicher.

»Miss Pickford. Schön, dass Sie Zeit für uns finden. Sie sind ja dieser Tage vielbeschäftigt.« Er lachte geräuschvoll. »Wir sind immer wieder überrascht, Mr. Fairbanks auf dem Set zu sehen. Schließlich muss er sich ja von einem Prachtstück wie Ihnen losreißen.«

Bildete sie es sich nur ein, oder deutete dieses Scheusal tatsächlich einen Kussmund an?

»Mr. Lasky.« Sie streckte ihm die Hand entgegen und drückte so fest zu, wie sie konnte, ganz besonders an der Stelle seines Eherings. Er zuckte vor Schmerz zusammen.

»Ich wollte gerade auf das Angebot eingehen«, sagte Zukor.

»Das Angebot, ja. Sehen wir mal, was Miss Pickford dazu sagt.« Lasky verschränkte tyrannenhaft die Arme vor der Brust.

Zukor schaltete die Schreibtischleuchte mit dem grünen Glaslampenschirm ein. Mary merkte, dass seine Hand leicht zitterte. Er benötigte zwei Versuche, um sein Monokel aufzusetzen. »Mary, Liebes…«

Lasky seufzte laut.

Zukor räusperte sich und setzte in einem kühleren Ton fort: »Miss Pickford, folgendes Angebot möchten wir Ihnen angesichts der aktuellen Lage unterbreiten. Unser Vorschlag ist ... nun ... wir stellen uns eine Summe von ... «

Lasky riss Zukor den Vertragsentwurf aus den Händen.

»Hören Sie doch auf, so herumzudrucksen, Adolph. Hier, Miss Pickford, lesen Sie selbst.« Er reichte ihr den Entwurf.

750.000 Dollar.

Die Summe stach ihr sofort ins Auge. Sie war handgeschrieben in Tinte ausgefüllt, gleich unter den Namen und Anschriften der beiden Vertragspartner. Famous Players-Lasky und Mrs. Gladys Moore (Künstlername: Miss Mary Pickford Pickford). Sie blinzelte kurz und prüfte dann noch einmal die Zahl vor ihr. 750.000 Dollar. Nein, sie hatte sich nicht verlesen oder gar eine Null zu viel eingebildet. Sie spürte ihre Halsschlagader pochen. Konnte es sein, dass man ihr tatsächlich ein attraktives Angebot machte? Bislang waren ihre Einnahmen in den Verträgen immer anders aufgeschlüsselt gewesen: Es gab eine Rubrik für die wöchentlichen Einkünfte, für die prognostizierten Profitbeteiligungen und die möglichen Boni. Aber dieser Vertrag war der erste seit der Fusion von Famous Players-Lasky. Es war klar, dass die Schriftstücke anders aussehen würden.

Ihre Gedanken rasten. 750.000 Dollar. Was beinhaltete diese Zahl? Sie hatte gehört, dass es in der Branche durchaus Firmen gab, die pauschale Summen anboten. Charlie etwa erhielt bei First National nun eine Million Dollar pro Jahr. Er hatte natürlich nicht davon abgelassen, ihr diese Zahl während der gemeinsamen Bond Tour wieder und wieder unter die Nase zu reiben. Ihr Angebot lag nun unter seinem. Aber kamen zu dieser Summe noch Profitbeteiligungen dazu? Gab es Autos oder eigene Zugwaggons für ihre Reisen? Ihr erstes Bauchgefühl sagte ihr, dass sie mindestens mit Chaplin gleichziehen musste. Er war nach wie vor ihr erster und einziger Konkurrent, daran hatte auch seine Freundschaft zu Douglas nichts geändert. Sie konnte ihm nicht das Feld überlassen.

Dann aber dachte sie an die Ereignisse der vergangenen Tage, an die Sorgen rund um ein plötzliches Karriere-Aus und ihren Vorsatz, Einbußen hinzunehmen. Einen winzigen Augenblick lang wünschte sie, Mama wäre hier. Sie konnte so viel besser mit Zahlen umgehen. Im Gegensatz zu ihr hätte ihre Mutter längst schon überschlagen, wie das Angebot im Vergleich zu ihren bisherigen abschnitt. Ach, wie sehr sie Zahlen doch hasste, dachte Mary. Ein Leben lang schon versuchte sie, ihre fehlende Schulbildung nachzuholen, lernte Französisch von Frances und Geschichte aus dicken historischen Wälzern. An der Mathematik aber hatte sie keinerlei Interesse. Alles, was damit zu tun hatte, überließ sie stets Mama und den Bankbeamten.

»Das Angebot ist äußerst großzügig, wie wir meinen«, sagte Lasky.

Mary sah, dass Zukors Fersen auf und ab zuckten. Dieses Angebot und diese übertriebene Freundlichkeit von Lasky: Die Sache musste einen Haken haben.

»Die Herren verstehen sicherlich, dass ich um Bedenkzeit bitte, um die vertraglichen Bedingungen zu prüfen.«

»Selbstverständlich, Miss Pickford.« Jesse Lasky zündete sich mit einem selbstgefälligen Grinsen eine dicke

Zigarre an, machte aber keine Anstalten, den Raum zu verlassen. »Beachten Sie uns nicht weiter.«

»Jesse, was bringt es, wenn sie es auf dem Papier liest?« Zukor sprang auf. »Wir können es ihr doch wenigstens ins Gesicht sagen.«

Neben dem blasierten Machtmenschen Lasky wirkte er plötzlich schmal und hager.

»Von mir aus. Sie ist dein Schützling, Adolph. Ich dachte, wenn sie es schwarz auf weiß liest, versteht sie es besser.«

Wie redete dieser Kerl eigentlich über sie? Schützling? Und als ob sie zu dumm wäre, seinen Worten zu folgen. Mary erhob sich und machte sich so groß sie konnte, um zu zeigen, dass sie mit diesem abscheulichen Mann auf Augenhöhe war.

»Mr. Lasky. Ich verbitte mir diesen Ton. Ich darf Sie an dieser Stelle bitten, den Raum zu verlassen. Ich würde gerne die Verhandlungen mit Mr. Zukor persönlich zu Ende bringen.«

Lasky hob die Brauen in Richtung Zukor. Sein Blick sprach Bände, als wollte er sagen: »Siehst du, dein Problemkind!«

»Wie Sie meinen, Miss Pickford. Ich warte draußen auf Ihre Unterschrift.«

Schnaubend verließ er den Raum.

»Adolph, Papa, bitte sei endlich so lieb und kläre mich auf.«

»Nun, Mary, es ist so… Wir haben lange darüber nachgedacht…«, stammelte Zukor.

»Komm zum Punkt, Adolph.«

Er räusperte sich.

»Mary, wir wollen dir das Geld nicht geben, damit du für uns vor der Kamera stehst.«

»Sondern?«

Ja, sie hatte auch in anderen Bereichen kreatives Talent bewiesen, sogar ein paar eigene Stücke geschrieben und Regie geführt, wenn Marshall Neilan zu verkatert gewesen war, um zum Set zu kommen. Aber Zukor und Lasky wären doch dumm, auf ihre Kernkompetenz als Schauspielerin zu verzichten! Adolph Zukor kam näher. Einen Augenblick lang sah er aus, als wollte er sie umarmen, dann aber wich er zurück.

»Es ist eine Abfindung, Mary. Wir denken, es ist gut aufzuhören, wenn es am besten läuft. Du erhältst 750.000 Dollar, wenn du fünf Jahre lang keine Filme mehr machst. Weder für uns noch für jemand anderen.«

»Du schickst mich in Pension?«

Sie stemmte die Hände auf den Tisch und musste sich davon abhalten, Zukor am Kragen zu packen und anzubrüllen. Ruhig bleiben, ruhig bleiben, befahl sie sich. Professionell sein. Kühl. So wie Mama es ihr beigebracht hatte. *Sie* besaß das Talent. *Sie* saß am längeren Hebel. *Sie* war die Person, die alle als Königin von Hollywood feierten.

Mary hatte sich darauf eingestellt, dass es im schlimmsten Fall keinen Deal geben könnte. Sie würde es auch ohne Famous Players-Lasky schaffen, erinnerte sie sich selbst. Aber dieses völlig unerwartete Szenario überforderte sie.

Zukor lockerte seine Krawatte.

»Papa, willst du denn tatsächlich, dass ich aufhöre? Kennst du mich denn überhaupt nicht? Hast du gar keine Ahnung von meinen Wünschen, Plänen und Ambitionen? Wir haben doch zusammen das Phänomen Mary Pickford erschaffen!«

»Ich weiß, Mary, ich weiß. Aber angesichts der aktuellen Entwicklungen ist es der strategisch klügste Zug, ja, der einzig denkbare.«

»Wer sagt das? Dein Oberbefehlshaber Mr. Lasky? Hast du hier denn gar nichts mehr zu sagen?«

So leicht würde sie nicht aufgeben. Wenn sie diese Verhandlungen verlor, dann nicht kampflos. Die klaren Fakten mussten Adolph Zukor doch umstimmen. Sie öffnete die Schleife ihrer ledergebundenen Mappe, die die Bilanzen und Kalkulationen ihrer letzten Filme enthielt. »Hier, Adolph, siehst du: *Rebecca of Sunnybrook Farm*, *The Poor Little Rich Girl* und *The Little American* zählen zu den umsatzstärksten Filmen des Vorjahres. Und *Stella Maris* war in diesem Jahr nicht minder erfolgreich.«

Sie ließ ihren Finger über die Tabellen gleiten. »Ich habe außerdem gerade mit den Vorbereitungen für *Daddy-Long-Legs* begonnen. Ein Waisenmädchen, das es durch die Gunst eines edlen Förderers aufs College schafft. Es kann nur ein Erfolg werden.«

Doch Zukor schüttelte bloß weiter den Kopf und biss sich dabei auf die Lippen.

»Es ist unser finales Angebot, Mary.«

»Adolph!«

»Mir sind die Hände gebunden.«

»Aber ich bin sechsundzwanzig Jahre alt. Sechsundzwanzig. Denk doch daran, welche Rollen noch auf mich warten!«

»Eben, Mary. Du bist sechsundzwanzig Jahre alt. Kein junges Ding mehr, dem man die Zwölfjährige abnimmt.

Und nun, nach der Sache mit Douglas, wird man dir die Rollen des kleinen, artigen Mädchens erst recht nicht mehr glauben.«

»Ich habe mich doch überhaupt nicht verändert!« Sie zog die Locken über ihre Schultern, wie sie sie in *The Poor Little Rich Girl* getragen hatte. »Außerdem habe ich bewiesen, dass ich auch in anderen, reiferen Rollen überzeugen kann.«

»Mary, Mitte zwanzig ist ein gutes Alter, um andere Pläne zu verfolgen. Vor allem für eine Frau.« Er räusperte sich, legte den Stift zur Seite und griff nach ihrer Hand. »Du kannst eine Familie gründen, ein Heim schaffen. Ja, mit unserer großzügigen Abfindung kannst du in einem Palast wohnen.«

»Hörst du dich denn selbst reden, Adolph? Findest du nicht, dass es an mir liegt, solche Schritte zu entscheiden?«

»Mary, glaub mir, es ist unser letztes Angebot.«

Sie suchte in seinem Gesicht nach einem Anzeichen, dass alles nur ein Bluff war. Aber sein Kiefer war fest zusammengepresst. Entschlossenheit war die einzig sichtbare Emotion.

»Adolph. Ich werde dieses Angebot selbstverständlich nicht annehmen. Mein Anwalt wird dir wohl oder übel alle nötigen Papiere zur Auflösung unseres Geschäftsverhältnisses zukommen lassen.«

Demonstrativ zog sie die Schleifen ihrer Mappe fest zu. Ein Bändchen löste sich aus der Öse. Sie stopfte den Ordner in die Tasche.

»Was bleibt mir noch zu sagen, Adolph? Ich bin enttäuscht von dir.«

Mit einem lauten Klacken ihrer Absätze ging sie zur Tür. Sie erwartete, dass er ihr nachrufen würde, doch hinter ihr vernahm sie nur ein Murmeln, und so stürmte sie an Lasky vorbei, hinaus in ihre Garderobe. Sie hatte gute Lust, alles zusammenzuraffen und das Set gleich heute endgültig zu verlassen. Aber ihr bestehender Vertrag lief noch über ein paar Wochen. Sie würde sich hier nichts zu Schulden kommen lassen, beschloss sie. Die Kröten würden es gewiss nicht auslassen, sie am Ende noch wegen Vertragsbruchs zu verklagen.

In ihrer Garderobe setzte sie sich an ihren Schreibtisch und schlug hektisch ihr schwarzes Adressbuch auf. Mit zitternden Fingern blätterte sie von A zu F zu M. *First National. Mack Senett. Mutual.* Es gab genügend Filmfirmen, aber kaum eine mit dem Prestige von Famous Players-Lasky. Und selbst wenn sie sich für eine andere entschied – wollte sie etwa einfach dort anklopfen und fragen: »Hallo, wer will mich haben?« Nein, Miss Mary Pickford bewarb sich nicht. Miss Mary Pickford biederte sich nicht an!

»Bestimmt nicht!«, presste sie zwischen den Zähnen hervor.

Hastig blätterte sie weiter. Da waren die Kontaktdaten von Belasco, von Griffith, von den Gish-Schwestern. Doch ihre Freunde und Mentoren würden ihr kaum weiterhelfen können.

War sie wirklich schon auf der Abschiebebank? Sie rieb sich die Schläfen, bevor sie ihren Handspiegel hervorkramte. Ihre Haut sah ein wenig trocken aus, aber doch nicht alt! Lachfalten hatte sie, ein Zeichen von Vitalität. Und ein paar winzige Krähenfüße, die man einfach überschminken konnte. Sie riss die Augen auf, um das so oft geübte kindliche Staunen nachzuahmen. Konnte sie damit noch überzeugen?

Hatte Zukor recht? Würden die Leute sie tatsächlich nicht in neuen Rollen sehen wollen? Bestimmt konnte sie doch auch auf der Leinwand vom Mädchen zur Frau werden. Sie zog ihr Kleid ein wenig nach unten, um ihr Dekolletee zu unterstreichen. Im Gegensatz zu vielen ihrer Kolleginnen hatte sie keine üppige Brust, aber von den Briefen und den Blicken ihrer Fans wusste sie, dass Männer sie attraktiv fanden.

Sie warf wütend das Büchlein auf den Boden. Es landete mit dem Ledereinband nach unten. Bis zu diesem Tag hatte sie es immer sorgfältig behandelt, da es ein Erbstück ihres Vaters war – auf manchen Seiten waren noch seine Kontakte, die sie fein säuberlich mit Lineal und Bleistift durchgestrichen hatte. Nun aber war ihr danach, das alte Büchlein zu treten. Was nützten ihr all die Adressen der Filmbosse und Schauspieler? Ihr Ruf war ruiniert.

Das Gerücht, dass man sie in Rente schicken wollte, würde sich blitzschnell unter den Filmproduzenten verbreiten. Lachten die womöglich sogar schon an ihren Ecktischen der dimm beleuchteten Gentlemen's Clubs über sie? Mary wünschte sich, sie selbst hätte einen Zufluchtsort dieser Art. Einen Raum, in dem sie sich dem Alkohol hingeben und in jeder noch so schwierigen Situation auf die Schulter klopfen lassen konnte. »Egal was passiert, du bist der Größte, Kumpel!«

Sie konnte nicht zu Mama. Sie wollte nicht zu Frances. Die Karriere ihrer Freundin nahm gerade Fahrt auf. Sie wollte nicht hören, welche Aufträge Frances schon wieder angenommen hatte. Natürlich würde ihre Freundin anbieten, ein gutes Wort für sie einzulegen, aber Mary wollte sich auf keinen Fall von ihr versorgen lassen.

Sie schenkte sich einen Gin ein und kippte ihn in einem Zug hinunter. Dann füllte sie das Glas erneut, hielt sich aber davon ab, es wieder in einem Zug auszutrinken. Es würde ohnehin nicht helfen.

Sie griff nach dem Telefon und ließ sich zu Douglas durchstellen.

»Es ist vorbei«, sagte sie in den kalten Hörer und schilderte ihm das Treffen. Dabei wunderte sie sich selbst, dass ihr keine Tränen kamen.

»Bleib, wo du bist, Mary. Ich hole dich ab. Und danach suchen wir gemeinsam eine Lösung«, sagte Douglas. »Ich bin ungemein stolz auf dich, Hipper!«

Bei einem Ice Cream Soda im Sally's auf der Main Street hielten sie Kriegsrat. Douglas schlug vor, gemeinsam eine mehrmonatige Pause zu machen: Er wollte mit ihr nach Europa reisen, in einer Gondel durch Venedig und in einer Kutsche durch London fahren.

Freudig bestellte er einen deftigen Schokoladenkuchen mit doppelter Glasur, als hätten sie etwas zu feiern. Mary musste sich zusammenreißen, um ihm gegenüber nicht aggressiv zu werden. Begriff er denn nicht den Ernst der Lage?

»Wer weiß, wir könnten dort in Europa auch Filme machen. Die junge Filmindustrie auf dem alten Kontinent ist komplett zerschlagen, seit alles Geld in den Krieg geflossen ist. Jetzt, da der Krieg vorbei ist, könnten wir noch einmal als Pioniere durchstarten«, träumte Douglas vor sich hin.

Pioniere, dachte Mary. Sie hatte es nie darauf angelegt, aber genau das war sie doch hier in Hollywood geworden: Eine Frau, die von der ersten Stunde des Films an dabei gewesen war. Sie würde sich jetzt bestimmt nicht verabschieden.

»Eines Tages vielleicht«, vertröstete sie Douglas. »Aber erst einmal werde ich hierbleiben. Ich habe meine eigene Produktionseinheit, habe Frances, Marshall, dich. Das muss doch zu etwas gut sein, auch ohne die Bonzen bei Famous Players-Lasky.«

»Aber denk' doch an Paris, Mary! Eine Fahrt auf der Seine, ein Spaziergang im Jardin du Luxembourg. Einfach mal raus hier. Alles vergessen.«

Sie ignorierte Douglas' Reisepläne.

»Vielleicht kann ich in der Zwischenzeit, bis sich etwas findet, Gutes tun«, überlegte sie laut. »Die Soldaten, die heimkehren, müssen so vieles aufarbeiten. Oder vielleicht kann ich junge Schauspieler fördern. Mama und ich hatten einmal daran gedacht, einen Fonds für mittellose Akteure aufzusetzen, doch dann hat Mama lieber den Orangenhain in Burbank gekauft.«

»Mary, sieh dich an.« Douglas hielt ihr einen Löffel vor das Gesicht, sodass sie sich jetzt verkehrt herum betrachtete. »Deine wohltätigen Ideen sind schön und gut. Aber langfristig musst du *vor* die Kamera. Sprich mit Charlie wegen First National. Mein Freund ist auch dein Freund. Er wird dich bestimmt Mr. Tally vorstellen.«

»Ich werde darüber nachdenken, Douglas«, log sie. Sie hörte seinen Vorschlag nicht zum ersten Mal. Als ob sie, Mary Pickford, Charles Chaplin bitten würde, sie zu vermitteln! Lieber würde sie zur örtlichen Amateurtheatergruppe wechseln. Aber nicht einmal die würden sie haben wollen, aus Angst, sie könnte ihnen das Rampenlicht stehlen oder wegen ihrer Erfahrung zu viel an ihnen herumkritisieren.

Der Kuchen stand schon eine Weile auf dem Tisch. Douglas war so mit seiner Idee einer Europareise beschäftigt, dass er ihn noch nicht einmal probiert hatte. Für gewöhnlich hätte Mary ihn ebenfalls ignoriert. Aber sie wusste, dass Zucker und Fett Trost spenden konnten. Nicht so gut wie Gin, aber wenigstens etwas. Mit der Gabel stach sie einen großen Bissen von der Torte ab und kaute nachdenklich. Das Dessert hatte jedoch nicht die befriedigende Wirkung, die sie sich erhofft hatte, sondern verklebte ihr lediglich den Gaumen. Immerhin war es aber genug, um Douglas von seinen Europa-Ideen abzulenken.

»Du und Kuchen?«, staunte er.

»Neue Zeiten, Douglas. Neue Zeiten, für die wir starke Nerven brauchen«, murmelte sie.

Am Abend läutete das Telefon in Douglas' neuer Residenz, gerade als das Dienstmädchen eine dampfende Terrine mit Meeresfrüchte-Bisque auf den Tisch stellen wollte.

Mary ging selbst dran und ließ die Bedienstete die cremig-rosafarbene Flüssigkeit in die Schüsseln schöpfen.

»Mary, Darling. Adolph hier ... Papa«, setzte er nach einer kurzen Pause nach. Mary meinte, ein Beben in seiner Stimme zu hören.

»Wir sitzen gerade zu Tisch, Adolph.«

»Ich will nicht lange stören, Mary. Aber ich muss dir einfach noch sagen, was mir auf dem Herzen liegt.«

War er etwa doch zur Vernunft gekommen? Hatte er es geschafft, Lasky umzustimmen? Hatte er gar ein neues Angebot ausgearbeitet? Marys Fingernägel bohrten sich in ihre Handflächen. Sie spürte die Haut brennen. Wenn dem tatsächlich so war, konnte sie denn überhaupt nach dem erniedrigenden Offert des Nachmittags eine weitere Zusammenarbeit mit Famous Players-Lasky in Erwägung ziehen? Das gegenseitige Vertrauen schien verloren.

Doch Zukor hatte keinen neuen Vertragsentwurf.

»Ich wollte dich bloß warnen, Schätzchen.«

»Etwa vor der Konkurrenz, Adolph? Ich kann gut auf mich alleine aufpassen.«

»Das weiß ich, Mary. Aber glaube mir, die Branche ist im Wandel. Bald wird kein Stein mehr auf dem anderen stehen.«

»Was sagst du da, Adolph?«

»Mehr kann ich dir nicht verraten, Mary. Nur so viel: So viel Geld, solche Summen wie heutzutage, wird es für euch Schauspieler bald nicht mehr geben.«

»Adolph, auch wenn du versuchst, mir Angst zu machen, wirst du mich nicht dazu bringen, deinen Vertrag zu unterschreiben.«

»Das möchte ich gar nicht, Mary. Es ist ganz allein deine Entscheidung. Aber glaube mir: Für dich, Charlie, Douglas und all die anderen beliebten Namen da draußen stehen gewaltige Veränderungen an.«

Irgendetwas in seiner Stimme sagte ihr, dass seine

Warnung aufrichtig gemeint war. Ein kleiner Schauer lief ihr über den Rücken.

»Pass einfach auf dich auf, Mary«, flüsterte Zukor. »Du bist und bleibst trotz allem mein liebstes Mädchen.«

Sie spürte, wie ihr Tränen in die Augen stiegen.

»Wir waren ein gutes Team, Adolph.«

»Papa. Bitte nenn mich noch einmal Papa.«

»Danke für alles, Papa.«

»Gott segne dich, mein Kind.«

## 24
## DOUGLAS

»600.000 Dollar!«, rief Douglas. »600.000 Dollar will sie von mir haben. Kannst du dir das vorstellen, Charlie? Einhunderttausend für den Kleinen, in einem Treuhandfonds. Das lasse ich mir ja gerade noch einreden. Der Bub soll ja eine gute Zukunft haben. Aber Beth, sie will eine halbe Million nur für sich. Als Abfindung für die angeblich so harte Zeit an meiner Seite.«

Douglas knallte das Messer so heftig gegen den Tellerrand, dass gleich mehrere buttrige Erbsen auf die Tischdecke sprangen. Charlie und Mary schreckten kurz hoch, dann schnippte Charlie mit dem Zeigefinger gegen das kullernde Gemüse und schoss es ins Gras. Sein Blick wurde nachdenklich. Bestimmt baute er im Geist diese Szene gerade in seinen neuen Film ein, dachte Douglas.

»Hörst du mir zu, Chuckie?«

Charlie nickte, ohne von den Erbsen aufzusehen. »Es war doch klar, dass Beth dich ausnehmen würde wie einen Weihnachtstruthahn«, murmelte er.

»Bis auf den letzten Cent ausquetschen, meinst du wohl.« Douglas hatte immer gewusst, dass Beth ihn nicht einfach so davonkommen lassen würde. Aber mit solchen Summen hatte er nicht gerechnet. Auch in den Telefonaten war keine Rede davon gewesen. Sie hatten inzwischen zweimal miteinander gesprochen – Beth hatte den Anstand gehabt, ihn als Vater über das hohe Fieber seines Sohnes zu informieren. Ihre Gespräche waren distanziert und sachlich gewesen. Auch das Wort Scheidung war gefallen, als der unausweichliche nächste Schritt. Von solchen Bedingungen aber war nie die Rede gewesen.

Douglas versuchte, sich sein Unbehagen nicht anmerken zu lassen. Beth wollte ihm sein gesamtes Jahresgehalt abnehmen. Wenn er daran dachte, wurde es ihm eng in der Brust. Gerade jetzt, wo er kaum noch Erspartes hatte! Und hinzu kam noch Marys unsichere Situation. Seit den geplatzten Verhandlungen verbrachte sie die meisten Tage zurückgezogen in ihrem provisorisch eingerichteten Arbeitszimmer, ohne ihn in ihre Pläne einzubinden.

»Wir wissen genau, wer dahintersteckt. Sully Senior, dieser Gauner! Ein Glück, dass ich nicht persönlich zum Prozess muss. Ich könnte für nichts garantieren.«

Er schlug mit der Faust in die Luft, bevor er wütend seinen Teller von sich schob. Sein Appetit war ihm schon am Morgen vergangen, kurz nachdem der Postbote den dicken wattierten Umschlag mit den Scheidungsunterlagen gebracht hatte.

»Mich kriegt keiner in einen muffigen Gerichtssaal in diesem Kaff von New Rochelle. Sollen die Anwälte es doch alleine regeln. Steifes Pack!«

Er band sich seine Serviette zu einem Bandana um den Kopf und setzte sich auf die Lehne seines Stuhls. Das machte er oft, wenn er sich ärgern musste. Es gab ihm das Gefühl, Situationen besser überblicken zu können.

»Dabei kann ich mir niemand Besseren als dich vorstellen, um dich zu verteidigen«, schmunzelte Charlie.

Douglas überlegte. Vielleicht hatte sein Freund recht. Beim Sichten der Scheidungspapiere hatte er sich selbst kurz vorgestellt, wie er gehaltvolle Reden im Gerichtssaal schwang und auf die Bank sprang, um sich Gehör zu verschaffen. Und wie alle jubelten, wenn er seine Position – seine Liebe zu Mary – verteidigte. Dann aber hatte er doch lieber auf Marys Empfehlung gehört: Es gab wohl kaum einen fachlich besser qualifizierten Mann für solche Situationen als ihren langjährigen Anwalt Cap O'Brian. Douglas hatte ihn gleich nach dem Frühstück angerufen.

»Ich halte große Stücke auf Cap«, sagte er und legte seine Hand auf Marys Oberschenkel, um seine Dankbarkeit für ihre Empfehlung zu bezeugen. In seiner großen Hand fühlte sich ihr Bein so schlank und zierlich an. »Ihr werdet sehen, bald bin ich ein freier Mann. Oder sollte ich sagen: ein unendlich glücklicher Mann?«

Er gab Mary einen Kuss auf die Wange.

»Wohl eher ein verrückter Mann«, kicherte sie und steckte ihm eine Feder, die sie vom Boden aufklaubte, in sein selbstgemachtes Stirnband.

Charlie, noch immer mit den Hülsenfrüchten beschäftigt, begann, den Hochzeitsmarsch zu summen. Dann hob er sein Messer und dirigierte damit. »Na, euch Turteltäubchen steht dann ja wohl nichts mehr im Weg.«

An Charlies sarkastischem Ton erkannte Douglas deutlich, dass sein Freund seinen Entschluss, sich so schnell erneut – und noch dazu an diese Frau – zu binden, noch immer nicht nachvollziehen konnte.

»Gibt's denn schon ein Datum für eure große Fête D'Amour?«, fragte Charlie jetzt.

Douglas merkte, wie Mary angespannt auf ihrem Sitz hin und her rutschte. Sein Antrag, die Hochzeit, die ausstehende Antwort – es war noch immer ein heikles Thema. Jedes Mal, wenn er mit ihr darüber sprechen wollte, wich sie ihm aus. Neulich hatte er es sogar in der Badewanne versucht, weil er glaubte, dass sie ihm dort nicht entfliehen konnte. Aber er hatte sich geirrt: Sie war sofort wieder aus dem Wasser gestiegen, obwohl sie erst so kurz darin gewesen waren, dass die Schaumberge sich noch nicht einmal gesetzt hatten.

In solchen Momenten versuchte er sich damit zu trösten, dass sie inzwischen immerhin Ellas Ring trug – am Mittelfinger. Douglas wünschte sich, sie trüge ihn am richtigen Finger. Es wäre ein kleines Symbol, dass sein Traum einer Hochzeit wenigstens in greifbarer Zukunft lag. Aber Mary wollte sich nicht festlegen.

»Unsere Liebe werden viele ja gerade noch nachvollziehen können, Douglas. Aber eine Verlobung könnte das Publikum *wirklich* verärgern. Ich bin doch noch verheiratet!«, erinnerte Mary ihn wieder und wieder.

Da sie die meiste Zeit hier auf dem Anwesen verbrachten, wussten sie noch immer nicht, wie die Fans auf sie als Paar reagieren würden. Bennie hatte Douglas unlängst einen Auszug der Fanpost gebracht: Die Zahl der Gratulationen und der Beschimpfungen schien sich immerhin die Waage zu halten, aber sie würden ihren nächsten gemeinsamen öffentlichen Auftritt abwarten müssen, um die wahre Stimmung im Land zu erfahren, ahnte er.

Er brannte darauf, Mary ein Ultimatum zu setzen: Jetzt oder nie. Ich oder deine Fans. Wie oft hatte er schon versucht, sie zu einer Scheidung mit Owen zu drängen, doch Mary erwiderte jedes Mal bloß, dass sie den richtigen Moment abwarten müsste. Insgeheim fragte Douglas sich allerdings, ob sie nicht doch noch auf Charlottes Zustimmung wartete.

»Keine Sorge, Kumpel«, antwortete Douglas deshalb jetzt scherzhaft auf Charlies Frage. »Wir werden nicht vergessen, dich als Blumenjungen zu engagieren.« Er reichte seinem Freund ein verwelktes Röschen aus der leeren Milchflasche, die in der Tischmitte als Vase diente, und versuchte dann vom Thema abzulenken, indem er nun die letzten Erbsen auf der Tischdecke mit seinem Dessertlöffel in Charlies Richtung schoss. Charlie wich weit nach links und rechts aus, griff dann nach einem Stück Weißbrot und warf es über den Tisch. Ob absichtlich oder nicht: Es landete in Marys Dekolletee.

»Ihr seid doch beide übergeschnappt!«, rief sie und schob energisch den Stuhl zurück, sodass er ins Gras kippte. »Ich habe genug von diesem Kinderkram. Gibt es denn hier niemanden, der sich auf die wichtigen Dinge konzentrieren kann? Auf die nächsten Premieren unserer Filme zum Beispiel?«

Sie warf ihre Serviette auf den Tisch, seufzte laut und marschierte schnurstracks zum Haus zurück. Ihr knöchellanger Hosenrock umschmeichelte ihre Beine. Douglas konnte den Blick nicht von ihren erotisch schwingenden Hüften abwenden.

»Ärger im Paradies? Launisch, deine Liebste«, stichelte Charlie.

Sein Freund nahm diese Beziehung noch immer nicht ernst, obwohl Douglas und Mary doch schon so viel aufs Spiel gesetzt hatten. »Sie ist bloß ein bisschen angespannt«, verteidigte er sie.

Seit sie von den geplatzten Vertragsverhandlungen nach Hause gekommen war, schien es ihre oberste – und einzige – Priorität zu sein, ihre berufliche Zukunft zu planen. Sie hatte ein unfertiges Gästezimmer, in dem die Tapete des Vorbesitzers noch in Fetzen von den Wänden hing, als Arbeitszimmer eingerichtet und arbeitete – mal alleine, mal mit Frances an ihrer Seite – über Stunden hinweg, ohne den Raum zum Essen oder auch nur für einen Toilettenbesuch zu verlassen. Douglas hatte sie ein paarmal gefragt, ob sie denn nicht zuerst einen neuen Vertrag mit einer Filmfirma abwarten wollte, bevor sie so viel in neue Projekte investierte, aber sie hatte bloß etwas von »keine Zeit vergeuden« und »im Notfall alleine« gemurmelt, ohne von ihrem Schreibtisch aufzusehen.

Er hatte immer gewusst, dass Mary diszipliniert war, aber erst seit er mit ihr zusammenwohnte, sah er, wie viel Schweiß und Herzblut wirklich in ihren Projekten steckte. Es war keineswegs so, dass ihr Ehrgeiz ihn störte. Ganz im Gegenteil. Als Mary ihm erzählt hatte, dass Zukor sie in den Dienst der Ehefrau und Mutter entlassen wollte, hatte er sich kurz dieses alternative Leben in Gedanken ausgemalt. Zunächst waren es schöne Visionen gewesen, die seiner unstillbaren Sehnsucht nach ihr gerecht wurden. Er sah sie als strahlende Hausherrin mit pfirsichfarbenen Wangen, die jeden Tag das Haus mit frischen Blumen füllte und ihn in einem Kimono aus Seide begrüßte. Auch der Gedanke an Mary als Mutter war ihm gekommen: Er sah sie als madonnenhaftes Geschöpf, mit einem weißen Bündel im Arm. Diese letzte Vorstellung aber wollte in seinem Kopf nur vage bleiben.

Je länger Douglas sich diese idyllischen Zukunftsszenarien ausgemalt hatte, desto unbefriedigender waren sie ihm jedoch vorgekommen. Die untätige Frau, die hübsch zurechtgemacht zu Hause auf ihn wartete – diese Art der Beziehung hatte er schon einmal mitgemacht. Und er hatte gesehen, wohin es führte: Er dachte an Beths Frustration, ihre stetige Gewichtszunahme und die vielen Auseinandersetzungen, die immer hitziger geworden waren, je weiter sie sich beide voneinander entfernt hatten.

Nein, dachte Douglas, er wollte die Mary an seiner Seite, in die er sich verliebt hatte. Die kluge Frau, die sich ihrer Passion des Schauspielens verschrieben hatte und sich von nichts und niemandem von ihren Zielen abbringen ließ. Auch wenn der Preis dafür war, dass er bei ihr oft nur an zweiter Stelle stehen würde. Während seiner Teenagerjahre in Denver hatte er oft von seiner Zukunft geträumt: Er, ein begehrter, bekannter Mann – in welchem Feld er tatsächlich erfolgreich sein würde, hatte er sich damals offengelassen –, und an seiner Seite eine schillernde, wunderschöne Frau, die genauso umjubelt war wie er selbst. Er hatte sich ausgemalt, wie er mit ihr auf einem Balkon über einem Meer aus Menschen stehen und zu seinen Bewunderern hinunterwinken würde. Und wenn er dann dieser Frau die Hand reichte, würden sie zu einem unbesiegbaren Duo werden.

Mary entsprach genau der Frau aus diesen Träumen, die er seit zwanzig Jahren hegte. Natürlich liebte er sie für ihr zartes, feinfühliges Wesen, das sie unter ihrer harten Fassade verbarg. Er liebte sie für jeden milden, liebevollen Blick, mit dem sie ihn morgens beim Aufwachen belohnte. Für jedes schelmische Grinsen, mit dem sie ihn zum Lachen brachte, egal ob sie gerade unschuldig Kirschkerne im Garten um die Wette spuckten oder sich heimlich am Set in einem Schuppen liebten. Aber Marys Aufstieg, ihr Erfolg und das anhaltende Streben danach – all das war ihm nicht minder wichtig. Mary zu Hause, das Heimchen am Herd, ohne Arbeit, ohne Berufung: Das konnte nicht gut gehen!

Zukor, Lasky und die anderen Studio-Bosse mussten das ebenso wissen. Und deshalb hatten sie Mary die höchste Strafe erteilt, die ihnen einfallen konnte.

Douglas teilte sich draußen im Garten mit Charlie den letzten Fisch. Er war verkohlt, weil er zu lange im Lagerfeuer gehangen hatte. Charlie stocherte, von den Gräten angewidert, auf seinem Teller herum, während Douglas genussvoll das weiße, etwas trockene Fleisch von der Wirbelsäule lutschte. Dann löste er das Fleisch aus den Fischbacken.

»Das Beste am ganzen Tier«, erklärte er und beobachtete, wie Charlie weiß um die Nase wurde.

Nach dem Essen versuchte er seinen Freund zu überreden, mit ihm auf den knorrigen Olivenbaum am Ende des Gartens zu steigen. Er wollte dort ein geräumiges Baumhaus bauen. Vielleicht sogar mit einer Liege darin, sodass er sich mit Mary dorthin zurückziehen konnte. Charlie wand sich und behauptete, dass sich das Essen erst setzen müsse, bevor er wie ein Affe in den Baumkronen herumklettern könne, aber Douglas wusste, dass er Angst hatte hinunterzufallen.

Sie spielten gerade ihre dritte Partie Boules auf dem Rasen, als Mary wieder im Garten erschien. Hinter ihr sah Douglas die Umrisse eines schmalen Mannes. Als er näher kam, erkannte er Sydney Chaplin, der neben der schmalen Statur auch den Mittelscheitel, die gerade Nase und die dunklen Augen mit seinem Halbbruder gemeinsam hatte.

»Ich komme gerade von der Bar im Alexandria«, sagte Sydney. Er schien aufgebracht. Sein dunkelgrauer Anzug saß an den Schultern zu locker, auch die Hosenbeine wirkten an ihm zu weit. Douglas versuchte sich Sydney vorzustellen, wie er in einem noblen Hotel Downtown am Tresen saß: kerzengerade und viel zu steif, als dass die Position auch nur ansatzweise gemütlich hätte sein können; wie er einen schottischen Whisky bestellte, amerikanischen Bourbon bekam und diesen bemäkelte. Sydney war von seinem ganzen Naturell aus noch eigensinniger als sein Bruder.

»Ich habe einen von Zukors Assistenten an der Bar plaudern hören. Famous Players UND First National haben sich für übermorgen gemeinsam in den Konferenzräumen eingemietet. Das gesamte Mezzanin haben sie gebucht! Die Filmleute führen etwas im Schilde«, erzählte er aufgebracht.

»Ach Syd, das kann doch alles bedeuten.« Mary legte ihre Hand auf Sydneys Schulter. Sie alle hatten Sydney Chaplin schon in Stresssituationen erlebt. Er war nicht gerade die Belastbarkeit in Person. »Ist doch selbstverständlich, dass die Einflussreichen einer Branche hin und wieder zusammenkommen, um sich auszutauschen. Ich würde das eher als gutes Zeichen bewerten. Sie müssen ja nicht gleich etwas aushecken«, sagte sie.

»Nein, nein, ihr versteht mich nicht. Nicht ich sage: ›Sie führen etwas im Schilde.‹ Das waren die Worte des Assistenten, der für Zukor und Lasky arbeitet.«

»Im Schilde führen! Was soll das schon bedeuten? Vielleicht wollen sie neue Kameras ausprobieren oder gemeinsam Werbung für ihre Filme machen. Sie werden schon nicht gleich die Branche auf den Kopf stellen«, bemerkte Douglas. Eine Mischung aus Neugierde und Anspannung überkam ihn. Was, wenn doch etwas hinter Zukors Warnungen steckte, die er Mary gegenüber ausgesprochen hatte?

»Hoffentlich arbeiten sie nicht am Ton«, dachte er laut. Seit Monaten forschten Männer in stillen Kämmerlein daran, Filme mit Musik zu unterlegen, und irgendwann sollten auch die Figuren in den Filmen sprechen können. Ihm wurde flau im Magen, wenn er nur daran dachte. Jeder, der ihn kannte, wusste, dass seine hohe Stimme nicht zu seinen breiten Schultern passte.

»Ach, das dauert noch Jahre, bis sie so weit sind«, sagte Sydney. Mary nickte.

»Vielleicht sind die Bonzen bloß zusammengekommen, um Marys Abgang zu besprechen«, spöttelte Charlie. »Passiert ja nicht jeden Tag, dass man seine beste Frau gehen lässt.«

»Charles!«, mahnte Douglas. Es ärgerte ihn, dass sein Freund derart schadenfroh war. Aber dieser Konkurrenzkampf zwischen ihm und Mary würde seine beiden

Freunde wohl bis ans Ende ihrer Tage begleiten. Daran konnte auch er nichts ändern, selbst wenn er sie hier über Wochen gemeinsam in seinem Haus einsperrte.

»Sorg du lieber dafür, dass du selbst all deine Schäfchen im Trockenen behältst«, schnippte Mary zurück und leerte ihr Weinglas in einem Zug.

»Schluss jetzt. Lasst uns weiter nachdenken, Leute!« Douglas wandte sich an Sydney. »Zukor hat Mary selbst gesagt, dass eine Änderung im Filmgeschäft bevorsteht.«

»Hat er das? Und hat er noch mehr dazu gesagt?« Sydney kaute nervös an seinem Zeigefingernagel. »Was könnte das bloß…«

»Männer, zieht nicht so besorgte Gesichter! Sonst seht ihr mit euren Falten bald aus wie englische Bulldoggen.« Mary schlug auf den Tisch. »Lasky und Zukor wollten mich doch bloß unter Druck setzen, damit ich ihr unmögliches Angebot unterzeichne.«

Charlie zog seine Unterlippe schmollend nach vorne. »Arme Miss Pickford.«

Aber niemand beachtete ihn.

»Wenn ich genau darüber nachdenke, haben die Leute von First National Charlie und mich neulich mehr als brüsk abserviert«, murmelte Sydney gedankenverloren.

»Was meinst du?«, fragte Douglas.

»Na, als wir sie um einen Vorschuss des Produktionsbudgets gebeten haben, neulich beim Dreh in Santa Monica. Sie haben uns weggescheucht wie lästige Mücken.«

»Ach, Mr. Tally war bloß gereizt, weil er Angst hatte, einen Sonnenbrand zu bekommen«, sagte Charlie.

»Nein, Charles. Je länger ich darüber nachdenke, desto mehr glaube ich, es könnte mehr dahinterstecken.

Du weißt doch, dass sie dir normalerweise nichts, wirklich gar nichts ausschlagen. Du bist ihr größter Coup.«

Charlie klopfte sich selbst auf die Schulter.

»Ja, manchmal denke ich, der alte Tally würde sich beide Beine absägen, um mich glücklich zu stimmen.«

Er krabbelte auf Knien über das Gras, sodass man weder seine Waden noch seine Füße sah.

»Eben!«, rief Sydney. »Und in Santa Monica hat man davon wenig gemerkt. Sie haben uns abgetan wie bettelnde Straßenkinder.«

»Tja, Charles, dann weißt du endlich einmal, wie sich der Sandwichbote und der Laufjunge fühlen, denen du nicht einmal ein Lächeln schenkst«, sagte Mary trocken.

Douglas hatte genug von diesem Gezeter – und von der Panikmache. Er entfernte sich vom Tisch, stopfte sich das cremeweiße Freizeithemd in den Hosenbund und machte ein paar Handstände auf einem abgesägten Baumstumpf. Das half immer, wenn er Stress empfand. Doch heute war er nicht gut in Form. Kurz drohten ihm Fisch und Kartoffelbrei wieder hochzukommen.

Sydney zog weiterhin eine ernste Miene und hielt sich am Stiel seines leeren, unbenützten Weinglases fest.

»Ihr benehmt euch alle wie Kinder«, seufzte er. »Ich sage euch, wir müssen herausfinden, was da im Busch ist. Hach, ein Mäuschen müsste man sein, das sich einschleichen kann!«

»Ich hab's!«, rief Charlie, dem kreativen Aufruf folgend. »Wir verkleiden dich als Kellnerin, Doug. Dann machst du den Herren schöne Augen, bis sie dir ihre Geheimnisse verraten.« Charlie hob ein imaginäres Röckchen und klimperte mit den Wimpern.

»Wenn, dann verkleiden wir wohl eher dich.« Douglas krempelte demonstrativ die Ärmel hoch, um seine dunkel behaarten Unterarme zu zeigen. »Sieh dir meinen Pelz an. Das kauft uns keiner ab! Da bist du mit deinem Spitzmausgesicht und deinen schlanken Ärmchen bestimmt die bessere Kandidatin.«

»Genug, ihr Spinner!« Sydney schlug auf den Tisch. »Ich meine nicht unbedingt einen von uns. Aber ich kenne da jemanden, der genau solche Dienste verrichtet.«

Aus dem Augenwinkel bemerkte Douglas, wie Marys Hand auf halbem Weg zu ihrem Mund stillhielt. Sie setzte ihr Glas ab. Wein schwappte über.

»Sydney! Du meinst doch nicht etwa einen Detektiv!«, rief sie empört.

Sydney zuckte kurz mit den Schultern und nickte dann langsam.

»Kommt nicht in Frage! Keineswegs. So eine Vorgehensweise kann ich nicht gutheißen.«

Douglas spürte Marys Blick. Er wusste genau, was er zu bedeuten hatte. Sie beide hatten Charlotte die Beauftragung von Mr. Hemmer nicht verziehen. Mary würde nur in der äußersten Not ein Mitglied dieser Zunft engagieren.

»Nun, sie würde sich wohl nie offiziell als Detektivin bezeichnen. Aber ja, man könnte sagen, dass Irina durchaus Ermittlungen dieser Art durchführt.« Sydney räusperte sich. »Sagen wir es mal so: Irina hat gewisse Reize, die ... nun ... Männer aus der Reserve locken können.« Er tupfte sich den Mund mit der Serviette ab.

»Ihr wollt eine Frau dafür bezahlen, dass sie einem

Mann schöne Augen macht, damit er plaudert? Wie weit soll sie denn bitteschön für diese Informationen gehen? Ins Bett vielleicht?«, rief Mary. »Garantiert nicht. Lieber stelle ich selbst diese Kröten zur Rede.«

»Aber, aber, Mary...«, setzte Sydney an, um sie zu beruhigen.

»Komm schon, Pickford! Jetzt tu nicht so, als wärst du hier der Moralapostel«, fauchte Charlie.

»Treib's nicht zu weit, Charlie«, verteidigte Douglas seine Freundin. Sein Freund konnte wirklich ein gehässiges Biest sein. Ein liebenswürdiges, aber dennoch gehässiges Biest. »Kommen wir wieder zur Sache. Diese Irina also, was nimmt sie für so einen Auftrag?«

Er spürte einen dumpfen Schmerz am Oberarm. Mary hatte ihn mit der Faust geboxt.

»Douglas! Wirklich?«

Er hob unschuldig die Schultern, als hätte er bloß aus Interesse nachgehakt. Dabei fand er die Idee eines geheimen Spitzels gar nicht schlecht. »Ich versuche bloß, ergebnisorientiert zu sein, Hipper.«

»Ach, macht doch, was ihr wollt! Aber ohne mich.« Mary schlug mit der Faust auf den Tisch, bevor sie aufgebracht davonstakste. Diesmal fehlte der erotische Hüftschwung. Der Hosenrock wehte nicht mehr schmeichelnd, sondern wurde von ihren forschen Schritten grob mitgerissen.

»Ziemlich unberechenbar, deine Pickford«, sagte Charlie.

Douglas strafte seinen Freund mit einem durchdringenden Blick, der von den Filmkritikern immer wieder als Blick der tausend Messerstiche bezeichnet wurde.

Das Dienstmädchen hatte inzwischen Tee serviert. Douglas kaute nachdenklich an einem Brownie, unentschlossen, ob er Mary nacheilen oder mit den anderen beiden weiter ihr Komplott planen sollte. Sydney und Charlie rührten im Gleichtakt zwei Löffel Zucker in ihren Tee und gossen dann Milch darauf.

Diese Engländer, dachte Douglas. Die Chaplin-Brüder waren schon ein seltsames Duo.

»Sie wird wohl nicht wirklich direkt zu Zukor und Lasky fahren?«, fragte Sydney, den Teelöffel im Mund.

»Ach wo, bestimmt nicht.«

Es kostete Douglas viel Kraft, überzeugend zu klingen. Er konnte selbst nicht sagen, wie Mary handeln würde. Auch wenn er sie noch so gut zu kennen glaubte: Man konnte nie wissen, was Mary Pickford sich gerade in den Kopf gesetzt hatte.

Ein paar Tage später fand er sich mit Charlie hinter den Mülltonnen im Hinterhof des Alexandria Hotels wieder. Über ihnen waren die Fenster des Mezzanins weit geöffnet. Er sah Zigarettenrauch emporsteigen, zwischendurch tauchte eine Hand auf, die eine Zigarre abäscherte, und manchmal kamen auch ein Kinn oder eine Nase zum Vorschein.

Noch immer verspürte Douglas leichtes Unbehagen, weil er gegen Marys Willen gemeinsam mit Sydney und Charlie die polnische Gelegenheitsspionin engagiert hatte. Nachdem Sydney und Charlie gegangen waren, hatte Mary Douglas gegenüber geschmollt und gedroht, kein Wort und schon gar keine Küsse mit ihm zu wechseln, wenn er diese Idee auch nur irgendwie unterstützte.

Dann aber hatte er ihr mit der Feder aus seinem Bandana den Nacken gekitzelt und ihr kurz darauf das Nachthemd ausgezogen. Er hatte ihr ein Herz auf den Rücken geküsst, was sie milder – und zumindest vorübergehend – dem Ganzen gegenüber gleichgültiger gestimmt hatte.

Seither hatte er das Thema ihr gegenüber weitestgehend vermieden. Wenn Mary das Vorhaben mit Irina angesprochen hatte, hatte er sie damit vertröstet, dass Sydney und Charlie noch keine Entscheidung getroffen hätten. Natürlich glaubte sie ihm nicht. Seine Mary war schließlich nicht dumm. Das wusste er, und das liebte er an ihr. Sie versuchte immer, in seinen schwächsten Momenten Antworten aus ihm herauszukitzeln. Gestern Nacht hatte sie ihn sogar direkt nach dem Sex gefragt, und es war ihm nur mit großer Mühe gelungen, sich erneut eine ausweichende Antwort einfallen zu lassen.

Wie er es hasste, sie anzulügen!

Nachdem sie eine ganze Weile gewartet hatten, kam Irina schließlich aus dem Lieferanteneingang und winkte sie zur Seite des Gebäudes, sodass niemand sie sehen konnte. Douglas spürte, wie seine Aufregung stieg. War Irina fündig geworden?

»Es ist ganz einfach«, sagte sie und ließ sich von Douglas eine Zigarette anzünden. Der trat ungeduldig von einem Fuß auf den anderen, während Irina genüsslich den Rauch ausstieß. »Famous Players und First National werden fusionieren.«

»Sie werden was?«, rief Douglas. Er hatte mit vielem gerechnet, aber nicht damit, dass Leute wie Zukor und Lasky sich mit Neo-Unternehmern wie den Chefs von

First National zusammenschließen könnten. Außerdem war es doch noch gar nicht lange her, dass Zukor und Lasky selbst ihre Fusion beschlossen hatten. Er blickte hinüber zu Charlie, der ungläubig Luft zwischen den Lippen ausstieß und dabei wie ein Pferd schnaubte.

»Warum sollten sie?«, fragte Douglas. »Die Unternehmen sind doch beide für sich groß genug. Jeder weiß, dass diese zwei Firmen die einzig wirklich wichtigen in der Branche sind. Sie haben doch beide genug vom Kuchen.«

»Wegen Sie.« Irina nickte zuerst zu Douglas, dann zu Charlie.

Aus dem Augenwinkel sah Douglas, dass Charlie sich zurückhalten musste, um Irinas Grammatik nicht zu verbessern.

»Wegen uns?«

»Wegen euch Stars. Ihr alle.« Sie überlegte. »Wie sagte der nette Mann von First National? ›Sie sind Blutsauger.‹«

»Blutsauger?«

»Zu teuer. Und wie hat er es genannt? … Gierig.« Sie nickte bekräftigend.

»Aber Zukor und Tally bezahlen doch lediglich den Marktwert«, sagte Douglas. Wenngleich er selbst nicht ganz davon überzeugt war, dass Charlie tatsächlich eine Million Dollar wert war.

»Und sie verdienen gutes Geld mit uns.« Charlie warf eitel den Kopf nach hinten. »Man kann nicht behaupten, dass es Tally oder Zukor schlecht geht.«

»Eine Fusion also«, murmelte Douglas und zündete nun auch sich selbst eine Zigarette an. Er paffte sie in schnellen Zügen, vermied es aber wie immer zu inhalieren, aus Sorge irgendwann könnte ihm die Puste für seine Stunts ausgehen. »Das bedeutet, dass dieses eine Riesenunternehmen der einzig relevante Arbeitgeber am Markt sein wird.«

»Und dass niemand uns mehr abwerben kann, weil es keine nennenswerte Konkurrenz gibt«, ergänzte Charlie seinen Gedanken.

»Der Informant sagt, es wird einzigartige Gehälter für alle geben.«

»Einzigartig?«

»Für jeden gleich.«

»Einheitlich meinst du«, seufzte Charlie.

»Das ist das Wort, das ich suche. Gleich viel für Mr. Douglas Fairbanks wie für Miss Nochunbekannt.«

»Sind die denn noch bei Sinnen?«

Douglas riss sich die Zigarette aus dem Mund, warf sie zu Boden und stampfte laut auf. Wenn diese Nachricht tatsächlich stimmte, dann war ihre Lage verheerend. Wie weit würden die Bonzen ihre Gehälter drücken? Um dreißig, fünfzig oder sechzig Prozent? Oder sogar noch weiter?

Mit Bauchweh dachte er an Beths exorbitante Forderung. Und an Mary, die so überzeugt davon war, es auch ohne Zukor zu schaffen. Gespräche mit First National kamen für sie jetzt definitiv nicht mehr in Frage. Ob sie es bereuen würde, nicht Zukors lukratives Angebot angenommen zu haben? Er verwarf den Gedanken sofort wieder. Niemals hätte sie sich in Pension schicken lassen.

»Siehst du, Sydney und ich wussten doch, dass etwas im Busch ist«, sagte Charlie rechthaberisch.

»Nicht jetzt, Chuckie. Es ist nicht der Zeitpunkt für deine Schlaumeierei.«

Jetzt, dachte Douglas, war es wohl an der Zeit, nach Hause zu Mary zu fahren. Zeit, einen Ausweg zu finden.

## 25
## MARY

Ein kleiner Fussel hing von Douglas Nasenflügel. Sie beobachtete, wie er sich mit jedem Atemzug leicht hin und her bewegte. Er lag neben ihr auf der Seite, die rechte Gesichtshälfte in das Kissen gedrückt, sodass sich seine Wange faltig zusammenschob. Mary blies den Flusen sanft fort. Douglas rührte sich nicht. Es faszinierte sie, dass er so tief schlafen konnte. Als ob ihn die Nachrichten um ihre ungewisse Zukunft kaltließen.

Natürlich, er hatte getobt und geflucht, als er am Nachmittag vom Alexandria nach Hause gekommen war. Am Anfang hatte sie gedacht, dass diese Möchtegerndetektivin Irina gescheitert war, und dabei einen kurzen Anflug von Schadenfreude empfunden. Dann aber hatte Douglas sie aufgeklärt, war dabei in der noch notdürftig eingerichteten Küche auf und ab getigert, hatte vor Wut gegen die von der Decke hängenden Kupfertöpfe geschlagen und sogar die Rosmarinpflanze der Köchin umgeworfen, die mangels Kräuterregal in einem Blumentopf am Fenster stand. Als Mary schließlich verstand, was Douglas, Charlie und Irina herausgefunden hatten, musste sie sich selbst zusammennehmen, damit nicht auch sie nach einem Pflanzentopf langte und ihn durch den Raum schleuderte.

Eine Fusion zwischen den beiden größten Unternehmen in der Filmbranche – eine Monopolstellung! Und die Kröten waren fest entschlossen, ihre neue Macht voll auszukosten!

Als Zukor Mary vor Veränderung gewarnt hatte, hatte sie mit vielem gerechnet: In den vergangenen Tagen hatte sie sich mehr als einmal vorgestellt, dass Lasky schon eine Handvoll Mädchen auserkoren hatte, die er mit etwas Schminke und Lockenwicklern zu ihren Nachfolgerinnen machen würde. Sie hatte sich ausgemalt, dass man Standorte oder Kameraausrüstung austauschen, Drehzeiten verknappen, Filmlängen kürzen oder Kameraeinstellungen verändern könnte. Eine Fusion allerdings – eine Veränderung von solchem Ausmaß – war ihr nicht in den Sinn gekommen.

Dabei hätte sie doch wissen müssen, dass es um Geld gehen würde, dachte Mary und spielte gedankenverloren mit einer paar Brotkrumen auf der Arbeitsfläche in der Küche, während Douglas die verstreute Erde zusammenkehrte. Es ging immer um Geld: Lasky, DeMille, Tally und ja, auch Zukor, blickten doch immer nur auf die Bilanz. Und um ihre Bücher zu optimieren, hatten sie es jetzt auf sie abgesehen: auf Mary, Douglas, Charlie und eine Handvoll anderer großer Namen. Sie taten sie als zu teuer und zu gierig ab. Schätzten sie denn nicht ihre Leistungen? Ihre Zugkraft an den Kinokassen? Wussten sie denn nicht, dass die Fans sie so sehr vergötterten, dass sie bereit waren, zwei-, drei-, vier-, fünfmal den gleichen Film zu besuchen? Einheitliche Gehälter wollten sie zahlen. Wie stellten sie sich das vor? Wollten sie herausragende Leistungen künftig mit ein paar läppischen Nickel begleichen?

Sie war zu aufgebracht, um Douglas zu besänftigen. Während sie selbst am Küchentisch grübelte, verschwand er ins Nebenzimmer. Sie hörte, wie er Gewichte stemmte, bevor er nach draußen ging, um auf dem Trampelpfad Runde um Runde durch den Garten zu laufen, bis seine Kleidung schweißdurchnässt war. Dann duschte er – seine Einladung, ihn zu begleiten lehnte sie ab –, trank ein Glas warme Milch, legte sich ins Bett und schlief ein, als wäre nichts gewesen.

Wie sehr sie ihn darum beneidete, dachte Mary, nun ebenfalls im Bett liegend, und strich eine Haarsträhne aus Douglas' Gesicht. Guter Schlaf – darin lag wohl das Geheimnis seiner ungemein fesselnden Energie. Sie selbst konnte einfach keine Ruhe finden. Kurz nickte sie ein, doch schon bald weckte die Realität sie wieder: Es war kein schlechter Traum, dass die Filmbosse es auf sie abgesehen hatten. Es war kein schlechter Traum, dass sie jetzt ohne Arbeitgeber dastand. Es war kein schlechter Traum, dass sie sich machtlos fühlte und keine Ahnung hatte, wie es beruflich weitergehen sollte.

Seit den geplatzten Gesprächen mit Zukor hatte sie alle Fragen nach ihrer Zukunft verdrängt und sich ihrem alles vereinnahmenden Perfektionismus hingegeben. Bis spät in die Nacht saß sie über Drehbüchern und übte vor dem Spiegel neue Rollen, ohne jedoch zu wissen, wer ihre nächsten Produktionen finanzieren und vertreiben würde. Sie hatte es vor Douglas nicht zugegeben, aber insgeheim hatte sie tatsächlich an First National gedacht.

Wie schwer konnte es schon sein, ihnen ein ähnlich gutes Angebot wie das von Charlie zu entlocken?

Doch nun war auch diese Option geplatzt.

Mary schlug die Bettdecke zurück und seufzte laut in der Hoffnung, damit Douglas zu wecken. Er würde ihr mit seiner ruhigen, zuversichtlichen Art helfen, ihre Gedanken zu ordnen – oder ihr zumindest mit seinem Körper Ablenkung schenken. Doch er rührte sich nicht. Sie beobachtete ihn eine Weile und legte den Zeigefinger auf seinen nackten Oberarm, bereit, ihn in die Haut zu bohren, zuerst sanft, und dann fester, bis er aufwachte. Dann aber hielt sie sich davon ab. Sie wollte diesen friedlichen Anblick nicht stören. Sie gönnte ihm seinen Schlaf. Außerdem war es nicht *seine* Meinung, die sie jetzt hören wollte. Sie musste eine eigene Lösung finden.

Neben dem Bett standen Douglas' Lederpantoffeln. Mary schlüpfte hinein und schlurfte in den Salon. Das Mondlicht drang durch die doppelflügelige Glastür und ließ das wuchtige Ölgemälde noch grässlicher wirken. Mary erschauderte kurz. Das Bild zeigte sie und Douglas in Überlebensgröße, und sie sahen beide speckig und wächsern aus. Douglas hatte es gerade erst anfertigen lassen. Es war seine Reaktion auf die vielen Zeitungsberichte über sie beide gewesen. Er war mit der Titelseite, die ein Foto von ihnen in New York zeigte, zu einem befreundeten Künstler gelaufen und hatte das Gemälde in Auftrag gegeben.

»Jetzt erst recht, Hipper. Jetzt erst recht«, hatte er gesagt und das Bild als Liebeserklärung an sie und als Kriegserklärung an die Journalisten über den Kamin gehängt.

Mary fühlte sich von den vier Augen, die sie aus dem Rahmen heraus anstierten, beobachtet. Hier war kein Ort, um ihre Gedanken zu ordnen. Sie überlegte, in ihr Arbeitszimmer zu gehen, aber das war überhäuft mit Akten und Requisiten, die sie bereits vom Studio mit nach Hause genommen hatte. In wenigen Tagen musste ihre Garderobe leer sein.

Nach kurzem Zögern drückte sie den Türgriff der Terrassentür nach unten. Sie war unverschlossen – Douglas bestand darauf, schließlich wähnte man sich hier im Niemandsland Beverly Hills in Sicherheit. Doch Mary unterstellte ihm im Stillen, dass er es einfach abenteuerlich fände, wenn plötzlich Einbrecher im Wohnzimmer stünden.

Sie trat hinaus auf den Kies. Die Steinchen knirschten laut. Erst jetzt fiel ihr auf, dass sie noch Douglas' Hausschuhe trug, und kickte sie hinein in den Salon. Mit nackten Füßen ging sie weiter in Richtung Wiese. Die kleinen Steinchen – mal spitz, mal abgerundet – drückten sich in ihre Fußsohlen. Sie bewegte die Zehen, vergrub sie im Kies. Den großen, den kleinen, dann alle zusammen. Es fühlte sich gut an. Befreiend. Wie lange schon hatte sie nicht mehr auf diese Art und Weise gespürt? Mit den Fersen zog sie Linien und Kreise in den Boden.

Wann war ihr die Aufmerksamkeit für die kleinen Dinge abhandengekommen?, fragte sie sich. Die Beziehung zum Hier und Jetzt? Das jahrelange Kämpfen, das Ringen um den Erfolg, das alles hatte seinen Preis gehabt. Stets war sie sich und allen anderen drei Schritte vorausgeeilt und hatte dabei den Bezug zu sich selbst verloren. Mit Douglas hatte sie zwar ein Stück weit gelernt, was es bedeutete, die kleinen Dinge, den Augenblick wieder zu genießen, aber das hier, das war etwas anderes.

Mary ging ein paar Schritte weiter und wechselte ins Gras, um zu spüren, wie der sanfte Teppich unter ihr nachgab, wie die längeren Halme die Seiten ihrer Füße kitzelten. Sie hob einen kleinen Zweig auf und faltete ihn zusammen, bis er in kleine Teile brach. Das Knacksen, es war so laut in der Stille. Sie hielt inne und hörte ihren eigenen Atem. Tief. Gleichmäßig. Stark. Eine seltsame Ruhe überkam sie. Ein kurzes Rascheln war aus dem Gebüsch zu hören. Ein Igel? Eine Schlange? Ein Kojote gar? Für gewöhnlich würde ihr Herz rasen, und sie würde ins Haus zurückeilen. In diesem Moment aber fühlte sie sich bereit, um mit den Kojoten zu tanzen.

In all den Jahren hatte sie sich nie Zeit für sternenklare Nächte genommen, dachte sie, während sie weiterging in Richtung des neuen Schwimmteichs. Bislang war es ihr in der Nacht immer nur darum gegangen, genügend Schlaf zu bekommen, um Falten und Augenringen vorzubeugen. Niemals um die Schönheit der Sterne. Natürlich, sie liebte ihren Job. Sie liebte jede neue Rolle, in die sie schlüpfte. Und ohne das Gefühl, einen fertigen Film endlich auf der Leinwand zu sehen, wollte sie nicht leben. Aber der immense Druck – er war nicht ausschließlich durch ihre Leidenschaft bedingt. Ihr Ziel war immer der Erfolg gewesen, der ihrer Familie Sicherheit bringen sollte.

Aber Sicherheit war eine Illusion, dachte Mary. Keiner dankte ihr für ihr jahrelanges Ringen. Keiner belohnte sie dafür. Zukor hatte ihr die väterliche Schulter entzogen. Und Mama? Sie konnte immer nur fordern und selten loben. Ein Gefühl der Wut überkam Mary, wenn sie an ihre Mutter dachte.

*Charlotte Pickford. Managerin von Miss Mary Pickford.* Wie stolz war Mary einst gewesen, dass ihre Mutter diese Rolle an ihrer Seite eingenommen hatte. Doch Bewunderung und Dankbarkeit waren mittlerweile verschwunden. Sie war kein Unternehmen, das man führen musste, keine Marionette, die man lenken musste. Sie war eine erwachsene Frau, die für sich selbst einstehen konnte. Das hatte sie in ihren letzten Gesprächen mit Zukor und Lasky bewiesen.

Mary blickte über den frisch angelegten Teich, dessen Oberfläche im Mondschein glitzerte. Er sah aus wie schillernder Teppich, der aus jedem Blickwinkel anders funkelte. Etwas weiter vorne am Ufer lag ein Stoß Bretter. Douglas wollte dort einen Anlegesteg für das Kanu bauen. Mary schichtete ein paar Planken übereinander, prüfte, dass der Stoß nicht allzu wackelig war, und setzte sich darauf. Nachdem sie eine Weile über das Wasser geschaut hatte, griff sie nach einem Stein, der neben ihren Füßen lag, und warf ihn ins Wasser – er sprang, drei, vier, fünf Mal über die Oberfläche. Wie lange hatte sie als Kind diese Wurftechnik geübt, bis sie sie beherrscht hatte? Aufzugeben, bevor sie ihr Ziel erreicht hatte, war in ihrem Leben noch nie eine Option gewesen.

Wie es wohl wäre, frei zu sein? Sie erhob sich von dem Bretterstapel und ging ein paar Schritte weiter. Wie würde es sich anfühlen, sich endgültig von Owen zu trennen, Douglas zu heiraten, die Welt zu bereisen, abwechslungsreiche Filme zu drehen und mit Drehbüchern zu experimentieren? Ein Leben zu leben, in dem sie ihren eigenen Wünschen folgen konnte?

»Eine eigene Firma«, flüsterte sie ihren nächsten Gedanken in die Dunkelheit und erschrak selbst von ihrem Wispern.

Eine eigene Firma. War das eine Option? Konnte sie selbst vor der Kamera stehen, produzieren und vertreiben? Sie bräuchte ein Set, müsste die fähigsten Leute der Branche abwerben. Genug Geld dafür hatte sie. Die Zeitungen behaupteten sogar, sie sei die bestverdienende Frau Amerikas. Aber wie viel genau sie eigentlich besaß und wo es gebunden war – diese Übersicht fehlte ihr nach wie vor. Wie hatte sie es nur so weit kommen lassen können?

Konnte man die Grundstücke veräußern? Die Aktien verkaufen? Und wie viel hatte ihre Familie in all den Jahren ausgegeben, während sie weggesehen und sich auf ihre Filme konzentriert hatte?

Es gab nur eine Person, die ihr Auskunft geben konnte. Eine Person, die allerdings jede Idee ablehnen würde, die Marys Selbstständigkeit bedeutete.

Sie musste mit Mama reden.

Mary hielt ihr Handgelenk ins Licht und blickte auf die schmale, goldene Armbanduhr, die Douglas ihr geschenkt hatte. Sie nahm sie nicht einmal nachts ab, so wertvoll war sie ihr geworden. Auf der Rückseite hatte Douglas ihre Initialen eingravieren lassen. M. P. für Mary Pickford, und darunter G. S. für Gladys Smith. Natürlich hatte er das M für Moore, das sie als Owens Ehefrau in ihrem amtlichen Namen trug, ausgelassen.

Es war kurz nach vier Uhr morgens. Bald würde die Sonne über den Orangenhainen aufgehen. Aber darauf wollte Mary nicht mehr warten.

Das Haus war noch dunkel, als sie den Schlüssel des Bungalows im Schloss umdrehte. Nicht einmal die Köchin war auf, um das Feuer im Ofen einzuheizen. Sie musste kein Licht aufdrehen, sie kannte das Cottage genau. Die Dielen quietschten, und kurz fragte sie sich, ob es so eine gute Idee gewesen war, vor Tagesanbruch ins Auto zu steigen, um Mama zur Rede zu stellen. Sie zog sich einen vergessenen Lockenwickler vom Hinterkopf. Sollte sie einfach in das Schlafgemach ihrer Mutter platzen und sie wachrütteln? Lieber noch ein, zwei Stunden warten, beschloss sie.

Fast hatte sie ihr Zimmer erreicht, als unter Lotties Tür ein Lichtstreifen sichtbar wurde. Die Tür flog auf, und ihre Schwester erschien in einem seidenen Unterkleidchen im Rahmen.

»Ach du bist es«, sagte sie. Die Enttäuschung in Lotties Stimme war nicht zu überhören.

»Erwartest du jemanden?«

»Als ob dich das zu interessieren hat«, zischte Lottie.

»Wie kannst du nur einen Mann hierher einladen? Du hast ein Baby hier.« Mary wies mit dem Kinn in das Zimmer ihrer Schwester.

»Erstens ist es meine Sache«, erwiderte Lottie schnippisch, »und zweitens haben wir neuerdings ein Kindermädchen.«

Mary wusste nicht, worüber sie empörter sein sollte: Dass Lottie ihr Kind abschob wie eine irritierende pollenstaubende Zimmerpflanze, oder dass Mama und Lottie einfach so über ihr, Marys, Geld und Haus verfügten und Bedienstete anstellten, ohne sie zu fragen. Sie fühlte sich verantwortlich und ausgenützt zugleich. Es war ein Gefühlsspagat, der nicht zu bewältigen war, und es musste ein Ende nehmen.

»Schläft Mama?«, fragte Mary.

»Hörst du sie denn nicht, wie sie Bäume zersägt?« Lottie nickte zum Ende des Gangs hinüber. Wenn man genau horchte, konnte man tatsächlich ein Schnarchen vernehmen. »Wie peinlich!« Lottie verdrehte die Augen, bevor sie zum Fenster blickte. Offenbar musste ihr Verehrer jeden Augenblick auftauchen.

Weißt du, was peinlich ist? Du bist peinlich! – Die Worte lagen Mary schon auf den Lippen, aber sie verkniff sie sich. Sie musste ihre Energie für andere Dinge aufwenden, nicht für diesen zickigen Schwesternstreit.

In ihrem Zimmer war die Bettdecke aufgeschlagen. Ein Nachthemd lag bereit. Sie vermutete, dass Margaret täglich diesen Dienst verrichtete, für den Fall, dass Mary doch eines Abends nach Hause käme. Das fleißige Ding! Sie musste sie unbedingt mit zu Douglas nehmen, dachte Mary. Gleich morgen würde sie mit der treuen Angestellten reden.

Mary sah sich im Zimmer um. Seit jener Nacht, in der Douglas ihr den Heiratsantrag gemacht hatte, war sie nicht mehr hier gewesen. Sie strich über die Kissen, ließ sich dann ins Bett sinken und schloss die Augen. Die Bilder von Douglas auf Knien kamen ihr in den Sinn. Wie sehr sie ihn doch liebte! Die Wochen seit dem Antrag waren so schnell verflogen – sie wusste, dass es höchste

Zeit war, seine Ungeduld zu belohnen. Er verdiente eine Antwort.

»Bald«, flüsterte sie in das gedimmte Zimmer.

Gegen 6:30 Uhr hörte sie Schritte auf dem Gang. Sie strich sich das Kleid glatt und riss die Tür auf, bereit Mama alles zu sagen, was ihr auf dem Herzen lag. Aber es war nur Margaret, die sie mit einem Strahlen begrüßte.

»Miss Pickford! Sie sind zurück. Ich wusste, dass sie bald wiederkommen würden.«

»Margaret, du fleißiges Mädchen. Ich habe hervorragend geruht auf deinen Laken«, lobte sie. »Aber ich bin nur für einen Abschiedsbesuch zurückgekehrt. Du kannst gleich beginnen, meine Wäsche zusammenzupacken. Und das Zimmer hier ... ruf bitte so rasch wie möglich im Einrichtungsladen Downtown an und lasse Möbel für die kleine Gwynnie kommen. Und besorge ein Schaukelpferd – das schönste, das du auftreiben kannst.«

Ihre Nichte konnte schließlich nichts dafür, dass sie in einem Haushalt egozentrischer Frauen aufwachsen musste.

Margarets Schultern sackten nach unten.

»Sie ziehen endgültig aus, Miss Pickford?«, stammelte sie. »Und was wird aus mir?«

Mama hatte nie viel Geduld mit Margaret gehabt, und Mary bezweifelte, dass Lottie sie überhaupt wahrnahm.

»Du kommst mit, Margaret. Mr. Fairbanks und ich, wir brauchen dich.«

Margarets Augen weiteten sich, ihre Hände ballten

sich vor Freude zu Fäusten, und sie wippte leicht auf und ab.

»Ich?«, rief sie. »Ich soll für Sie UND Mr. Fairbanks arbeiten?«

»Freu dich nicht zu früh, Mädchen.« Mary klopfte ihr auf die Schulter. »Douglas Fairbanks ist kein einfacher Zeitgenosse.«

Margaret sah kurz verängstigt aus, ließ sich dann aber von Marys Kichern mitreißen.

»Und nun Margaret, sei so lieb und lass ausrichten, dass mir mein Frühstück gerichtet wird.«

»Der Tisch ist schon gedeckt.«

Mary schüttelte den Kopf.

»Nein, Margaret. Nicht in der Küche. Heute werde ich auf der Terrasse frühstücken.«

»Auf der Terrasse? Aber es ist noch frisch draußen. Und Sie essen immer mit Ihrer Mutter gemeinsam.«

»Heute wirst du auf der Terrasse aufdecken. Nur für mich alleine. Und lass mir ein Frühstücksei machen. Und besorge bitte die Zeitungen.«

»Sofort, Miss Pickford. Ich wecke nur zuerst Mrs. Pickford auf.«

Mary winkte ab.

»Das übernehme ich heute.«

Das Mädchen eilte verwundert davon.

Mama saß bereits schlecht gelaunt an ihrem Frisiertisch. Die Verspätung ihres Zimmermädchens war ihr nicht entgangen. Sie wollte gerade losschimpfen, als sie ihre Tochter erkannte.

»Mary, Liebes. Was machst du denn hier? Um diese Zeit?«

Mary fühlte sich wie ein Eindringling – und das in ihrem eigenen Haus. Sie biss die Zähne fest zusammen. In all den Jahren, in denen sie für ihrer aller Unterhalt aufgekommen war, hatte Mama sich immer so benommen, als sei sie die Hausherrin. Sie bestellte das Personal. Sie entscheid die Zimmeraufteilung. Sie bestimmte, wer willkommen war und wer nicht.

Und ich habe das alles mit mir machen lassen, dachte Mary. Ach, sie hätte schon vor Jahren einschreiten sollen! Wer ließ sich schon von seiner Mutter verbieten, mit dem eigenen Ehemann zusammenzuwohnen? Selbst wenn Owen ein Widerling war.

»Ja, Mama. Stell dir vor. Ich bin hier. In *meinem* Haus.«

»Kindchen, du wirkst angespannt. Warst du die ganze Nacht hier? Hast du nicht gut geschlafen? Hat Margaret wieder diese furchtbaren Sommerdecken aufgezogen?«, plapperte Mama, während sie ihr Haar kämmte und dabei nach grauen Strähnen suchte.

Mary versuchte, sich zwischen Spiegel und Charlotte zu stellen.

»Es hat nichts mit Margaret zu tun, Mama. Ich habe im Moment bloß einige Dinge zu klären.«

»Schätzchen, hast du etwa Probleme mit Douglas?«

Mama tätschelte ihren Arm, aber Mary kaufte ihrer Mutter die Fürsorge nicht ab. Als ob sie sich nicht insgeheim freuen würde, wenn es mit Douglas kriselte! Dann könnten sie ja endlich wieder dazu übergehen, sich auf das Geldverdienen zu fokussieren, und müssten sich keine Sorgen mehr um die Familienehre machen, weil die Tochter in wilder Ehe lebte.

»Es mag dich vielleicht enttäuschen, Mama, aber mit Douglas läuft alles wunderbar.«

Mama ignorierte ihre Bemerkung.

»Und wie läuft es am Set, Liebes? Es ist höchste Zeit, dass ich mich mal wieder dort blicken lasse, damit Lasky und Co. nicht den Respekt vor mir verlieren.«

Als ob sie Respekt hätten, dachte Mary. Jeder wusste doch, wie sehr man sich über Mama als überbehütende Bühnenmutter lustig machte.

»In der Branche tut sich einiges«, antwortete sie ihrer Mutter knapp.

»Ja. Ich habe es gesehen. Dieser Mr. Buster Keaton wird groß gefeiert. Und ... wie heißt sie noch? Diese Mrs. Marion Davies. Ja, ja, Mary, wir müssen aufpassen. Die Konkurrenz schläft nicht. Wir dürfen nicht nachlässig werden.«

Wut überkam Mary. Sie knurrte kurz. Wieder dieses »Wir«, als sei sie allein ihrem Beruf nicht gewachsen.

»*Ich* habe alles im Griff, Mama«, fauchte sie.

»Gut so, Liebes, gut so«, antwortete diese, ohne die geringste Reaktion auf Marys veränderten Tonfall zu zeigen. »Und nun sag mir, wann ist denn der Termin mit Zukor? Ich habe bereits gerechnet. Wir sollten eine Erhöhung von fünfzehn Prozent anstreben.«

Mary atmete zweimal tief ein und tief aus. Jetzt war es so weit. Sie musste Mama sagen, was Sache war: Dass sie die Zusammenarbeit mit Zukor aufgelöst hatte. Dass sie überlegte, sich allein ins Filmgeschäft zu wagen. Und dass das behütete, gemütliche Leben für Mama, Lottie und Jack von nun an vorbei sein würde.

Ein durchdringender Schrei hallte durch das Haus. Mama knallte die oberste Lade des Schminktischchens zu. Flakons wackelten, kurz darauf ging ein Handspiegel zu Bruch. Mama war außer sich – und je mehr Mary erklärte, desto tobsüchtiger wurde sie.

»Mary, bist du denn von allen guten Geistern verlassen? Wie soll es denn nun weitergehen? Bist du dir bewusst, in welch prekäre Situation du uns alle bringst? Deine arme alte Mutter! Deine mittellosen Geschwister! Das Baby! Du trägst eine Verantwortung!«

Mary spürte, wie eine seltsame Ruhe sie überkam, fast so, als säße sie auf ihrer eigenen Schulter und beobachtete die Diskussion.

»Nein, Mama. Ich trage nur für mich selbst die Verantwortung«, erklärte sie bestimmt. »Und wie es weitergeht, das werde ich sehen. Zunächst muss ich rechnen und planen.«

»Rechnen, Mary! Wir wissen beide, dass das nicht deine Stärke ist!«

Sie könnte mit einer Beleidigung zurückschießen, dachte Mary. Aber das wäre kindisch, und sie hatte sich nie zuvor erwachsener gefühlt.

»Ich möchte endlich eine Aufstellung, Mama, über sämtliche Finanzen. Und alle Sparbücher und Kaufverträge. Ich werde ab jetzt alles selbst in die Hand nehmen.«

»Mary, du machst einen großen Fehler! Das ist kein Kinderkram.«

»Und ich bin kein Kind, Mama. Also hör auf, mich als solches zu behandeln. Ich werde mich einarbeiten und im Notfall beraten lassen.«

»Beraten lassen? Von einem Cowboy und Sonnyboy

wie Douglas Fairbanks? Mary, du bist doch um Klassen besser als dieser halbjüdische Fenstersimskletterer.«

»Mama, es reicht!«, rief Mary. Noch nie hatte sie ihre Mutter auf diese Weise angebrüllt. Sie musste jeden Muskel beherrschen, um sie nicht grob fortzustoßen. »Es ist an der Zeit, dass du auch einmal hörst, was *ich* sage. Ich erwarte die Unterlagen bis morgen an meiner neuen Adresse.«

Sie ging zur Tür. Dort drehte sie sich noch einmal nach ihrer Mutter um.

Charlotte war hochrot im Gesicht. »Gladys Smith! Ich verbitte mir diesen Ton!«, rief sie.

»Und noch etwas, bevor du es aus der Zeitung erfährst: Ich werde mich von Owen scheiden lassen.«

»Das wirst du unterlassen! Mary, du…«

Mary hörte den Rest nicht mehr. Erhobenen Hauptes und forschen Schrittes verließ sie das Haus. Ihr Körper fühlte sich eisern an, als trüge sie einen Panzer. Sie stieg ins Auto und drückte das Gaspedal durch. Dabei achtete sie nicht auf Passanten oder auf die Fenster der umliegenden Häuser. Sollten die Journalisten doch kommen! Sollten die Nachbarn doch schauen! Sollte Mama doch toben!

Sie hatte ihrem eigenen Plan zu folgen, und zwar ihr Leben zu leben. Dazu musste sie allerdings noch einen längst überfälligen Anruf tun.

Zurück in Douglas Haus wählte sie vom Telefon am Gang die Nummer des Athletic Club und ließ sich zu Owen durchstellen. Es läutete ganze zwei Dutzend Mal, bis er endlich den Hörer abnahm. Er klang verschlafen und lallte hörbar.

»Hat dieser Fairbanks dich sitzenlassen?«, nuschelte er. »Oder willst du mir mit irgendeiner Erfolgsgeschichte vom Set eins reinwürgen?«

»Nichts dergleichen, Owen«, sagte sie kühl. »Ich wollte dir bloß mitteilen, dass ich die Scheidung einreichen werde.«

# 26
# DOUGLAS

Er streckte den Arm und drehte die Spiegelscherbe, sodass er darin sein ganzes Gesicht sehen konnte. Dabei zog er ein paar Grimassen, kniff die Augen zusammen und runzelte die Nase, immer aber kam das gleiche zufriedene Grinsen zurück. Und es wollte nicht verschwinden, seit zwei Tagen schon nicht. Douglas fühlte sich beflügelt wie seit Monaten nicht mehr. Bei seinem ersten Kuss mit Mary war ihm damals danach gewesen, Flickflack im Korridor des Algonquin zu schlagen. Kurz darauf, bei ihrem ersten Date in den Hills, hatte er sich so beschwingt gefühlt, dass er am Abend fünfzig Bahnen in persönlicher Rekordzeit geschwommen war. Dieser Tage aber pumpten die Glückshormone noch heftiger durch seinen Körper: Er wollte am liebsten die Wände senkrecht hochstarten.

Mary würde sich endlich scheiden lassen! Sie hatte sogar schon ihren Anwalt beauftragt.

Vor genau zwei Tagen war sie mit einem strahlenden Lächeln ins Wohnzimmer geplatzt und hatte sich ihm in die Arme geworfen.

»Ich habe ihm 100.000 Dollar geboten«, erzählte sie

aufgeregt. »100.000 Dollar, und die Sache ist erledigt, Douglas!«

»Hipper! Das sind hervorragende Neuigkeiten!«, hatte er gerufen, sie an den Hüften hochgehoben und durch die Luft gewirbelt. Den leichten Ärger darüber, dass sie ihren Mann so hoch ausbezahlte, ließ er sich nicht anmerken. Warum musste ein Kerl wie Owen auch noch belohnt werden? Und 100.000 Dollar – das war viel Geld, viel zu viel angesichts ihrer unsicheren Lage, dachte er. Doch welche Rolle spielte das schon? Mary könnte schon bald ihm gehören!

»Und deine Mutter?« Vorsichtig setzte er Mary wieder ab. Er wusste nur zu gut, dass ihre Entschlossenheit durch eine winzige Bemerkung von Charlotte schnell wieder verpuffen konnte.

»Vergiss Mama!«, rief Mary euphorisch. »Soll sie sich doch endlich um ihren eigenen Senf kümmern!« Sie küsste ihn so stürmisch, dass er sie am liebsten gleich ins Schlafzimmer getragen hätte.

»Dieser Satz aus deinem Mund, Mary!« Er vergrub sich in ihren Locken und legte die Hände auf ihren unteren Rücken, damit sie bloß nicht seiner Umarmung entweichen konnte.

»Ich habe heute viele Leute überrascht«, flüsterte Mary.

Und jetzt zog *sie ihn* hinter sich her ins Schlafzimmer. Seine Gedanken rasten, während er hinter ihr her trippelte. Eine Scheidung bedeutete Freiheit, und das wiederum... erhöhte seine Chancen auf eine Hochzeit! Würde Mary bald ganz ihm gehören? Er konnte es kaum erwarten, sie endlich als Mrs. Fairbanks über die Schwelle zu tragen.

»Kann ich diesen Schritt auch als dein Ja deuten?«, fragte er vorsichtig, als sie sich auf das Bett fallen ließen. Doch Mary küsste ihn bloß neckisch und zog sich die Seidenstrümpfe mit einem Ruck aus. Er hörte den Stoff reißen. Noch nie war sie derart unachtsam mit ihrer Wäsche umgegangen.

»Kleiner Finger, Douglas, kleiner Finger! Verlang nicht gleich die ganze Hand!«, hatte sie ihm ins Ohr geflüstert, bevor sich ihre Lippen seinen Hals entlang nach unten gearbeitet hatten.

Douglas blickte noch einmal in den Spiegel. Sie brauchte bloß noch etwas Zeit und Überzeugungsarbeit, redete er sich ein, noch bevor eine Sorgenfalte sich auf seiner Stirn breit machen konnte. Das Wichtigste war, dass sie Owen los sein würden. »Sieh das Positive«, ermahnte er sich. Schließlich hatte genau diese Fähigkeit ihn dahin gebracht, wo er heute war.

Er wischte sich mit etwas Spucke über die Augenbrauen, die er neuerdings auch in der Freizeit mit einem Kohlestift nachzog. Mary hatte gesagt, dass ihr diese Akzentuierung gefalle. Es ließ seine Augen finsterer wirken. Hätte Beth ihn ermutigt, etwas an seinem Aussehen zu ändern, er hätte genau das Gegenteil gemacht: sich rasiert, wenn sie gesagt hätte, der Bart stünde ihm; Anzüge angezogen, wenn sie gesagt hätte, dass sie den Freizeitlook sexy fände. Für Mary aber, für diese Frau würde er alles tun. Für sie hatte er Gefühle, die er niemals für möglich gehalten hatte. Manchmal musste er sich sogar selbst bremsen, um nicht allzu besitzergreifend zu handeln.

Nach einem letzten Blick in die Glasscherbe verstaute

er sie unter dem Vordersitz seines Packard. Und sprang über die Tür hinaus aus dem Wagen. Er sah sich in Sydneys Einfahrt um. Das Gras links und rechts war perfekt getrimmt, kein einziger streunender Löwenzahn, kein wild wachsender Klee. Die Engländer wussten ihre Gärten im Zaum zu halten, dachte er.

Er erkannte Charlies Wagen, viel zu dicht an Sydneys Dodge geparkt, der direkt vor der Haustür stand. Marys Auto war noch nicht zu sehen. Douglas wusste, dass sie gerade dabei war, die letzten Dinge aus ihrer Garderobe zu räumen, eine Aufgabe, die ihr sehr naheging. Am Vorabend hatte sie eine Viertelstunde lang über ein rot-weiß-kariertes Tischtuch gestrichen, und irgendwann sogar ein paar Tränen damit trockengetupft. Für jeden anderen wäre es ein gewöhnliches Stück Stoff gewesen, für sie aber war es ein Symbol für ihren Durchbruch. Sie hatten es in den Küchenszenen von *Tess of the Storm Country* verwendet; Lotte Zukor hatte es aus ihrer Küchenschublade zur Verfügung gestellt.

Es schmerzte Mary, dass ein wichtiger Lebensabschnitt zu Ende ging.

Und ihm tat es weh, sie so zu sehen.

Die Gegend hier hatte sich im letzten Jahr verändert, stellte Douglas fest. Seit seinen heimlichen Treffen mit Mary im Haus seines Bruders vor anderthalb Jahren war er nicht mehr in Laurel Canyon gewesen. Inzwischen hatten die zugereisten Filmleute die Gegend erobert. Das Land entlang der Hauptstraße war eine einzige Baustelle. Wohin man blickte, standen halbfertige Villen, nackte Mauern und unfertige Dachstühle.

Am Straßenrand entdeckte Douglas eine schlammfarbene Karosse. Soweit er erkennen konnte, war es der neue Studebaker Special Six mit vielerlei Spezialausführungen. Dahinter – halb in der Böschung – stand ein dunkelgrüner Chevrolet mit offenem Dach. Die anderen mussten bereits da sein.

Der grüne Sportwagen konnte nur William S. Hart gehören. Der Möchtegerncowboy war ein Publikumsliebling. Douglas selbst konnte dem Schönling allerdings wenig abgewinnen, zu aalglatt war er in seinem Auftreten. Und ein zu gefährlicher Konkurrent.

Der Studebaker, deutlich gediegener als der Flitzer, musste D. W. Griffith gehören. Douglas spürte ein kurzes Zwicken in der Magengegend. Griffith, der gefeierte Regisseur der ihn während seiner Triangle-Tage im Stich gelassen hatte. Obwohl sie inzwischen beide in der Liga der Industriegrößen spielten, hatten sie einander nicht näher kennengelernt.

Douglas hatte noch versucht, Charlie zu überreden, seinen Bruder davon zu überzeugen, dass es nur sie drei bräuchte für diese Strategiesitzung, die Sydney einberufen hatte – Charlie, Mary und ihn. Mit Sydney als Moderator. Gemeinsam müssten sie doch Wege finden, Zukor, Lasky und Tally auszubremsen. Aber Sydney hatte darauf bestanden, die anderen einzuladen – selbst als Douglas ihn persönlich anrief.

»Ich habe einen Vorschlag, der für euch alle fünf interessant sein könnte«, sagte er.

»Spuck's doch gleich aus, Syd. Damit ich weiß, ob es sich lohnt, mit Griffith und Hart meine Zeit zu vergeuden.«

»Geduld, mein Lieber. Es ist alles noch *top secret* im

Moment.« Sydney ließ sich nicht aus der Reserve locken. »Nur so viel: Die Sache könnte groß werden.«

Top Secret, dachte Douglas ein wenig besänftigt. Geheimniskrämerei bedeutete immer Abenteuer, und Abenteuer war so etwas wie sein zweiter Vorname. Aber was führte Sydney im Schilde? Wie sollten sie, gemeinsam mit Hart und Griffith, die Bosse der Millionenunternehmen ausbremsen? Und wie viel Zeit blieb ihnen dafür? Die Fusion war noch immer nicht offiziell. Es stand kein Wort darüber in der Zeitung – Douglas hatte Bennie jede Publikation sichten lassen –, und auch am Set gab es noch keine Gerüchte. Lasky und Zukor benahmen sich wie immer: Ersterer stolzierte wie ein Gockel herum, während man den gedankenversunkenen Zukor nur selten zu Gesicht bekam. Sydney hatte also vermutlich recht: Noch war es möglich, ihnen den Wind aus den Segeln zu nehmen. Oder zumindest die Medien auf ihre Seite zu ziehen.

Natürlich hatte auch Douglas in den vergangenen Tagen immer wieder darüber nachgedacht, wie es weitergehen sollte. Es war nur eine Frage der Zeit, bis Zukor ihn in sein Büro rief, um ihm weniger Geld für gleiche Leistung zu bieten. Selbst wenn er mit den Männern einen halbwegs fairen finanziellen Kompromiss fände, allein Mary zuliebe konnte er die Zusammenarbeit nicht fortsetzen.

Sie selbst schien mittlerweile eine Vision für sich zu haben. Die Selbstständigkeit – ein eigenes Filmunternehmen – beschäftigte sie noch immer. Wie viele Stunden hatte sie in den vergangenen Tagen damit verbracht, die Machbarkeit dieses Projekts zu prüfen? Pro- und

Kontralisten stapelten sich neben Bergen aus Exposés von Immobilien in der Region – meist Scheunen und Bauernhöfe –, die sich als Firmensitz anbieten könnten. Irgendetwas aber schien sie noch zu hindern.

Deswegen hatte auch sie dem Treffen bei Sydney zugestimmt.

Douglas blickte noch einmal die Straße entlang. Staub wirbelte über der Fahrbahn, ein Stück Zeitungspapier flog im Wind. Am Himmel zogen Wolken auf. Ein Januarschauer kündigte sich an. Von Mary keine Spur. Er beschloss hineinzugehen.

Douglas folgte der Einfahrt bis zur Haustür, deren kleines Vordach üppig mit Blumen umrankt war. Noch bevor er den Türklopfer bedienen konnte, ging die Tür auf. Er hatte einen Butler oder ein Dienstmädchen erwartet, zumindest aber Sydney oder Charlie, doch stattdessen erschien ein Mann mit einer hohen Stirn und einem schmalen Gesicht, aus der eine kerzengerade Nase hervorstach: D. W. Griffith stand in der Tür.

»Douglas Fairbanks, Hollywoods liebster Athlet!« Er begrüßte Douglas mit einem festen Handschlag. Nichts an Griffiths Haltung verriet, dass er sich vor dreieinhalb Jahren noch zu gut gewesen war, um mit ihm zusammenzuarbeiten.

Douglas spürte, wie sein Augenlid unkontrolliert zu zucken begann. Die Begrüßung durch den beliebtesten Regisseur des Landes löste ein nervöses Kribbeln in ihm aus, selbst wenn sie noch so kumpelhaft war.

»Mr. David Ward Griffith.« Er versuchte, das Zittern in seiner Stimme zu unterdrücken.

»Ich bitte dich, Douglas. Nenn mich doch einfach D.«

Er klopfte ihm auf die Schulter. »Schöner Buchstabe, den wir da gemeinsam haben.«

Hinter Griffith erschienen nun auch Sydney und Charlie, beide in geradezu identischen Anzügen. Douglas würde niemals mit John oder Robert im Partnerlook gehen. Die Fotos, die sie als Kinder in den gleichen Zopfmuster-Pullovern zeigten, waren schlimm genug.

Er streifte sein Leinenhemd glatt und prüfte die hellen Mokassins in der Hoffnung, dass sie sauber waren. Warum hatten die anderen sich für ein ungezwungenes Brainstorming so schick gemacht? Wegen Griffith etwa? Oder um ihrem Treffen den Anschein eines Businessmeetings zu verleihen?

Ein Klopfen an der Haustür unterbrach seine Gedanken. Diesmal wuselte ein Dienstmädchen heran, doch Douglas durchkreuzte ihren Weg.

»Ich mach das. Wird Mary sein.«

Sydney setzte an, etwas zu sagen, aber Douglas öffnete bereits die Tür.

Ein groß gewachsener Mann mit buschigen Augenbrauen und dichtem gewelltem Haar stand vor der Tür, und hinter ihm mit wachen Augen und perfektem Seitenscheitel ein jüngerer Mann, der aussah, als käme er direkt aus dem Hörsaal einer Eliteuni. Douglas meinte, die beiden Männer zu kennen. Er hatte sie schon ein paarmal am Set gesehen.

»Mr. Hirim Abrams und Mr. B.P. Schulberg«, stellte Sydney die beiden Männer vor. »Ihr kennt euch vielleicht von Famous Players. Mr. Abrams ist Vertriebsleiter, Mr. Schulberg Fachmann für Öffentlichkeitsarbeit.«

»Kollegen also«, sagte Douglas.

»Ehemalige Kollegen«, korrigierte ihn Mr. Abrams.

Mr. Schulberg setzte an zu erklären, dass er und Abrams sich wegen Meinungsverschiedenheiten von Zukor getrennt hatten, doch Abrams deutete ihm mit einer rollenden Handbewegung, sich nicht in Details zu verstricken. »Lass gut sein, Benjamin. Lange Geschichte. Wir wollen Mr. Fairbanks und Mr. Chaplin nicht langweilen.«

»Nein, nein. Sie langweilen nicht!« Douglas lächelte den jungen Schulberg an – ein reiner Akt der Höflichkeit. Viel wichtiger war: Warum waren die beiden hier? Es war schon schlimm genug, dass die Chaplins auf Griffith und Hart bestanden hatten.

»Mr. Abrams und ich haben unlängst zusammen Golf gespielt«, erklärte Sydney.

Douglas musterte Abrams mit seinen finsteren Augen und einem Gesicht, dass zornig wirkte, selbst wenn er lächelte. Bestimmt hatte er ein hitziges Gemüt, dachte Douglas. Er konnte sich vorstellen, wie der Mann bei einem schlechten Schlag das Eisen auf die Freeway donnerte.

»Da ist er mit seiner Idee – also mit der gemeinsamen Idee von ihm und Mr. Schulberg hier – an mich herangetreten«, setzte Sydney fort.

So trocken, wie er diese Nachricht mitteilte, konnte die Idee kaum Sprengkraft haben, dachte Douglas. Aber vielleicht lag es auch bloß an Syd Chaplins ruhigem Naturell.

»Leute, wollt ihr Wurzeln schlagen? Die Suppe wird kalt!« Charlie stand plötzlich hinter ihm, einen Suppenschöpfer wie einen Knüppel in der Hand. Und das war keine leere Drohung, wusste Douglas. Wenn Charlie Hunger hatte, konnte er ziemlich ungemütlich werden.

Am Tisch schenkte das Dienstmädchen kalifornischen Wein ein. Douglas bestellte Eistee und schien mit seinem Wunsch die Hausangestellte zu überfordern.

»Kalter Tee«, erklärte er.

»Mit Milch?«

Ach Gott, auch sie schien Engländerin zu sein! Er seufzte leise.

Als man ihm endlich ein hohes Glas mit einer braunen, prickelnden Flüssigkeit hinstellte – Douglas vermutete, dass sie Tee mit Mineralwasser gemischt hatten –, hörte er Motorenlärm in der Einfahrt. Er reckte sich, um aus dem Erkerfenster zu blicken. Draußen zog Mary ihre Lederhandschuhe aus. Sie trug ein dunkelblaues Wollkostüm und spitze Schnürstiefel. Die Aufmachung verlieh ihr eine gewisse Strenge. Alles an ihr sagte: »Ich lasse mich von niemandem über den Tisch ziehen.«

Er beobachtete, wie sie ihren weinroten Lippenstift nachzog. Sie wirkte ungemein fraulich. Ihre Beziehung – und natürlich alles, was während dieser Zeit passiert war – hatte sie verändert. Ihre mädchenhaften Züge schienen den weiblichen Reizen gewichen.

Durch das Fenster sah er, wie sie zweimal nieste. Vor ein paar Tagen erst hatten sie gemeinsam im neuen Schwimmteich gebadet. Nackt. Sie hatten die Kleider ins Gras fallen lassen und waren Hand in Hand ins eiskalte Wasser gelaufen. Es mochte angesichts der kühlen Nachttemperaturen leichtsinnig gewesen sein – auch Douglas fühlte ein Kitzeln in der Nase und ein Kratzen im Hals –, aber wie sie unter Wasser ihre Beine um seine

Hüften geschlungen hatte ... es war jede Erkältung wert gewesen.

Douglas schob zuerst den Eistee von sich, dann den Stuhl zurück und ging zur Tür, um Mary in Empfang zu nehmen. Die anderen Männer waren zu sehr in ihr Gespräch verstrickt, um ihre Ankunft zu bemerken. Griffith hielt gerade eine Schimpftirade auf Marshall Neilans jüngsten Film.

Mary küsste ihn zur Begrüßung, bevor sie sich wegdrehte, um gleich noch mal zu niesen. Er reichte ihr sein Taschentuch. Ihre süße Stupsnase war rundherum gerötet. Wenn Beth Schnupfen gehabt hatte, war er ihr immer ferngeblieben, aus Angst sich anzustecken. Ihr lautes, halloses Niesen hatte ihn rasend gemacht. Mary hingegen wollte er einfach nur küssen, ganz egal, ob er mit ihren Bazillen in Kontakt kam. Er beugte sich zu ihr hinunter, doch sie wich zurück.

»Griffith«, zischte sie und nickte an ihm vorbei. Obwohl sie dem Mann längst das Wasser reichen konnte, hatte sie wohl nicht vergessen, dass er ihr einstiger Mentor war, vor dem sie einen guten Eindruck machen wollte.

»Griffith«, wiederholte Douglas, enttäuscht, dass er nur ihre Wangen berühren durfte.

»Was macht er hier?«, fragte sie.

»Sydney hat doch gesagt, dass er ein paar Gäste einladen wollte. Zur Ideenfindung.«

Mary stellte ihr Täschchen auf das Fensterbrett in der Garderobe und schritt in den Salon. Die Männer begrüßten sie mit einem kurzen Winken, noch immer in ihr Gespräch vertieft. Während Mary ihren Block aus der Aktentasche holte, schenkten die Männer Whiskey nach – ohne ihr etwas anzubieten.

»Die Herren, hier wartet eine durstige Dame«, sagte sie und griff selbstbestimmt nach dem Dekanter auf dem Tisch. Sogleich sprangen alle Männer auf, um ihr einzuschenken. Alle außer Charlie.

»Lasst uns loslegen«, sagte Sydney. Er nickte hinüber zu seinen Sitznachbarn. »Wie gesagt, Mr. Abrams und Mr. Schulberg hier haben einen attraktiven Vorschlag für uns.« Er räusperte sich und korrigierte dann: »Für euch.«

Die beiden Männer standen auf – der eine mit ersten grauen Strähnen im Haar, der andere noch ohne ein Fältchen um die Augen –, und wie auf ein Zeichen kam ein Hausangestellter herein und schob eine Tafel in den Raum. Adam und Schulberg sahen aus wie Professor und Schüler, dachte Douglas. Schulberg wirkte leicht nervös – sein Hals bekam rote Flecken.

Ungeduldig begann Griffith, mit den Fingern auf die Tischplatte zu trommeln. Er mochte der beste Regisseur im Land sein, dachte Douglas, dennoch war er ihm nach wie vor unsympathisch. Aber er war mächtig, und er hatte es sich zur Regel gemacht, reichen und einflussreichen Leuten niemals die kalte Schulter zu zeigen. Man wusste schließlich nie, wann man diesen Kontakt noch brauchen konnte.

Schulberg schrieb das Datum an die Tafel – *Januar 1919* – und wich dann brav zur Seite, um Mr. Abrams Platz zu machen.

*89 Gründe*, kritzelte Abraham langsam auf die Schieferwand. Die Kreide quietschte. 89 Gründe? Wofür?, dachte Douglas. Und warum eine derart aberwitzige Zahl? Und wie sollten fast einhundert Argumente Platz auf einer Tafel finden?

Noch bevor er weitergrübeln konnte, teilte Sydney einen Stoß zusammengehefteter Zettel aus, die ebenfalls diesen Titel trugen.

Darunter erstreckte sich eine lange, lange Liste. Douglas begann zu lesen:

- Zusammenschluss der größten Talente des Landes
- Profite fließen direkt an die Artisten
- Ausbremsen der Konkurrenz
- Nutzung von Symbiosen

Er las weiter:

- Künstlerische Freiheit
- Selbstbestimmung der Besetzung
- Freie Wahl von Deadlines

Was genau hatte es mit diesen Anmerkungen auf sich? Wollten Abrams und Schulberg etwa ein eigenes Unternehmen gründen? Planten sie einen Rachefeldzug gegen Zukor?

Er blickte hinüber zu Mary. Sie saß kerzengrade am Tisch, den silbernen Füller parallel zum Block platziert. Ein sauberes, spitzenbesetztes Taschentuch lag neben ihrem Federmäppchen. Griffith, zwei Stühle weiter, saß mit finsterer Miene und verschränkten Armen am Tisch. Wie konnten die beiden so geduldig auf eine Erklärung warten? Wie die Streber in der ersten Reihe in der Schule!, dachte Douglas. Er hatte nie dazugezählt, war immer der Klassenkasper gewesen, der in der letzten Reihe auf der Sessellehne geschaukelt und vorlaut nach vorne gerufen hatte.

»Macht es nicht so spannend, Leute!«, rief er nun.

»Douglas!«, mahnte Sydney. »Lass die Herren erklären.«

Abrams und Schulberg begannen, ein Organigramm der Branche zu zeichnen: Zukor und Lasky auf der einen Seite, Tally und die Bosse von First National auf der anderen. Daneben die Namen der Chefs der kleineren Studios.

Ja, ja, wissen wir alles schon, dachte Douglas. Genervt trank er sein Glas leer und machte dabei gurgelnde Geräusche mit dem Strohhalm.

Griffith zog ein angewidertes Gesicht.

»Douglas!«, zischte Mary, ohne ihm in die Augen zu sehen. Man würde nicht ahnen, dass sie in der vergangenen Nacht in einem Bett geschlafen hatten.

Das Dienstmädchen eilte herbei.

»Noch einen kalten Tee?«

Er winkte ab. Bloß nicht noch mehr von diesem lauwarmen, spülwasserähnlichen Gebräu.

»Kommt schon, Jungs! Spuckt es aus! Was habt ihr vor? Dass wir unser gesamtes Vermögen zusammenwerfen und selbst die Bonzen aufkaufen?«

»Douglas, ich bitte dich!«, zischte Sydney. »Du weißt genau, es ist eine 40-Millionen-Dollar-Fusion!«

»Können wir die Situation jetzt bitte ernst nehmen?«, seufzte Mary.

Plötzlich wurde Douglas bewusst, dass er gerade eine

ganz neue Seite an seiner Geliebten erlebte. Das hier war nicht Mary, das Mädchen aus den Filmen; nicht Mary, die Frau die sich lasziv, aber zugleich immer auch ein wenig schüchtern, in seinem Bett räkelte. Hier erlebte er Mary Pickford, die Geschäftsfrau, die ihren Mann stand: mit festem Handschlag, stierem Blick und Whisky-Tumbler. Es fehlte nur noch, dass sie eine Zigarre rauchte.

Er wusste nicht genau, was er davon halten sollte. Natürlich war sie attraktiv, diese Souveränität, die sie ausstrahlte. Er wusste, dass sie stark war. Aber er war immer davon ausgegangen, selbst doch ein wenig stärker zu sein. Ein Mann wollte schließlich die Frau seines Herzens beschützen.

Abrams rückte die Tafel gerade und riss Douglas aus seinen Gedanken. »In meinen Jahren im Filmgeschäft habe ich eins gelernt, Leute: Selbst die spannendste Geschichte und die aufregendsten Bühnenbilder sind nichts wert, wenn die Besetzung nicht stimmt.«

Griffith räusperte sich lautstark. »Nun, ganz so würde ich das nicht sehen«, grummelte er.

»Ihre Filme sind natürlich eine Ausnahme, Mr. Griffith. Sonst hätte ich Sie heute nicht eingeladen.«

Die Premiere von Griffiths Epos *The Birth of a Nation* mit all seinen beeindruckenden Kriegsszenen und opulenten Aufnahmen wurde auch vier Jahre später noch als Geburtsstunde des kunstwürdigen Films gefeiert.

»Was willst du uns sagen, Kumpel?« William Hart, bislang die Gelassenheit in Person, meldete sich nun ebenfalls zu Wort. Auch ihm schien langsam die Geduld auszugehen – anders als Charlie, der ohnehin nur physisch anwesend zu sein schien.

»Es ist ganz einfach: Warum sollten Schauspieler, die letzten Endes dafür verantwortlich sind, dass die Fans ins Filmtheater gehen und somit die Dollar in die Kinokassen kommen, für jemand anderen arbeiten?«, kürzte Abrams ab.

»Weiter, weiter...« Douglas machte eine ungeduldige Drehbewegung mit der Hand.

»Die Bosse bei Famous Players-Lasky und First National – und bei jedem anderen Produktionsunternehmen auch – verdienen fett mit, obwohl sie, wenn wir ehrlich sind, nichts zum künstlerischen Endprodukt beitragen«, erläuterte Schulberg.

»Nun, ganz so ist es nicht«, sagte Mary nüchtern. »Sie stellen die Infrastruktur, das Kapital, das administrative Personal...«

Douglas wusste, dass sie sich in den vergangenen Tagen mit nichts anderem beschäftigt hatte.

»...die Vermarktung, die Vertriebsarbeit. Gerade Sie müssten wissen, wie aufwendig das ist, Mr. Abrams«, setzte Mary fort.

»Mary Pickford, Gutmensch in Person«, brachte nun auch Charlie sich endlich in die Diskussion ein. »Jetzt verteidigst du auch noch die Leute, die dich abgesägt haben.«

»Nein, Charles. Ich verteidige niemanden. Ich stelle bloß fest. Man benötigt einen umfassenden Stab an Mitarbeitern und ein funktionierendes Netzwerk. Und unterschätzt nicht, welche Summen in die PR-Arbeit fließen.«

Alle Herrenköpfe waren nun Mary zugewandt. Und alle nickten. Wieder einmal bestätigte sich, dass Mary Pickford mehr war als das hübsche Goldlöckchen. Und er durfte diese gewiefte Frau lieben!, dachte Douglas stolz. Noch nie zuvor hatte es ihn so erregt, wenn eine Frau hoch konzentriert am Ende ihres Bleistifts nagte.

»Das stimmt sehr wohl, Miss Pickford«, sagte Abrams. »Aber Sie dürfen sich selbst nicht unterschätzen. All das steht in keiner Relation dazu, wie viel ein Name wie Mary Pickford wert ist.«

Charlie holte tief Luft, und Schulberg stammelte: »Selbstverständlich gilt das auch für die Namen Chaplin, Fairbanks, Griffith und Hart.«

»Was ihr also eigentlich sagen wollt, ist, dass wir am längeren Hebel sitzen?«, warf Douglas ungeduldig ein.

»Am deutlich längeren, Douglas«, bestätigte Sydney nickend.

»Die Firmenbosse gehen davon aus, dass ihr euch brav den Marktbedingungen beugen werdet, wenn es keine Alternativen gibt«, sagte Abrams konspirativ.

Douglas betrachtete ihn genauer. Was waren Abrams' Motive?, fragte er sich. Aus reiner Gutmütigkeit handelte er bestimmt nicht.

»Es gibt immer Alternativen«, sagte Mary knapp. Douglas spürte, dass sie sich beherrschen musste, ihre Ideen einer Selbstständigkeit nicht zu verraten.

»Eben! Und die Alternative bedeutet, dass ihr euch alle zusammentut!«, rief Sydney für sein ruhiges Wesen überaus euphorisch.

»Stopp, stopp, stopp! Nur zum Mitdenken«, unterbrach Douglas. »Wovon sprechen wir hier? Dass wir künftig gemeinsam unsere Filme produzieren?«

»Zusammen vor der Kamera, pah, ich denke nicht«, maulte Charlie.

Mary verdrehte die Augen.

»Nicht gemeinsam vor der Kamera, sondern gemeinsam auf dem Türschild«, stellte Abrams klar und malte einen Kreis mit einem dickem Pfeil an die Tafel. »Ihr gründet zusammen ein Unternehmen und vertreibt eure Filme selbst.«

»Kein Teilen der Gewinne mit irgendwelchen Bonzen«, grübelte Douglas laut. Es schien in der Tat vielversprechend.

»Die Welt da draußen liebt das Goldene Trio«, sagte Mr. Schulberg und errötete ein wenig. »Mr. Hart, Sie sind ebenfalls ein Publikumsmagnet, und Sie, Mr. Griffith, Sie sind so etwas wie eine lebende Legende.«

»Wenn ihr euch alle zusammentut, bildet ihr als Big Five eine unbesiegbare Einheit.« Sydney hob eine Faust, doch diese Geste, die Siegesmut ausdrücken sollte, wirkte an ihm ein wenig tollpatschig.

Griffith nickte langsam. »Zukor und Tally könnten sich dann auf den Kopf stellen, aber sie könnten uns nichts anhaben.«

Douglas malte Strichmännchen auf das Papier vor ihm. Die 89 Gründe. Er würde Zeit und Ruhe brauchen, um jeden einzelnen Punkt zu lesen. Sein Bauchgefühl aber sagte ihm, dass die Idee Potenzial hatte. Er, Teil der Big Five – ja, damit würde er sich in der Tat ganz oben positionieren. Und auch was sein Privatleben anbelangte, klang der Vorschlag vielversprechend. Wenn Mary und er ihre eigenen Chefs wären, gäbe es niemanden mehr, vor dem sie sich rechtfertigen müssten, wenn sie morgens länger im Bett bleiben wollten; niemanden, dem sie sich erklären müssten, wenn sie für ein verlängertes Wochenende in die Berge oder an die Küste führen; niemanden, der sie rügen könnte, wenn sie sich ein gemeinsames Schäferstündchen in einer ihrer Garderoben gönnten…

Und das Geld! Wenn keine Filmbonzen mehr mitverdienten, würden ihnen Tausende – Hunderttausende – Dollar mehr zufließen. Beth auszubezahlen wäre dann nur noch eine Nebensächlichkeit.

Abrams und Schulberg hatten recht: Gemeinsam wären sie in der Tat unschlagbar, dachte Douglas. Welches Kino konnte es sich schließlich leisten, die Filme der beliebtesten Akteure des Landes abzulehnen? Da konnten Zukor, Lasky und Tally noch so viele Doppelgänger heranzüchten: Bis diese billigen Kopien ihren Status erreichten, würde es Ewigkeiten dauern.

Er schielte hinüber zu Mary. Am liebsten wollte er sie unter dem Tisch anstupsen und ihr zuflüstern: »Na? Was hältst du davon?«

Mary allerdings blieb sachlich.

Konzentriert machte sie Notizen auf ihrem Block. Er sah Aufzählungspunkte und hie und da dicke Rufzeichen. Irgendwann schlug sie mit der Handfläche auf den Tisch und riss dabei die Männer aus ihren Träumereien von dicken Geldbündeln und wütender Konkurrenz.

»Meine Herren, etwas Contenance, bitte! Auf dem Papier mag das alles ja gut klingen. Aber wir sind in erster Linie Künstler. Wisst ihr denn nicht, wie viel Aufwand es ist, ein Unternehmen zu führen?«

Sie war so anziehend, wenn sie Durchsetzungskraft zeigte, dachte Douglas und musste zugleich innerlich schmunzeln. Er wusste zu gut, dass Mary hier ihre eigene Mühsal mit Zahlen ansprach. In den vergangenen Tagen hatte sie nämlich versucht, sich in die Grundzüge der Buchhaltung und der Betriebswirtschaft einzuarbeiten.

»Nun, man könnte gewiss einen Geschäftsführer einsetzen«, schlug Abrams vor.

Aha. Darin lag also seine Motivation!

Douglas dachte an Beth, die ihm über Jahre sämtliche administrative Angelegenheiten abgenommen hatte. Und an Bennie, der nun zusätzlich zu seiner eigentlichen PR-Tätigkeit auch noch den wichtigsten Bürokram regelte. Douglas selbst war nun mal ein kreativer Kopf, ein Freigeist. Einen kühlen Denker an der Spitze ihrer Künstlergruppe zu haben wäre wahrscheinlich kein Fehler.

»Kurzum wäre es eine Zusammenarbeit unter Freunden und Gleichberechtigten«, erklärte Sydney und blickte in Erwartung einer Reaktion hinüber zu seinem Bruder. Doch der Eigenbrötler blickte nicht auf. Charlie schien sich in einer anderen Welt zu befinden, wahrscheinlich bei den Filmen, die er unter der neuen Formation drehen würde, dachte Douglas.

Mary machte sich weiterhin Notizen.

»Aber wie garantiert man ein Gleichgewicht?« Sie blickte auf. Diese Frau war immer allen anderen einen Schritt voraus, dachte Douglas bewundernd.

»Ich möchte nicht alle anderen mittragen. So etwas habe ich lange genug getan.«

»Nun, wenn wir Filmpakete verkaufen, dann sind sie ohnehin nur von euch. Absolute Starbesetzung. Also keine Querfinanzierung von schwachen Namen«, antwortete Schulberg.

»Aber wer garantiert, dass alle in diesem Quintett gleich viel leisten?«, fragte Mary.

Douglas wusste, dass Griffith dafür bekannt war, die Dinge gerne vor sich herzuschieben. Und Charlie legte dermaßen viel Perfektionismus an den Tag, dass er tatsächlich Chefs und Deadlines *brauchte*, um fertig zu werden. Wenn man D. W. und Charlie sich selbst überließ, konnte es Monate dauern, bis sie einen Streifen fertig hatten.

»Wird natürlich alles vertraglich festgelegt«, erklärte Sydney. Douglas wünschte sich, sein Bruder und Manager John wäre in der Stadt. Aber der zog es immer noch vor, in New York zu wohnen statt in Los Angeles.

»Zum Beispiel drei Spielfilme von jedem von euch pro Jahr«, sagte Abrams.

»Ich dachte, wir wollten Qualität, nicht Quantität«, murmelte Charlie.

»Ich bitte dich, Charles!«, rief Mary. »Als ob drei Filme im Jahr eine Herausforderung wären. Wie viele Streifen habe ich dieses Jahr abgedreht, ein halbes Dutzend? Und das, obwohl wir für die Regierung unterwegs waren.«

Diese Querelen würden dann wohl auch zu ihrem neuen Geschäftsalltag zählen, ahnte Douglas. Aber wie schön wäre es, mit seinen zwei liebsten Personen zusammenzuarbeiten. Mittags könnte er Charlie einen Wassertank hinaufjagen, und in der Drehpause Mary hinter der Kamera küssen, ganz ohne die Sorge, von irgendeinem Vorgesetzten dafür gerügt zu werden. Außerdem könnte er in dieser Formation endlich seine Wunschfilme in Angriff nehmen: Streifen mit viel Action. Kein Zukor und kein Lasky würden ihn mehr in Cowboy- und Westernfilme drängen.

»Famous Players und First National geben dieser Tage

ihre Fusion bekannt. Wir haben also nicht allzu viel Zeit zu verlieren«, sagte Abrams und riss Douglas aus seinen Gedanken. »Trotzdem möchte ich natürlich niemanden zu etwas drängen. Braucht noch jemand Bedenkzeit?«, setzte er nach.

Abrams und Schulberg blickten fragend in die Runde. Douglas, Charlie, Mary, D. W. Griffith und William S. Hart sahen einander an, bevor sie gleichzeitig den Kopf schüttelten.

»Gut, dann schlage ich eine Abstimmung vor«, sagte Schulberg.

»Yay oder Nay? Wer ist dafür, dass sich die fünf größten Künstler des Films vereinen, um ein einzigartiges Unternehmen zu gründen, das sich der Kunst und dem Talent verschreibt?«

William Hart zeigte auf. D. W. Griffith hob den Zeigefinger und nickte bestätigend. Charlie machte eine kurze flatternde Geste der Zustimmung oberhalb der Tischplatte. Mary hielt vorbildlich die flache Hand in die Luft, begleitet von einem klaren, deutlichen »Yay«.

Nun war Douglas an der Reihe. Er spürte einen Adrenalinstoß in seiner Magengegend. Dieser neue Zusammenschluss war für sie alle der Aufbruch in neue Zeiten. Es war ihre Chance, die (Film-)Welt endgültig zu erobern, ihre Chance, sich für die Nachwelt zu verewigen.

Douglas boxte entschlossen mit der Faust in die Luft. »Lasst es uns versuchen, Leute!«

Abrams und Schulberg klatschten. Mary, Griffith und Hart stimmten ein. Charlie lächelte stumm, und Sydney stieß einen leisen Freudenschrei aus.

Die Gründung von United Artists war besiegelt.

# 27
# MARY

Sie schlug die aktuelle Ausgabe der *Vanity Fair* auf. Zwischen Seite vier und fünf klebte ein Zettelchen; Bennie Zeidman hatte für Douglas die Stelle markiert. *Sie sind euch auf der Spur!!!*, stand dort in der Handschrift des Presseassistenten.

DIE GROSSEN FÜNF: WAS FÜHREN SIE IM SCHILDE?, stand in fetten Buchstaben im Titel. Darunter waren Einzelporträts von ihnen allen abgebildet. Chaplin – Fairbanks – Griffith – Hart – Pickford. Sie hatten die Porträts nach dem Alphabet geordnet. Trotzdem wurde Mary das Gefühl nicht los, dass man sie als Letzte anführte, weil sie eine Frau war.

In dem Artikel stand nichts von United Artists, nichts darüber, dass sie sich zusammenschlossen, um selbst den Vertrieb ihrer Filme zu übernehmen. Die Journalisten schrieben lediglich, dass man sie alle konspirativ zusammen gesehen habe, und dass demnach etwas im Busch sein müsse. Mary las die Spekulationen: Würde es einen Film mit großartiger Starbesetzung geben? Hatten sie Pläne für eine Spendenaktion für den Wiederaufbau, jetzt, da der Krieg zu Ende war?

Das Telefon schrillte. Douglas' neuer japanischer Diener eilte herbei, doch Mary winkte ihn fort. Sie ahnte schon, dass der Anrufer persönlich mit ihr oder Douglas würde sprechen wollen.

Es war Sydney.

»Seid ihr dafür verantwortlich?«, fauchte er ohne eine Begrüßung.

»Hallo, Syd.«

»Mary, wegen der Sache in der *Vanity Fair* – hat einer von euch geplaudert? Wir hatten uns doch darauf geeinigt: Kein Wort zu niemandem bis zur großen Verkündung.«

»Und daran haben wir uns auch gehalten, Sydney.«

»Ihr müsst auch eure Leute im Griff haben, Mary. Eure Freunde, eure Angestellten! Nachrichten wie diese verbreiten sich wie ein Lauffeuer.«

»So beruhige dich doch, Sydney. Sie munkeln bloß und haben gar keine Ahnung. Es war doch klar, dass sie es aufgreifen würden, wenn sie uns bei Levy's zusammen entdecken.«

Vor zwei Tagen – eine gute Woche nach dem Treffen bei Sydney und vier Tage nach der Unterzeichnung der Verträge für United Artists – hatten sie sich alle Downtown im Restaurant getroffen, um die Einzelheiten für einen fulminanten Pressetermin zu besprechen. Sie wollten vor Journalisten, Fotografen und Fans noch einmal ihre Unterschriften zu Papier bringen, damit die Bilder um die Welt gehen konnten. Im Restaurant hatten sie es aussehen lassen, als seien sie bloß ein paar befreundete Kollegen, die auf einen gelungenen Arbeitstag anstießen. Im Nachhinein aber war dieses Treffen in der

Öffentlichkeit kein strategisch kluger Zug gewesen, dachte Mary.

»Vielleicht hat Hart etwas verraten, jetzt, wo er doch einen Rückzieher gemacht hat«, sagte Mary. »Auf uns kannst du dich auf jeden Fall verlassen. Noch ist United Artists unser Baby – und unser Geheimnis.«

Sie hörte Charlies Bruder am anderen Ende der Leitung tief durchatmen.

»Du hast recht, Mary. Noch dreimal schlafen, dann lassen wir die Bombe platzen.« Ein aufgeregtes Flattern lag in Sydneys Stimme. Er klang ein wenig wie ein kleiner Junge, der heimlich aushecke, die Süßigkeitenschublade zu plündern.

Welch seltsames Kommunikationsmittel dieses Telefon doch war, dachte Mary wieder einmal. Die Stimme verriet viel, aber letzten Endes konnte man das Gemüt des anderen nur erkennen, wenn man ihm persönlich gegenüberstand.

»Habt ihr schon Zusagen?« Sydney schien sich langsam zu beruhigen.

Sie hatten beschlossen, die Journalisten, die sie persönlich kannten, selbst einzuladen – unter dem Vorwand einer gemeinsamen Autogrammstunde, um bloß keinen Verdacht zu erwecken.

»Julian Johnson von *Photoplay* kommt. Und mit Adela Rogers habe ich ebenfalls telefoniert.«

Mary spürte wieder einen Kloß im Hals. Sie hatte Adela zuletzt bei der Fotostrecke mit Owen im Golfclub gesehen. Wie furchtbar es gewesen war, neben ihm als vermeintlich glückliche Ehefrau zu posieren!

»Johnson und Rogers. Sehr gut, sehr gut«, nuschelte

Sydney. »Charlie hat die Leute von *Movie World* und *Motion Picture News* kontaktiert. Und es gibt Anzeigen für eure Autogrammstunde in allen Kinos und Theatern der Stadt, im Rathaus und in ein paar Cafés. Ihr werdet sehen, es wird die Pressekonferenz des Jahres!« Er zögerte. »Was sage ich da? Des Jahrzehnts, Mary! Also zieh dir was Hübsches an. Die Fotos werden in den Geschichtsbüchern sein!« Er verabschiedete sich mit einem beschwingten, typisch britischen »Cheerio«. Selten hatte Mary Sydney so lebhaft erlebt.

Sie selbst hingegen fühlte sich elend. Der Kloß in ihrem Hals wurde immer größer. Das Event des Jahrzehnts, hatte Sydney gesagt. Die Vertragsunterzeichnung – und damit die Gründung ihres gemeinsamen Unternehmens – würde vermutlich mehr Aufmerksamkeit auf sich ziehen, als all ihre bisherigen Filmpremieren. Man würde dieser Verkündung mehr Beachtung schenken als jeder Wohltätigkeitsveranstaltung, ja sogar mehr als ihrem Auftritt mit Charlie und Douglas in New York im Rahmen der Liberty Bond Tour.

Selbst wenn Sydney mit seiner Aussage zu den Geschichtsbüchern übertrieb, Fakt war, dass dieser Auftritt ihre längst überfällige Mutprobe darstellte, dachte Mary. Seit den Berichten über sie und Douglas hatte sie kaum Kontakt zu ihren Fans gehabt; sie hatte lediglich die Dinge mit Zukor und Mama geregelt. Dabei waren ihre Fans diejenigen, die letztendlich über ihre Zukunft bestimmten. Natürlich hatte es immer wieder ein paar treue Anhängerinnen am Zaun des Filmsets gegeben. Aber die Masse, was dachte die Masse? Mary hatte immer gewusst, dass der Tag der Konfrontation irgendwann kommen würde. Es war unausweichlich. Aber jetzt gab es ein konkretes Datum dafür. Ihr erster großer Auftritt mit Douglas an ihrer Seite. Wie würden sie reagieren?

Ihr Magen fühlte sich leer an, Übelkeit überkam sie.

»Hipper, zerbrich dir nicht deinen wunderschönen, wertvollen Kopf«, sagte Douglas, als sie sich draußen zu ihm auf die selbstgezimmerte Schaukel unter dem knorrigen Olivenbaum setzte. Sie lehnte ihren Kopf an seine Schulter. Ihr Nacken schmerzte. Wieder einmal merkte sie, welch angespannte Haltung sie in den vergangenen Wochen eingenommen hatte. Einen Augenblick lang schloss sie die Augen und wünschte sich, sie könnte einen Zeitsprung machen. Wie würde die Welt in einer Woche aussehen? Liebte das Publikum sie dann immer noch? Oder verachtete man sie? Wäre sie eine gefallene Frau?

»Alle lieben Mary Pickford! Hör dir diesen Satz doch einmal an: Er funktioniert nur in der Gegenwart«, sagte Douglas. »Alle liebten Mary Pickford. Das klingt einfach nicht richtig!«

»Aber, Douglas, ich habe sie im Stich gelassen. Das Goldlöckchen, ihre Stellvertreterin für eine friedliche, bessere Welt, hat sie betrogen.«

»Das ist Unsinn, Mary, und du weißt das. Du bist noch immer das süße, bildhübsche Mädchen, das ihnen die verregneten Sonntagnachmittage erheitern wird. Bloß dass du es dir geleistet hast, ein wenig Liebe zu erfahren.«

»Aber muss ich denn wirklich jetzt schon vor die Leute? Ich wollte zuerst ein wenig Gras über die ganze Geschichte wachsen lassen.«

»Je länger du wartest, desto schwieriger wird der Schritt.«

Er legte seine Hand auf ihr Knie.

Mary wusste, dass Douglas recht hatte. Aber beim ersten Auftritt gleich mit ihm an ihrer Seite zu erscheinen?

»Das ist doch eine Provokation, Douglas!«, sagte sie.

»Du tust geradezu so, als würden wir dort gleich öffentlich heiraten.«

»Ach, Douglas!« Sie entzog sich seiner Hand.

Mary wusste, dass sein Scherz auch ein wenig ernst gemeint war. Wenn sie Ja sagte, würde Douglas sofort einen Pfarrer engagieren und Charlie und Griffith als Trauzeugen einspannen.

»Was denn, Hipper? Die Hochzeitsgesellschaft wäre komplett, und Fotografen hätten wir auch schon vor Ort.« Douglas grinste unschuldig.

»Genug jetzt.«

Douglas zupfte einen Grashalm ab und rieb ihn zwischen den Fingern glatt, bevor er versuchte, darauf eine Melodie zu blasen. »Here comes the bride.«

Mary stand auf und lief ins Haus. Drinnen ging sie ins Badezimmer, um sich einen warmen Wickel für ihren verspannten Nacken zu machen. Sie beugte den Kopf langsam von links nach rechts und legte den Arm über den Kopf, um sanft an ihrem Haupt zu ziehen. Ihre Muskeln prickelten, der Nacken wurde weich. Es war ein Schmerz, der Erleichterung brachte. Sie dehnte sich noch zwei-, dreimal, blickte in den Spiegel, und plötzlich sah sie alles klarer. Sie musste sich diesem bevorstehenden Risiko aussetzen, um endlich frei zu sein.

In ihren Gedanken sah sie die Mutproben ihres bisherigen Lebens wie Filmsequenzen aufblitzen: der Tag, an dem sie Rosenblüten gegessen hatte, um schöner zu werden, ohne zu wissen, ob sie giftig waren; der Tag, an dem sie ihren ersten Auftritt am Theater in Toronto gehabt hatte; der Tag, an dem sie mit ihrer Schwester Lottie an der Hand zwei verlotterten Männern gefolgt war, weil sie ihnen ein Motel für die Schauspieler versprochen hatten; der Tag, an dem sie David Belascos Büro am Broadway gestürmt hatte; der Tag, an dem sie mit Griffiths Leuten in einen Zug nach Kalifornien gestiegen war; der Tag ihrer improvisierten Kussszene mit Owen, damit Griffith ihr die Hauptrolle gab; der Tag, an dem sie Mama gesagt hatte, dass sie Owen geheiratet hatte; der Tag, an dem Mama erfahren hatte, dass sie Douglas liebte.

All das waren Trittsteine auf einem langen Weg namens Leben. Mary konnte dem nächsten Stein nicht ausweichen, denn auszuweichen bedeutete stehen zu bleiben.

Ja, sie hatte Angst, dass ihre Fans nicht erscheinen könnten. Dass die Menschen stattdessen mit weißen Rosen, Bowler Hüten und Teddybären nach Charlie werfen und die Frauen sich Douglas an den Hals schmeißen würden, mit dem einzigen Ziel, ihren Lippenstift an seine Wange oder zumindest an seinen Hemdkragen zu drücken. Die Fans würden die Männer bejubeln, und dann käme Stille. M-A-R-Y – die Rufe ihres Namens wären nur ein Nachhallen der Vergangenheit.

Und war Stille überhaupt das Schlimmste, was sie zu erwarten hatte?, fragte sie sich. Vielleicht würde das Publikum kommen, um sie öffentlich zu verschmähen. Vor vielen, vielen Jahren, während einer ihrer ersten

Vorstellungen mit der Wandergruppe, war ihr Bühnenvater einmal betrunken auf die Bühne gegangen, und das Publikum hatte ihm die wüstesten Beschimpfungen zugerufen. Ein anderes Mal war eine Kollegin nach der Vorstellung mit Tomaten beworfen worden. Die kleinen Kerne waren in alle Richtungen gespritzt. Mary selbst hatte einen orangegrünen, verkrusteten Kern noch Tage später auf ihrem Mantel gefunden.

Aber Furcht war dazu da, um sich selbst zu spüren, dachte sie. Ein Körper, der keine Nervosität kannte, war so gut wie leblos – er war emotional tot.

Nein, sie würde sich nicht verstecken. Sie würde hinausgehen – und ihnen im schlimmsten Fall ihre weißgekleidete Brust für ihre faulen Tomaten hinhalten. Sie würde selbstsicher Douglas' Hand halten – von der Haustür bis zur Bühne. Dann würde sie den Stift in die Hand nehmen, die Verträge für United Artists unterschreiben und keck in die Kamera lächeln. Und dann würde sie Douglas küssen. Und wenn ihr der Mut ausging, würde sie sich eben zwingen.

Sie hatte sich zu so vielen Dingen in ihrem Leben gezwungen: zur täglichen Gymnastik für ihre Wespentaille, zum Schönheitsregime für ihre Locken, zu waghalsigen Haltungen vor der Kamera. Sie hatte ihr hartes und wunderschönes Leben immer mit Disziplin und Entschlossenheit gelebt, und das würde ihr helfen, auch diese Herausforderung zu meistern.

Am Morgen des Pressetermins entschied Mary sich kurzerhand gegen ein weißes Kleid. Sie wollte Douglas nicht auf dumme Gedanken bringen. Ein schlichtes, schwarzes, langärmliges Samtkleid mit glänzender Schärpe erschien ihr passender. Dazu trug sie eine einreihige Perlenkette. Die Aufmachung ließ sie noch zierlicher erscheinen, als sie es ohnehin schon war. Ihr gefiel dieses Spiel mit Schein und Sein.

»Können wir?« Douglas trat hinter sie und betrachtete sie beide im Spiegel. Mit seinen breiten Schultern, die in dem beigefarbenen Nadelstreifensakko noch kräftiger wirkten, sah er aus wie ihr Leibwächter. Als schützte sein Körper ihren, um alle Gefahr fernzuhalten. Die Anordnung passte so nicht, dachte Mary.

Sie zog Douglas neben sich und nahm seine Hand. Nun wirkten sie trotz ihres ungleichen Aussehens wie ein gleichberechtigtes Paar. Zufrieden nickte sie ihrem Spiegelbild zu, bevor sie sich zu ihm wandte.

»Erinnerst du dich, als wir vor Monaten einmal am Santa Monica Pier den Sonnenuntergang beobachtet haben? Du hast gesagt, dass du gerne mit mir ins Wasser springen würdest. Hände haltend und strampelnd, bis wir in die Wellen eintauchen.«

»Und nun ist dir danach?«, fragte Douglas verwundert. »Nein, nein, Hipper! So leicht kommst du mir nicht davon. Einfach nach Santa Monica abrauschen, um deinen Fans auszuweichen! Da kannst du mir noch so verlockende Angebote machen, ich werde nicht darauf einsteigen.« Douglas küsste sie auf die Nasenspitze.

»Das meine ich nicht, Douglas. Ich finde bloß, dass sich dieser Moment so anfühlt. Als würden wir gleich springen. Ins Ungewisse. Werden die Wellen uns tragen, oder werden wir nach einem schmerzhaften Aufprall auf der Wasseroberfläche untergehen?«

»Mary, du hast zu viel über deinen Drehbüchern gesessen. Komm schon, gib mir die Hand. Der Chauffeur wartet.«

Sie ließ sich ein paar Schritte hinter ihm herziehen und stolperte beinahe in ihren neuen Samtschuhen. Die drückten bereits an der Ferse und würden ihr noch einige böse Blasen bescheren. Der Fahrer döste mit seiner Kappe über dem Gesicht. Douglas hatte ihn mitten in der Nacht noch losgeschickt, um sein neues Hemd aus vom Schneider abzuholen.

»Lass ihn noch ein paar Minuten«, sagte Mary.

»Hipper! Wir fahren jetzt zum Pressetermin.«

»Nein ... also, ja ... ich habe verstanden. Und ich bin auch entschlossen hinzufahren, Douglas. Selbst wenn nur zwei, drei Mädchen auf mich warten. Es geht schließlich darum, der Welt zu zeigen, dass wir uns nicht kleinkriegen lassen. Und dass wir mit United Artists unsere Karrieren selbst in die Hand nehmen.«

»Mein Mädchen«, sagte Douglas. Er hielt ihren Kopf mit beiden Händen, küsste ihre Stirn und zog sie an sich, um sein Kinn auf ihrem Scheitel abzulegen. Wenn er das machte, hatte Mary jedes Mal das Gefühl, als wären sie zwei Puzzlestücke, die perfekt zusammenpassten.

Sie hörte seinen Herzschlag unter dem dicken Anzugstoff und lauschte ein paar Takte lang. Der Moment konnte nicht besser sein.

»Ich will, Douglas.«

»Das hast du bereits gesagt, Liebling. Du wirst sehen, sie werden tolle Berichte über United Artists schreiben.«

»Nein, Douglas, ich meine nicht den Pressetermin.«

Sie löste sich aus seiner Umarmung, trat einen Schritt

zurück und nahm seine Fingerspitzen in ihre Hand. Kurz überlegte sie, ob sie auf die Knie gehen sollte. Aber den Antrag hatte Douglas schon gemacht. Das Einzige, was fehlte, war ihre Antwort.

»Ich will dich heiraten, Douglas. Egal, was heute passiert.«

Endlich war der Satz draußen. Er fühlte sich so richtig an. Sie wollte ihn küssen, doch ehe sie ihr Gesicht dem seinen nähern konnte, stürzte Douglas sich schon auf sie und umarmte sie so fest, dass sie einen winzigen Augenblick lang Sorge um ihren Brustkorb hatte.

»Ich liebe dich! Ich liebe dich!«, jauchzte er.

Er warf sein Sakko auf den Boden, nahm Anlauf und machte auf dem Gras einen Salto in der Luft. Mary hielt den Atem an. Er würde sie noch in Krücken am Altar empfangen, wenn er sich nicht bremste, dachte sie und schmunzelte. Douglas lief drei Runden um den Rosenbogen, bevor er sie an Schultern und Kniekehlen fasste und in der Luft herumwirbelte. Sie spürte den seidenen Bindegürtel ihres Kleides hinunterbaumeln.

»Douglas!«, rief sie. »Setz mich ab! Wir werden vor den Fotografen aussehen wie Vogelscheuchen.«

»Die verliebtesten Vogelscheuchen der Welt«, sagte Douglas, setzte sie aber ab und lief zum Auto. Hastig bedeutete er dem Chauffeur, der von dem Jubel aufgewacht war, auszusteigen.

»Ich fahre selbst, Ferdinand.« Er sprang über die Wagentür auf den Beifahrersitz und grätschte dann hinüber zur Fahrerseite.

»Einsteigen, meine Liebe! Nächste Destination: das Paradies.«

Es wärmte ihr das Herz, wie sehr er sich freute. Hatte sie jemals Zweifel an seiner Liebe gehabt, so waren sie alle wie weggeblasen. Douglas benahm sich geradezu so, als hätte er nur für diese Antwort gelebt. Wie anders seine Reaktion doch war, als Owens vor neun Jahren, als dieser sie mit glasigen Augen und nach Alkohol riechendem Atem nach New Jersey ins Standesamt geschleppt hatte. Alles nur, damit sie endlich in seinem schmuddeligen Junggesellenzimmer Sex haben konnten.

»Ich liebe dich auch, Douglas.« Sie legte die Hand auf seine und spürte die wohlige Wärme, die zwischen seiner und ihrer Haut entstand.

Douglas startete den Motor und erinnerte Mary damit plötzlich wieder daran, was ihnen an diesem Tag bevorstand: die Vertragsunterzeichnung vor den Journalisten, die Autogrammstunde für ihre Fans. Und plötzlich fühlte sie sich bereit dafür.

Sie fuhren den Sunset Boulevard entlang bis zum Grundstück an der La Brea Avenue, das Charlie bereits vor zwei Jahren für sein eigenes Studio gekauft hatte. Sie und Douglas würden auch ein Studio brauchen, dachte Mary. Vielleicht würden sie sich sogar für ein gemeinsames entscheiden.

Dieses öffentliche Bekenntnis, dass sie zusammengehörten, hatte ihr bislang immer Angst gemacht. Nun aber, als der Fahrtwind durch ihr Haar blies und Douglas grinsend neben ihr saß, konnte sie sich nichts Schöneres vorstellen. Sie wollte alles mit ihm teilen. Alles, auch seinen Nachnamen. Mit dem Zeigefinger schrieb sie *Mrs. Fairbanks* auf ihren Oberschenkel. Sie würde die

Signatur üben müssen, und sie konnte es kaum erwarten, damit anzufangen.

Douglas raste die Straße entlang – sie hatten inzwischen die bewohnten Wohngegenden erreicht – und grüßte alle Passanten mit einem Johlen. Es fehlte nur noch, dass er an jeder Kreuzung die Spaziergänger zu ihrer Hochzeit einlud, dachte Mary schmunzelnd.

Als sie fast am Ziel waren, entdeckte sie in der Ferne etwas, das aussah wie eine Mauer. Doch als sie näher kamen, sah sie Bewegungen: Das war keine Mauer, das war eine Schlange aus Menschen. Dahinter erstreckte sich noch eine, und dahinter noch eine. Mary wusste nicht, ob sie Erleichterung oder Angst verspüren sollte.

»Douglas, sieh nur!«, rief sie.

»Die sind alle sicher bloß wegen Charlie hier«, antwortete Douglas. Er zwinkerte ihr zu und kitzelte sie an der Wange. Wenn er doch bloß auf die Straße blicken würde, dachte Mary. Das Letzte, was sie wollte, war vor ihren Fans im Graben zu landen.

»Mach dir nicht so viele Gedanken, Hipper.«

Sie waren nun so nah, dass sie die einzelnen Personen ausmachen konnten. Da standen Teenagermädchen und junge Frauen. Mütter mit Säuglingen im Arm und Kindern zwischen ihren Knien. Auch ein paar junge Männer waren dabei, die meisten von ihnen mit Zigaretten im Mundwinkel, dazwischen immer wieder Buben in kurzen Hosen, die sogar für den kalifornischen Winter zu kalt waren. Die Fans säumten die Straße wie ein endlos langer Zaun aus Menschen.

Wann war sie zuletzt unter so vielen Menschen gewesen?, überlegte Mary. Sie erinnerte sich wieder an die Liberty Bond Tour und an deren Eröffnung in New York. Doch dort war es anders gewesen, dachte sie und spürte plötzlich Panik in sich aufsteigen. McAdoo und die Regierungsleute hatten die Situation unter Kontrolle gehabt. Hier aber gab es, wenn überhaupt, nur ein Dutzend Polizisten.

Während sie auf das Gelände der Chaplin Studios einbogen und auf das Haupthaus zufuhren, fühlte es sich an, als führen sie durch einen Tunnel unter Wasser. Die Masse jubelte euphorisch, doch Mary vernahm bloß ein stummes Rauschen. Douglas fuhr langsamer, und aus dem Rauschen wurde ein rhythmisches Hämmern.

Dumm-du-dumm. Dumm-du-dumm. DOUGUNDMARY! DOUGUNDMARY...

Es war ohrenbetäubend.

Die Fans kamen immer näher. Sie umzingelten sie von allen Seiten. Mary spürte kleine kalte Schweißperlen auf ihrer Oberlippe, schwarze Pünktchen bildeten sich vor ihren Augen.

»Douglas, bleib stehen!«

»Hipper, wir müssen weiter, sie werden dich lebendig zerreißen.«

Es war zu spät. Schon spürte sie Hände an ihrem ganzen Körper. Sie zerrten an ihren Fingern, an ihrem Handgelenk, an ihren Haaren, während sie weiter kreischten: »DOUGUNDMARY! DOUGUNDMARY! DOUGUNDMARY!«

Wir lieben euch!

Wir verehren euch!

Ihr seid unsere Helden!

Mary wollte zu Douglas hinüberblicken, doch sie

konnte den Kopf nicht drehen, zu sehr hielten die Fans sie fest. Dem Lärm und den Schatten nach zu urteilen, behandelten sie ihn nicht anders. Als wollten alle ein Stück von ihnen besitzen.

Irgendwann war es Douglas offenbar gelungen, sich loszureißen, denn er stand mit zerzaustem Haar auf der Motorhaube. Er wedelte mit den Händen und versuchte, die Fans abzuwimmeln. Mary sah, dass sein Mund sich bewegte, aber sie hörte ihn nicht. Ein paar Männer sprangen nun zu Douglas auf die Motorhaube, und das Auto wackelte schlimmer als ein Schiff auf stürmischer See. Sie küssten ihm die Schuhe und zerrten an seinem Hosenbund.

Der Druck an Marys Arm wurde immer größer. Als Kind hatte sie einmal mit Lottie um eine Stoffpuppe gestritten. Dabei war der Arm abgerissen, und nur ein paar strähnige Fäden hatten dort gebaumelt, wo einst die Naht gewesen war. Konnten sie ihr den Arm abreißen?

»Hört auf! Lasst mich los!«, wollte sie rufen. Aber statt der Worte kam bloß ein schriller, panischer Ton aus ihr heraus. Sie spürte, wie ihre Gesäßknochen den Kontakt mit dem Sitz verloren. Ihr rechter Arm und ihre rechte Schulter hingen über die Beifahrertür. Ein, zwei kräftige Züge noch, und sie würde hinausfallen – und in diesem Meer aus Tausenden Händen ertrinken.

Doch plötzlich spürte sie ein heftiges Ziehen an ihrem anderen Arm, dann Hände an ihrem Oberkörper. Das Zerren an ihrem rechten Handgelenk wurde noch einmal heftiger, bevor es sich auflöste. Sie war frei.

Douglas umarmte sie und legte sein Sakko um sie. Sie zitterte.

»Rutschen Sie so weit ins Auto hinein, wie Sie können«, befahl der Polizist, der Douglas geholfen hatte. Nun erkannte Mary vor dem Auto zwei weitere Gendarmen, die mit Pfeifen und erhobenen Knüppeln versuchten, einen Weg nach vorne zu bahnen. Douglas lehnte sich zu ihr hinüber und rieb ihre Schultern.

»Gleich ist es vorbei, Hipper. Gleich ist es vorbei.«

Sie atmete flach.

Das Auto fuhr langsam weiter, so langsam, dass sie kaum die Bewegung spürte und kurz wieder Panik bekam. Vorsichtig wagte sie es aufzublicken, sah die kreischenden Gesichter, die weit aufgerissenen Augen. Der Grat zwischen Bewunderung und Besessenheit war so schmal, dachte sie.

Sie parkten hinter dem Gebäude. Noch mehr Polizisten erschienen und bildeten auf ihren Pferden eine schützende Barriere. Mit wackligen Knien stieg Mary aus dem Auto. Douglas hielt sie einen Moment in seinen Armen, dann löste sie sich von ihm, trat einen Schritt zurück und strich ihr Kleid glatt.

Die Journalisten waren bereits im Haus. Sie durften auf keinen Fall mitbekommen, dass Mary Schwäche zeigte – sie wollte nicht die Weiche mit den schwachen Nerven unter den United Artists sein.

»Holt mir ein Glas Wasser, dann können wir loslegen«, bat sie.

Während sie das Wasser in kleinen Schlucken trank, versuchte sie, ihren Atem zu mäßigen. Die Perlenkette war ihr in dem Gerangel über den Rücken gerutscht und lag ihr jetzt um den Hals wie ein Hundehalsband. Mary rückte sie zurecht und band die Schleife um ihr Kleid neu.

»Ihr Turteltauben macht mich sprachlos«, sagte Charlie, der jetzt zu ihnen heraustrat. »Solch ein Rummel! Sie lieben euch! Vielleicht sollte ich mich auch mit einer hübschen Kollegin zusammentun, was meinst du, Junge?« Er stieß Douglas, der selbst noch ein wenig blass um die Nase war, freundschaftlich in die Seite.

»Nicht witzig, Charlie. Nicht witzig.« Douglas rollte die Schultern, als wollte er das Erlebnis von sich abschütteln.

Mary sagte gar nichts. Dieser dämliche Konkurrenzkampf mit Charlie konnte ihr in diesem Moment nicht weniger egal sein. Stattdessen ging sie ins Haus und verschwand eilig in der Toilette. Vor dem Marmorwaschtisch versuchte sie sich zu sammeln. Als sie in den Spiegel sah, war sie fast ein wenig überrascht, ihren Körper gänzlich unversehrt zu sehen. Sie hatte mit vielem gerechnet, nicht aber mit diesem fast bedrohlichen Sturm der Begeisterung. In Zukunft würde sie sich besser schützen müssen. Sie würde von nun an immer einen Chauffeur engagieren und nur noch mit einem geschlossenen Wagen fahren.

Während sie behutsam ihre Handgelenke rollte, wich die Furcht langsam von ihr. Ja, das Erlebnis war angsteinflößend gewesen. Aber die Fans hatten doch bloß so gehandelt, weil sie sie immer noch liebten. Trotz allem. Wegen allem. Sie hatten Douglas und ihr ihren Segen gegeben! Sie belohnten sie für ihren Mut!

Mary steckte ihre Locken fest, trug frisches Make-up auf und richtete sich auf. Sie lächelte ihrem Spiegelbild zu. Ruhe überkam sie. Es gab keinen Grund mehr, Angst zu haben.

Flankiert von Douglas und Charlie schritt sie in das

geräumige Büro. Cap O'Brian, ihr Anwalt, Griffiths Anwalt, und Sydney Chaplin warteten bereits in dem holzgetäfelten, lichtarmen Raum. Sydney stand neben einem wuchtigen Schreibtisch und wippte nervös auf den Zehenspitzen. Ein wenig wirkte er wie ein vorfreudiger Trauzeuge, dachte Mary. Wieder einmal musste sie daran denken, wie es sein würde, eines Tages – in hoffentlich sehr naher Zukunft – zu Douglas an den Altar zu schreiten.

Die Unterlagen für die Unternehmensgründung lagen bereits auf der glänzend polierten Tischplatte ausgebreitet: vier gleich hohe Dokumentenstapel, versehen mit kleinen Namenskärtchen. In der Mitte erkannte Mary ihre Papiere. Sie erinnerte sich an Sydneys Aussage zu den Geschichtsbüchern: Würden diese Schriftstücke irgendwann in den Chroniken abgebildet werden, gar im Original in den Museen zu sehen sein?

Dieser Tag würde als Tag der Gründung von United Artists in die Geschichte eingehen. Und es war auch der Tag, an dem sie Douglas ihr Ja-Wort gegeben hatte. Der Tag, an dem ihre Fans ihr und Douglas ihr Jawort gegeben hatten.

Natürlich war das alles hier eine Show – als Geschäftsfrau wusste sie, dass Inszenierungen dieser Art manchmal notwendig waren. Hinter dem Tisch hatten die Kameraleute ihre Stative aufgebaut. Die Fotografen sahen etwas ungeduldig und erschöpft aus. Wie viel Verspätung hatten sie und Douglas eigentlich wegen der Fans, die sie während der Anfahrt gebremst hatten? Marys Zeitgefühl schien gänzlich verloren. Sie sah sich im Raum nach einer Uhr um. Vergeblich. Das Zimmer war vollkommen schmucklos bis auf ein Porträt von Präsident Wilson. Es schien ganz so, als sollte hier nichts vom Wesentlichen ablenken.

Die Kameraleute drückten und drehten an ihren Apparaten herum, während Cap O'Brian ihnen erklärte, dass Aufnahmen erst auf sein Kommando hin gemacht werden dürften. Mary zupfte sich den Kragen zurecht. Wie sie da standen, alle Blicke auf sie gerichtet, und darauf warteten, dass sie endlich der Reihe nach an den Tisch traten! Plötzlich kam sie sich dressiert und fremdbestimmt vor. Dabei war dieser Moment das komplette Gegenteil. Mit ihrer Unterschrift nahm sie ihr Leben und ihre Karriere endgültig selbst in die Hand.

Sie ließ den Blick durch den Raum schweifen. Hinter den Fotografen drängten sich die Journalisten. Sie erkannte Mr. Johnson von *Photoplay*. Er nickte ihr bestätigend zu. Etwas weiter links stand Adela Rogers, wie immer perfekt zurechtgemacht mit weißem Seidenstehkragen und Goldschmuck. Sie lächelte. Diese Journalisten, dachte Mary, man hatte sie niemals wirklich auf seiner Seite. Aber das Geschäft funktionierte nicht ohne sie. Man ging so etwas wie eine gezwungene Freundschaft mit ihnen ein und feierte zusammen Ereignisse wie diese, ein wenig so, als wäre es ein Familiengeburtstag, auf dem man mit entfernten Onkeln und Tanten zusammenkam. Sie winkte den Reportern zu.

O'Brians Assistent stellte zwei Tintenfässchen auf den Tisch. Seine Hände zitterten vor Aufregung, und einer der Behälter drohte umzukippen. Mary stellte sich vor, wie der junge Mann später seinen Freunden von diesem Tag erzählen würde.

Cap O'Brian räusperte sich. »Verehrte Anwesende!«, begann er. »Wir freuen uns, Sie so zahlreich hier begrüßen zu dürfen – und das aus einem ganz besonderen Anlass. Wir schreiben heute Geschichte, denn diese vier Personen neben mir, die die Filmwelt so stark mitgeprägt haben, schließen sich heute – hier und jetzt – geschäftlich zusammen. Meine Damen und Herren, vor Ihnen sehen Sie die Gründer von United Artists.«

Ein überraschtes Raunen ging durch den Raum.

»Wusste ich's doch!«, hörte Mary eine Stimme aus der hinteren Reihe.

»Also war an den Gerüchten doch etwas dran«, zischte ein Reporter, der vorne stand.

Plötzlich begann jemand im Saal zu applaudieren, gleich darauf schienen alle reihum zu klatschen.

»Ruhe, meine Herrschaften, bitte!« Cap hob freundlich aber bestimmt die Hand, um wieder die Aufmerksamkeit auf sich zu lenken.

»Noch ist es nicht vollbracht. Wir dürfen nun zur Tat schreiten – die Vertragsunterzeichnung ist noch ausständig.« Er hob einen Füller und wandte sich in Richtung der vier Gründer. Ein paar Sekunden gestikulierten sie höflich herum, sich gegenseitig den Vortritt weisend.

»D. W., als Ältester... also, als Erfahrenster in der Runde, solltest du vielleicht...?«, sagte Douglas, und Mary sah, wie er rot wurde, weil er erst zu spät das Fettnäpfchen bemerkt hatte, in das er getreten war. Sie würde ihn später trösten. Griffith als alt zu bezeichnen war eine verdiente Retourkutsche dafür, dass dieser sie einst – vor vielen, vielen Jahren – klein und pummelig genannt hatte.

O'Brian wurde ungeduldig, weil niemand an den Tisch herantrat. Wozu überhaupt dieses Herumtrödeln?, dachte Mary. Die echten Dokumente waren schließlich längst unterschrieben, die verbindliche Tinte schon vor Tagen getrocknet.

»Kommt, Männer! Lasst es uns einfach alphabetisch abhandeln«, rief sie und stieß Charlie an. »Mr. Chaplin, du fängst an.«

Wenn sie schon mit dem heutigen Tag eine Zusammenarbeit mit ihrem größten Rivalen begann, so war es an der Zeit, das Kriegsbeil zumindest zur Seite zu legen. Aber Charlie machte nur clownartige Bewegungen, als seien seine Hände und Beine aus Gummi, während die Journalisten kicherten.

Plötzlich spürte Mary eine warme Hand oberhalb ihres Steißbeins, die sie bestimmt Richtung Schreibtisch schob.

»Hipper«, flüsterte Douglas ihr ins Ohr. »Es ist dein Job, als Erste zu glänzen.«

Mary griff nach hinten und legte ihre Hand auf Douglas' Handrücken, fühlte seine warme, leicht behaarte Haut. Sie glaubte, ein Murmeln aus den Journalistenreihen ob dieser Berührung zu hören. Sollten sie doch tuscheln! Sie würden in Zukunft noch viele dieser Gesten zu sehen bekommen.

Sie atmete tief in den Bauch ein, stieß die Luft durch den Mund aus und trat nach vorne.

»Nun gut, die Herren. Dann wollen wir mal.«

Die Federspitze kratzte auf dem Papier, während sie ihre schnörkeligen Buchstaben zog. Ein großes, gewölbtes M, später dann ein bauchiges P, ein nach unten ausschweifendes F und am Ende, am D angehängt, eine Welle, die den ganzen Namen unterstrich. Mary Pickford. Selten hatte sie derlei Stolz und Zufriedenheit beim Setzen ihrer Unterschrift verspürt.

Sie ließ die Federspitze eine Weile auf dem Papier ruhen, sodass sich ein kleiner Tintenklecks bildete. Dann blickte sie auf, um den Griffel weiterzureichen.

»Mr. Fairbanks, wollen Sie?«, fragte Cap O'Brian.

Als sie Douglas die Feder reichte, streichelte er ganz kurz ihren Zeigefinger. Während er seine Unterschrift setzte, hatte sie das Bedürfnis, sich von hinten über seine Schulter zu lehnen. Zu gerne wollte sie seinen Hinterkopf küssen, sein Haar streicheln. Wie viele Unterschriften würden sie in ihrem Leben noch nebeneinander setzen? Sie konnte es kaum erwarten, die Dokumente ihrer Eheschließung zu besiegeln.

Charlie folgte Douglas, und als Letzter setzte sich D.W. an die Papiere. Dann baten die Fotografen sie, einen Moment lang still zu halten und in die Kamera zu blicken. Mit jedem Auslösen erfolgte ein kurzes Knallgeräusch, geradezu so, als würde ein Feuerwerk ausgelöst. Ein Kribbeln breitete sich in ihrer Magengegend aus.

»Dann bleibt mir jetzt nur noch, dem Unterfangen viel Erfolg zu wünschen«, sagte Cap O'Brian. »Auf United Artists! Auf die vereinten Künstler!«

Der Anwalt rieb zufrieden die Handflächen aneinander, bevor er jedem der Beteiligten die Hand schüttelte.

»Gott bewahre, jetzt haben die Irren tatsächlich die Anstalt übernommen!«, drang ein Ruf aus den hinteren Reihen durch den Saal.

Mary kannte den Mann nicht, der diesen Satz rief – sie sah bloß, wie man ihn, einem Spielverderber gleich, aus der Tür hinausgeleitete.

Nachdem rote, wächserne Siegel auf die Dokumente gepresst worden waren, traten sie hinaus auf den staubigen Vorplatz vor dem Haus. Noch mehr Kameramänner sammelten sich hier um die vier neuen Filmunternehmer. Mit den Polizisten bildeten sie eine doppelte Schutzmauer zu den Fans, die sich hinten die Beine in den Bauch standen. Mary atmete tief durch und sah diesmal genauer hin. Überall erkannte sie freudige, euphorische Gesichter. Menschen, die allein ihretwegen hier in der Sonne ausharrten, einfach nur, um ihr alles Glück und Gute zu wünschen. Es gab keinen Grund, sich vor ihnen zu fürchten, keinen Grund, sie gar als Bedrohung anzusehen.

Im Gegenteil: Die Fans verdienten ihre Aufmerksamkeit! Mary löste sich von ihren Kollegen und trat ein paar Schritte nach vorne. Sie bat die Fotografen und Journalisten, einen Durchgang zu bilden, und schob sich zu ihren Anhängern durch. Es kostete sie ein wenig Überwindung, ihre Hand nach den gierig wedelnden Händen der Besucher auszustrecken – doch als sie die warmen Gliedmaßen der Mädchen und Frauen in den ersten Reihen spürte, waren alle Zweifel fort.

»Meine Lieben!«, rief sie. »Wie schön, dass ihr da seid!« Nickend und Hände schüttelnd ging sie durch die Reihe. Jedes einzelne Gesicht schien vor Freude zu glühen, rund um sie herum sah sie leuchtende Augen. Als ein Polizist sie behutsam an der Schulter zurückzog, weil die Fans aus den hinteren Reihen zu weit nach vorne drängelten, hielt sie den Zeigefinger hoch.

»Einen Moment noch«, bat sie.

Sie griff in ihre paillettenbesetzte Handtasche und kramte einen Stoß unterschriebener Autogrammbildchen heraus. Diese treuen Freunde verdienten ein Geschenk von ihr! Sie warf zwei Handvoll Kärtchen in die ersten Reihen und sprang dabei sogar ein wenig in die Luft, damit sie möglichst weit flogen. Ein Regen aus Goldlöckchen ging auf die Menschenmenge nieder. Hastig schnappten Frauen nach den Kärtchen, Teenager rissen sich gegenseitig darum, und Kinder krabbelten auf dem Boden, um die Bilder aufzusammeln. Die Fans hielten die Fotos in die Luft und winkten damit wie mit kleinen Fähnchen. Mary sah Frauen ihre Kinder auf die Schultern heben und Männer, die mit ihren Händen Räuberleitern bildeten, damit sich die Mädchen abstützen konnten. Diese Leute, die sie so liebten – sie hatte ihnen so viel zu verdanken, dachte Mary. Sie verdienten ein unvergessliches Erlebnis.

Sie bedeutete O'Brians Assistenten, die schiefe Bank, die unter einem kleinen Vordach stand, in die Mitte des Platzes zu schieben. Vorsichtig stieg sie mit dem rechten Fuß darauf, prüfend, ob sie mit ihren Absätzen auch tatsächlich Halt finden konnte. Ja. In ihrem Leben war sie schon in unpassenderem Schuhwerk geklettert.

Oben auf der Bank lächelte sie in alle Richtungen. Einen Augenblick lang schien es, als könnte sie das Publikum dirigieren. Sie wandte sich nach links: Das Jubeln wurde lauter. Sie wandte sich nach rechts: Die Menschen begannen, begeistert mit ihren Autogrammkärtchen zu wedeln.

Mary winkte und winkte. Für gewöhnlich würden ihre Arme und Handgelenke längst schmerzen, doch hier in diesem Rausch spürte sie die nach oben ausgestreckte Hand kaum. Zu gut fühlte sich der Moment an. Sie blickte nach unten und sah Douglas sie von unten anstrahlen.

»Komm rauf! Komm rauf!«, gestikulierte sie und drehte sich dann wieder zum Publikum. »Er gehört an meine Seite!«, rief sie, auch wenn man sie im tosenden Jubel nicht hören konnte.

Sie zog Douglas hinauf auf die Bank. Als er neben ihr stand, drückte sie seine Hand, so fest sie konnte. Er presste zurück. Sie spürte Wärme und eine ungemeine Kraft. Zusammen waren sie stark. Unbesiegbar.

Sie drückte noch einmal zu, bevor sie ihn zu sich zog. Vor allen Menschen küsste sie ihn. Es war ein kurzer Kuss, um niemanden zu provozieren. Doch die Innigkeit ihrer Bande – sie war für niemanden zu übersehen.

»Ich liebe dich«, flüsterte sie. Er nickte langsam, bevor seine Lippen die gleichen Worte formten.

Die Menge war ekstatisch.

DOUGUNDMARY! DOUGUNDMARY! – die Rufe drangen aus allen Himmelsrichtungen. Mary bemerkte, dass Griffith neben der Bank stand und, zwar beherrscht aber immerhin lächelnd, klatschte. Und Charlie schlug freudig gegen Douglas Unterschenkel.

Plötzlich spürte sie, wie Douglas sie hochhob. Sie lag rücklings in seinen Armen, die Sonne strahlte ihr ins Gesicht. Unter ihnen breitete sich ein Meer aus Fans aus. Nie zuvor war sie glücklicher gewesen.

»Wink noch einmal zum Abschied!«, rief Douglas ihr ins Ohr.

Sie streckte die Hand ein letztes Mal aus und winkte, so schnell sie konnte, bevor er sie von der Bank hinunter hob.

Das Publikum tobte.

Dieser ohrenbetäubende Applaus, er galt ihrer Liebe.

Es war der schönste in ihrem ganzen Leben.

## Nachsatz

*Miss Hollywood. Mary Pickford und das Jahr der Liebe* ist ein fiktiver Roman, der auf historischen Tatsachen beruht. Während Dialoge, Briefe und Gedanken frei erfunden sind, entspricht die zeitliche Abfolge in weiten Strecken der Realität. Viele Ereignisse sind im Roman so beschrieben, wie sie auch in historischen Quellen dokumentiert sind.

So ist etwa historisch belegbar, dass Mary Pickford sich von einer mittellosen Wanderschauspielerin zur reichsten Frau Hollywoods hochgearbeitet hat. Douglas und Mary sind sich tatsächlich im Dezember 1916 – kurz nach dem Tod seiner Mutter – bei einer Fahrt durch den Central Park nähergekommen, und wenig später ist Mary nach Hollywood gezogen, wohin Douglas ihr rasch folgte.

Ebenfalls stattgefunden hat die Liberty Bond Tour im April 1918, wenngleich hier die Reihenfolge der Stationen leicht adaptiert wurde.

Beth Fairbanks reichte im Herbst 1918 wegen Untreue die Scheidung ein. Ebenfalls in jenem Herbst trennte Mary Pickford sich von der Famous Players-Lasky Corporation.

Im Januar 1919 wurde die Gründung von United

Artists durch Mary Pickford, Charlie Chaplin, Douglas Fairbanks, D. W. Griffith und William S. Hart beschlossen.

Mary Pickford und Douglas Fairbanks heirateten am 28. März 1920. Ihr Anwesen, das sie Pickfair nannten, wurde zu einem Treffpunkt für alles, was Rang und Namen hatte: Persönlichkeiten wie George Bernard Shaw, Albert Einstein, H. G. Wells, Amelia Earhart, F. Scott Fitzgerald und Max Reinhardt feierten hier mit ihnen rauschende Feste.

Die Liebe zwischen Mary und Douglas währte aber nicht ewig. Anfang der 1930er Jahre trennten sie sich und ließen sich kurz darauf scheiden. Mary heiratete 1937 den Schauspieler und Musiker Buddy Rogers. Zusammen adoptierten sie zwei Kinder.

Mary Pickford war eine Schauspielerin des Stummfilms. Zwar wurde sie mit ihrer Darbietung im Tonfilm *Coquette* im Jahr 1930 mit einem Oscar ausgezeichnet, anfreunden konnte sie sich mit diesem neuen Genre allerdings nie. Ihr letzter Film *Secrets* wurde 1933 veröffentlicht.

Douglas heiratete 1936 die britische Society-Dame Sylvia Ashley. Er verstarb 1939 an einem Herzinfarkt im Alter von 56 Jahren.

Mary lebte bis ins hohe Alter von 87 Jahren und verstarb 1979. Drei Jahre vor ihrem Tod wurde ihr ein Ehrenoscar verliehen.

Wie die intimsten Momente zwischen Mary und Douglas tatsächlich stattgefunden haben, wird auch den engagiertesten Forscher*innen für immer verhüllt bleiben, denn die Anekdoten weichen von Biografie zu Biografie voneinander ab, und selbst Mary Pickford hat in ihrer eigenen Autobiografie Lücken gelassen.

Für die Recherche zu diesem Roman habe ich zahlreiche Quellen herangezogen, darunter vergriffene Biografien und Zeitungsartikel, die in Online-Archiven verfügbar sind. Für interessierte Leser*innen, die sich in das Leben von Mary Pickford und Douglas Fairbanks vertiefen möchten, empfehle ich die folgenden, aktuellen Titel:

*Mary Pickford. The Woman who made Hollywood* von Eileen Whitfield.

*The First King of Hollywood. The Life of Douglas Fairbanks* von Tracey Goessel.

Auch die Website der Mary Pickford Foundation bietet einen guten Überblick über Leben und Werk von Mary Pickford: www.marypickford.org.

Und nicht zu vergessen sind natürlich ihre Filme, von denen zahlreiche noch erhalten und auf DVD verfügbar sind.

# Danksagung

Mein Dank gilt allen, die mich während der intensiven Arbeit an diesem Buch begleitet haben, ganz besonders meinem Ehemann, meinen Kindern, meinen Freundinnen und meinen Eltern, die zugehört, mich stets motiviert und auch meine Launen in schwierigen Arbeitsphasen ertragen haben. Danke ebenfalls dem Team der Literarischen Agentur Michael Gaeb, vor allem Elisabeth Botros für ihren unermüdlichen Einsatz, und natürlich auch Nora Haller vom Heyne Verlag sowie meinen Lektorinnen Katja Bendels und Janina Dyballa.

# Ellen Alpsten

## Leibeigene, Liebende, Zarin – der bewegende Aufstieg von Zarin Katharina I.

978-3-453-42357-2

Leseprobe unter **www.heyne.de**

**HEYNE**